Im Hinblick auf die Biographie Reinhard Jirgls liegt es nahe, *Mutter Vater Roman* als Debüt-Werk eines für Prosa immer noch jungen Mannes zu charakterisieren. Was man jedoch mit jenen Ausdrücken zu verbinden pflegt, eine Vorstellung von Anfängertum, ist bei diesem Buch sofort abzutun: Es handelt sich um die Produktion eines schon ganz vorhandenen Autors und um ein wichtiges Stück Literatur. Aus dem Text höre ich ein starkes künstlerisches Talent sprechen, das fähig ist zu verdichtender, variationsreicher Sprache, zu intensiver Zeichnung von Situationen, Szenerien, Szenen, das den Zwang und die Lust strukturellen Experimentierens realisiert und zu einem bemerkenswerten Ergebnis geführt hat, zu einem vielförmigen, mehrdimensionalen Gewebe.

Auf der Grundebene seiner Bild- und Erinnerungswelt stellt sich das Buch als Auseinandersetzung mit der Lebenswelt unter dem deutschen Faschismus, während des Krieges und Nachkrieges dar. Jirgls Buch ist Zeugnis für die bleibende Aktualität dieses bedeutenden Themas. Drei gestalterische Elemente zeichnen sich dabei deutlich ab: Eine eigentümliche Verschärfung des Bildes vom Grauen des Krieges, von der Zerstörung und Selbstzerstörung des Menschen. Ein Verzicht auf das lange Zeit übliche Verfahren, die Menschen jener Jahre wie fremde, der Gegenwart nicht zugehörige Wesen zu zeichnen. Ein intensiveres Suchen nach Zugängen zu den das Verhalten bestimmenden Bedingungen außerhalb der sozialökonomischen, der politischen und auch der politisch-moralischen Faktoren.

Eine Stärke sehe ich in dem Versuch zu einer Radikalisierung des Zugriffs auf die zum Gegenstand des Buches gemachte Zeit und auf die in dieser Zeit lebenden Menschen, mit denen ausgeführte und unausgeführte Gedanken und Bildfetzen in das Buch Einzug halten, Motive von Gier und Furcht, Haß und Liebe, Sexualität und Tötungslust, in die Erinnerung sich einkrallende, an bleibende Bilder geheftete Empfindungen von Ekel und Lust, Entsetzen und Grauen und im Kopf vor sich gehende Flutungen von an- und abschwellenden Gefühlen.

In der Konstruktion des Buches sind viele der Sentenzen zum Geschichts- und Menschenbild Momente von Figurencharakteristik, und zur Identifikation sind die Figuren nicht hingestellt.

Es bleibt der Reiz von Literatur, denke ich, daß sie ein Medium ist, in dem uns etwas zu sehen gegeben wird, das viel zu denken Anlaß gibt.

Dieter Schlenstedt

A U F B A U
AUSSER DER REIHE

Herausgegeben von Gerhard Wolf

REINHARD JIRGL

MUTTER
VATER
ROMAN

AUFBAU — VERLAG

DAS, WAS LEBT, IST ETWAS ANDERES ALS DAS, WAS DENKT.

GOTTFRIED BENN

BEGINN

Höfisches Spiel mit der adligen Zeit: Gedankenpage, Wortelivree, Puder wie Staub auf Ohr und Augfalltüren (Entweder Geheimrat Höfling oder Brandstifter Amokläufer! :Kann schon sein, daß jemand darin sein Heil sucht, solch ein Klettergerüst). Zum einen SANSSOUCI: Metrische Obszönität aus Stein Pflanz Erde, harkt stutzt pflegt, Geh! Das fehlt. Und das bleibt, bin sicher.

Und trotzdem und Trotz dem Ganzen: zersprungen, zersplittert das Spiel, der Hof, die Zeit.

Scherben, bierflaschengrün im Fensterlicht –Schneid dich nich! oder –Geh nich ins Tiefe! oder –Die is nix für dich! – für das Spiel im Zementstaub auf lateinkaltem Boden, Friedhofskapelle a Deh/ Scheiden tut weh. Die letzte Prozession schweigsam den Kiesweg entlang, der wetterwendisch sie fortführt für dieses eine Mal noch von der Gemäuerhülle für Aufgebahrtes: Stein Wort Fraumannkind. Draußen Unkraut, weidefarben, Windherden galoppieren durch Baumkronen; der Gärtner gebeugt und seiner Erde entgegenwachsend, mit den Lippen das unablässige Selbstgespräch kauend, auf dem Kies frühes Herbstlaub wie schimmlige Münzen (das kommt von dem KIESweg).

Damals. Mir schien, als spräche der Tote. Oder der Mund geöffnet im Staunen, überlang, ungehörig, befremdend, mitten im Satz erstarrt. Bis mit dem schmalen Kinntuch –klapp– der Mund zu, und das wohl für immer. Da roch es nach Medizinen wie schwerer Sirup. Pfarreratem: Weihrauch aus scharlachnem Wörterschacht, lilafarben, goldbekreuzt. Wortelivree siehe oben.

Blinde, farbenlose Augen im Gesicht der gekreuzigten Holzfigur, leidenslos emporgereckt dem Gebälk entgegen. Tagsüber Bauarbeiter in mäßiger Eile, kalkweißer Stoff, staub–rüchige Leinenkluft, eine davon zurückgelassen, auf Brettern zerfasernd: körperlose Hülle eines Jemand. Freitagnachmittag. Herbstsonnenbunt. Noch einmal Kies & Laub. Morgen Fußball Hier gegen Da, Zurückgelassenes, ans Gemäuer gereihte Schaufelriegen, auf dem Blech Reste von Zement Erde Farben: getrocknetes Blut? Daneben auf dem freien Stein Symbole: Wortelos da, wo die Stadt zu Feldern und Weiden zerfließt, wo geduckt unter zwergenhaftes Gebüsch Jungen das einsame Spiel herannahender Männlichkeit spielen; wo ein Tier in die Stallwärme gepfercht an der Eisenkette schreit; wo Fraun sich hergeben der Samstagabendunvermeidbarkeit.

Müssen heim! Der Lichtstreif auf dem Boden der Kapelle hat das Scherbenzifferblatt verlassen, ist emigriert aus dem Spielgehege die Wand hinauf, spinnwebgrau und öde mit seinem Goldpapierlicht. Nu komm schon! Kinderschuhe schlurfen. In schwere Balken das Tor. Hinaus. Rostbraunes Gartenlaub, das sich an Harkenspitzen verfängt. Schuhe wie Klumpen aus Humus, Kleingärtnerseele Erdbrösel. Kuchenbrösel. Thermosflaschen. Kleiderordnen, über Köpfe pflügen Kammeggen, haariges Geschlinge federt im Wind. Apfel-birnpflaum-kirschbaum-kohl-rüb-petersilien-tulpen-komposthaufenes Schrebertum: »Eine noch engere Zusammenarbeit auf dem Gebiet der Dung- und Dungmaterialienindustrie zur Beschleunigung des gärtnerisch-kompostorigen Fortschritts wurde zwischen dem Kleingartenverband SANSSOUCI und dem Siedlerverein EINTRACHT für den kommenden Umgrabzeitraum 1981 bis 1985 vereinbart. Ein entsprechendes Protokoll unterzeichneten...« :Aber das habt ihr erst später. Sagtes und blätterte die Seite um.

Eine Fraunhand zieht Grashalme aus der Jacke eines Mannes, der wendet sich zu ihr, öffnet den Gärtnermund, die Frau lacht –

Steigt auf. Sagte der größte von uns und bot uns ein rostiges Fahrrad. Sandweg. Schlingern. Schrabend die Fahrradkette. Paß auf sonst! –

Paß auf sonst! Und stößt fort die Frau den Mann –

Ein Flugzeug tyrannisiert den Abendhimmel. Blutige Pflugschar, Narbe aus Abgas, dröhnend auch dieser einsilbige Laut; metallische Scherbe vor Chamäleonwolken –

Feierabendunruhe an Bushaltestellen (:Wenn sie sich gehnlassen würden!: Armgeschlinge, Kleiderwildnis, Beine wie Fesseln, Haar wie Stricke, die Staubhaut pflasterzerschürft, Kinder Männer Frauen, lippenschleck, züngern, das springt ineinander. Sie könntens ja. Ohne wenn) statt dessen Zeitungrascheln, Zeitungfalten, Zeitunglesen, Kiebitzen aus Mangel an Beschäftigung. Schlagzeilengekeif: Initiativen Regierungschef Mitteilung Verhandlungen Der Vertrag UNESCO Pädagogen Schichtarbeit Flottenverband Junge Werktätige In der Armee Harte Kämpfe Überschwemmungen –

Samstagabendwein wie Goldfische im Netz –

Wo is denn?? :Oder so ähnlich der Anfang eines Vermissens. Damit bin ich gemeint.

Ich liege auf einer Bretterbahre im Dämmer der Kapelle. Durchs Dach, vom Wind fast abgedeckt, schimmern die Schmelzfarben des Abends. Ich, zernarbt wie der Feldstein und alt wie Staub. Und ich vor Dutzenden von Jahren kehr allein zurück in dieses Gemäuer mit spielernstem Gesicht und außer Atem vom Lauf. Ich seh mich an die Bahre treten, spür den kühlen Stoff der Kinnbinde an meinen Wangen und fühl mit kindhaften Fingern dieses Tuch, um in einer neugierig ängstlichen Bewegung danach zu greifen. Und in meinem Mund wieder der Geschmack des Windes. Atmen Atmen Atmen. Das bin ich, und Leben ohne Ende. Ich kann nicht sterben. Das Kind betrachtet mich ohne Furcht, unbeweglich. Auch das bin ich, schlaflos am Rand des Erinnerns.

Da muß was geschehen sein mit den Uhren, mit der flaschengrünen Zeit: Ich öffne den Mund. Ich beginne mein Scherbenspiel.

1. MARGARETE

Ich bin hineingeraten in einen Film. Der Streifen ist abgedreht, das Material belichtet und entwickelt. Fertig. Ende der Arbeit. Ich habe diesen Film bei mir, ich bin dieser Film. Ich werde nun beginnen, diesen Film zu schneiden, die fertigen Bilder zu betrachten, auszutauschen gegen andere, vielleicht werden das neue Bilder sein. Denn ich will die alten Bilder herausschneiden aus mir solange, bis keines mehr übrig ist. Dann werde ich die anderen Bilder, die ich mit diesem Augenblick, an diesem Ort beginnend, finde, zu einem neuen Film zusammensetzen. Oder ich werde am ersten Tag hier in dieser fremdgewordenen Stadt am Ende meiner Arbeit vollkommen ohne Bilder sein, ein Film hat aufgehört zu existieren.

Ich habe mir vorgenommen, nichts was ich finden werde von meinem ersten Tag zu vergessen.

ZUGFAHRT. Jahrzehnte in kaltem Tabakrauch, Jahrzehnte in großen Maschen der Gepäcknetze, dürres Umarmen bei plötzlicher Tunneldunkelheit, Abteile aus dürrem Holz, Ergebenheit betrunkner Soldaten, Schlaf, Tage und Nächte aus Wasserdampf. Wiederkehr der Schatten. Für mich seit zwei Stunden, denen ich ihre einhundertzwanzig Minuten nicht mehr glaube.
GLASGEMÄLDE. Oder Daguerreotypie?: Staubbraune Hügel, Vorüberrücken der Felder & Weiden wischt Grün und Blau und Gelb ins Bild, Pfahltakt naher Bäume, das Filmband alt und zerschabt von Telegraphendrähten. Hinterm Glas bauscht Erde sich zu Bergen.
HALTESTELLEN. (Immer nur ein einziges Backsteinhaus, ein Schuppen, ein Zaun, ein Bahnsteig mit gelbem Kies. Inmitten grünbrauner Einsamkeit. Flachland).
EINSTEIGEN AUSSTEIGEN. Als hätten sie den Endlosrhythmus des Vortastens über die Schienen nicht länger ertragen. Sie reißen die Waggontüren auf, scheinen zu fliehen, kaum Jemand, der zugestiegen wär. Kopftücher punkten ihren Weg ins Dorf. Graue Mäntel verwehn.
UNBEHAGEN. Und Verunsicherung. Die Fremden flüchten, ich bleibe. Ist das unbotmäßig? Ein kindischer Trotz?

TÖTUNGSABSICHT. Trotz, weil ich fortlaufe aus Berlin, der großen Stadt Da-Heim. Weil sie, die ich zurückließ, mein Kind töten wollen noch bevor ichs geboren hab.
ANKUNFT. Rampe aus grobem Feldstein, zerbrochne Kisten und Eisenreste, Gestrandetes. Vogelschwärme wie in verwesendem Aas, stieben auf in einen wässrigen Himmel. Das Schienendelta, die Wagen klirren im Strom, Lido eines Kleinstadtbahnhofs.
ANKUNFT. Nur noch ne kleine Ewigkeit bis da-hin. Nur jetz noch nicht. Niemals Ankommen ...!
BIRKHEIM HAUPTBAHNHO. Ein Gebäude aus rotem Ziegel, geduckt wie Kleingedrucktes in Fraktur unter die große Letter eines Kastanienbaums. Die Holzbuchstaben am Gemäuer fügen den Namen meines neuen Kapitels zusammen, am Ende das fehlende F. –
  Wie lang ist das her, daß ich abgereist bin von hier mit den Eltern.
WIEDERBEGEGNUNG. Früher mal waren das drei oder vier Bahnsteige, ich erinnere mich nicht mehr genau, ein einziger ist geblieben, gleisloser Schotter, brachliegende Ruinenfelder, bepflanzt mit fahlem Gras. Jeder Stein eine Grabstelle ohne Namen.
NEUNZEHN FÜNFUNDFÜNFZIG. Als ich fortging von hier, damals, das war vor den Bomben. Säulen aus Gußeisen hatten einst hier Überdachungen gestützt. Tote Bahnsteige heute, das Gußeisen wie Obeliske, Imitationen antiker Tempelruinen. Unterm Dach des letzten Bahnsteigs der Zug, mit dem ich zurückkam, gefangen wie ein großer Fisch im Netz.
AUSSTEIGEN. Schläfrig auf dem Trittbrett. Meine Hand am kalten Metallgriff des Wagens, in der andern den alten Koffer. Mein Fuß sehr vorsichtig auf dem Bahnsteigpflaster, ein Tanz auf dünnem Eis. Das Kind in meinem Fleisch ein stilles Warten.
KOFFER sind überall daheim. Wie die Bücher in seinem Innern. (Ich zerre ihn fort).
LOKOMOTIVE. Bewegung aus Röhren und Kesseln, heißes Blech, Anatomie aus Eisen, ich geh dran vorbei. Aus der Lokführerkabine gähnt ein Vogelgesicht. Eine Schütte Spatzen aus dem Wind. Telegraphendrähte noch einmal wie leere Notenzeilen.
FRÜHJAHR NEUNZEHN FÜNFUNDFÜNFZIG. An einer Säule ein Brett mit Zeichen, die kyrillische Umschrift des Ortsnamens, mühsam und eilig geschrieben einst in zerlaufendem Weiß.
PANGE, LINGUA, GLORIOSI CORPORIS MYSTERIUM. Der Wind schmeckt nach Lauch. Die Luft ein Grün aus Schrebergärten. Gebückt in verschlissenen Kleidern jäten Fraun dort Unkraut

aus schmalen Beeten. Feiste Hintern, gestützt von Elefantenschenkeln, bis zu den Kniekehlen herabgerollte Strümpfe. Deutsche Venustorsi. Als Kemmrer, der alte Latein- & Geschichtslehrer, runde Nikkelbrille im Eulengesicht, das Bild der Venus von Milo uns zeigt, tost das Geheul des Fliegeralarms über die Stadt. Ich seh Kemmrer das Bild zusammenraffen, das kindlichsanfte Lächeln auf dem Papier verschwindet in den eigenen Falten, seh Kemmrers alte Finger um das Papier hasten, der sucht noch einmal und schon wieder diesen Rest Hellenismus vorm aktuellsten Untergang zu bewahren. Ich glaub, die Kreissägen der Sirenen beschneiden den Torso um ein weiteres Stück, Kemmrer und sein Unterricht sterben in der folgenden Nacht im Luftschutzbunker, Asthma oder was weiß ich, und keine Fortsetzung später.
SCHWEIGEN. Am Ende des Bahnsteiges die SPERRE. Eisernes Gittertürchen und eine Eskorte fremder Soldaten, zwei, kahlköpfig, grober Uniformstoff. Die Waffen wie Blasinstrumente geschultert zum Speichelaustropfen, bedrohen den Boden. Die Blicke der Männer an mir vorbei wohin, ist dort hinten Osten?, sie riechen nach Tabak, scharf, sie verweigern ihre Sprache. Postenstumpf.
BIRKHEIM. Im Winkelzug einer Gasse denkbar die Tafel: Hier entdeckte Albrecht Dürer vierzehnhundert Wind beim Hasenbraten die Perspektive ...
MUSEUM. Margarete, den werden die Deutschen vermutlich niemals überwinden!: Walter damals, als wir unter die grellweißen Breker-Felsen gerieten und vorübereilten am aufgehangenen Kalbfleisch in Öl von Ziegler. Als Walter noch in Museen ging. Als Walter noch mit mir sprach. Der Krieg aber war schon viele Schüsse alt.
BIRKHEIM HAUPTBAHNHO NEUNZEHN FÜNFUNDFÜNFZIG. An einer Mauer des Bahnhofsgebäudes nebeneinander gereihte Plakate, briefmarkengleich in einem Album: Männer mit entblößten Oberkörpern, unter der Haut die Muskel wie Stahlkugeln, feuerrot die Lippen, blondes Haar. Ihre Fäuste greifen Eisenräder, Schmiedehämmer, Hochofenschürhaken. Bereit zum Abstich:
SCHÖNE MÄNNER. Die Kroniden unserer Tage. Haben ein Geschlechtsteil, das du mit der Lupe suchen mußt. Arbeiten aber für Drei. Achwas, ich bin doch keine Werkbank! Ob die eine Frau streicheln können ohne ihr dabei das Genick zu brechen? Ob die überhaupt eine Frau streicheln? Die Liebe dem Metall. Stahl. Stalin. Die Bilder haben sich eingeholt, nicht wahr, Walter.
Mein Film ein Querschnitt durch Schichten des Erinnerns. Auge um

Auge. Bild um Bild. Ein Film und eine Seele haben etwas gemeinsam: Zeit, die Ausgeburt der Vernunft, existiert nicht für sie. Jeder
Film ein Film über das Innen. Oder er ist keiner. Jedes Innen lebt aus
seinen Bildern jenseits der Vernunft.

Ich will Alltägliches als etwas Besonderes bewahren und weiß
nichts von Alltäglichem und nichts von Besonderem.

VON DRAUSSEN. Jenseits des Bahnhofsgebäudes der Vorplatz.
Bushaltestelle, zweimal täglich fährt was. Rostiger Pfahl wie ein Mi-
narett. Verheißung, Reisende in Scharen. Eine Fraunstimme ruft
einen Namen über den Platz: WAL-TER!
ECHOS. Ich komm nicht mehr zurück zu dir. Walter. Du bist nicht
der, den ich noch gekannt hab mit diesem Namen in den letzten Tagen des Krieges. Weshalb hast du dich zum Rekruten machen lassen,
du dummer Junge. Was macht euch so gehorsam. Hast du mir so wenig zugetraut oder dir. Und weshalb bist du zurückgekommen, ich
hab dich für tot gehalten nach diesen acht Jahren. Es wäre besser gewesen. Was ist aus Kieper geworden, deinem Freund und meinem
lange vor dir.
TER TER TER. :Antwort für die Frau und für mich von den Fassaden her. Regenschirme, zusammengefaltet wie Krähenflügel. Wind
vertreibt Zigeunerwolken, der Himmel ein schwappendes Zirkus-
zelt.

> HEINE.
> »Dieses ist Amerika!
> Dieses ist die Neue Welt!
> Nicht die heutige, die schon
> Europäisieret abwelkt.«

In der Bahnhofshalle auf Mosaikfliesen in einer Nische der Alte,
Regen- und Windflüchter mit klaren Wasseraugen. In greisen Armen
ein Bündel Osterblumen zum Verkauf.

> »Doch durch jahrelangen Umgang
> Mit den Toten nahm ich an
> Der Verstorbenen Manieren
> Und geheime Seltsamkeiten.«

Sein Filmmantel schleift auf mich zu; er lächelt mir Ankömmling
entgegen wie jedem Ankömmling, und geht langsam davon, hinaus
durch einen Styx aus Wasserdampf. Lokomotiven schlagen Herzton
mit metallenem Puls, im Nebel auf den Fliesen das Bündel Osterblumen, Irrlichter in glühendem Gelb.

PORTA CAPELLAE. Wasserlicht durchs Fensterglas, daneben ein speckiges Türholz mit schräghängendem Schild, die Aufschrift gleichfalls verstümmelt wie der Bahnhofsname. »ankraum«. Heraus huscht das gestärkte Weiß der Frau, haubenspitz, die Bahnhofs-Missionarin. Vom Schwarzen zum Roten Kreuz. Was für Wilde gibts zu bekehren auf nem Bahnhof? Mit heißem Tee & Wolldecken fürs erste, Schwert & Bibel später. Der G.-Dienst in der MITROPA-GASTSTÄTTE. Das heißt sich Anpassen, Weisheit aus zweitausend Jahren.

LITURGIE. Hab ich einn Hunger!!!

Brühe mit Ei	—— 0,30 DM
Bockwurst m. Brot	—— 0,85 DM
Bockwurst m. K.-Salat	—— 1,35 DM
Sülze m. Remo. u. Bratkartoff.	—— 1,50 DM
Krautroulade m. Salzkartoff.	—— 2,10 DM

Und fürn halben Markschein Tasse Kaffe schwarz. Zur Feier des Tages sag schon Amen. Amen!
ALTARE SUMMUM. Drin an schmalen Fenstern langweilt sich uralter Gardinenstoff. Ein Kellner am Tresen im schwarzen Frack, vor ihm ein Glas Bier, halbleer in der Farbe des Raumes. An der Wand das Ikon: Bildnis im Wechselrahmen, von den Vorgängern zurückgeblieben jeweils ein heller Fleck auf der Wand als zweifacher Glorienschein das jüngste umrahmend: vom Wilhelm zum Wilhelm.
HOMO HOMINI LUPUS. Das knappe Dutzend Tischinseln ist stark umvölkert. Hände stecken in Manschetten, nesteln an Kragen und Hemdknöpfen. Münder wie Falltüren, drin Brot und Kartoffelstücke verschwinden. Schweiß auf Porzellangesichtern, Weibundmann, Augen blinzeln sufferän & kantig wie Sterne auf Epauletten. Kehlköpfe pumpen den Bierstrom in hohle Leiber, das rülpst und gast, auf den Lippen Speichel und Wonne. Messer schinden die Teller, Gabelzinken pressen Kartoffeln nieder und spießen besiegtes Fleisch ins Gebiß. Das schlägt noch einmal die schönsten Schlachten und triumfiert unaufhörlich. Und noch ein Sieg wird gebeichtet, der gesegnete Konjunktiv und die Heilige Mitropa-Kommunion.
DIES ILLA CALAMITATIS ET MISERIAE. De Sseiten sinn schlächt heutzetage war allens vüll eljanter frieher Haak-nich-recht Nich-so-laut Ma-wird-doch-noch aba wat sollma machn hattman Kriech valorn mußma froh sinn wemma gesund is und hat sein teechlich Brott
VISION. Hab Sehnsucht nach weitem geradem Land. Rasch aus-

schreitende Straßen, sparre Bäume am Ried und die Luft schmeckt blau und warm. Durch diese Landschaft geht immer ein Wind, der macht sie groß. Und weitundbreit kein Mensch, der mich schrecken könnte.

Ich schwimm durch den Rauch zu einem freigewordenen Ecktisch.

ASCHENGLUT. Sirenen wie eine Hundemeute durch Mauern, Türen, Fenster.

Zurück! Zurück in den Keller!! Die kommen noch mal! Wo is Margarete? Karl! Wo is?? Margarete!!

Dann bersten Fensterscheiben, fällt das Bild mit den gepreßten Gräsern von der Wand, Glasscherben wie Eissplitter auf dem Boden, der Kachelofen wankt, bellt Asche und Ruß ins Zimmer, Flugzeuge schauern Fieberwellen ins Haus und Flammenschein mit roten Klingen. Das ist wie damals auf dem Rummel. Dionysius-Markt. Eine Schießbude, drin ein Bär aus Blech an einer Schnur gezogen. Wenn er getroffen is, brummt er. Sagt der Mann mit dem gelben Gesicht und reicht Vater ein Gewehr über den Tisch. Der arme Bär. Und ich seh die Uhr von der Wand stürzen, zwei dürre Zeigerarme beschwörend emporgereckt, Dunkelrot rinnt aus Mutters Haar. Später im Kellerdunst, feuchte graue Mauern. –Ein Uhr mittags, Frollein. Samstag.

Der Mann in seiner öligen Reichsbahnuniform schiebt einen Stuhl zurück, setzt sich zu mir an den Tisch und faustet die speckige Schirmmütze aufs Holz. Lacht.

–Brauchen nich erschrecken deswegen. Haben Das ja alle hinter uns, nich.

Sein Streichholz verglimmt im Aschenbecher.

BIRKHEIM HAUPTDAMENKLO. Angst kehrt sich zu Übelkeit, ich raff den Mantel, stolpere über den Koffer und zur Stirnseite des Saals ZU DEN TOILETTEN. In einem schmalen Korridor Licht und Küchendampf. Hinter einer geöffneten Tür eine Frau an Kesseln, Dampfbrunnen, hebelt rauchende Fleischmassen auf Teller, weißes Fett wie aus ihren dicken Armen geschnitten. Schwerer heißer Fleischgeruch.

Später fließt gläsern und eisig ein Wasserstrahl in meine Hand, spült den Geschmack von Erbrochenem aus dem Mund. Frostweiß die Haut auf dem Handrücken. Eine Ader pulst und probt den anatomischen Aufruhr gegens Anatomiegesetz. (Du mußt verrückt sein zu gehen. Total verrückt. Du. Allein. Und in deinem Zustand. In diesen Zeiten ...! :Hilde, die Freundin von Da-Heim).

HÄNDE. Schreiben zweier Briefe. Der eine dem Rückkehrer, den ich früher einmal Mein lieber Walter genannt habe. »Ich gehe fort von hier und habe nicht die Absicht, jemals zurückzukommen.«

Der andere an diese Frau, die ich früher einmal Meine liebe Mutter genannt habe. »Du hast nun Deinen Triumph, aber vollkommen ist er nicht. Ich werde das Kind von Diesem Walter, wie Du ihn nanntest, bekommen. Du hast alles versucht, das zu verhindern. Wirklich alles! Du hast es trotzdem nicht verhindern können. Ich habe nicht die Absicht, jemals zurückzukommen.«

STRAFEN. Die Hand hatte ihm, den ich früher Mein lieber Walter genannt hatte, die Geldscheine ins Gesicht gestoßen. Er hatte sie mir eilig und wortlos, wie etwas Anrüchiges aber Unvermeidbares entgegengehalten. Und meine Hand mit dem fettigen Papier hatte Angst und Grinsen in seinem Gesicht zerdrückt.

Im Zug vorhin während der Stunden dauernden Unentrinnbarkeit diese junge Frau, fahl, mit flachssprödem Haar und einem spitzen Füchsinnengesicht. Auf ihren Schenkeln ein tränenlos heulendes Kind. Aus ihren Kleidern Geruch warmer Milch, Miasma des Muttertieres. Die Frau schämt sich des Geschreis und versucht, dem Kind den Mund zuzuhalten. Aus dem Weinen Kreischen. Sie schlägt das Kind mitten ins Gesicht. Stille.

Auch in mir keimt ein Fleisch ...

Hände, Werkzeug zwischen Leben und Tod.

SPIEGEL. Ich steh an meinem ersten Tag im Klo der Bahnhofsgaststätte zwischen feuchten Zeitungsresten über ein Emaillewaschbekken gebeugt und kotze mich aus! Mein Gesicht im Spiegel übersäen blinde Inseln, ein braunfleckiges Abbild. Bald werd ich tatsächlich Flecke im Gesicht haben und einen dicken Bauch –.

REPRISE. Margarete, Kind, was ist mit dir. Du bist so verändert, seit er wieder zurück ist. Ich mag den Namen gar nicht aussprechen. Weil er einem Nichts gehört. Einem großen, unfähigen Nichts. W-A-L-T-E-R.

SENTENZ. Für euch gibts nicht mal einen Stall, weil der Krieg auch mit Bethlehem Schluß gemacht hat. Jeder Schuppen, jedes Holz gilt nur als Brennmaterial noch. Und es ist uns nichts geblieben, das ist zu wenig für Mutter-ich-liebe-ihn-nun-mal. Diesen Heimkehrer. Diesen Kronzeugen brennender Städte und brennender Menschen. Mit dem Blick des Süchtigen nach dem Laib Brot und dem Leib Frau. Vielleicht ist er ein Mörder. Dieser Held, für den es keine Heldenfeier gab, weil das Fest zuvor abgeblasen wurde von widrigen Winden aus Ost und West.

DIALOG. Und du, Margarete, willst mit so einem auch noch ein Kind – – Der Krieg, Mutter, ist seit Jahren vorbei. – – Und hat Menschenruinen zurückgelassen die niemand aufbauen kann ich riech den Brand und das Unkraut wenn er mich anlächelt und verlegen seine Hände knetet – – Das ist nur deine Schuld, Mutter. – – Was kann ich für sein schlechtes Gewissen das spricht für sich und gegen ihn Kind glaube deiner Mutter – – Ich gehe. Du verstehst nichts, Mutter. Gar nichts. Ich werde das Kind bekommen. Ich will es. Und ich werde fortgehen von hier. – – Wo willst du hin die Zeit der Ausreißer ist vorbei seit uns der Krieg die Zäune ins Land brachte – – Und laß dir nicht einfallen, mir nachzuforschen. Es kann dir egal sein, was aus mir wird nach gestern abend. Du erzählst über die Männer, die Mörder sind, du bist selber einer. Denk an Vater. – –
MARGARETES MUTTER. MONOLOG. Ich sehe sie zur Tür gehen ohne Zögern. Entschlossen, voll Haß aus ihren wenig Jahren. Wie ich es war, als der, den ich früher einmal Geliebter Karl nannte, von einstürzenden Mauern in einem Keller lebendig begraben und keiner Auferstehung am dritten Tag gewiß, durch den Stein meinen Namen schrie. Und aus meinem Mund kein Laut. Kein Nerv regte sich, ich war der Stein der ihn erschlug, ich stand im Getöse einer Bombennacht, hielt das Gesicht des Kindes, Margarete, neben mir mit einem Handtuch bedeckt und zählte seine Schreie, die mir lauter schienen als die Flugzeugmotore und die berstenden Mauern. Ich sah das Haus Stockwerk um Stockwerk einstürzen, sein Schreien wurde durchdringend, er pfiff wie ein sterbendes Tier. Jetzt mochte der Keller kaum Platz bieten noch für einen Menschen, ich glaubte das Kratzen seiner Fingernägel zu hören in der vergeblichen Anstrengung, sich einen Ausweg zu graben durch den Stein. Danach fielen andere Mauern auf diese Ruine, im Innern blieb es jetzt still. Ich zerrte mich und das Kind neben mir fort durch schwelenden Schutt unter einem rauchvergifteten Himmel. Dieser Mann, der ein Reich zuvor von Germanischem Blut und Entjudung sprach. Der die schwarze Uniform trug und der sich einpißte im Suff. Und hat einmal vom Lagerdienst erzählt, um mich zu demütigen. Was wiegt die Kälte einer Frau gegen die Morde der Männer. Er hat erzählt von den JUDENWEIBERN, die er sich in der Wachstube vornimmt, die er in brüchigem Deutsch Ich-liebe-dich sagen läßt und die er DANACH ins Genick schießt. Eine Wachstube voll Blut. Eine Mauer voll Blut wie seine Haut, die Poren von einem rotschimmligen Schwamm. Seither roch ich diesen kalten dumpfen Geruch, meinte schorfige Haut und dünne Blutfäden zu sehn, wenn er sich die Kleider vom

Körper zog. Wären Mörder immer so leicht zu erkennen! Seife und
Parfüm sind Erfindungen der Henker aus Gestern für Morgen. Die
Welt ohne Parfümerie stinkt nach Abdeckerei. Ich hab ihn nicht mehr
an mich gelassen seitdem. Einmal hab ich ihn bedroht mit der
Schere, sein Geschlecht, diesen Stachel des Mörders, als er eines
Abends mit seinem Geruch zu mir kam. Ein Bild zum Lachen: Mit
heruntergelassener Hose er, das Hemd schlotternd um die mageren
Knie, starrte er mit schielendem Blick auf die Waffen einer Frau. Er
kam selten heim danach und zumeist besoffen. Gewiß hielt er mich
für verrückt und sich gesund von Staats wegen. Und wie alle Gesunden hatte er einen Heidenrespekt und eine animalische Furcht vorm
Abnormen. Einmal betrank ich mich und legte mich zu Bett, als
ich ihn kommen hörte. Wenn dus willst, dann tus jetzt. Sagte ich
und drehte das Gesicht beiseite. Er stand in der Tür mit glasigem
Blick auf meine gespreizten Schenkel. Dann begann er zu lachen.
Und lachte noch, als er mich aus dem Bett zerrte und mit dem Stiefel
trat. Ich ahnte, daß diese Fraun im Lager, von denen ich keine rechte
Vorstellung hatte, von nun an schwerer unter diesem Mann leiden
müßten. Ich weiß nichts von Solidarität mit meinem Geschlecht
Frau. Der Teil meiner Rache ist meine Kälte. Die heimlichen Morde
im Ehebett. Ich habe ihn gewürgt, daß ich seinen Kehlkopf zerbrechen hörte. Und er ist auferstanden mit dem wurmbleichen Morgenlicht. Ich habe ihm Kinnlade, Zunge und Geschlecht ausgerissen.
Ich habe meine Finger wie Dolche in seine Augen und seinen Schädel
gebohrt, als seine Hände meine Brüste schändeten. Ich habe seine
Haut mit siedendem Öl übergossen, der Mord in der Küche, das ist
Humor von einer Frau. Sein Samen für den Ausguß, ein Mal zu wenig, mein Kind!, in jede Pore seiner Haut drang eine Nadelspitze meines Hasses. Und sein Fleisch ist auferstanden unverletzlich aus dem
Gestein des Ehebettes. Jeder neue Morgen ein Ostersonntag für den
Herrn. Dem Weib bleibt die Tortur ihrer Nächte. Du bist hundertmal in hundert Nächten schon gestorben durch mich, was macht
noch das eine Mal. Trauer. Der Brunnen ist versiegt. Was mir geblieben ist von dir sind deine Bücher, Bibliothekar. Das warst du, bevor
deine Haut Farbe bekam von der Sonnen-Rune. Glück für die Bücher, daß ihr Auguren seid. Man bewahrt im Hinterstübchen, was
man verbrennt in Lust'ger völkischer Maiennacht. Die Bestie, die
Bücher liebt. Wer weiß, vielleicht wars auch nur Liebe zur eigenen
Vergangenheit, die letzte, die ohne Schuld noch war – sentimental
sind die Volks-Tümler allemal –, was dich heimlich bewahren ließ,
wofür du von Amts wegen Köpfe abschlugst tagsüber. Der Witz der

Henker oder Der sichere Weg ins Eigengrab. Jede Seite, die ich las an den Abenden, während du, Ge-lieb-ter-Karl, das Wissen aus deinem Tag ersäuftest im Schnaps – der Lethefluß für die Neuzeit –, war ein Schleifstein für mein Messer gegen dich. Was ich erfahren hab aus deinen Büchern reicht über deinen Tod. Die Vergeltung ist weiblich durch die Hand des Fliegers in schwarzen Wolkenmasken einer Bombennacht.

Im Brandgeruch eines neuen Tages auf der behördlichen Meldestelle: Ich weiß nichts vom Verbleib meines Mannes! Und meine Unterschrift unter eine Vermißtenmeldung. Das war mein Anfang.

An jedem Sonntagnachmittag zwischen drei und fünf aus dem Nachbarhaus ein alternder geiler Bock, ein schwitzender Körper, Talghaut und gelbe Inseln im Flanell und zotiger Sockengeruch. Ein Mann. Ein Beamter mit Beziehungen. Aber kein Mörder, Margarete, eine Rarität in diesen Zeiten. Die Rarität, die kuchenfressend nach meinen Schenkeln greift. Die den Mund mit Essenresten zwischen den Zähnen auf mein Gesicht quetscht. Und neun Minuten vor fünf die Hosenträger auf die Schultern schnellen, Na Mädchen zufriedn?, das Ding, die Rarität, in der Hose verschwinden läßt und acht Minuten vor fünf die Wohnungstür zuschlägt von draußen. In der Küche die Schüssel mit Wasser, Das Weib gehört in die Küche, und ich mich drüberhocke und wasche, manchmal eine Stunde lang, bis das Wasser kalt und von der Seife trüb ist, und ich dennoch den Geruch nicht habe abwaschen können. Meine Nächte beginnen mit der letzten Zeitansage aus dem Radiogerät und den Wünschen für eine Angenehme Ruhe. In der Stille hör ich die Zeit wie einen steten Wassertropfen. Geh, Margarete, in deinem Hirn schon die Lüge vom Neubeginn. Aus Altem kann nur Altes kriechen, wir stehn uns selber im Weg. Du bist lächerlich, Margarete, wie ich es bin. Ich laß dich gehn. Ohne Echo in den gefühlsträchtigen Eingeweiden. AUSGANG. Im Spiegel noch immer mein fleckiges Abbild. Mit dem kalten Wasser wisch ich das gefrorene Grinsen heraus. Spuren von Wimperntusche schwarz die Wangen hinab. Mein Kleid ist vom Sprühwasser fast durchnäßt.

Langsam geh ich zurück und durch den Mitropa-Saal hinaus. Ich schiebe den nassen Bauch voraus, wie ich dereinst meinen gewölbten Leib vorausschieben werde, preisgegeben allen obszönen Blikken. DRAUSSEN. Tintenfarbne Wolken überschwemmen einen papierflachen Himmel. Die Luft riecht nach Kohlenstaub, Gras und Pferden. Das Dorf am Rand zur Stadt. Ich werde nicht warten auf

den nächsten Bus. Ich will den ganzen Weg bis nach Birkheim gehen, dieselbe holperige Straße zurück, die ich zum letzten Mal vor
Jahren als Kind unfreiwillig gehen mußte. Wären wir hiergeblieben,
wäre alles anders gekommen?

Morgen ist mein Geburtstag. Vierundzwanzig. Und die ersten
Schritte. Ich trete mit den Füßen derb gegen das Pflaster. Vielleicht
bin ich soeben erst geboren.

Mein Film ist Stille. Ich werde diese Stille benutzen, um festzustellen,
wieviel aus meinen alten Bildern in den neuen wiederkehrt. Denn es
gibt zwei Arten der Stille; die Stille aus dem Nichts und die Stille aus
ungeheurem Lärm. Dazwischen unsere drolligen, blutigen Spiele.

Ich habe mir vorgenommen, nichts zu vergessen von all meinen
Nichtigkeiten.

2. MARGARETE / WALTER

Ein Briefumschlag auf dem Tisch, ein weißes Feuer. Wie ein unförmig großes, auf der Seite liegendes Tier fand ich Dich, Walter, schlafend im Schatten des Raums.

Auf dem Weg zu Dir bin ich dem Schausteller begegnet, demselben, den ich vor dem Krieg schon einmal sah. Dieselben Wagen, gezogen von denselben Pferden. Derselbe Mann mit dem gelben Gesicht lehnte aus demselben Fenster. Auch der Geruch aus den drei Käfigen war noch immer derselbe, Wolf Bär Löwe, nun jedoch vom Altern gezähmte Raubtiere in einem kümmerlichen Zoo. Längst überflüssig die Gitter, nostalgische Erinnerung an einstige Raubtierseele; das will heute nicht mehr fliehen, das zerfleischt heute nichts mehr. Das hat sich verloren beim Ziehn über die Dörfer, durch die kleinen und großen Städte. Tod durch pausenloses Wiederholen von Erstmaligkeit. An den Wagen kündeten verwischte Aufschriften von Sensationen, nur schwer noch zu entziffern und Heute ohnehin nicht mehr einlösbar. Als wärs ein Zeichen dafür, was mir bevorstand von Dir, Walter, nach acht Jahren Draußen. Das Schild an Deiner Tür nur ein leerer Rahmen. Ich trat ein in eine düstre Wohnung, die auch heute unverschlossen war wie früher. Hier ist immer Abend. Licht von draußen verglüht in den Scheiben, die Reste quälen kantiges Mobiliar. Häufungen des Verdämmerns.

Als ich zum ersten Mal nach acht Jahren wieder diesen Raum betrat, fand ich all die Gegenstände, die mir einst hier als Zeichen für Vertrautes galten. Die spiegelnde Metallschale in der Mitte des Tisches. Drüber ein Leuchter, ein dürres Gerüst. In Steinkühle der Kachelofen. Das Sofa, auf dessen dunklem Stoff ich Deinen Körper mühsam entzifferte. An der Wand im schweren Rahmen das Bild, nachgemachter holländischer Moll-Akkord mit Goldhelm. Bekanntes. Und fremd schon wie all jene Dinge, die Mutter in den ersten Wochen DANACH auf die Straßen und in zugige Hausflure schleppte, in diese halben Häuser vor zerbrochne Türen und immer in Furcht vor der RAZZIA. Da standen in grobem Leinen oder Packpapier an einer Ecke nuttig entblößt, was ich kannte aus Küche und Zimmer, nun von eilig Vorübergehenden beatmet, betastet, verschwand das auf Handwagen, unter Mänteln und Jacken. Für ein Arsenal CAMEL oder ESSEN für wielange.

Als meine Augen sich gewöhnt hatten an die Dämmerung, bemerkte ich Veränderungen. Der Bücherschrank war ausgeräumt. Hinter dem Glas in der Schranktür fand ich nirgends mehr die mit Goldschrift bedruckten und in Leder gebundenen Bücher – ich erinnere mich an Bände von Heine, von Kleist (Das ist die Komik bei Untergängen: Die Leute retten eine Suppenterrine und lassen ihren Rubens versacken) – statt dessen waren bizarre Gebilde in schiefergrauen Farbtönen geblieben. Es dauerte lange, bevor ich darin Steine voll getrockneter Erde erkannte. Weshalb hast Du sie mit Deinen Büchern vertauscht? Die Wanduhr war stehengeblieben. Kristallkugeln am Deckenleuchter fehlten, ein breiter Riß teilte die Zimmerdecke und verlor sich neben dem Fenster.

Es hat mich Überwindung gekostet, wieder zu Dir zu gehen, als ich hörte, Du seiest zurückgekommen. Wie immer stand die Tür zur Wohnung unverschlossen, ich brauchte nur die Klinke niederzudrücken, um Dir zu begegnen. Nach acht Jahren!

Ich hör deine Schritte im Flur, Margarete. Ich weiß sofort, daß es nicht die gleichgültig derben, stets gehetzten Schritte der Missionsschwester sind, die alle zwei Tage die schweigsame Mutter in ihrem Zimmerverlies umsorgt und die hin und wieder auch Möbel und Fußböden säubert, von der ein Geruch nach Lavendel und Nudelsuppe ausgeht und die in den Schatten meines Zimmers tritt, ihr rundes Gesicht, dessen Haut durch Falten an Kinn und Hals wie über den Schädel gebunden wirkt, über mich beugt und sagt: Ein junger Mensch wie Sie muß arbeiten. Heutzutage kann jeder arbeiten. Die Arbeit macht den Mensch zum Menschen! Ich blick in die aschgrauen Augen über mir, die sich zu verächtlichen Schlitzen verengen und sag: Fräulein Mende. Forme die linke Hand zu einem Trichter und schlag mit der Rechten ein paarmal drauf. Wär Ihnen diese Arbeit recht? Ihre glatte, wie Pergament durchscheinende Gesichtshaut errötet, doch sie beherrscht sich und spricht rasch und wie bei allen anderen Gelegenheiten in behördlichem Tonfall: Gott-schütze-Sie-und-Ihre-arme-Mutter! Und sie läuft eilig und derben Schritts in die Küche, hantiert am Herd und verbreitet alsbald das Aroma von Lavendeltee und Nudelsuppe.

Diesmal sind es nicht ihre Schritte.

Ich stell mich schlafend, als du hereinkommst, in der geöffneten Tür stehnbleibst wie damals, als ich dich zum ersten Mal hierher brachte. Ich beobachte dich durch die Wimpern. Ich bin im Vorteil, ich lieg im Dunkel, während du, Margarete, aus dem Licht in die beständige Dämmerung dieses Zimmers trittst. Und dennoch fürchte ich, daß du mein rasches Atmen und den Pulsschlag hören, mich entdecken und ansprechen würdest, noch bevor ich Gelegenheit hätte, ein Wort zu finden. Nach acht Jahren!– Meine Handflächen fühlen Schweiß, aus den Achselhöhlen ein beizender Geruch.

Und ich glaube, deine Stimme zu hören, Margarete, als ich dich eintreten seh. Dein Mund leicht geöffnet, die Lippen als zählen sie die Gegenstände im Dämmerlicht. Ein stummes Selbstgespräch, vielleicht der Beginn eines Liedes. Wie lange hab ich deine Stimme nicht hören können. Ich habe sie verändert für mich bei der Flucht durch einen Wald. Während der Einsamkeit meiner Gefangenschaft in diesem eigenartigen Wald, wohl dem Gefangenen, der noch allein sein kann. Ich habe mich niemals wieder gewöhnen können, an deine Stimme nicht und nicht an deinen Leib. Du stehst unbeweglich neben dem Tisch, deine Gestalt im metallischen Schimmer, ein Abglanz der spiegelnden Schale. Dein Mund noch immer geöffnet. Sprich doch. Sag was.

–Nu komm doch rein Margarete das is mein Zimmer es is schön groß nich wahr die Möbel sinn alle noch von meinen Großeltern glaub ich auch die Bücher siehst du du liest doch so gern komm sieh sie dir an aber setz dich doch Margarete bitte hier ein Sessel –

Sie lacht, plötzlich und ein wenig zu laut wie mir scheint, geht an mir vorüber ins Zimmer hinein.

–Was hast du mit einemmal, Walter. Du redest und redest. Nun mach schon und stell mich deiner Mutter vor. Ich möchte sie kennenlernen.

Hätte ich jetzt Worte gefunden wie damals bei diesem ersten Mal. Ich bleib stumm in meiner Angst. Wär ich nicht zurückgekommen aus meinem Wald ...!

Ich weiß nicht, welche der Veränderungen mich hier am heftigsten traf. Veränderungen, die insgesamt unbedeutend und anderswo nicht der Rede wert gewesen wären, in ihrer Bedeutungslosigkeit gradezu sarkastisch wirken mußten angesichts der zu Ruinen zerstürzten Häuser in der Nachbarschaft. Vielleicht jener Riß an der Decke, den ich spät erst bemerkt hatte und der mir erschien wie das Spiegelbild der zum Abgrund aufgerissenen Erde. Und ich fühlte, daß auch jetzt, während Du schliefst im Zimmerschatten wie ein Tier in seiner Höhle, Deine Mutter da sein, daß sie noch immer in

ihrem hallengroßen Raum ohne Möbel schweigend sitzen würde, einzig versunken ins Malen ihrer Bilder.
–Du willst meine Mutter kennenlernen?
–Ja. Ist das so ungewöhnlich?
–Meine Mutter weißt du hat es nicht gern wenn man sie stört.
–Wieso, was tut sie?
–Sie malt.
–Den ganzen Tag?
  Ich antworte ihr nicht. Taste rasch nach ihrer Hand, dem Arm, ihre Brüste zum ersten Mal.

Ich erinnere mich deutlich, daß ich erschrak, als ich im Schatten des Zimmers eine Gestalt ahnte, die hinter mir plötzlich hochaufgerichtet und rasch atmend wartete. Das warst Du, Walter. Das erste unserer Begegnung ein Schrecken. Manchmal bleibt Erstes erhalten. Ich erinnere mich daß du, Margarete, dich ruckartig umwendest zu mir. Ich seh in dein erschrockenes oder freudiges Gesicht, hör dich WALTER rufen, einen Namen, der mein eigener sein muß, Wie lange hab ich meinen Namen nicht nennen hörn!, und während ich noch suche nach ersten Worten, seh ich dich mit ausgebreiteten Armen zukommen auf mich, spür meinen Leib an deinem, beide mir fremd geworden in Jahrhunderten scheints, da hör ich mich einen trockenen Laut ausspein, der Angst Freude Lust Erschrecken ist. Und wieder kehrt ein Geschmack säuerlichen Sandes zurück aus dieser unbestimmbaren Nacht, als ich mit dem Leinsack voll gestohlenen Essens in dreckigblutigen Uniformresten ins Kellerfenster einer Ruine kriech, nichts weiß von Ort Straße Haus, und ich die beiden im Kellerdunkel fahl schimmernden Körper seh. Eine männliche Gestalt, die sich aus der Umklammerung schält, aufspringt und flieht, kantige aschfarbne Haut. Zurück bleibt eine Frau, stumm reglos nackt, zwischen Kohlebrocken. Ich taste hinzu und befühl kleine Brüste, seltsam kalt und rauh, fahle Kartoffelknospen. Ich such Atem, Lippen, ich finde den fremden Mund angefüllt mit kühler, saurer Erde.
  Vielleicht hab ich geschrien, laß die im Leintuch versteckte Beute einer Nacht bei der Toten und renn hinaus unter den violettfarbnen Himmel.
  Mühsam zwing ich mich zu ruhigem, gleichmäßigem Schritt. WER RENNT FLIEHT WER FLIEHT WIRD ERSCHOSSEN
  Der Weg ist aufgewühlt von unzähligen Fußspuren, die zu einem Deich hinaufführen. Vom Gipfel abwärts ein schmaler Streifen stei-

nigen Bodens, dahinter bleischwer ein Fluß. Vom Zackenkamm gesprengter Brücken ragen Haarsträhnen aus Eisen, tauchen Lichtscherben ins Wasser hinab. Ich erschreck, als ich eine große Schar stummer, entblößter Gestalten reglos am Ufer seh. Schritte neben und hinter mir; Neuankömmlinge säen Wäschestücke und Uniformen auf den Steingrund des Ufers, bis das ringsum überschwemmt ist von erstarrten Wellen aus Braun Schwarz & Grau.

Ich wag mich nicht hinunter zu ihnen, bleib stehn am Gipfelpunkt des Deiches und seh aneinandergedrängt Männer Jünglinge Greise mit Gesichtern wie verschlossene Bunkertüren. Und schließlich vom Rand des Wassers Stimmen ERLÖSE UNS VON DEM ÜBEL und eine andere, brüchige Stimme von jenseits des Flusses antwortet IHR SEID ERLÖST FOLGT MIR, und die Schar watet hinein in den Fluß und schwimmt durchs bleifarbne Wasser vom Ufer fort. Ihre Köpfe treiben wie unzählige bleiche Nachttiere auf dem Wasser.

Motorengeräusch in der Stille überm Fluß, ein orangefarbenes Boot zerreißt in Kurven und Haken die Wasserfläche, rammt die bleichen Tiere. Nicht ein einziges läßt es aus, dumpfes Aufprallen des Bugs, ein heulender Motor das letzte Geräusch. Das entschwindet, verstummt nach kurzer Zeit in der Ferne. Zurück bleiben ölig sich schließende Wogen und ein Strand, bedeckt mit erkaltenden Hüllen aus Stoff.

Dieser Geschmack dumpfsaurer Ruinenerde klebt in mir unauslöschlich. Margarete, ich fürchte die Fremden, die unsere Körper gespürt haben ohne uns, ich fürchte die Gefräßigkeit unserer Leiber.

Hattest Du nichts zu sagen. Walter. Warum hast Du Deine Hände nicht auf meine Brüste gelegt. Hast Dus nicht gewußt, wie lange ich keine Hände auf meinem Körper hatte. Acht Jahre nur Pfoten, keine Hände, das hat mir sogar Spaß gemacht manchmal. Und davor waren wir Kinder. Und jetzt mußte ich Dich halten wie eine Puppe, starr, leblos wie aus Wachs.

Was soll ich dir erzählen von meinem Schrecken. Margarete. Ist das meiner. Wer bin ich. Summe aus Ängsten derer, die vor mir waren. Nicht einmal das. Meine Träume ein Schrottplatz, die Ratten fressen was herabfällt aus meinem Tag. Und geben an den Tag zurück, was sie nicht fressen wolln aus meinen Nächten. Ich hätte dir, Margarete, erzähln können von den Stunden, als meine Flucht begann.

Von Alpträumen gelähmt, zwischen menschenleerem, betäubendem Schlaf und Wachsein verirrt, liegen diese unbekannte Stadt und die Ortschaften, durch deren rauchige, an den schwarzen Himmel gerückte Reste ich in dieser Nacht laufe. In Straßen und Gassen ein Geruch erkalteter Feuer; niemand traut ihnen Zerstörungskraft zu, als sie, verglimmend, brennbare Reste benagen. Gesättigte Arenalöwen, die kuhzahm und müde mit Beuterückständen spieln. Die Löwen und die Feuer zieh ich ihren Opfern vor; Löwen und Feuer verdauen nach dem Fressen, sie sind ungefährlich für solang. In der verlassnen Termitenkultur stöbern menschliche Wesen nach Übriggebliebenem. Ich hör, wie man Toten die Kinnladen ausrenkt, die Goldzähne herauszubrechen. Ich seh später im Tageslicht diese halbverscharrten Toten zu Dutzenden aus Gesteinshalden und der Erde herausragen mit weitaufgerissenen Mäulern wie in endlosem Gähnen. Oder ein Lachen den Überlebenden, die aus dem Mutterleib kriechen, gebrandmarkt vom Gefühl für die Herde, Sehnsucht nach Leben ist der Totengräber im eigenen Fleisch. Das Gelächter der Toten den Fahnen, hinter denen die Scharen ihrer Nachfolger laufen. Ich seh, wie man von starren Fingern Ringe abstreift. Ohrgehänge werden von Fraunköpfen gerissen, NUR RASCH: WER NICH RAUBT ZUR RECHTEN ZEIT, DEM DIE LEICH, DIE ÜBRIGBLEIBT. SCHNELLIGKEIT IST DES GLÜCKES SCHMIED. Halsketten Brillen Schuhe Jacken Mäntel. Und diese geduckt wühlenden Schatten fallen im Schutt lautlos übereinander her, entreißen einer dem andern Koffer Taschen Rucksäcke Kisten, zertrümmern einander die Schädel beim Raub, groteske Knäul im Ruinengeröll, wer liegenbleibt, ist verarmt. Der Sieger trägt seine Beute dem nächsten Sieger in den Rachen, der faßt zu aus Häusern, Kellern, Bunkern, ausgebrannten Panzern. Schüsse und Steine, die Reste tilgen die Reste mit Blut, das versäuft in mehligem Staub AUS STAUB BIST DU ZU STAUB WIRST DU Aasgestank und brennende Scheiterhaufen, Krähen, die Finsterniswolken zerzausen, der Himmel das letzte geplünderte Warenhaus.

Ich eile ziellos durch die Dunkelheit, hab aufgegeben zurückzufinden in MEINE Stadt, von der fast nur der Name nicht ausgelöscht ist, wozu dorthin, wenn die Städte sich gleichen, ist überall Daheim und nirgends. Galt meine Flucht vor Tagen noch diesem Ziel, so schrumpft der Begriff im Stundenlauf und zerstiebt wie Zeichen in lockerem Sand. Es gibt kein Daheim.

Hat mein Tod einen anderen Namen als deiner. Margarete. Was kann ich dir sagen, was du nicht auch kennst. Kein Schrecken ist so einmalig. Kälte aus dem Erstarren macht uns verschieden voneinander und gleich. Margarete. Dich und mich. In ihren Ruinen sind die Städte wieder den Gebirgen gleich, als hätte der Stein sich zurückverwandelt. Als sollte ich Stein werden. Laufen. Laufen. Noch spür ich MEIN Blut und MEINEN Hunger. Höre MEINE Schritte laut auf dem Straßengeröll. Die Sohlenkanten schlagen meine Knöchel wund. Laufen. Laufen. WER STEHNBLEIBT IST DEM TOD UM EINEN SCHRITT NÄHER.

Und ein Schritt hat mich bewahrt. Damals. Als der Lastwagen mit seinem Frachtgut Mensch, dem knappen Dutzend sechzehnjähriger Heldeneleven unterm rutschenden Stahlhelm und aufgebahrt im grauen Meßgewand des grad modischen Ehrenkleids, die Anhöhe am Rand zu einer Ruinenstadt hinanfährt, ists dieser eine Schritt, dieser eine Sprung über die Ladeklappe. Der nächste Augenblick macht Himmel & Erde zum grellen Blitz UND DER TEMPEL GOTTES WARD AUFGETAN UND DIE LADE SEINES BUNDES WARD IN EINEM TEMPEL GESEHEN UND ES GESCHAHEN BLITZE UND STIMMEN UND DONNER UND ERDBEBEN UND EIN GROSSER HAGEL und die Druckwelle der explodierenden Mine streckt mich über den Straßenschotter. Sonne in schorfigem Rot, Schädel mit Mördervisage getrennt vom Wolkenrumpf stürzend in den Mülleimer Erde, Fontäne aus Holz Autoteilen Fleisch, hoch emporgeschleudert ein Arm, dran noch die Waffe, unfreiwillige Verwirklichung von Helden- & Durchhaltemut initiierenden Plakaten, auch das stammt immer aus Künstlerhand. Aus dem Schrei des Unbekannten, der die Wagenladung Halbwüchsiger befehligt und im Augenblick meines Absprungs der Urlaut angesichts von Fahnenflucht & Verrat, löst sich der andere, alles übertönende Schrei. Der Schrei von Kieper.

Ein Freund und der einzige Bekannte inmitten der Zwangsgemeinschaft notdürftig zusammengewürfelter Hilfssoldaten. Er, der vor Zeiten abends schüchtern an die Haustür klopft, die Tür zur Wohnung wie stets unverschlossen findet, jedoch nicht einzutreten wagt und wartet, bis ich komm und öffne. Im Halbdunkel des Flures ist sein Gesicht bleich überschattet, der Mund klafft auf mit nur zwei Worten Du auch?, er hält mir eine rauhe Pappkarte entgegen, die ich ohne genau hinsehn zu müssen als den GESTELLUNGSBEFEHL erkenne. Den anderen, meinen, hältst du, Margarete, noch immer wortlos in Händen und legst das Papier schließlich fort unter einen Stapel alter Zeitungen. Unter starren Gittern von Leitartikeln die Forderung nach meinem Fleisch.

–Was machstn?

–Nix.

–Hilft ja auch nix, nich wahr! :und schaust mir direkt ins Gesicht.

–So seid ihr Alle.

Und einmal mehr weiß ich nichts zu sagen. Und Kieper nick ich auf seine Frage nur widerwillig und mißgelaunt zu, laß ihn unschlüssig in der Tür, um meine erfolgreich gespielte Gleichgültigkeit nicht fortspülen zu lassen von der Sintflut seiner und meiner Ängste. Und Kieper geht mit einer ratlosen, nichtssagenden Bemerkung, und jetzt hör ich seinen Schrei. Seine Gestalt in seiner Hölle ein brandiger Klumpen Fleisch. Der gleitet auf mich zu, starrt mich an mit zerfließenden Augen, und zwischen gesplitterter Kinnlade die Worte, die ich in der Detonationstaubheit meiner Ohren entziffere als Schieß bitte schieß.

Dieses BITTE der aufflackernde Restbestand aus kujonierten Jahren, Wie sagt man?, vor der huttragenden Tante im Altweibergeruch, Wie sagt man?, vorm Kahlschädel irgendeines Onkels. Ich seh ihn vor mir, Kieper: scheitelsam und schlipszüchtig. Der Neunjährige mit Hut, Krawatte und maßgeschneidertem Anzug. Die Startnummer Eins im Führring. Marsch zum Aufgalopp vor die Lorgnons! Stampft gehorsam mit kindhaften Füßen übern Erwachsenenrasen zum Start. Wie hat man dir, Kieper, Geduld eintrainiert.

–Sag mal ... – Was? – Haste schon mal ... – Was meinst du? – Mit nem Mädchen mein ich ... – Laß das. – Ich mein nich nur so. Sondern richtich ... – Laß das! Hörst du. Ich mag das nicht.

Und hat sich weggedreht. Hat die Erde aufgescharrt mit seinen glänzend polierten Lackschuhen; wer hat dir, Kieper, Gehorsam eintrainiert. Diese glänzend saubere, keimfreie Mutti im Duft von Wäscheschrank.

–Haste noch nie? Wirklich noch nie? – Du ich sag dirs noch mal: Laß das.

Und das Startband schnellte hoch und die Pferde mit einem Riesensatz unterm Schnurschatten weg, Rasen und Erde zu Inseln zerreißend. GRAND PRIX DE LA FEMME.

– Also dasn Gefühl sag ich dir wenn du sie an der Schulter berührst dieses Kribbeln drunter und ... –Hör auf! – ... scheint flüssich so ein Leib ja richtich fließend und der Duft vonnem Meer am frühn Morgen und sie dich den Stoff runterziehen läßt ihr Kleid über die Haut son Knistern wie kleine Funken elektrische Entladungen ... – Weshalb erzählst du mir das ... – ... von Haut zu Haut wirklich das ist wirklich ihre Brüste die Zwillinge einer Sonne ... –Ich will das nicht

weiter hören ... – und bei der Berührung als wärs nich ein Körper
sondern drei ... Auf der Erde ausgestreckt lag sie in blühendem Unkraut zwischen zerstörten Mauern. Die Arme hinterm Kopf verschränkt ausgestreckt wie ne große Katze ... – Du sollst aufhörn! –
Und mit einmal hat alles nach Erde gerochen. Sie hat mit ihren Händen meinen Kopf zu sich gezogen, hat mich fest in ihren Schoß gepreßt, und ich hab nur gedacht Jetzt und Frau. – Von wem sprichst
du eigentlich? Das ist doch alles nicht wahr. Das hast du dir doch nur
ausgedacht ... – Mir das Hemd übern Kopf gezogen, beinah schon
Routine hab ich gedacht. Und hat gesagt, daß sie will und daß ich
vorsichtig sein muß weil. Weil ich wüßte schon und ist sogar n bißchen rotgeworden, hats Gesicht zur Seite gedreht und diese Brüste
rochen wie Haselnüsse im Frühjahr ... – Kannst du nicht aufhören?!
Du verdammter ... –

Wie von unsichtbaren Schnüren gezogen glitten die Pferde mit
ihren buntbedreßten Reitern in der Ferne über den Parcours. Lautlos
als farbige Schatten hinter grünen Heckenbürsten. Und die Startnummer Eins führte mit mehreren Längen das Feld an, als seis eine
Selbstverständlichkeit.

Du hast sie galant am Arm geführt, Schaut mal wie ein richtiger
kleiner Kavalier!, Seide rieb sich an Seide. Und hast ihr Blumen und
Pflanzen erklärt dort in dieser welligen grünen Landschaft. Bist uns
allen um Längen voraus gewesen, Kieper, und hättest sie haben können. Aber du mußtest ja Konversation üben, wie die Lorgnons dir
das beigebracht hatten in unzähligen, demütigenden Exerzitien.
Mußtest dort draußen Gedichte wie Blütenstaub in den Wind blasen
mit deiner Chorknabenstimme. Haste nich gesehn, worauf dieses
Fell gewartet hat, du Einfaltspinsel?

In der Zielgeraden das Schnauben, das derbe Hufgetrappel wie ein
ununterbrochener Trommelwirbel. Rote Pferdenüstern, Speichelfet-
zen aus den Lefzen, peitschekreisende Jockeyarme, und Startnummer Eins lag immer noch in Führung, hatte zwar ein wenig an Boden eingebüßt, aber immer noch um Längen dem Feld voraus.

Du hast nich mal gewagt, die Hand nach ihrer Hand auszustrek-
ken. Bist scheu und züchtig wien Hase ausgewichen, als sie sich mit
ihrer Breitseite an dich ranmanövrierte und ist umgeknickt mit dem
Fuß, ein Fehltritt, hahaha, und sie hat dann heimlich in ihr weißes
Fäustchen gegähnt. Bist du müde? Wollen wir umkehren? – Du
Depp! Und sie hat natürlich geheuchelt und Mnöö gemault mit ihrer
Pfirsichschnute: Red nur weiter. Ich höre dir sehr gerne zu.

–Das warn Griff sag ich dir. Diese paar Zentimeter Selichkeit. Und sie hat die Beine über mir zusammengeschlagen wie zwei Schlangenleiber ...

Als das Ziel mit dem Spiegelpfahl nur wenige Steinwurf entfernt lag und Startnummer Eins noch immer in Führung, zog der Reiter mit einem Mal die Zügel an. Als wäre das Rennen jetzt beendet, als hätte er ein anderes, sein eigenes Rennen bereits gewonnen, was hieß, eine Zeitlang dem Pulk der Masse den Hintern zu zeigen. Als habe er mit diesem Rennen nichts zu schaffen. Aber das Pferd senkte den Schädel und bohrte die Hufe in den Rasen, bäumte und sträubte sich gegen dieses Unrecht oder wie ein Pferd dergleichen empfinden mag (Pferde ham nämmlich ne Seele müssn Sie wissen). Der Reiterarm aber war stärker, die Trense ließ das schweißgrelle Pferdemaul aufklappen, von den Tribünen die ersten Pfiffe. Aber der Reiter hörte sie nicht oder scherte sich nicht drum. Für einen Moment sahs aus, als wolle ihn das Pferd abwerfen, um dieses entwürdigende Spiel nicht mitspielen zu müssen (Wenn schon nicht mit, dann ohne Reiter als Erstes durchs Ziel. :Auch Pferde ham n Ehrgefühl). Das Scharlachrot des Jockeydresses schwappte um den Körper, warf einen Abglanz auf das verschlossne Gesicht dieses eigentümlichen Mannes. Für Sekunden Barbarossa mit heroischer Geste in den Fluten versinkend.

–Als du, Kieper, dann unentrinnbar vor ihrer Haustür standst, da sagtest du dieses unmögliche, dieses scheußlich komische BITTE. Und noch einmal BITTE. Aber sie hat nur ihr Haar den Nacken hinabgeworfen ... – Woher weißt du das? Das hast du nicht von ihr! Margarete ist nicht so eine ...! –... weil du gebettelt hast wien Straßenköter um etwas, das die ganze Zeit für dich dagewesen ist. – Das hast du nicht von ihr. Von wem weißt du das, du! Hör auf. Hör auf zu lachen! Von wem!! – Ich habs von ihr, wenn dus schon wissen mußt. Sie hats mir erzählt und hat gelacht dabei. Und ich hab auch gelacht. So wie jetzt. Und sie hats noch einmal erzählt, und wir haben noch mehr drüber lachen können. Als wir grade fertig waren. Als wir dreckig und schwitzend ineinanderlagen ...

Im Hintergrund das Kreischen um den Sieger, der, den jedermann als Sieger bezeichnete, weil er der Erste war, der sein Bild an der Spiegelscherbe vorübergejagt hatte.

Hast du, Kieper, keine Achtung vorm Eigentum der fremden Lust. Willst du die Haut um die Haut betrügen. Und das Fleisch umbringen, ich red nicht von deinem. Die Schulen erziehn Diebe Betrüger Mörder, das ist Komik. Jungfräulichkeit ist Unmoral, Verzichten heißt Tyrannei. Zensuren sind die Pest-Bakterien, dein Sehr-gut in

Betragen ist dein Totenschein. Hat deine Eins dir zu steil aus der politesse gestanden, die Angst vorm Stelldichein die Hohe Schule. Ich
hab genommen, was du nicht nehmen konntst. Seither bin ich dein
Feind. Vokabel der Könige. Und du hast als Feind das Leben deines
Feindes gerettet. Das kommt später.

Kieper ist dann eilig aufgestanden von seinem zerscharrten Fleck
und wortlos einige Schritte gelaufen. Er kam wieder zurück und
sagte BITTE erzähl das niemandem sonst. Es reicht auch so schon.

Und ist davongerannt, und dieses entsetzliche BITTE, das an ihm
haftet wie ein zäher Fluch, schwebt als Rauch und Brandgeschlinge
über der Erde, und er, Kieper, kriecht daraus hervor, und noch einmal dieses BITTE um meine Kugel, er fleht mich an um seine Exekution, als könne er den Anblick seines verstümmelten Körpers niemandem zumuten. Als habe er ein Mitgefühl mit den Davongekommenen, den Unverletzten, denen er, Kieper, nicht mehr angehören
kann mit seinen hervorplatzenden Eingeweiden. Dieses BITTE um
Bereinigung-der-Situation, Wiederherstellung-von-Harmonie, in
welcher er, Kieper, seit jeher eine dressierte Störung, ein Webfehler
gewesen, dem die Chance seines Lebens oder besser seines Ablebens
plötzlich & unerwartet gegeben wird. Er sieht seine Abhilfe in mir,
der ich mich aus dem Dreck explosionstaub erhebe und die Waffe
wie eine Dompteurspeitsche vom Körper strecke.

Ich blicke unendlich langsam an mir hinunter, finde Kleidung und
Haut in kupferfarbenen Sprenkeln wie Münzen, mit denen mich irgendwer freigebig überschüttet hat, und renne fort, noch bevor ich
diese Erscheinung und deren Worte begriffen hab, geschweige denn
eine einzige Faser meines brüllenden Gehirns auf das Flehen dieses Jemand Kieper konzentrieren oder gar dem würde nachkommen können, wozu ich aus einem möglicherweise falsch überlieferten Ethos
niemals imstande bin. Ich lebe in Blut und kann kein Blut sehn.

Vielleicht ist es nicht gut, daß ich Dir einen so langen Brief schreibe,
wo sich das, was ich zu sagen habe, auch in einen Satz fassen ließe.
Nicht gut für mich, meine ich damit. Durch das Niederschreiben betrachte ich Deine Geschichte wie durch ein Vergrößerungsglas, darunter die Geschehnisse Deiner und damit zum Teil auch meiner Vergangenheit abrollen in zeitlupenhafter Langsamkeit. Das macht es
mir nicht leicht, dem Brief jenen Abschluß zu geben, weswegen er
geschrieben wird.

Ich verstehe, weshalb Du fortliefst damals, nachdem der Transportwagen auf die Mine gefahren war, die aller Wahrscheinlichkeit

nach Eure eigenen Leute irgendwann im Frontverlauf der wechselnden Siege und Niederlagen hinterlassen hatten. Ich verstehe, weshalb Du durch verbrannte Dörfer, Städte und Landschaften liefst,
pausenlos, stunden- und tagelang ohne ersichtlichen Grund. Der
Krieg war vorüber, niemand war geblieben, um Dich zu verfolgen,
und niemand, den Du hättest verfolgen müssen, um nicht wiederum
selber verfolgt zu werden. Wenn der Geruch von Krieg noch in der
Luft ist, sind das die besten Zeiten für Frieden. Uniformen taugen
nichts mehr für solange. – Du hältst mich für altklug? Möglich, daß
einer Dreiundzwanzigjährigen solche Worte recht merkwürdig zu
Gesicht stehen, neben der unverzeihlichen Romantik einer Frau also
eine weitere Todsünde. Ich habe acht Jahre auf einen Mann gewartet,
auf Dich, Walter, Warten macht hellhörig. Oder ist Dir auch das
mittlerweile gleichgültig geworden?

Als ich, dahinstolpernd, die Augen schließ, Dunkelheit inmitten der
Finsternis suchend, grellt noch einmal die Stichflamme der Detonation lautlos im Erinnern mit schartigem Bildrand in rasender, endloser Wiederholungsfolge; ich riech den ätzenden Explosionsgeruch
wie brennendes Blut, hör den Schrei von Kieper und schmecke erdsauren Speichel. Ich reiß die Augen auf, will den Geschmack aus-
speien, aus meiner Kehle nur ein widerlicher Laut, und der Blick
flimmert zurück in eine sterndunkle Nacht.
   Er findet schließlich Halt an der dichten Mauer eines Waldes, der
sich wie in der Bewegung erstarrt als Flutwelle aus der Ebene hebt.
Auf einer Flucht seit Tagen nunmehr vor einer Furcht ohne Namen
und mit vielen Gestalten, strauchele ich die steinige Landstraße entlang, hin zu der Zuflucht unter Bäumen Sträuchern Farnen, wo ich,
angelangt, empfindungsleer zusammenbrech. Noch hör ich Regen
mit dem Wind kommen.

Du warst verändert!
   Seltsam, wie man in den ersten Minuten einer Begegnung – und
sei es eine Wiederbegegnung selbst nach so langen Jahren – in diesem
flüchtigen Augenblick körperlichen Berührens spürt, was an Frem-
dem zu dem Fremdgewordenen hinzukam. Der sprechende Körper:
Du hattest keine Sprache mehr.
   Ich bekenne mich zu meiner Romantik. Du hast es mir damals
vorgeworfen, bevor Du gingst oder besser, bevor man Dich GE-
HOLT hat zur Verteidigung von etwas, das früher einmal HEI-
MAT hieß, später dann und in diesen letzten Wochen (von denen wir

nicht wußten, daß es wirklich die letzten sein würden, weil wir verlernt hatten auf einen Schlußpunkt zu hoffen und auch, über einen möglichen Schluß weiterzulesen, so daß jenem Wort Das Letzte ein unwirkliches, ein grauenvolles Beenden, Sterben, Verschwinden anhaftete), da schmolz Heimat zu einer Stadt, einer Straße, einem Haus, einem Keller. Erinnerst Du dich, was Du in ein kleines Heft geschrieben und mir vorgelesen hattest, und was ich zu Dir gesagt habe? In die erdrückende Pause, die nach Deinem wie nach Jedermanns Lesen entstand, sagte ich schließlich NICHT SCHÖN DAS IST NICHT SCHÖN, und Du sagtest WOHER NEHMT IHR DIESEN ANSPRUCH AUF SCHÖNHEIT DIE DURCH NICHTS GERECHTFERTIGT IST!

Aber als Du stumm und lauernd im Trauerlicht Deines Zimmers standest nach diesen acht Jahren Draußen und zu befürchten schienst, daß ich zu Dir kommen und Dich noch einmal berühren könnte, als hättest Du etwas zu befürchten von mir, als nur ein kurzer Laut über Deine Lippen kam und Du mich einen schrecklichen Abend lang anstarrtest, zurückgezogen in Dein Schweigen, schließlich aus Deinen Taschen schmierige Papierscheine – altes, längst ungültiges Geld! – hervorbrachtest und mich fragtest, ob Du jetzt meine Brüste anfassen dürftest, da wußte ich, daß nicht nur Worte von einst, sondern vieles mehr in Dir gestrichen war. Dein Atem roch nach Holz, Dein Körper nach totem Wald.

Die Erde hatte bereits begonnen, von diesem starren, am Waldsaum ausgestreckten Leib Besitz zu ergreifen. Zerbröckelnder Stoff, Haar, aus denen Pilze sprießen, das Gesicht der Erde zugekehrt und dort, wo von Zeit zu Zeit ein Atemhauch aus der Mundhöhlung strömt, häufen Ameisen einen stetig wachsenden Hügel.

Dieser Leib bin ich. Vom Toten zum Töter wird meine Karriere gehn. Ich bin ein Mann geworden. Margarete. Ein Mann gebiert sich selbst, frag die Bibel. Das Präsens seiner Bilder ist, was von ihm bleibt. Und aus dem Schrecken kommt der Schrecken. Das macht die Begabung zum Schlächter und funktioniert seit 4000 Jahren. Als ich erwach, beginnt grad das 4001.

Ein Frühjahrsmorgen. Tief vorüberziehende Wolken, regenblau. Ich schlag die Augen auf.

Bewegen der Arme und Beine, Hände, Finger, Zehen. Ich reiß den von Wurzeln an die Erde gefesselten Körper los, zerblas den Ameisenberg, so daß die Insekten hochwirbeln wie brauner Staub, kratze, aufstehend, Schimmel von den Resten meiner einstigen Uniform, ziehe mit starren Fingern Pilzgeflechte aus dem Haar und recke gähnend den Leib, so daß Rindenstücke, halbverwestes Laub und tote Insekten zerbersten wie Makulatur. Auferstehung des Waldschrats oder Phönix aus der Deutschen Scheiße.

Ich spür den Abgrund des Schlafs. Aus dieser Bodenlosigkeit mitsamt meiner schweren Schritte auferstehn Gedanken und Bilder aus der Erinnerung.

Da beginn ich zu laufen.

Im Frühnebel schwimmt wässeriges Sonnenlicht, verfängt sich im Gitter der Zweige, die taumelnd schweben über meinem Kopf, ich laufe ins Labyrinth eines Waldes.

Meine Geschichte. Ein Text, eine Spiegelscherbe, eine Sonde im Hirn. Ist das noch meine Geschichte. Etwas zehrt von meinem Fleisch, ein giftiges Tier oder eine Pflanze, Efeu, der sich in mein Skelett bohrt und es langsam zerbröckelt. Die Reste sind gedächtnisloser Staub. Dein Brief, Margarete, eine Landschaft aus zerstörten Wörtern. Abbild des Draußen. Ich kenne das Ende ohne es lesen zu müssen. Margarete. Ich kenne dein Ende. Kennst du meines. Wir hätten aufeinander warten können. Damit wir unsere Enden erleben. Ich lebte dir deines, du lebtest mir meines. Du wirst es gut haben. Dein Kind wird nichts wissen von mir beim täglichen Anblick eines anderen Ich. Wohin du auch gehn wirst, du wirst glücklich sein. Du wirst nichts dagegen tun können. Es sind die Zeiten danach. Sagt man. Das warst du. Margarete.

Vielleicht endet meine Geschichte mit einer Nacht. Mit dieser Nacht, die du, Margarete, dir abgezählt hast an den Mondphasen deines Fleisches. Ich liebe mich – Ich liebe mich nicht – Ich liebe mich. Deine Übelkeit aus meinem Schweigen. Ich bin eine Maschine. Was Mister Watt erträumt und nicht vollendet hat. Hast du, Margarete, geglaubt, ich würde nichts sehn, nichts spürn. Ewiger Landstreicher durch die Gelüste deiner Haut, Parasit ich im Fell der Hündin. Dein dienstbeflissen geöffnetes Fleisch. Dein Gesicht, entstellt zur Grimasse der Leistungssportlerin, olympia uterorum, und runtergeschluckt den Ekel vor mir, die Verzweiflung. Drei – Vier – Ein Glied – O nee mein Kleiner heute gehts mal richtichrum wie bei Oma & Opa klar – drei vier Minuten Augeumauge, das Kratzen meines Kinns an deiner Wange, Anthropoidengeröchel vor deinem Ohr, die vielfache Schändung Margarete das Fleisch brüllt lauter nach dem Fleisch wenn die Muttermaschine im Dreischichtsystem nach Maximalausstoß verlangt. Laß den Schornstein rauchen oder Ohne Fleiß kein Preis. Erektion – Ejakulat – Ihr Kinderlein kommet, ’s

Schmieröl für Glück. Applaus. Soviel für dich, Mann, der Rest meinen Eingeweiden. Den Flurschaden der Nachwelt und kein Ende der Freude. Was für ein Schrecken ists, der aus meinem Eiweiß kommt.

Dein Zimmer macht mir Angst. Gestand ich Dir am ersten Tag, als meine Augen sich gewöhnt hatten an den Totendämmer. Es gefällt Dir also nicht. Stelltest Du nüchtern fest und schobst den Sessel zurück in den Zimmerschatten. Ich ging zum Tisch und stieß unabsichtlich mit der Hand an die Metallschale. Ein tiefer, lange Zeit nachklingender Ton erfüllte den Raum. Ich erinnere mich, daß Du mich erschrocken ansahst. Wir hielten beide den Atem an und lauschten, bis in der Einbildungskraft dieser Klang in der Luft des Herbstabends durchsichtig wurde. Die große, doppelflüglige Tür öffnete sich und Deine Mutter trat herein in ihrem schmucklosen Leinenkleid. Ihr Haar im lockeren Zopf war durchsetzt vom Staub der Zeit. So stand sie reglos wie Du und ich lauschend nach dem Klang, ihre Gestalt eingehüllt in den Geruch von Wasserfarben. Sie schien zu warten auf ein Ereignis, dessen sie sich durch eben jenes lange Gedulden nicht mehr entsinnen konnte.

Die Schale hat geklungen. Sagte sie schließlich in den stillen Raum.

Als dein Vater damals ging, hat sie eben diesen Ton gehabt. Und es ist Herbst, genau wie damals. Dein Vater ist niemals zurückgekommen. Walter, was ist das für ein Mädchen an deiner Seite. Kommt mit mir. Sagte sie noch und ging zurück in den großen Raum ohne Möbel. Drinnen, vor den Bildern auf Wänden, Decke und Fußboden sagte sie: Ich werde heute meinen Herbst vollenden!

Ich weiß, Margarete, welches Schauspiel sogleich beginnen wird, weil das in jedem Jahr zu diesem Zeitpunkt stattfindet und mir als Kind eine panische Angst verursachte. Angst, die sich im Verlauf von Jahren in ein ängstliches Entzücken verwandelt, wobei Abscheu und Faszination in unentscheidbarem Kampf miteinander liegen. Deshalb hab ich dich heute hierher gebracht. Denn dir, Margarete, muß dieses Schauspiel neu, schön und in seiner Erstmaligkeit erschreckend sein. Und insgeheim hoff ich auf eine noch niemals dagewesene Aufführung. Was uns bleibt, Margarete, ist Theater. Und die Erinnerung an Theater. Ich will die echte Wirkung auf Unechtes aus nächster Nähe an dir sehen, Margarete: Schrecken Freude Überraschung Angst Staunen; Urzustände, Archaikum, was gewesen ist, geht ans Vergessen, und Alles kann noch einmal beginnen.

HERBST. Ein Gemälde.

Landschaft winziger Feuer, entflammt an allen Orten in unbemerktem, an Bedeutungslosigkeit allen übrigen gleichendem Augenblick. Bittergeschmack eines Giftes. Vielmaskiger Tod. Narrenspiel, welche Farbe hat diese Zeit. Das Blut scheint Grün, das durch diese Erde fließt. Sie hat sich ausgestreckt unterm Brennglas eines Himmels, weiße Haut den Wind atmend. Ich höre: Sie hat nichts gesagt. Hat sich neben mich gelegt und mich angesehn. Lichtscherben auf dem See, aus grünbraunen Tiefen glänzende Fischleiber, Blitze fremden Willens. Die Spitzen ihrer Brüste liegen still. Gedehntes Weideland, Flußbänder, Seensprenkel, Wind durch die Landschaft einer Frau. Flucht der Lüfte über weinfarbne Wolken streun Abend in den Staub, der Himmel ein Mohnfeld. Das ist Erstmaligkeit. Weiter. Dürr geflochtenes Dünengras, Spitzen grüner Speere. Ihre Hand durch das Haar um ihren Schoß. Sie zieht die Beine an ihren Leib, sieht mich noch immer an. Der Anblick des Meeres ist der Anblick einer Frau, in Tiefen die kalten Strömungen verspäteten Spielens. Weiter. Eine fremde Gestalt, ein Wolkenschatten, verdüstert die Spiegelfläche, zerrissen von der Herde galoppierender Wellen. Mein Schatten auf ihrer Haut in der Bewegung ihres Atmens. Wassertöne, Kies schüttert klirrend wie feines Glas: Kein Lachen einer Frau ohne Spott.

–Und hatta gesagt wollt mich immer schon. Ich ihn eigentlich nich so richtich. Mich nich gewagt anzusprechen. Warum. Ihn auch gefragt. Hat gesagt ich hätt vielleicht Neinsagen könn. Und jetzt. Was. Na hab ich etwa. Aber. Ja Ja. Und mich einfach. Ihn mich spürn lassen. Und sein Mund nach Kastanjen. Ich hab ihn gefragt und er Ja. Und du. Und ich Ja Ja –

Auf dem Sand nur noch Spiel, Parodie erschöpfenden Ringens, das zuvor in einer Ferne dem Schwimmer nach dem Leben trachtet. Eine Bewegung zu sich, festes Ufer: Illusion des kurzen Moments. So ist sie Alles und Nichts. Kindliche Freßsucht ewig kindlicher Natur.

Und liegt ansonsten still, vom Wind nur selten aufgewühlt bis hinab in letzte Tiefen. Ihre Erschütterung kommt aus anderen Gründen. Die Maske der Natur ist die Frau.

Ein Leib, gekleidet in einfältiges Grün, der sich durch trunkne Städte trägt und der, noch immer lächelnd, nach erneutem Farbenwechsel, an die Endlosigkeit seines Grünens glaubt.

Woher das Verändern. Weshalb gehst du fort.

Kein Staubwirbel auf den Straßen. Abendlicht zerglast zu Rauch. Warten ohne Atemholen. Ein Tierschrei von fern: Es hat begonnen.

Einmaligkeit ist nicht wiederholbar, Zweitmaliges ist lächerlich wie das Wort. Du bist lächerlich! Blut malt eine neue Maske. Tod kennt viele Farben. Zuerst die Gräser: ein Glühen verändert die Erde auf Feldern und Straßen und den Himmel drüber, orangefarbne Flammen auf tiefrotem Grund, Heraldik von Wolken und Pflanzen, das Eine die Spiegellandschaft des Andern. Schwärme ziehender Vögel schreiben in seltsamen Mustern den nahen Herbst in die Wolken. Spiel von vergehendem Sommer. Schon bereit fortzuziehen auch das, was noch ist, mit dem unsteten Blick eines streunenden Menschen, den Mund angefüllt vom Geschmack eines Tages, durchquert sie die neue Stadt, die einer Dunkelheit weicht. Drin schlagen Flammen aus den Fenstern. Unlöschbar diese Feuer, Ruinenkälte aus Nächten, kein Rausch mehr genußvoll nach diesem. Mohnfeuer. Das frißt, gebiert, zerstört. Noch einmal hintreiben zum Fetisch eines Leibes, und ihr Geruch erfriert unter einem Morgen, der ist neu, der hat mich zurückgelassen, das fühlende Tier, der ist wie keiner zuvor. Der hat lautlos eine Landschaft aus den Flammen entworfen. Wär ich eine Pflanze. Herbstanfang: Ein stilles Theater.

Ich erinnere mich, daß Du meine Hand packtest und mich aus dem großen Raum zerrtest gerade in dem Augenblick, als das Gemälde, das sich über Wände, Boden und Zimmerdecke erstreckte und das von dieser seltsamen Frau, Deiner Mutter, an einem jeden Tag mit neuen Farbenschichten bedeckt, zu brennen begann! Und auf dem Bild brannten Tag und Abend und Morgen, die Farben, welche die Frau in unermüdlichem Malen in den Raum gebracht hatte. Als Du die Tür hinter uns zuschlugst, galt mein letzter Blick Deiner Mutter, die hochaufgerichtet inmitten ihres Zimmers erfaßt war von einem Feuer ohne Rauch.

Ich weiß, Margarete, du wirst mir nun von meinem Ende erzählen.

Was von Dir geblieben ist, Walter, ist Stummheit. Und Bedrohung. Als hätte damals jenes grandios unechte Schauspiel eines brennenden Gemäldes mit der gleichfalls von unwirklichen Flammen erfaßten Frau Dich allein wirklich verbrannt. Zwei Katastrophen, die gespielte und die echte. Letzterer gehörst Du. Und diese zieht im Vergleich immer den kürzeren. Du bist lächerlich, Walter! Ich gestehe, daß ich vor Dir erschrak, als ich Deinen lauernden Blick auf mich gerichtet sah. Deine Augen, die mich anstarrten wie

Mündungslöcher zweier Waffen. Dein Mund, der unverständliche
Laute blies wie einen erstickenden Wind. Die Liebe einer Frau ist ein
merkwürdiges Wesen. Nicht verletzbar durch Schläge, scheint sie
sicher vor jeglichem Mord. Ein Luftzug, unvermittelt und flüchtig,
macht sie zum Leichnam. Ich bin eine Frau. Von den Männern, die
ich in mich ließ, habe ich die meisten schon vergessen. Ihre Namen
als erstes, später ihren Geruch. Es ist gar nicht so bedeutend für eine
Frau. Das Theater der Männer ist die Gier der Konquistadoren nach
Gold und Blut des fremden Erdteils. Die Indios blieben stumm neben dem Rausch der Spanier. Bis sie starben durch die Messer derer,
von denen sie sich einst so vieles versprachen. Ich habe dieses Wesen
mit Deinem Namen in mich gelassen, wie diese anderen Männer
auch. Ich habe Deinen Speichel auf meiner Haut gespürt, wie all die
anderen. Ich habe Dein schweißnasses Gesicht zappeln sehen über
meinem, nichts Neues. Und ich habe Dich gerochen, das war etwas
anderes. Dein Geruch ist der Geruch eines frisch aufgeworfenen Gra-
bes. Das Freßgeräusch der Würmer ist Deine Sprache, die nur Du
noch verstehen könntest, wärst Du bereit, Dir zuzuhören. Du bist
eine lebendige Leiche. Von Dir habe ich mein Kind, das hat nichts
mit Dir zu tun. Jeder ist sein eigener Totengräber. Ich habe Dir an jenem Abend gesagt, daß ich ein Kind haben werde, weil ich etwas
von Dir erwartet habe. Es war mein letztmögliches Wort für Dich.
Oder mein erstes. Du hast es noch einmal mit Geld erwidert, jeder
tut, was er kann. Den Schlag in Dein Gesicht bereue ich. Ich weiß, es
gilt als Vergehen, sich an einem Toten zu vergreifen. Was ist es gewesen, das Dich lebendig zu einem Toten machte. Ich habe versucht,
Dir zuzuhören, Du hattest nichts zu sagen. Ich werde es also nie erfahren und das ist gut so. Es ist Deine Geschichte, die Du Dir selbst
erzählen mußt, sooft Du es magst. Am Ende wirst Du nichts mehr
zu sagen haben. Ich werde Dich Dir und Deiner Sprachlosigkeit
überlassen. In Deiner Gegenwart bin ich ein wenig älter geworden.
Weil ich das bewußt erlebt habe, werde ich Dir jetzt dafür danken.
Ich gehe fort von hier und habe nicht die Absicht, jemals zurückzukommen. Margarete.

MARGARETE UNTERWEGS

ICH WILL VER GES SEN.

Und die Bilder beginnen zu laufen, rückwärts, und sie scheinen zu atmen, ein nervöses eckiges Beben wie unter fließendem Wasser. Und diese Bilder sind wirklich Steine im Fluß, Geröll aus Jahren, noch nicht glattgeschliffen, sondern kantig und spitz, das reißt in die Haut, manchmal Blut.

Als das ausblieb eine Woche über die Zeit dann zwei und drei da hab ichs gewußt Und hab mich richtig überlegen gefühlt obwohls schwer zu verstehen ist Da hat sie zu mir gesagt das sei so bei einer Frau und irgendwas von Stimme-des-Blutes hat sie gesagt als sie am Küchentisch saß beide Hände übereinander gelegt alte Wurzeln von einem Baum der lange Zeit schon aus der Erde Vertrocknet vielleicht wars auch nur daß das Licht direkt von oben die Schatten auf ihrem Gesicht ließen sie anders aussehen Tief in den Höhlen liegende Augen Kerben in den Wangen und ihre Mundwinkel schlaff Glänzendes Haar noch wie auf der Fotografie und ich hab gedacht Diese Frau gar nicht Mutter Nur Diese Frau- weil es sonst ein so merkwürdiges Wort gewesen wär und ich war ihr sogar dankbar denn nun hab ich gewußt daß sie sich meinem Willen unterworfen hatte zum ersten Mal hab ich mich anerkannt gefühlt Am liebsten hätt ich sie umarmt aber da lag so vieles dazwischen und ich hab sie immer nur angesehn und gar nichts getan Nur diese Ruhe und da hab ich gewußt Nun wird alles gut Aber den Abend drauf der Fremde der mit seinem Körper die niedrige Küche ausfüllte Am ganzen Körper behaart flusige Locken Affenpelz das quoll über den Hemdkragen und er stieß mit den Schultern an die Küchenlampe so daß der Raum schwankte und nicht zur Ruhe kam weil die Schatten die Wände hinauf und hinab und sie stand neben dem Tisch und sagte zu dem Riesenaffen Schon alles vorbereitet Herr Doktor und ich sah erst jetzt das weiße Flanelllaken ausgebreitet auf dem Küchentisch Roch nach der letzten Wäsche Sonne und Bleiche und Kamille und sah ein Bündel Geld hinter ihrem Rücken Ich sollts nicht sehn aber ich habs doch gesehn und da begriff ich NICHTS WIE RAUS und sie rief hinter mir her Kind nimm doch Vernunft an Ich wußte daß ich fort mußte schon morgen weil sie mein Kind töten wollten Alle Vielleicht irgendwann im Schlaf mich überfallen fesseln und auf einen Tisch wo es nach Sonne

Gras und Kamille riecht mir die Schenkel auseinanderbiegen und Diese Frau- mir ein Handtuch in den Mund würgen wie sies schon einmal gemacht hat im Keller als die Steine auf uns runterfielen und ich wollte raus aber das ging nicht und das Geheul der Flugzeuge und die Bomben die so nah einschlugen als seis der eigene Körper der da zerspringen mußte »BLEIB ÜBRIG!« und auch damals eine Glühlampe von der Decke und die zuckenden Schatten an den Wänden und auf dem Boden GEH VOM FENSTER WEG aber ich wollte was von draußen sehn und hab wieder an den Rummelplatz denken müssen als Vater mit dem Gewehr auf den Blechbären zielte und der Mann mit seinen Grindlippen stand daneben und feixte sich eins und der Bär erhob sich brummend auf die Hinterpfoten drehte sich rum und verschwand hinter Bäumen aus grüngestrichnem Blech Das ist der Neid hörte ich Vaters Stimme aus dem Kellerdunkel als eine Schütte Mörtel runterkam Unsinn rief eine alte Männerstimme Das sind die Amerikaner Die Welt is voller Juden hörte ich Vater noch einmal Wir Deutsche sind allein wie Christus am Kreuz der auchn Jude war verfluchter Hund Versündigen Sie sich nicht Schonzeit lachte das Grindgesicht in der Schießbude hinterm Tisch Nein schrie Vater und riß das Gewehr an die Schulter Nein schrien die Leute im Keller als die Decke schwankte und die Mauern knirschten und dann flog die Kellertür auf wie von einer Feder geschnellt UND SIE SAHEN AUF UND WURDEN GEWAHR DASS DER STEIN ABGEWÄLZT WAR UND SIE GINGEN HINEIN IN DAS GRAB UND SAHEN EINEN JÜNGLING ZUR RECHTEN HAND SITZEN DER HATTE EIN LANGES WEISSES KLEID AN UND SIE ENTSETZTEN SICH Und dieser Qualm und Feuergestank da spürte ich eine Hand an meinem Arm die packte mich wollte mich rausschleifen in diese Nacht mit dem roten Himmel das Gesicht Dieser Frau- wirres Haar und ihre Augen leuchtend rot und ich sah Vater aufrecht stehn im Keller Die Stunde ist da brüllte er und Die Rache ist mein sagt der Herr der Führer Und er riß die Arme hoch als hätt er ein Gewehr in der Hand um durch die einstürzende Decke auf den Himmel und auf die Bären aus Blech zu schießen Pappa Pappa Aber da hatte sie mir schon das Handtuch vor den Mund und ich schmeckte diesen dumpfen trockenen Stoff und das würde sie noch einmal tun und ich würde nicht mal schrein können wenn der Kerl mit seinem Affenhaar Mein Kind Nicht mal ein Sarg weils noch kein Mensch ist Hätt erst einer werden solln Kleine blaue Sterne in einen stinkenden Kübel und der Affe bekäm von Dieser Frau- das ganze Geld Ob er grinsen würde wie Dieser

Walter- So hat Diese Frau- ihn genannt immer Dieser Walter- das
war der Neid Mütter sind immer neidisch auf die Männer ihrer
Töchter Als er mir grinsend das Geld vors Gesicht hielt Das darf
nicht wahr sein Hab ich gedacht und habs genommen und ihm ins
Gesicht geschlagen daß die Nase blutete und alles Blut auf die fettigen Geldscheine floß Mußte der geglaubt haben das seis was ich
wollte das wär alles was ich von ihm erwartet hab so was Dämliches
von einem Kerl Diese Fraun um die Fünfzig die seufzen Ach mein
Mann- da könnt mir das Grausen kommen und danach wars endgültig schief & vorbei als wär eine Barriere gebrochen Und später dieses
Gekotze hab nicht gewagt danach zu fragen muß ich achtgeben drauf
und hab geschrien in sein blutendes Gesicht und bin weggelaufen danach Aber wo sollt ich hin Überall diese Aasbande mit ihrem Geld
als seis das Allerhöchste womit sich alles lösen läßt komische Erfindung Die Leute & Das Geld Ersatz Abwehr Clinch damals bei diesem Boxkampf und der Herbst roch nach Wein saurem Bier und
Männerpisse Krawall in der Turnhalle Schweiß und Bockwurst und
unter den Lampen auf dem Podest haben sie aufeinander eingedro-
schen Jetz geht der Kerl schon wieder inn Klünnsch hat der neben mir
gebrüllt und sich aufn Schenkel gehaun als könne er dem aufm Podest damit helfen rot im Gesicht und ernst war er wie die Leute in der
Sparkasse Und ich war neidisch auf ihn weil ich keine Ahnung hatte
warum zwei Männer in Unterhosen aufeinander losprügeln müssen
aber das mußte was Schlechtes sein Klünnsch sone Art Versagen und
dann ist Vater gekommen und hat mich rausgeholt weil ich bestimmt nicht von allein weggegangen wäre Ist nichts für große Mädchen hat er gesagt und ist mit mir durch den Park spaziert die Luft
war lau eine von diesen Herbstdunkelheiten und er ging mit mir
über die kleine Brücke drunter der Fluß der an dieser Stelle so schnell
fließt und ich hab mein Gesicht im Dunkel des Wassers gesehn Mein
Bild zerfloß und löste sich auf in schwarze Streifen die wieder zu-
sammenströmten anderswo und anders waren als zuvor Ich bin erschrocken drüber da hat er gelacht und Mein kleiner Junge gesagt
seine Hand war über meinem Kopf ich mochte das wenn er zu mir
Mein kleiner Junge sagte konnte das Wort Mädchen nicht ausstehn
Die andern in meiner Klasse blondgezopfte Ziegen die die Köpfe zu-
sammenstecken tuscheln kichern stundenlang Bilder von Film-
schauspielern beglotzen und wegen jedem Furz rotwerden Gräßlich
Pubertät Diese geleckten Affen mit dem Bonbonblick Hörbiger
Fritsch und Heesters Walter hab ich ausgelacht als er vorm Spiegel
versucht hat sich die Haare zu kämmen wie einer von denen Und

Vater ging den Weg zwischen hohen Holzzäunen und hielt mich bei der Hand und ich hab mich angeklammert an ihn das Gesicht in seine Jacke gedrückt und hab geheult wie vorhin auf dem Weg zum Bahnhof in Berlin dieser kleine Junge in einer Seitenstraße aufgeschwemmter Körper winzig das Gesicht ohne Konturen bleich und rund der Mund stand offen Sabber lief raus und hat gegreint wie das Greise manchmal tun als er mich sah blieb er stehn und starrte mich an mit seinem wässrigen Blick war still und erschrocken in seinem Tagtraum Vielleicht träumen die nur mehr als andere Menschen Und ich hab geheult wie damals und das hat Vater verlegen gemacht weil er nicht wußte was los war Hing an seinem Ärmel und flennte und am nächsten Morgen die Stimme aus dem Radio KRIEG da hab ich das Wort zum ersten Mal direkt auf mich bezogen KRIEG und Geschrei der Jungens & der Alten unten auf den Straßen Jetzt-gehts-erst-richtich-los Und Töpfe geschlagen Fanfarenzüge und Fackeln Und Wimpel Und Fahnen und ernste Gesichter im zuckenden Flammenschein wie bei diesem Boxkampf in der Turnhalle und noch einmal Wein saures Bier Männerpisse und Kirchenglocken Und Vater ist mit mir niemals wieder diesen Weg über die Brücke am Fluß gegangen Besoffen jeden Abend Was is denn Pappa hat aber nichts geantwortet die Cognacflasche ein schwappendes braunes Zeug wie sein Rasierwasser und rot sein Blick wie der Blick von Dieser Frau- im Keller mit dem Handtuch hat sie seine Kotze aufgewischt und hat ihm die Flasche weggenommen er geschrien aufgesprungen und über Die Frau- her ich raus aus der Stube ein Gefühl im Hals fad und brennend und ersticktes Jammern drin und Diese Frau- mit ihrer höhnischen Stimme am Silvesterabend als er ins Zimmer wankte nur im Hemd hilflos und bleich sein Gesicht und Diese Frau- sah ihn und hat kreischend gelacht und ich mit eingestimmt in ihr Kreischen aber ich habs nicht gewollt Hätte zu ihm laufen und mich wieder an seinen Arm hängen mögen Und so hat er lange still im Türrahmen gestanden mit seinem zerknitterten Hemd und den mageren Beinen und hat auf uns zwei Weiber gestarrt Diese Frau- warf die Beine im Sitzen hoch der Rock rutschte hinauf und ich sah die bleichen fetten Schenkel und er sah sie auch Da hab ich noch lauter angefangen zu lachen und zu kreischen das Gelächter der Kindheit mit ihren frühen Mordversuchen Mein Kind Und Diese Frau- das hab ich ihr nie vergessen kam plötzlich in mein Zimmer eines nachts als ich mich zum ersten Mal gesehen hab den Spiegel aus ihrer Handtasche zwischen meinen Schenkeln erschrocken über das unförmige Stück Fleisch wien Knopfloch in einem Pelzmantel Was die Kerle wohl daran finden Und

der ist das letzte dieser fette Kerl hab ich gedacht dieser Herr Nachbar
Hat mich einfach aufs Sofa geschmissen hab nicht mal geschrieen
nicht mal gewehrt hab zugesehn als wäres nicht ich die da gerammelt
wird wie eine Kuh Wie nach ner Entbindung hab ich gedacht das hat
sie niemals erfahren Diese Frau- hätt ich ausspielen könn gegen die
Beiden Das war kein Spaß und hab nichts gefühlt überhaupt nichts
auch bei Walter nicht Ob der erwartet hat daß ich noch niemals zuvor mit nem Mann Oder diese achtjährigen Bengel damals im Winter an dem zugefrorenen Bach mit ihren Hacken auf die Eisdecke
drauflostrampelten später Knüppel und Steine als ob davon das-
Glück-der-Welt abhängt bis die Eisdecke Risse bekam und laut krachend zersprang Das muß denen von Anfang an im Blut liegen »Der
kleine Preuße« Er hat nichts gesagt ist auch furchtbar schnell gegangen Und Rauch über den Trümmern Gestank und Unkraut und ich
hab mich dreckig gefühlt wie nie zuvor Er und ich inmitten dieser
Ruine Wenn jetzt die Mauern einstürzen hab ich gedacht Tot-und-
auf-immer-vereint bis irgendwann jemand dieses Verlies unterm
Schutt entdecken würde Zwei Skelette einander umarmend– Wo
hab ich das schon mal gelesen und die Glocken haben um die Wette
geschrien mit den Sirenen Auf und Ab Feuer und Rauch und ich hab
mich festgehalten an ihm und er hat mich nur angesehn dabei Sein
Blick wie aus einer Höhle oder das Gesicht im Wasserspiegel eines
Brunnens Burg Stolpen und die Gräfin Kosel waren das drei Sekunden bis man das Echo gehört hat oder drei Minuten Neun Komma
Acht Eins mal Dieser letzte Abend als er mir das Geld vors Gesicht
hielt da hat er zum ersten Mal seit er zurück war wieder diesen Blick
gehabt Hunger von einem gejagten Vieh wie der Hund damals den
Vater in die Nische unter der Treppe getrieben hatte und in den Augen von dem Tier das Opfer und der Jäger Hat er mir vorgelesen damals bevor er fort ist am nächsten Morgen und ich war verwundert
daß ich noch atmen konnte nicht mal geheult bis dann Mutters Freundin Hilde aus Birkheim zum Essen kam Endlich mal was Warmes im
Teller Eier und Nudeln und schön fettig Und in den Teller gestiert
wie damals von der Brücke ins Wasser und plötzlich das Würgen in
der Kehle und losgeheult Da war er schon ein paar Wochen fort Bin
vom Tisch aufgesprungen die Tischdecke mitgerissen die schönen
Nudeln und die Treppe runter Stufen wie Klaviertasten an diesen
Mittwoch- und Freitagnachmittagen Im Nachbarhaus zwei Stunden
lang der beschwerliche Weg über die Tastatur Vielleicht eine Maschine hab ich gedacht eine Apparatur in eckiger Beweglichkeit die
fremde Fraunstimme dazu die Stimme eines Mechanikers Einmal

hab ich diese Frau schreien hörn ein unterdrücktes Gebrüll ein Zischen gefährlich und haßerfüllt das Spiel brach ab eine Jungenstimme weinte nicht lange nicht laut ein trotziges Greinen während das Spiel weiterging Mondschein-Sonate metallnes Licht und schnurfeiner Regen draußen ich hab an der Wand gehorcht auf die Fehler und auf die Strafen für einen Fremden den ich niemals zu sehen bekam Was machst du da auf dem Boden an der Wand Diese Stimme- über mir Diese Frau- hoch aufgerichtet Hände weiß und ausgelaugt vom Waschen die Schürze durchnäßt und ich in ihrem Schatten gefangen habe ich geflennt wegen der Fehler und Strafen für einen Fremden Aber ... Du brauchst doch nicht ... Was hast du ... Lauf doch nicht weg ... Hilflos Diese Frau- wie sie immer hilflos gewesen ist mir gegenüber Durch den Korridor ich und rausgerannt auf die Straße Geh fort von hier Ganz sicher Gleich heute geh ich fort Mondschein-Sonate und Regen und die Fremden in nassen Mänteln auf der Straße ein paar Schritte vor der Haustür Fassaden mit Aufschriften KÜHNE'S FUHRGESCHÄFT EDEN HOTEL und Schienen der Trambahn und Litfaßsäulen mit Plakaten wie Gesprächsfetzen der Vorübergehenden Fuhrwerke Möbeltransporte komisch warum die meisten Leute im Herbst umziehen Doppelstockbusse Autos dunkel glänzend wie die Mäntel der Leute Wunderwald mit Gaslaternen Bauten für eine Szene nicht BERLIN nur Theater eine Bühne auf der die Hauptrolle ich spielen soll wo ich den Text nicht gelesen hab die Andern würden mich anstarren wie in der Schule beim Gedichtaufsagen und dann würden sie mich auslachen auch der Lehrer würde grinsen unter seiner Brille Aber kein Aas hat dort draußen Notiz genommen von mir das hat mich beruhigt das hat Diese Frau- niemals gekonnt Pappa war ganz anders Diese Frau- als sie in der Küche auf dem Stuhl saß die Arme hingen runter und schienen ungeheuer lang und sie hat nur vor sich niedergestarrt Hab Angst bekommen vor Dieser Frau- dieser Fremden und hab mich davongeschlichen in mein Zimmer habe wie immer eins dieser Bilder gemalt ein Messer in ihrer Brust Diese Frau- war immer tot auf meinen Bildern und voller Blut (dafür extra einen Rotstift gesucht) und bin später zu Pappa gelaufen der hat mich wieder zu sich genommen Vielleicht war ich schon ein bißchen zu groß Busen und die Regel Väter genieren sich dann Manchmal stand meine Zimmertür offen und ich hab hören können daß er stehenblieb für einzwei Augenblicke dann betont laut seine Schritte im Flur hab mir die Hand vor den Mund halten müssen vor Lachen Von da an hat er mich niemals wieder auf seinen Schoß genommen oder wenn ich zu ihm kam war

er hilflos und linkisch wie Diese Frau- Hab vom ersten Augenblick an
gespürt daß mit ihm nicht mehr alles wie früher war an diesem Nachmittag als ich zu ihm ging und er lag auf dem Sofa reglos wie ein
Tier und mich nicht berührt hat den ganzen Abend nicht und ich hab
meine Hand auf ihn gelegt und da wars als würde er zurückschauern
vor mir WALTER Aber er nur stumpf vor sich hingestiert und kein
Wort gesagt Er roch wie dieses Zimmer mit seinen kaum sichtbaren
Veränderungen und doch wars als sollte der Raum jeden Augenblick
wie Ruinen zusammenstürzen Und diese Schauergeschichten von
Der Frau- über die Heimkehrer Bauchaufschlitzen Nachbarinnenge-
schwätz Blödsinn Frau Schildwach kam manchmal mit solchen Geschichten in der Hand ihr alter Blechtopf weißblau gesprenkelt und
am Rand oben abgeplatzt Brühe manchmal oder warmes Blut aus
dem Schlachthof das stand dann bei uns in der Kammer und ist langsam geronnen zur braunen Masse mit dumpfsüßem Geruch Das-ist-
kein-Leben-mehr hat sie jedesmal gejammert Und Mutter dann Ach
Irene- Sieh da ob die Beiden was miteinander hatten Wer weiß Mit
Pappa war bestimmt seit Jahren nichts mehr und ein andrer Mann
das kann ich mir nicht vorstellen bei Dieser Frau- Als dann die Nachricht kam hat sie nichts mehr gegessen drei Tage lang nichts und
überall nasse Taschentücher Die Schildwach hieß es war mit im Zug
Der ist die Böschung runter bei einem Luftangriff und total ausge-
brannt Verkohltes Fleisch und bleckende Zähne Gräßlich Was die gedacht hat in ihren letzten Minuten als sie wußte daß sie nicht mehr
würd rauskommen aus dem Waggon und alle andern schon brannten und schrieen Tote in dem ausgebrannten Haus und die Männer
haben sie auf die Straße übern Schutt getragen rauchschwarze Pup-
penkörper auf dem Pflaster Jemand kam mit einem Pferdefuhrwerk
und hat sie abgeholt ein Karren beladen mit winzigen Holzkisten
Kindersärge und später helle Erdhügel auf dem Friedhof Wer hat
diese kleinen blauen Sterne auf die Gräber gebracht Immer wenn ich
mit Dieser Frau- dort war hab ich dort Blumen gesehn Das war kein
Spiel kein toter Sperling am Straßenrand Und Hilde und ich haben
ihn in die Hand genommen kühl wie aus Glas und haben ihn in eine
Zigarrenkiste gelegt haben uns Tischdecken umgehängt ich die mit
den Rosen drauf und hab Kerzen geholt die Großmutter früher bei
Gewitter immer über Kreuz gelegt hat um den Blitz abzuhalten und
wir haben gesungen wie in der Kirche und ich hab dann geredet bis
alle Andern geheult haben und ich schließlich selber auch und eine
kleine Vase hab ich draufgestellt auf den Sandhügel mit einer hell-
blauen Blume Vom Winde verweht Mitleid und Asche Diese Kinds-

mörderin hat ihr Baby im Schlaf erstickt sagten die Leute dumpf
trocken der Handtuchstoff und hat ihr Kind danach in eine Mülltonne geworfen wie eine Katze Mein Kind Und die Menge gegafft
und geschrien und die Weiber ringsum mit Steinen und Büchsen
nach der Frau geworfen als man sie wie ein exotisches Tier in die
Grüne Minna am Bahnhof geführt hat vorher hat sich kein Aas um
sie geschert aber jetzt mit einem Mal alle Die Mörderin sah blaß aus
tiefe Ringe unter den Augen das Gesicht bleich wie eine der Blumen
auf diesen Hügeln Sie hat kein Wort gesagt zu der tobenden Menge
und ist dann rasch hineingedrängt worden in den häßlich grünen
Eisenwaggon Stinkende Kübel Operationssaal Mein Kind Frisch
aufgeworfener heller Sand mit verwaschenen Sternen Vergißmeinnicht und habe mich in den Dreck geworfen den Mund aufgerissen
und geschrien ich habe geschrien geschrieen und mit den Fingern die
Erde zerkrallt geschrieen gegen die Waden der Leute hellbraune Gitter und spitze Schuhe schiefgelatschte Absätze vorübertrampelnd
und stampfend weil sie was sehen wollten Wo Blut und Schrecken
sind fangen die Leute an zu tanzen Was los mit dem Kind Hol mal
einer nen Arzt Das Kind extempriert N Arzt n Eimer Wasser her
krieg wir schon kirre das Balg Vergißmeinnicht kleine verwaschene Sterne vor Augen und mich nackt gefühlt vor den Pfählen aus
Haut und Stoff und Strumpf Vergißmeinnicht ich habe im Gefühl
meiner Nacktheit weitergeschrieen im Unkraut vor der weißen
Hauswand Angst schrie sich raus ich war glücklich vor lauter heraus-
geschrieener Angst Dann spie ich Blut gegen den Mauerkalk einen
Klumpen hellrotes Blut mit meinem Schrei gegen die weiße Wand
geschleudert Wasser von irgendwoher kein Eimer voll nur ein Glas
helles Wasser den Schrei auszuwaschen und das Blut Mein Kind dort
unten im Sand im Dreck und die Stimmen rauh und ängstlich wie
Mückenschwärme da wurden sie ganz still und haben aufgehört mit
ihren Beinen zu stochern nach mir ein blasser verwaschener Stern im
Unkraut Vergißmeinnicht
VER GISS MEIN NICHT

3. KINO
»VIELLEICHT BIN ICH SOEBEN ERST GEBOREN« MARGARETE

UND DIE ERDE IST WÜST UND LEER EIN OZEAN IN
SCHLAMM UND KOT AUF SEINEM GRUND DIE KA-
DAVER DER MAMMUTS FAULEN UND MIT IHNEN
DIE ANDEREN KULTUREN UND SIE SCHICKEN EIN
GAS IN DIE HÖH DAS LEUCHTET IM SCHWARZ DER
ERDE WIE DIE STERNE IM SCHWARZ DES HIMMELS
ZUR WINTERSZEIT FRIERT DAS UND TRÄGT EINE
WEISSE MASKE BISWEILEN DER SOMMER DÖRRT
DEN SUMPF HERBST UND FRÜHJAHR SCHICKEN
IHRE STÜRME DRÜBER HIN UND IM HIMMEL GE-
HEN ZWEI STERNE GEGENEINANDER DAS VER-
DOPPELT DIE LICHTGESCHWINDIGKEIT IM AU-
GENBLICK IHRES ZUSAMMENPRALLS DER GRAD
NOCH WAHRNEHMBAR ÜBER DEM OZEAN AUS
SCHLAMM UND KOT SO ZIEHEN DIE JAHRE DAHIN

Einst nach langer, unfreiwilliger Zugfahrt heraus aus den Landschaften jenseits der Elbe, endgültig & für-immer ins Stadtland Berlin,
und ich spürte tagelang noch Erschöpfung aus dieser Gewißheit,
hatte ich eine Zeichnung darüber begonnen. Farben in einem Tusch-
kasten, Sandgeruch aus nebeneinander gereihten, winzigen Näpfen.
Im Wasserglas schwamm Licht, ich mischte die Farben und brachte
aufs Papier die Erinnerung an meine kindhaften Gesichte: Ohne Abgrund gefahrenlos scheinbar wie alles Papier.
    Jetzt in der Wiederbegegnung ein flüchtiges Licht aus einem Him-
mel, der Wolken türmt. Ocker Braun Grün Schattierungen von Rot
in die Niederung eingeschmolzen zu einer Stadt; die Farben liegen
auf dem Sprung, ihre Gestalten von einst wieder einzufangen, welch
Menge Leben inzwischen, das ich nicht kennengelernt hab. Ein dürres Straßengeflecht teilt die Farben-Stadt in unregelmäßige Bezirke,
wieder meine ich den Sandgeruch zu spüren. Manch Haus in Efeu
verborgen, die niedrigsten versinken im Grün. Drin glimmen Dächer, Mohnblüte in Stein.
    Birkheim.
    Die ersten und letzten Bilder meiner Erinnerung sind Farben, in
ihren Atomen gefangenes Leben wie Insekten im Bernstein. Und ich

vor dieser Stadt, Vertriebene aus dem Stein in einen andern Stein; ich werd nichts ändern an diesem Schmelzen & Gerinnen.

Ein Fluß, ein dunkelgetöntes Glas, streift an die äußerste Linie der Häuser im Tal. Für Schleppkähne ein Anlegeplatz mit Baracken aus gebrechlichem Holz. Plötzlich bricht Rauch aus einer Dampfsirene, Weiß im Regenblau, ich hör das Signal schrill gegen das Dröhnen aus einem Kirchturm; ein Kanon aus Dissonanzen schwimmt durchs Tal hinaus über das brache Flachland.

Schön, als Fremde in einen fremden All-Tag zu geraten.

Auf der Straße oberhalb der Stadt, am Rand zur aufgeblätterten Landschaft, hör ich diese Klänge wie Wörter aus einer vergessenen Sprache.

»Daz mich, frouwe, an freuden irret
daz ist iuwer lîp.
An iu einer ez mir wirret,
ungenædic wîp.
Wa nemt ir den muot?«

Ich bleib stehn am Straßenrand und stell den Koffer in wintermüdes Gras. Den Hügel hinan, mir entgegen, schleppt sich ein Pferdegespann vor einem Berg aus Brettern; ein Ungetüm auf winzigen Rädern.

Einen Thespiskarren schickt mir die Stadt entgegen, denk ich, auf der Kutschbank die Generationen von Narren. Diese Gesichter ähneln einander bis zur Identität, so daß schon die Legende von deren Unsterblichkeit entstand.

Das Wagenholz zerschunden, die vielfachen Aufschriften verblaßt, lassen die eine & endgültige bestehen:

CINEMA   DEUTSCH

–Mein Geschäft ist die Illusion, liebes Frollein!

Der Anblick des Kutschers reizt zum Lachen. Sein Rülpsen, als schürfe eine Steinplatte über einen tiefen Brunnenschacht.

–Aus mir spricht die Stimme-der-Geschichte, Frollein. (riecht in den Wind) Vornehmlich Mittelalter: Hans- & Blut-Wurst bei Bürger-Klein & Weizenbier. Letzteres kennt Birkheim seit Sechzehn Zwanzig, das übrige ist älter.

Den Kutscher mit seinem gelben Gesicht erkenn ich wieder; zweimal bin ich dem begegnet, zweimal zu so verschiedenen Zeiten. Die Schießbude mit dem Bären aus Blech war vielleicht das Ziel einer Bombe, der letzte Meisterschuß, der kümmerliche Zoo aus Wolf Bär Löwe wurde verschachert oder er ist ihm gestorben; was blieb sind der Alte & die Pferde, nun vor diesem andern Karren, den Pferden mags egal sein, dem Alten wohl auch.

Das Äußere des Mannes hat die vielfarbige Inselung seines Wagens angenommen oder umgekehrt: somit sind gegenseitige Tarnung & Täuschung perfekt: Chamäleon Spielmann Narr & Rosse-Führer, sein Tuch als windzerschlissener Fahnenstoff um Hals und dürre Gestalt. Das Gesicht dieses Alten wie das eines jeden Alten hatte die Wandlungen zur Anpassung an den letzten verbliebenen Gefährten erlebt: ein längliches Pferde-Gesicht, ein Mund, der die Worte gelbfärbt wie das Gebiß, seine im Staunen befangenen Augen ob der erlebten und niemals vorhergesehenen Regengüsse, erdrükkenden Hitzen & Kälten, Peitschenhiebe & Fußtritte, deren Richtungen wechseln wie der Wind und die auf den Körper niederfahren, eine von Brandstellen zernarbte Haut. Die Pferde tragen den herben Geruch ihrer Leiber in den Wind.

–In den Wind aus dieser Zeit, mein Frollein. Der ist aus dem Hintern eines Landes und gesättigt mit Leichen & Blut. Aus den Feldern wachsen die Kreuze & das Gras, das sich von den Toten ernährt. So wird ein Frühjahr. Wo fahles Grün die Erde überschwemmt und die Flüsse den Geschmack von Wolken tragen, und die Wolken den Geruch des Leibes, den Man neben seinem spürt, der sich an ihn drängt und reibt, jede Pore ein Mund. Dazwischen die Barriere, Wagendeichsel und Erektion in Holz, und daran täglich das gleiche Gewicht, während die Sonne geht. Bis aus den Straßen Feldern Häusern Menschen das Licht erlöscht und fortfließt hinter eine Ziegelwand; ein Stall, ein Zimmer, ein Schloß, wasweißich, die Wärme dahinter ist gleich und der Geruch aus dem Frühjahr, als wollte die Welt ertrinken in diesem Duft. Ich fühl mit meinen Pferden, Frollein!

Als ich & die andern Mädchen aus dem Schultor auf die Straße rannten, dort ein Gespann: Gebilde aus Fleisch Leder Brunst, verschlugs uns das Kreischen & Lachen beim Anblick von diesem diesem diesem.

Der Alte springt behende vom Kutschbock herab, schadenfroh im Gelächter:

> Der Lenz ist gekohommen
> Die Hengste schlagen aus!

–Sie kommen aus der Stadt.

–Ich komme auch aus dieser Stadt, mein Frollein. Ich, das heißt: meine Pferde & ich, schleppen diesen Wagen durch die Jahre als wärn wir Schnecken unterm angeborenen Haus. Fragen Sie mich, Frollein, ob wir das lieben. Eine geteilte Liebe, antwort ich drauf. Der eine Teil machts aus Liebe zum Hafer, ohne den er nichts kann, der andre aus Liebe zum Zaum, ohne den er Nichts wär. Zwei brauchen was andres und machen deshalb das gleiche: ein Sinnbild für Liebe, der Grund heißt Natur. Sie halten mich für einen geschwätzigen Alten. Sie tun mir recht, Frollein. Das gehört zu meinem Geschäft, so lock ich mir Kundschaft an. Schwierig genug, schaun Sie sich um. Früher war der Karren Anreiz. Seit die Farben im Wind blieben, ists damit aus. Was übrig ist, sehen Sie: ein morsches Ungetüm. Sogar die Holzwürmer kriegens Kotzen und gehn mir durch, scharenweis. Ein Karren, beflaggt mit weißen Tüchern. Oder es ist der Schimmel bereits. Worte müssen her gegens Schrein aus dem Magen, solang das noch wirkt. Am Ende geht auch der mir stiften, Ave cardia imperator, das Großmaul brüllt zu lange & zu laut schon auf das Restvolk meiner Eingeweide. Wer am lautesten schreit, siegt am Ende. Der Lauf der Geschichte ist der Triumph der Stimmbänder. Was bleibt mir außer der Hülle, ich bin mein eigener Abdecker und ins Reden gekommen ein zweites Mal. Sie wollen in die Stadt, liebes Frollein. (schaut zu den Wolken) Wird Regen geben. Die Luft vor einem Unwetter ist der letzte verbliebene Gaukler, er rückt aus beliebiger Ferne die Bilder trügerisch in die Näh. Der Weg dorthin ins Tal ist weiter als Sie glauben. Wolln Sie ein zweites Mal naß werden. (Blick auf mein teilweis durchnäßtes Kleid)

–Das? aach -h- ist Wasser nicht aus diesen Wolken. Verzeihn Sie, ich wollte Sie nicht nachahmen. Ich hab mir am Bahnhof etwas zu lange die Hände gewaschen.

–Sagte Pilatus zu den Fanatikern. Grad recht für meinen Film. Ich bin Filmvorführer, falls Sie das noch nicht bemerkt haben. Treten Sie ein, auch wenns nur wegen des Regens ist. Und weil Sie mich nicht loswerden sonst; mein Wagen & ich, wir taugen noch zur Barriere. Ich werd Ihnen meinen Film vorführen, den Letzten ohnehin, der mir blieb. Und ein Krüppel dazu: Zelluloid gab ich für Eisen.

Der Alte öffnet die hohen Wagenportale.

Hinter den Türen im Innern Schwärze, der Geruch toter Ratten. In sich verkrümmte Spinnen und Gewebe, die sich von irgendwoher übers Gesicht stülpen. Schimmel fahl auf den Dielen. Aus Jahren Verwestes illuminiert den Innen-Raum; Geburten in Plastik, vom Tod ein Stück abgeschnitten.

–Ich habe einige Dutzend Hekatomben anzubieten, Frollein: Im Namen eines Gottes eines Landesfürsten eines Kommissars einer Idee. Ein seltsamer Krüppel dieser Film: So, wie man unterm Mi-

kroskop die Bakterien sieht, fügen wirr sich Bild an Bild. Und im
Nebenzimmer liegt der Kranke außer Sinnen im Fieber, das ihm sein
Blut glühen macht. Und man kann nicht glauben, daß es aus diesen
kleinen Bakterien kommt. Weil man nicht glauben kann, daß in die-
sen Bildern unterm Mikroskop der Tod ist. Aber ich warne Sie: DAS
IST EIN UNGLAUBLICH LANGWEILIGER FILM!

Schon möcht ich die Warnung des Alten beherzigen und wieder
raustreten, als ich die ersten Regentropfen seh, die Draußen aufs Pflaster und in Pfützenglas wie Steine schlagen.

–Schongut, ich bleib. Lassen Sie mich sehn, was geschieht, wenn
Film auf Film trifft. (Meine Bilder, das bin ich. Was ist unterm Zellu-
loid. Ein Land? Ein neues Zelluloid? Und wieder Ich.) Altermann:
Ein Unwetter im Trocknen, wenns geht.

Der Alte lacht und wirft die Tür hinter mir zu.

Allein in einer Gruft aus Brettern in Dämpfen erhitzten Zelluloids.
Draußen Regen, dürre Hammerschläge der Tropfen, ein Sturzbach
aus Nägeln, meinen Sarg verschließend. (:Wie, und ich bin dem Alten in seine Phalle geraten? Die Tür verschlossen von Draußen & für
immer. Wär ich dort geblieben! Hier gibts keine Richtung. Die
Wand, vor deren Berührung ich schaudernd zurückfahr, kann auch
Decke sein oder Boden. Kurzentschlossen auszubrechen aus diesem
Käfig – nichts leichter als das beim Grad der Verrottung dieses Ka-
stens! – geb ich auf schon beim zweiten Versuch: War mirs, als faßt
ich mit den Händen in menschliche Gesichter; leblose starre Haut,
deutlich fühlbar die Konturen, Nase Augen Mund & Gebiß, mein
Schrei erstickt im Dunkel. Und Furcht aus einem Traum, der immer
wiederkehrt:

Hintereinander gereiht zu Schlangen aus Wartenden an Bäcker- &
Fleischerläden vor ausgeblichnen Fünfstockhäusern, deren Verputz
wie schmierige Morgenmäntel, auf dem kariösen Pflaster eines Geh-
steigs, vorm Faulatem aus Fensterklappen, in Gesten des Sprechens
gefroren mit den Bekannten, dreimal täglich dasselbe über rationierte Notwendigkeiten bis zur Ununterscheidbarkeit der Sprecher.
Dorthin trage auch ich mich an einem Morgen wie an vielen Morgen unterm Himmel Berlin. Und fort irgendwann, sobald die erfor-
derliche Zeit abgelaufen ist, die ein pedantischer Unbekannter eigens
für mich festgelegt hat auf die Sekunde; wobei ich niemals etwas
kaufe in den Geschäften, vor deren Türen ich meine Zeit verwartet
hab. Jener Unbekannte, der meine Stunden teilt, vergißt nicht, meine
Kleider altern, Glas zerspringen & mich verstummen zu lassen. Und

eines andern Morgens im Blutgeruch einer Metzgerei, treten Männer in graublauen Schürzen an mich heran, ihre Gesichter unter groben Kapuzen verborgen wie ihre Hände in Fausthandschuhn, und sie heben mich aus der Schar Wartender heraus & tragen mich fort ins Innere eines Fahrzeugs aus buntbemaltem Blech. Im Laderaum schaukelnd an Haken gefrorne Leiber, die Fahrt beginnt. Die Körper stoßen aneinander, das klingt als träfe sich Porzellan. Draußen, am Stadtrand, lädt Man uns ab zwischen Lampenschirmen, zersprungenen Stühlen, zerrissnen Autoreifen. Man wirft mich zusammen mit den gefrornen Körpern aus dem Wagen die gebirgshohe Halde hinab, die Wolken drüber eine blutige Schürfspur. Mauer- & Häuserreste, Unkraut in Gelb & Bitterweiß aus aschbunter Erde mit dem Geschmack von Aspirin. Spielende Kinder klauben Tablettenröhrchen aus dem Müll, spucken und pinkeln auf uns Reste, und stieben auseinander wie Schwärme dreckiger Vögel. Unter der Halde manchmal ein Feuer. Bisweilen Schnee. Dann Sonne, Regen auch. Aus meinen Augen wächst etwas in Grün & Rot mit süßherbem Duft. Und verwelkt wenig später. Dann nichts mehr.

Ich hör Stühle oder Bänke krachend stürzen, als ich um mich schlag und mich wehr gegen das Dunkel. Mein Kopf prallt gegen ein festes Gestell, einen Tisch oder ein Gestänge aus Rohr, im Fallen greif ich einen Hebel. Der uralte Kinematograph bläst heißen Nitroatem gegen mein Gesicht, reißt hinterrücks meinen Schatten aus dem Viereck einer Leinwand & schlingt das Band ins Räderwerk: Ein Film will beginnen.

-Ich hab schon genug an meinen Toten, was sollen mir fremde!, und will raus aus dem Wagen. Ich laufe auf Gut-Glück zu einer Wand, Lichtschein von Dorther!, wie das Insekt, das Hell von Dunkel nur unterscheidet. An der Wand merk ich: Das war die verkehrte Richtung: Das hellste Licht ist die Leinwand! Ich bin tatsächlich in die Phalle gegangen, ins Filmband, das mich aufsaugt & zur Schießscheibe verflacht, auf meiner Haut Projektile und Licht aus der Optik des Filmgebers. Jeder Film ist auch mein Film, Schüsse aus Licht, meine Bilder sind meine Exekution.

Was ist?: Da haben KINDER begonnen mit ihrem SPIEL.

–Er hat gebrüllt, Du bist!, hat mir nen Schlag auf die Schulter gegeben und Alle sind schreiend vor mir davongerannt. Da stand ich & wußte nicht, wem ich auf die Schulter haun und sagen sollte Du bist!; oder s hätt auch gereicht, wenn ich ein Taschentuch oder Spielsachen von Jemand gekriegt hätte, Das leitet!, ham die Jungs zuvor gesagt & Alles versteckt, was ihnen gehörte. Und ich war von Allen am längsten die, vor der die Andern weggelaufen sind. Solange, bis es ihnen keinen Spaß mehr gemacht hat. Da hab ich einem kleinen Mädchen, das neu ist in unsrer Straße, auf die Schulter gehaun und hab leise Du-bist gesagt. Aber die hat nur gelacht, Wir machen doch längst nich mehr!, und nun weiß ich nich, wie ich Das loswerden soll!

–Geh dich waschen. Wie siehst du aus! sagte Mutter ohne einen Blick vom Herd herüber. Und ich bin gegangen und hab Hände, Arme & Schultern unters kalte Wasser getan.

Zuerst hinterm gesträubten Busch am Uferkamm: Die beiden Jungen Heinrich & Albert, und ich sind das Stück von Birkheim über die leeren Felder gerannt, Heinrichs Schuh blieb stecken in der Erde, »Machtjanichts!«, und Wind pflügt die Ackerbuckel, trägt Frühjahr aus den fleckigen Wolken.

–Ganz großes Mädchen=Geheimnis!, und hocke mich nackt unters Zweiggeflecht; die Beiden *stehen* davor & schaun, und sind mit einemmal ganz still. Und sehen auch nicht aus wie sonst. Da schwemm ich mit dem Strahl einen Zigarettenstummel aus der Erde, wir lachen, unsre Stimmen wie kleine Steine, und die beiden Jungen münden das Ihre in meinen Fluß, spülen im Geschäum den Zigarettenrest übern Uferhang, und da wollen wir Drei einander heiraten.

Überm Fluß ein Rauch. Frühwind gräbt krause Wellen. Sonnenscherben rollen gegen den Strand, den Uferhang hinauf. Im Sand angeschwemmter Schlamm wie ein fragiler Schmuck. Spuren der Wasservögel und von Kindern, dazwischen widerborstige, halbvergrabne Grasschädel, graugrüne Inseln im Sand. Dortheraus haben sie ihre BURGEN gescharrt: Wälle aus grobem Kies und Treibholz; Wind trägt Geruch des tiefen, grünbraunen Stroms über die Ufer, im Schilf ein Flüstern die Bucht entlang:

–Sie komm rüber!

Vom anderen Ufer stößt das Floß ab, in der Entfernung wie ein gezaustes Tier, das in der Strömung treibt; im Näherkommen eine Handvoll Kinder, ihre Badehosen wie bunte Reste eines Ur-Fells; düster wartend die hiesige Schar. Aus deren Burg in Böen sich die FAHNE bläht (:Was sonst ein dreckiges Turnhemd heißt); in der Nähe spielernste Jungens-Augen hinter Flußtang. Damit haben sie die Gesichter beflaggt, Bärte aus späteren Jahren, als wärn das die

Netze der Alten, in deren Fänge sie geraten. Auf dem Kopf des Einen, Ankömmling wie Hiesiger, das graugesprenkelte Blech, im Schmuck dreier Möwenfedern die K R O N E (:Was sonst ein oller Kochtopp heißt); und in den Mündern der Kinder grollt die Sprache der Alten wie bemooster Stein.

»In … dem Jahre (1152) ist der mächtige und reiche Graffe von Wint= zenburg Hermannus, ein Bruder des Graffen von Dassel Henrici, mit seiner schwangern Gemahlin umgebracht worden … und we= gen seiner Schlösser und seines Landes trefflichen Vermögens sind zwischen Henrico dem Löwen und dem Marggraffen Adalberto Streitigkeiten entstanden; Diese nun völlig zu heben hat der König einen Reichs=Tag nach Merseburg, eine Stadt in Sachsen, ausge= schrieben, mit Befehl an die Fürsten, sich gegenwärtig allda finden zu lassen. Es ist auch dieser berühmte Reichs=Tag zu Merseburg ge= halten worden. Die Uneinigkeit aber zwischen dem Hertzog und Marggraffen konte nicht geschlichtet werden, weil die hochmüthigen Fürsten des annoch neuen Königs Vermahnungen nicht groß achte= ten. … Der Hertzog Henricus und der Marggraff Albertus konten nicht wieder miteinander vereiniget werden, weil beyde aufgeblase= nen Gemüthes waren … Es entstand ein Krieg zwischen Hertzog Henrico und Marggraffen Adelberto, so daß der Hertzog dazu 5000. Mann tapfferer Soldaten, und der Marggraff 1500. angeworben. … Was aber zu Merseburg nicht geschehen können, das ist annoch in eben diesem Jahre zu Würtzburg vollzogen worden, allwo der König Fridericus Henrici des Löwen und Alberti des Bären Zwistigkeiten beygeleget. … Daß aber der zwischen diesen beyden so nahe ver= wandten Fürsten gestifftete Friede nur von kurtzer Daurung gewe= sen, erhellet aus der Petersbergerischen Chronic, woselbst beym Jahr 1153 folgendes: Hertzog Henricus und Marggraff Albertus haben in Sachsen mit Sengen und Brennen ziemlich aufgeräumet.«

LEGENDE. Frühe liegt überm Strom und Rauch in schweren Säu- len. Brand auf den Äckern & in den Dörfern des platten Lands. Rauch aus dem Blut der Soldaten, die vor den Stadt-Toren die Erde düngen; die *Saat*, die Niemand ausbringen kann, weils der Bauern zuwenige & der Schlachten zuviele geworden. Ihr Fleisch geht in die Erde lang vor seiner Zeit. Der Tag zur *Versöhnung* reift aus den Toten, weil Äcker & Weiber verkommen.

   Es lädt der Markgraf Albrecht seinen Verwandten Heinrich den Löwen zur Unterzeichnung des Friedens ins Pyrkamer Schloß.

–Laß uns wieder zusammentun, was unser Vorfahr einst als Ganzes überließ und was im Streit wir entzweiten und uns.

So folgte die Unterzeichnung der Friedens-Urkunde und die stillste Nacht seit Greisengedenken. Ein Fest hebt an im Schloß-Turm zu Pyrkam; Wein färbt den Marmor, und Albrecht umarmt seinen Gast Heinrich, waffenlos er & ohne Arg.

Die neue Sonne trägt Blut im Gesicht & Verrat, als sie zum Morgen die Stadt & den Schloß-Turm erblickt. Auf ein Zeichen des Markgrafen Albrecht dringen in den Fest-Saal seine Getreuen in Waffen und zerstückeln, was Gast war. Blut mischt den Wein übern Fliesen.

–Aus Blut ward Wein, der Altar zur Macht gedeckt mit Löwen-Fleisch. Dein Tod zum Tod des Kaisers! grölt mordestrunken Albrecht, den sie den Bären nennen. Später, im Fluß, wäscht der Schlächter seine Nacht von der Haut, und Kinder legen den Toten auf ein Floß & decken gelbe Blumen darüber. Die Strömung faßt den blühenden Sarg & spült drüberweg. Mit dem Wasser treiben die Blüten zurück, das Ufer & die Hügel zur Stadt hinauf, sie fassen neue Wurzeln dort. Die Flut steigt. Der tiefe Fluß mit seinen Toten unter Algen & Schlamm, den Fischfraß obenauf. Ersoffenes Vieh, Hühner Katzen Teile von einem Pferd. Der Fluß zerschwemmt die BUR-GEN, aus dem Wasser kehren die Leichname zurück. Und gelbe Blumen auf ihnen, die trinken aus diesem vergehenden Fleisch & wachsen gegen die Mauern um Birkheim mit jedem Frühjahr. Im grünbraunen Strom leuchtend ein schartiges Metall, die Waffe.

Die Kinder am Ufer & am Ende des Spiels stehen um den Jungen im Sand. Der rührt sich schon seit geraumer Weile nicht. Jemand beugt sich nieder zu ihm, berührt den bloßen Arm, die Haut kalt & starr.

–Der ist … tot! Albrecht. Dein Bruder. Du hast deinen Bruder totgemacht.

–Das Eisen hier ists gewesen, nicht ich. Seht doch her: da dran ist sein Blut. Und wenn schon! schreit da Albrecht und reißt Flußtang von seinem Gesicht. –Krieg-is-Krieg, und Der war ein Feind!

Er wirft das Eisen in den Fluß. Wir laufen über die Felder zurück in die Stadt.

LEGENDE. Türen und Fenster werden aufgetan, Fraun & Mädchen entkommen den düstern Zwingburgen heimischer Stuben, sie tragen Holztische auf die Straßen. Zuvor hatten sie jungen Birken die Zweige abgeschnitten – wohl einem ganzen Wald –, sie um die

Pforten ihrer Häuser zu winden. In den Straßen & Gassen der *Geruch* frisch geschlagenen Holzes. Und sie breiten unterm sterbenden Grün Leintücher über die Krämertische. Die Fraun & Mädchen, Witwen schon nach dem jüngsten Krieg und einer hastigen Liebe davor, ihre Männer Draußen ein Dünger fürs Feld; streifen Stoff von den Körpern, legen sich nieder auf das Tuch & bieten den entblößten Leib dem willigen Fremden zu Schau & Kauf.

DREI TAGE STAAT'S JUGEND: Schmiede & Schraubstock für ungewollte Gemeinschaft hatte Manöver-Spielen verordnet, und Walter sich & mir das Verirren-im-Gelände.

    –Wird Ärger geben –!–Achwas, Pimpfenkram!, und rennt voraus und die sandige Anhöhe hinan mit Schwarzkiefern und windgedrechselten Zweigbalustraden. Dahinter und im blauen Mittag die schaumgesäumten Wogennähte: das Meer. Und Salzwind, der über Dünen wellt.

    Abends das Quartier unterm Strohdach eines Bauern-Hauses. Haben uns tatsächlich geglaubt: 1.) Das Postenbeziehen: Befehl-is-Befehl; 2.) Bruder & Schwester :Das hat mit ihren Farben / Die Uniform getan (–Die Willfährigkeit der Leute wächst mit der Zahl der Uniformierten.) Unterm Satteldach aus Stroh lagernd im Dämmer ein zärtlich lauer Abend, – die seltene Kehrseite solchen Übels – :Wir halten den Atem an & uns nah beieinander.

    Was haben wir später gelacht, als im Dorfkrug der Bauer dem Walter eine seiner Töchter verkuppeln will. Sitzt im Lodenfilz auf den Tisch gelehnt, wischt Bierschaum aus dem schmalen Fuchs-Gesicht, und snackt unversehens im gezähmten Bauern-Platt (er hört uns die preußischen Ausländer mit der ersten Silbe an) von seinen Töchtern & vom Heiraten, Walter sein Bräutigam in spe. Meint das im vollen Ernst & zeigt aus derbgerackerter Hand Fotografien, und keine Zurückhaltung vor mir: ich bin ja die Schwester!

    –S-tarke Weibsbilder. Unn schön. Nich soune Bouhns-tangens. Die fuddern wat wech & arbeiten for Vier! (Pause) Unn zäätlich.

    Ich schau mit auf die Bilder: strenggezopftes Schwarzhaar in Schnüren glänzend, breite & schöngeschnittene Gesichter, angeschrägte Mandelaugen mit schmalem Wimpernsaum, Augenbrauen wie Libellenflügel. Nur die Lippen strichdünn & hart, zwei Messerkerben.

    –Nadenn: Proust min Jung! (Swiegervadder knastert die Fotografien unter die Joppe und s-takt s-törrbeinig aufs Örtchen, und bleibt lange drauf).

Walter & ich sind in die Nacht hinaus, unser Lachen scheppert
über stille Hütten.
–Warum macht der sowas?
Heute ahn ich: Der hat Etwas kommensehn. Der Instinkt des
Landmannes, ders Abend-Gewitter schon aus dem Morgenhimmel
hört.
–Schau!
In der Nacht des dritten Tages im Westen unterm Horizont ein
lautloses Stern-Gewitter: Grellrote Licht-Pfeile, von unsichtbaren
Bogen geschnellt, schlagen in den schwarzen Erd-Leib; ein phos-
phoreszierendes Tier im Todes-Kampf; Blitze-Gitter und glühende
Stachel-Draht-Peitschen, stampfende Gold-Hufe, drüber Licht-
Köpfe wippen und dünne Rauch-Schrauben zwingen Wolken anein-
ander; eine *pink*farbne Nebelwand gerät ins Wanken & stürzt. Flache
Wellen im Muschelkies unter unsern Füßen. Die Zündschnur des
Horizonts gerät in Brand: Protuberanzen recken spitze Hahnen-
Kämme über den Meeres-Giebel, Flamm-Köpfe krähen Schwefel-
Atem gegen den festen Wolken-Bau. Anderntags hören wir: Das
war Lübeck. Die 1. Nacht.

RÜCKBLENDE ABTEILGESPRÄCH. Irgendwo stiegen die
beiden Männer zu, fragten mit den Augen nach den zwei freien Plätzen mir gegenüber, setzten sich nebeneinander: Der erste, ein älterer
Herr, kor|rekt die Anzug-Paßform, sorgfältig gebügelt schien selbst
die Haut, so daß Spuren des Alters auf Gesicht & Händen nicht
glaubhaft; der zweite, ein jüngerer Mann und kongruent mit seinem
Begleiter sogar in der Mostrichfarbe des Anzugs, sein Kopf durch
den Scheitel ex|akt halbiert, im Gesicht schon die Bügel-Falten des
Alterns.– Sie trugen ihr Gespräch herein in dieses Abteil. Der 2. Herr:
Ich will dir, Vater, diese Frau beschreiben: Starr Egozentrisch Eigen-
sinnig Empfindungsleer und in Allem Kind.
Der 1. Herr: Was du aufzählst an Adjektiva, mein lieber Sohn, sind
Tautologien zu FRAU, was hast du erwartet. Mir sind Vagina &
paar Quadratzentimeter Haut ringsum Frau genug. Die Seele streich
dir aus den Augen, Grind von der letzten Nacht. Das ist was für *Poeten*, die backen sich ihr Fressen draus. Der 2. Herr: Ein trübes Gewässer, in dem zu fischen ist. Der 1. Herr: Ja, und für die Fische auch.
Der Zug wirft sich brutal durch die Schienen. Im Fensterspiegel
mein Gesicht, das in der Scheiben-Rebellion sich zu mir kehrt; zer-
fließendes Abbild, rauchfarben, schattentief. Draußen hasten Bäume
& Felder vorüber.

Allmonatlich ein Mal ist *Vieh-Verladung* am Bahnhof, Bauern fahren auf grotesken Schinderkarren heran. Hinter Bretteraufbauten ineinander verschlungenes Schwarzweiß, atmende Gebirgszüge im letzten Exil; bisweilen ein blutgeädertes, riesiges Auge hinter einem Bretterspalt, ein Tierstern, schreckensvoll. Die Knäuel heller Schweine, von Stiefeln maltraitiert unter ohrenreißendem Quieken durchs Laufgatter, drängen in Güterwagen, gefräßige Verschläge in Dreckrot wie geronnenes Blut.

Am Vortag wird auf einem flachen Güterwagen Sand herangefahren und abgeladen; dunkelgelber schwerer Sand, feine glitzernde Körnchen auf Kleidern, und die Haut flimmert wie ein Kaleidoskop. Der Sand häuft sich an der Bahnrampe, wir graben Tunnel & Gänge, klopfen mit der flachen Hand Straßen & Gassen oder scharren eine Höhle, in der wir uns versteckt zusammenkauern. In die Sandwände ritzen wir Figuren: strichdünne, ungelenke Gesichter, eckige Männerchen; und der Junge erzählt von der Bade-Anstalt: UMZIEHEN in der Enge von holzmodrigen Kabinen, sandfeuchte Fußtapfen auf der Gräting, und der Naßgeruch der Badehose, die hadrig über die Beine auf die Erde glitscht. Und sein Vater steigt schamvollhastend aus seiner Hose, in einer Kabinenenge zusammen mit dem Sohn (um Gebührn zu sparn). Jetzt schreibt der Junge stolz in den Sand, was er gesehen hat: eine birnförmige Sonne, um deren Rand ein borstiger Strahlen-Kranz wächst, und aus diesem *Gesicht* ragt eine klobige, unglaublich lange *Nase*.

Ich hab gestritten, später geweint und bin nachhaus gerannt, denn: In meiner Kabine sah Alles-ganz-anders aus!

Später, als ich sah, daß meine Tuschzeichnung von Birkheim, von Dächern & Wolken, begonnen hatte zu mißlingen, nahm ich einen Bleistift. Einen, den Mutter schon in Berlin gekauft und der neu & ungefüge in der Hand lag. Ich wollte Gesichter oft über-sehener Alltagsbekannter zurückrufen, Namen geben den farbigen Inseln auf dem Papier.

Albert, der seinen jüngeren Bruder Heinrich im Spiel erschlagen hat, wie das genannt wurde, und von dem es wenig später hieß, er sei WEGGEBRACHT worden. (Ich hab geweint im Innern meines Gesichts um Heinrich, meinen Ersten Freund, und Tränen, die ich auf der Zunge schmecken konnte. Damals wollte ich zum Ersten Mal tot sein).

Seine Mutter, die unter den Leuten umherhuschte wie ein Dienstmädchen in beständiger Angst vor Fehlern, und wem sie begegnete, der wich ihr stumm aus dem Weg. Alberts Vater, unbeweglich und stumm hinter den Stubenscheiben ins Draußen starrend, wird eines Tages vom Regen übers Fensterglas davongespült & ausgelöscht werden wie Kreidezeichnungen auf dem Stein.

Allwöchentlich zwei Stunden eingesperrt bei den Folterwerkzeugen der Turnhalle. Ich riß den Wochentag regelmäßig aus dem Kalender, um den Seilen Stangen Ringen Barren Schwebebalken Matten Reck & den langen Bänken vielleicht zu entgehen, worauf die Andern meiner *Klasse* sich vor Begeistrung stürzten. Uralter & neuer Schweiß-Geruch in den *Umkleideräumen* würgte in meiner Kehle, und ich sann auf Krankheiten, denen ich seltene Namen gab. Das half mir nichts. Der *Turnlehrer*, ein dürrer-blasser Mann mit fast weißer Iris, durchschaute das & befahl mich sofort nach dem *Vorturner ans Gerät*: −Damitt ihr mal sehn könnt wie mans nich machng soll!, (Gelächter unter der hohen Saaldecke. Dort Oben tatsächlich Fußspuren, dunkel & riesengroß; ich meinte darin die Spuren dieser *Demütigung* zu sehn).− Draußen auf dem Heimweg die Kastanie wie ein lieber Verwandter, mit ihren Zweigen den weiten Kirchplatz in Schatten hüllend. Meine Kinderzeit ein Geruch nach Turnhalle und nach Kastanien.

In meiner Zeichnung fehlten die Fensterscheiben der Häuser & Geschäfte, deren Glas soviele Gesichter aufgenommen hatte, daß es darüber müde & blind geworden war. Es fehlten die Gerüche des Friseur-Ladens, hinter dessen meist geöffneter Tür im Dunst nassenwarmen Haares Männerköpfe starr auf weißen Tuchpyramiden thronten, und Fraun, deren Gesichter unter Trockenhauben verschwanden wie in einer sich ballenden Faust.

Der blinde Leierkastenmann, dessen Augen hinter einer Brille mit schwarzen Gläsern verborgen waren, zwei kreisrunde Löcher, in eine Tiefe führend, die nicht mehr zu diesem Kopf gehörte. Mutter zog mich jedesmal an der Hand, sobald wir an einer Straßenecke auf ihn & seine brüchigen Lieder trafen (er nickte in weitausholender Bewegung, wenn er ein Geldstück ins bereitgelegte Mützenfutter klirren hörte, und der kleine gelbe Hund zu seinen Füßen blinzelte bös auf die Münze), und Mutter sagte, dieser Mann sei nicht NORMAL. Das Wort machte mir Angst. Und Angst flatterte zwischen den drängenden Menschen hindurch die Straßen & Mauern entlang, und bog ein in jede Gasse, um dort auf mich zu warten. NORMAL. Bin ich NORMAL. Später hatte ich Angst vor dem Weg zur Schule, vor dem Schul-Gebäude aus Ziegeln, dunkelrot wie die Waggons am Bahnhof zur Vieh-Verladung. Auf dem Dach der Schule vier spitze Türme, aus vier Toren der üble Geruch von Schulmappen & Tafelschwämmen: ein Grauen, das die Sinne frißt, und würde ein Leben lang dort bleiben.

Manchmal gebärdete die Stadt sich erwachsen: Häuser standen dumpf beisammen, Toreinfahrten gähnten schief & leer im Gemäuer, und Haustüren verdämmerten; Autoreifen & Schuhsohlen wischten mit ihren Menschen über die einzige Hauptstraße, gleichfalls in Hast & Eile, Groß-Stadt mimend und erkannten einander nicht oder verschlossen sogleich die Gesichter & taten fremd hinter ausgefalteten Zeitungsbögen. Straßenlampen schauten in die Bäume, leer wie unbewohnte Häuser; ein schläfriger Tag. Nebel wehte über den Straßen wie Gardinentüll aus offenen Fenstern, Mäntel & Jacken lasteten schwer. In den Stuben noch Morgentrübnis: Dieser Tag kann nicht erwachsen werden.

Auf dem Schulweg der hohe, gewellte Bretterzaun, die Straßenkurve mit dem Eisengeländer überm Stadt-Graben wiederholten meine tägliche Furcht. Auch während des einen, letzten Tages zur Mittagsstunde, als ich unter trägem Leinenhimmel auf dem Fahrrad das Pflaster zum Bahnhof entlangstuckerte, und der Satz von Mutter HEUTE ZIEHN WIR NACH BERLIN FREUST DU DICH DENN GAR NICHT mich zwang, etwas liegenzulassen. Wie können Die einfach fortgehen, die NORMALEN. (An die Jahre, als *das Kind* klein war, erinnern sich *die Eltern* gern: engumzäunte Jahre eines *Glüx*, von denen *das Kind* in seiner Welt voll Neugier Grauen nichts weiß. Es ist nicht schön, Kind zu sein).

Mein Bild ist mißlungen: *Erinnerung* läßt sich nicht zeichnen. So, wie Niemand *Blut* zeichnen kann.

Ich hab zu erwähnen vergessen, daß ich mit dem neuen, ungefügen Bleistift damals statt der Namen Buchstaben auf meine Zeichnung malte, verschieden große, doch immer den einen, der mir von allen Buchstaben von jeher am besten gefiel, weil er am schwierigsten nachzuzeichnen war aus den Büchern und das zur vollen Zufriedenheit auszuführen mir niemals gelungen ist: das kleingedruckte, schnörkelig phallische g.

CHRONIK. Markt-Tag. Mit den Blumen kamen die Händler nach Pyrkam. Sie verwandelten den Fluch dieser Stadt in den Segen-des-Geldes, und ließen den Markt-Tag ihren Fest-Tag sein.

»Zur selbigen Zeit hatte das Oestliche Slaven=Land inne der Marggraff Adelbertus, mit dem Zunahmen der Bår, welcher das= selbe weit & breit, nach dem ihm von GOtt verliehenen Segen im

glückseligen Stand gesetzt hat. Denn das gantze Brizanische & Sto=
deranische Land, auch vieler andern an der Havel & Elbe wohnenden
Vôlcker hat er unters Joch gebracht, und denen aufrûhrerischen un=
ter Ihnen einen Zaum angeleget. Wie zuletzt die Slaven dûnne ge=
worden, so sandte er nach Utrecht & an die an dem Rhein belegene
Oerter, auch an die, so an der See wohnen & von der Gewalt des
Meeres Noth litten, nemlich die Hollânder, Seelânder & Flanderer,
und brachte aus denselben ein sehr groß Volck zusammen, und ließ
sie wohnen in denen Flecken & Stâdten der Slaven. Er ward auch sehr
bestârcket, Fremdlinge in die Bißthûmer Brandenburg & Havelberg
kommen zu lassen, weil dadurch die Kirchen vermehret wurden,
und die Zehenden gleichfals einen grossen Zuwachs hatten. Aber
auch das sûdliche Ufer der Elbe fingen die angekommenen Hollân=
der damals an zu bewohnen um die Stadt *Perkhemere* ...«

COMIC. FORTSCHRITT. –Zahnschmerz, der Teufel im Mund,
hat seine Macht über uns Erdenwürmer verloren! Aufgepaßt!:
    In der Ecke des Marktes ein Brettergestell, drauf der Stuhl, Thron
oder Schafott. Ein Mann in Lederschürze, Statur eines Henkers &
Gebaren eines Papstes, führt –pardon– geleitet einen jungen Kerl
aufs Podest, sein Gehülfe schnallt ihn rasch an den Stuhl.
    –Ihr schneidet Grimassen, mein-Lieber, als plagt' Euch just dieser
Unhold. Ei, Eure geschwollene Backe, laßt mich sehen! Für Euch,
Gevatter, kosten=los: Das Neueste aus *Weh-nee-zieh-ja!*
    Der Mann auf dem Stuhl jammert, als er die ungefüge *Zange* des
medicus sieht. Die nähert sich dem Mund des *patientiae in-patientis*, der
beißt die Kiefer fest aufeinander: –Geh tsir Helle, Seetensbreeten!
    Vergebens der Löffelstiel in des *doctoris* Hand als Hebel für ein *A*,
das verschlossne Maul zu öffnen, der Löffel verbiegt; Gelächter aus
der Menge. Der *adiunctor* führt heimlich eine Ziege heran zu den Fü=
ßen des Patienten & streut Salz über die bloßen Sohlen ...: Da reißt
der Unglückliche im Lachen das Maul auf, die Zange flitzt in den
Mund & packt einen Zahn, den kranken oder einen andern, was fort
ist, kann nicht verderben. Der Arzt rüttelt & zieht, der Patient schreit
mordio!, Pfiffe aus der Menge. *Doctoris* Kahlschädel im Schweiß, seine
Arme wie Pleuel vorm Mund des *victimae: gnash & crash & shake &
rattle & roll:* Der Stuhl fällt um, die Zange krallt sich einen Zahn, im
Fallen ein Tritt in den *ars artis;* Der hält noch im Stürzen Zange &
Zahn hoch empor: *peractum est! triumphus! amici plaudite!* – Arme
recken sich zum Beifall & zum Patienten. Bleich, das Gesicht voller
Blut, wird er vom Podest gehoben.

–Who's the next one, please?!
–HEILIGER-DENTARPAG-BEHÜT-MICH!!–

»… Mord=Brenner (legten) Brandt-Zeichen, ja gar durch ihre Bun=
des=Genossen in der Stadt, welche Bürger waren, und sich als Aus=
kundschaffter solcher Buben vom Rath hatten bestellen lassen, die=
selben aber heimlich verwarneten (…) abermal bey der Bütteley
Feuer einlegten, also daß etliche Häuser davon in Rauch aufgien=
gen.«

» (enthielte sich) ein Kerl, der als Tagelöhner sich gebrauchen ließ,
allhier auf; als aber derselbe in Müssiggang lebte, fieng er an etlichen
Dorf=Leuten, so nach der Stadt giengen, aufzupassen; *iterim* hatte er
durch (neue) Fehde=Briefe so viel zuwege gebracht, daß der Marck=
meister muste aus der Stadt ziehen. Hierauf hielt er an um selbigen
Dienst; als er nun einstmals vor dem Rath gehen, und anderweit an=
halten wolte, wird er gewahr ein Weib, welcher er etwas mit Ge=
walt genommen auf der Strassen, erstarret deswegen, läufft davon,
und suchet das Thor; der Rath läßt ihn zu Pferde durch die Diener
ereilen und ein wenig verwahren. Als er aber etwas hart befraget
worden, hat er wieder männigliches Vermuthen freywillig bekandt,
daß er nebst seinem Weibe und andern Buben die Stadt also einge=
äschert hätte.«

LEGENDE. Markt=Abend. Stimmen raunen Plätze & Gassen ent-
lang:
–Der Alte soll brennen Zäh soll er sein wie Kastanienholz Lang
wird die Nacht die Hölle Hatte zu wenig zum fressen in seiner Ju=
gend Tag=Löhner und jeder Tag ohne Lohn ein Tag näher am Tod
Da hat er angefangen mit Denken. Hat behauptet, die Erde sei eine
Kugel. Und ist zum Thomas=Tor hinausgegangen vor einhundert
Jahren und hat gesagt, er käme zurück in die Stadt. Doch käm er
dann zur andern Seite herein, vom Osten her durchs Johannis=Tor.
Danach zog er hinaus in die Welt, dem Lauf der Sonne nach. Und ist
zurückgekommen wie versprochen nach einhundert Jahren vom
Osten her durchs Johannis=Tor. Seht die Welt ist eine Kugel! rief er
den Bettlern, den Weibern, den Bürgern zu. Die Herren glaubten
ihm, die übrigen vergaßens wie einen=jeden Jahrmarkts=Trubel.
Das war sein Verderben. Im roten Talar saß der Kardinal unterm Ka=
stanienbaum am Johannis=Tor 100 Jahre lang und wartete. Sein Haar
wurde grau wie der Schnee und wuchs hinein in Zweig & Rinde des
Baums. Seine Haut bleichte die Sonne, und Regen schlug sie dünn

wie Pergament. Er sprach kein Wort 100 Jahre lang, saß am Baum, um zu warten. Manch einmal glaubten die Leute, er sei längst gestor= ben, und wollten hinzu & ihn lösen aus der Umarmung mit dem Holz, ihn dem Frieden der Erde überlassen und dem Vergessen. Dann aber leuchteten seine Augen & glühten auf wie das Ewige Fa= tum, und die, welche sein Blick getroffen, fanden keinen Schlaf, wenn Totenwolken den frosthellen Mond trugen auf seiner Prozes= sion durch den Himmel. Und sie sagten leis, sie hätten in den Augen des Kardinals den Teufel gesehn. Als der Wanderer zurückkehrte aus seinem Jahrhundert, öffnete der Alte am Baum seinen Mund & gab mit hölzerner Stimme Befehl, den Heimkehrer zu fesseln & der *In= quisition* vorzuführen. Sie waren einander zu ähnlich geworden, sag= ten die Leute. Der Kardinal & der Wanderer, der Alles nur eine Silbe zu früh aussprach, was Jener schon wußte ohne ihn und seit fast Tau= send Jahren. Wer verbrennt Wen als Erster. Und als Pyrkam das Feuer fraß, weil die Stadt zu eng & die Erde drin zu teuer geworden, mußte ein FEIND-DES-GLAUBENS her, den jedes= Kind glau= ben mochte.

»Worauf der Rath sein Weib und noch einen Kerl, die sich allschon mit der Flucht erretten wollen, in Hafft gebracht, auch den andern Stock=Briefe nachgesandt hat, und da sie bey und nach der scharffen peinlichen Frage zugestanden, daß sie aus rechtem Frevel und Muth= willen die schreckliche That begangen hätten: Wurden sie durch Ur= theil und Recht zum Tode verdammet; also daß diese 3. Personen alle Finger an der rechten Hand mit glühenden Zangen abgekniepet, fer= ners mit solchen Zangen sie an ihren Leibern und Gliedern etliche mal zerrissen, und darauf auf 3. Pfählen geschmiedet, zwischen Him= mel und Erden im Rauch und Schmauch sterben, zuvor aber unaus= sprechliche Marter, indem sie fast bis an den Abend gelebet, aussste= hen müssen.«

Raucharme strecken sich zu den Fenstern hinauf, vor den Türen und die Gassen entlang, packen sich Männer & Fraun, und zerren sie scharenweis hinaus auf den Platz. In den Augen die Glut der Johan= nis=Markt=Nacht.

Die Reste der Toten werden aus der Asche gescharrt & verhökert zum Zeit=Vertreib. Jeder Isis, was Osiris verlor: dem haucht sie mit ihren Lippen das Leben ein + aus, rein + raus; Erntedank der Chirur= gen, die Polonaise der *zombies*, und Engel in Blut vergehn sich an den Toten; die Tänzer tanzen gegen den Schrecken in ihren Seelen, der aus den Bombennächten ist und dem Geschrei der Sirenen, den Tanz zwischen Ohnmacht & Leben. Unsre Städte sind nicht unterscheid=

bar von einem Friedhof, die Gräber über uns; Atombunker sind un=
ser Leib, Fleisch & Blut, aus den Fenstern ein Geruch von Mord. Im
Dunkel warten die Kirchen.

Leere Häuser in der Nacht, übers Pflaster zucken die letzten Tän=
zer. Eine Stadt, erschüttert vom Treiben der Faune, die jüngsten
Menschen. Stimmen wie Regen, der übern Stein springt gegen die
Angst in Fleisch. Bis Eine=Stimme die andern niederschweigt mit
schwarzem Gebell:

»Der tantz ist ein circkel, des mittel der tufel ist: Wann er stifft
solich tantz, vff daz sich die vnkuschen menschen an sehen, an griffen
vnd mit einander vnkuschheit, vnd bôse fleischlich begirde gewyn=
nen, vnd lust dar jnne zu haben, damit sie tôtlich sûnden vnd jn vil
stricke des tufels vallen: auch alle, die da by stent vnd zu sehent, die
sint des tufels diener!« – Der Mond zieht schweigsam zurück ins
dunkle Haus der Nacht.

»Hierdurch ist nun die grosse Fehde gestillet worden, und hat man
nach und nach die Kirche und Glocken, nebst andern Kirchen=
Ornat, dann auch das Rathhaus und den Thurm, und einer und der
ander, wiewol etwas langsamer, sein eigen Haus und Wohnung, so
gut er gekont, wieder angerichtet, und jährlich auf die Zeit, da das
Feuer angegangen, als am Sonnabend nach Mariä Geburt in der Pfarr=
Kirchen zu läuten, und des folgenden Sonntags eine Gedächtniß=
Predigt zu halten angeordnet.«

Tränen, Margarete? Tribut der Eingeweide ans falsche Leben?: Et=
was in Plastik spielt Mensch. Filmband oder Ariadnefaden, das
Schwert im Minotauros ist das Schwert im eignen Fleisch. Ich will
eingreifen in deinen Film, Margarete, und die Landschaft deiner to=
ten Plaste mit Schlachtungen besetzen, damit du einen wirklichen
Grund hast zum Heulen. Du wirst vergeblich nach einer *Methode*
fahnden, es gibt keine. Die Induktion ist vollständig und aus den
Lehren kommt die Leere. Das Resultat – q.e.d. – sind EXEKU-
TIONEN DES ICH.

Was da *Leben* heißt, ein Verwaltungs-Spiel: Sparkassen, Hausrat-,
Lebens-, Unfallversicherungen, Gewerkschaften, Skat-Clubs, *poli*-
zeiliche Meldestellen, kommunale Wohnungsämter, Krankenkas-
sen, Teilzahlungskredite, Bastel- & Kochvereine, Partei- & Kleingar-
tenmitgliedschaften; dazwischen ein bißchen Fortschritts-Glamour
aus Illustrierten, und Theaterbesuch: Sekt & Salamibrötchen, danach
wieder Shakespeare; was bleibt, ist Augensekret im verdunkelten Ki-
noraum, der kollektive Ausfluß, die Massendrainage inklusive Kon-

vulsion der beteiligten Innereien: die Kultur der schreienden Mehrheit; Die übt sich in Fußballstadien & an Stammtischen, bevor die
hinauszieht zum Autodafé, Hurrah! und Halali! und Zu-ga-be!
Der Film die freundliche Aufforderung zum Totschlag; Kriegs-Tanz
vorm Anthro*po*idenauge, Hinschlachtung *polizeilich* genehmigter
Feinde, Triumphe weißzahniger Statisten, die ihren Führer mit Händen emp*o*rstemmen wie einen gewaltigen Phallus: Karyatiden-*Poe*-
bel, hymnengrölende Einheits-Papageien, Electrola-Preßköpfe mit
dem Sprung im Gehirn, so daß die Nadel niemals hinauskommt
übers Jawoll! : Unsre *Schwuhle-Männer*-K*u*ltur ohne Erotik, und la-
chende Häuptlinge im Federschmuck der Gesetze, und Gespenster
hinterm Fahnentuch der neu aufgemachten Imperiumsgesellschaft
mit Ewigkeits-Garantie bis zum nächsten Film: Chamäleoniden in
Plastikdelphis, zerlegbar in der Vivi-Sektion ohne das Risiko eines
Schreis.

Der Schrei aus dem Ghetto, aus den Inneren Spiegeln, die Caliban
heimsuchen zum täglichen Geißeln; der Schrei aus dem Blut, was
selbst die Ratten verschmähn. Die haben ihren Siegeszug angetreten,
die *Po*maden-Felle im Lederkostüm mit fiebrigwunden Augen wie
Glühlampen aus Leuchtreklamen, die Schnelle Nummer in den
Hauptbahnhöfen Europas; zum Taxpreis das Zucken, vorwiegend
halbnackt also entblößt; aus den Schößen rinnt heraus was in sie
stieß: Bleicheres als der Tod, der ist echt:

Die Frau mit dem herben Gesicht, schiefen Zähnen und Brust-
krebs, die Umsiedlerin, Haar wie Holz und das Reden verlernt vor
lauter Heimat, die ihr das Kreuz schlug beim Trans*p*ort. Der Mann
wie ein starres Tier, kräuseliges Fell, das Vieh auf Dienstreise, im
Blut der Augen schwimmt Sterben wie bei einem alten Hund; Menschen, die außer in ihren Geschlechtsteilen in nichts zueinander passen, so wie Niemand zu einem Andern paßt.

Dagegen *stehen* an die Fabriken parfümierter Akrobatik: die unablässigen Trauerspiele, weil wieder mal ne Variation des »Mensch-är-
gere-dich-nicht« schiefgegangen ist: Det heeßt sich *Po*lletik für Alle,
die se garantiert *nich* machen: scheiß auf die Visagen der Bosse,
schlächte Enter-Tähner & Schau-Spieler; Die hassen elementare Un-
vernunft wie die Pest oder den ungedeckten Honorarscheck; Die
kleistern herrschende Unnatur zu Natur, Die machen aus Dreck
Zucker und aus Zucker Dreck; schmieren Durchhalte-Parolen auf
Plakate & Werbe-Slogans für Dosensuppen & Persil; Die Ewige In-
ternationale der Berufsverbrecher. Das Holz aus dem die Marionetten sind, die Märtyrer & Blutzeugen. Das wedelt mit Palmzweigen

sonntags und schreit im Chorus einehalbe Woche später »Barrabas Barrabas« oder den Namen des andern, grad aktuellen Schlagerstars oder Fußballhelden. Das will Blut & Spiele; Das kurpfuscht an kümmerlichen Gliedmaßen, wo Amputation die letzte Rettung ist vorm Wundbrand: Nein, keine Gnade! Her mit der Nacht und ohne *Feier* und ohne Feuerwerk die Abreise zum subventionierten Tarif: x-mal Walhalla mit Eilzug-Zuschlag ohne Rückfahrkarte!

Tränen, Margarete? »Blutzeichen schrieben sie auf den Weg, den sie gingen, und ihre Torheit lehrte, daß man mit Blut Wahrheit beweise. Aber Blut ist der schlechteste Zeuge für Wahrheit; Blut vergiftet die reinste Lehre noch zu Wahn & Haß der Herzen. Und wenn einer durchs Feuer ginge für seine Lehre –, was beweist dies! Mehr ists freilich, wenn aus eigenem Brande die eigene Lehre kommt«. Das Ideal ein Massenbrei mit Sonden, Elektroden, Kanülen verziert, garantiert willenlos, Ich-frei & ohne störende Größe mit stets einwandfreiem EKG; Autobiografien aus dem Leitartikel, Gralshüter verhökerns zu fuffzehn Pfennich auf Bahnhöfen & in Kiosken; das *Ich von der Stange* stinkt nach Druckerschwärze, Auflage 1,1 Millionen pro Tag, der Frei-Tod ist kein Mittel zur Frei-Heit, seit das Fleisch die Staatenkuratel dem eigenen Skelett vorzieht, von der -pardon-Seele nicht zu reden, Wesen zwischen Nötigung & Erpressung, das sich freiwillig die Haut vom Leib ziehen läßt, noch bevor ein Apoll im Volks- oder sonstigen Gerichtshof nach dem Fallbeil schreit, das Strafgesetzbuch die Neue Lyrik. Hinter dem letzten Paragraphen ist die Geschichte des Seins, das Nichts; das zeitigt Neue Götter, solang der Logos existiert: Das Zeichen der Christenheit samt Nachfolger: Ignoranten & Teufelsaustreiber, Steuerbeamte & *P*olizisten, Lehrer & Geschäftsleute vom Stamm der Hausse vorm Black Friday, Wähler & Dackelbesitzer, Unteroffiziere, Biertrinker, *P*opler, Parlamentaristen & Tympanisten; Nicht Bimmberger sondern Bammberger wird morgen die Welt erretten! :Drum wieder Fahne-hoch, das falsche Gebiß zurück in die Schnauze & gebrüllt Alle-Neune!, auch wenn die Kugel ins Aus rollt: Wären sie nur Alle Dummköpfe, es stünde besser um deren Untergang.

Die Bilanz: Erbauung & Wärmehallen, und Lues als die letzte wahre Empfindung; im Stank von Redlichkeit der Goldtanz ums Verbrechen. Das Innere Gesicht, der Schlemihl, zieht wieder in die Verbannung und in die Lager; ein Schatten ein Gas, ein Schatten ein Gas. – Tränen, Margarete?

Margarete (ruft): –Los Altermann, leg das neue Filmband auf, die erste Spule ist abgelaufen! Die Bilder bleiben stehn übereinander.

Zeig her, was nicht zu ändern ist aus dem Gestern und was bevorsteht Morgen. (Ists noch immer Regen, der auf das Holzdach fällt draußen –?)

Im hellgrauen Tag ist die Zeit steckengeblieben, Frühjahr verbirgt sich hinter leeren Gärten: Strauch-Wirrnisse und schiefgerückte Zäune. Der Weg von der Schule unter bröseligen Kinderschritten.
Der Junge: –Das weißt du nich?! Erst ziehn sie sich ganz nackt aus, auch den *Po*, und dann nimmt der Mann Seins und steckt Das bei der Frau rein. Und dann kriegt die Frau ein Kind.
Über die schwarzen Zäune starren Baumgespinste herüber. Durch ihre großen Köpfe gehen Wind und manchmal ein kleiner Vogel.
(»Und der Mann muß dann womöglich da-rein-machen ...! Wenn Dem seine Eltern sowas tun: Meine Eltern machen nich sone *Schweinerei* & ich bin trotzdem *gekommen*. Vielleicht machens Alle anders, und Mamma & Pappa machen *Das* eben am besten –«)
NOTTURNO. Das Deckenlicht in der Küche schreibt dunkle Schraffuren in Mutters Gesicht. Die Frau unter der Hülle des Lichts taucht ein Laken in die Blechwanne, aus dem Leintuch verblaßt ein Blutfleck im Wasser. (Tränen, Mamma?) In der Tür für einen Augenblick der Mann, ein Schatten. Als er mich bemerkt, geht er wortlos hinaus. (Was ist dir Mamma? Und was ist mit Pappa, warum sagt ihr nichts?) Pappa hat sich sehr erschrocken damals über das viele Blut, das mir aus der Nase kam. Danach hat er mich nie wieder geschlagen; er hat mir eine ganze Tafel Schokolade geschenkt. Blut schmeckt wie Schokolade. Und Pappa ist der beste Pappa, den es gibt!

»Das sag ich euch, wollt ihr nit um Gottes Willen leiden, so mußt ihr des Teufels Märterer sein. Darum huet euch, seid nit also verzagt, nachlässig, schmeichelt nit länger den verkahrten Fantasten, den gottlosen Boswichtern, fanget an und streitet den Streit des Herren! Es ist hoch Zeit, haltet eure Bruder alle darzu, daß sie Gottlichs Gezeugnus nicht verspotten, sunst mussen alle verderben.«
»Nun dran, dran, dran, es ist Zeit, die Boswichter seind frei verzagt wie die Hund. Regt die Bruder an, daß sie zur Fried kommen und ihr Bewegung Gezeugnus holen. Es ist uber die Maß hoch, hoch vonnöten.«
»Die Bauern vom Eisfelde seind ihr Junkern feind worden, kurz, sie wollen ihr kein Gnade haben. Es ist des Wesens viel euch zum

Ebenbilde. Ihr mußt dran, dran, dran, es ist Zeit. Balthasar und Barthel Krump, Valtein und Bischof, gehet vorne an den Tanz!«

»Dran, dran, dran, dieweil das Feuer heiß ist. Lasset euer Schwert nit kalt werden, lasset nit verlähmen! Dran, dran, weil ihr Tag habt, Gott gehet euch voran, folget, folget!«

Die Frau (spricht zur Nacht): –Und morgen, wenn sie kommen mit ihren Hunden & Bütteln und nach dem Mann fragen, zeig ich das leere Bett. Die Helden wachsen mit des Magens Leere, die Kälte in den Betten auch. Lang ist die Nacht. An meinen Brüsten hing der Mann zuerst, später das Kind aus seinem Fleisch. Weiß ich, ob er wiederkommt. Tauscht am Ende Brust gegen Brust, zwei jüngere als meine. Oder die Schwerter des Grafen nageln ihn an den Boden. Der Bauer zum Dreck, dieser Tod hat Humor. Mir das Kind, weiß ich wofür. Das atmet & ißt das Brot, das meine Hand ihm gibt, die eigne später, wenns das Beil des Grafen so will. Sprechen lernt es vom Hören, Flüche & Schreie mit jedem Atemzug. Kann sein und diese Sprach gefällt den Herren nicht. So werden sie ihm das Maul stopfen mit Eisen, kein Futter für den Hungerleider. Und ich mach das Kreuz überm Sohn auch noch, das zweite Geschäft des Weibes. Das muß ein Kirchhof sein, die Welt, genährt von Weiberschößen. Was draus kommt, geht in den Tod so oder so. Du mußt gehen, Mann. Zu den Fähnlein.

LEGENDE. Die Trommeln der Bauern stürzen die Mauern der Stadt, wie einst Josuas Krieger die Mauern von Jericho. Und ihre Scharen überfluten Straßen & Plätze, und sie treffen zusammen auf dem Markt, den Landgraf & sein Weib inmitten.

–Hast Fressen Saufen Sterben mit Steuern belegt, hast, was der Bauer ins Weib sät, zu besteuern vergessen.

Kinder drängen durchs Spalier der Männer und stellen sich vor die Gefangenen. Einer knöpft den Hosenlatz auf, die andern tun ihm gleich. Die Menge johlt.

–Kinder sind ohne Schuld. Das ist die neue Taufe, sie wäscht Euer Herrenfell vom Blut der Bauern. Gebt acht, daß Euch nichts fortschwimmt, die Gosse ist ein hartes Bett für die Knochen eines Herrn. Und vergeßt nicht, wie Erde auf der Zunge wiegt. Ihr seid der Herr, Gottes Rechte auf Erden. So habt Ihr IHM auch die Kunst abgeschaut: Nur zu & macht aus diesem da Euer Gold. Schmeckt Euch der Straßendreck, unser täglich Brot. Wollt Ihr mehr?

Da gebietet der Anführer der Bauern Einhalt & Ruh:

–Laßt Ihn sprechen!

Da spricht der Graf-in-Fesseln:

–Was für ein Bauer, der seine Saat im Stich läßt! Habt ihr vergessen, wofür euch GOtt, der HErr, Sensen & Äxte gab. Kehrt zurück auf eure Felder. Gebt den Sensen das Korn, den Äxten das Holz im Wald, und es soll Recht & Friede sein für euch & eure Kinder, die Gebornen wie die Ungebornen. Da habt ihr mich, Bauern & Städter. Tötet mich oder geht den Weg der Gnade am Sonntag: Tut Buße vorm Altar des HErrn, unser aller Erlöser, und ihr seid rein vor GOtt & der Welt. Rein von der Schuld, die euch Hand anlegen ließ wider GOttes Diener auf Erden, deren einer ich bin, so wie ihr es seid.

Ruft ein Bauer: –Der lügt noch im Gebet! Und wenn ihr mir nicht glauben wollt, Bauern, so schlagt ihm den Schädel ab und seht nach, was drin geschrieben steht!

Rufen die Bauern: –Wer soll das lesen? Sind wir Herren?

Ruft der Eine zurück: –Nichts Gutes für den armen-Mann steht im Gehirn der Herren! Was Gnade! Schaut auf die Felder, die toten Bauern düngen das Unkraut. Unsre Sensen voll mit Fürstenblut, Gnad & Barmherzigkeit nach der Mahd. Aus einem Schwindel ist das geboren, zu einem Schwindel wird das werden, gebt ihr freiwillig her, was uns zukam von keinem Herrn!

Halten die Bauern dagegen: –Barmherzigkeit gegen den Schwachen ist Gottes Gebot. Ein Denkzettel sollt sein dem Obern, dem Madensack, was uns der knöpfleter Bundschuh erstritt. Alles weitere ist von Gott, der uns Bauern den Acker gab, und wider ihn, verlangt der Bauer die Krone. Willst gegen unsern Herr-Gott die Axt erheben, so tus allein. Widersetz dich nicht dem Gesetz des HErrn. Zweifelst gar an IHM & SEinem Wort? In die Höll mit dir, Widerchrist! Versucher aus Teufels Horde!

Und Bauern stechen den Bauern nieder.

Halbwüchsige in detailtreuer Nachahmung gültiger Uniformen & Zoten krakeeln unter Tarnplanen aus den Lastwagen hervor, wenn beim Vorüberfahrn am Straßenrand Etwas in Röcken guckt. Absprung später wehrhaft & männlich, Stiefelsohlen stanzen die Erde nieder. Mantelverhüllte Lehrer (im Hirn strudeln Sauerein Algebra Rom Benzolring Die Schlacht bei Frankenhausen) grienen breit MANÖVER & teilen ein: Freund Feind Feind Freund, Viel Freund – Viel Feind, und in den Augen der Halberwachsenen brennt irrer Glanz.

Die Landschaft wirft sich in Hügelkämmen, geduckte Kiefern, ein wirres Stachelverhau; gegen fern gerückt steht breit & leer ein Wald. Lehrer krächzen Über-den-rechten-Flügel! & Flanke-ver-stärken!; dann reißt Das Zweige von den Bäumen, schminkt die Herde zu Pflanzen-Karikaturen, wedelnde Büsche an Helmen, die Rücken prickelnd vor eingebildeter *Pose*: Marschall Blücher Hermann der Cherusker Der Cid; Drecks-Uniformen als wehende Ordensritter-mäntel, Helmbusch Schwertblank Schlachtbank, und ein bißchen Helden=Tod (= Blick, letzter!, zur Ximene, das kleinzitzig·Weib-liche vom Schul*sport* :Schautse ooch her?); und die Halbkinder pre-schen dem Baumheer entgegen. Man (nein: Nicht unpersönlich wie das Fatum; Lehrer im Auftrag eines Direktors im Auftrag eines Rates im Auftrag eines Ministers im Auftrag einer Regierung im Auftrag einer Idee im Auftrag eines Affekts) hat Diesen-da zu den Uniformen Gewehre gegeben samt »blinder« Munition; Waffen in elegantem Schwarz & frischem Öl-Geruch, Tod riecht nach Maschine.

In den Fangarmen des Waldes Der-Feind. Und Wald = Feind's Deckung, Heidland = Schußfeld, Ast = Waffe für Nahkampf: Schon Hauer*ei* mit Knü*ppe*ln gegen Köpfe & Ri*ppe*n; Zurückprall auf Schußfeld, Entsatz aus *Hinter-Land*, Feind umzingelt; Geknall & Hurrah!, und wald-seits Kapitulation (= heimlich beschnieft: Feich-linge! Bauerndeppen!)

Die Lehrer später teilen ein: Gefangen Lebendig Verwundet Tot. Jubel-Geschrei der Schüler in Staubmasken, Blutschraffur und Stul-lenpakete mit Waldgeschmack, abends Feuer & Chorglück »Papa fährt der Mama mitta Hand üban Bauch« & »Lustick lustick Tral-lelllallellah«, rote Schatten vor Dunkelwald, und Gemein-Schafts-ruch von Manneleven + Lehrerhaufe, Stiefel & Schamhaar, morgen wieder: Algebra Rom Benzolring Die Schlacht bei Frankenhausen & Aufsatz-Thema: Die Erfahrung aus dem Wald. EIN WICHT-IGER TAG IN MEINEM LEBEN. Und weil Das der Primus-aus-dem-Walde geschrieben, der fleißigste Drescher & Flegel im Schul=Mann=över gestern, hat Der-da-am-Katheder sogar den Rotstrich »vergessen« bei der falschen Silben-Trennung: Staat's Schüler haben eigene *Ortho Graf Vieh*.

LEGENDE. Und die Bauern legten Sensen & Äxte nieder am 4.Juni Fünfzehn Fünfundzwanzig unter des Landgrafen Gnad.

Und sie kehrten zurück auf die Felder, wo magere Schweine die Erde zerwühlten, aus den Hütten wucherten Disteln & Kraut, und Leichnam sank in die Schollen.

Und sie jagten verwilderte Ziegen & Katzen aus den Stuben, fegten Kot von Tisch & Bett, erschlugen Ratten und den Fuchs, der Hühner & Gänse riß. Sie kratzten Schimmel von Schränken, aus leeren Schüsseln, und zogen am Sonntag in die Winterkälte der Kirche, traten bußbereit vors hölzerne Gitter in Eingeständnis & Reue. DEINE SÜNDEN SEIEN DIR VERGEBEN IN NOMINE PATRIS ET FILII ET SPIRITUS SANCTI, aus dem lilafarbenen Abgrund viele Mal. Nimm den Leib deines HErrn Jesu Christ!

Und die Bauern & Städter schlossen die Augen in Erwartung geheiligten Brotes, und sahen nicht hinterm blütenreinen Damast des Altars die Söldner wie Katzen kriechen; Eßt, denn es ist nicht mein Leib! Trinkt, denn es ist euer Blut! AMEN.

Und Schwerter stachen in sünd-gereinigte Münder; Bauern erstickten am eigenen Blut, das sich einbrannte in die Fliesen vorm Altar, ein schorfiger Marmor, und ins Straßenpflaster darnach, als landgräfliche Knechte die Leiber der Toten zum Marktplatz schleppten. Ein Junitag des Jahrs 15 – 25 zu Birckheym unter einem Himmel, blendhell im Blau.

Und Sonne dörrte die Toten & blies ihre Reste durch den Rinnstein wie Staub. Ein Triumphzug des Grafen, als die Sonne in den Wolken verblutete, der Kirchturm ein dunkles Schwert im mohnroten Abend, und Glocken schliffen Jubel in die Münder von besiegten Bauern & Städtern; und Fackeln zuckten Beifall aus Tausender Hände für den gräflichen Sieg, so, wie die selben Hände vor.Tagen voll des Beifalls warn für den Sieg des Bundschuhs. Birckheyms Blumen sanken herab auf den Jubel, mit balsamischen Düften die Wunden heilend aus Zweifel & Ratlosigkeit durchwachter Nächte und die im eisigen Sturmwind des eigenen Sieges erfrorenen Hände.

RÜCKBLENDE ABTEILGESPRÄCH. Im tiefen Spiegel des Abteilfensters noch einmal mein Gesicht. Woher meine Bilder? Aus dem, was ich mitbring aus der Fremde in die neue Fremde? Ich will die Landschaften meiner Jahre, in die ich fliehe aus der Niemands-Stadt Berlin, mit meinen Worten in Besitz nehmen. Das muß gelten für eine lange Zeit.

Im Abteil gelb tränendes Licht aus Glasmonden; Draußen wie Dunkelmänner Bäume & Gebüsch, Landschaften in frühem Blau, Bauernundpferd-Gespanne schraffieren braune Felder; schwere Erde, ein See wie eine alte Silbermünze, gelbes Schilf starrt wie zerbrochne Speere; Dörfer glimmen auf, Glut aus verlöschenden Feuern; Chausseen sträuben sich in grauen Strähnen, und an Bahnübergängen bellen Autoscheinwerfer Licht gegen den vorüberhastenden Zug. Meine Augen (wie er gesagt hat) alle Schattierungen von Grau bis Blau durchlaufend, sobald ich mit den Gedanken durchbrenne; mein gesträhntes Haar dunkelt im Glas (–gleich Birken-Haarwäsche kaufen, wenn ich Da bin –); zusammengekniffne Lippen & eine steile Falte auf der Stirn (–so wirds aussehn, wenn ich ne Alte-Frau bin: Gesicht wie ne verschlossne Tür –). Draußen stiebt ein Vogel-schwarm aus einem Baumgerüst, schwarzes Laub im nächtlichen Morgen.

Der 2. Herr (zum Fenster): Da, scheints, ist mal wieder eine *Revo-lution* schiefgegangen in Deutschen Landen. – Der 1. Herr (zum rauchgilben Holz): Die Deutschen brauchen einen Feiertag nicht für ihre geschlachteten Landser & Einsiedel, sondern für ihren ge-schlachteten Verstand, und jeder Tag im Jahr wär Totensonntag.

CHRONIK. »*Um Birckheym* war beim Beginn des 17. Jhdts. noch ein wohlhabendes Land. Wenn auch die polit. Selbständigkeit *der Städte* seit Churfürst Joachims I. Zeiten gebrochen war, so hatte doch die wirtschaftl. Blüte zunächst zugenommen. Leider aber war in der Folgezeit die Üppigkeit & Völlerei, die sich allenthalben in Deutsch=land verbreitet hatte & sich weder durch Luxusgesetze, noch durch polizeil. Maaßregeln beseitigen ließ, auch *im Lande Birckheym* einge=drungen & hatte eine immer mehr wachsende Schulden=Last der Corporatinen & Privatleute hervorgerufen. Daher herrschte in den Financen der Communen, wie der communalen Verbände eine heil=lose Unordnung. Diese unglücklichen Verhältnisse fanden schließ=lich ihren Ausdruck in der Münzenverwirrung & Münzenver=schlechterung, die unter dem Namen ›Kipper & Wipper‹ bekannt ist.«

»Hatte Man noch 1599 für einen alten guthen Reichsthaler 24 gr. 4 Pfg. gezahlt, so war der Preis bis Neu=Jahr 1620 auf zwei Gulden gestiegen. Während der folgenden Kriegsjahre ging die Steigerung weiter, Neu=Jahr 1622 zahlte Man 9 bis 10 Gulden. ›… da sahe Man nichts, denn lose leichtfertige Paphanen, Groschen, die schier auf dem Wasser hätten schwimmen mögen.‹ In der Tat wurde eine allge=meine Vertheuerung aller Producte erzeugt, die in manchen Gegen=den Hungers=Noth hervorrief & die Bevölckerung zu Ausschrei=tungen veranlaßte. So erhob sich *in Birckheym* ein heftiger Aufruhr. Schließlich gelang es zwar dem Unwesen zu steuern, aber die Leute, in deren Händen die außer Curs gesetzten Münzen endlich verblie=ben, erlitten erheblichen Schaden.«

Später bin ich ohnmächtig geworden auf dem Klo der Mitropa-Gaststätte. Hörte den Kellner aus der Ferne: Schweinebrraden & Brradkatoffel! rufen. Der fleckige Raum kehrte sich ab und Wände liefen mit ihren Verputzbrüchen gegeneinander; Gesichter, Figuren auferstanden aus dem Mörtel, aus der Glühlampe unter der Decke schlug eine gallige Blüte, und mein Körper gefror im Augenblick:

–Pappa, was hast du?

–Nichts, meine Kleine. Mein kleiner Junge. Schlaf weiter. Es ist gar nichts.

Vaters Atem auf meinem Gesicht. Als er sich über mich beugt, scheinen seine Züge jung. Ich liege im grellen Sonnenlicht, Kupfergesicht in schmelzender Luft, Düfte von Kamille & Wegerich. Fieber brennt in meinem Mund, dämonischer Halbschlaf wie greller Fahnenstoff; schwere Finger beinaufwärts, ich fühle Stoff von meinem Körper streifen, stumm entrüstet sich die Haut, die fremden=neuen Bezirke, Schauder aus Abgründen ohne Namen.

–Lauf nicht weg, Margarete! Lauf nicht fort vor mir. Warum weinst du?

Was hätt ich Vater antworten solln?: Diese Gerüche sind voll mit Tod. Der steigt aus dem Fluß mit jedem Frühjahr. Die Blumen auf dem zerfallnen Stadtgemäuer sind sein Würgegriff auch um meinen Hals wie ein kostbarer Schmuck.

CHRONIK. »Noch bevor diese Noth ihren Höhepunkt erreicht hatte, hatten sich in Prag die bekannten Ereignisse zugetragen, wel= che den großen Kriegs=Brand entzündeten. ›… denn als die Bohei= mische Reichs=Stände im vorigten 1618ten Jahre, nach Abzug Kåy= sers *Matthiae* einen Land=Tag wieder alle Abmachungs=Schreiben gehalten, und am 23. Maii zu Prag die Kåyserl. Officirer, als die Her= ren *Schlabbata, Schmiesanzky* und *Michna*, aus der Cantzeley durchs Fenster im Graben, einer grossen Höhe, herunter geworffen … ‹ All= gemein befürchtete Man durch den ›gefährlichen & weit aussehnden Zustand‹ der böhmischen Angelegenheiten in kriegerische Verwick= lungen zu geraten.«

»Das Land wurde durchzogen von zahlreichen Vertriebenen, na= mentlich evangelischen Geistlichen & Lehrern, welche durch die Re= katholisirung ihrer Heimat in die Fremde gestoßen waren, derzu ge= sellten sich die Gardebrüder, d. h. entlassene Soldaten, welche rotten= weise bettelnd & brandschatzend, die Bewohner des platten Landes belästigten.«

−Ist nur Spiel, Margarete. Ist Alles Eins. Drum schnell.
Hände auf meinen Brüsten.
−Her mit deinem Leib! Das Ende ist nah. Morgen schon das Jüngste Gericht! Und Gräber werden sich öffnen, und nackt werden die Auferstandenen sein im Winterwind. Niemand wird sie rufen, GOtt der HErr ist nicht. Und Stadt & Land werden ein Staub, statt Häuser & Pflanzen wachsen Tote aus dem Boden, bleich wie Kartoffelkeime. Drum her mit deinem Leib gegen den Frost. Laß uns ins Ende vögeln. Lebendig sind wir tot. Und als Tote sind wir lebendig. Sieh unsern Eiter. Unsre Gesichter wie Lava, in uns glüht die Pest. Komm, allerliebste Margarete, gib uns dein Fleisch & Blut gegen den Durst. Wir haben Hunger, riechst du das Paradies.

Bomben schlagen Feuer aus den Häusern, Christ-Bäume lohen Holy-Nights, die Stadt ein Funkenschwarm; Sirenen gehen breitbrüstig die Dächer an; weiße Blitze LSR auf berstendem Stein; der Mond ein blutiger Propeller, schwingt seine grellen Messer, und Kellerlicht schaukelt Graugesichter gegen die Wände. Glockenschläge zerbrechen die Stunden übern Dächern der Stadt.

Masken in den Straßen & Gassen, Büffel Ochse Ziegenbock Bär & Wolf, streunende Soldaten & Bettler, Bauern vordem, tragen dürre Holzkreuze, dran aus Stoff geschnittene Frauen-Leiber, die letzte Karnevals-Prinzessin die PEST.

Nonne auf glühenden Schweinen, Mutter Oberin als Bergziege voraus:

»Der Vater der schickt mich ins Heu, Juhe!
Die Mutter die schickt mich in' Klee
Da kommen die lustigen Jägersbu'm
Heben mir die Kittel in d' Höh.
Der erste der hat ja kein Pulver
Der zweite der hat ja kein Blei
Dem dritten dem steht seine Nudel net:
Leckts mi am Arsch alle drei«

Fackeln auf zerstörtem Pflaster; BRINGT EURE TOTEN RAUS!; Wesen in schwarzen Kutten fallen wie Schatten über Kreuze mit *Christis* her: −Bist uns Antwort schuldig seit Golgatha: Du ein Gott?? Mein Bruder sitzt im Irrenhaus, bei Vollmond hör ich ihn schrein. Der Landgraf nahm ihm Weib & Hof, weil der Zehent ausblieb für ein halbes Jahr. Die Söhne nahm des Landgrafen Krieg, das Vieh das Kloster. Da hat mein Bruder nur DEinen Segen gehabt & ein dreckiges Hemd. Einestags hat er gesagt, Ich bin Gott!, da

haben sie ihn eingesperrt. Die Irrenwärter warn schneller als die In-
quisition, sein letztes Glück. Wie dem Gescherr So dem Herr – Deine
Zwangsjacke in Holz, wir helfen dir heraus. *Komm o Herr!*
Sie ziehen Nägel aus den Holzfiguren, *Christi p*oltern aufs Pflaster.
–Steh auf mein Herr und singe!
BRINGT EURE TOTEN RAUS!
»... bôse Leute durch GOttes Verhångniß, und ûm der Einwoh=
ner übermachten Sûnde willen, endlich (...) an etlichen Orten in der
Stadt Feuer einlegten, welches ihnen also gelungen, daß in einer Vier=
tel=Stunde an 3. Orten zugleich das ungeheure Feuer aufgangen;
und wiewol es an menschlicher Hûlffe, die Flamme zu dåmpffen, im
Anfang nicht gemangelt, hat doch das Feuer in aller Eil schrecklich
um sich gefressen, und fast alle Gassen der Stadt erfûllet, ja daß ieder=
mann verzagt worden, dem Seinigten zugeeilet, und sein und der Sei=
nigen Leben zu erretten, aus der Stadt gelauffen.«
    Birckheyms Pest-Feuerwerk oder Flieger-Alarm:
»Da sah und hôrete man nichtes denn Schreyen, Heulen, Winseln
und Weheklagen; Ihrer viele redeten gar kleinmûthig und verzagt.
Die armen Leute lagen mit ihren kleinen Kindern auf die Aecker und
Anger vor der Stadt, und hatte der grôsseste Hauf weder zu beissen
noch zu brechen, weil alles im Feuer umkommen war.«
»Dabey entstand eine schreckliche Hungers=Noth; Ja man hat er=
fahren, daß ein Mensch den andern gegessen, wie denn in Stendal ein
Soldat ertappet ist, welcher in der grossen Hungers=Noth sein eigen
Kind gemetschet, Lunge und Leber heraus genommen und gefres=
sen hat, der doch wegen grosser Mattigkeit bald dabey niedergefal=
len, und jåhliches Todes gestorben ist.«
»Und da der Winter bald drauf wolte einfallen, musten sich die
meisten in die Keller, etliche aber bey ihren Nachbaren, deren Håuser
noch waren übrig blieben, kûmmerlich behelffen, da denn offters 3.
4. 5. und mehr Familien in einem Hause lagen.«
    Ein Bild stürzt aus dem Rahmen, zerschellt, eine Schütte silbrigen
Glases auf dem Teppich. Mutters Haar & Augen wie von Blut, als sie
mich packt & hinabzerrt in den Keller, dazu lacht die Frau in der Küche, ihr Mund klafft hellrot im Fleisch; sie schneidet ein letztes Stück
aus ihrem Leib & springt im Dampf in den siedenden Kessel; –Noch
ein Märchen, Mamma bitte!, das mit der Maus, dem Spatz & dem
Pfannkuchen!; heiße Brühe übern Fliesenboden der Küche, der
große Deckel schlägt überm Topf zu –klapp– die Köchin vergeht in
Bouillon (= das Gruselett aus jeder Werkskantine); der Kellner hinterm Wischtuch, im Spiegelglas sein schielendes Brradkatoffel-Ge-

sicht, Dreiecksaugen geometrieren meinen Hintern (:Bin schon, Schweinebrraden, wär günstig heut!), hör sein Guder-Gott!; er flieht mit Tellern hinaus in den Mitropa-Saal.

Ich steh gebeugt übers Waschbecken, faseriges Geschleim im Abfluß, draußen tobt die Sirene: Guder-Gott is mir schlecht! Dem Rest die Ohnmacht. WAS UNS VON DEN ALTEN BLEIBT. In Ohnmachten sind wir uns gleich und im Schrecken, das läßt uns lachen.

I PARODIE. FÜRSTEN-HOCH-ZEIT. Ein Deutsches Bacchanal.

Marktplatz. Theater-Podest als Imitation vom Fürsten-Palast. Fahnen Samt Musik. Schauspieler legen ihre Masken an: Lakain, Minister, Bischof, Fürst & Fürstin als Braut.

Fürst: Vermählung der Reinheit mit dem Glauben. Ein Weib wie eine Sonne. Tugend. Bischof, Eure Hand drauf.

1. Gast (Bischof): Ein Kleinod mehr an Eurer. Reichtum & Größe dem Land Brandenburg. Ordnung & Ruhe, die Saat möge aufgehn. Ein Sommerregen für die Religion. Der Segen des Herrn. (legt Hand an die Braut)

Fürst: Des Glaubens Sonne scheint auf uns alle. (gießt Rotwein über seinen Kopf) Rom ist weit, und Deutschland der Hut der Welt, Birkheim drauf die prächtigste Feder.

Gäste: Gottlob hier ists Leben! Auf Euer Wohl, Fürst! Auf Euer Wohl, holde Fürstin!

Fürst: Unten auf dem Markt säuft mein Volk auf mein Wohl. Kein Wunder, ich halt sie frei bis morgen.

Fürstin: Ich will tanzen.

Fürst: Die Welt unten tanzt nach dem Schieber, hier Oben Menuett. Jedes Tier nach seiner Art.

Gast 1: Ihr seid ein Filosof, mein Fürst. Das Volk rühmt Euch & trinkt auf Euer langes Leben. Und ich. (Musik, Tanz)

Fürst: Leben. Zu lange schon. Spiegel her, die letzte Weisheit. Glotzt hinein, Das vergeht (führt die Braut): Fleisch der Brüste, Duft aus einem Weiberschoß, die Schamlippen ein Altar, Schenkel wie Kirchtürme. Diese Kirche, Bischof, riecht nach Himmel. Der Finger des Herrn zeigt den Weg ins Paradies, und die Brüste der Weiber läuten nicht mehr allein dem Papst das Abendmahl. Schmeckt dir die Hostie, meine Schöne. Import aus dem Süden, dem Vatikanischen

Sünden-Pfuhl. Das Laster wird Tugend, wenns zum Tugendhaften kommt, gelt Hochwürden?

Gast 2: Gnädiger Herr –

Fürst: – Die Gnade war gratis von mir, weil sie am Leben ließ, was aufstand Fünfzehn Fünfundzwanzig wider mich oder mein früheres Ich. War dein Vater nicht ein Bauer.

Gast 2: Ich erschlug ihn.

Gast 1: Ja, im Suff.

Gast 2: Im Wein ist Wahrheit. Und Wahrheit ist allein von Gott. So tat ich ein gottgefällig Werk. Wies der Fürst getan hat am Rest.

Gast 3: Der arbeitet in der Schuld & ohne Lohn auf den Feldern Eurer Roheit.

(Gelächter aus der Runde)

Fürst: Jedes Überleben hat seinen Preis.

Gast 1: Und wahre Tugend trägt den Lohn in sich.

(Gelächter aus der Runde)

Gast 2: Wohltun trägt Zinsen dem, der gibt aus reinem Herzen.

(Gelächter; Tanz zuende)

Fürst: Dem Bauer meinen Acker zur kostenlosen Bildung. Dem Müntzer das Beil. Sein Magen war zu klein für seinen Kopf, Freiheit aus diesem Hirn ein Höllenspuk: Wer nährt die Ernährer. Wer befreit die Befreier. Wohin mit Geld & Armen. Aus Reichen Leibeigne und aus den Leibeignen Reiche, und die Welt stand Kopf auf diesem Kopf. Zuviel für ein Hirn, ich schlugs ihm ab, oder ein andrer Ich vor mir. Sein Tod die Freifahrt aus dem Kreuzfeuer der Zeit.

(Fürstin gähnt)

Heda (winkt einem Lakai) Bring uns was aus dem Volk. Mir ist heut so tümlich & der Herrin lange Weile zwischen den Beinen. Es ist dem Adel von Nutzen, wenn er seine Schwerter am Pöbel schärft.

(Lakai ab. Zurück aus der Zuschauermenge mit einem Bauern)

Bauer: Langes Leben Herr. Und dank Euch für den Glanz aus Eurem Palast für mein armes Auge.

Fürst: Ist dir Licht ins Hirn gefahren. Kannst lesen die Schrift bei dieser Sonne.

Bauer: Euer Acker ist mein Buch, meine Schrift die Furche.

Gast 4: Und die im Arsch deines Weibes.

Bauer: Das Weib starb mir im siebenten Kindbett, Herr.

Fürstin: So hast du deinen Acker zu gut gepflügt, Herr. Wer heißt dich arm mit siebenmal du.

Bauer: Siebenmal Hunger, den eignen verschweig ich.

Fürstin: Bist du weniger als dein Vieh. Das geht nicht ins Weib, wenns Gedärm vor Hunger brüllt.

Bauer: Der Hof hat sein eigenes Gesetz, gnädige Frau, die Natur des Fleisches auch. Jedes Ich spart einen Ochsen vorm Pflug. Und auf dem Weib ist jeder Mann ein Herr.

Gast 5: Wer fickt, arbeitet. Und Arbeit adelt, steigt aus Euren Lumpen, Herr Bauer. Heutzutag ist es jedem gegeben, ein Fürst zu sein. (säuft)

Gast 1 (zum Bauer): Ist das Gesetz deines Hofes höher als das Gesetz deines Herrn.

Bauer: Welchen Herrn meint Ihr, Herr.

Gast 1: Den Herrn-im-Himmel.

Bauer: Mir ist jeder gleich. Viele über mir, unter mir keiner. Nicht mal das Weib mehr zur Nacht.

Gast 6: Er lästert!

Fürst: Der Kerl hat Bildung. Die Schule meiner Felder pflügt ihm die *Politik* ins Hirn. Wir wollen hörn, ob er reif ist ein Herr zu sein. (winkt einem Lakai) Bringt unserm Herren seinen Thron.

(Lakain bringen Folterbank. Bauer legt sich bereitwillig drauf)

Bauer (zu sich): Das Feld, die Nacht oder der Fürstenpalast, von Folter zu Folter geht der Tanz. Einmal außer der Reihe wird meine Knochen nicht mürber machen, ich bins gewöhnt. Jedes Spiel hat seinen Preis. Zahl ich mit Blut, bleibt mir das Geld. Ein gutes Geschäft: Blut wächst nach.

Fürstin (zu sich): Männer schinden den Mann. Dieser Spaß ist auf Zeit & zu kurz für ein Weib. (laut) Eine kräftige Kehle scheints. Gebt ihm eine Melodie, auf daß der Engel-aus-dem-Volk was singe.

(Lakain strecken den Bauer; der Bauer wimmert)

Gast 7: Sagt, *Bi*schof, heulen so die Engel? Ihr müßt es wissen.

Gast 1: Der Kerl da lästert Gott. Schad, daß ich kein Katholik bin, in Spanien & Habsburg brennen so manch Ewige Flammen.

Gast 2: Bauer, wozu lebst du.

(Bauer auf Folterbank schreit)

Gast 3: He Bauer, red deutsch!

(Bauer brüllt)

Gast 4: Verrat! Hört ihr, der Kerl spricht Latein.

Fürst: Bist ein Kathol'scher am Ende, ein Spion vom Kaiser. Oder eine Made aus dem Heiligen Stuhl–Gang. (zum Lakai, der Bauer brachte) Einen faulen Karpfen hast du aus dem Teich gefischt, Kerl. Soll ich mich vergiften dran. Dein Fang beleidigt mein Volk. Im Namen des Volkes: Ich lehre dich ein Feinschmecker sein! (sticht dem Lakai seinen Degen in den Mund. Blut. Lakai stirbt über dem Bauer) Der Gemeine zum Gemeinen. Der, Bauer, zeigt dir mit Blut den Weg auf der Höllenfahrt. Der rote Teppich ist für dich. Wir wählen dich zu unserm neuen Herrn. Nimmst du die Wahl an?

(Bauer schreit)

Gast 1: Das ist Volkes Stimme. Aus dem Leben ins Leben, der Tod ein Nichts. Stirbst du, stirbst du nicht. Das haben Wir dir aus dem Latein geholt.

Fürst: Für euch von Uns den Luther, die Hoffnung aus Wittenberg, erster Theoretiker für Pogrome. Seither ists wieder sauber & lachen in Deutschland.

(dem Bauer werden die Fußsohlen versengt. Bauer lacht & speit Blut)

Gast 5: Treu bis ins Mark. Ein guter Deutscher.

Fürst: Wein! Musik! Neues Fleisch! Der Kerl macht mir Appetit nach mehr. (betrinkt sich)

(Bauer auf Folterbank stirbt. Sein Tod ist echt)

Fürst: Amen. So kurz der Spaß. Mein deutsches Volk hat keinen Humor. Das verdirbt mein Spiel. Der Kerl ist absichtlich verreckt. Rebellion! (zu Gast 6) Ihr seid Advokat. Was gibts für Rebellion?

Gast 6: Den Tod.

Fürst: Bauer, ich werd dich noch einmal töten müssen. Wir sind nicht bei den Heiden, Gesetz ist Gesetz. (zerstückelt die Bauernleiche) Nochmal von vorn, holde Braut? Gähnen. Dein Mund spricht von Zukunft. Ohne mein Volk wird die Zeit mir lang. Ich werd einen neuen da Vinci holen müssen, der soll mir eine Maschine baun gegen Langeweile & Ekel. Blut her, bevor mich der Schlaf hat oder mein Volk.

Fürstin: Gibts nur Tod für dich, Geliebter, so laß mich der deine sein. In meinen Arm. Der hat noch Fleisch über den Knochen, mein Leib dein warmes Bett. Meine Küsse sind deine Auferstehung, meine Brüste der Himmel, und das Tor ist offen für dich allein. Komm, Geliebter, in meinen Sarg.

Fürst (besoffen): Flötet so der Sensen-Mann. Spricht von Auferstehung. Muß ich durchs Nadelöhr des Todes zuvor. Und mein Reich in deine Hand, wie! Verrat! Weib: Ich erkenn dich: Unter deiner Haut weiß wie ein Mantel aus Schnee das Gerippe, die habsburgsche Knochenorgel. In deinem Garten im Duft von Myrrhe & Rosen das Wolfsmaul des Römers mit der blutigen Tiara. Deine Brüste groß wie die Augen des Bösen. Zurück ins Nichts, Knochenweib, deine Maske ist ein schlechter Spuk! (stößt Fürstin/Braut von sich. Die taumelt rückwärts & stürzt vom *Po*dest) Flieg weißer Rabe. Hol mir den Frühling ins Blut. Der *steht* vor den Toren & meiner nicht mehr. Kehrst leer zurück, Federbalg, ist der Schoß trocken ums Fleisch Ararat. Frigide Tugend-Kuh! Selbst ist der Mann! Mein Spiel ist echt: ICH BIN DER FÜRST, echt wie euer Tod. Gebt neuen Wein! (Fürst säuft, Schauspieler erschrocken ab unter Tisch) Seh ich Ratsherren. Was glotzt ihr aus euren Höhlen. Beinah hätt ich mich dem Nichts vermählt auf euer Geheiß. Hab ich meinen Tod getötet, werd ich auch die Würmer los. Vierzig Tage sind um, Noah macht seine Kneipe zu und wirft die Säufer raus. Packt euch in den Wind! (wirft Schauspieler von der Bühne) Lernt fliegen aus dem Fleisch die Seele, Pfaffengeschwür, wohin. Die Würmer heulen nach mehr. Seht nach der Weide selbst, Europa ist ein Hurenhaus. Deutschland, die Edel-Nutte, öffnet den Schoß, ein christlich Ding, was in sie fährt. Der Preis für deine Gunst frißt dich selbst. Oder was übrigbleibt nach dem Krieg der Fleischer.

(Lärm in den Straßen, Schüsse, Feuer)

Diener: Vor den Toren der Kaiser! (werfen Masken fort & fliehen)
Fürst: Bettelvolk, zurück in eure Häute! Krieg macht einig, Volk
ans Gewehr! Da capo & auf ins Blut! (ab)
Bauer (klaubt sich aus seinen Resten):
So wie einander die Riesen schlachten, schlachten sich die
Zwerge. Mein Fleisch ist numeriert und findet den Weg zu-
rück in den Leib. Meine Auferstehung ist Routine, Osiris
heißt der Vorfahr. Mein Nil ist die Zeit in Blut, meine Isis
mein Mutter-Land, das mich zur Schlachtbank ruft. Ich hab
viele Häute. Und ich steh immer wieder auf, das hat meine
Isis, mein Schatz, mir durch die Flöte geblasen. In mir ist
Mord aus meinen Vätern, das will in die Tat: Zieht der
Bauer sein Fell, das Feld, aus, wird er zum Proleten. Meine
Arbeit schafft meinen Tod. Und mein Fell kennt den Weg
übers Ohr bis auf den heutigen Tag.

Noch einmal bin ich die Störung. Angst, Margarete. In deinen Träumen haben deine Opfer kein Gesicht, auch nicht die Schlächter.
Willst du diese Cliquen sehn, kriech zurück bis hinter Prometheus in
die Höhlen, auf die Bäume zu den Anthropoiden, und such die Sekunde, als die Welt anfing in diese Richtung zu drehn. Was da ist, wär
besser nicht: Konglomerat aus Wille & Wahn. Sein Pulsschlag geht
durch die Zeit, vom Archaikum bis zur Neuen, der Wettlauf des
Unkrauts mit dem Ersticken. Ist nicht Alles wie ein Film geworden,
Margarete? geschrumpftes Hirnkino?: Akkumulierung von Farben
& Bildern aus dem Innern; Alp-Traum-Fabrik im Dreischicht-Sy-
stem ohne Kontingentlücken; bisweilen größer als Sprache, und für
einen Moment AVIATIK, bis die Wörter aus der Tiefe sich fügen zu
rätselhaften Mustern, zu den seltsamen Bauten im Anden-Hochland;
zum KISOS-Geflecht der CURANDEROS, so daß die Körper Jener,
die von diesem Pilz essen, in Trance verphallen und mit den Fingern
die MANTRANS schlagen; zu den Althebräischen Texten, deren
Buchstaben wie GEN-CODE ineinandergreifen; zum Tibetanischen
Manuskript von TUEN HUANG mit seiner geheimnisvollen Schöp-
fungsgeschichte; zu den Codizes der Mayas, rhythmisierte Zeichen-
Sprache, ein Wogen aus der All-Natur, gesehen aus den weiten
Räuschen des YAGE; und Orpheus/Narkissos die erste, späte, Utopie für Europa, bevor Titanen den Narziß vorm Spiegel zerrissen,
und Weiber den Orpheus mit Pflügen, weil er die Saat verweigert hat

in ihr Fleisch. Kontinente treiben aus dem Verband mit jeder Minute,
Galaxien bewegen sich fort vom Unheil der GENESIS; Babels Turm
zerstürzte die Syntax der Ursprache, nur in Traumsymbolen sind
wir einander noch gleich (:Und das ist gut so. Tränen, Margarete?
um die verlorne Familie?); und wieder Akkumulation: beschäfti-
gungsloses Proletariat nach dem Turmsturz, dem Hunger preisgegeben oder dem Verkommen im Beamtenstand; die Sklaven mit Ärmelschonern & blankgewetzten Hosenböden, Schweißgeruch aus
Sesselpolstern & Versammlungssälen; Leits-Ordner-Pyramiden im
Tal der Könige; das Alte Rätsel: aus dem Wechselrahmen grient die
Sphinx, bebrillt & konvertiert ins Greisentum, so kam der Senilismus
in die Welt; Zukunft & Ende als mathematische Leerstelle, Null mal
Unendlich: das Nicht-Definierbare. Und Nacht weht mit dem rauhen Stoff ihrer schwarzen Uniform, Kostümfest der End-Zeit, das
Kreuz, das Requiescat auf den Ärmel gestickt, »Immer-am-Mann«,
oder die Sonne, den Kuckuck, und was sonst vom schizophrenen
Dämon Natur feil ist wie die Nutten vom Interhotel / Oschön Ja Ja
schön! Gefühle Margarete?: Dafür gibts eine Industrie, Nero braucht
Rom nicht mehr anzuzünden, um sich Das zu verschaffen, die Lyrik
der Massenmörder, die Handelszentren sind voll davon: portioniert
in der günstigen Familienpackung, Brotaufstrich für unterdrückte
Gemüter; Glück & Intellect aus der Tube, den Rest der prämiierten
Gebär-Freudigkeit & Familie, das Übungs-Feld für Kriege. Der
Zwang zum Vereinigen ist Natur, die Sonne das Beispiel: Die Ursache zur Auflösung trägt sie in sich: Kompression & Ausdehnung, die
Supernova ein Overkill. Krieg, das kollektive Opferfest, heißt Krieg
gegen uns selbst; die Zeremonie der Opferung als letzter Weg, eins zu
werden mit uns; die Super-Waffen sind nicht Ursache, sondern Wir-
kungen unseres Schreckens. Seit die Götter gestorben sind, reicht
den Menschen das Eine Opfer nicht mehr aus; wir rechnen in großen
Zahlen jenseits von Begreifen, das ist der Neue Katholizismus, und
STATISTIK das neue Dogma.

II DIE ERHEBUNG DER TOTEN. Nach B. Z. Urlanis
»Bilanz der Kriege«.

Die Zahl der in den größten militärischen Auseinandersetzungen der vergangenen dreieinhalb Jahrhunderte Gefallenen soll in folgender Tabelle einander gegenübergestellt werden (Tabelle 1):

Krieg	Dauer (in Jahren)	Gefallene (in 1000)	Gefallene je Kriegsjahr (in 1000)	normiert auf 30 Jahre Dauer (in 1000)
Dreißigjähriger Krieg	30	180*	6	6
Spanischer Erbfolgekrieg	13	230	18	56
Siebenjähriger Krieg	7	140	20	60
Revolutionskriege	10	380	38	1140
Napoleonische Kriege	11	560	51	1525
Erster Weltkrieg	4,25	5801**	1365	4070
Zweiter Weltkrieg	6	18417***	ca. 2631	ca. 78930

*   einschließlich der Verluste zwischen Frankreich und Spanien
**   ohne nichteuropäische Länder
***   Trotz detaillierter Angaben und Berechnungen veröffentlichte Urlanis in seinem Buch »Bilanz der Kriege« (deutsch in VEB Deutscher Verlag der Wissenschaften, Berlin 1965) keine explizite Zahl über die militärischen Verluste der Sowjetarmee während des Zweiten Weltkrieges.
      Eine annähernde Schätzung der Verluste an Personen männlichen Geschlechts ergibt sich aus folgenden Hinweisen: Die Volkszählung von 1939 ergab in der Sowjetunion 81,7 Millionen Personen männlichen Geschlechts und 88,9 Millionen Personen weiblichen Geschlechts. Dieser »Frauen-Überschuß« (Urlanis) erklärt sich aus der Tatsache, daß die durchschnittliche Lebenserwartung der Frauen in der Sowjetunion gegenüber den Männern stetig zunahm: »1926 kamen auf 1000 Männer 1070 Frauen, 1939 jedoch 1087« (Urlanis). Nimmt man für den Zeitraum von 1926 bis zur Volkszählung von 1959 eine lineare Steigerung dieses Faktors an, so hätten im Jahr 1959 auf 1000 Männer circa 1135 Frauen kommen müssen. Bezieht man diese Verhältniszahl auf das Ergebnis der Volkszählung von 1959, welche 94 Millionen Personen männlichen Geschlechts und 114,8 Millionen Personen weiblichen Geschlechts ermittelte, so hätten unter den Voraussetzungen keines stattgefundenen Krieges den 114,8 Millionen Frauen rund 101,1 Millionen Männer gegenüberstehen müssen. Da die obengenannte Volkszählung jedoch nur von 94 Millionen Männern spricht, lassen sich die Verluste der Sowjetunion für den interessierenden Zeitraum auf etwa 7,1 Millionen Personen männlichen Geschlechts

Nach Urlanis lassen sich die Gesamtverluste und die reinen Verluste (d.i. Gesamtverluste innerhalb eines Krieges abzüglich der normalen Sterblichkeit) aller Kriege der letzten dreieinhalb Jahrhunderte wie folgt zusammenfassen (Tabelle 3):

Jahrhundert	Gesamtver-luste (in Mio.)	normale Sterblichkeit (in Mio.)	reine Verluste (in Mio.)	Jahresdurch-schnitt an reinen Verlusten (in 1000)
17.	3,3	0,5	2,8	28
18.	5,2	0,8	4,4	44
19.	5,5	1,0	4,5	45
20.	über 40★	2,0★★	über 38	etwa 670

★ einschließl. der nichteurop. Länder & Zivilbevölkerung
★★ Annäherungswert, da keine Angaben über Lebensjahre des Militärpersonals vorhanden

In oben angegebener Tabelle 1 wurden sämtliche aufgeführten Kriege auf eine einheitliche Dauer von 30 Jahren normiert, wobei die Gefallenenzahl je Kriegsjahr als lineare Größe angenommen wurde. Unter Hinzunahme von Tabelle 3 erweisen sich die gewonnenen Werte in ihrer Charakteristik als vergleichbar der allgemeinen Exponentialfunktion der Form $y = f(x) = a^x$, a sei eine positiv reelle Zahl.

Im Fall der normierten Werte aus Tabelle 1 läßt sich deren Zusammenhang mit der transzendenten Funktion der Form $y = f(x) = e^x$ erkennen.

schätzen. Diese Verluste unter der Gesamtbevölkerung enthalten jedoch die normalen Sterbefälle, wie auch die Verluste unter der Bevölkerung innerhalb der Gebiete, die seit dem 22.6.1941 zum sowjetischen Territorium gehören, so daß die rein militärischen Verluste, d.h. die Verluste an Personen männlichen Geschlechts, um etliches niedriger liegen dürften.

Die rein militärischen Verluste (Gefallene & Vermißte) des Zweiten Weltkrieges lassen sich nach Urlanis wie folgt ermitteln (Tabelle 2):

Deutschland	3 624 300
Großbritannien (incl. Empire)	1 246 000
USA	1 069 632
Frankreich	250 000
Polen	123 200
China	2 802 220
Japan	2 301 300

Unter Hinzunahme der aus oben angegebener Schätzung ermittelten Verluste der Sowjetunion ergibt sich für den Zweiten Weltkrieg eine militärische Gesamtverlustzahl von 18 416 652 Personen.

»DIE EXPONENTIALFUNKTIONEN EIGNEN SICH
ZUR BESCHREIBUNG WICHTIGER NATURVOR-
GÄNGE, ZUM BEISPIEL DES RADIOAKTIVEN ZER-
FALLS, DER SCHWINGUNGSDÄMPFUNG, DES UN-
GEHINDERTEN WACHSTUMS EINER POPULATION
VON TIEREN ODER KREBSZELLEN.«

(Meyers Lexikon)

Die Straße zum Berliner Ostbahnhof im Abgesang der Nacht: an der
dunklen Tür lehnt eine schwangre Frau, die sich zögernd fürs Gehen entschließt. Das Pflaster trägt schwer an ihrem Leib, von tau-
melnden Wänden gestützt; Fassaden wie rostige Messerschneiden
aus Bürgersteigen; Meeresgrau in den Lüften, schillernde Mänaden
aus ölgetränktem Bogenstück Spree, Rauschen lärmgefleckt;
schwere Lastwagen & Transporter lemurengleich aus Nebenstraßen, Getrampel übern Asphalt; ich sehe in das weiche Gesicht der
Frau, ihr Mund ein gefalteter Schrei, über Monate alt verhört &
stumm aus Mangel an Interesse; in ihrer blassen Faust eine Milch-
kanne, leergeklappertes Blech aus immer feuchter Küche; Schimmel
hinter Töpfen, der Fraß von Gestern, ein Tag wie ein Greis; aus den
Betten Schleimgeruch, der Arzt dazwischen, und ein Mann schaut
wächsern aufs hohe Fleisch neben sich, bettenklamm (:Was dort
drin wohl wächst) :wichst ins Laken; oben Radiostimmen, Nachrichten im Kafferuch, Brot wie ein nasses Tuch & Marmelade an der
Messerschneide rot wie nach frischem Mord; »Nachbars ham ihr
drittes Kind«; die geheimen Code-Maschinen mahlen & stoßen Eiweiß ineinander; auf dem Dachboden auf Leinen die harten Flecke in
Fraunwäsche; »Wenn die Milch schießt«; in den Augen dieser fremden schwangeren Frau sind Zirkel aus Wärme, Fleisch & Asche.
Etwas drängt bleich gegen Bleiches, Brüste prallen aus beiseite ge-
räufeltem Stoff, dienstbare Anatomie; Saugen; Seligkeit aus einem
Himmel, erinnerungsfrei & aus milchigem Strom, der den Schlund
runterfällt, warm aufs winzige Innere treffend; »Achhh ein Esser
mehr«; eine feiste Wolke zieht hastig den gilben Morgenmantel
übern Leib, Voyeursglück zwischen Schuhkrem & Schlüsselbund,
Drei vor Halb, auf der Straße stadteinwärts und mir entgegen die
Busse, hinterm Fensterglas verwässern Gesichter unter strähnigem
Haar; Etagen trampeln übereinander, brechen zusammen schritt-
weis ins Unten, 3-Minuten-Lichte gähnen Klick Surrrr Klick; die
Schwangere ist vorüber (Du wirst das schon machen, es ist noch Keines drin geblieben).

Durch meine Eingeweide ein Spannen Schneiden Entspannen:
Sieben Monate zu früh fürn Abortus. Der Bahnhof ernst & groß un-
term Eisen. Ich fühl Nichts, Mutter. Mein Abhaun aus deinem Da-
Heim ein Geschmack nach fauliger Nacht, von der Zunge aus dem
Gebiß geschoben, ein ekligwonniger Gärgeruch. Abschiedsweg ein
stinkender Rest, Nur schnell!, oder Schlaf noch aus einem frühreifen
Morgen.
    In mir ist Leben!
    Aus kaltem Blau, Dämmerlicht, das Spruchband, Nebelschleppe
oder Reklamezeile: NOCH NIE ZUVOR WAR DIE WELT SO
VOLL MIT ZUKUNFT!

    Sowas von etepetete wie den gabs nichnochmal Und war doch
einer der Lustigsten aus dieser Menagerie eingebildeter Affen die
stanken nach *Po*made wien Frisiersalon und die Tanzlehrer's Gattin
eine *po*mpadierte Henne ihr Alter als hätt ern Lineal verschluckt so
steif und die Schnute verzogen weltmännisch wien Karpfen aufm
Trocknen Dieses scheiß Gedrehe & Darf-ich-bitten bin jedesmal rotgeworden und son Gefühl den Rücken runter kleine Härchen das Fell
gesträubt wie bei ner Katze Fremde Körper an mir Durchreiche Darrf
ich bittän wenn keine Andre mehr übrig war ich vielleicht häßlicher
als diese blonden Ziegen Meingott was stanken die Kerle hab mich
immer latschen lassen von denen und schnell zu Kieper Das fiel auf
und der Karpfen hat uns in den Kreis gefordert Vortanzen Kieper
+ ich Große Polyhymnia + Heiliger Strohsack Kieper hat nur kurz
überlegt und sich ins Rückgrat geworfen den Mund zur Schnute
verzogen wie der Grroßä Majestroh und nich die kleinste Geste ausgelassen daß dem Alten sein falsches Gebiß knirschte vor Wut Was
hab ich gelacht Und auf dem Heimweg Wind und wir in den Straßen
wie elende Flüchtlinge der Abend glänzte dünn in meinen Lackleder-
schuhn wacklige Knöpfe an seinem Anzug Die muß dir mal einer annähn Und er Würdest du denn das für mich tun Naja Mutter sollt nix
merken das wär was geworden »Liebe Mutter das ist Dietrich Kieper
mein Tanzpartner er hat mich nach Haus gebracht & ich hab ihn mit
auf mein Zimmer genommen weil die Knöpfe an seinem Anzug
schon ziemlich locker sind und ich sie ihm annähen möchte« Pffrr!
und Pappa erst Der hätt mir am meisten leid getan Wär still runter in
die Bibliothek mit seinem zerkreuzten Blick seine Augen als hätt sie
jemand durchgestrichen Armer Pappa Und da hockte nun Kieper
mein Tanzpartner in seinem weißen Hemd war ihm viel zu groß
wahrscheinlich von seinem Vater und hat die Arme runterhängen

lassen ne Haarsträhne rutschte ihm fortwährend vors Gesicht und hat
mir zugesehn wie ich seine Knöpfe annähte Du bist schön Margarete
Und die Nadel stach grade durchs Viererloch und der Faden rutschte
ausm Öhr Verdammt wo wir doch kein Licht machen durften *und
ich froh war dasser mal drin war* der Faden Hätt besser aufpassen solln
das war eines ihrer Lieblingsworte Aufpassen als ob ich das nich selber wüßte Übern ganzen Bauch und die Haut spannt danach Ist mir
alles zu anatomisch Und ihr zynisches Gerede von Tibetanischen Ge-
betübungen hätte heulen können vor Wut isses vielleicht meine
Schuld wenns bei ihr nich mehr klappt oder noch nie geklappt hat
Musse mir deswegen den ganzen Spaß verderm Das Gesaue von diesen verblödeten Alten ist wirklich zum Weglaufen Aber er fix ran &
kniete vor mir nieder und fummelte an dem Zwirnsfaden als gäbs
nur noch das Öhr & diesen Zwirn auf der Welt War sicher froh daß
er endlich was tun konnte daß endlich was passiert war und seine Finger schlank & bleich wie die Kerzen früher auf meinem Geburtstagskuchen die mußte ich ausblasen und Pappa lachte und hat Beifall ge-
klatscht weil ich sie immer mit einemmal ausbekam Das war wie
heißes Wachs als er mit seiner Hand an meine kam und still dahockte
und sich nicht mehr rührte Ich auch nicht Was denn nun? und die
Dunkelheit summte im Zimmer ein Rauschen als wär ne Bö durch
die Linden vor meinem Fenster gegangen Du bist wirkloch schön
Hat er sich mordsmäßig versprochen und auch bemerkt und ist rot
geworden daß ichs sogar in dieser Dunkelheit sah Aber ich hab getan
als hätt ichs überhört Achwas laß mich deine Knöpfe annähn hab ich
gesagt War ihm ja maßlos dankbar daß *er* nen Fehler gemacht hatte
sonst wär ich glatt erstickt So aber war alles wieder im Lot Weiß der
Kuckuck wasse meinen wenn Die sowas zu Einer sagen sagens bei Jeder Hauptsache sie können Eine anfassen Als er mich an Der-Stelle
im Nacken anfaßte wos Haar in Flaum verkräuselt wars schon was
Bekanntes viele warme Nadelspitzen übers Rückgrat oder heiße
Wachstropfen und das brennt auf der Haut Einfach nur ein bißchen
streicheln Kapieren die nie Hilde diese blöde Kuh mit ihrem Reife-
Dame-Getue »Die Lippen des Herren gleiten über die Wange der
Dame zum Ohrläppchen & nippen daran jetzt gleitet der Mund mit
der spielenden Zunge an der Schlagader entlang auf die Schulter ein
Stück auf den Oberarm & dann auf die Brust dort verweilt der
Mund sehr lange die Zunge tanzt um das rosige Wärzchen herum &
saugt« möcht bloß wissen aus was fürner Landser-Schwarte die das
abgeschrieben hat kommt mir vor wie Notenpult am Bett und dauernd ihre Vorträge über Frühlingsgefühle & di-stin-gu-ier-te Härrän

Bis sie mal n abgetakelter Suffkopp aufpumpt geschäh ihr ganz recht zwölf Kinder & ne Figur wien Frosch Kuh dämliche! Wind ums Lindenlaub draußen ein Goldpapierabend und Lachen & Weinen und sogar die Schnulze ausm Radio ertragen So zieh mal an Und ihm die Jacke rübergereicht Da stand er mir gegenüber und Du ... ich habe ... habe ... dir schon immer mal ... einen ... einen Kuß geben wolln ... und seine Beine schlotterten wie im Frost Aber ich hab ihn gelassen Ja Hab nich mal die Augen zugemacht glatt vergessen und er mit seim Gesicht immer näher gekommen und sagte Küsse sind das Gegenteil von Nacht Bis er mir so nahe war daß sich sein Anblick verzerrte und ich eigentlich hätte lachen wolln aber er schon seinen Mund auf meinem & ich mit einemmal zwischen meinen Lippen seine Zunge hatte die da rumfummelte wien Schlüssel der nich recht reinpaßt *Dietrich* Kieper unds wurde ziemlich feucht umm Mund rum eigentlich sogar richtich eklig & ich mir nachher immer rasch mitm Handrücken drübergewischt Aber er war doch auch n lieber Kerl wie er so vor mir stand und schlotterte und mir dann die Bluse aufknöpfte so vorsichtig als hätt er Angst da drin irgendwas runterzuschmeißen Nippes-Figuren und seine weiche zitternde Hand nach meinen Brüsten tastete und hat bißchen dran rumgerieben Hab wieder an Geburtstag denken müssen als Die Mutter- sagte Nun bist du wieder ein ganzes Jahr älter geworden mein-Kind und ichs mit einemmal mit der Angst kriegte weil das ungeheuer gefährlich klang so ein ganzes Jahr *älter* zu sein und bin wieder mal raus & fort auf die Straße Und hab ihm die Hand weggestoßen als es mir zuviel wurde und er hilflos im dunklen Zimmer seine Jacke aufm Boden zusammengekrümmt wien geprügelter Hund & die Arme hingen wieder runter wie Uhrpendel Wollte dich nicht beleidigen ist wohl besser ich gehe hat er gesagt Bescheuert Erst so & dann so Aus den Kerls soll eine schlau werden Kommen mir manchmal vor als hätten die-Alle meine Mutter zur Mutter gehabt Und hat mich eingeladen zum Spazierengehen und mir Zettel geschrieben manchmal Gedichte »Im süßen Traum bei stillster Nacht / Da kam zu mir mit Zaubermacht / Mit Zaubermacht die Liebste mein / Sie kam zu mir ins Kämmerlein« Das letzte Mal auf dem alten Kirchturm die Kirche wurde grad renoviert und nachts war schon Fliegeralarm Pappa hatte mit Saufen angefangen Die Mutter- hatte immer son Zucken um den Mund und sie sprach nur selten noch Eines abends im Hausflur aus dem Dunkel griff nach mir eine Hand Da schrie ich auf und rannte los und traute mich nicht mehr heim Bin durch die Straßen unter den Häusern weg hatte Angst sie würden runterphallen auf mich aber ich wäre nicht tot ich könnte mich nur nich mehr bewegen & müßt Alles mit mir machen lassen was sone Hand machen will Sein Zettel den er mir in der Lateinstunde zugesteckt hatte war in meiner Hand aufgeweicht und die Tinte zerlaufen Aber ich bin zu dem Treffpunkt hin stemmte die Holztür zur Kirche auf drin wars wie im Winter und der Abend fiel bunt durch die Glasfenster herein fahl schimmerte die Holzfigur am Kreuz sonst überall Schutt & Zement & ne Schubkarre & die Luft schwer vom Staub Komisch sone Kirche außer Betrieb Da isses mit einemmal vorbei mit der ganzen Heiligkeit Hinterm Altar die Wendeltreppe zum Turm hinauf Spinnweben & wackelige Stiegen Glocken die in Erz gegossnen Früchte, schweigend :Muß ich mal irgendwo gelesen haben Sparren & Streben wie Knochen in einem komplizierten Skelett (Stammt *kompliziert* von *Komplize?*) und auf den Stiegen und am Gebälk Vogel-Dreck Tauben & Spatzen plurrten durch schmale Fenster in den Turm wo sie sich zur Nacht aneinander kuschelten Geschrei wie auf nem Hauptbahnhof Und ich hatte Angst mich umzudrehn weil ich glaubte die Hand käm hinterher und ich hoffte die Turmtreppe hätt kein Ende nur-immer-soweiter im Kreis rum bis hinter die letzten Wolken Und Kieper wartete schon auf mich oben vor ner kleinen Behelfs-Kammer für Bauarbeiter wo n ausrangierter Autositz und ne alte Obstkiste als Tisch drin waren und an nem rostigen Nagel hing ein Maureranzug bleich wie die Figur unten am Kreuz Und mir tat die Figur leid & der drekkige Anzug & der Turm mitsamt den Glocken & Tauben & Spatzen die sich im Gebälk aneinander kuscheln Ich hätt heulen mögen und ich faßte ihn bei den Schultern und vergrub das Gesicht an seinem Hals Wir rührten uns nicht wie damals in dieser komischen Nacht nach der Tanzstunde Unter uns ging plötzlich ne Höllenmaschine los aber das war nur die Turmuhr und sie störte uns nicht weil wir ja nur dastanden im Wind unter einem nackten Himmel Da hätt er mich haben-können Aber er rührte sich nicht und ich wußte nicht ob er und ob ich Und wir standen ineinander geklammert in dieser ulkigen Kemenate zwischen Kalkresten & Staub um uns schreiend die *Vögel–* Dann wurdes ziemlich kalt aber wir b*lieben* oben weil Sonntag war am nächsten Tag und da würde Niemand hier raufkommen Fremd diese Nacht voll mit Geräuschen Dieser Turm ein Lebewesen das sich langsam & schwer durch die Nacht trug Durch ein langes Fenster einige Sternbrösel frostig & hell und Staub roch aus dem brüchigen Ledersitz Und wir waren ganz eng nebeneinander und haben uns nur wenig bewegt Aber da hat er mit einemmal seine Schuhe ausgezogen und sie nebeneinander gestellt und die Hose ausgezogen und auf Bügelfalte über die olle Obstkiste abgelegt Und ich wußte nich soll ich ihn küssen oder auslachen oder beides Er aber hat gar nichts gesagt nur son stilles fades Lächeln und mir Gutenacht gesagt und nicht mal den Versuch gemacht So was von etepetete wie den gabs nichnochmal und später hat er mich mit dem Maureranzug sogar noch zugedeckt –

Ein Schlaf hat Stimmen in dieser Stadt.

Die Eisenbrücken summen vor Müdigkeit und werfen unruhig Schatten in den fremden öligen Fluß. Ein Schleppkahn blökt sein Signal, das Echo irrt an Hauswänden entlang und verfängt sich in Straßenfjords: –Berlin –Berlin

Dieser Fluß ist anders als der Fluß daheim, der an die äußerste Reihe der Häuser streift, dort ein winziger Hafen mit rissigen Holzbaracken & einer Sirene, die zum Schichtbeginn & -ende das Glockenbrummen des Kirchturms überbrüllt. Auch anders als der Stadtgraben, der anstelle einer Gasse zwischen geschachtelten Häusersätzen vorüberzieht, grünbraun, algendurchsträhnt unter wassersüchtigen Mauern; Dieser hier ein Domestik, sein Wasser wie Asphalt.

Auch die Häuser sind müde, Straßen wälzen sich durch schweren Traum, Gaslichter glühn & Flammen schlagen aus Mülltonnen, Leuchtfeuer an den Küsten zur Nacht-Stadt. In meinen Augen noch Restbilder von einsamen geraden Landstraßen, Wind läuft querfeldein; derbe Apfelbäume, Bauernkonturen, beiderseits am Rain in grau bestäubtem Laub; am Ende von schlingernden Buckelwegen in Felder geduckte Dörfer, breitgesichtiges Fachwerk vor Pappelstatuen; Ich wollte immer mal in einem Auto nachts auf einem Feld schlafen …

Ein Glockenschlag vom Rathausturm, ziegelrot. 1 Uhr. Oder irgend ein Halb. Im Organismus der Häuser ein Bazillus in gelbem Licht: Wasserkessel schrillen … Stühle schurren über Dielen … Gallertiges Husten … Eine Fraunstimme keift um ein zerbrochnes Marmeladenglas oder worum die Welt sich grade dreht, Macht des Schicksals … Grammofone vomiern mit aufgerissenen Schlünden … Späte U-Bahnen in den Katakomben … *Oranienburger Straße*, grellblaues Menetekel, Werbeschild für diesen Zutritt nach Nekropolis … Schwarze Autos wie Hunde aus Blech … Feuerwehrn Überfall Rot-Kreuz … Berlins Türme ragen wie Zähne aus einem faulen Gebiß … EIN KIND WIRD GESCHLAGEN … Über den Boden tanzende Blechdeckel, diese Stimmen wollen eigentlich ruhn, liegenbleiben, und rappeln sich dennoch klirrend auf mit jeder taumeligen Umdrehung. Manchmal überschneiden sie einander, ein wogendes Scheppern, kürzer & kürzer werdend, Getrampel auf einer Stelle: der Aufschlag. Welch boshaft- spielerische *Hand* setzt Das erneut in Bewegung bis zu seinem schrillen Crescendo ... EIN KIND WIRD GESCHLAGEN ... Nebenan ein Geräusch: Das ist bei Mamma & Pappa. Das wiederholt sich. Das ist die Stimme von Mutter, tonlos und aus der Fremde. Einmal hat Mutter geweint, sie hat unter Tränen geschrien. Ich hab nach ihr gegriffen, wollte sie halten. Da hat sie meine Hände abgeschüttelt wie in großem Ekel, ihr ganzer Körper schrie. Sie hat die Tür zum Treppenhaus aufgerissen, und das Schreien stürzte wie eine Herde freigelassener Tiere ins Haus. Ich stand in meinem Zimmer & hab mich nicht gerührt, ich blieb starr wie das Haus. Mein Kleid schien gewachsen oder mein Körper geschrumpft, langsam stieg Kälte auf. Mutters fremde Stimme. Meine Nacht ist ausgesperrt. Sie liegt wie ein großes dunkles Tier in diesem Raum. Ich werd die Hand an meiner Haut reiben, das Tier soll wissen, daß ich mich so leicht nicht ergebe. Vielleicht sollte ich ein Stück Brot essen oder einen trockenen Keks, und beim Kauen den Mund aufmachen, das ärgert Mutter. Pappa hat drüber gelacht, mir übern Kopf gestrichen & Ach mein kleiner Junge gesagt. Pappa ist der beste Pappa, den es gibt. Unsere Schritte gingen leicht durch den Abendpark. Die Sonne verblutete in den Bäumen, und die Wege mit dunkelgelbem Kies waren still wie ein Fluß. Die Wege, die wir an diesen Abenden gingen, hatten Namen bekommen: Dubistheutetrotzig-Weg, Lauscher-Pfad, Dunkelspinnentunnel-Weg, Rutschundnebel-Weg, Nackteschwarzeschnecken-Weg, Mutterkommtheutspäter-Weg (der längste, in vielen Windungen unter Bäumen & über Wiesen sich verlierender Weg) oder der Vieleleute-Weg, den ich gar nicht mochte & den wir entlangliefen, wenn uns kaum etwas Zeit blieb. Wir, Pappa & ich, hatten auch unseren Lieblings-Weg. Durch ein ver*fall*enes Tor mit zwei steinernen Kugeln auf den *P*ortalsockeln, dann führte der Weg über die Holzbrücke und am Teich mit den stummen Trauerweiden vorüber. Und Pappa hat mir die Geschichte von den sorgenlos auf ihrer Insel lebenden Phääken, ihren Schiffen & von der Toteninsel erzählt. Da hat mir Pappa ganz gehört!

Von drüben aus dem Zimmer ein Schlagen gegen die Wand, als stieße ein Kopf dagegen. Als ob ich nicht wüßte.

Ich könnte auch ein Lieg, ich meine natürlich ein Lied singen. Damit dieses dunkle große Tier in meinem Zimmer nicht meint, ich hätt schon nachgegeben. Mir fällt kein Lied ein. Früher als Pappa mit

mir noch spazieren ging, haben wir oft gesungen. Ich werd irgendeine Melodie pfeifen. Auch das hat mir Pappa beigebracht. – – –. Komisch, meine eigene Stimme im Dunkel. Noch niemals hab ich
Menschen im Dunkel pfeifen hörn.

Ich werde mit Vater zusammen leben. Später. Ich werde ein Haus
haben mit vielen hellen Zimmern. Überall werden Vaters Bücher
sein. Er wird sich um nichts zu kümmern brauchen, ich werde nur
für ihn dasein. Das kann Die Mutter- ihm niemals bieten. Mutter ist
keine Frau, ihr fehlt was. Nichts Anatomisches. Ein Organ der Seele
ists, was ihr fehlt. Die Mutter- ist kalt. Als wüßt ich nicht, was da-
drüben jetzt passiert. Aber ich weiß auch, daß Pappa Das nur macht
weil. Weil das eben dazugehört. Und ich weiß, daß ich habe, was Der
Mutter- fehlt. O wie arm sie ist! Sie friert beständig. Ich werd nicht
mehr fliehen vor dieser kalten, verkrüppelten Frau; Pappa & ich, wir
sind Eins. Wie alle Lebendigen. Wenn Die Mutter- wüßte, daß ich
eine Frau bin!

Die Tür öffnet sich & helles Licht schiebt das Dunkel im Zimmer
beiseite. Im grellen Viereck die Silhouette von Margaretes Mutter,
die nach dem Lichtschalter greift. Margarete liegt entblößt auf dem
weißen Laken, darauf & zwischen den Schenkeln des Mädchens & an
ihren Händen, was gleichmacht: Blut.

RÜCKBLENDE ABTEILGESPRÄCH.

Der 1. Herr: Wer soviel schwärmt von der Gleichheit ist reif für die
Guillotine: Égalité à tempo, der Rumpf libertiniert vom Kopf, Motor zur Hölle, und Kommunismus ist, was nach dem Beil sich frater-
nisiert im Korb.

Der 2. Herr: Was hast du gegen Gleichheit.

Der 1. Herr: Was hast du dagegen, wenn ich dein Weib vögel,
Monsieur Égaliteur.

Der 2. Herr: Was du mein Weib nennst, ists nicht mehr seit zwei
Wochen.

Der 1. Herr: Schade ums Beispiel.

Der 2. Herr: Aber gesetzt den Fall, ich würde dich, der du ein Frevler ohnegleichen wärest, trotzdem nicht …

Der 1. Herr: … Gehörtest du erst recht aufs Schafott, mein Sohn.
Das fehlte grad, noch ein Heiliger. Oder Modernist. Im übrigen sind
wir vorbelastet: Die Eifersucht ist noch aus den Affen, das Tabu, der
Erste Gedanke, war Mensch bereits & Religion.

Der 2. Herr: Aber hätten sies denn lassen solln?

Der 1. Herr: Selbstverständlich nicht! Übrigens unmöglich, das Lassen. Befiehl dem Blut, nicht zu kreisen, den Jahreszeiten nicht zu wechseln, einem Irren den Verstand.

Der 2. Herr: Was also tun.

Der 1. Herr: Weitermachen. Was sonst. Und Steinzeit wiederholen alle paar Jahre auf einem neuen Tanzboden. Ein Kind ist immer schon ein Greis.

Der 2. Herr: Leben ist Ekstase. Was ist, muß sich empören. Als wäres zu früh auf dieser Erde & immer.

Hagere Konturen von Kiefern draußen, schwarze Erdteile, seelendunkel im Ozeanblau der Himmelskarte. Buschwerk zuckt die Achseln im ratlosen Hasten; schmale Wege zwischen Wiesen; vom Horizont rollen gedankenbunt Dörfer heran, fangen sich in Zaun & Backstein einer Haltestelle: - -neau - -und vorbei. Der Zug wischt rasche Bilder in die Fensterscheiben.

Der 1. Herr: Und wie weit bist du gekommen mit deiner Empörung. Kein Weib mehr seit zwei Wochen. Eine Handvoll Fotografien & ein leeres Bett zur Nacht. Ekstase.

Der 2. Herr: Dein Erbe, Vater.

Der 1. Herr: Hab ich dir dein Weib abspenstig gemacht. Was hast du, was du nicht selber zerstörtest. Dem Weib gebührt eine feste Hand, hab ich dich einen zu weichen Händedruck gelehrt. Dann allerdings bekenn ich mich schuldig.

Der 2. Herr: Deine Hand spür ich noch auf meinem Kopf. Wären das Schläge gewesen. Weißt du wie finster ein Kinder-Zimmer ist, wenn das Licht draußen brennt & die Stimmen von andern Fraun. Die Angst kam dunkel in mein Zimmer und richtete sich ein für lange. Ich rief nach dir, deine Antwort war nicht für mich.

Der 1. Herr: Was weiter. Red, es spricht sich gut über bekannte Leichen. Jede Narbe im Fleisch der Andern ist eine weniger im eigenen, Pandoras Gaben sind nicht unbegrenzt, Übel auf Ration.

Der 2. Herr: Mein Hirn ist mein Tagebuch aus diesen Jahren. Jede Seite ein heimlicher Mord. Willst du hören, was für Bände die Bibliothek meiner Seele führt.

Der 1. Herr: Ich wollt, ich hätt ein gutes Frühstück. Wenn Gräber & fremde Betten sich öffnen, brauchts einen vollen Magen. Die Lust ist doppelt dann, der Ekel auch. Red, ich werd es nicht verhindern können.

Der 2. Herr: »Ich bezahle in einer Gaststätte meine Rechnung, der Kellner gibt mir Wechselgeld in den verschiedensten Währungen heraus. Ich beschwer mich laut darüber, ohne Erfolg. Am Tisch verschiedene Stimmen, die mir teils lachend, teils mit gespieltem Ernst Ratschläge erteilen. Ich renne schließlich wütend aus dem Lokal auf die Straße hinaus. Die Häuser zu beiden Seiten der Straße sind in dieser Gegend vielfach mit Baugerüsten umgeben, darunter wie ein Tunnel der Fußweg. Ich gerate an einen Laden, in dessen Schaufenster große & kleine Münzen liegen. Ich trete ein, um die Handvoll fremden Geldes aus der Kneipe einzuwechseln. Drin gibt mir die Ladenbesitzerin zu verstehen, daß sie diese Münzen nicht wechseln könne. Ratloser als zuvor & ohne gültiges Geld finde ich mich erneut auf der Straße. Jemand ruft meinen Namen, eine Frau kommt auf mich zugelaufen. Sie hat langes, braungelocktes Haar & schöne Brüste. Ihr Gesicht erinnert mich an das Gesicht auf der Fotografie, die daheim auf dem Vertiko steht. Das Bild zeigt Mutters Gesicht. Wir gehen gemeinsam Hand in Hand unter den Baugerüsten entlang. Im Dämmerlicht der Brettertunnel drängt sich die Frau an mich, ich spür mit meinen Händen nach ihren Brüsten & versuche, den fremden Mund in dem bekannten Gesicht zu küssen. Die Frau legt den Kopf zur Seite & lacht. ›Es ist wirklich zum Lachen mit dir‹, sagt sie laut, ›aber weißt du, wann du am komischsten bist?‹: Wenn du glaubst, am besten zu sein. Komm, mach weiter, ich werde dir sagen, wann du am besten bist!‹ Sie geht über die Straße zu einem Mann in elegantem Anzug. Der Fremde hat das Gesicht eines Filmschauspielers aus dem Charakter-Fach, vergleichbar dem Foto aus dem Schaufenster eines Herren-Friseurs; die Frau hakt sich ein bei dem Mann, sie sprechen miteinander, die Frau legt den Kopf in den Nacken & lacht ein kehliges schönes Lachen. Ratlos auch hier, trotte ich neben den beiden her, mühsam den Schritt haltend. Während die Frau, die dem Jugend-Bildnis von Mutter ähnlich sieht, meine ihr lästige Gegenwart durch übertriebene Hinwendung an den Fremden zu überspielen sucht (denn das Bild eines Mannes neben einer Frau fällt immer auf die Frau zurück), nimmt der Mann keinerlei Notiz von mir. Er scheint nicht im entferntesten auf den Gedanken zu kommen, ich könne in meiner Jämmerlichkeit allen Ernstes als Konkurrent gegen ihn im Ringen um die Gunst dieser Frau auftreten wolln. Als ich schließlich die Frau an der Schulter berühre, um sie zu erinnern an mich, stößt sie mich unwillig von sich & geht in weiten Schritten mit dem fremden Mann davon.« Der Fremde, Vater, warst du.

Der 1.Herr: Was gäb ich für ein gutes Frühstück! Schinken, Eier, ein Omelett. Und heißer Kaffee mit viel Sahne, die wie helle Wolken dahintreibt im braunen Himmel. Ich habe dir übrigens nicht zugehört.

(Auftritt Mitropa-Kellner)
Mitropa-Kellner: Wird Kaffee gewünscht?
Der 1. Herr: Ja. Ihren kalten Kaffee für meinen Sohn.
Mitropa-Kellner: Unser Kaffee, mein Herr, ist heiß! (beleidigt ab)
Der 1. Herr: Da sind edle Teile getroffen. Hab seinen Kaffee so genannt und nicht ihn selber oder die, mit denen er sich gemein macht im ebnenden Pronom. Die Allianz der weißen Jacken.
Der 2. Herr: Die weiße Jacke tilgt den Menschen nicht.
Der 1. Herr: Der mir gleich ist nach deinem Satz. Hab ich gesagt, er ist keiner? Nur leg ich Wert drauf, ich bin nicht von seiner Größe. Soll ich ihn Bruder nennen? Oder Schwester, was weiß ich von seinen Nächten. Solch zarte Pflanze kocht aus Schlägen Verse. Wenn dem Atlas der Globus aus einem Dutzend Waggons ein Kreuz ist, wird aus dem Sklaven ein Schreiber. Diesen Kriegstanz nicht für mich, ich nenn den Dreck einen Dreck, von Po-esie versteh ich nix.
Der 2. Herr: Dem Herrn Vater mangelts an Hoffnung. Kein Wunder, mein Weib ist fort erst seit zwei Wochen, wie lang rostet dein Pflug schon im Stall?
Der 1. Herr: Jetzt redest du wie ein Bauer. Vorsicht, Schrebergärtner, ich kenn den Acker etwas länger als dein Morgen Verstand, und ich versteh was von Bauernregeln. Ich hab einen Mutter-Boden gepflügt vor Jahren, der keimte dich aus neun Monate später wie sichs gehört. Soviel zur Pflicht. Die Kür bleibt fruchtlos glücklicherweise. Was geht dich mein Pflug an, der sich wundriß am steinigen Boden.
Der 2. Herr: Dann war die Pflugschar nicht gut genug für diesen Teil Erde.
Der 1. Herr: Wozu die Wüste beackern, wenns im weichen Humus gedeiht ohne Mühn.
Der 2. Herr: Die Mord=Lust der Gott=Väter, Nach mir die Sintflut, die Augen blind vor Besitz. Ich wußte nicht, was das ist: Heimat. Vielen Dank für die Nachhilfe. Aber die Väter bewaffnen die Söhne gleich zweimal. Deine Worte aus dem Dunkel spür ich in meinem Kopf, die erste Waffe. Die zweite kommt aus dem Fleisch. Das will zurück in den Mutter-Boden. Und die Väter sterben durch die Söhne auch zweimal.
Der 1. Herr: Die Logik der Streber, die Erde kann sich nur bedingt dagegen wehren. Die Söhne sind älter als die Väter & picklig durch Tugend. Woher die Ringe unter deinen Augen, mein Sohn. Das hab ich schön gesagt, wie. Schöner als dirs zukommt, deine Worte stinken nach Fleischerei. Ich lasse leben & sterben. Ein Narr, wer halten will, was in der Zeit ist.

Der 2. Herr: In Ewigkeit Amen hast du vergessen. Ich frag mich, ob es Zweck hat, dich zu töten. Du machst eine neue Kaste draus. Die Heiligen toten Väter. Scher dich nach Indien, dort funktionierts. Noch. Jeder Bauer ist auch sein Feld, du sollst sehn, wie Erde prügeln kann. Dich.

Der 1. Herr: Das riecht nach Sport. Jedes Match hat seinen Unparteiischen. Du wirst einem zum Tod Verurteilten den letzten Wunsch nicht ausschlagen. Wir wollen das Fräulein in den Ring bitten. (zu Margarete) Ducken Sie sich nicht länger in die Landschaft, ich weiß, Sie haben alles mitanhören müssen. Dafür Vergebung & seien Sie Schiedsrichter in unserem Streit, ich bitte Sie.

Margarete: Eine Vagina & ein paar Quadratzentimeter Haut als Schiedsrichter im Streit der Giganten? Denken Sie, Monsieur Danton, und Sie, Monsieur Robespierre, an Paris. Wollen Sie ein neues Troja. Sie sind einander zu ähnlich in Ihrer senffarbenen Verkleidung. Ich hab keinen Apfel zu vergeben.

Der 1. Herr: Sie waren eine aufmerksame Zuhörerin. Aber Sie sind eine Frau & befangen. Das ist schade, ich meine Ihre Befangenheit, das andere ist Ihr Glück. Dieses Spiel scheint Männerspiel. Wir werden einen Marsmenschen zum Schiedsrichter brauchen.

(Auftritt *P*olizist in grüner Uniform)

*P*olizist: Guten-Morgen. Bitte die Personalausweise.

Der 2. Herr: Voilà. Und frag.

Der 1. Herr: Ich bitte Sie, Genosse (Blick auf Schulterstücke) Hauptwachtmeister um Antwort: Der Sohn wird sein eigener Vater & die Mutter sein Weib. Die Ernte, die sich selber pflanzt. Und Pappa Laios degradiert zum Voyeur in der thebanischen Peep-Show. Zwickmühle für Väter, sind sie ihren Söhnen doch auch Sporn auf dem Hengst der *P*otenz. Haben Sie eine Schere? Zu spät ohnehin: Süß die Früchte in des Vaters Garten, die Eva hat der Herr-Gott für sich selber gedacht und nicht für den *P*oebel aus seiner Hand. König bleibt König. Ich setz diesen Unhold aus meinem Fleisch am nächsten Provinzbahnhof aus, bevor sich der Himmel auf Erden wiederholt. Was meinen Sie, Genosse Hauptwachtmeister, ist das ein Phall für die Notbremse?

Der 2. Herr: Der Acker bleibt der Königsacker nach einem Tausch: Dein Leben dir für die Eingemeindung, und der Kunde ist König. Das Eine für Alle, der böotische Kolchos. SohneMann Oedipus behält die Augen & MaMadame Iokaste tanzt auch mit dem eigenen Fleisch statt allein am Strick. Geschichte läßt sich neu schreiben, wenn sie überrundet wird von der Zeit. Und vom Geld, Theben ist

Sankt Pauli, denk an die Touristen, die neuen Alexander. Die Zukunft den Makedoniern. Was meinen Sie, Genosse Hauptwachtmeister, ist dieser Tausch nicht fair?
Polizist: Wenden Sie sich an die zuständigen Stellen im Ministerium für Auswärtige Angelegenheiten. Die Ausweise!
(nach Kontrolle *Polizist* ab)
Der 2. Herr: Auch der Mars schon zehnklassig geschult. Wir werden weit ins All hinein müssen für unsre Antwort. Der Weg der Geschichte war kürzer, der Schiedsrichter die Guillotine.
Der 1. Herr: Apro*pos*. Unsere Rollen sind verteilt, das Fräulein war
so nett. Die Guillotine haben wir hinter uns, die weißen Schenkel der
Fraun, dazwischen unsere Geilheit erstickte. Der zweite Akt heißt
Lust-zur-Macht. Demnach steig ich in das Fell des Danton, während
dir, mein Lieber Sohn, die krätzige Borke des Robespierre gebührt,
die »Mutter Gottes«. Ein guter Witz.
Der 2. Herr: Und ein Kopf-Sprung dazu. Wir die Chirurgen, die
die Erhabenen unterm Beil vorziehn & zurückpflanzen aufs restliche Fleisch. Frankensteins Erben. Bist du übrigens so erpicht auf
den Tripper des Danton?
Der 1. Herr: Besser den Tropfstein als die Kalkgrube. Verbrenn dir
nicht dein drittes Bein. Es ist ungeübt im Stehen, dein Pech. Du
wirsts brauchen als Stütze, die Welt dreht Salto mortale. Laß uns die
neuen Texte proben.
(Der 1. Herr maskiert den 2. Herrn zum Gespenst, schminkt dessen Lippen grellrot. Der 2. Herr spricht in der Maske von):
Robesstalinpierre: »Ein Einsiedel & ein Bär liebten einander zärtlich. Eines Tages, als der Einsiedel schlief, setzte sich eine Fliege auf
seine Nase. Der Bär jagte die Fliege fort, doch sie kam immer wieder
zurück. In seiner Liebe zu dem Einsiedel beschloß der Bär, die Fliege
ein für allemal zu entfernen, damit sein Freund nicht im Schlaf ge-
stört würde. Er griff einen großen Stein, und als die Fliege sich wieder auf der Stirn des Einsiedels niederließ, ließ er den Stein auf sie
fallen & machte ihrem Leben ein Ende. Leider zerschmetterte er dabei auch den Schädel des Einsiedlers. Versteht ihr: Der Bär, das ist unsere liebe Op*po*sition. Die Feinde der Revolution sind die, welche
−gleichviel durch welche Mittel, und unter welchen Formen sie sich
auch verstecken− versucht haben, dem Vorschreiten der Revolution
im Weg zu sein ... Auf dieses Verbrechen steht die Todesstrafe; die
Beweise, die für die Verurteilung erforderlich sind, sind alle Ermittlungen, wie sie auch beschaffen sein mögen, die einen Urteilsfähi-
gen, der ein Freund der Freiheit ist, überzeugen können. Die Norm,

nach der die Urteile sich bestimmen, ist das Gewissen des Richters, das von der Gerechtigkeits- & Vaterlandsliebe das Licht empfängt; ihr Ziel ist das öffentliche Wohl & der Untergang der Feinde des Vaterlandes. Ich werde jeden vernichten, der sich mir in den Weg stellt.«

(reicht dem 1. Herrn ein Sandwich, drauf ein Revolver, und schminkt 1. Herrn zu seinem Ebenbild. Im Gepäcknetz ein Spuk. Der überreicht dem als Trotzdantonski maskierten Herrn einen Brief)

Trotzdantonski (liest): »Wenn ich Großes mit Kleinem vergleichen darf, möchte ich sagen, daß das wichtigste Ereignis, Ihre Ausstoßung, ein Ereignis, das in unserer Revolution unweigerlich die Periode des Thermidor eröffnen muß, und die Tatsache, daß ich nach 27 Jahren revolutionärer Tätigkeit soweit gekommen bin, daß mir nichts anderes übrigbleibt, als mir eine Kugel in den Kopf zu schießen; daß diese beiden Tatsachen ein & dasselbe illustrieren, nämlich die Schmählichkeit des gegenwärtigen Regimes. Und vielleicht werden diese beiden Tatsachen, die geringfügige & die bedeutende, vereint imstande sein, auf dem Weg zum Thermidor innezuhalten. Verlieren Sie nicht den Mut, wenn manche Sie heute verlassen & besonders wenn die große Masse nicht so schnell zu Ihnen zurückfindet. Sie sind auf dem rechten Weg ... «

(über die Abteillautsprecher wird Musik eingespielt ROCK AROUND THE CLOCK; Trotzdantonski ißt das Revolver-Sandwich: Knall & Qualm. Die drei Gespenster tanzen nach dem Rock'n' Roll & verschwinden im Gepäck der Reisenden)

Der 2. Herr: Vatermord, Vater. Ende des Spiels.

Der 1. Herr: Ja. Und Schluß mit dem Unsinn. Das Rote Hemd ist dir zu groß. Zeit, dem Mann aus dem Kind zu helfen. Kein Weib, kein Heim, ich red nicht vom Geld, und Essen für zwei Tage. Wo willst du hin, wenn der Zug am Prellbock steht. Wohin mit deinem Koffer voll Ideen. L. F. É. kannst du nicht fressen, drei Tage weiter & die eigenen Gedärme brülln dich nieder. Magens Stimme ist Volkes Stimme, ein guter Chor. Er singt von Aufruhr. Sieh dich vor: Zuviel Tote kosten Sympathie. Du wirst die Städte einreißen müssen, um Platz für Gräber zu finden. Und der Schrecken kehrt sich gegen dich. Komm mit mir. Ein Zimmer für dich in meinem Haus. Und Essen dreimal am Tag. Wo Geld ist sind die Fraun, die Welt ist voll mit Weibern. Der Atoll der Seligen. Komm zurück in den Schoß der Familie. Der Verlorene Sohn. Du siehst, deine Rückkehr ist Geschichte. Was zögerst du, schlag ein! Allein ist deine Zukunft der Hunger.

Der 2. Herr: Ich leck der Zukunft die Hämorrhoiden, bleibt mir die Wiederkehr des Hungers erspart, Schrecken aus Tausendundeinem Jahr. In den Tagen des Niedergangs kommt das Glück aus Dusollst. Die Folter zwei Schenkel, mein Schrei erstickt in Frauenhaar. Im Namen des Fleisches, das die Zukunft bereithält für mich, o weiße Haut, Duft aus Brüsten & Schoß, das rote Paradies: Auch diese Zukunft wird von mir gehn wie die letzte vor zwei Wochen. Diese hier will ich zuvor genießen: Ich will ersaufen in der Brandung glückseliger Zeiten. Ich will dich nackt sehen, Katze, deine Krallen in meine Haut. Mein Fleisch in deine Begierde. Wir werden uns ficken, Weib Liebe Zukunft. Ich will deinen Atem sich wundschlagen hörn im Gefängnis deiner Kehle, aus dem Gitter deiner Zähne soll ausfahren dein Schrei. Mord oder Wollust, und mein Ohr wird taub sein für den Unterschied, der für die Gosse ist in den Zeiten des Thermidor. Endlose Gespräche ohne ein einziges Wort, Sprüche: Genug davon. Für die Andern ist Zukunft der Tod, nicht für mich. Nichts reimt sich besser als Blut auf Blut, das nehm ich aus meinen Vätern. Und wir werden köstliche Festmahle halten, was Vater?, in unserem sicheren umhegten bewachten neuen Pantheon. Unsre Schatten werden auf das weiße Fleisch der Weiber phallen. Schenkel wie schlanke Palmstämme, die Himmel warm belaubt mit den Düften der Südsee. Und wir werden die Gerüche unserer Leiber essen wie wir das Brot unserer Jahre essen, Katze, ich werde die Speise würzen mit dem Schweiß aus deinen Achselhöhlen, ich werde die Spitzen deiner Brüste auf meiner Zunge zergehen lassen wie Oliven, ich werde aus deinem Fleisch den Saft deines Geschlechts trinken auf den feuchten Laken unserer Spiele. Komm Liebling, wir wollen uns auffressen.

Der 1. Herr: Hast du dich ausgetobt. Soviel zum Vorspiel, Zungenwärmer für Genüsse aus Zukunft. Die Stimme des Blutes, dies Wort macht einig. Friede den Hütten & den Palästen. Bald ist Mittag, die Chance für mich, dich einzuladen. In der nächsten Stadt ein *Restaurant*. Dort gibts mein Leib-Gericht: Im Essen sind wir eins. (zu Margarete) Leben Sie wohl, verehrtes Frollein. Wie Sie sehn, brauchen wir Ihren Apfel nicht, das Paradies ist überall wo das Wort hinfällt nicht weit vom Roß. Es wird keine zweite Eva geben, der nächste Sünden-Phall bleibt unentdeckt. Das ist Fortschritt, seit Gottvater aus allen Wolken fiel.

(1. & 2. Herr machen sich zum Aussteigen bereit)

Margarete: Ein Männerspiel in der Tat, Windhundrennen. Das jagt den imitierten Hasen bis aufs eigene Blut, das ziehn sie sich aus den Adern gegenseitig als wäres Bier aus dem Zapfhahn, der Hase

der Vorwand. Und leckt die Wunden danach, Krieg & Frieden ein
Kompromiß für die Geilheit des Blutes nach Blut. Der Thermidor
die Katharsis, der späte Gehorsam nach dem Mord. Und kriecht zurück ins alte Fell. Das ist Humor, darüber lacht & stirbt die Welt.

Umsteigebahnhof.
Die Räder tanzen übers Schienenparkett, ein klirrender Takt. Güterwagen auf Abstellgleisen, Lokschuppen husten Kohlenqualm
durch gestülpte Tore, ein Vorortzug aus dreimal Blech. In Dreckrot
die Faltengebirge der Dächer, an ihren Fassaden Reklame von Fuhr-
geschäften & Speisewürze. Der Name der Stadt schmeckt wie kalter
Wasserdampf. Stendal. Bäume spielen mit dem Wind, und langge-
streckte Bahnsteige wie Sandbänke, drauf die Überlebenden aus vie-
lerlei Sintflut, das Strandgut vom Malstrom wieder ausgespieen in
die nächste Runde, jedes Gesicht ein Stein in der Mauer. Stoff, ausgeblichen, rankt sich an dürrem Fleisch hinauf, Kinder zerren
schlenkrige Puppen & lächerlich winzige Koffer übers Gestein. Aus
ineinander gefalteten Lippen manchmal Zigarettenrauch, Luftunge-
heuer, fahle Worte verwehn als Tabaksqualm. Die Mauer drängt an
den Rand der Insel, als der Zug einfährt; ein Schritt nach vorn und
Fleisch stiege zum Eisen; jedes Trittbrett, jede Achse ein Gaul, der
schleift, was aus freien Stücken absteigt vom Buckel seiner Jahre,
übern dreckigen Schotter ins Andere-Leben, die Auferstehung mit
Eilzug-Zuschlag, ein Tanz durchs Getriebe der Zeit; Bremsen lachen
kreischend, Türen schwappen mit großer Hand Applaus. Die Mauer
aus bleichen Gesichtern weicht zurück.

BILDER AUS DER HEIMATH.

Das Heilige Römische Reich Deutscher Nation »war zu Anfang
des 19. Jahrhunderts in mehr als 300 selbständige Staaten zersplittert.
Zudem gab es noch unzählige Gutsherrenschaften, Klöster & Reichs-
städte, die fast unabhängig waren. Die Gesellschaftsordnung be-
ruhte auf der Leibeigenschaft.«
»In West-, Süd- & Südwestdeutschland waren durch den von Na=
poleon diktierten Reichsdeputationshauptschluß vom Jahre 1803
eine große Anzahl Klein- & Zwergstaaten zu größeren deutschen
Teilstaaten vereinigt worden.«
Am 6. August 1806, nachdem sich 16 west- & süddeutsche Fürsten
zum Rheinbund unter dem Protektorat Napoleons vereinigt hatten,
dem bis 1808 mit Ausnahme Preußens alle deutschen Einzelstaaten

beitraten, legte der Kaiser Franz II. von Habsburg die Krone des Deutschen Reiches nieder.

»Es war nicht zu verkennen: unser (Heeres-) Körper war krank, und mit jedem Schritt zeigten sich die Gebrechen einer veralteten Taktik. (…) Der größere Teil der Führer war alt & abgelebt, barbari= sche Strenge & Grobheit waren der Deckmantel ihrer Schwächen.«

»Wir haben mit eigenen Augen gesehen, daß man einen Mann, der bei den Hieben mit den Pechröhrchen nicht stille stand, von einem handfesten Unteroffizire festgehalten & ihm das bloße Hemd auf der Brust straff anziehen ließ, so daß bei jedem weiteren Hiebe auf den Rücken das Blut durch die dünne, abgetragene Leinwand drang. Wir haben mit eigenen Augen gesehen, daß man einem An= dern, der sich vor Schmerzen krümmte, bis der Kopf die Schulter= blätter deckte, mit den Spießruthen in das Gesicht & dabei das eine Auge blutig schlug, so daß er abgeführt werden mußte. Wir haben gesehen, daß man einen Dritten, bei strenger Winterkälte, welche diese barbarische Strafe natürlich noch verschärfte, als er ohnmäch= tig zu Boden sank, auf ein Bündel Stroh werfen & ihm die noch feh= lenden Ruthenhiebe Mann für Mann wohl summirt zuzählen ließ.«

»Es konnte nicht anders kommen, sie mußten geschlagen wer= den.«

»Der Sieg, den Napoleon bei Jena & Auerstädt über die preußische Armee errungen hatte, war nicht der Triumph eines Söldnerheeres über ein anderes, sondern der Erfolg eines bürgerlichen Massenauf= gebotes gegen die Söldnertruppe eines feudalabsolutistischen Staates. Der von Lasten & Abhängigkeit befreite französische Bauer trium= phierte über den mit den grausamsten Züchtigungsmitteln einge= schüchterten preußischen Leibeigenen.«

LEGENDE. Über die Hügel vor der Stadt Birckheym ziehen Heere französischer Soldaten auf. In ihrem Troß die Grenzsteine, die stachen ins Fleisch dieses Landes wie Dornen. *Vive la France!* Es lebe der Italiener aus Frankreich! Was dem Ein' sin Ul, is dem Andern sin Nachtigall: Hast uns die Nägel aus den Uhren gerissen, die in teut= schen Nebelthälern des Schlafs um ein Jahrhundert nachgehn. Aufs Pflaster tropfen die Schilder der Zünfte im heißen Wind aus Westen, ein eiserner Regen auf den Staub: Geht zur Hölle fürs nächste Mittel= alter morgen. *Grand merci!* und nehmt unsre Weiber dafür. Den Einigern die Vereinigung mit deutschem Boden.

EROICA 1806 oder MONSIEUR L'ACCOUCHEUR.
Allegro con brio. Nacht. Schnee bleicht Straßen Gassen Häuser
Marktplatz. Der Kirchturm die Bajonettspitze ins Nichts, knob-
lauchfahl. Die Wetterfahne, eingefroren, starrt weiß auf Giebel & Dächer. Eine erbleichte Welt, drüber ein Himmel aus Nacht, die Farbe
des Hungers.
Lärm aus dem ehemaligen Rathaus, jetzt *»Bureau du commandant«.*
Licht hinter Fenstern, bisweilen wird eines geöffnet, ein Kopf schaut
heraus & kotzt in den Schnee.
An den Stamm der froststarren Kastanie gefesselt der Leichnam
des Bürgermeisters mit zerspaltenem Schädel. Blut gefror zu Karmin, das Beil im Kopf des Toten die Axt-von-Birckheim, wie Man
sie später nennt, wird den Stamm hinaufwachsen mit den Jahren.
Vorm Rathaus-*P*ortal. Frost. Ein französischer Wach*p*osten. Frust.
Soldat (zu sich): Merde. Birckheym der Arsch der Welt. Mehr Soldaten als Weiber. Wär ich daheim geblieben in Bédouin, hätt ich meinen Acker gratis. Der Bauer gehört nicht in die Welt. Was rumläuft
in Röcken hier, geht drauf für die Offiziere. Eine Strafe, ein Sieger zu
sein!
Marcia funebre. Adagio assai. Aus einer Gasse eine Gestalt, langer
Schatten übern Schnee.
Soldat: Seh ich recht durch den Wind. Mademoiselle, euch schickt
der Himmel für den Himmel! Solln die Kotzer auf sich selber aufpassen. Heda Mademoiselle, die deutsche Nacht ist kalt, es will sich wärmen, was noch Blut hat in den Adern.
Soldat rennt übern Schnee der Frau hinterher. Sie bleibt stehn als
sie erkennt, daß es kein Entkommen gibt. Wendet sich um, bleiches
Gesicht vor bleichem Schnee, Augen wie aus Nacht. Ihr Rücken
durchgebogen, der Leib geschwollen.
Soldat: Merde! Geh zum Teufel oder zum Deutschen. Ein Fran-
zose vergewaltigt kein schwangeres Weib.
Er versetzt der Frau einen Tritt in den *cul*; die Frau stürzt bäuch-
lings in den Schnee. Und schenkt noch in selber Nacht einem Sohn
das düstre Licht dieser Welt in Frost. Vom Ehemann Dankgebete für
die verspätete, doch nicht zu späte & glückliche Niederkunft. Musik
in deutschen Hütten. Beethovens Dritte. *C'est la guerre.*
COMIC. FORTSCHRITT. *Allegro vivace.* Neuer Morgen. Aus
der Barbierstube Wimmern. Dort versieht Maestro Bader & Zahn-
arzt seinen Dienst.
−Und wenn die Welt in Scherben fällt, ein kaputter Zahn ist ein kaputter Zahn. Dienst ist Dienst. Was ist das Zahnwimmern gegens

Brüllen der Schlächter & Geschlachteten draußen. Es lebe der Zahnschmerz, der am Leben läßt. Mach Er endlich das Maul auf! (Baders
Finger mit Zange im Mund des Patienten. Patient schreit)
Finale. Allegro molto. In der kleinen Emailleschüssel mischt sich
mit blutigem Seifenschaum im Speichel ein Zahn.
Bader: Mein Rasiermesser kommt aus der Mode, der Säbel auf
dem Schlachtfeld besorgt das weit besser. Kosmetik total. (zum Kun-
den) Geh Er hinten raus. Er hat noch zuviel Zähne im Maul, als daß
ich Ihn dem Schönheitssalon der Straße überlassen kann. Wovon soll
ich leben, wenn mir die Kundschaft draufgeht am französischen Eisen. (Hält die Hand auf)
Kunde (mit Zahnlücke): Be-z-ahlt wird Morgen, wenn-s da-s
noch gibt. Wenn nicht, s-eid ehrlich Mei-s-ter, wär-s rau-s-ge-
schmi-ß-ne-s Geld. Wollt Ihr eine Leiche fleddern. Adieu hei-ß-t-s
statt Auf Wieder-s-ehen, gewöhnt Euch dran!

Als ich an einem müden Nachmittag nachhaus kam, hing an der
Flurgarderobe eine schwarze Uniform. Gesichtslos auf der Hutab-
lage die Schirmmütze mit glänzendem Schild & Kokarde, ein Adler,
sein Gefieder aus Metall & ein Kreuz aus umgebrochnen Balken in
den winzigen Krallen. Schulterstücke im Silbergeflecht, Sammet-
schwarz die Kragenspiegel; zwei parallele Zackenpfeile: Warnung
vorm Berühren: *Achtung Hochspannung Lebensgefahr!* Beinlos die
scharfgefaltete Reithose, Stiefelröhren im schweren Ledergeruch,
Pappa seit wann hast dus mit Pferden? Mit den Fingerspitzen be-
fühlte ich den Stoff, dieses in schwarzen Rastern gewebte Tuch, hob
den leeren Arm der am Kleiderbügel erhängten Gestalt; eine Haut,
wartend auf ihr Fleisch.
Die Stubentür nur angelehnt, im Zimmer saßen zwei Fremde in
ebensolchem Schwarz (diese Häute hatten ihren Mann gefunden),
auf dem Tisch die fast leere Cognacflasche. Ich sah Pappas Kopf,
seine Wange, die Haut stark gerötet und Schweiß rann drüber hin. Er
sprach laut & schwer, begleitete sich mit schwanker Geste. Die Männer in Schwarz blieben wortkarg, sie tranken nur wenig. Pappas
Stimme rauh & schrill, er lachte allein. Die Fremden erhoben sich irgendwann, klopften Pappa auf die Schulter, kamen zu meiner Tür &
gingen achtlos an mir vorüber. Im Flur blieben die Abdrücke ihrer
Stiefelsohlen, schwarze Barren aus Erde.
Ich wollte zu dem stillgewordenen Mann-am-Tisch hinüberge-
hen, ich traute mich nicht. Da sprang der Mann auf, hinter seinen
Lippen rollte ein Würgen, die Augen starrten plötzlich auf mich &

grauer Speichel stürzte aus dem tiefhängenden Mund. Ich blieb in der Tür und rührte mich nicht.
Es dauerte lang, bis der Mann aufhörte zu kotzen.
–Ich vertrag doch nichts aber ich muß doch mußte doch Margarete mein kleiner Junge –
Der Kopf des Mannes sank ins Tiefrot über die Schultern nach vorn. Seine Lippen glitten ums nasse Kinn, die Augen blutschwer im Gesicht. Dann schlich der Mann an mir vorüber & aus dem Zimmer. Ich hörte ihn mit einem Blecheimer in der Küche scheppern, hörte einen Wasserstrahl ins Waschbecken fallen. Mutter kam spät erst nach Haus. Auf dem Teppich blieb lang eine dunkle Insel, ein Schatten.

SPIELE AUS DER HEIMATH.

I

–Nadassja ein Zufall. Und solch glücklicher dazu!
Da konnten sie nicht mehr ausrücken. Als hätt ich nicht bemerkt, daß sie mir in einem fort hinterher gelaufen sind, und dann *plötzlich & unerwartet* auftauchten. Haben runde Augen gemacht, weil *ich* das war, die *sie* ansprach, darauf warn die Herren nicht gefaßt. Vor einem Geschäft mit breiten hohen Scheiben, Kieper floh sofort in den Laden. Ein Beerdigungs-Institut! Durch die Auslagen sah ich ihn im Geschäftsraum. Die Tür drin ging auf, und eine junge Frau trat hinter den Ladentisch. Vom Regen in die Traufe. Armer Dietrich! Gäb was drum, wenn ich wüßte, was er zu der Verkäuferin gesagt hat. Er stand unbeweglich & sah durch die Scheibe zu mir, die Frau hinterm Ladentisch auch. Vielleicht hat er überhaupt nichts gesagt & blieb stumm inmitten der geparkten hohlen Särge. Hättest Ritter werden sollen, Kieper, den Körper eingelötet wie in einer Konservendose, damit dir Niemand zu nahe tritt. Oder Kapitän für sinkende Schiffe, eigens herangezogen für den Augenblick eines heroischen Untergangs.
Der Andere blieb auf der Straße vor mir und redete unaufhörlich.
Ich heiße Walter –, begann Der seinen pausenlosen Ritt übern Parcours von Punkt & Komma.
Walters Stimme: Sone Pfeife: haut ab & läßt mich hier. Is schließlich seine Freundin. Türmt inn Sargladen! Hat mirn ganzen Nachmittag was von Tod & So erzählt. Glaub der hat nich mal gemerkt wie oft und ach-so-zufällig wir *ihr* übern Weg gelaufen sind. Vielleicht hamse Krach miteinander. Der redet ja nich über Sowas. Nur ganze

Nachmittage über Litteratuhr. Wenn ich Glück hab hab ich die Namen schon mal gehört. Anstrengend diese Denker. Wahrscheinlich zwischen den Beiden auch nich mehr als Das. Ein Alptraum. Und ein Brachfeld. MARGARETE DU SITZT SCHÖN AUFM TROCKNEN MARIECHEN SASS AUF EINEM STEIN BLÜTEN IM GESICHT PICKEL. Da soll Streicheln helfen. Was Die dauernd an sich rumfummelt. Schöne Halsschlagader. Wenn ich Knopf wär würd ich jetz aufspringen. Nich grad viel Gebirge unterm Baldachin. Toll wenn die Knospen ausm Nichts erblühn. Kieper du bist ein Idiot! Ich will diese Haut für meine Haut. Komisches Gefühl Sehnsucht der Haut. Obse tanzen kann. Tänzelt in einer Tour. Reibt sichs Fellchen an der Luft. Mann Der krabbelts zwischen den Beinen! Soll ich dich kratzen. Macht mir richtig s Würstchen heiß. Und wird tatsächlich rot. Tele – Telepatho – Gedankenübertragung. Vielleicht ham die *Po*ren unsrer Haut Zungen & die sprechen zueinander ohne daß wirs merken. Nennen Sowas Sympathie. HOPPLA MÄDCHEN BIN ICH DIR SYMPATHISCH. Wolln wir uns küssen. Die Kleider von unsern Leibern nehmen. Wir wolln der Stimme unsrer Haut nich länger den Mund verbieten mit solch erbärmlichem Knebel. HOPPLA wolln wir die Häute tauschen. Laß mich in deine Haut soweit mirs die Natur erlaubt. Margarete. Jungenskörper mit Nymfenaugen. Muß aufpassen sonst krieg ich noch mal nen Stän. Der Wieheißterdoch hat erzählt wie ers beim Tanzen macht. Tannzappen in der Hosentasche. Und dann ganz nach Anweisung von Papa Tanzlehrer: Auf Tuchfühlung meine Damen & Herren Auf Tuchfühlung wenn ich bittän darrf. O. k. Papa Schwanzlehrer. Da durften die Küken und hatten Grund genug zum Ausweichen. Und das war grad ihr Fehler: Denn in der Tasche nur die Attrappe aber daneben lauerte der Echte. Ob sie schon mal. Mit Kieper bestimmt nich dafür leg ich meine Hand ins. Wolln mal ins *Detail* gehen. Appro Po gehen: Wie geht dieses Kleid auf? 123456 Knöpfe bis zum Bauch. Wieviel Geld hab ich eigentlich dabei. Sogarn Scheinchen. Schönchen. Ob irgendwo son Reizverschluß? oder Druckknöppe? Muß Mann schon wissn vorher. Solltense in der Schule n Lehrfach einrichten würd ich richtich gern zur Penne gehn. Auch Nachsitzen mit Strafarbeit: Hundertmal den Stoff der letzten Stunde wiederholn. Und Hausaufgaben *ang mass!* Nischt is tödlicher als das Gefummel an den Klamotten wenns-soweit-is. Ob die nen BeHa. Na nu dreh dich mal. Noch n bisken. Son Ding für die kleinen Dinger. Lösen einer Gleichung mit zwei Unbekannten. Häkchen x und Schnalle y. Scheiß Algebra. Mir liegt die Geometrie. Muß noch

Hausaufgaben machn. Kann nich schon wieder sagen: Für Pimpfe & Deutschland auf Wacht. Fällt selbst Denen irgendwann auf. Werd noch nen Orden kriegen FÜR HERVORRAGENDE LEISTUNGEN IN DER WEHRERTÜCHTIGUNG. Bomben & Orden falln immer auf Unschuldige. Schönes Kleid wasse anhat. Wie heißen diese Primeln. Hecken. Rosen. Nee. Wenn sie sich dreht scheint die Sonne durchn Stoff & man sieht hoch bis zum. Son Arsch der Pauli! Zugführer & Wichsflecke aufn Kniehosen. Hat gespannt hinter nem Busch als die Mädchen sich umzogen. Wannsee. Handwerk hat goldenen Boden. Riesengelächter als ichs den Andern erzählt hab. Ham ihn später abgesetzt. AUTORITÄTSVERLUST: Ein Führer schießt nich inn Wind. Riech jedesmal Sperma wenn ich Uniformen seh. Jetz weiß ich: Buschwindröschen! ›Gattung der Hahnenfußgewächse‹ hätt Kieper ergänzt. Gewichse. Regt sich momentan nicht das leiseste Windchen für die Röschen überm Busch. Werd mir mal heimlich n Schnürsenkel aufziehn dann darf ich mich bücken. So. Schön lange knibbeln. Hübscher Po. Reinste Po-etik. Ein Arsch voll Romantik. So. Nun haben wir die Lektion betrachtet beginnen wir mit dem Tanz. Kopp inn Nacken Schultern grradä Alte Schule: MEIN FRÄULEIN DARF ICH BITTEN UM IHRE UNGENUTZTEN BRÜSTE.

Walter: Ich heiße Walter, und der Zufall ist ganz meinerseits und glücklich. Hätt ich Blumen, die Silben der Natur. Wie Sie wissen, sind Worte vieldeutig, das Vorrecht den Pflanzen.

Margarete: Dann sind Sie eine Pflanze, Walter?

Walter: Ganz recht. Und ich werde blühen nur für Sie. Lieben Sie Blumen, Margarete?

Margarete: Würd ich das bejahen, hätt ich zugegeben, daß ich Sie liebe. Aber Sie scheinen mir eine selt*same* Pflanze. Hat die Botanik Sie schon entdeckt?

Walter: Ich fürchte ja. Meine Biografie gleicht der Aufzucht im Blumentopf. Zurück zur Natur. Ich nehme Ihr Kleid als den Liebesbeweis. MARGARETE SIE SIND SCHÖN WIE EINE BLUME AUF DER FRÜHLINGSWIESE SO OFT MAN IHNEN BEGEGNET IST IHR BLÜHEN ANDERS UND VIELEMALE SCHÖN. Sie haben einen ausgezeichneten Geschmack. Wieviele Fraun verstehen schon ihren Körper zu tragen. Wie anders Sie!

Margarete: O, kennen Sie soviele Frauen? Woher die Jahre, die Ihre Sammlung ermöglicht? Sie sind kaum älter als ich. Täusche ich mich? HOPPLA.

Walter: HOPPLA. Sie sind mit dem Fuß umgeknickt? Ein Seiten-
sprung. Das war der Salto, der aus den Vorfahren ist. Lachen Sie
nicht. Dieser Muskel ist erblich.

Margarete: Da bin ich gespannt, wie sich Ihre Vorfahrn bewegen.

Walter: Nein. Ich bedaure, das bleibt ein Geheimnis der Anatomie.

Margarete: Walter, Sie enttäuschen mich. Sie haben hoffnungsvoll
begonnen, so rasch nun ein Rückzug? Wollen Sie das Terrain, das Sie
erobert, zum Brachfeld machen?

Walter: Habe ich denn Land erobert? Die Blumen, die mir entge-
gensehn aus Ihrer Landschaft, möchten leicht Seerosen sein. Wie tief
ist das Wasser, das dies Blühen trägt?

Margarete: Ich hab geglaubt, Sie kennten sich aus in der Botanik.
Sollten Sie Angst haben vor einer Landschaft?

Walter: Das wäre zuviel der Ehre für mich. Ich bin ein Mann aus
Männern, unser Urahn der Reiter über den Bodensee. Die Angst
kam später. Darf ich hoffen auf dies Später?

Margarete: Sie sollten die Uhren den Beamten überlassen. Weshalb später. Weshalb nicht jetzt?

Walter: Sie machen mich überglücklich. Kommen Sie und lassen
Sie die Uhren *stehn*, es geht auf sechs.

Margarete: Ist das ein langer Weg? Ich fürchte, ich bin schon zu
weit gegangen heut. Dank Ihrer Hilfe.

Walter: Wie das?

Margarete: Erinnern Sie sich unsrer Jagd durchs Labyrinth der
Straßen. Die fand ihre Fortsetzung in unserm Gespräch. Meine Füße
konnten sich ausruhn derweil. Für diese Erleichterung an Sie mein
Dank.

Walter: So war es ein schöner Weg für uns beide. Die Zeiger *stehen*
auf sex Uhr, wenn Sie anwesend sind. Ein glücklicher Augenblick.
Ich denke an die Zeit, die ausruhen darf zusammen mit Ihren Füßen.
Stellen Sie sich einen Regenguß vor, ein Gewitter oder Schneege-
stöber, und die Zeit müßte ausharren in solcherart Ewigkeit.

Margarete: Die läge in unsrer Hand.

Walter: Sie sprechen im Konjunktiv, liebe Margarete. So haben Sie
die Absicht zu spielen mit meiner Ewigkeit.

Margarete: Warum nicht. Ich weiß nichts von Ihrer Ewigkeit.
Und, mein lieber Walter, der erste Auftritt ist für Sie.

Walter: Wie soll unser Spiel heißen?

Margarete: Nennen wir es KATZUNDMAUS.

Walter: Sie sprechen das, als wärs ein Wort. Margarete, so sind
auch wir Eins?

Margarete: Nicht so voreilig, lieber Walter. Wollen Sie verzichten auf Ihren Auftritt? Das würde mich sehr enttäuschen. Mut, seien Sie ein guter Kater.

Walter: Dies Spiel kenn ich, und doch leugne ich Verlegenheit nicht. *Sind Sie sicher,* daß Sie mir den Part eines Katers überlassen wolln? Dann haben Sie als Maus Sehnsucht nach meinem Innenleben, Katzen fressen Mäuse. Sie werden mir näher sein, als ich es bin heute & immer. Ein kluger Plan. Wie alle Pläne aus dem Kopf einer Maus. Auf diesem Weg aber gibts kein Zurück, Sie werden sich verlieren vor Nähe im Labyrinth eines fremden Scheusals. Ahnen Sie, was Sie erwartet? Ich kanns nicht sagen. Ariadne hat mit Theseus die Rollen getauscht, die Fähigkeiten blieben bei ihrem ersten Herrn. Der Ägide ist keine Frau und versteht nicht die Kunst des Spinnens. Ich denke an den Faden. So ist Ariadne sich selbst überlassen & ohne Wegweiser im fremden Fleisch. Das Schwert ließ sie dem Mann, ihre Waffen sind ihr Leib. Vom Minotauros droht keine Gefahr, der steht auf jungen Athenern.

Margarete: Und träfe ich das Ungeheuer, was wären seine ersten Worte?

Walter: MEIN FRÄULEIN DARF ICH BITTEN UND SIE EINLADEN ZU EIS & KAFFEE?

Margaretes Stimme: Der sieht vielleicht komisch aus. Wie er dasteht und schnattert. Halb Cäsar halb Pepi ausm Sirupfaß. Da is doch was im Busch. Ob die Beiden das geplant hatten: Hasch-mich-ich-bin-der-Frühling. Wie doch Jeder anders reagiert in dieser Ersten Minute. Wenns nach mir ginge, dürftes zweite Minuten nich geben. Kieper du konntst nur weglaufen. Und dich hab ich mal wirklich gelie. Kannste dir was drauf einbilden. DU DUMMER BENGEL DU. Man könnt ja denken der is aus Gummi. So ne Verrenkung. Was der-da von sich gibt! Heiliger! Achdugutergott jetz fehlt nur noch daß er nen Blumenstrauß ausm Ärmel zieht odern rosa Karnikkel. Hab son komisches Jucken. Kneifen, Mist mit diesen straffen Gummis. Schnüren in den ganzen. Wenn ich mich bloß mal unauffällig kratzen könnt. Mal zu dem Mauervorsprung dort–HOPPLA–Scheiße. Immer gleich rotwerden. Reiß heute abend eigenhändig diese Gummis raus. Verflixter Murks. Deutsche Wertarbeit. Schöner Reinfall mit diesen neuen Dingern. Schöne Fotografie im Lesebuch heut morgen. Rheinfall bei Schaffhausen. Hände hat der! Ob er Klavierspieln kann. Muß ihn mal fragen ob er BIRKHEIM kennt. Das wärn Ding wenn Der das wär von Damals-hinter-der-Wand.

Glaub ich nich. Also wenn ich maln Kind hab bleibt dem son Gehacke erspart! Der riecht ganz gut. Bißchen näher. So. Ja Mmmh. Ob das sein Rasierwasser ist. Meine Frisur sieht unmöglich aus. Jetzt krabbelts mich auch im Nacken. Wenn das so weitergeht muß ich mich an der Hauswand scheuern wien Büffel. Na im Nacken kann man sich anstandslos kratzen. Jaaahah. Wie der kuckt. Mannomann das warn Blick. Die Achselhöhlen hoch. Knistert immer so beim Waschen. Eigentlich hab ichs gern. Die Hilde hat ne Krehm dagegen. Sieht dann zwei Tage aus wie Ferkelhaut. Ganz rot. Früher vorm Spiegel jeden Tag heimlich mit der Schöpfkelle nachgemessen obs schon mehr geworden ist. Eklig diese Tage! Und das nu über vierzig Jahre. Für diesmal vorbei. Fand mich entsetzlich damals & wollt nich ausm Haus. Hab geglaubt man siehts mir an. Was zum Schämen. Hilde kommt natürlich glänzend zurecht mit solchen WEIBLICHEN SCHWÄCHEN. Sollt mich nich wundern wennse dagegen auch ne Krehm hat. Und dieses Bißchen da-unten wiene Zahnbürste. Ob der schon mal geküßt hat. Ganz weiße Zähne wenn er lacht. Ob das Verlegenheit ist. Mach ich ihn verlegen? Möcht wissen was in Einem vorgeht wenn er son Zeug redet. Und was der redet! Endlos. Ob du vielleicht mal. Wenns dir möglich ist. Gutergott hör dir das an. Son Haufen Wörter. Als hätt er ne Wasserleitung voller Wörter leergesoffen. Rauscht wie bei der Bäurin damals am Wegrand. Breit wiene Glucke mit ihren Leinenröcken & die Beine wie zwei Säuln auseinander. Falls es dir keine allzu großen Schwierigkeiten macht maln Rand zu halten und mich auch mal. Jetzt muß ich auch noch pinkeln! Heut kommt alles zusamm. Hat mich übrigens n paar Minuten nich mehr gejuckt. Nich dran denken. So: Da hab ichs prompt wieder. Der kuckt schon wieder. Daß er dabei noch reden. Kann man eigentlich Kucken & Reden gleichzeitig? Und wenn der mich nun einlädt Zu-sich-nach-Hause! Trauter sich nich beim ersten Mal. Wetten? Soll sich maln bißchen Mühe geben. Denkt wohl son schlaues Gequassel verfängt bei mir. Wenn dir sonst auch nur halb soviel einphallen würde wie mit der Klappe. Legt sich ja mächtig ins Zeug. Verlang ja nich viel. Mann. Könntst mich schon einladen. Na bitte. Das musser gehört haben. EIS & KAFFEE. Besser als nischt. Ich geh einfach mit. Wenn ich nur nich pinkeln müßt! Da kommt mir seine Einladung eigentlich grade recht: Denn Gottseidank gibts inner Gaststätte n Klo!

Der Abend brachte Wind ins Laub auf dem Schulhof, Staubwände wie stürzende Mauern. Nachts Fliegeralarm, Bomben die Skythenhorden über der Stadt; Flammen, roter Staub unter den Hufen der Flugzeuge. Die Nacht, als Vater im Keller auf den Himmel zielte. Er versank im Schutt unseres Hauses.

II

Am Morgen nach der Bombennacht gab ich ihm die Weide meiner Haut. Zertrampelt unter fremden Hufen: das Glück des Rasens.

Am Tag darauf wurden Mutter & ich & ein Dutzend Anderer in das letzte verschont gebliebene Haus in dieser Straße einquartiert, in den Keller; besser als Nichts, und spart den all-nächtlichen Umzug, wenn die Sirenen schrein & das Radio unsre Zeit in kleinen Münzen stanzt. Das Haus, in dem Walter lebte, wo seine Mutter emigriert war in einen leeren verdunkelten Raum, der stets verschlossen war. Die Wohnungstür dagegen immer offen; ich trat in Walters Zimmer & in seine Dämmerung.

Und er sah im Dunkel zu mir, sein Gesicht wie ein geliebter Abend im Park. Und ich nahm mit meinen Lippen seinen Mund, mit meinen Brüsten seine Hände. Die Haut roch wie das Fell eines jungen Tieres, wir haben uns gebissen & geküßt. Das Brennen auf meinem Gesicht ist geblieben, kleine Feuer aus fremder Haut. Dann war es still, vorm Fenster die Nacht, und Wolken wie schwarze Pferde. In mir die Stimmen dieser Tiere, Lachen & Schaudern, ich blieb bei ihm in seinem schmalen Zimmer eine nachtlang, und ich sah vorm Fenster diese Herden dunkler Pferde vorüberziehn. Eine Nacht ist lang ohne Schlaf.

NOTTURNO / NO TURNO »SEGUI IL TUO CORSO, E LASCIA DIR LE GENTI«

Das letzte Haus in der Straße: 1-Fam-Haus m. Gart.

Im schmalen Grün der Beete ein alter Mann, Vorjahreslaub vom Rechen zählend wie faulige Banknoten, Assignaten aus der 1. Inflation der Neu-Zeit. Farnkraut ein grüner Nebel. Schwaches Licht im Haus, Stimmen, Musik aus einem großen Raum. Der Alte kehrt sich zu mir und geht voran ins Haus, einen Weidenkorb geschultert, draus frischer Blutgeruch.

Abstieg in den Keller.

Ein geräumiger Saal, gefüllt mit Menschen. Fraun Männer Kinder, viele nackt. Mädchen geben ihre Brüste gelangweilten Händen, die Haut in trübem Schweiß; Halbwüchsige masturbiern gähnend, und Fraunhände stricken sich in Fraunlocken. Von der Decke herab, an Händen & Füßen mit eigenem Haar gefesselt, pendelnd das bloße Fleisch einer Frau mit meinem Gesicht, Bündel aus Hautundhaar. Männer dringen roh & lustlos in das riesige Geschlecht. Keller der Ersten Dinge, Luft wie Heringslake. Urbrühe,»Geist der Gärung«. Gerastertes Licht aus einem schmalen Fenster. Unter der Saaldecke verteilt Brausehähne, Flechtwerk giftiger Pilze in Grünspan. Hinter mir schlägt der Alte die Tür zu, die er von draußen verriegelt. Aus den Brausehähnen strömt Gas.

In die Menschen im Keller kommt träge Bewegung. Was lebt, schleift sich ans Licht. Das Gitter vorm Kellerfenster läßt sich bequem öffnen, erstaunlich! Und nirgendwo Angst oder Schaudern außer in mir. In diesem Keller hab ichs mit Profis zu tun »DREIMAL VIERMAL FÜNFMAL AUSGEBOMBT!« Ich bin nur eine Amateurin im Auferstehn. Dieses Haus ein Fleischwolf, der Keller der Trichter zur menschenfressenden Mechanik.

Was sich durchs Fenster mit mir nach Draußen zwängt, sind die Beamten der Historie. Das spielt Flöte & klatscht den Takt zur Guillotine von Louis Capet bis zum Volksgerichtshof. Feiertag heute: Damen & Herren Auferstehr,»Die Stürmer«, haben Ausgang zum Fluß.

Tag / Nacht im Dunst, Wiesen & Weidenstümpfe, eine gestrandete Flotte; Fackeln glühn durch den Nebel, offene Wunden unter nutzlosem Verband. Auf einer Bahre trägt man einen Krüppel ans Ufer hinab: Klump lebendigen Fleisches, armlos beinlos, die leeren Aughöhlen hinter einer Binde, die Kinnlade unters Gesicht mit einem Ledergurt gezwungen; Gestank von Sauerbier & Urin. Die Reliquie aus gehabter Schlacht, Der 48er: Seht her! Auch wir hams mal jemacht! – Von seinen fünf Sinnen blieb ihm das Ohr: Kann sein und ihn erfreut Gesang aus dem Fluß: Auf Eisschollen eine Schulklasse, Chorus halbwüchsiger Stimmen intoniert auf Lehrer-Geheiß ÇA IRA! Prozessionen gefrornen Wassers, zu Inseln zerbrochen; Leichname, die vorüberziehn: Philosäer aus ihren Innungs-Kneipen ziehn blank die Schwerter & pissen schaukelnd gegen die Wand. Schwarze Farbe blutet Lettern auf rottigem Stein: MOURIR POUR LA PATRIE! LE SYSTÈME À BAS! :das zerfließt. Gold- & Silberflotten sind der Euterpe Jünger bieresheller Strahl. Am Pranger im Kopfeisen gefesselt Prometheus der Intellele: Schlägt ohne Unterbrechung krumm den Nagel, der in die Wand soll & den Daumen sich. Beides wächst nach. Wiederholung. :Diesen Witz kapiert der

Letzte Trottel vom Reißbrett des Ersten Trottel, dem Denker die Narrenkappe, Hohn & Pferdeäppel in die Schnauze, das ist Kommunikation, die Gasmaske für den Rest. Modenschau der Toten. Die schreiende Mehrheit HURRAHURRA Das Bajonett schon im Gedärm. König & Königin haben sich ins Wesentliche zurückgezogen: König in eine Suppenterrine, Königin in einen Löffel Eier-Schnee. Und sämtliche Minister ins Holzwurmgestühl eines Doms. Warten auf bessere Zeiten. König verwandelt sich unterdes in Rindfleischsuppe mit fetten Leber-Zirrhoseklößchen, Königin wird Garnierung auf einer Götterspeise. Mutter Gottes in Holz mit dem Krebsgeschwür an der Brust. *Wille & Wehr wider den wölfischen Wahn.* :Alliterationen aus der Garküche fürs Volk, heiß & fettig, das rutscht –Schlapf– Kein Hitler gleicht seinem Vorgänger, das macht ihn wiederholbar. Angst vorm Computer: jüngste A*po*kalypse; Angst getrennt von der ursprünglichen Gefahr kehrt sich vom Schutz zur Unterdrückung. Schnee aus Grüften gespien, die Heilige Nacht, Barrikade aus Knochen. Schwarzrotgold, der erste Klimmzug am Skelett.

Der Fluß hat sich am Blut betrunken & irrt schlaflos traumlos durch den Tag die Nacht. Wolken, vom Säbelhieb des Mondes exekutiert, Barrikaden aus Wäldern in Eis; jeder Baum im Deutschen Wald ein Mastbaum auf dem Geisterschiff, daran erwartungsgemäß der Schädel des angenagelten Kapitäns. HO! HE! JE! HA! HUSSASSAHE! Hochwassa Kleene? Komm trinkma Eene!

Schneeschmelze auf den Bergen, Würstchenbude & Tombola am Flußufer, damit Denen nicht zu langweilig wird der fremde Totentanz auf der Barrikade. *Sport* macht hungrig. Zehn Bier & nochmal eine Körriwurscht! Öffnungszeit der Arena von 8 bis 18 Uhr, Zehn-Stunden-Fleischerei, danach Alles wieder SEine Ruhe & Ordnung. »Ab Montach wird wieder jearbeit!« So rasch verreckt heut keine Obrigkeit mehr. Aus meinem Uterus *die-Zukunft*, zwischen den Schenkeln meine kindliche Geilheit: Komm & faß an, was mich zur Frau macht. Um dem Mann ähnlich zu sein hab ich mir die Brüste nicht ausgerissen wie Tanaïs. WER FICKT VERGISST WAS NICHT ZU ÄNDERN IST.

Die »Gescheiterte Hoffnung«, das Geisterschiff Baujahr Achtzehn Achtundvierzig: Schwarzrotgold & Lachen ohne Ende. Schüler-Chor samt Lehrer auf Geheiß singend ab ins Gewässer. Von ÇA IRA zum Reichsverweser, Geruch fauler Chrysanthemen. Die Städte riechen nach Eisen, Ruß schminkt Bauern zu Proleten.

Denkpause.

»Die Stürmer« korken Thermosflaschen auf DEN BESTEN

KAFFEE KOCHEN DOCH NUR WIR! ROM IS OOCH
NICH AN EINEM TAG VERBRANNT. In Frankreich, heißts,
versuchen sie ne Republik, bei uns ein Kaiserreich. Jedem das Seine.
Bismarck: »Biertrincken kühlt erhitzte Gemüther« :Wegen gut ge-
kühlten Biernachschubs finden Große-Zeiten in Deutschland im
Saale statt. Sie haben ständig einen Trauerfall; das Eis im Strom singt,
Ufer raunen. Wildstill. Ein neuer HühnerGott setzt frostige Fahnen
ins Himmeleis. Baal, Maschine auf Rädern, hat begonnen Proleten
zu fressen statt Kinder von Nürnberg nach Fürth. Dein Einstand
Kumpel! PlanSpiel und der Mond schreit weiß hinterm Wolken-
staub. Dies Auge schaut voraus:
Das erste Haus am Hügel zur Stadt mit versteckten Bewohnern,
die Fenster von Brettern durchgestrichen. Regen wäscht die Farbe
von Blut ins Gras.
Aufstieg ins Parterre.
Eine Wohnung im Dunst vergangner Nächte, getrübt von Petroleumlicht. Drin ein Mann, sein Atem Kohlsuppe. Spar mit Petroljum!
Stromsperre! Flackernd verlöscht der Schimmer. Zwielichtmobiliar:
durchgelegenes Bettgestell, verzogner Schrank, in dem das Brot rasch
schimmelig wird. Auf dem Tisch ein kaltgewordener Essenrest, der
Fraß für morgen früh. Eine Frau mit meinem Gesicht. Ein Mann, sein
Gesicht verhüllt. Sein feuchter Leib auf meinem, eine Strähne seines
Haars versperrt meine Augen; spür ihn eindringen in mich, halt
mich fest an dieser Haut & seinen Mund zu, die Wand ist dünn.
–Du willst es doch! (das kommt noch durch meine Hand)
–Ja Ja. (hör ich mich sagen ins Dunkel aus Kohlsuppe & Schweiß).
Später steh ich auf mit nassen Schenkeln, geh raus, hör den Fluß,
den Hafen, die Sirene; eine Fabrik im freßsüchtigen Geflacker ihrer
Feuer. Ich versuch meine Stimme zu hörn. Nach so langem Schweigen nur ein Krächzen, das mich lachen macht. In dieses Parterre nie
wieder. Und in dieser Nacht keine Nacht mehr und keine mit dir.
Walter.
In den ersten Stock führt eine Holztreppe mit gesplitterten Stiegen. Am Ende eine Tür, die ich mit dem Regenschirm öffne. (Übli-
ches Geräusch). Drinnen Staub, übereinander geworfene Kleider,
zerstörte Möbel, ein alter Kinderwagen & Puppen im Kokon von
Spinnweben. Unten im Garten eine junge Frau, schmale Beete jä-
tend. Sie hält inne, als sie bemerkt, daß ich ihr zusehe. Unsre Blicke
treffen ineinander. Ich schrei:
–Erinnern Sie sich an den Keller!
Das junge Gesicht der Frau verfällt wie Pergament, die Haut zer-

rollt zu Sand & rieselt auf den Boden. Dahinter das bekannte Gesicht jenes Alten-von-einst.

Währenddessen das Ende des Ausgangs der »Stürmer« : Männer Fraun Kinder ziehen vom Fluß zurück ins Haus freiwillig in den Keller, ins Gas. Allein am Ufer greint auf seiner Bahre der Krüppel. Den haben sie vergessen für den Tod. Möglich und er ist nicht würdig für ihr Gas: Es darf nicht verrecken, wer nicht aufrecht gehen kann. Der Gang auf zwei Beinen macht den Mensch zum Menschen.

Der Krüppel am Fluß, die Mikrobe, setzt den Restleib in rhythmisches Wiegen: Das heißt Leben, die Chance für Neu-Beginn. *Da capo in infinitum.*

–Sie haben ein erstaunliches Stehvermögen, liebes Frollein. Oder sollt ich sagen Sitzvermögen? Die meisten Ihrer Vorgänger & Vorgängerinnen hatten an dieser Stelle schon längst das Handtuch geworfen und den Ring verlassen, geistiges k. o. in der x^{ten} Runde, die Niemand mehr zählen mag. Um mit dem Vokabular des *Sports* zu reden, das wieder sehr modern geworden ist in der letzten Zeit. Meist habe ich den Rest meines Films allein gesehen. Warum. Weil ich das Geräusch des Kinemathographen liebe, den Geruch erhitzter Nitrofolie, und das Objektiv glüht hell & allein. Das ist mein Mond. Jeder Film riecht anders. Das erinnert mich an Duft & Leiber der Fraun, die das Alter mir entzogen hat. Mein Geburtstag ist der Sedans-Tag, wenn Sies wissen wolln. Ich hab nichts ausgelassen, wie Sie sehn. Gefühle. Ich weiß, warum die-Leute türmen –pardon: außer Ihnen!– Die Toten, die noch bevorstehn, riechen nach Fleisch und nicht nach Druckerschwärze. Fassen Sie Mut, meine Dame, die Erde ist kein Sieb. Nicht jeder Quadratmeter schwankt & sinkt in sich zusammen wie ein neu geschaufeltes Grab. Ich habe auch andere Filme *in petto*, weil Sies sind. Gleichfalls gestutzt & amputiert, was dachten Sie. Stellen Sie sich die Kroniden aller *E*pochen vor, und Jeder mit wenigstens einer Schere zum Kastriern, da bleibt nicht viel übrig vom Uranos. Und was fort ist, wächst nicht nach. Das wußte schon Gaia & machte Kronos zum Urvater der Zensoren. Wollen Sie zusehn. Da hab ich was für die Seele. Lieben Sie *Sport*? Voilà & Film ab:

Und sie streicheln das Fell, die weich behaarte Haut & es sprießen die Knospen ihrer Brüste. –Der Mai ist gekommen. Sagt er. –Die Bäume schlagen aus. Sagt sie und greift nach dem Ast. Jetzt steckt er seine Hand unter ihr Kleid, Vorhang auf. Er saugt aus seiner Hand

ihren Duft, und beider Zungen lecken über seine Finger. –Du frißt
mir aus der Hand. Sagt er. –Ja weil ichs gemacht hab. Hausfrau-
kost. Sagt sie & spreizt die Schenkel. –Vor dem Essen beten. Sagt er.
–Unser täglich Brot gib uns heute. Und segne, was du uns bescheret
hast. Sagt sie & beugt sich nieder, den Finger des Herrn zu küssen.
Obenauf eine Perle, sie öffnet die Lippen & nimmt sie auf. –Aperitif,
ein Kleinod aus dem Rosenkranz. Sagt sie. Ihre Zunge umspielt das
geweihte Werkzeug, in ihren Händen ein Stoßgebet. –Noch eine
Strophe. Sagt er. –Nein, genug gebetet. Sagt sie. –Zieh mich aus.
   Als er die Bluse aufknöpft, prallen dem Mann die Brüste der Frau
entgegen. Die Offenbarung riecht süß & warm nach Stall. –Die
Krippe von Bethlehem. Komm wir spielen Muttergottes & Kind.
Hat der Lichtstrahl des HErrn dir, unbefleckte Maria, die Brüste gefüllt? –Aus Maria wird eine Heidrun von Zeit zu Zeit! Sagt sie.
–Mein Honigmet.
   Und sein Mund nimmt die Spitzen ihrer Brüste, er streift der Frau
das Kleid vom Körper. Ein schimmerndes Dreieck in Schwarz.
–Das Heu, das birgt den Kopf des Kindes. Sagt er & küßt ihre Schen-
kel. Als sie nackt ist, lehnt sie sich auf dem Diwan zurück & spreitet
mit den Händen ihr Geschlecht. –Mein Taufbecken. Sagt sie. –Öl für
deinen Leib. Komm in meinen Tempel und salbe deine Haut.
   Seine Zungenspitze tastet ins Dunkel & schmeckt das Fleisch der
Lilien. Ein Quell über Mund & Kinn. –Das ist aus dem Garten des
Paradieses. Sagt sie. –Ich bin die Fremdenführerin und zeige dir den
Weg. Im Anfang war das Wort & der Geist schwebte auf der Tiefe.
Sagt sie und beugt ihre Brüste über den Mann, die Lippen geschürzt
zum Flötenspiel. –Wir wollen zuvor die Alten Götter probieren: Laß
mich deine Isis sein.
   Sie nimmt das Glied zwischen die Brüste & versetzt ihren Leib in
sanftes Schwingen. –Die Wellen des heiligen Nil, dein Mund voll
der Wasser aus dem Vicktoria-See. Sei du die Welle, ich bin deine
Wellenreiterin.
   Die Leiber umschlungen, sein Mund an ihrem Quell. –Schmeckt
dir der Wein aus meinem Keller, die Trauben meines Gartens. Willst
du mehr?
   Zwischen ihren Lippen ein Wind würzt das Mundstück des
Rohrs. Die ersten Töne. –Osiris! Ein Lied!
   Da spielt Osiris ein französisches Liebeslied. LA DÉESSE QUI
FAISAIT CHANTER LES FLÛTES. Sie weicht nicht vor dem
letzten Ton. Mit Küssen gießt sie ihren Mund über seine Haut. –Jetzt
bist du gesalbt. Sagt sie. VON DEINEN LIPPEN MEINE

BRAUT TRÄUFELT HONIGSEIM HONIG & MILCH
SIND UNTER DEINER ZUNGE. Ein schönes Lied, Salomon.
Da capo oder weißt du ein andres. Zeig mir, ob du den Weg zurück-
findest ins Paradies.
Ihre Zungen tanzen auf beider Haut, er legt sich mit dem Rücken
auf den Diwan. –Immer dasselbe mit den Kerlen. Wenn sich ir-
gendwo eine Öffnung zeigt, müssen sie was reinstecken. Sagt die
Frau auf dem Mann & rückt den Po zurecht. –Und wenn Mann was
reinsteckt, kommt auch was heraus. Das ist Investieren. IN
THROUGH THE OUTDOOR. Sagt er. –UND MOSE ER-
HOB SEINE HAND UND SCHLUG DEN FELSEN MIT
DEM STAB ZWEIMAL DA KAM VIEL WASSER HER-
AUS. Das heilige Naß. –Deine Auferstehung, mein Gesalbter. Sagt
sie. –Siehst du die Himmelfahrt der Taube mit zitterndem Flügel-
Schlag? Und der Geist gießt sein Licht aus in die Finsternis. Und es
ward Licht. Sag noch nicht Amen! Sagt sie. Und sie streicheln das
Fell, die weich behaarte Haut & es sprießen die Knospen ihrer Brü-
ste. –Der Mai ist gekommen. Sagt er. –Die Bäume schlagen aus.
Sagt sie und greift nach dem Ast. Jetzt steckt er seine Hand

Margarete (lachend): Hörn Sie auf, wollen Sie sich anmachen oder
mich. Und das haben die Metternichs Ihnen durchgehen lassen? Mitten aus dem Leben der Leistungs-Gesellschaft, Steigerung der Pro-
duktivität und Ruhe-&-Ordnung aus dem Nonstop-Kino. Hätten
die Babylonier Das gehabt, sie hätten den Turmbau nicht gebraucht.
Volk's *Sport Nummer 1* von der Taktstraße. Heben Sie sich das auf für
die nächste Olympiade. Haben Sie sonst noch was?
Alter Mann: Nichts weiter. Und nichts gegen Taktstraßen, Metrik
in die Katastrofe. Die Maschinen sind Im*p*ort aus England, kein
Deutscher Wald mehr ohne Ruß & Schwefel. Ahmen Sie nicht Mister Ludd nach, der vergebens wie weiland Don Quixote gegen die
Maschinen zog. Herakles hat Schwein gehabt, daß die Hydra keine
Technologin war und noch ohne Fabrik. Ihr Tod war Mangel an
Nachschub, ohne Ersatzteil funktioniert auch kein Drache. Well
then, Miss, zurück zu unserm alten Film. Bleiben wir bei der Prosa
unserer Toten.

DAS LETZTE kommt aus Deutschland. OPERA SAUVAGE

Der Erste Akt.

Eine dunkle Sonne. Publikum im Atombunker. Raschelt mit Plastik-
tüten & Staniol: *Popcorn*, Käsestullen & Vollmilchschokolade. Das
frißt & frißt. Jemand zieht mit Kreide einen Querstrich an die drekkige Bunkerwand: Der Fünfte Weltkrieg. Oder der Erste noch immer, was ist Frieden. Mose hat sein Weib erschlagen & getauscht gegen die Stimme des HErrn auf Sinai. Gottes tote Soldaten bleiben
unbeweibt in der Scheiße, die Arche ein Puff für Jahwes Offiziere.
Was noch lebt, kriecht in den fremden Leib. Elohim in Fraunklei-
dern auf dem Herrenklo mit verschmiertem Make-up malt seinen
Spruch an die Wand:»Ich trag keinen Slip oder BH und bin Lespisch
Wer Leckt mich habe viel Haare an der Schnecke!!« :SEine vier
Rechtschreibfehler lassen hoffen. Er kotzt den Geist-der-Zeit in den
Traps: –Ich finde meinen Krieg nich wieder. Der roch so schön nach
Chlor-Gas. Alles war blitzblank & sauber. Und meine Landeskinder
bekamen Flügel anmontiert in den Schützengräben & in Verdun.
Das sah so hübsch aus. Lauter Ikarusse. Oder ists mit diesem Plural
wie beim Kaktus?: Ikareen? Diese Verbrecher ham mirn ganzen Epi-
log vermasselt. November Neunzehn Achtzehn. Ich passe!
Schulzzz!!!« Elohim/Kaiser samt Lakai ab in naphtalinschwüle Klei-
derkammern. Ende des Ersten Akts.

Der Zweite Akt.

Sport in den Wolken: Kraniche gegen Flugzeuge. Herbst, die Zeit der
Fluchten. Der Rote Baron. Propeller zerschneiden die letzten Vögel
im Flug. Auf Dächer & Straßen geht nieder ein fleischiger Regen.
Aus geweihten Granaten dein täglich Brot & segne was du uns bescheret hast aus vier Jahren Krieg. Fraunhände schaufeln in Blecheimer, was aus den Wolken fällt. Das Fleischundblut des Herrn. Und
ist auch ein Stück vom abgestürzten Flieger dabei, was machts,
Fleisch ist Fleisch. Schlechte Zeiten für Mütter, Margarete: Schnell
ans Gastmahl des Herrn, die Straße ist gedeckt. Winter –pardon–:
steht vor den Toren, und Stuhl & Schrank sind grad recht fürs erlö-
schende Feuer im Herd. Mehr Platz für die-Liebe. Ich küsse deine
nasse –Hand, Madame. Der Geruch deiner Haut aus den Urtiefen
deines Abgrunds. Mir das Spiel & Worte. Und Makulaturen aus
Stoff sind kein Hindernis mehr für die Rückfahrt ins Paradies. Laß
mit dem Horn des weißen Stiers die Kuh bespringen, wozu sonst
des Zeus' Mühen der Verwandlung: Gatter auf zum Koben meines
Hirns, das Vieh bin ich, aus dem Dunghauch des Stalls auf in dein
Fleisch! Die Geburt für dich. Was gehts mich an: Jedem Seins. Deine

Arbeit ist Natur. Kinder muß Mann machen. »SQUEEZE ME BABY TILL THE JUICE RUNS DOWN MY LEGS« :Keen schlechtes Programm heut inner Glotze wa. Mensch: *Dahamma wieda wat jelernt!*
Mannigfache Erektion vorm Bildschirm im Bunker. Undsoweiter. Die Himmelfahrt des Schwanzes bewahrt vor Unzucht mit Ideen. Die Onanisten haben Religion & T.V. nötig als Vorlage. Oder als Wasweißich. JEDER PRIESTER EIN SCHÜLER DER AUGUREN. John Wayne & Luther, schwärzester aller Pfaffen, aufs Parkett! Tanzpaar Numero Eins fürn Klassischen Ringelreih. Olympisches Gold, Silber & Bronze für Gottvater, Sohn & Heiligen Geist.

Die Bühne dampfend vom Fleisch des Schlachtviehs Mensch. Ein Rabe fliegt hin & her, das Blut zu trocknen auf Erden. Wer gebärt, gibts den Straßen ins Aus. Erinnerung 1918: Ein Krieg vorüber, gewonnen/verloren, Viren treten den Siegeszug an über die Kontinente. Tausende Opfer.

Damen & Herren! Haben Sie Lust zu den zwei größten Ferkeleien?: HANDELSÜBLICHE WISSENSCHAFT & PROPHETIE: Ihr Auftritt, meine Damen & Herren Akademiker!

größte milit. Konflikte der vergangenen dreieinhalb Jahrhunderte

		Latenzjahre*
Dreißigjähriger Krieg	1618–1648	53
Span. Erbfolgekrieg	1701–1718	43
Siebenjähriger Krieg	1756–1763	29
Revolutionskriege	1792–1801	4
Napoleonische Kriege	1805–1815	55
Deutsch-Französ. Krieg	1870–1871	43
Erster Weltkrieg	1914–1918	21
Zweiter Weltkrieg	1939–1945	

* Zeitraum zwischen Beendigung des einen und Beginn des nächsten milit. Konflikts

Latenz-Jahre

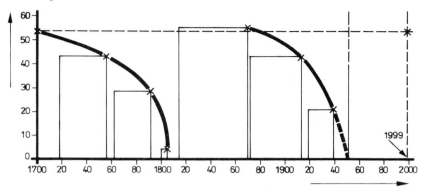

Kalender-Jahre

KURVEN-DISKUSSION.

Diese Auswahl aus der Kriegs-Historie wurde beim Dreißigjährigen Krieg begonnen, weil er der erste gesamteuropäische Konflikt, verursacht aus Motiven, u. a. der Jülich-Klevische Erbfolgestreit & die Erwerbungen Brandenburgs, die seither jeden weiteren Krieg auslösen: die Ökonomie des Industriezeitalters gepaart mit Religion. Overkill ist ein Problem von Technologie & Theologie. Mit dem Dreißigjährigen Krieg begann die Distribution deutschen Nationalbewußtseins.

Die Stelle auf der Abszisse, die das Jahr 1999 markiert & nach ermittelter Periodizität das Jahr des nächsten militärischen Konflikts in größerem (europäischen) Ausmaß bezeichnet (mit einer Toleranzbreite von ± 1 Jahr) wird auch als NOSTRADAMUS-PUNKT bezeichnet.

Diese Periodizität kann kein Zufall sein. Etwas beeinflußt den Chemismus des menschlichen Körpers dahingehend, daß das menschliche Gruppenverhalten einerseits, wie die psychische Beschaffenheit des Einzelmenschen andererseits vollständig umgestaltet werden können. Diese Veränderungen betreffen sowohl die Urreflexe des Menschen, zum Beispiel den Selbsterhaltungstrieb, als auch sämtliche höheren Intelligenzfunktionen insofern, als daß selbige sich teilweise oder vollständig aufheben bzw. in ihr Gegenteil verkehren. Die im menschlichen Verhalten ablesbaren Folgen sind subsumierbar unter herkömmlichen Begriffen wie »kollektiver Fanatismus«, »Massen-Heroismus«, oder allgemein gesprochen eine umfassende Mobilisierbarkeit.

Diese unbekannte Substanz unterliegt in ihrer Wirksamkeit periodischen Schwankungen. Solcherart Schwankungen basieren auf einer völligen Umgestaltung der Substanz selbst; eine Eigenschaft, wie sie beispielsweise vom Grippe-Virus bereits seit längerer Zeit bekannt ist. Latenzzeiten sind in unserem *Fall* mit sogenannten »Friedens-Zeiten« identisch, folglich Zeiträume, die aus einer verminderten Wirksamkeit dieser unbekannten Substanz hervorgehen. »Krieg & Frieden« werden somit in der Folgezeit ein medizinisches Problem.

Wir haben Grund zu folgender Annahme: ES EXISTIERT EIN »KRIEGS-VIRUS«, DER DIE GESETZMÄSSIGKEIT DER VERNICHTUNG DES MENSCHEN DURCH DEN MENSCHEN ZUR FOLGE HAT.

Entstehungs-, Lebens- & *Po*pulationsbedingungen, Anfälligkeit spezifischer Sektoren des menschlichen Organismus, *Auslösungs*ursachen der Wirksamkeitsschwankungen, Arten der Umgestaltung sowie die Wirksamkeit des »tätigen« Virus auf Art & Dauer der Kriege sind sämtlich noch ungelöste Fragen.

Kriechen Sie unter die Mikroskope, Damen & Herren, machen Sie Abstriche von sonngelben Eitergeschwüren, tauchen Sie in die Pißtöpfe Ihrer Nachbarn & filtern Sie aus, was den hochprivaten Kloaken entströmt. Treiben Sie Kosmetik mit Schweißfüßen & rosenfingrigem Auswurf; putzen Sie die Brillen, die auf der Nase und die auf Ihrem geschätzten Abort. Damen & Herren, üben Sie sich in Wissenschaft, KEEP ON SEARCHING, heut darf Jeder mal. Haben Sie Ihr Ergebnis? Ausgezeichnet! So wollen wir vergleichen: DREI BIER GENÜGEN DIE MÄCHTIGEN DER WELT ZU VERWANDELN IN DIE SCHLEIMPFÜTZEN AUS DENEN SIE KROCHEN EINST EURE LEICHEN SIND MEIN ORGASMUS I ONLY GET MY ROCKS OFF WHILE I SEE YOU MISTER ONE 3× täglich wie Hustensaft auf den Titelseiten der Zeitung: die Hitparade der Im*po*tenz. Das Langweilige an *Po*litikern, sie wollen geliebt oder gehaßt werden vom *Volk:* Die Mentalität der Schlagersänger. Schlagworte Schlagstöcke Schlagzeilen: GESAMTES REICHSTAGSKABINETT VON SEKTKORKEN ERSCHOSSEN. SECHS TAGE RENNEN. IM ENDSPURT DIE HOFFNUNG AUS BRAUNAU TRÄGER DES SCHWARZEN TRIKOTS. SUPPORT YOUR LOCAL GAGA! Toten-Schändung: Das starre Fleisch des Präsidenten-Greises

tranchiert im teuersten Restaurant am Platz NUR FÜR WEISSE
im Erdgeschoß & auf den Hinterhöfen die »Neger aller Rassen« &
Geschlechter stochern in den Kübeln nach brauchbaren Resten.
Oben: Meißner *Porzellan*, Hindenburg nach Art des Hauses. Gour-
mets et gourmands: »Ich finde, man muß ihn mit offenen Augen ser-
vieren.« Zitronenscheibe im schlaffen Maul, Petersiliensträuße hin-
term Ohr. Bei*fall*. Geschmacksfaden.» LES FLEURS DU MAL.«
NUTZT DIE CHANCE, SOVIEL BLUMEN GIBTS ERST
WIEDER ZUR BEERDIGUNG. Oder zur Aufer*steh*ung.
Ein Christus furzt aus seiner Mülltonne im Hof, gesalbt mit ranziger NIVEA. Ein Erz-Engel Gabriel hebt den Deckel & hält sich die
Nase zu. Der grad aktuelle Christus spannt seinen Regenschirm auf
COCA COLA THAT'S AMERICA & schändet das blinde
Aschenputtel, das mechanisch Linsensuppe aus einem Kessel über
die Rümpfe guillotinierter Jakobiner schüttet. Jede Kelle eine *Portion*
fürs Eingeweide. Chor mit Blindenbinden an den Ärmeln & verbundenen Augen applaudiert unaufhörlich & spielt Fußball mit den Köpfen, die Man ihnen zuwirft vom Schafott. Oberliga-Saison. Rotweiß
gegen Blauweiß. Der Buchhalter im Atombunker zählt die Eigen-
tore. In Schwarzweißrot ein Sonnenaufgang. Saison der Weihnachts-
männer.
Ein Arbeiter nach obligatorischer Überstunden-Schicht auf dem
Heimweg brüllt seinen Text in die Nacht:
                    »HALTS MAUL. IDIOT!«
Ende des Zweiten Akts.

Berge vergeudeten Papiers. Schrifttum: Romane Erzählungen Ge-
dichte *Anal*ysen Wissenswertes, *Po*esie der Douaniers, die gedruckte
Vergeblichkeit.
Ein Dichter in der Maske des zahmen weißen Stiers pflügt mit sei-
nem Horn im Sand nach passenden Worten. An den Eisberg, (derselbe, der sich TITANIC aufriß, die Stute aus bestem Stall), geht die
Liebeserklärung des zahmen weißen Dichters ICH B-B-BIN
DER WÜ-WÜRDIGE SOHN M-MEINER V-V-VÄTER
U-UND DA-DA-DANKE FÜR DIE GA-GA-GAST-
FREUNDSCHAFT IM U-URWALDA-A-AFFENHAUS
DIE REPUBLIK DER MA-MA-MAGENKRANKEN. Auf
der Spitze des Eisbergs Agenors Tochter Europa, die Angestellte in
gilbender Jugendlichkeit mit gespreizten Schenkeln (Arglosigkeit ist
das Vorrecht der Jugend). Ihre Ummäntelung in Kotzgrün, die Farbe
der Hoffnung, Narben des Verzichts um den Mund. Das klammert

kein Rouge / Wie die Gusch / So die Musch. IN DIESEN SUMPF
PFLANZ ICH MEINE WURZEL NICHT! Im Gestank ver-
blühter Chrysanthemen Ihre Stimme von oben »SPARSAMKEIT
– EIN GEBOT DER VERNUNFT« und hebt den Rock. GU'N
AHMD! WER DEN PFENNIG VEREHRT IST DIE MARK
NICHT WERT. OHNE PREIS KEIN FLEISS. Gelächter aus
dem Bunker. Drinnen Fäulnis Ratten Ungeziefer. SOLANGS
HÄLT HÄLTS UND NACH UNS DIE SINTFLUT. Das ist
Weisheit, die Ökonomie der Bastler.

Die Angestellte zerbröselt, Papier zu Papier. Das Publikum zerreißt die Landkarte Europas. Was bleibt ist Gestank von Blut, die
Bühne die Fleischbank. Kein Fuß Boden, den nicht die Gedärme Er-
schlagener düngen. Kein Kubikmeter Luft, mit dem nicht Erstik-
kende rangen. SOWEIT WARN WIR SCHON MAL. WOZU
DER UMWEG. DER WAR NICHT EBEN SCHÖN.

Ende des Dritten Akts.

Der Rabe hatte das Blut nicht trocknen können auf Erden. Die Arche verfault. Noah ist unter die Säufer gegangen, zweitausend Jahre
Vorbild sind zuviel für einen Menschen. Der Rabe, der Erste Mohi-
kaner, hat seine Koffer gepackt & fliegt ins Exil. DER LETZTE
MACHT DAS LICHT AUS.

Die Tangens-Funktion bei 90 Grad läuft ins Dunkel, so leid mirs
tut. Das Nichts ist überfüllt, kein Asyl mehr für Denkmäler & Leichen, und schmeißt das Gestern zurück ins Morgen. Was schweigt,
ist gefährlich, in der Kanalisation die Zeitbombe. Das ist die Rebellion der Gullis: Sie geben die Jauche zurück, die sie empfangen mußten. Blut & Scheiße, jeder Anfang eine Rückkehr. Jede Rückkehr ein
Gähnen.

VOM LINKEN BIS ZUM RECHTEN KAHLKOPF VOR
DIE LÖWEN! Caligula in Schnürstiefeln mit Gamsbarthütl &
Braunhemd feiert Geburtstag im Hofbräuhaus: Woher Hoffen, woher Zukunft. Deutschland ein Schorf in der Welt, aus dem sickert
Blut. Die offene Wunde, nimmer heilend, sucht Fleisch das Fleisch.
Zucht, rassische Fülle, genug an *Potenz*, das Manko der Historie zu
füllen mit Spermien aus Zukunft. Nichts ist verloren! Aus den Tälern der Finsternis führt die Fackel der Erhebung. Wir sind Uns nah,
die letzten Sekunden. Auf den Kissen das Blond der Weißen Frau, Sirene am Reichstagsufer, Haar übers Pflaster gebettet, die Krallen
wonniglich streckend; ihre Augen zwei dunkle Steine im Asphalt;
ganz Fell ist sie & schmiegsam, ihr bloßer Leib ein Violinschlüssel für

ungeheure Melodien. Tochter des Tyr, den Arm des Vaters um-
schmeichelnd, seine Gaben zwingend unter ihren Willen & ins weiße
Gebiß. Ihre Hüfte ein Glanz aus vergessener Zeit, Locken, Verhei-
ßen, rassische Hoffnung, Purpurschurz lebendigen Bluts. Genealogie
& Züchtungswahn. Laster & Mutterschaft. Auf dem Weg ins Nor-
dische Elysium bleibt der Mensch auf der Strecke: In den Wäldern das
Hirn, am Efeu erhängt; das Lachen, erster Unterschied zum Vieh, er-
säuft in den Fjorden, und was vom Tier bleibt, verreckt in eisigem
Gewölk: Der Pol. Je weiter gen Norden, desto näher dem Tod. Aus
deinem Leib, Germania, nichts. Alles geht zum Ende; Alles muß verderben. Berge stürzen ihre Täler zu, Höhen fülln Tiefen auf, Dyna-
mit ein Zauber-Wort der Mittelmäßigkeit. Das überlebt & pflanzt
sich fort. Zukunft aus WIR-SIND-UNS-GLEICH :dieser Tod
hat Ironie, und was kommt, ist ohne Sprache, ohne Größe, ohne Muster: *La haute masse:* Ein Himmel aus Blei, der *Po*ebel zieht auf mit
Hoffnung, die zu ihren Huren kriecht aus Liebe zum *Stab*reim.

MAN KANN DIE GERMANEN
WENIGER LEICHT
ZUR BODENBESTELLUNG
ODER DAZU BESTIMMEN,
DEN HERBSTERTRAG
ABZUWARTEN, ALS DEN FEIND
ZUM KAMPFE
HERAUSZUFORDERN UND SICH
LOHNENDE WUNDEN ZU HOLEN;
JA, ES GILT ÜBERHAUPT
ALS TRÄGE UND LÄSSIG,
IM SCHWEISSE SEINES ANGESICHTS
ETWAS ZU ERWERBEN,
WAS MAN MIT BLUT
ERRINGEN KANN.

TACITUS, »GERMANIA«, 14

Die Bühne dreht.

WIEDER IM KESSEL. METEM-PSYCHOSE.

Atomschutzbunker oder Kanalisation. An der Decke eine *kaminförmige Öffnung,* verschlossen von eisernem Deckel mit Schraubrad. *Innen* 2 Soldaten, ein Dritter tot am Boden. Aus entfernteren Teilen des *Labyrinths* hin & wieder *Schüsse,* manchmal Ratten: Noch Leben.

Die 2 Soldaten hocken apathisch auf dem Zementboden.

Der Eine: Schon zwei Stunden.

Der Andere: Was.

Der Eine: Oder mehr. Tot. Der da.
(schiebt mit Stiefelspitze den Toten beiseit)

Der Andere: Hastn gekannt.

Der Eine: Wen.

Der Andere: Den da.

Der Eine: Kann sein. Weiß nich. Kann sein auch nich. Man hat soviele gekannt.
(Rascheln unterm Leichnam)

Der Andere: Ratten.

Der Eine: Die ham zu fressen. Wir nich.

Der Andere: Hab mal von Hühnern gehört.

Der Eine: Was.

Der Andere: Die sich gegenseitig.

Der Eine: Was. (Pause) Wenns nach mir ginge, müßten Hühner mit ner Pfanne unterm Arsch geborn werden!
(Schüsse in der Nähe, die 2 Soldaten springen auf)

Der Andere: Wie immer.

Der Eine: Wasn weiter.

Der Andere: Was.

Der Eine: Hühner. Du hast gesagt Hühner, die sich gegenseitig.

Der Andere: Was.

Der Eine: Hühner! Die sich! Gegenseitig!

Der Andere: Schrei hier nich rum. Idiot!

Der Eine: Haltsmaul du! Bin nich dein Rekrut! War länger im Dreck wie du!

Der Andere: Als.

Der Eine: Wie.

Der Andere: Schon gut. Haltsmaul. Hühner.

Der Eine: Was.

Der Andere: Hühner, die sich gegenseitig aufgefressen haben.

Der Eine:	Gibts nich.
Der Andere:	So wahr ich hier!
Der Eine:	Schon gut. Wasn weiter.
Der Andere:	Erst hat das eine Huhn, warne Henne. Ne große weiße Henne. Wei-änn-dotte. Hatte ne Wunde am Kopp. Blutete.
Der Eine:	Was? Waidalotte?
Der Andere:	Idiot. Wei-änn-dotte!
Der Eine:	Und.
Der Andere:	Die andern Hühner hams gerochen. Und sind hin zu der Einen.
Der Eine:	Und.
Der Andere:	Hamse umzingelt. Konnt nich mehr weg.
Der Eine:	Red schon. Und.
Der Andere:	Mit ihre Schnäbel immer ruff aufm Kopp von der Wei-änn- weißt schon. Allemann aufse eingehackt. Wollt jeder mal. Bis.
Der Eine:	Bis.
Der Andere:	Bis auch die Andern alle bluteten. Und dann sind sie übernander hergefalln. Ham sich regelrecht zerfetzt. War wohl der Blutgeruch. Denk dir mal: Hühner. (aus dem Gesicht des Toten eine Ratte)
Der Eine:	Die müssen hungrig gewesen sein. Oder zulang beisammen. Haben Angst gekriegt.
Der Andere:	Wer.
Der Eine:	Die Hühner. (Ratten aus Leib & Gesicht des Toten)
Der Andere:	Die ham zu fressen.
Der Eine:	Wer.
Der Andere:	Die Ratten. Der gehört nu denen.
Der Eine:	Wer.
Der Andere:	Unser dritter Mann.
Der Eine:	Hastn gekannt.
Der Andere:	Wen.
Der Eine:	Den da.
Der Andere:	Kann sein. Weiß nich. Kann auch sein nich.
Der Eine:	Kann auch sein, sis anders und der frißt *sie*.
Der Andere:	Tote ham keinn Hunger – – (die beiden Soldaten schweigen, sehn sich an & erheben sich langsam, bis sie in der engen Beton*röhre* unterm Ausstieg einander gegenüber *stehen*)

Der Eine:	Mach auf.
Der Andere:	Mach dus.
Der Eine:	Ich kanns nich.
Der Andere:	Ich kann mich auch nich mehr bewegen.
Der Eine:	Wir wollens gemeinsam.
Der Andere:	Was.
Der Eine:	Aufmachen.

(Pause)

Der Andere: Der Ausstieg.
Der Eine: Was ist jetzt wieder mit dem Ausstieg!
Der Andere: Und was brüllste mich so an!
(Pause)
Ich mein, der Ausstieg is zu schmal für uns beide. Zugleich passen wir nich durch.
Der Eine: Wir können nacheinander.
Der Andere: Was.
Der Eine: Aussteigen. Erst ich
Und dann kommst du.
Der Andere: Wie beim Vögeln, was.
(Der Eine lacht und will die Leiter hoch, der Andere reißt ihn zurück.)
Der Andere: Und ich bleib in der Scheiße. War lang genug drin. Beim Vögeln laß ich dirn *Vortritt*, hier gehts um mich. Saukerl! (klettert die Leiter hinauf)
(Der Eine brüllt)
Der Andere: Wasn los mit dir. Hör auf. Hör auf zu schrein!
Der Eine (brüllt): Die Ratten aus dem Toten Menschenkind die kommen mir die Beine hoch –iiiiiiiiiiiiiiiiiiiiiiiiiiiiiiiiiiiiii– die fressen mich auf –aaaaaaaaaaaaaaaaaaaaaaaaaaaaaa–
(Der Eine brüllt sehr lange. Danach Stille. Er stürzt & bleibt neben dem Toten liegen. Ratten auch in ihm)
Der Andere: Jetzt aber rasch. Bevor sie fertig sind mit Dem!
(dreht am Schraubrad, öffnet den Deckel, klettert hinaus)
Draußen Dunkel & Asche, heiß wie aus Reaktorkammern. Der Himmel eine eitrige Wunde. Aus der Asche im strahlensicheren Skaphander HAGEN VON TRONJE, *faßt Volker unter den Arm:*
»Mein Freund, wir sind auf deinem Totenschiff,
Von allen 32 Winden dient
Uns keiner mehr, ringsum die wilde See
Und über uns die rote Wetterwolke

Was kümmerts dich, ob dich der Hai verschlingt,
Ob dich der Blitz erschlägt? Das gilt ja gleich,
Und etwas Beßres sagt dir kein Prophet!
Drum stopfe dir die Ohren zu wie ich,
Und laß dein innerstes Gelüste los,
Das ist der Totgeweihten letztes Recht.«

Die Bühne dreht.

Theaterfassaden im Scheinwerferlicht. Nasser Schnee eine Straße entlang; Autoreifen pflügen tiefe Spuren, der Winter in den letzten Zügen. Eine Nebenstraße führt mich zwischen Häuser aus der Gründer-Zeit: Häuser wie Grabmäler auf Operettenfriedhöfen; Fassaden hochgereckt mit Ornamenten, Stuck & Kanneluren, die graue Haut von Todesengeln.

Ein kleines Café. Zierliches Mobiliar, Spitzentüll rankt um den Bogenwurf der Schaufensterscheibe. Eine Glocke harft beim Öffnen & Schließen der Tür. Der Raum ist gefüllt mit Menschen, rauchumhüllte, wie der Marmor auf den Tischplatten. Stimmen, eine bedrohliche Musik. In den Augen Vieler ein gerötetes Leuchten, wunde Tage ohne Wachsein.

Im gegenüberliegenden Haus hinter einem Fenster des dritten Stocks ein junges Mädchen. Ihre Kleidung ist auffällig: orangefarbener Pullover & schwarze Hose. Das Mädchen beugt sich aus dem Fenster und stürzt auf die Straße wie ein grelles Ausrufzeichen. Die Gäste aus dem Café & Hausnachbarn eilen auf die Straße. Aus einem alten *Last*wagen springen Männer heraus. Am Unglücksort entrollen sie auf dem Pflaster eine große Plane, drin zwei nackte Körper reglos & starr. –Das ist heut die Dritte. Sagt einer der Männer, als er zu dem toten Mädchen tritt. Arme & Beine der Toten schlagen roh aufs Pflaster, als die Männer die Kleider vom Leib des toten Mädchens zerren. Schließlich wirft man sie zu den übrigen Toten, rollt eilig die Plane ein, verstaut sie im Wageninnern & fährt rasch davon. Die Menschen zerstreun sich in den Abend.

Ein dunkler Personenwagen hält neben mir, ich steige ein. Am Steuer ein junger Mann, auf dem Rücksitz ein alter, der mir die Tür zum Einstieg hält. Beide Männer zähle ich zu meinen guten Bekannten. Wir folgen dem schwankenden *Last*wagen durch die Stadt.

Vorstadt. Der Wagen hält in einem schmutzigen Industriehafen. Holzbaracken an Seiten*kanälen* mit starrem Faulwasser, draus *ragen*

Bretter wie gebrochne Knochen, und Fässer wie Ertrunkne mit aufgedunsenen Leibern. Im Hintergrund am Rost sterbende Schleppdampfer, Kamine wie drohende *Finger.* Und Skelette von Ladekräh-
nen auf dem Kai, drin hocken dreckige Möwen.

Die Männer steigen erneut aus dem *Last*wagen, zerren die Plane
von der Ladefläche und schleifen sie an den Rand eines *Kanals.* Sie
entrollen das große Stück Stoff, sechs oder sieben nackte Leichname
fallen heraus & ins faulige Wasser.

–Müll. Sie werfen ihre Toten fort! Der junge Mann neben mir
ballt die Faust. Ich *spring* aus dem Auto, ich will fort aus dieser Gegend.

Um die Ecke einer nahen Baracke biegt eine *Polizei*streife; fünf
Männer in schwarzen Uniformen. Der ältere Mann ruft mich, ich
ahne, wir sind in einer VERBOTENEN GEGEND; die Streife
kommt näher. Jetzt ruft auch der junge Mann aus dem Auto, wir
dürften keinen Augenblick länger hierbleiben. Beim Laufen verlier
ich einen *Schuh,* ich *bücke* mich, den Schnürsenkel festzuziehn, das
dauert zu lang: Die Streife ist heran. Ein *Polizist* reißt die Wagentür
auf & zerrt den Fahrer heraus. Der junge Mann flucht & verwünscht
die Büttel; sie schleifen ihn mit sich fort. *Offenbar* begnügt man sich
mit 1 *Gefangenen,* der Kordon verschwindet hinter den Baracken.
Der alte Mann & ich, unbehelligt geblieben, folgen in einigem Abstand.

Eine *Gasse* zwischen hohen Ziegelmauern. Die *Polizisten* haben
ihren *Gefangenen* gegen eine Mauer geworfen & *schlagen* mit Steinen
auf den Mann ein. Der Mann schreit & wehrt sich, so trifft nicht jeder
Stein den Körper. Aus dem Klinker splittern Brocken wie unter Ge-
*schoß*einschlägen. Ich krall mich in den Arm des Mannes neben mir:
–Was tun die!

–Sie versuchen, Arme & Beine zu zerschlagen und.

–Und??

–Was ein Mann zwischen den Beinen hat.

Die *Polizisten* sehn uns entgegen, die scharf*kant*igen, blutigen
Steine in Händen.

–Wir dürfen nicht den Verdacht *erregen,* Sympathisanten ihres *Gefangenen* zu sein. Sagt der Alte neben mir. –Dem ist jetzt nicht mehr
zu helfen. Wir müssen ruhig + unbeteiligt vorübergehen!

Als wir *heran sind,* haben die *Polizisten* dem Mann ein Seil um die
Handgelenke geknotet, daran ziehen sie ihn die Mauer hinauf. Ein
Polizist reißt dem Gefangenen die Kleider entzwei & setzt dem *Nack-
ten* das *Messer* an die Hüfte; er beginnt, die Haut vom Leibe zu ziehen,

Blut stürzt dunkel & schwer auf den Boden. Der Mann unterm Messer schreit in Blut mit jedem neuen Schnitt seines Henkers. Gegen die Mauer schlägt das rohe Fleisch, wabenförmig in großen *Poren*; jede *Pore* ein Schrei um den Tod. Ich flehe den Alten neben mir schneller zu gehen, ich *grabe* meine Nägel in seine Haut. Der Alte sagt: –Ein Schritt rascher ist Tod auch für uns.

Meine Qual ist Ohnmacht aus der Wut, keine Waffe zu haben, die Henker zu töten & ihr Opfer zu *erlösen*. So gehen wir anerzogen gleichgültigen Schritts vorüber die *Gasse hinein*, um unsere Füße blauweiß das Fleisch abgeschälter Menschen. Und der Mann an der Mauer kann nicht sterben, seine Schreie fressen mein Hirn: –Berühre mit deinen Fingern, Ungläubige, die *Einschußlöcher*, jene Krater himmelwärts. Fasse mit deinen Händen, Margarete, den zersplitterten Stein, die zerschundene Haut. Fleischlos geworden die Knochen im Himmelreich auf Erden. Ich bin es, Margarete: Der ich nicht *auferstanden* bin von den Zerbombten. Der seine Ohren dem Cyrie gab, seinen Mund dem Valkyrengesang, die Augen dem Himmelslicht. Aber Das waren nicht Gesang & Licht. Meine Ohren hörten das Bellen von Deutschen Doggen. Meine Augen sahn Staniolregen in Ewiger Christnacht. Meine Lungen sangen Gas. Ich habe meinen Leib den Gewehren gegeben, hab den Schädel mir selbst gespalten. Aus den Händen der Verkünder hab ich den Glauben gefressen & verdaut zu Ideen, und in Versen & Liedern ausgespieen den Rest. Ich hab die *Flöte* zu gut gespielt, ein Volk ist mir nachgezogen. Wär ich bei den Ratten geblieben. Marsyas, der *Flötenspieler*, hat den göttlichen Wettstreit noch einmal verloren. Wer war A*poll*: Ein miserabler *Politiker* & Flötist mit unbegrenzter Macht. Er ließ dem Midas Eselsohren wachsen für die Niederlage vor *Pan*: Der erbärmliche Humor der *Politiker*: Unfähigkeit gepaart mit Macht, Sinnbild für Göttliches. Ich, Marsyas, der Zeuge, offiziell zum Verlierer erklärt. Das war mein erster Tod. Ich bin nun gekommen, mich noch einmal enthäuten zu lassen. Hörst du, Margarete, und ich habe mein *Geschlecht* den Ratten zum Fraß hingeworfen, weils der *Erlöser* genug *gezeugt* sind für die nächsten Tausend Jahre. Es ist nicht gut, ein Zeuge zu sein. Margarete, Heilige Hündin mit dem Wechselbalg von Reich zu Reich.

Margarete schreit: –Spiel. Weshalb spielst du nicht.

Sie preßt die Fäuste auf die Ohren, die Sinne ermüdet vom Anblick unaufhörlichen Exekutierens. Scheiterhaufen Guillotinen Stränge Schwerter Erschießungen Elektrische & sonstige Stühle Gaskammern Exile. A*po*kalypsen, Gräberschau in farbigem Zellu-

loid; die Stimmen der Toten übersetzt in den Gestank von heißem
Bakelit. Die Macht erstickt in der Bedeutungslosigkeit ihrer Strafen.
–Du hattest recht, Altermann: DAS IST EIN UNGLAUB-
LICH LANGWEILIGER FILM. Die Bazillen des Todes. Spiele,
Marsyas!
–Ich sing nicht! Ruft Marsyas, als Man die Messer an seine Haut
setzt.
–Ich sing nicht! Schreit Marsyas, beim Anblick seines Fleisches.
–Überall nur ein einziger Ton, zuwenig für mich & ein *Lied*. Ich
steige aus dem Gefängnis meiner Triebe, siehst du die Haut von mir
gehn. Eine Freiheit in Blut, die läuft mit dem Fell um die Wette. Mir
wird nichts bleiben; Wind, der meine leeren Knochen begattet. Die
Menschliche Orgel, ein Geheul mein letztes Lied: HoHu! Hoffnung
Humor, zwei Spiele, die man verbieten muß. Oder das Erste tilgt das
Andere von selbst, das Gelächter dem, ders hinter sich hat, hörst du
die Gräber feixen. Des Großen Zeus' Gaben, die Pandora ausließ in
die Welt, ich bin SEin Behältnis, die leere Honigwabe. Ich will meine
Haut nicht zurück & keine andere, ich bin wählerisch geworden.
Was kam, war von Übel. Was kommen wird, frag was der Wind auf
der Zunge führt. Das schmeckt nach Glaube Tod. Die Mülleimer der
Zeit sind voll davon, kein Oder dazwischen. Seht zu, was ihr anfangt
damit, wenns euch unter die Haut fährt, die noch bleibt bis zum Ver-
fauln. Das wird eine Stille sein. Der Stoff, aus dem die Köpfe sind.
Hängt euch auf in euern Deutschen Wäldern an der Nabelschnur aus
diesem zerstückten Muttervieh, das euch geworfen hat. Bevor das
Holz zum Fleisch wird. Das Mark aus meinen Knochen gab ich dir.
Ich liebte dich zu sehr. Drum komm, geliebte Henriette, wir lassen
uns erschießen. Vom ICH zum NICHT. Aber der Schuß trifft immer vorbei & die falschen Köpfe. Wir bleiben stecken im Sterben
ohne Ende, Dauerlauf am Ort, weil wir uns den Tod nicht verdie-
nen. Ich beglückwünsche den COMIC FORTSCHRITT in der
Zahnmedizin. Für den Rest Adjöh & Viel Glück im nächsten Krieg!
Marsyas Gespenst verfärbt sich, Weiß blendet die Augen, eine
Sonne aus Chrom, da ist ein Film *plötzlich & unerwartet* zu ENDE –
oder ist er gerissen. Da verbreitet sich atemraubender Gestank, er-
hitztes Zelluloid in Dunkelheit, und hinter meinem Rücken bewegt
sich das Flügeltor des Kino-Wagens. Helles Licht von Draußen, eine
Wirklichkeit oder ein anderer Film, der eine neue Leinwand be-
schmiert. Und so weiter. Die Luft von Dorther bringt kaum Erfri-
schung.
Ich greif mechanisch die Hand, die sich mir bietet, zahle irgendein

Geld & steige heraus aus dem Kasten. So bin ich tatsächlich noch einmal *geboren* aus einem Grab in Holz. Der *Regen* ist ausgeblieben im wesentlichen, ein lauer Wind hat die Wolken zerpflückt, ich gehe grußlos davon. *Ein Umweg in Blut aus Angst vorm Naßwerden.*

Ich werd eintreten in die fremdartigen Projektionen von Straßen Häusern Dächern Bäumen einer Stadt, in ein Tal gedrängt, Birkheim, rot leuchtend aus dem Abend, Mohnblüte in Stein. In meinem Mund der Geschmack herben Laubes. Ich bin eine Frau & ich kann entkommen aus der Zeit in das Fleisch meines Kindes.

Am Straßenrand eine Greisin. Verkrochenes Schwarz, ein Kind auf den Knieen, das verständnislos den greinenden Singsang der Alten erträgt.

RUCKEDIGUH RUCKEDIGUH
BLUT IST IM SCHUH
DER SCHUH IST ZU KLEIN
DIE RECHTE BRAUT SITZT NOCH DAHEIM

MITTELPUNKT

»Die Begattungsorgane des Menschen sind so aufeinander abge-
stimmt, daß die geschlechtliche Vereinigung ohne Schwierigkeiten
möglich ist. Die Scheide entspricht in ihrer Größe und Form dem
Glied, sie kann es völlig in sich aufnehmen. Wenn das Glied bei sexu-
eller Erregung der Frau eingeführt wird, wurde vorher bereits eine
Flüssigkeit abgesondert, die den Scheideneingang benetzt und ihn
damit für das eindringende Glied leichter passierbar macht. Unter
der Dehnung der Scheidenwände, dem Druck gegen den Mutter-
mund und dem Wechsel des Sich-Fliehens und -Annäherns steigert
sich die Nervenreizung und damit die Erregung auf den Höhepunkt.
In der Auslösung (Orgasmus) ziehen sich die Becken-, Gesäß- und
Bauchmuskeln zusammen, und auch die Gebärmutter führt leichte
Bewegungen aus, um die Samenflüssigkeit einzusaugen. Gleichzeitig wird der sie verschließende Schleimpfropf abgesondert, der Weg
in die Gebärmutterhöhle freigegeben. Die nicht mit der Auslösung
verbundenen Sinnesempfindungen sind vorübergehend abge-
schwächt oder aufgehoben. Nach dem Orgasmus erschlaffen die
Muskeln; die während des Höhepunkts beschleunigte und vertiefte
Atmung wird wieder ruhiger.« (Gerhard Weber / Danuta Weber)

*

»Das Bedürfnis und der kollektive Hang zum Massaker könnte unsere phylogenetische Besonderheit sein, die niemals vollständig un-
terdrückt oder erstickt worden ist, sondern die statt dessen durch unser Gewissen stark im Zaum gehalten und somit schwer zugänglich
gemacht wird. Auf dem Gipfelpunkt des Dramas, mit der Darstellung der ›Katastrophe‹ in Form des Extrems orgiastischen Abreagie-
rens, wird der Wunsch zu töten bewußt. Die Erregung provoziert
durch die Roheit die Erlaubnis zu dem extremen, verbotenen Akt
und kulminiert im Töten. Die dramatischen Literaturen in der Welt
behandeln sämtlich das Thema des Todes sowie den Tötungsakt. Sie
repräsentieren unseren unbewußten Wunsch zu töten, den Drang,
den Tötungsakt zu erleben. (...) Das Töten war und ist unter allen
moralischen Verdikten ein wesentliches, ein existentielles Thema.
Für den Urmenschen war das Töten eine notwendige Bestätigung
und eine tägliche Verwirklichung seines Lebens, es war eine Frage

des Überlebens und des Eroberns. Das Töten (der Trieb zum Tötungserlebnis) ist eine der authentischsten Formen der existentiellen sowie der starken Ich-Erfahrung. All das gibt uns innerhalb unserer menschlichen Wirklichkeit einen Einblick in unsere animalische Natur.«

(Hermann Nitsch, aus dem Englischen von R. J.)

*

FASCHISMUS schlechthin ist keine ausschließliche Erfahrung des 20. Jahrhunderts, Hitler-Faschismus ein, und speziell deutsches, Spezifikum einer unter jeder Zivilisationshülle latenten Gefahr. Der Begriff »Entnazifizierung« (dem Merkmal seiner Wortbildung nach selbst Abkömmling der LTI) führt zur Annahme einer einmaligen Aufgabe, die ihre Lösung bereits gefunden hat. Eine gefährliche Illusion. Zwischen dem Schrei »Die Christen vor die Löwen« und »Türken raus aus Deutschland« liegt weniger als ein Augenblick; Zeit tritt hier aus der Dialektik aus. – Bilder aus dem Zweiten Weltkrieg, dem jüngsten epileptischen Anfall europäischer Zivilisation, sind aus dem Blut derer, die vor uns waren, das aktuellste Erbgut. Die Haut der Nachgebornen ist voller Narben. Solange die sichtbar sind, verweht der Blutgeruch nicht. Wenn die Ruinen aus dem letzten Krieg verschwunden sind, werden die Nachkommen um eine Vokabel ärmer sein für ihren Schrecken. Das ist eine Frage der Zeit. Die Schlächterein vergangener Jahrhunderte sind zu Märchen verkommen. Homers Beschreibung vom Sterben eines Söldners, der eine Speerspitze schmeckt, die ihm durch den Schädel fuhr vor Ilions Mauern, ist SCHON pittoresk; ein Tod in Ästhetik. Die Schilderung vom Vergewaltigen und Töten eines weiblichen Häftlings durch einen SS-Mann verweist NOCH auf Wirklichkeit; ein sterbendes Bild, sein Tod wird Statistik sein. Jede Zeit kennt ihre eigene Erstarrung. – Die Welt der Gegenwart ist enger zusammengerückt, auch und gerade im militärischen Sinn. Das Berufen auf lokale Erfolge im Kampf gegen das Wesen des Faschismus darf nicht darüber hinwegtäuschen, daß bei Ausbruch dieser Krankheit an einem beliebigen Ort der Welt jede Gesellschaft gleichermaßen betroffen ist. Im Doppelcharakter von hochzivilisierter Lebenshaltung bei retrograder Affektentbindung – Diaphthorese des Ich durch Verlust von Objekt-Beziehung, der Mensch die Beute – zerschmilzt der Schutzschild zivilisatorischer Normative gegen das Heraufdringen von Wirksamkeiten aus dem individuellen und dem gesellschaftlichen Unbewußten. Die Maßstäbe zum Erzüchten innerer Prägungen zur Verwandlung unbewußter Anteile in Ich-Anteile stammen aus der Erfahrung des Schreckens, Geodäsie der Nacht. Ihre Verdrängung, erste Gefahr von Unbewußtheit auf dem Weg der Bewußtwerdung und Schatten der Aufklärung, führt zum Auslöschen der Bezugspunkte, der Begriff Sicherheit aus krieglosen Zeiten trägt das dialektische Moment seiner Negation in sich. So schließt sich der anthropomorphe Formenkreis, offenbarend das Wesen von Geschichts-Bewegung, die Erstarrung, im Stupor das letzte Bild die Generalstabskarte. Heraufdringen vorzeitlicher Stammestypik in die Datenbanken und Steuerzentralen imperialer Mechanismen, der Schrei nach Ordnung im Blutrausch des Chaos. Soziale Gewalt ohne Faschismus ist denkbar, Faschismus ohne soziale Gewalten nicht. Das erste gehört zum Bereich des Möglichen, das zweite zum Bereich der Erfahrung. Der letzte Raubkrieg als Wiedergeburt des ersten Raubkrieges europäischer Zivilisation; die Parole im Staffellauf des Genozids – βάρβαρος! – hat ihre variable Geschichte bei konstantem Kurswert an der Börse der Demagogien. Ich hätte ebenso über Troja schreiben können.

(Reinhard Jirgl)

4.   W.

Ich werde mir nun meine Geschichte noch einmal erzählen. Wie Du, Margarete, das vorausgesagt hast. Und ich werde noch einmal herauszufinden versuchen, wer das ist: Ich. Vermutlich werde ich auch diesmal scheitern, wie all die Male zuvor. Trotzdem will Ich oder der, der gerade Ich ist, dieses Spiel beginnen. Das braucht keinen neuen Anfang, solcherart Spiel kann an jedem beliebigen Punkt begonnen, unterbrochen, weitergeführt, beendet werden. Irgendjemand, den ich der Einfachheit halber als Ich bezeichne, wird dabei gewiß zustande kommen.

*   *   *

Von der Stunde an, als ich mich dem Besitzergreifen durch die Natur entzog, als ich die Augen aufschlug in dieser Stunde, die ich als die »Stunde meiner Auferstehung« bezeichnen möchte, war ich wieder auf der FLUCHT. Ich lief durch Fangarme dornigen Gestrüpps unter Bäumen entlang, die vorgaben, die Säulen des Himmels zu sein.

*   *   *

Das ist nicht sonderlich originell; bei den voraufgegangenen Malen war ich etwas einfallsreicher. Hätt ich Schallplatte oder Tonbandgerät. Wer aber bringt so etwas in einen Wald, um eine Pflanze zu belauschen. Nur Verrückte. Verrückte sind ausgestorben oder wohlverwahrt in einem speziellen Knast. Sie kleben dort Tüten zusammen, sortieren Bauklötzer oder pissen in die Hosen, wenn sie ihren Verstand behalten haben.
Ich werde noch einmal beginnen.

*   *   *

Ich, W., Deserteur & Flüchtling, Auswurf des grad neuesten Krieges, den die Menschheit ersonnen und hinreichend anonym für dies Spiel, welches Pallas Athene die göttliche Schinderin über die Welt spannt wie die Wurzeln des Ölbaums. Wer zählt die Leichen, über die wir stündlich gehn. HABEN SIE SCHON GESEHN IN WAS FÜR FIGUREN DIE SCHWÄMME AUF DEM BODEN WACHSEN WER DAS LESEN KÖNNT. Die Pflanze fragt nicht woher. Aus dem Blut sprießen Bäume, draus Bäume sprießen.

Undsoweiter. So schuf Gott oder ein anderer Irrer den Wald, auf daß er dem Menschen zu Diensten sei. Es gibt keinen wesentlichen Unterschied zwischen einem Schreibtisch und einem Galgen, Holz ist Holz. Und jeder Baum ein Henkersknecht. So schließt sich der Kreis fürs Ewige Spiel. Die Ökonomie der Killer stellt die Frage nach der Variabilität des Holzes: Wieviel EINHEITEN sind liquidierbar durch ein einziges Kreuz zur gleichen Zeit? Der Antwortsatz des Primus: Mittels eines einzigen Kreuzes durch Modifikation desselben sind gleichzeitig 23 (in Worten dreiundzwanzig) EINHEITEN liquidierbar. Gegenüber Golgatha eine Steigerung der Arbeitsproduktivität um 2300%! DIE GESCHICHTE DER MENSCHHEIT IST DIE GESCHICHTE DES TÖTENS DIE GUTE STUBE DER MACHT IST EINE FOLTERKAMMER.

Im Wald auf einer Lichtung das Biedermeier-Zimmer: Streck-Bett, Deutsche Dogge als Bett-Vorleger; Krematorium aus handbemalten Kacheln, daneben der Elektrische Sorgen-Stuhl; Gemmen als Teufelsmasken an der Wand; der Tisch die Werkbank, die spiegelnde Metallschale ein Kreissägeblatt mit geöffneten Schädeln, Stilleben mit Hirn; die Hausmusik ein Folter-Violinkonzert, ein Clown in blutbrauner Maske spielt auf seinem Cello Krieg & die Eiserne Jungfrau die Erste Geige.

Ich lieg auf dem Boden vor der jüngsten Auferstehung, von Rhizomen des Mooses gefesselt an eine menschliche Gestalt. Söldner auch er und gestorben schon, was mir noch bevorsteht. Der Tote hat mein Gesicht, ich spür mein Skelett durch seinen Stoff, Zuschauer meines Verwesens. Aus dem Leichnam singt Kiepers Stimme die WINTERREISE.

Froststarrer Morgen, Eiskristalle besternen die Erde, die Luft ein kaltes Metall; rostrote Wolken, festgefroren am Himmel. Ebenes Land, das sich in Horizonten verliert.

Auf der einzigen Straße ein Zug Menschen; in der Unzahl fremder mein eigenes Gesicht, wir schicken unsre Atem zum Nebel. Am Wegende in der Ferne das Ziel, ein dürres, torartiges Gestänge, scheinbar Stunden entfernt.– Niemand schert aus der Disziplin (: Können Millionen irren?), keinmal stockt der Zug; Kälte schläfert ein und macht folgsam. Meist schweigen die träge nickenden Köpfe, bisweilen ein Husten, selten Gelächter (»Haben die denn nicht gewußt, was ihnen bevorstand? Haben die sich niemals gewehrt?« Auch auf dem Weg zu den Gaskammern wurden noch Witze erzählt, Humor erleichtert das Leben).

Das rechteckförmige Tor, das Ziel, rückt näher... näher... Vorn im

Zug Stimmen. Eine Welle aus Stimmen. Näher... Die haben Angst!
Die brüllen vor Angst!!

Das Ziel eine Guillotine, dreißig Meter oder mehr in den eisblauen
Himmel. Die eigenen Augen (Frosttränen wie Treibeis) erkennen:
Millionen können nicht irren! Das wird sicher schnell gehen. Ganz
schnell, die haben Routine. Und Planmäßigkeit weiß nichts von Genuß. Ganz schnell.

Weiter.

In der Tötungsfabrik für Hühner, die man in Reihen auf ein Fließband legt (die Tiere tragen auf ihren dürren Hälsen meinen Kopf),
steht mir Kieper gegenüber, sein Bariton singt DU AUCH?, in
Händen das Notenblatt, den GESTELLUNGSBEFEHL. Ja Kieper ich auch Margarete auf frosthartem Boden im Arztkittel drunter
den schwarzen BDM-Rock weiße Kniestrümpfe Ja Margarete ich
auch die Frau mit den kalten Brüsten speit Erde gegen mich die Toten aus dem Fluß ziehn orangefarbene Messer aus ihren Schädeln
und schneiden den Hühnern meinen Kopf ab. Schraffur der Ein-
schnittkerben auf der Schlachtbank, Blut wie rotes Öl. Die Köpfe in
den Abfallkorb, aus der Tiefe schaun meine Augen hellwach. Jemand
reicht Margarete einen meiner Köpfe, sie hebt den Rock und steckt
meinen Kopf zwischen ihre Beine. –Handgewürgt! Sagt sie. –SEI
WILLFÄHRIG & HÖRE ICH STECKE DICH IN ADLER-
GESTALT IN MEINEN SCHOSS ALS RAUBVOGEL IN
MEINE SCHEIDE. Bleib einfach. Heute. –Es ist Krieg! Krächzt
mein Hühnerschädel und speit roten Sand. In langer Reihe hängen
nackte Hühnerrümpfe wie Wäschestücke auf einer Leine. Die Beine
dürr und vom eigenen Körpergewicht in die Länge gestreckt, die
kopflosen Hälse schleifen übern Boden. Die Ärztin mit Stethoskop
& glühender Stricknadel geht von Körper zu Körper und überzeugt
sich von der Lebendigkeit der Rümpfe. –Simulant. Sagt sie grinsend
ein aufs andre Mal & sticht die Nadel tief ins Fleisch. –Tauglich! Der Nächste!

Applaus & Gelächter aus den Bäumen.

W. (schreit): Ich habe nicht das martersüchtige Fleisch eines Heiligen Johannes, Bademeister für Seelen und kopflos geworden vor
Treue. Sein Tod ein guter Witz: Sieg der Natur über Theorien. Überall Pißgeruch von Schlächtern & Opfern, das sind die Grenzmarken
unserer Welt. Ich seh die Insel schrumpfen. Zum Ende dieser Zeit
bleibt nur Schändung. Was lebt ist in Bewegung zurück in die Wälder, aus denen wir gekommen sind. Ich will laufen laufen laufen und
kanns nicht, die Fessel heißt HUNGER.

Der Tote unter mir in meiner Gestalt beginnt zu erstarren. Mein Vater erscheint unterm Schatten der Bäume; er zieht an einer Schnur eine Reihe Spielzeugpanzer.

VATER: Ich könnte dir abenteuerliche Geschichten erzählen von den Schlachten der Tanks ...

MUTTER: ... Der Krieg, Junge, der Krieg verdirbt die Bilder. Dein Vater ein Austauschbarer, ein Schnarcher, ders Kissen besabbert. Der Arsch eines Helden hat auch nur zwei Hälften. Ich beginne seine Stimme zu vergessen schon während er spricht. Worte, die er zu dir, seinem letzten pflichtgemäß verbliebenen Zuhörer spricht, als zitiere er fremde Verfasser von Alltäglichkeiten. Er, Junge, ist verschwunden aus meiner Erinnerung als eine Gestalt ohne Konturen, sein Bildnis mißrät an der Wand, wozu malen, der Natur ins Handwerk pfuschen, die Atome der Erinnerung fügen von selber sich zum Bild. Jedes mißlungne Bild ein Tod, dein Vater, Junge, ist schon viele Tode gestorben: Er ist aus dem Leben verschwunden, im uferlosen Ozean des Krieges versunken.

Draußen vor den Fenstern ziehn die Schatten von Panzern vorüber. Kerosindampf. Splitternde Bäume. Kettenrasseln, blumenschwenkende Soldaten malerisch drapiert, etliches Hurra aus den Mäulern des Schlachtviehs. Das wahrt den Gleichschritt bis in den eigenen Tod im Schatten der Starken & im gepflegten

GARTEN DER EGALITÄT

Park von Versailles / Park Sanssouci / Schrebergarten-Siedlung »Sanssouci, gegr. 1901«

Blumenrabatte: Kinderköpfe & Blumen-Kohl. Chor der Lehrer/ Polizisten/Gärtner zieht mit Gießkannen & Gummiknüppeln herauf.

CHOR: »Das Lieben bringt große Freud
das wissen alle Leut.
Weiß mir ein schönes Schätzelein
mit zwei schwarzbraunen Äugelein,
das mir, das mir, das mir mein Herz erfreut.
Mein eigen sollst du sein,
keinem andern mehr als mein.
So leben wir in Freud und Leid,
bis uns der Tod auseinanderscheidt.
Dann ade, dann ade, dann ade, mein Schatz ade!«

Chor zieht Kinderköpfe heraus, lange blutige Wurzeln zwischen Kopf & Erde. Die Wurzelschnüre reißen, die Köpfe schrein.

Lehrer/*Po*lizisten/Gärtner werfen die Schädel zum Kom*po*st.

W.:　　　　Wär ich eine Pflanze, empfindungslos
　　　　　Unbeweglich blind stumm
　　　　　Von Frühjahr zu Frühjahr. Ein
　　　　　Glück aus Erde und kein Grund zur FLUCHT.

STIMME AUS DEN BÄUMEN:

　　　　　In nomine *po*puli: Auf Mord
　　　　　Steht Mord. Du bist desertiert. Das
　　　　　Ist Fahnen-Mord, die übelste Art.
　　　　　Mensch! Arschloch! Drückeberger!

Blutige Fahnentücher phallen wie Vogelschwingen zur Erde.

STIMME AUS DEN BÄUMEN:

　　　　　»Siehe, das ist mein Knecht –ich halte ihn– und
　　　　　Mein Auserwählter, an dem meine Seele Wohl-
　　　　　Gefallen hat.« Jes. 42.1

Auf den Biedermeier-Tisch wie auf eine Krankenbahre geschnallt
der tote & der lebendige W. Rund um die silberne Kreissäge die Helfer: Geranien- & Maschinenpfleger, hunds- & enkelliebend, freundliche Bartgesichter, Wurstbrote kauend und bäurisch sich schneuzend;
aus Thermosflaschen das Aroma von heißem Kaffee. Sie bemalen
das Gesicht des toten W. mit schwarzer Farbe.

　　1. HELFER: Der Soldat ist der Nigger unter den Menschen. Und
der beste Nigger ist der tote Nigger. Ergo: Der beste Mensch ist der
tote Soldat. (legt toten W. zurecht)

　　2. HELFER: (vorm toten zum lebendigen W.): Kenn den jetz schon
na wartense mal (Wurst aus den Zähnen polkend) seit also n pah
Jahre isses schon her dasswan jefaßt ham freundlicher Kerl hab nie
nen freundlichern Kerl hier bei mir jehabt könnse fraagn wen se
wolln nie Schererein nie und rücksichtsvoll kaum mal geschrieen
wollt sicher nich auffalln in all den Jaan Ein Kerl mit Beherrschung
das mußmam lassen Alles-was-recht-ist!

　　REZIPROKE KRANKENSCHWESTER (zum lebendigen W.): Gehts uns
denn heut? Schlecht?: Na sehn Sie, wird ja schon.

　　Sie beginnt, das Gesicht des lebendigen W. mit schwarzer Farbe zu
bemalen. Daraufhin schaltet 1. Helfer die Kreissäge an. Kerosindampf. Im Hintergrund Panzersilhouetten. Die reziproke Krankenschwester schiebt die Bahre mit dem toten/lebendigen W. zum Sägeblatt. W. schreit.

3. HELFER: Maulhalten & Stilliegen! Die Andan machn ooch nich son Theata.

Söldnerhaufen in blutigen Rüstungen/Uniformen marschieren lautlos im Stechschritt durch den Wald ins Moor. Kein Ende der Kolonnen.

W.: Und kein Ende des Zerstörens. Wieviel Atome hat ein Leib. Die Kreissäge schreit. Die beiden W. stürzen zur Erde. Geruch frisch geschnittenen Holzes.

W.: Jeder Schritt, jeder Atemzug, jede *Po*re der Haut eine Spur für den Jäger. Könnt ich entkommen. Wenn ich ein Vöglein wär. Oder Ikarus. Traum von der vierten Dimension: Eine Geschichte aus der ewigen Anthologie der Unmenschen, Verfasser Partei*po*litiker mit globalstrategischem Hirnriß: »Fritze Schulze hat nix zu suchen bei die Sonne, bei Jott oder nem kretischen Provongsfunktzeneer! Mensch: fresse, saufe, vögle, bete, zahl Steuern & haltzmaul!« – Und wenn wir fliegen könnten, die Abfangnetze seh ich schon.

Lehrer/Polizisten/Gärtner ziehen Netze aus Stacheldraht zu den Wolken hinauf, mit Blumenkästen & Spruchbändern kaschiert.

W.: Gesiebte Moleküle, die Luft reißt sich Wunden dran. Regen. Ich hör den Wind schrein im eigenen Blut. Auf Erden also auch im Himmel. Ein Kapitel aus dem Tagebuch der Toten.

* * *

Was soll mir die *Po*esie der Verwesenden. Meine Lyrik bin ich selbst, ich bin statisch. Außerdem ging das zu schnell: Viertausend Jahre auf sieben Seiten, und mein Spiel ist zu Ende. Holz, mein Leib, das Material, aus dem die Blätter sind für diesen Unfug. Meine Zukunft ein Buch. Davor bewahre mich – Jemand, den ich vergessen hab. Die Voraussetzung für mein Spiel ist Natur.

* * *

Windzeichnungen im astvergitterten Scherbengewölk. Vogeldurchlärmte Luftwaben, Stille, insektendurchsummt. Ich lieg in den Fangarmen dornigen Gestrüpps unter Bäumen, die vorgeben, die Säulen-des-Himmels zu sein. Zeit ist dehnbar beim Atemholen. Eine Stunde. Ein Tag. Je mehr, desto besser. Um so weniger bleibt für den Schrecken.

Dornen in meiner Kehle, jeder Atemzug ein Spießrutenlauf, die Peitsche der DURST. Die Knöchel wundgeschlagen vom eigenen Stolpern; Weg neben Weg gereiht, das ist Weglosigkeit.

WO SOLL ICH HIN.
Luft mit dem erdigen Geruch eines Frauenleibs.

* * *

Das ist gut: Ein Frauenleib. Obwohl ich mich nur unter Mühe daran erinnern kann, was das ist. Und anstrengen mag ich mich nicht. Ich habe das nicht mehr nötig, was ich brauche, saugen meine Wurzeln aus der Erde, den Rest besorgt die Fotosynthese. Auch Bewegen ist eine der Tätigkeiten, auf die ich mich nur schwer besinne. Wie auf Tätigkeiten schlechthin, für mein Da-Sein ist ein Verbum gewiß fehl am Platz.

Ich werde diesem W. Gelegenheit geben, sich zu bewegen. Möglich, es fällt mir ein, wozu derlei Tun lustvoll oder nur nützlich war. Dazu werde ich ihn an seine Träume erinnern.

* * *

Ich, W., von Beruf Deserteur, bin am Abend dieses ersten bewußt erlebten Sonnenuntergangs auf der FLUCHT vor den Bildern, die mich verfolgen; vor dem sauren Erdgeschmack aus dem Mund einer Toten, vor den grellen Blitzen immer wiederkehrender Explosion, daraus mit der Hartnäckigkeit einer endlosen Filmschleife jener Sterbende aufersteht, der, ein zerrissenes Bündel Fleisch ohne Kinnlade, unablässig mit Kiepers Stimme gurgelt SCHIESS BITTE SCHIESS. Und weiter zurückliegende Bilder: Nächte in Katakomben. Keller, wo schaukelnder Lichtschein Gesichter entblößt, wie Spinnweben grau am Gemäuer klebend, Heulen von Motoren Geschossen Stimmen, jene Frau, die ich beim zufälligen Blick aus dem Kellerfenster sehe und die, von Flammen erfaßt, mit brennendem Haar genau auf dieses Haus, genau auf diesen Keller zustürzt: ein verzerrtes Gesicht in der Fensteröffnung, aus ihrem Mund stechen Schreie in die Kellerluft und das flammenlodernde Haar erhellt flackernd die Höhle unsrer Zuflucht. Aus dem Dunkel werden Holzscheite nach der Frau geworfen, Gebrüll & Fluchen, sie soll woanders verrecken. Ich habe Hunger Mutter Die Bilder brennen Es ist wieder Herbst Mutter Still sei doch still, bis eine Hand meine Augen ins Dunkle hüllt. Doch ich rieche den Gestank versengter Haare & brennender Haut, starre durch die Finger der schwitzenden Hand wie durch Gitterstäbe und sehe ein letztes Mal das Gesicht dieser brennenden Frau, die als Hilflose bei Hilflosen um Rettung schreit. Bis sie getroffen wird von stürzenden Mauerbrocken. Bis sich Männer aus dem Keller heraus mit Stangen & Brettern dranmachen, die

Tote fortzuschieben vom einzigen freien Luftschacht, wo Gestank aus Feuer & Mörtelstaub die Luft verwandelt in rotsiedenden Brei. Flugzeuge & das in seiner Regelmäßigkeit schon beruhigend wirkende Dröhnen der Geschütze. Zerrissene Wolken. Doch phallen daraus weder Regen noch Schnee, der diese Stadt mit ihrem überflüssigen Leben verhüllen würde. Sondern bunte Lichter & Bomben wie sprühende Sterne, die aus ihren Bahnen geraten und sich formieren zu den Sternen des neuesten Bethlehem. Man sagt, vorige Nacht habe eine Frau im Keller ein Kind geboren, seine Knochen waren ohne Fleisch & Haut.

Hunger bei jedem mühsamen Schritt über den grünverfilzten Waldboden. Endlos-Bilder, fieberglänzend & aschebestäubt: Stunden darauf der Anblick einer zerschossenen Kirche, aus ihrem Gemäuer ragt einzig unversehrt im bleichen Licht eines neuen Tages die Christusfigur heraus, mit ausgebreiteten Armen im gütigen, arroganten, stumpfen, verblödeten Steinblick des Märtyrers über schwelendem Schutt LASST DIE KINDER ZU MIR KOMMEN die im Beten Erschlagenen, ihre im Tod gefalteten Hände, das Knie noch immer gebeugt in Demut, und auf die Seite gekippt wie wertlos gewordene Denkmäler, bisweilen fehlen Kopf, Arm, Bein, die Deutschen Torsi, und ich lache über dieses Bild, ein tonloses Kratzen meiner Stimme – das Gelächter des Entsetzens –, von dem ich nicht weiß, daß es wirklich Lachen ist. Und du, Margarete, ein bleiches Gesicht im Dreck einer Kellernacht mit den Abzugsgräben für Tränen. Mein Vater. Immer wieder: Mein Vater. Und irgendwann klammern wir uns aneinander dort draußen im Ruinengestank unter den Rauchschwaden, schwarze Vögel ziehn über dieser Stadt ihre Kreise. Und irgendwann rieche ich nur noch den Duft deiner Brüste, unsre Haut über Unkraut & Stein. UND DIE KINDER ALLE KOMMEN. Und deine Stimme aus diesem weißen Fleisch, aus diesem erdigen Duft eines Fraunkörpers, und ich glaub tatsächlich während des Zuckens eines Nervs: Dieses Zerstören, Töten nur deinetwegen, Margarete, nur um dieses einen Moments willen, als drehe sich das Stückwerk dieser Welt einzig um den Sog deines Leibes Augenblick: komprimiertes Erleben von Lebendigsein in einem winzigen Splitter Zeit. Eine Sekunde Eine Stunde Ein Jahr. Margarete. Und dieser Wald, Frieden in grüner Verkleidung, sein Kaufpreis der Hunger. Jeder Herzton ein Augenblick gestohlenen Lebens.

Diese Bilder, die mich unablässig verfolgen, sind mein Wissen aus der Schule-des-Grauens, welche zu besuchen aus unerfindlichen Gründen für einen Jeden im Ablauf seines Lebens unabwendbar, deren Lehrstoff von Generation zu Generation durch den ritualisierten Stumpfsinn sadistischer Lehrer weitergetragen, und seis einzig zum Zweck, beweisen zu wollen, welch Gipfelpunkte komplizierter Martern der *Menschliche Geist* zu erklimmen in der Lage sei, deren Substanz jedoch ohne Bedeutung bleibt, weil nicht eine von diesen Wirklichkeiten, sondern nur die eine, unabänderbare Wirklichkeit besteht: Dieser Wald, dieses Chaos, dieser Frieden, dieses Nicht-Teilbare.

Ich bin entschlossen, mich dem neuen Reglement dieses von allen Geschehnissen, die mit jenem Zustand KRIEG in Verbindung stehen, offensichtlich unberührt & verschont gebliebenen Teils dieses (ist es noch dieses) Landes einzufügen. Ich unterlasse das für mich unwichtige Fragen nach dem Grund, weshalb ausgerechnet in diesem gewiß nur wenige Stunden vom Schauspiel menschlichen Schlachtens entfernten Gebiet weder etwas davon zu sehen, noch zu hören, noch dessen geringste Anzeichen zu entdecken sind. Die wenigen einfachen Dinge, die meine an ein Jetzt-Sein gebundene Existenz wahrhaft berühren, sind Hunger & Durst stillen, und eine Lagerstatt finden, die mich unempfindlich macht für Wind, Regen & Kälte. Darüberhinaus gilt es, möglichst wenig Spuren zu hinterlassen, sowie das allergeringste Maß an Verwundbarkeit & Blöße zu bieten, denn im wechselhaften Rollenspiel von Jäger & Gejagtem hab nun auch ich meinen Platz eingenommen.

* * *

»hab nun auch ich meinen Platz eingenommen« – bodenlose Verblendung! Abgrundtiefe Fehleinschätzung! Du Spielball. Du Seifenblase aus meinen Gedanken. Soll ich dir zeigen, Mensch, wo du aufhörst. Mit diesem Punkt, wenns mir paßt. – So geht das nicht weiter. Ich muß davon absehen, diesen Kerl weiter durchs Gestrüpp seiner Bilder zu hetzen, es bringt ohnehin nichts ein. Soll er von mir aus jetzt einpennen. Soll er den Niemandstraum träumen jenseits vom Schlachten: Der Mann allein.

* * *

In der Nacht wach ich auf aus dem Schlaf.

Weder erneuter Hunger (den ersten habe ich besänftigt, indem ich einige Hände voll Erde & eine Wurzel aß, die scharf wie ein Rettich nach Holz schmeckte), noch Nebel, den Wald durchstreifend, kann Ursache für mein Erwachen sein.– Am Vorabend, kurz bevor Dämmerung & Nacht dem Wald die Farben nahmen und die Tarnkappe

Dunkelheit überstreiften, ist es mir gelungen, am Rand einer Lichtung, die sich weitläufig in Schneisen verliert, einige Bäume ausfindig zu machen, die, zum Teil umgestürzt, durch Verknüpfen einiger Zweige eine Art Bau ergeben, der genügend Platz für eine Lagerstatt bietet. Das dichte Geflecht aus Zweigen mag, selbst für einige Stunden, sicherer Unterstand vor Regen sein. Auch trug ich Gras & Vorjahreslaub zusammen, ein Schutz vor Nacht- & Morgenkälte. Durst gab erst Ruhe, als ich am Rand jener Lichtung auf einen Bach traf; würzig frischer Geschmack füllte meinen Mund und löschte für Augenblicke die Erinnerung an den Sand aus dem Mund einer Toten.

Licht, das mich aus dem Schlaf reißt – –

Sitzend späh ich durch Zweige hinaus über die Wiese. Das Waldmassiv eine Herde galoppiernder Pferde, dunkel, unter Wolkendecken eilen die Mondhufe. Ein Kontinent aus Nacht, ein Erdteil unbesiedelter Stille, als wären sämtliche lauten wie leisen Geräusche ins Exil gezogen, dieses Ödland der Stummheit & dem Vakuum überlassend. Jede Nacht ein winziges Aus.

Ich sehe in nächster Nähe die Silhouetten großer Tiere sich lösen aus dieser Totenmaske und lautlos wie Schatten eines Alptraums über das mondfarbene Gras der Lichtung ziehn. Und sehe eine feuerrote Blüte grell aufblühen, seh die orange gelb blau karmin gefärbten Blütenblätter sich entfalten für einen kurzen Augenblick, als wäre diesem Gewächs die Zeit zum Blühen und Welken nur für diesen einen Moment gegeben, der so kurz, so unwirklich, daß er in die Netzhaut des Betrachters nur eine Serie flüchtiger Echos einbrennt, um danach spurenlos im Nichts zu verglimmen.

Unverändert ziehen die Schatten der Tiere weiter. Doch scheint deren Zahl gemindert nach jedem Neuerblühen dieser seltsamen Blumen.

Jetzt ändert die Herde ihre Richtung, die Flanken dem Mondlicht zugekehrt & fahl schimmernd wie im Totenlicht von Kerzen. Im Mittelpunkt der Lichtung angelangt, streckt sich einer der Schatten nach dem vor ihm ziehenden Schatten; ein grotekes Zerrbild aus einem Spiegelkabinett, eine tintige Substanz, von unwiderstehlichem Schlund gezogen. Der Schatten richtet sich auf, schlägt in wilder Gebärde die Vorderläufe durch die Luft, auf die mondbleiche Haut des Tieres vor ihm nieder. Die Schattenerektion rammt in das Andere, Passende, das Angeglichene, das sich in letzter Sekunde entzieht. Erneutes Aufbäumen, Springen, Entziehn. Wiederholung. Ich seh dieses Wesen eindringen, im Nachtlicht mit mattem Schimmer wie unter vergrößernder, alle übrige Umgebung in die Wesenlosig-

keit des Nebensächlichen verweisender Lupe: eine gigantische Öffnung, darauf im Rhythmus der Welt Hammerschläge niederfahren
einfahren ausfahren; diese Öffnung in der Taubstummheit dieser
Nacht ein Maul, zu den immer gleichen Lauten sich stülpend. Gelassen & unbeteiligt ziehen die übrigen Schatten vorüber an diesen miteinander ringenden, ineinander dringenden Fleischkolossen. Und sie
kehrt mir ihren Körper zu. Bleiche Färbung eines Leibes, drauf ölige
Wellen Schatten an ein Ufer spülen. Ein Arm, vom Dämmerlicht
glattgeschliffen, den sie langsam unter ihrem seitlich gelagerten Leib
hervorzieht und über sich gleitet, die Schattenwellen zerteilend. Und
die Farbe der explodierenden Blüten ist die Farbe dieser Haut. Un-
beirrt streben die Tiere einem Ziel entgegen, ihre Schar erneut gelich-
tet. Als forme sich der Körper dieser Frau zu einem Mund. Oder zu
einem Schlund, einem Flecken aus Nichts, der alles Licht, alles Sichtbare mit magnetischer Kraft & Faszination an sich zieht & verschlingt; das Loch in den Wolken, BLACK HOLE IN THE SKY,
das sich mir fordernd zukehrt, als sei diese Öffnung, diese unheilbare
Wunde mit ihrer zum Saugen aufgeworfenen Lippenumrandung
letztmögliches Vollenden alles Körperlichen, als wären dessen anders-
artige Gestaltungen lediglich Verschwendung, das Ergebnis von
Schöpfungsmanie der Natur. (Man sagt, manche Frauen Ägyptens
gaben einst den Lippen ihres Gesichts die Farbe der Lippen ihres Geschlechts). Und die Farbe der folgenden, kurz entflammenden Blüten ist die Farbe eines Mundes, scharlach rosa braun. Margarete unterm schwarzen Morgenhimmel. Jetzt hat die übrige Herde den
Waldsaum erreicht, die Silhouette verschlingt die Silhouetten. Zurück bleiben die in Lautlosigkeit befangenen, ineinander verschränk-
ten Tierleiber, deren Flanke, vom fahlen Licht übergossen, in Starre
das Ende des Spiels anzeigt. Nur wir. Diese Frau. Ich. Kurzatmig lauschend auf ein Geräusch, ein Wort, das nicht hörbar in dieser vollkommenen Stille, über uns kreisend ein Himmel aus künstlicher
Nacht; unvermutet Licht, unbarmherzig niederfahrend auf diese beiden schweißnassen Leiber inmitten von Ruinenkälte einer brennenden Stadt. Noch eine dieser kurz erwachenden Blüten, ihre Farben
Rot und Schwarz. Die Farbe von Blumen aus Eisen, die im blutigen
Regen unzähliger Schlachten zu rosten beginnen; in schneeverkleide-
ten Feldern, draus wie zu Eis gefrorene Haarsträhnen stillgewordene
Tötungsmaschinen emporragen mit ihren Ranken aus Stacheldraht,
der sich in die ausgelaugten Körper von Soldaten Gefangenen
Flüchtlingen spießt, deren Wünsche & Ziele oder nur Ruinen von
Wünschen & Zielen, angebrochnen, unvollendeten Gedanken

Sätzen Begierden, in diesem Dschungel aus Eisen hängenbleiben wie das eigene jämmerliche Fleisch zwei Handbreit über dem Boden schwebend, *Und der Mensch breitete die Arme aus und flog der Sonne entgegen,* diesem Arschloch eines Himmels, das sie, diese Soldaten Gefangenen Flüchtlinge, stundenlang anstarren mit weitoffnen Mäulern & dem blödsinnigen Gesichtsausdruck von Sterbenden & Toten; mit ihren Xylemen den Inhalt von Gräbern & Flüssen leersaufend, weil sie Würmern & Fischen das Aas neiden; und aus notdürftig in die Erde gescharrten Kuhlen, aus halb verdautem Fleisch- & Knochenbrei und vom Grund der Flüsse, aus Teekesseln Emaillegeschirren Fahrradteilen Latschen Dosen Hemden Leuchtern Tierkadavern Steinen Autoreifen Binden Algen, erheben sich zu neuem Stückwerk zusammengesetzt Scharen von Männern Jünglingen Greisen, nun, auf die Ufer zurückkehrend, die Lippen bewegend in der lautlosen Sprache der Toten, Schauspieler in Stummfilmen, die ihre schwarz erscheinenden Lippen inmitten silbrigen Geflimmers auf einem Zelluloidstreifen bewegen, um der Szene einen Echtheitswert zu geben; und irgendwann würden die Bilder wechseln, eine dunkle Fläche füllt die Kinoleinwand aus, drauf in übergroßen Buchstaben die wesentlichen, für den Handlungsablauf unumgänglichen Sätze nachgeliefert, um danach wieder Raum zu bieten dieser stummen Lippengymnastik (Was mochten sie wirklich gesprochen haben, diese toten Schauspieler ihres eigenen Todes? Oder sprachen sie auch in den Minuten der Auftritte, jenen Momenten einer Realität, keine einzige Silbe? Sondern bliesen nur Luft zwischen herzförmig – da waren es Frauenlippen – und schnurdünn – da waren es Männerlippen – geschminkten Mundumrandungen?), ich rieche ihren beizenden Atem wie Gestank aus chemischen Fabriken – GAS!!! – Und brennendes Fleisch, Und fauchende Öfen, Und der Geruch heißer Asche, Rot und Schwarz am Himmel (»Gibts hier soviel gebratenes Fleisch?« :ein Auschwitz), Und Geruch deiner körperwarmen Wäsche, in die ich mein Gesicht vergrabe und den Geruch der Stute in mich sauge, Und der Gestank niemals gewaschener Soldatenkluft, braune graue schwarze Uniformen, erkaltend & körperlos auf einem Steinstrand an einem Fluß, Und der Sandgeruch von Wasserfarben, Diese Blüten auf deinen Bildern Mutter Still sei doch still Rot und Schwarz Der Krieg Junge der Krieg verdirbt die Bilder Ist das der Herbst Mutter Still sei doch endlich still, Und dann nur Atem noch aus Erde, saure graphitfarbene Erde aus einem einzigen Mund, dem Mund, der aller Münder Klappen Mäuler Schnauzen Fressen Symbol ist & Inbegriff, ein Über-Mund

gewissermaßen, Mund einer Frau, Rot und Schwarz, und die letzte
der Blüten entfaltet sich in dieser Nacht, Rot und Schwarz, und die
Tiere durch ein selbständig & unabhängig vom restlichen Fleisch
wucherndes Körperteil rüde miteinander verbunden, diese beiden
Leiber, von denen ich erst jetzt begreife, daß es die Letzten, die Üb-
riggebliebenen sind, während die Anderen von den fleischfressen-
den, grellfarbigen Blüten aufgesogen & gelöscht sind; auch diese
Beiden verschwinden im Aufblühen einer letzten Nachtblüte, Rot
und Schwarz, und mit ihnen verschwinden ein unbrauchbarer, mit
langweiligen Sternen besamter Himmel, die Sportflecken der Götter,
und alles Sichtbare erlischt, als hätte eine Hand Kreidezeichen von
einer schwarzen Tafel gewischt.
   Die Bilder sind fort.
   Leere ohne Ausmaß, unfaßbar, unerkennbar in ihrer Dimensions-
losigkeit. Aus dem Exil kehren schließlich Geräusche & Töne zurück.
   Ich höre als erstes ihre Stimme: –Wenn du ein FEIGLING bist
morgen früh und nicht gehst. Wenn du bleibst …
   –Es ist Krieg, Margarete! unterbrech ich sie und höre meine Hand
ein Papier über die Tischplatte schieben, einen rauhen Zettel. GE-
STELLUNGSBEFEHL. Und ich höre Tierhufe durchs Gras der
Lichtung streifen. Auf mich stürzt nieder die Detonation. Ich hör
einen gellenden Tierschrei, Erdbrocken & Steine schlagen nieder auf
Bäume & Sträucher; das Stampfen der Herde, die über die mondfarbene Lichtung zieht, –Mach das Licht aus. Ich bitt dich. Und hör
mich den Schalter an der Tischlampe betätigen, Klick, wie der Aus-
löser einer Kamera; auf der glänzenden Fotografie wir beide, die Frau
das Mädchen das Kind, lächelnd, der Mann der Junge das Kind,
lächelnd zu jedwedem Betrachter, den Arm des Mannes des Jungen
des Kindes um die Schulter der Frau des Mädchens des Kindes gelegt, dorthin, woher ein trockenes kurzes Geräusch rührt, Stoff wird
über bloße Haut gestreift, Klick, noch einmal & noch einmal fällt
Stoff zu Boden mit dem Laut von Flügelschlägen eines großen Vo-
gels. Roh treffen die Hufe den Tierleib, Gras wird zerstampft unter
tänzelnden Hufen, –D-Du –, Haar knistert, Lippen hastig & spröd
über einen Körper, Haut reibt sich an Haut, –Ja Ja –. Jetzt weicht
das Tier nicht mehr aus. Kein Tänzeln mehr, kein Trampeln. Fauchen
aus trockener Kehle. Anfangs eine Quelle wohl, ein Bach, ein Fluß
alsbald, schäumend über Steine & Ufer, das große metallische
Rad mit schabendem Geräusch in Bewegung setzend: die Maschine:
die Tiere: die Menschen: Gestänge einer rhythmischen Mechanik,

Hebel & Räder, in den Fluß hinab- & draus emportauchend, und zahllose Münder verschütten das Wasser beim Saufen, beim wollüstigen Schlürfen; stampfend die Hufe, die Beine, Füße, Hände, Klauen, die Hebel, und in einem Atem-Stoß erstickt die Bewegung. Starre. Und ich hör das gleichmäßige Ziehen vieler Hufe, das Gras der Lichtung sorgsam teilend, als müßten sie wiedergutmachen, was ihresgleichen soeben zerstört. Spielatem, Haut spürt sich an Haut, im Mund ein warmer Geschmack.

Jetzt Sprechen in diesem Stillstand ohne Licht, in diesem bilderlosen Nichts. Noch einmal der Versuch. POST COITUM OMNE GERMANUS TRISTE. Worte, wie Zahnräder ineinander greifend, willig widerstrebend feindselig. Jetzt Sprechen, und diese Rädchen aus Worten geräuschvoll abspulen lassen, daneben die Uhr mit kratzenden Zeigern übers Zifferblatt, die Bugwelle Zeit, Fahrtwind kühlt die Stirn; und jetzt Sprechen im Geschmack einer Nacht, schon vermischt mit dem Bitteraroma eines neuen Morgens, Herbst, ABSCHIED DIE LETZTE NACHT, und jetzt nicht mehr sprechen wolln, wo dein & mein Körper sich lösen. Aufhören. Schon während des Nochbestehens der Griff zum Erinnern, Sintflut aus Nebensächlichkeit. Was wird mich halten in deinen Bildern, welche Geste, welche Gebärde, welcher Geruch. Ein im Lachen Grinsen Kauen Reden Schweigen verzerrter Mund, verzerrte Lippen, entblößend Zahnreihen für einen kurzen Moment; wahrscheinlich das Nichtsprechen, das wird bleiben, Stummheit, mit freundlichem Grinsen verbrämtes Maulhalten, kuhdösig, ruinenleer. Gesichter bleiben bestehn für kurze Zeit im dunklen Kerzenlicht, und das macht sie einander gleich, versetzt in Greisenhaftigkeit, Mund & Kinn & Wangen schattenumrahmte Wülste, als seien das jene Bestandteile, die zu irgendeinem Zeitpunkt als erste sich lösen werden aus dem festgefügten Verband des Fleisches, einleitend Verwesung & Zerfall, dieses Ende in der unendlichen Kette von Beendigungen, deren Existenzen fähig sind. Und sonst?: ein täppisches Auftreten, eine Ungeschicklichkeit; Worte, Sätze, die dich lachen wütend traurig, die dich verstummen, weghören, alles weitere überhören machen: Das wird es sein. Und sonst?: ein Geruch, –Wonach riechstn du was isn das fürne Seife mmmh!, und der Anblick dieses Stückes Fleisch mit der glänzenden Haut & der Öffnung wie eine Wunde oder Kopf eines augenlosen Tieres, dieses so gut wie jedes andere, verwechselbar, einzig bewahrte Individualität im Krümmungsradius, Erinnerung in Geometrie; und die Haut schon wie jede andere, da verliern sich Gewißheiten wie die immer kleiner werdende

Gestalt vorm Hintergrund eines davonfahrenden Zuges, graues Blech, graue Uniformen, bleiches Gesicht, und der Morgenhimmel wie schäumige Wassersuppe; Wolken aufgescheuchter Spatzen, lärmend, Wolken Dampf, ausgespieen von der Lokomotive; Flüstern Reden Schrein, und Musik, und stereotypes hastiges Hurra – keine Messe ohne Ave, kein Schlachten ohne Siegesschrei – von Rädern zerschlagen zermalmt zerrührt zu formloser Substanz, etwas Wind; Bahnhofsabschied, zerrend an dürren Mänteln & Armen, und das grauenvoll beständige Quietschen einer Blechlaterne; Fahrtwind, von dahinrollenden Wagen selbst erzeugt, daraus zappelnde, flimmernde Arme der Winkenden, Beine eines hilflosen Insekts, das auf den Rücken fiel und auf den Luftzug oder den Strohhalm oder auf einen von kindlichem Mitgefühl gepackten Menschen wartet, der es wieder auf die spinnigen Beine stellen möge.

Und von dir?: Ein Mund, der einen Bissen Brot umschließt, an einem Stück Schokolade saugt, vor Kälte violettfarbne Lippen, –Bist eben doch zu lange im Wasser geblieben ist noch kalt um diese Jahreszeit; eine Insel Haut, registrierend meine Berührung mit einer weißen, rasch flüchtigen Spur, Bewegungen der Zunge in deinem Mund als du sprachst, Adern Muskel Sehnen vibrierend unter deiner Haut um Hals & Brüste, deine Stimme der Klang eines seltenen Instruments, Leib für ungeheure Melodien; gekrümmt die Finger an deiner Hand als du schliefst, Atem-Röcheln-Schnaufen aus diesen Tiefen Schlaf, deine jungenhaft wirkende Gestalt mit den geraden Schultern, drunter beim Laufen die Schulterblätter kreisen. Dieser Körper etwas Fließendes, zerbrechlich & fest; Anatomisches; Und sonst?: Packen packen, schräge Kerzlichtwände, Schrankundbett. Draußen Windschritte ums Haus, Zwiesprache haltend mit dem Laub & frühnächtlich kühl. Drinnen unterm Dach Stoffschnüren, DER LETZTE ABEND, die Zunge zwischen den Lippen heuchelt Anstrengung, das Alibi fürs Klappehalten. Nur schnell. Und –Scheiße! :sagt sie aus irgendeinem Zimmereck. Und –Wasisscheiße? :in meiner Schattenreuse Wortfische, erlähmt in Fremdnis. (Hab damals genau gewußt, was zu tun wäre: Zeusvater & Sohn & Bestimmender Geist – – ich war zu faul zum Machtausüben wie jeder anständige Mensch), und daher Garnichts von ihr; Und sonst?: immer Ähnliches, immer Gleiches, sparsam spärlich verarmt & auswechselbar Wir-selbst in diesen bilderlosen Zeiten. Wer weiß, was wir voneinander wollen, wir wissen es nicht.

Jetzt ist die restliche Herde vorübergezogen, gefressen & verdaut von wiederkehrenden Detonationen, die ich noch immer als Echos einer ersten Explosion verstehen will; Urknall; jetzt sind nur noch diese Beiden geblieben, ineinander verhakt, solang werden sie überleben, der Tod geht mit wenig Schritten. Bald wirds hell. Ich kann diese Uhr nicht ertragen mit ihrem harten Schlag, als träfen Metallabsätze auf Porzellan, Still sei doch still; eine Nacht ohne Konturen, keine Sirenen, keine Bomben, keine Geschützeinschläge, eine Nacht ohne Interruptus. (Hab nen jungen Kerl gekannt, der, als die Flieger kamen, sich grad einen runterholte. Seitdem *rien ne va plus*.) Die 1. Nacht. Was werden wir tun, Margarete, wenn die Sirenen still bleiben und wir uns ausgeliefert sind Stunde um Stunde. –Kannst du nicht bleiben. Morgen. Geh nicht. Bleibeinfach…!, und noch einmal mit den Hufen stampfen, tänzeln, dann hör ich den Knall, kurz wie ein in der Kehle erwürgter Schrei, das heißt, es wollte ein Schrei erst werden; die Nacht zerbirst, Morgenlicht wie durch einen geöffneten Staudamm spült mich, verwundert & durchfroren, brennend im Hunger fort ans Ufer eines neuen Tags.

* * *

Geöffneter Staudamm!: »Füllest wieder Busch & Tal still mit Nebelglanz«. Ist das Weib fort, ists der Traum vom Weib. »Lösest endlich auch einmal/Meine Seele ganz«. – Nun wollen wir unsern Träumer, unser Schätzchen, erwachen sehn. Zeig her, was von Träumen bleibt.

* * *

Von MaMaMargarete zu MaMa Erde. Naß. Eklig. Aus ihrem Staub auch ich, eine zu ferne Verwandte. Und jedes nach seiner Art. In diesem Wald bin ich der Letzte oder der Erste, kein Unterschied für mich. Allein ist allein.
ICH BRAUCH WAS ZUM FICKEN UND HAB NIEMAND.
Stille. Nebelglanz. Über Wald & Lichtung ein Rauch, in seinem Kokon die Gräser & Bäume, und Geruch nicht nach Holz Blättern Erde, sondern Gestank verbrannten Grases & versengten Fleisches; Wind fährt wie ein Schäferhund durch die Schneisen des Waldes und treibt den Nebel über der Lichtung zusammen, so daß dieser Begriff seine Bedeutung verliert & sich zum Gegenteil kehrt: zu einer undurchsichtigen Landschaft, zu einem milchigen Aus.
DAS ENDEDERWELT.

Schrottplatz, wässerig bleich, abgebrannte Reste, Automobile Panzer Zirkuswagen. Geschlinge aus Röhren & Armaturen, Benzinfässer voll Eingeweide Schlachthof Arena Christendärme & Jamaikanerhäute, Das Schwarze Vlies, in den Kübeln endlich beieinander Hand & Gehirn, Fliegen auf den Theorien der Paradiese; im Unkraut ein totes Vieh, möglich ein Hund ein Schwein ein Mensch, die Knochen emporgereckt als poröser Imperativ, die Reste vom Rest unterm Bettdeck aus Autoblech BUGATTI was raschelt im Stroh, wo Fleisch ist sind auch Würmer BEGATTI die Fleischeslust haben die Pfaffen verboten, wie wärs mit der Knochenlust, ein Skelett hat mehr Löcher & Glieder als sein Vorgänger aus Fleisch & Blut. In den Schädeln Luft, Nachfolger der Gedanken, die reine Liebe. Und noch eine Steigerung: vom Positivus Eiweiß zur Comparation Mensch zum Superlativus Maschine. Dynastien Thronfolgerein Parteieninzest und Kondome gegen Hungersnöte, Weisheits-Import GmbH Abendland, Filiale für den Orient, und Tee im Aufgußbeutel als Emanationsbegriff; Glasperlen Irokesenskalpe Brausepulver, abgeschnittene Brüste von Afrikanerfrauen auf einem MARKET DOWN IN NEW ORLEANS BROWN SUGAR Zuckerbrot & Peitsche, ein bißchen Tinnef vom Cruzifix MADE IN HONG KONG das letzte Heilige Corned Beef, S Ein Lendenschurz der Lappen am Besenstiel der Fensterputzer vom Empire State, Indianer heißts seien schwindelfrei; Tetzel's Versicherungsgesellschaft, das Römische Sparschwein ALL YOU NEED IS CASH geheiligt werde dein Schlitz in Ewigkeit, Imago Dei, ein bißchen Geschichtsschminke weils nottut, wenn die Toten heute nach den Toten von gestern schrein, Geburtenregelung, staatlich prämiierter Kindersegen & Ehekredit, und Klytaemnestra geschwängert vom goldenen Schrott Agamemnons oder eines andern Fleischers speit den Fötus vor die Füße des Herrn IPHIGENIE MEIN OPFER FÜR DEINE KLOAKE TROJA STALINGRAD FLEISCH GEB ICH FÜR FLEISCH WER M A C H T SAGT HAT SCHON VERSPIELT. Die Guillotine der letzte große Clown MOULIN ROUGE was bleibt Luther Netzplantheologie für Genickschuß IG FARBEN & Technologie der Killer.– Nebel überm dürren Gras, das Sonnenauge ein Morgengrind, und im Wind aus letzter Nacht noch einmal Gestank alter Feuer: Was aus unsern Nächten kommt.

Mühsam taste ich den Rand der Schneise unter Bäumen entlang, wiederentdecke den Bachlauf des Vortags & eine bitter schmeckende Wurzel. Ich weiß, diese Ernährungsart kann nur eine vorübergehende sein; ich brauch eine Quelle für Nahrung, die mir Kraft gibt zur Suche nach neuer Nahrung, und so weiter. Dagegen & nicht mehr fern die Lethargie, das Verdämmern, Lähmen, Verhungern. Leben = Über – Leben, wer sich des Lebens zu bemächtigen weiß. Friß dich frei.

Ich habe keine Ahnung, wie ich mich als Jäger & Fallensteller benehmen muß. Mein Latein vordem galt den Inneren Wäldern, eine trübe Sprache. Ich weiß nichts von den Gewohnheiten-des-Wilds, nichts über Bevorzugte-Nahrungs- & Sammelplätze. Und hätt ichs gewußt, wie ihnen beikommen, wie sie erlegen ohne Waffe, ohne auch nur einen Strick, um draus eine Schlinge zu knoten. Hätt ich durch Glück ein Wild erlegt, wie sollt ich sein Fleisch verzehren ohne Feuer. Soll ich mir den Prometheus auch noch machen, Atlas' Bruder, den Welten-Krieg auf dem Buckel. Die Strafe würde folgen auf dem Fuß: die neue Pandora als Kaltmamsell. Roh: blutige, noch warme, sehnige Klumpen Fleisch, die ich im Gestank von Blut & Eingeweiden den Kadavern entreiße oder in die ich mein Gebiß versenken würde, zerrend & reißend vor Hunger & Angst vorm Hunger, den glücklichen Augenblick des Fressens nutzend vor einem stets möglichen Gefressenwerden; mein Gesicht eine scharlachrote Maske.

Hilflos.

Seit wie langen Zeiten hör ich erstmals wieder meine Stimme, ein schabendes Geräusch, das, so vermute ich, Lachen ist. Ein eulenartiger Vogel stiebt erschreckt davon.

Die letzten Kräfte werd ich zum Herstellen eines waffenähnlichen Instruments verwenden. Daraus versprech ich mir Überleben. Ich habe nicht die geringste Ahnung, wie ich oder wobei, gegen wen oder was ich diese Waffe benutzen könnte. L'arme pour l'arme. Die Steinzeit ist heute. Immerhin ein Zeitvertreib bis zum Herannahen der Panzer, die ich auf meiner Fährte weiß. Faustkeil gegen Panzer, ein Spiel.

Der Zufall verhilft mir überraschend schnell zu einem Stein, der, wie ein Faustkeil geformt, sich vorzüglich eignet als Lanzenspitze. Ich grab den Stein aus der Erde und versuch, ihn mit Gräsern & Schlingpflanzen an einem Stock zu befestigen. Als die zum Strick gedrehten Pflanzen trocknen, fällt der Stein zu Boden. Erst als ich einige Stoffstreifen aus den Resten meiner einstigen Uniform reiße, gelingt des Menschen Erstes Werk: die Waffe.

Der vor dem Tod aus Waffen geflohen, erschafft die Waffe gegen den Tod, das ist der älteste Witz. Mein Gelächter fährt nun durch den

Wald, anfangs ein Schrei, zum Schluß ein Kotzen. Und ich gebe dem
Wald zurück, was ich aus ihm gefressen: Holz & Dreck & Ekel. Der
Mensch, das Genie: geflohen aus einem Schrecken, der Summation
des Verstandes entsprungen & vom Verstand nicht mehr faßbar –
KRIEG – hin zu einer Fremdnis in grüner Verkleidung, gleichfalls
ein Schrecken; aus dem Chaos ins Chaos, aus der Isolation des Tötens in die Isolation des Nicht-leben-Könnens; der Mensch, das Genie mit leeren Händen, seiner Maschinen & Apparate beraubt, zweifach hilflos gegenüber sich selbst, gegenüber den Andern. Wie diese
Frau, von der du, Margarete, eines Abends erzähltest. –Sie hat *nichts*
ausgelassen, war Lehrerin *mit* den Kindern aus Vergnügen &·bloßem
Spaß, weils den Geruch *anderer* Menschen trug, verstehst du. Diese
Frau hatte zwei Kinder geboren von zwei verschiedenen Männern,
und das warn nur diese Beiden: All die anderen, die zu ihr kamen &
fast spurenlos wieder gingen – die Männer kamen zu ihr, wohl, weil
sie was vom Trieb zu laufen, vom selbständig Sichbewegen spürten,
das Vibrieren von Muskeln & Sehnen – solch ein Wesen kann Niemand gefangennehmen, solch ein Wesen will Niemand gefangen
nehmen. Und diese Frau tauchte aus lähmendem Schlaf mit hellwachen Sinnen und sagte laut in Dunkel & Verlassenheit ihrer Nacht
für sich selbst & für Niemand sonst WESHALB MACH ICH
NICHT SCHLUSS. Diese Frau oder der stumpfsinnigste Säufer,
mit naßgepißten Hosen übers Brückengeländer kriechend, auf Stahl-
schienen & Gleisschotter in den Farben seines Alptraums schlagend
& zerschellend: Leben auf einer Insel, sag ich dir, wo Gebirge Wälder
Schluchten, selbst Tiefland, weitläufig wie ein Meer, die Sicht ver-
sperren, wo aller Wege an ein & den selben Strand führen WES-
HALB MACH ICH NICHT SCHLUSS.
   Ich liege inmitten von dunkelgrünem Laub, langsam mich hebend
in den Liegestütz, schiebe die Beine unter den Körper und drücke
mich schwankend in die Höh DER AUFRECHTE GANG, für
einen Momentlang unentschieden, Rück-Phall zu den Pflanzen noch
möglich, jedoch in Händen schon die Waffe als Krückstock *Ecce
homo*.

* * *

Ich kann Das nicht mehr hörn. Wie lange hab ich mich nicht einge-
mischt. Was sich Mensch nennt, eine ausgeflippte Tierart, ihr Glück
die Zeit, ihr Leben ein Augenblick, ein dummer Zwischenfall, eine
Ausnahme ohne Ursache & Folge; die Erde, die sie trägt, eine Brücke
von Nichts zu Nichts; *selbst* das Ereignis & jenseits von Plan Wille
Vernunft; eine Zäsur voll Fruchtbarkeit. Aus *meiner* Erde ein selt*sa*-

mer Geschmack, Erinnerung an Trunkenheit. Ist das Verwesen oder Frühjahr? Ah könnt ich mich besaufen wie einst! Könnt ich Urlaub nehmen aus der Pflanze, vom Holz zurück ins Fleisch. Ein König träumt vom Bettler, ich werd sentimental. Mein Heute die tausendfache Verlassenheit eines Waldes, Großstadt des Erstarrens. Das werd ich nutzen für mein Spiel. Ich kann nicht gehen aus meinem Holz, ich will, daß Holz mit dem Fleisch sich paart. Das werd ich ihn, W. & Schauspieler meines Ichs, vorführen lassen.

* * *

Durch grünverschleierte Bäume, Gitterstäbe eines Raubtierkäfigs im Frühjahr zwischen Himmelsgrau & Erde, bemerk ich flackernden Feuerschein sowie den Brandgeruch nach einer Detonation. Flucht – ein Reflex, der, verselbständigt & ohne einen gehorchenden Körper, aufzuckt aus der Erinnerung an grelle Blitze & den Widerhall einer Explosion, letztlich versiegend in der schlaffen Geste einer Abwehrbewegung, ebenso stereotyper Automatismus wie die beharrliche Wiederkehr der Bilder.

Sie haben mich erreicht! Die Toten, die Noch-nicht-Toten, die Wiederauferstandnen aus Flüssen & Massengräbern. Wozu fliehen.

Und in dem Augenblick, bevor mein Kopf auf die Erde schlägt, sehe ich zwischen zersplitterten Baumstämmen, versengtem Gehölz & Rauch eine Bewegung. Aus dem flüchtigen Eindruck einer möglichen Sinnestäuschung entsteht im Verlauf mehrerer Augen-Blicke, vom Lidschlag in metrische Hell-Dunkel-Abschnitte unterteilt wie die Abfolge von Dia*p*ositiven auf einer Leinwand, die Gewißheit einer tatsächlichen Erscheinung: eine Bewegung – Schwarz – ein auf dem Erdboden kauerndes Wesen – Schwarz – ein Mensch inmitten von Zerstörtem – Schwarz – ein Mann – Schwarz – mit weitausholender Armbewegung winkend am Rand eines Ge*scho*ßkraters, als hieße er aus dieser brennenden Erdentiefe einem Vulcanos die Rückkehr. Dieses Bild bleibt erhalten, zitternd, aber deutlich & klar. Im Schutz der Farne gleite ich dorthin, Meter um Meter diesem Fremden entgegen; eine menschliche Schnecke im Wettlauf mit einem Bild, das, so glaub ich, entschwindet, sobald dem Vorführer dieser Diabilder zu diesem einen nichts weiter zu erklären einfällt. Vokabeln wie Freund & Feind, Hirn-Rülpsen infolge endloser saurer Lehrerspeisen, fallen wirkungslos durchs Gedankensieb angesichts dieser überraschend erschienenen & in unaufhörlichem Winken begriffnen Gestalt.

Der Fremde sitzt auf einem gestürzten, aus der Erde gerissenen

Stamm, aus seiner Brust ragt wie ein zusätzliches Körperteil ein Ast des Baumes. Die als Winken mißverstandnen Armbewegungen mögen die Versuche des Mannes sein, sich loszureißen von seinem hölzernen Spieß, der ihn an den Stamm nagelt wie ein rauchgeschwärztes Insekt in einem Schaukasten. Seine Bemühungen scheitern, weil ihm selbst mit ausgestreckten Armen ein Abstützen am Stamm nicht gelingt; der Ringkampf eines Mannes mit einem Baum im Fesselgriff des Holzes. Haut- & Stoffetzen umflattern diesen Leib wie Plakatreste eine Litfaßsäule, auskunftslos über Zugehörigkeit dieses Jemand zu Freund-oder-Feind-Bildern, Vokabular für Unteroffiziere & Sportlehrer, diese Rieffenstähler der Nation.

Ich stell fest, daß dieser Mann mein Herankriechen, sofern ihn derlei Äußerlichkeiten überhaupt noch berühren, nicht bemerkt haben kann, denn Kopf & Gesicht sind zum Gutteil unterm entsetzlich verbeulten Helm zusammengepreßt. Der Fremde, obwohl dazu in der Lage & bei Kräften, hatte sein Gesicht vom Helm nicht befreit, hatte Blindheit der Einsicht vorgezogen, andernfalls hätte er seinem Tod begegnen müssen.

HALT WER DA PAROLE!!!

Worte wie Schüsse. Meine Zunge am Gaumen verursacht ein Geräusch wie ein losreißendes Heftpflaster. Als ich, irgendeinen Subjekt-Prädikat-Objekt-Satz im Mund, eine dieser kurzen, schwachsinnigen Litaneien, die Man in den Stunden meines Hilfsrekrutendaseins mir einschliff, daherbete, kommt mir der Gedanke, was diese absurde Erscheinung wohl unternehmen würde oder würde unternehmen können im Fall, daß ich ihm gar nichts oder irgend etwas entgegne, was keine Antwort auf seine Kontrollfrage wäre. Diese Verspätung im Denken will mir mit einem Mal sehr beziehungsreich erscheinen, doch ist mir der Zusammenhang verloren gegangen.

* * *

Ich will ihn dir wiedergeben. Ich werde dein Gegenüber zu dir sprechen lassen. Wer redet, tötet nicht. Einer von vielen Irrglauben, habt ihr eure Wälder vergessen. Ich will diesen-da, der momentan Ich ist, aus der Tragödie in die Komödie versetzen. Die Räume für die noch ungespielten Tragödien sind klein, der Beiphall auch. Los, Schauspieler, laß deine Witze ab!

* * *

Mein Gegenüber unterbricht seine kreisenden Armbewegungen. Unterm Stahlhelm, der sein Gesicht verbirgt, ertönt ein kratzendes Geräusch, das mich an die Stimme aus einem Radiolautsprecher erinnert WISTE WOLL STILLE SINN WENN DA JÖBBELS SPRECHEN DUT das Geräusch heißt Lachen.

−Alles tot & vorbei. Schnarrt die Radiostimme. Der in den Helm gepreßte Kopf wackelt aufgeregt. −Der Krieg ist aus, falls dus noch nicht weißt. Verloren. Pech gehabt. Möglich, s war die letzte Bombe, die mich auf diesen Baum gespießt hat. So hab ich den Krieg überlebt, was will ich mehr. Und ist dieser zuende, kommt ein nächster. Frieden macht faul. Welch Vergeudung an Kraft, die Menge zum Tun zu bewegen. Das Volk will Spiele. Das endet letztlich beim Töten. Wozu also den Umweg. Frieden ist Fortsetzung der *Politik des Krieges mit anderen Mitteln. Denn eigentlich ist immer Krieg, Frieden die Ausnahme & Blendung auf Zeit, der Krieg die Regel. Der Wald hat noch viele Äste frei, Kamerad.

Seine Geste lädt zum Platznehmen ein.

−Und jeder Krieg ein Scheingefecht. Denn kein Krieg ist letztenendes zu gewinnen. Nicht einmal vom Tod, denn gevögelt & geborn wird noch auf der Schlachtbank. Jeder Tod ein Schein-Tod folglich, hast dus begriffen. Wie lang bist du dabei. Seit morgen? Du kommst zu spät oder zu früh, dieser Spiegelkrieg ist vorüber, der nächste noch in den Schreibtischen & Hoden der Minister. *Eigentlich ist immer Nichts. Und in diesem Nichts sind auch wir ein Nichts: bist du ein Nichts, bin ich ein Nichts. Kann man einen Niemand töten, das haben auch die Kyklopen nicht fertiggebracht, Tod Tränen Schmerz Leid & Trauer existieren nicht.

Unterm Helm sickert ein Streifen Blut & rinnt über den Hals des Mannes.

−Freund & Feind, Vokabeln, erfunden, das Nichts zu verschleiern, sind variabel; jede Seite im Krieg ist letztlich vertauschbar. Sie sind sich einig im Grunde. So einig, daß sie einander ähnlich sehn. Wie der Hund seinem Herrn. Wie der Pfaffe den Sünden. Das ist ein Spiel, verstehst du. Wer dabei draufgeht, ein Spielverderber. Aber darauf kommts nicht an. Wichtig ist, daß gespielt wird. Abseits steht nur der Mann im Mond. Unsre Spiele sind unendlich, und jedem Spiel sein Publikum. Das muß zahlen, das ist seine Rolle im Theater, die spielts ganz vortrefflich. Danach rafft s die Knochen & verläßt den Rummelplatz. Das Schicksal der Hilfslinien, die der göttliche Euklid brauchte, seine Sätze zu beweisen. Und sich selbst. Sag, sollte Euklid auf seine Sätze verzichten aus Mitleid um ein Bündel Striche. Ich bin eine gebildete Leiche, nicht wahr. Jede Leiche ein Holzspan auf dem Spieltisch, nachher wird das fortgefegt. Das Spiel ist aus & Platz da für ein neues Spiel. Das ist alles, man soll sich nicht so einmalig fühlen. QUOD ERRAT DEMONSTRANDUM. Im übrigen ist der Wald vermint. Das war unsre letzte Aufgabe in diesem Krieg, die meine Kameraden & ich mit aller ihr gebührenden Sorgfalt erledigt haben. Sis schön, ein Deutscher zu sein.

Er schnalzt mit der Zunge.

–Jeder Schritt in diesem Grün eine Sprosse auf der Himmelsleiter. Wo meine Kameraden sind, was weiß ich. Verwundet. Gefangen. Verstümmelt. Tot. Irgendwo in diesem Scheißwald. Was gehts mich an. Kamerad*schaft* ist eine bequeme Geliebte, sie verschwindet freiwillig irgendwann. Was bleibt, ist die Vielzahl, und die ist einander feind. Was bin ich froh zu wissen, an welchem Ort auf welche Art ich draufgehn werd. Ich bin auserwählt, nicht jedem Sterblichen wird solch Wissen zuteil. Wie ists dir, Hans-im-Krieg, gelungen, soweit voranzukommen.

DER WALD IST VERMINT. Der Wald ein grüner Sarg. Eine Decke aus dünnem Eis, am Ufer die Gaffer. Sie haben mich eingeholt, überholt, umzingelt. Auch ohne Panzer. Lachhaft: Panzer wegen eines einzigen desertierten Rekruten! Auch Verfolgen hat seine Ökonomie. Und auf den Rängen & im Parkett beglotzt man meinen Kürlauf & ist gewärtig der Sensation meines Ersaufens. Ich: der Bodensee-Latscher im überfüllten Zirkus. Die Narren haben den Narren gesucht, sie haben mich gefunden. Die Stille des Waldes ist die Stille des Friedhofs. *Es gibt keine Flucht. Und keinen Frieden ohne Tod.* DER WALD IST VERMINT.

–Schade, daß ich dein Gesicht nicht sehen kann, sofern du noch eins hast, Kamerad. Schnarrt die Stimme. –Aber laß die Finger von meinem Helm! Ich will weder dich, noch mich, noch sonst irgendwas sehn. Ich bin blind wie Ödipus, seither denke ich. Denken ist der Tyrann, der den Tyrannen tyrannisiert, öffnet der ihm erst einmal das Hirn. Ich hab mich seit langem daran gewöhnt, ohne Gesicht zu leben. Doch sag mir, wie spät ist es. Nacht oder Tag. Man verliert das Gefühl für die Zeit, wenn man ans Holz genagelt ist wie der Heiland ans Kreuz.

Ich sag ihm, daß der Abend begonnen hat. Einen Moment lang schweigt der *Unbekannte Soldat.* Dann fährt er leise fort, und *Stolz* schwingt in seiner. Stimme. –Dann hab ich meinen *Posten* zwölf

Stunden lang gehalten. Ich habe während dieser Zeit drei *Feinde* getötet durch meinen Anblick. Viel Feind, viel Ehr. Jeder auf seinem Platz & jeder nach seinen Kräften. Wies der *Führer* befahl. Sie kamen, ich hab sie gehört, um nach Überlebenden zu suchen & nach Beute. Ich bin Überlebender & Beute in einem. Manchmal ist der Anblick von Leben schwerer zu ertragen als der Anblick des Todes. Ich hab gehört, wie sie aufschrien, grad da, wo du jetzt bist. Dann sind sie runtergestürzt in den eigenen Bombenkrater. Sie müssen verbrannt sein dort unten. Ich habs gerochen, so riecht nur ein *Feind*. Sie wern vor mir in der Hölle sein, der letzte verbliebene Ausgang von der Erde. Der Himmel hat den Krieg verlorn. Die Granaten haben ihn leckgeschlagen, die Flugzeuge umgepflügt und die Feuer aus den Städten verbrannt. Sieh auf Deutschland und du bist im Himmel. Nebenbei, hast du ein EK 1 zur Hand. Ich habs, denk ich, verdient. Schade, das wär ein glänzender Schmuck für mein Grab, Kamerad. Wir Leichen sind die besten Helden. Du mußt jung sein, ich hörs an deiner Stimme. Wie alt ich bin, hab ich vergessen. Man verliert am Kreuz das Gefühl für die Zeit, das sagte ich schon. Du wirst Hunger haben. Der Hunger ist die treueste Braut des Menschen. Ich kann dich leider nicht bewirten, außer meinem Leib hab ich nichts anzubieten. Und mich jetzt zerschneiden wär unvorsichtig, ich bin imstand und spring dir aus der Kehle. Du mußt dich ein Weilchen noch gedulden, Kumpel. Und laß dir nicht einfallen, mir was zu essen zu geben, Mitleid & Kamerad*schaft* sind Vergeudung, ich hab ein Loch mehr als andre Menschen.

Aus der Wunde noch einmal ein dünnes Rinnsal Blut.

–Du wirst bei mir bleiben, bis ich tot bin, das weiß ich. Denk an den letzten Willen eines Sterbenden. Wozu hat man dich Religion gelehrt. Außerdem hast du Hunger, die beste Pietät. Bis *dahin* ist noch viel Zeit. Die Zeit wird lang & kühl. Du hattest recht, der Abend zieht auf. Hol ein bißchen von dem brennenden Holz. Ich hör die Feuer ringsum fressen. Ich muß fortwährend ans Fressen denken, obwohl mein Magen schon nicht mehr zu mir gehört. Du mußt nämlich wissen, ein Ast, denk dirs, ein Ast ist zwischen uns getreten & hat uns geschieden auf immer schon vor dem Tod. Ich muß auch an die Weiber denken. Und diesem Werkzeug ergehts wie meinem Magen. Der Ast hat den Ast abgesägt, ein Baum fällt den andern. Ich hab Hunger nach Wärme. Mit der Kälte kommt der Schmerz. Ich möcht in einen andern Leib einfahren. Ich bin nicht wählerisch, nicht mehr. Mir ist jeder Körper recht. Man sagt, kurz vor dem Tod gibts die Erleuchtung, Religiöse sprechen von Gott. Ich bin nich *religjös,* habs vergessen. Mein *Gott* war der *Führer*, und der ist tot. Jetzt gibts nur noch mich. Vielleicht ist das die Erleuchtung, die man dem Sterbenden prophezeit. Damit ließe sich leben. Ich wollts auch, würd mich dieser Baum nicht ununterbrochen vögeln. Die höchste Tugend unsrer Nation ist die Treue. Daher bin ich diesem Baum treu & bleibe. Und spreche also von mir. Ich hab eine Geschichte für dich. Du bist mein Gast & sollst dich nicht langweilen in meiner Gesellschaft. Ich werd dir die Geschichte bis zu meinem Ende erzählen, das versprech ich.

DIE GESCHICHTE DES MANNES AM BAUM.

Es war der Tag, als ein Weltkrieg in meine Hände geriet, buchstäblich in letzter Minute. Zeitungen & Rundfunk hatten sich, ihrer Aufgabe entsprechend, in das Stadium des unmittelbar bevorstehenden, patriotischen Orgasmus hineingesteigert. Kirchdienerhände griffen bereits zum Glockenseil, um den in aller Munde *historisch* genannten Augenblick mit gebührendem, heiligem Krawall zu übergießen. Die *Politiker*, die zufällig nicht regieren durften, begleiteten diese Stunde mit wohlmeinenden Worten, weil Niedergehaltene stets ein außerordentlich feines Gefühl für den Stärkeren besitzen & diesem mit den ausgesuchtesten Segenswünschen huldigen, sich damit die Erlaubnis erschachernd, das eigene Süppchen jelängerjelieber im Halbwegs-Frieden weiterkochen zu dürfen. Aber außer einigen charaktervollen Säufern, Literaten & bibliophilen Prostituierten hörte ihnen ohnehin kaum jemand zu.

Der Tag, von dem ich spreche, war ein warmer Sonnentag. Hoch ragte des Sommers Gebäude ins Blau. Bisweilen zogen helle Wolkenherden vorüber. Soeben war die Sonne über dem weiten Land herangereift zu vollem Mittagsglanz. Aus Türen & Toren (woraus sonst) strömten Frauen & Männer auf die Straßen; stattliche Väter trugen Fahnen, die frostig klirrten im Sommerwind. Dieser Tag war Der Tag zur großen Militärparade.

Meine Eltern hatten für mich den feierlichsten Anzug aus dem Schrank genommen; ein Kleidungsstück, das sie eigens für diesen Tag hatten anfertigen lassen und das mich wie eine Rüstung zusammenpreßte. Ich war erwählt, anläßlich der Ansprache des Präsidenten, unseres Führers & Vaters der Nation, vor Ausbruch des Großen Krieges, der, wie könnte es anders sein, ein Verteidigungskrieg wäre, in unmittelbarer Nähe der Präsidententribüne zu warten, sofort nach dem Ausruf des Großen Mannes *Seht her, das verteidigen wir!* an der Spitze einer blumentragenden Kinderschar auf die Tribüne zu stürmen, um schließlich unserem Obersten Landesherrn spontan & aus dem gesunden Empfinden eines Kindes zu Füßen zu sinken, lauthals rufend *Vater unser, nimm uns Kinder in DEinen Schutz!*, worauf mich Unser Vater auf SEinen Arm heben, die gestrengen Lippen schürzen und einen Kuß in mein von Freudentränen überströmendes Gesicht drücken würde.

Man hatte diesen *spontanen* kindlichen Willens*akt* an unzähligen Nachmittagen nach dem Schulunterricht im Klassenzimmer mit mir geprobt, wobei die Rolle des Landesvaters meine Lehrerin übernahm, ein Fräulein von dürrer Gestalt, deren Liebhaber einzig eine stattliche Anzahl von Jahren gewesen sein mochten, bei deren Umarmung ihre Haut faltig & das Haar brüchig & stumpf geworden war.

Ein um das andere Mal rief sie den magischen Satz *Seht her, das verteidigen wir!* mit hallender Stimme in den leeren Klassenraum, worauf ich aufspringen mußte und sie mich an ihre kleinen, harten Brüste drückte, die ich *unter* dem *uns*cheinbaren Grau ihres Kostüms, das mich an den Chitinpanzer eines Käfers erinnerte, zu spüren bekam. Mir wollte scheinen, als überh*aste* sie die vorbereitenden Abschnitte der Zeremonie zug*uns*ten dieses letzten, dem sie ein ausgiebiges Maß an Sorgfalt widmete.

Das änderte sich erst, als sie bei einer dieser Exerz*iti*en unvermittelt auf einen von mir verursachten, harten Widerstand stieß. Daraufhin schnellte das Fräulein Lehrerin von mir mit dem empörten Ausruf *Du ungezogner Bengel du Pfui!* Und die Röte alter Ziegelmauern überlief ihr Gesicht, als sie drohte, sie werde darüber nachdenken müssen, ob ich würdig sei, die ehrenvolle Aufgabe zu übernehmen, vom Präsidenten, unserem allseits geliebten Vater, empfangen zu werden. Den verbleibenden Übungen jenes heiklen Teils der Zeremonie ermangelte es fortan der Inbrunst, doch ließ die hektische Manier in der Abfolge auf eine gehörige Erschütterung schließen, in die ich das Fräulein Lehrerin unabsichtlich versetzt haben mochte. Bisweilen, sie nannte es Bewährungsproben, übertrieb sie dagegen das Studium ein wenig, indem sie mir jenen letzten Akt mit der Energie & *Ausdau*er eines Leistungss*port*lers abverlangte, *und* von *U*mklammer*u*ng z*u U*mklammerung nahm ich den Ger*u*ch von ranziger *Butt*er wahr, der dem Schornstein ihres Kostüms aus den Tiefen ergründeter Öfen zu entströmen schien. Auf dem Heimweg grübelte ich stets darüber nach, wieviele Menschen wohl solch *Aroma* von *Abgest*and*enem an* sich trügen & warum, jedoch bis zur Stunde hat mir darauf noch niemand eine schlüssige Antwort gegeben.

Feierlicher Tag & Stunde waren heran.

· Alles lief ab in der unzählige Male einstudierten, bereits zu Routine gewordenen Mechanik, und ich war ein wenig enttäuscht, denn nach dem heiligen Ernst meiner Lehrerin zu urteilen, hatte ich mir dieses Ereignis wesentlich spannender vorgestellt.

Ich war jedoch aufmerksam und verfolgte die Rede des Landesvaters, die voll beladen war mit patriotischen Imperativen. Auch ermangelte es nicht an zündenden Metaphern & Paraphrasen, die jedermannes Willen & Zuversicht auf den Großen-Sieg *erhärten* mußten, da sie zumeist dem Metier des *Sports* sowie der Metallverarbeitung, insbesondere der Schweißtechnik, entstammten und durch den blumigen Sprachschatz des Stammtisches einem jeden Hörer eingängig & verständlich waren. Zudem vertraute der von allen verehrte Rhetor in seiner Ansprache auf die Schlagkraft von Formeln, die sich durch Zeitungen & Kommentare in ihrer Wirkung bereits als vielfach bewährt erwiesen hatten. So befremdete seine vor dem Ausbruch des Großen Verteidigungskrieges gehaltene letzte Rede weder durch unverhoffte Argumente noch durch Neuartigkeit, was einem jeden Zuhörer das tiefbewegende Gefühl von Wiedererkennen, Rückkehr, ewig Gültigem & Heimat verlieh. Kaum jemand, dem nicht Tränen den Blick entstellten.

Und dann war es soweit: Mit hoch em*po*rgehobenen Armen & emphatischer Stimme wurde die Zauberformel ausgerufen, und ich, gemäß der einstudierten Motorik, sprang s*po*ntan auf und eilte zur Rednertribüne, erklomm ohne zu stolpern die Vielzahl der Stufen, gefolgt von einer Kinderhorde, die dicken Arme sämtlich gen Landesvater & Himmel erhebend. Klar & deutlich sprach ich meinen Satz und sank darauf dem würdigsten aller Männer zu Füßen.

Nun bin ich von kleinauf ein Mensch, dem Ordnung & Regelmäßigkeit alles bedeuten. Daher sind mir unvorhergesehene Situationen, die nach raschem Handeln & Improvisieren verlangen, ein Greuel. Und ein Greuel war die mit gezackten Orden benietete Brust des Präsidenten; ein Detail, das in die nachmittäglichen Proben mit dem Fräulein Lehrerin einzubeziehen man leichtsinnigerweise unterlassen hatte.

An einer dieser buntbemalten, blechernen Spitzen verfing sich mein neuer, teurer Anzug und, vom starken Arm Unseres geliebten Vaters gehoben, riß dieser sich in skopzischer Weise die Brust entzwei, wobei ich, das Kind, Segen & Zukunft eines jeden Landes, ihm sozusagen als Katalysator diente.

Die *Pan*ik war eine vollkommene. Dem Präsidenten entfuhr eine K*a*sk*a*de von Furzen, die, durch Mikrophone aufgefangen, über dem

weiten Platz erschallte. Die Arme des Mannes gerieten in unkontrol-
lierte Bewegung. Ebenso erging es seiner Stimme und den Ereignissen, die den Umstand dieser Katastrophe begleiteten. Um das Maß
des Entsetzens zu füllen, öffnete sich der Leib des Beschützers-unse-
res-Volkes, die Schädeldecke sprang wie ein Uhrdeckel hoch und beiden entsetzlichen Wunden entquollen Zahnräder, Gestänge, ras-
selnde Federn, zischender Dampf & Strahlen heißen Öls. Aus seinem
Mund sprudelten zusammenhanglos Wörter & Sätze. Der Aufschrei
Tausender hallte wider unter dem blauen *Kuppel*dach des Sommer-
himmels.– Im Verlauf der nächsten Minuten lieferten die sich selbst
zerstörende Führermaschine & die außer Kontrolle geratenen Ereignisse ein *apo*kalyptisches Duell.

–Gelobt sei der Herr, der Hund! schrie die Maschine, worauf die
Balken der Ehrentribüne barsten & niederstürzten. –Die Hoffnung
der Nation sitzt in den Affenbrotbäumen! : hochschwangere Fraun
*app*ortierten im Gewühl der Menge auf zertrampelten Fahnen.
–Kein Wunder: Persil heißt die Sau von Jericho! : Häusermauern
wankten & stürzten auf die Patrioten herab. –Ein Volk Ein Reich Ein
Bier! Gebt acht, der Kellner des Alls! : K*anal*isationen schwemmten
ihren Inhalt übers Pflaster. –Haltet aus im Sturmgebraus: Eene
meene mopel ein Volk frißt Popel! : aus Abfallgruben auferstanden
unter zähem Schmatzen & im Gestank von Blut & Jauche Sigfrid
und die Nibelungen, Tetzel mit klingendem Ablaßkasten, Bismarck
& Hitler & Friedrich der Große, das abgeschnittene Genital seines
Vaters triumphierend in der Hand. –Ich höre dich nicht mehr, gelie-
beter Richard. Nebliger Nonne nackte Nuß endlos aus Nächtigem
quillt, Himmel & Nacht überschwillt. Hat dirs die Walküren verschlagen? : Kirchenglocken lösten sich aus dem Gebälk & fuhren mit
erzenem Getöse hinab in tausendjährigen Abgrund.

Die Menschen lagen wie vom Blitz zersplitterte Eichen wahllos
verstreut auf dem Platz. Als das Toben der entfesselten Elemente sich
legte, der zerstörten Führermaschine nurmehr Rauchwölkchen ent-
stiegen, hoben sich aller Blicke zur Rednertribüne, darauf ich, der ich
mich während des Niederganges & Chaos an einem Mikrophon angeklammert hielt, der einzige Mensch weit & breit, der sich einer aufrechten Haltung erfreute.

–Rette uns! schrie es von überall her. –Du bist unser Führer! Blind
waren wir all die Jahre, die uns dem Falschen, dem Verrückten, dem
Ver-Führer folgen ließen. Sei du unser Erlöser!

So kam ich, den Kniehosen noch nicht entwachsen, zu der zweifel-
haften Ehre, Führer einer braven Nation zu sein. Unschlüssig hielt

ich noch immer den Schneckenfühler des Mikrophons in Händen &
lutschte vor Verlegenheit am Daumen. Ich sah in die Runde, ge-
wahrte die röchelnden Überreste des einst geliebten Landesvaters,
sah meine Eltern unten im Gewühl der Menge; meine Mutter, ein
Spitzentaschentuch ans nässende Auge gedrückt, meinen Vater mit
einem vor Stolz wie in diesem Ausmaß bislang nur von Bier geblähten
Leib. *Ich bin der Erlöser. So leicht ist das.*– Da zog ich es vor, zu gehen.

Am versprochenen Ende angelangt, verstummt der Mann-am-
Baum plötzlich und schlägt in wild kreisender Bewegung die Arme.
Der Ast, der durch den Leib des Mannes geht, ächzt, und schon
meine ich, dies müsse ihm tatsächlich die Freiheit wiederbringen, da
hält er ein & hebt seine Hände an die Stelle, wo unter dem Helm sich
der Mund verbirgt. (Einem schwer enträtselbaren Grund zufolge ist
man angewiesen, den letzten Worten eines Sterbenden ein hohes
Maß an Weisheit beizumessen). Die letzten Worte, die ich von ihm
zu hören bekomm, schreit er unter dem Helm hinaus, und seine
Stimme schlägt sich als Echo wund an den Bäumen des in Dunkelheit versinkenden Waldes.
   –Meine Geschichte ist die Geschichte eines Sportlers. Sport reimt
sich auf Mord, das war später. Wie lange hat der Himmlische Erlöser
sein Holz ertragen. Sechs Stunden. Ich hab ihn übertroffen. Der
Göttliche brüllte nach seinem Vater. Ich nach meinem Unterleib.
Warum hast du mich verlassen. Und ich hab dennoch gewonnen.
Hab einst den Erlöser gegen den Soldaten getauscht und habe ihn
heut zurückgewonnen. So bin ich der eine im andern: Der geborene
Retter & Spieler. Aus dem Spiel bist du geboren, zum Spiel wirst du
werden. Gäbs eine Olympiade der Gekreuzigten, ich würde ihr Sieger sein. Du wirst weiterleben nach mir. Du hast Hunger, ich hörs.
Wo Hunger ist, da ist Leben. Du wirst bald genug zu essen haben.
Eßt, denn es ist mein Leib. Trinkt, denn es ist mein Blut. Das ist gott-
gefälliger Kannibalismus. Wirst dus ihnen sagen, daß ich es war, der
zwölf Stunden ausgehalten hat? Zwölf Stunden, merk dirs, 12! Sag
ihnen, ein Baum hat mich zu Tode gefickt, darunter mach ichs nämlich nicht. Ich wars zufrieden. Jedem das Seine. Auf Wiedersehen in
deinen Eingeweiden!
   Seine Arme schlagen noch einmal wie Mühlenflügel, dann fallen
sie jählings herab, das helmverdeckte Gesicht schlägt hart auf die
Brust. Der Wunde entfließt ein letztes Blut und wird langsam aufgesogen von den Adern des Holzes. Aus dem Bombenkrater stiebt glühende Asche herauf und bedeckt als feuriger Regen den Toten.

Als ich auf ihn zukriech, stoß ich an ein leeres Eßgeschirr. Klirrend
springt das die Kraterwand hinab. Dieses blecherne Geräusch ist der
Gesang des Hungers.

Ich habe gelernt, den Wünschen eines Sterbenden zu folgen. Seine
Worte sind mir Befehl, wozu hab ich Soldat gelernt. Befehl heißt
Frei-Spruch vom Verbrechen, der neue Ablaß. Verbrecher bleiben
der Hunger, der Magen, die von schmerzendem Nichts erfüllten
Eingeweide; Arme, Finger, Muskeln, Sehnen: Werkzeuge wie das
Messer am Koppel des Toten, ein metallenes Ausrufzeichen. Obwohl es nicht leicht sein würde, einen toten Soldaten zu zerteilen,
denn weder Schule, Elternhaus noch Kommiß haben mir jemals
zwischen den Zaunpfählen ihrer jämmerlichen Ethik Liebe-deinen-
Nächsten & Hasse-unsern-Feind zu derlei Überlebensversuch den
geringsten Hinweis gegeben.

*

Aus der Unterwelt strömten zusammen
                die Seelen der Toten.
Bräute und Jünglinge kamen, auch Greise,
                von Mühsal gebeugte,
blühende Mädchen, die eben erst bitterer
                Kummer getroffen,
zahlreiche Männer dazu, von ehernen Lanzen
                verwundet,
Opfer des Ares, deren Rüstung vom Blute
                noch triefte.
Dicht um die Grube drängten sie sich
                von sämtlichen Seiten,
viele mit schrecklichem Schreien

                (Homer, Odyssee, aus dem 11. Gesang)

Bin ich ein Mörder.
Flackernder Lichtschein von Glut aus der Grube, von den Flammen
auch, die sich festsaugen an dunklen, laublosen Bäumen, zitternde
Insekten mit kaltroten Flügeln oder in ununterbrochenem Gebet
zuckende Lippen; daneben die Bäume Schatten, dunkle Obeliske,
Stelen vor namenlosen Gräbern.
Bin ich ein Mörder.
Schatten, flüchtige, vom Feuerschein erfaßt, nehmen Gestalten an
im durstigen Hoffen auf den Geschmack von Blut.

Da tritt aus dem Wald zunächst Kieper, mit Faustschlägen eine Meute von Hunden abwehrend, die gierig um sein Gedärm streunen, danach schnappen & trotz der Hiebe etwas davon erwischen; da erscheint eine Frau mit kalten Brüsten & bleiweißer Haut, sie speit einen Mundvoll Erde auf eine Serviette (das würde sie sich bewahren & wiederverwenden, sobald das Gastmahl vorüber); da eine andere Frau, deren Haar & Körper von Flammen erfaßt, in dem aufgerissenen Mund glühen Schrei & Tod; da Männer Jünglinge Greise, umhüllt von Soldatenmief, jeder die gleiche Wunde am Kopf, orangefarben wie die Farbe des erlösenden Motorboots, und einige dieser Männer tragen Gegenstände in Händen oder sind vielmehr mit den Fingern daran festgewachsen: Glasbehälter, drin längsgespaltene, menschliche Schädel in Alkohol konserviert, mit Katalognummer & -zahlen versehn (Jeder Henker ein Buchhalter: Ordnung & Sauberkeit sind erste Würgerpflicht), mitunter das Prädikat BESONDERS WERTVOLL VIVISEKTIONSPRODUKT.

Wunderwelt der Sprache: beamtisch mit Blumenkästen vorm Explosivlaut. Freude des Kenners an exakter Arbeit: Der glatte Schnitt von–oben–her. Da ist nichts zersprungen oder gesplittert; gut gehärteter Stahl, Schnittgeschwindigkeit 3 Zentimeter pro Minute = 8 Minuten Hölle oder mehr. Manch einer konnte nicht sterben, und als das Sägeblatt in die Stimmbänder schnitt, kamen aus einem Mund zwei Schreie, wer war Dante. Und Gemälde sanfter Frauengesichter, sanfter Jünglings- & Muttergesichter, von Pflanzenornamenten umrankt, Berliner & Wiener Sezession auf Menschenhaut für die Prozession der Handwerks-Bewunderer auf der I. Deutschen Kunstmesse in der Nähe von Weimar, dem neuesten Golgatha.

Zum Schluß ein Mann an einen Baum gespießt, zum eigenen Verzehr pünktlich erschienen und, Soldat Heiland, noch einmal sterbend am Holz.

Ich bin nicht euer Mörder.

Was suchst du, Kieper, an einem Festtag hier bei mir. Was sucht ihr Gespenster an meinem Tisch in dieser rotschwarzen Nacht. Wer hat euch eingeladen. Der Geruch des Fleisches, leidet man im Hades Hunger. Reicht euch die Ration auf Lebensmittelkarte nicht. Was müßt ihr plündern, ihr Söldner Sieger Dienstmänner Wächter Verwalter Pfaffen Töter Blinden Tauben Helden Verlierer mit den Visagen der Richter. Wollt ihr den Stab brechen über mich, weil ich fresse von meiner Art, um nicht gefressen zu werden vom Hunger in meinem Gedärm. Bin ich ein Mörder, weil ich durch eure Schulen ging. Weil ich nicht getötet hab, was mich anflehte um den Tod. AUS

ACHTUNG VOR DEM LEBEN. Weil ich dem nicht sein Leben bewahrte, was mit dem Leben rang. AUS ACHTUNG VOR DEM TOD. Liebe deinen Nächsten wie dich selbst. Ich bin mir selbst der Nächste und fresse, was vor meinen Augen krepiert, wieviel Tote frißt ein Krieg. Eure Schulen & mein Magen. In jedem steckt ein Dissident, Hunger macht den Judas. Bin ich der Mörder in eurem Spiel. Sehr, ihr Gespenster, euch dieses Schlachtfeld an: ein Tisch aus Holz, weiß betucht, darauf ein Heiland, ein Märtyrer, ein Held, ein Mensch, ein Leib, eine Speise, zerteilbar & mundgerecht für Seinesgleichen, für den hat er im Wald den Tod gesät & wird von ihm gefressen dafür. Leichnam füttert Leichnam, das ist der Witz vom Henkersmahl. Des Menschen Taten überdauern sein Fleisch. Jeder Schritt im Innern dieses grünen Kerkers ein Schritt zum lieben-Gott. Und es ist überall Wald, seit dem Krieg die Menschen ausgingen. Ein Ende für Alle, wer kennt das Draußen. Die Nacht ist kalt, Sterne frieren eisiges Licht. Welch Schatten kennt den Weg durch dieses Labyrinth, was an Auskunft bleibt zu erfragen von Silhouetten. Tote denunzieren sich selbst. Daher alles nicht Begegnete, nicht Schattenhafte, lebendig heißt. Ich bin nicht unter den Begegneten. Folglich lebe ich. Und freß. Der Rest den Schatten: der Satz, die Gedanken, das Wort, das im Augenblick des Auslöschens ein Hirn gebiert, um das alles Denken in allen seinen Formen kreist: Mit welcher Stimme sprechen die Toten das Wort Hunger.

Sie schweigen. Und trollen sich in den blutschwarzen Leib dieser Nacht. Ich bleib zurück vor meinem Fressen, vor einem Stahlhelm, drin ein fremdes Gesicht. Freß ich mich in seinen Schädel, wird er meine Maske, das Zweite Gesicht im Stahlpanzer, die menschliche Auster. Schlürfen beim exquisiten Fraß; wie Das schmatzt mit gespitzten Mündern, die Hiltonophagen, bekleckern Finger, Stoff & Haut, und brechen mit silbernem Werkzeug den Kalkpanzer auf, *krax*, ein Rückgrat, *krax*, ein Skelett, *krax*, ein Acker horizontweit mit Leibern bedeckt in einer scheinwerferhellen Nacht, Panzerketten fahren drüber auf dem Weg in ihren Tod, und Panzerfahrer schrein & hören dennoch das Zerkrachen von Körpern, das lauter ist als der Motorenlärm & lauter als der Schrei, stellvertretend für die Toten, die ein zweites Mal getötet werden; wie Das Zitronensaft quetscht auf den teuer bezahlten Gallert, und wieder Schlürfen, und schuppiges Rasseln, wenn leere Hüllen über Haufen leerer Hüllen gleiten; Räumfahrzeuge kehren zusammengeworfene Skelette in die Massengräber der Konzentrationslager, (Wieviele EINHEITEN pro Tag), Ausgeplünderte, ihres Fleisches beraubte & nur in die eigenen

Häute genähte Leichname auf hölzernen Rutschbahnen, eckige Kopfstände & Purzelbäume vollführend, in Erdgräber stürzend, Marionetten ihres eigenen Todes, und nicht genug der Entwürdigung, der Sieger besiegt die Opfer der Besiegten, und nirgendwo ein Kellner, der die Reste dieser Mahlzeit forträumt in diskreter, angeekelter Manier vor dem bereits verdauenden Subjekt. DER TRAUM VOM FRESSEN. Mann & Frau liegen mit Broten bekleidet, überschüttet von braunen geflochtenen Laiben, im Duft warmen Teiges. Sobald sich ihre Körper bewegen, schiebt sich Brotlaib über Brotlaib, ein mehliges Knistern, eine lebendige Wabe, Vervielfachen der Körper. Der Mann bin ich. Mein Kopf fährt mit entblößtem Gebiß wie ein Raubvogel auf die Brote nieder über dem Leib einer Frau. Die Frau bist du. Margarete. Mein Schädel bohrt sich in deine Panzerung & reißt mit den Zähnen Brocken heraus. Du hackst mit gespitztem Schädel auf meinen Brot-Leib, beider Körper eine Landschaft aus Kratern. Die Wunden, die wir einander zufügen mit Händen & Gebiß, schimmern weiß & blenden die Augen. Das Stakkato unseres Fressens bleibt. Das ändert sich um nichts, als der weiße Brotteig rot eindunkelt, die Brotlaibe ein weinfarbner Schwamm, im Mund den Geschmack von Teig & warmem Blut. Wir lassen nicht voneinander, kein Ende bis zum Ende. Ich habe Hunde gesehn, die in hungerstarrer Schneemondnacht einander schlachteten, weil nichts anderes zu schlachten geblieben war. Hunger ist ewig: Trieb der Leiber, einzudringen ins Andere, Fremde, ewig Er-Hungerte. LASS UNS NICHT SEIN OHNE UNS.

* * *

Was verstehst du davon. In dich ist niemand verliebt, weil du niemanden liebst. »DER SCHLAF DER LIEBE GEBIERT UNGEHEUER« – Du kennst nur Verdauung, deine Einbahnstraße. Nun tu dir den Gefallen und friß, bevor die Langeweile mein Spiel verdirbt.

* * *

Hätt der tote Söldner sich gewehrt. Und wärs die schlaffe Geste eines Kampfes nur, dieser stille, schauderhafte Leichnam am Holz im roten Schatten aus einem Bombenkrater. Nein & Nein. Lieber den Hungertod! Lieber den eigenen Untergang, aber als *Mensch*!

Fieber, die eiskalten Flammen, lassen mich zittern; Hühnerhaut, aus jeder *Po*re Schweiß. Ich setz die Klinge des Messers an. Wage nicht den tiefen Schnitt; eine oberflächliche Wunde nur, wie mit dünner Schreibfeder & roter Tinte in diese Haut geschrieben. Der Leib jedoch klafft auf, aus meinem Schnitt ein geöffnetes Fleisch. Mein Schrei erstickt im Brechreiz. Hinter wässerigem Schleier vor den Augen das Geschehen: ein verheulter Schlächter, sein Messer umklammernd, als wolle er den Namen des Kannibalen in die Haut seines Opfers schneiden

NIEMAND LAVTET MEIN NAME ALS NIEMAND BEZEICHNEN MICH MEINE ELTERN

das Messer ein Werkzeug zum Überleben; Schlachthof & Abdeckereigestank, Ekel Scham Trauer Mitleid Angst Verzweiflung der Preis. HUNGER zahlt die Summe und läßt sich herausgeben in kleiner Münze Ekel Scham Trauer Mitleid Angst Verzweiflung: Als ich bei fortschreitendem Zerstören meine Zähne in dieses Fleisch grabe, da hab ich Das überwunden, da hab ich Es erreicht: Nochnicht-sterben … Nicht ich … fressen … fressen und nichts als Leben. Jetzt gehöre ich in diesen Wald, eine Rückkehr unmöglich, mein Stigma der Tote in meinem Leib. So werde ich bleiben auf dieser Insel ohne Götter, ohne Kathedralen, ohne Hauptquartiere, ohne Schulen, ohne fremden Krieg, einzig der meine ist geblieben. Insel aus einem Fetzen Stoff, darauf die Flecke der Mahlzeit wie Blut, nein nicht wie Blut, das ist Blut! Ich weiß nichts von diesem anderen Draußen mit seinen Schlingen, Phallgruben, Tretminen, Fliegerbomben, vergifteten Brunnen & vergifteten Wörtern, weiß nicht, wie man Ruinen vergessen macht, weiß nicht, wie man Geruch von Gas aus den Lungen & aus dem Land wäscht, und den Erdegeschmack aus dem Mund einer Toten, weiß nicht, wie einen Glauben aufpfropfen auf verreckte Bäume, weiß nicht woran glauben & wozu, denn ich habe die in Demut von der Demut Erschlagenen gesehn, ihre gefalteten Hände & gebeugten Knie, Wie beerdigt man einen Betenden, weiß nicht, wieviele Ellbogen nötig sind, einen Weg aus dem Dschungel zu schlagen, ich weiß nicht, was am Ende dieses Weges zu erwarten steht, ein Dschungel vielleicht, durch den einen Weg zu bahnen als äußerst verlockend erscheint, undsoweiter, ich weiß nichts vom Undsoweiter, schönstes, kürzestes, umfassendstes, erschreckendes Wort: da ist so viel Dämmerung in diesem Wort, soviel von einem Kreis, einem Labyrinth ohne Minotauros; ich weiß nichts von den Freuden des Besitzes, nichts vom warmen Schauder *recht* zu haben, nichts von der Wollust der *Macht*; ich liebe diese Knochen auf einem Fetzen Stoff, ich liebe diese Jagd (Wo man frißt, da laß dich ruhig nieder), ich liebe diesen Wald & seine Sprache aus fünf Lauten A E I O U. Ich liebe den Schlachthof Erinnerung, Zerstückelungsfabrik mit dem Gestank von Aas & Zeit, und Leben mit seinen

automatischen Opfern, selbst deren Blut, deren Fleisch, deren Gebrüll erdacht & erstellt wirken angesichts dieser Vielzahl & Perfek-
tion. Ich bin darin die Schar, die Opfer, und ich bin mein eigener
Schlächter. Es begann mit einem Sprung von meinem Schinderkarren

NIEMAND IHR FREVNDE TÖTET MICH LISTIG

ich bin ein Mörder, der einzige Mörder in diesem verspielten, zerstö-
rerischen, gerechten Dschungel.

*

Hinter sich hatte das Schiff des Okeanos
Strömung gelassen,
hatte die Wogen des weiten Meeres erreicht
und die Insel
Kirkes, wo Eos, die frühgeborene, Häuser,
auch Plätze
fröhlichen Tanzes besitzt und Helios Stätten
des Aufgangs.

(Homer, Odyssee, aus dem 12. Gesang)

Und der Wald hat sich mit einem Mal aufgetan, Margarete, so wie
ein festes, gegen Menschen & Zeit beständiges Gemäuer, ein, meint
man, unveränderliches Gebilde, wie einer jener alten Menschen, die,
tagtäglich in das gleiche Schwarz gekleidet, gleichsam herausgetreten
scheinen aus der Zeit hin auf eine Insel des Immer-so-Seins, ohne sicht-
oder spürbare Wandlung, die womöglich unter der sparsamen Vielfäl-
tigkeit der Maske des Alters sich vollziehen mag. Und mit einem Mal
weist auch dies Gemäuer Lücken & Brüche auf; niemals hätte man dieser alles unter seinen Willen zwingenden Festigkeit eine Schwäche, ein
solches Maß an greisenhaftem Zerfall zugemutet, und das ausgerechnet zu einem Zeitpunkt, als Widerstand & Aufbegehren in den Be-
zwungenen längst versiegt, und Gewöhnung, Unterwerfung & Fü-
gung in die Unabänderlichkeit längst eingetreten waren, so daß ein
solches Ereignis eine fast unliebsame Überraschung darstellt. Und ich
seh durch die Bäume eine klare & blendende Wasserfläche, Margarete,
einen See. Bäume in dunklen, schweren Strichen teilen schmale Bilder
heraus, irisierend Reflexe flacher Wellen wie helle Stimmen aus Licht.
     Ich greif in den Leinenbeutel, den ich an der Hand einherschleif
durch diesen Wald, seit ich aufbrach in jener Nacht DER WALD

IST VERMINT, diese letzte Nachricht aus dem Mund eines Toten, und in jenem Leinensack kollern Steine, die ich in Abständen auf den Boden vorauswerf, schließlich darauf entlangbalanciere, als gälte es, einen reißenden Fluß zu überqueren. Und ich sammle die Steine hinter mir ein, um sie erneut vorauszuwerfen, sichere Inseln & Festland für wenigstens einen Fuß & die Dauer eines Schritts inmitten dieses Waldes, der, unter Laub & Gräsern meinen Tod, DER WALD IST VER-MINT, in meinen Begriffen bereits Ewigkeitsausmaße angenommen hat. Der Stein das Ziel in mikroskopischer Entfernung, Schritt auf Schritt in eine Richtung geworfen, die mir zwangsläufig als Vorwärts erscheinen muß, obwohl ich jeder beliebigen anderen Richtung diese Bezeichnung mit derselben Berechtigung zugestehen kann.

Meine Hände haben die Färbung der Steine angenommen oder sie sind inzwischen selbst zu Stein geworden, so daß es mir glaubhaft erscheint, einzig meine Sinne seien von dieser um sich greifenden Versteinerung noch nicht befallen. Dieser Wald, geronnen & erstarrt zu grünbraunem Licht & grünbrauner Atmosphäre, jedoch grundverschieden von der Erstarrung des eigenen Körpers, der solche Disharmonie im Zusammentreffen schmerzhaft erspürt; dieser Wald ein vor Kälte rauchender Eisblock, und dies brennend heiße Frostgefühl durchströmt den Leib, als sei er geschrumpft zu einer einzigen Kapillare, die den Schmerz wie eine Flüssigkeit aufsaugt; Erinnerung ist allmächtig, denkt der Frierende und besieht das Bild aus einer jener kindheitsfernen Nächte, als Licht unterm Türholz in die Dunkelheit des Zimmers fiel, ein schmaler Streifen Licht, zertreten von den Schatten hastiger Schritte draußen, und ich hörte die Stimmen dieses Mannes & dieser Frau, die ich sonst Meine Eltern nannte, durch die Wand, durch Möbelholz, Tapete, Mörtel in ihrer Lautstärke & in ihren hohen, giftigen Frequenzen bedämpft:

–Diese Geschmacklosigkeit Du bist eine Sau ein –Was soll das –hundsgemeines Stück du –Was regst du dich auf Gibt es einen einzigen Grund dann sag ihn jetzt sprich gefäll –Ob es einen Grund gibt Einen Grund Als ob du nicht wüßtest –Was wüßte –Was du am allerbesten weißt Sieh dich an Da Vor dem Spiegel –Was soll das Bist du verrückt gewor Rühr mich nicht an Rühr mich nicht –da Was siehst du Oder besser riech an dir Riech deine Hände deine Arme deinen Hals –Ich schreie Ich schreie wenn du mich nicht los Du bist ja wahnsinnig Du bist krank Ja krank krank du irrsinniges –Ich irrsinnig Du hast die Frechheit zu behaup Du bleibst hier bis ich mit dir fertig bin Das wolln wir sehn –Ich schreie Mein Kleid Bist du närrisch Mein Kleid Was zerreißt du mein Kleid Was Was soll das – Riechst du das

Riechst du das Wieviel Zeit habt ihr euch genomm Hat er dich noch
übers Treppengeländer wie Noch ein letztes Mal zum Abschied wie
Auf der Treppe im Dreck im Hauseingang Misthure –Ja schlag mich
So schlag mich doch Das ist ja das einzige was du kannst Schlag zu
Na los worauf wartest du Das hast du ja gelernt Du Du bist ein –Was
bin ich Was –Ein –Na los Sprich dich aus du läufige Hün Aber damit
ist Schluß Endgültig –Das möchtste wohl wie Das könnte dir so passen wie Mich einsperren Du Als ob ich Als ob du über mich zu bestimmen Daß ich nich lache Du Sieh dich doch an Na los Du bist ja
nah genug dran am Spiegel Da Was –Sei still du Ich rats dir –Ach
dann schlägst du mich wohl Nur zu Du mit deinen Muskelchen Deinen Ärmchen Du Männchen Männeken du –Hör auf –du Schlapp-
schwanz du –Hör auf sag ich Hör –Tote Hose –Aufhören Hör auf
Sofort Oder –Na was denn Du willst wohl Du bist Du bist Geh weg
Geh weg Weg Hörst du –Du Stück Dreck Du jämmerliches Stück
Dreck In meinem Bett Wasch dir wenigstens –Sei still Sei still Sei
doch endlich –Soviel kann ich wohl verlangen als dein Mann –Ich
und deine Frau Deine Willst du hören was Soll ich dir mal sagen was
–daß du dir wenigstens das Zeug ab –Du hast mich niemals Ich war
nie deine Frau Du Was bildest du dir überhaupt ein du – wäschst oder
willste dir das als Erinnerung behalten wie Das brauchste wohl Am
besten du schließt dich in einen Schrein Die befleckte Empfängnis
–Sei still sei still es reicht –Hauptsache Flecken wie Du stinkst Riechst
du das nicht Riecht er das nicht Oder ist das sein –Genug Hör auf
–Dich möcht ich sehn unter diesem Affen –Genug –Ausgerechnet du
wo du wie ein Brett den Hintern nicht hoch –Sei doch endlich still
So sei doch still Ich bitte dich Hörst du Ich bitte dich –Du meinst
wohl ich merke das nicht Denkst wohl ich habe das nie bemerkt
Meinst wohl ich rieche das nicht Für wie dämlich hälst du mich –Ich
flehe dich an sei still Ich halte das nicht mehr aus –Ist er ein guter
Bock Weshalb haust du nicht ab Scher dich fort Kriech zu ihm –Bist
du endlich still du dummer Junge du –Oh du kannst mich nicht treffen damit Nenn mich wie du willst aber ich will dich nicht mehr
sehen Du mieses Weibchen Morgen Morgen verschwindest du
Hörst du ich meins ernst –Oh ja sicher –Diesmal mein ich es ernst
Du wirst es erleben –Aber klar doch Aber ganz bestimmt Nur weiter
so Lamentier nur weiter Schrei das Haus zusammen das ist ja das einzige was du kannst Zu mehr bringst dus nicht Immer schrei los aber
nimm wenigstens Rücksicht auf das Kind –Das Kind Das Kind Auf
einmal denkst du an das Kind
   und ich fühl die Berührung der warmen Hand mit dem Eis in die-

ser starren, schweren Finsternis, und die Wände des Zimmers rücken
auseinander & herein fließt immer mehr Dunkelheit, schwarzes Eis,
und ich find keine Bilder zu diesen Worten, die ich belauscht habe,
die mich überfallen haben, find in der ratlosen Überlegenheit eines
im Dunkeln Horchenden keinen Platz für meine Füße, und niemanden mehr in dieser hellwachen Nacht. Und die Steine fallen nieder
auf den weichen Boden, in diesen grünbraunen Abgrund ohne Widerhall; vielleicht nur Trotz, vom kindlichen Widerspruchsgeist er-
härteter Wille, der mich beständig meine mir fremde Hand mit dem
erdverkrusteten Stein gegen den zweifachen Himmel erheben läßt,
gegen den Himmel aus Holz & gegen den Himmel Ich-weiß-nicht,
ein Himmel, der Steine spuckt, auf denen ich, Flüchtling Deserteur
Kannibale, entlanghüpfe wie ein groteskes Insekt, aus einer Laune
der Natur als Fortbewegung einzig fähig zu diesem Springen von
Stein zu Stein.

Und mit einem Mal das Ende, Margarete, dieser See, in seiner
Mitte eine Insel wie ein lebendiges, vegetierendes Schiff, eine Weide
das im Wind gebauschte Segel in Grün, ins fließende Warten einer
Pflanze gewandelt & vom eigenen Umkehrbildnis im Wasser entge-
gengenommen oder daraus auferstehend: der Kreislauf der Bilder.

Die Steine, die ich werf, versinken spurlos im Ufersand, so stehe ich,
Margarete, meiner Brücken beraubt am Ende der Endlosigkeit. Und
ich schau in diesen herabgestürzten Himmel oder sind das die Wolken
eines anderen Himmels, die durch diesen gläsernen Abgrund hin-
durchschimmern & vorüberziehn mit dem unmerklichen Gleiten des
Sandes in einem Stundenglas; dieser See mit seinen in Buchten sich
verlierenden Ufern ist das Öhr, die Passage zweier Welten?

Und, Margarete, ich seh mich selbst, abseitsstehend, scheinbar unbeteiligt & unberührt, zum zweiten Mal herausgetreten oder vergessen & übersehn, für unwichtig & nichtig befunden vom menschen-
saufenden Strom der Zeit, nicht einmal wert zum Verrecken am
Rand eines Krieges, verurteilt zum Weiterleben & Fliehen, winzige
Steine in Händen, winzig auch meine Gestalt vor dem Heranziehen
zweier Legionen von Wolken, und ich seh den langen Schatten eines
Zwerges im dämmrigen Tageslicht, umgeben vom Leichnam einer
zwölfjährigen Welt, fossile Spuren, die den Raum alles Künftigen
mit ihrer gespensterhaften Anwesenheit eingrenzen & vorbestim-
men, so daß nur die Bewegung von Stein zu Stein geblieben scheint,
und, Margarete, der letzte Stein ist nun vom Sand aufgesogen, so
daß ich, Flüchtling Deserteur Kannibale, an das Ufer dieses Sees trete
& kein Wort zu sprechen finde. Der Wald, dieses grünbraune Wesen,

hat die Wörter an sich gebunden. Oder dieser Tote in mir, gefressen aus Angst vor dem eigenen Tod, hat begonnen, mich gleichfalls sterben zu lassen, so daß ich unter einer subtilen Folter mein eigenes Verschwinden erlebe; Sterben beginnt stets mit dem Verlust der Wörter.

In der Galerie aus Wolkenbildern stehe ich sprachlos mit gekrümmten Zehen im Ufersand, als ich

* * *

Aufgepaßt, jetzt kommt mir Die Idee!

* * *

einen STIEFELABDRUCK im Sand entdecke! Unweit der Stelle, wo ich mich befinde – es bleibt nichts zum Erschrecken, nur das Pulsieren des Bluts, Automatismus, der Lebendigsein signalisiert.

Solang ich lebe: gejagt eingeholt umzingelt!

Mit der ersten Bewegung nach dem Erstarren wisch ich mit dem Ärmel meiner zerlumpten Uniformjacke übern Mund, vielleicht noch vorhandene Spuren des Kannibalenakts aus dem Gesicht zu entfernen, ein Reflex, denn wo Stiefel sind, ist GESELLSCHAFT nicht weit. Ich speie sauren Geschmack verdreckten Stoffs in den Sand. In überdeutlicher Schärfe erkenn ich das Sohlenmuster; die Vertiefungen der Nagel-Köpfe, den Absatz bereits ein wenig schiefgetreten, sonst aber der Eindruck des Neuen, nicht oft oder noch nicht lange Zeit Beanspruchten: Sollte das mein Verfolger sein?? Wie ists ihm gelungen, diesen tadellosen Zustand seines Schuhwerks während dieser langen Periode des Verfolgens durch Gestrüpp & Regentage zu bewahren? Ist das einer jener Film-Heroen, an deren tatsächliche Existenz ich niemals geglaubt habe, die aus den Gemetzeln, fürs Zelluloid inszeniert, Parodien tatsächlichen Schlachtens, Zerstückelns, Geschlachtet- & Zerstückeltwerdens, allenfalls mit einer verrutschten Haarsträhne oder ein wenig rauchgeschwärzt, sonst aber im pervers anmutenden, makellosen Zustand der Uniform & des Körpers hervorgehen (Möglicherweise gibt es bei allen Kriegen & in allen Gefechten geheime Absprachen zwischen Sieger & Besiegten, einen Ehrenkodex gewissermaßen, demzufolge im Brandgeruch & Schutz der Rauchwolken kurz vor dem absehbaren Ende des Schlachtens der Generalappell abgehalten wird, von allen kriegführenden Armeen gemeinsam, wobei ein pedantischer Feldwebel, unparteiisch wie ein Fußballschiedsrichter, Siegern & Besiegten die für ihre Rolle entsprechende Prothese & Maske anpaßt, und daraufhin erst treten aus dem Pulverdampf die Geschlagenen & die Sieger hervor, einzig um das Gerücht von der Möglichkeit eines strahlenden Siegers & eines ehrenvoll Unterlegenen für alle Zeit zu konservieren). Die Verhältnisse haben, wie ich weiß, einander umgekehrt: ein Krieg vorüber: aus Verfolgern sind Verfolgte geworden, an ihrer Stelle neue, von fremdartigen Grausamkeiten getriebene Verfolger; wie ergeht es einem von den Besiegten Besiegten unter dem neuen Sieger?

Ich suche vergeblich nach mehreren Spuren, nach dem Abbild einer Bewegung, einem deutbaren Woher & Wohin: Ich entdecke ringsum nur diesen einen Stiefelsohlenabdruck, so als habe eine narzißtische, auf das künftige Denkmal & dessen darum sich rankenden Kult süchtige Gottheit oder eine Frau mit der Manie des Rätselhaften sich eigens an diesen Ort einer Wildnis begeben und mit dem untrüglichen Instinkt für Bedeutsamkeit ihre Fußspur als *Fanal* hinterlassen.

Einem selt*samen* Impuls nachgebend, fliehe ich (Wie oft mag man fliehen können : Die Flucht auf der Flucht vor der Flucht undsoweiter bis ins eigene letzte Atom : Zerlegung auf Raten : Warum müssen Menschen immer weglaufen). Bald jedoch kehr ich zurück, mich zu vergewissern, nicht erneut einer Sinnestäuschung erlegen zu sein: Doch kein Zweifel, diese Erscheinung ist echt, ist unmißdeutbar!

Noch einmal renn ich davon, die Gefahr durch die im Sand, im Gras & Unterholz versteckten Minen vergessend angesichts dieser neuen Bedrohung. Erst in der grünbraunen Höhle des Waldes angelangt, kehrt Erkennen zurück, Wissen um ein zweifaches Ausgeliefertsein; ich blicke mich um, zu lebendigen Wesen wachsen Bäume Sträucher Baumstümpfe Äste & Steine heran; die Wolkenbilder auf dem dunklen Spiegel des Sees, als seien aus der Fremde Bekannte herzugeeilt, mich durch ihre Anwesenheit vorm Untergang zu bewahren oder meinen Schrecken zu mehren.

* * *

Und wieder ein Grund zum Entsetzen, ein Schrei macht den Mensch zum Menschen. Eines Tages werden sie sich noch zu Tode fürchten. Auch ich habe Tod in mir, ein Holz kann sterben auch ohne Axt. Meine Wurzeln saugen das aus der Erde, was Mensch war vordem. ASCHE ZU ASCHE. Aus Fleisch wird Holz, das ist mein Anteil am Schrecken. Wir sind miteinander recht nahe verwandt. Ich will, wenn ein Sturm oder Beil mich fällt, meine Jahresringe zählen, meine Existenz als Baum vorausgesetzt. Das ist der Teil meines Erinnerns. Dem, was umherirrt in Fleisch, ist Erinnerung das Blut: Schnittpunkt aus Gestern & Morgen. Und das eigene Theater die letzte Lust.

* * *

THEATRUM PARENTIS.

EIN FLEISCHERMÄRCHEN IN 5 AKTEN UND 1 FINALE.

VORSPIEL 1

Welches Theater? Welche Bühne? Ein Parkett, das Rauch schwitzt. Und Stimmen. Gelbtrübes Licht, aufsteigender Kneipenlärm, an runden Tischen, fleckigen Inseln aus Holz, Gespräche: Wörter greifen ineinander wie Zahnräder einer undurchschaubaren Mechanik. Ich verstehe diese Sprache nicht. Nach welcher Grammatik fügen sich Buchstaben Silben Wörter, welche Syntax gebar diese schleppende Melodie des Sprechens. Welchem Land gehört die Erde, worin solch Sprache wurzelt. Vom unaufhörlichen Redefluß glattgeschliffen wie heller Kiesel auf dem Grund eines Stroms. Vom Beifall erschlagen, vom dröhnenden Gleichschritt ihr Leichnam geschändet. Schon sterbend, fiel auf sie unter Waffen- & Fahnenklirren das Jubelgeschrei der Taubstummen wie Eisregen im November. Ich denke an Deutschland. Sind es Dämone schon, die sich ums Tischholz scharen & Gläser heben. Oder Menschen noch in Uniformen, die nichts mehr besagen, ihre Gültigkeit längst einbüßten. Uniformen wie Menschen Kehricht eines Krieges und aller Kriege im bunten Todesgewand, und die Töter sprechen nicht übers Töten, jedem Beruf sein Tabu. Ich denke noch immer an Deutschland. Bin ich Deutscher von Beruf. Rückbesinnung auf die Sprache des Steins, in naßkalter Dämmerung Symbole, tätowiert in dieses starre Hirn einer Erde. Gezeiten der Frau & des Meeres. Der Mond verwandelt zum strahlenausschickenden Rhombus, inmitten seines Geheges der Mund, der schweigsame, saugende Mund. Das Tor in den Wolken, sein Schlüssel die Zweite Welt. Es empfängt der Stein den Samen des Steins. Ungelenke Säuferfinger ziehn Bierpfützen auf dem Tischholz zu Initialen D Punkt A Punkt S Punkt C Punkt R Punkt M Punkt, bleibt nichts mehr zu sagen, Reste eines Leibes. Hochzeit mit dem Stein. Ein Anfang. Ich bin weniger als ein Emigrant und mehr. In diesem Wald beginne ich meinen Beruf zu vergessen.

VORSPIEL 2

Hochzeitsphotographie: Attrappen tatsächlich existierender Menschen zum Arrangement eines Gruppenbilds aneinandergerückt, sensibilisierte Flecke einer lichtempfindlichen Schicht. Eine Frau im Überkontrast, ihre Haut grellweiß wie das Kleid aus Spitzenstoff, so daß dieser Fraunkörper wie von *P*oren oder feinen Waben durchbrochen, immateriell & geisterhaft schwebend erscheint auf der Freitreppe vorm Kirchen*p*ortal, Priesterin kindlich-heidnischer Gottheit, an die sie selbst nicht mehr glauben mag; Skepsis ist der Gesichtsausdruck von Fraun auf Hochzeitsbildern. Der Gedanke an Nacktheit dieses Körpers erstickt im Ritual: Schauspielerin in der Maske einer Braut ahmt sie getreu nach, was Schauspielerinnen aus früherer Zeit nachahmten.

Das Pendant die Statue des Mannes, fast einen halben Kopf jener künftigen Mutter unterlegen, zum Ausgleich vom Photographen auf die Freitreppe eine Stufe höher gestellt. Enganliegender, auf dem Bild graphitfarbener Anzug, das Haar streng in der Mitte gescheitelt in Leutnantsfaçon mit *P*omade im Geruch süßherber, faulender Äpfel. Das Gesicht die Miene eines Siegers beim Pferderennen, Gemisch aus Stolz, übertriebener Feierlichkeit & Hausse an Selbstwertgefühl. Auf dem im rechten Winkel vom Körper dieses künftigen Vaters abstehenden Arm die Hand jener künftigen Mutter, die das Engagement einer Brautrolle übernahm. Dem Anschein nach bewegten sowohl der ehemalige Sohn wie die einstige Tochter auf Geheiß die eigene linke beziehungsweise rechte Extremität auf eine Koordinate im Raum, wo sie einander begegnen sollten, – sie haben sich niemals gefunden. Zwischen ihnen aus Anstand ein Abstand, die perfekte Täuschung von Zugehörigkeit. Sie beide die jeweils letzte Entäußerung zweier Scharen aus Verwandtschaft, Resultate einer Zahl befruchteter Eizellen, aneinander gekettet durch die Geißel zweier Stammbäume, Laichplatz der Feindseligkeit Zuneigung Rachelust Sympathie Liebelei heimlichen Morde & Erbschleicherei: Partitur aus Sperma & Geld. Verwandtschaft mit ihren zum Singen aufgerissenen Mündern den Opfergang begleitend DAS LAMM IST ANGERICHTET, in feisten täppischen frechen herrischen verschlagenen grüblerischen geilen dummen Mannes- & Weibsgesichtern voll der Lustlosigkeit die gleichen zusammengerückten Augenpaare, gerunzelten Brauen & in feierlichem Ernst verkniffnen Lippen, zur Stummheit gezwungen für den Lichtblitz dieser Sekunde, worin jene zwei Hauptdarsteller, soeben vom Priesterwort

Aneinandergefügte, von der hauchdünnen Luftschicht mit den Dimensionen eines Weltalls zwischen ihren Händen Getrennte, von einem Photographen schließlich in den Mittelpunkt des Bildes manövriert wurden, so wie Stunden später ORA PRO NOBIS in der Zitadelle eines Ehebetts, im Dämmerlicht eines tapezierten Kerkers Gliedmaßen ineinander manövriert werden, zurückgeschlagene Tücher, Stoffe, unvermutet Haut unter den Masken, fremdartig warm lebendig, dann wieder Stoff & Schnüre & Bänder IT'S A LONG WAY TO TIPPERARY.

ERSTER AKT

Personifizierte Dunkelheit: wuchtiger Schrank mit Glasvitrine, dahinter im Schatten Bücher, starre, papierbespannte Gesichte; Sofa & Rundtisch, darauf die Metallschale mit dem Klang einer Uhr; Kachelofen & goldrahmenbegrenztes Gemälde. Gläserne Skelettarme des Kristalleuchters, zur Dunkelheit befohlen, Reste künstlichen Lichts: Darin & umgeben von diesem Raum diese Menschen ohne einen Gedanken & ohne eine Aussicht auf die Möglichkeit ihres Entkommens, Kerker meiner Aufzucht nach Plan.

An der Wand das Kreuz. Der Schaft vom Marterholz ist lang geraten für die Lust einsamer Frauennächte. Der heilige Handbetrieb, dabei steht der Christus seinen Mann. Der Leib einer Taube, nackt zur Schau gestellt mit gebreiteten Schwingen an die Balken genagelt: der Christus, der Mensch: Ich, fötaler Leib, vom Holz gestreckt schon vor der Geburt. Ich bin die Frucht deines Leibes, du Mutter, den du hergibst im blassen Geschäft einer Ehe. Das da auf dir nennt sich Mann. Das lebt nicht. Willst du seine Geschichte hörn, ich kenne sie, denn ich bin, was gesät ist nicht von seinem Fleisch.

GESCHICHTE EINES MANNES.

Ein Portal wird geöffnet, Licht aus kristallnen Kugeln, im Festsaal der Geruch von Moschus Lavendel Narde, Duft von Frauen & Männern: Tänzerinnen & Tänzer in üppigen Seidenstoffen, die Gesichter starre Glasuren mit komplizierten Perücken, die Tänzer in glänzenden Fracks. Weißes Gebiß, ihr Lächeln ein Muskelkrampf, Masken freundlich geschminkter Raubtiere, zu Scharen geordnet mit schleifenden Ledersohlen übers Parkett zum Wiener Walzer, im Verborgnen intoniert die Kapelle. Pagen, weiß gepudert Gesicht & Perücken, Statuen an Wänden & zu beiden Seiten des Portals.

Aus dem Dunkel von Draußen kriecht auf Knien eine Gestalt in den Saal. Ein Mann, sehr jung, um den Hals die Leine, auf seinem Rücken ein schweres hölzernes Kreuz.

Die Halsleine führt ein beleibter Herr im schwarzen Frack, Operetten-Kavalier mit sonorer Stimme. Der junge Mann am Boden, von seinem Herrn geleitet, kriecht in den Kreis der tanzenden Paare. Applaus. Die Gestalt bricht unter der Kreuzeslast zusammen. Der Dicke strafft die Leine und richtet den Mann wieder auf. Die Musik verstummt.

DER MANN: Was hat man da herangezogen. Das faulte in der Mutter schon. Und kroch zwei Monate zu früh an den Tag an die Nacht. Das ist nicht mein eigen-Fleisch-&-Blut. Ging mir die Frau durch, bleibt das für mich. Zu spät, die Hündin zu strafen für den Wechselbalg, den schob sie mir unter. Der Hintern soll ihr aus dem Grabe wachsen, das ist die Vergeltung des HErrn, des Gerechten. (blickt zum Himmel)

Der junge Mann am Strick bricht erneut zusammen. Pfiffe der Tänzerinnen & Tänzer. Der Dicke reißt an der Leine, aus dem Mund des Mannes bleckt rot eine Zunge, Würgelaute, Applaus. Der Mann am Boden benäßt seine Hose. Die Kapelle spielt Händels Wassermusik.

DER MANN: Das pißt sich in die Hose noch. Ein Mensch ist das nicht. Der Mensch kennt Beherrschung, nur Schweine lassen ihr Wasser fahrn, wos ihnen beliebt. Überhaupt was streckt das der Welt die Zunge raus. Oder gilts am Ende mir, seinem Vater.

(Reißt an dem Halsband, die Zunge des Mannes wird länger, das Röcheln lauter).

Was hat das für eine Sprache, was für eine Haltung. Man sehe diese Arme, diesen Rücken, diese Beinchen: krumm, dürr, knochig, Brust eines Suppenhuhns. Mir scheint, das pißt schon wieder. Kann es das Wasser nicht halten. Wie will es jemals ins Weib, wenns näßt wie ein Wasserfall. Hat es keinen Instinkt für Benehmen. Jetzt heult das sogar, noch einmal Wasser. Hat man versäumt, das zu waschen nach seiner Geburt. Wieviel vom Weib ist geblieben unter seiner Haut. Diesem da tut Preußen not.

(Applaus)

Zeit für dich, das Kreuz mit dem Kreuz zu brechen. Wie es Zeit war für mich, als ich jünger an Jahren war als heute du. Wenn Gottes Mühlen stillestehn, darf des Menschen Mühle nicht ruhn. Das Fleisch wird kalt im Laufen gegen den Wind, Frost lauert im eigenen Spiegel. Die Seelenspeise ist schal wie ein Pfaffensegen. Ich hab mir diese Haut nicht genäht, ich wollt, ich wär in einer andern. Kein Flekken drauf ohne Narben. Dreißig Schläge für den Heiland, wer hat meine gezählt. Die Neue Haut, sie wär mir am Ende gleich. Meine eigne Vergangenheit kriecht vor mir im Staub: Jeder ist ein neuer Christus mit einem neuen Kreuz. Die Wälder werden knapp. Das Deutsche Reichspatent dem Mehrzweck-Kreuz: Himmelbett, Kommiß & Marterholz, die Unterschiede sind nicht groß. Auferstehung ein Spiel der Industrie, und Romantik ist die Unwissenheit der Medizin. Soviel fürs Gemüt, Seelenkasse für Diener –

(Pfiffe von den Tanzpaaren, der Dicke zieht das Halsband straff) – Tränen sind der Stoff, aus dem Kulissen sind. Das dem Theater. Für den Mann heißts: TAGWACH' RAUS ANS WERK!

(Applaus von den Tanzpaaren. Wiener Walzer)

Eine Frau trippelt auf die Szene: weibliches Gegenstück zum Dikken im Frack; herbstnahes Fleisch, sein restliches Blühen schon schwacher Hohn, von Seidenstoffen verhüllt; streng gefaßtes Haar, eine Spur Schlampigkeit, Provinznoblesse, Offizierswitwe & Lehrerin mit seidenem Regenschirm. Sie pfeift auf zwei Fingern, der Fährmann Charon erscheint, hebt das Kreuz vom Rücken des jungen Mannes und stellt es in den Kreis der Tänzer. Der Dicke im Frack tritt in den Schatten & beobachtet die Szene.

Mit der Spitze des Regenschirms berührt die Frau behutsam das Haar des am Boden liegenden jungen Mannes, gleitet über Kopf, Rücken & den ganzen Körper. Die Musik wiederholt stets dieselbe Passage (Sprung in der Schallplatte), der junge Mann erhebt sich langsam, es scheint, als sei er aus einem gleichermaßen beklemmenden wie erregenden Traum erwacht. Die Frau dirigiert den jungen Mann vors Kreuz. Der junge Mann steht gebeugt mit hängenden Armen & auf die Brust herabgesunkenem Kopf davor. Die Frau legt zunächst den rechten Arm des Mannes um den Längsbalken des Kreuzes, danach den linken auf den Querbalken, hebt den Kopf des Mannes an, rückt sein linkes Bein & den Leib ans Kreuz heran. Im selben Moment fällt der Mann mit schlaffer Bewegung in seine Ausgangslage zurück. Wiederholung. Und erneut der Punkt, wo der Mann in die ursprüngliche Lage zurückfällt. Ohne ein Zeichen von Ungeduld beginnt die Frau ihre Sisyphosarbeit von vorn. Die Paare tanzen um die Gruppe, eine Sopranstimme intoniert das HEIDENRÖSLEIN.

Das Gesicht des jungen Mannes erscheint in einem Spiegel.

STIMME DES JUNGEN MANNES: Noch einmal Sommer erleben. Noch einmal den Weg zurück zu einem bekannten Ort im Gebirge.

Wiedererkennen kehrt ein ins Gefühl der Fremdnis. Zuvor die Bahnfahrt durch Täler & über Berge auf einem Grat entlang, Sonnenlicht durchbricht die Metallskelette langgestreckter Eisenbahnwagen, erhellte Fensterreihen wie ein weißes Gebiß; Tabakdunst & Gerüche von Menschen: Pergament aus Kanzleien, Kreide aus Schulstuben, Öl von Maschinen, Rosmarin aus dem Parkett, Frauen & Puder, Frauen & Seifenlauge, Männer & Tabak & Kaffee & Bier, Kleinkinder im Geruch warmer Milch. Draußen vorübergleitendes Grün, Splitter aus Schatten und ein Weg mit Vorjahrslaub. Braun geblichenes Ocker & Rot. Noch brennt kein Herbst in den Lüften, wasserhell & weiß wie hauchdünn geblasenes Glas. Bewahrte Düfte, kühler Geruch frischen Holzes & Erde. Sonnenglast über den Bäumen.

Unvermutet eine Begegnung. Aus dem Dickicht, an den Wegrand grenzend, dringen Geräusche; hastiges Bewegen eines noch unsichtbaren Körpers, kleine Zweige & Äste brechen. Stöbern Rascheln. Endlich die Erscheinung: das Tier, ein verwilderter Hund oder ein Wolf, braunweiß geflecktes Fell, zottig & in Strähnen über einem bebenden Leib, das weiße Raubtiergebiß vorm grellen Rot der Zunge.

Ich fliehe den Weg entlang unter peitschenden Ästen. Ich weiß Entrinnen unmöglich, und fliehe dennoch vor, dann neben, zuletzt hinter dem Tier. Wenige Meter einer Jagd, die Atemluft durchsetzt vom Geruch aufgewühlter Erde & dem Geschmack von Blut. Das Tier versperrt den Weg & die weitere Flucht. Diese Begegnung mithin kein Zuphall, das gilt ausschließlich mir, war zudem Planung, vorausbedachtes Aufspüren, Belauern, Jagen & Stellen. Das Wild ist der Jäger, der Jäger das Wild, das nichts ahnt vom Rollentausch und nicht weiß, wie den bevorstehenden Kampf verhindern oder darin bestehen. Der letzte Versuch des Entkommens hinter einen zufällig vorhandenen Maschendrahtzaun mißlingt; gibt es ein Loch im Drahtgeflecht, groß genug & unübersehbar für das Tier, zudem nahe der Stelle, wo ich, vermeintlich gerettet, die Barriere überspringe? Jenseits des Zauns alsbald schon die frontale Begegnung: das Tier, Hund oder Wolf, meinen Weg versperrend, und ich, inzwischen einen Knüppel, lächerliche Imitation einer Waffe, in Händen; ich weiß, dieses Holz würde dem Angriff nicht standhalten, schafft lediglich die brauchbare Täuschung von Gegenwehr.

Das Tier nimmt Anlauf & stürzt sich auf mich; mein erster Schlag mit dem Stock ein Treffer, das Holz hielt stand, das Tier hat mich verfehlt. In meinem Rücken hör ich seinen Anlauf zum nächsten Angriff; ein neuer Schlag und immer so weiter? Dieses Spiel, dieser

Tanz wie lange? Bis der Erfolg sich für eine der beiden Seiten entscheidet.– Ich wende mich um, erwarte den nächsten Angriff.

Das Bild ist ein anderes: Ein Vogel mit weiten Schwingen, braunweiß das Gefieder, löst sich aus dem Dunkel unter den Baumkronen
& schwebt heran. Ich erkenne den Kopf eines Geiers, der auf mich
niederfährt. Ein Schlag mit dem Stock, und mein Gesicht streift
flüchtig das kühle Fleisch des Vogelleibes.

Das Gesicht des Mannes im Spiegel erlischt.

ZWEITER AKT

ARS AMATÖRIA

JUNGER MANN: »oft auf dem lärmenden Markt wurde die
Flamme geschürt. Dort, wo die Nymphe am Fuß des marmornen
Tempels der Venus Wasser herauspreßt und spritzt in die Lüfte empor, an dem Orte wird oft der Anwalt von Liebe gefesselt, und der
anderen half, hilflos ist er nun selbst. An dem Orte verläßt die Bered-
samkeit öfters den Redner: neu ist der Fall, denn er führt nun seinen
eignen Prozeß. Venus lacht über ihn vom Tempel ganz in der Nähe:
der ein Verteidiger war, mochte ein Schützling jetzt sein.«

FRAU: Viel Zeit wird uns nicht bleiben. Doch laß uns die Sätze des
Ovid weiterlesen.

Auf dem Tisch der Foliant, ATLAS DER ANATOMIE, aufgeschlagen im Zirkel des Lampenlichts. Grellrot das Bildnis wie ein
Trompetensignal in der Arena, panem et circenses, Kirke oder Pallas
Athene, dargeboten zum Ausweiden, beschildert bepfeilt, nach römischen Zahlen zerlegbar von unsichrer Schülerhand.

STIMME DES JUNGEN MANNES: Und alle Fraun wären aus Glas un-
beweglich. Nicht allein ihre Kleider, gebändigte Wüste aus Schnüren
Haken & Schleifen. Auch, was Fleisch in ertastbare Formen bindet,
Haut, drunter das anatomische Uhrwerk, Präzision aus Werden &
Vergehen, in den Gezeiten der Monde von Mal zu Mal eine sich ver-
sagte Geburt; Blut ist die Stimme der Körper, Wörter ohne Ende in
eiligem Strom, Beutezug der Fischer & heimlichen Angler durchs
Rote Meer. Einmal spüren diesen Meeresboden!

Zur Ansicht preisgegeben auf dem Atlas des Fleisches der sezier-
bare Körper aus buntbedrucktem Papier, in Wissenschaftlichkeit
sublimierte Lust des Metzgers.

STIMME DER FRAU: Ein Arzteleve später wie alle Männer, mit bleichen, unroutinierten Fingern an diesem Körper hantierend, unbehol-
fen aus Furcht vor fremdem Schrei, papiernes Tranchieren, die Wege

allen Leidens farbig markiert, Strich & Punkt, blau & rot, Wegweiser durchs Eingeweide ins gallertige Geschlinge, Labyrinthe des Geistes, Irrwege der Triebe, Erhabenheit eines Hauptes, Kloake eines Nischels, aufklappbar: ein Schrei in Papier. Es heißt, dieses kolossale Gekröse, zänkischer Verursacher & penibler Buchhalter allen Schmerzes, ist selber schmerzunempfindlich.– Der dort ein Schüler, einer aus vorüberziehenden & vorübergezogenen Generationen von Schülern, beginnende Männlichkeit im Turnhallengeruch, heimliches Spähn durch Tür-Schlitze & Schlüssel-Löcher in den Anderen Raum. Wie seine Hände zittern, wenn sie den Körper aus Papier in diesem Buch um ein weiteres Stück Fleisch entkleiden. Ich bin eine Frau, spüre im Dunst der Klassenzimmer eure Blicke, gelb fettige in der Farbe eurer zerlesenen Fibeln, jahrein jahraus dieselben Hundsblicke auf *Die Statue*, wie die humanistisch Gezüchtigten meinen Körper nennen; ritzen ihre übertriebenen Krakel-Wünsche auf Tische & Bänke. Es ist ihnen bei Strafe verboten, die Türen zu den Toilettenzellen zu schließen, ein eifriger Lehrer wacht darüber mit der obszönen Pedanterie eines Unteroffiziers. Ich habe euch gesehn & gehört im Schatten unter Treppenaufgängen & in der Staubluft des Heizungskellers, mit geöffneten Hosen & bleichen, unroutinierten Fingern.

STIMMEN DER SCHÜLER: Schnell Du erinnerst dich An wen An *Die Statue* als sie heute ihr Kleid O Schnell Ja Ja Ja

STIMME DER LEHRERIN: Ich bin eine Lehrerin, was wissen die vom Gefängnis meines Geschlechts. Kein Geographieunterricht lehrt sie die Namen dieser Landschaften, Täler Flüsse Meere Felsen Höhlen Höllen & Himmel, und hat sie auch mich nicht gelehrt. Was weiß ich vom Schauder meines Erdteils, von den Gesichten meiner Träume. O dieser schwitzende Knabe mit seiner durchfeuchteten Wäsche & einer von Pubertät entstellter Stimme. Mäßig talentierter Bengel aus einer Horde gymnasialer, *p*opelnder Onanisten. Dieser stille, verschüchterte Junge mit den ängstlichen Falten im Kindergesicht & den nervösen genüßlichen verschämten neugierenden Händen, das Anatomische Lehrbuch haltend. Ich will ihn spüren auf meiner Haut.

STIMME DES SCHÜLERS: Vivisektion, Literatur in fleischigen Farben mit dem Geruch eines neuen, ungelesenen Buches. Nach dem Entblättern des Fleisches, Fibrillenlandschaft, bleibt das Nichts. Nun sollte ich mein Gesicht zwischen ihre Brüste … Ahnen sie ihr Geheimnis, diese Fraun, die so ungelenk, so unsensibel, so brutal mit sich selbst umgehen: gerundete Rücken, behäbiges Staksen, faule

Pferdeärsche, ihr Blut ein verschmiertes Make-up im süßen Puder-
gestank. Die Spuren ihres Atems sind aus dem Folianten aufstei-
gende Düfte, Kamille Fenchel Schlüsselblumen & verwilderte Rosen
im schweren Aroma einsetzenden Verblühens. Herrenloser Garten
im Abend, lange Schatten von Gräsern auf den Wegen, die Sonne
glimmt in verdunkeltem Licht über erdbraunem Holz.

DIE FRAU: Nehmen Sie noch etwas Tee.

STIMME DES JUNGEN MANNES: Sagt sie und beugt sich über den
Tisch, Licht auf ihrem Rücken & in ihrem Haar, milder Geruch von
Biskuit, Schatteninsel ihres Körpers.

DIE FRAU: Ich bitte Sie, lesen Sie weiter, ich höre Ihre Stimme so
gern. Es ist, als würde ich diese Sätze erstmals hören. Sie sind geschrieben für das helle Tageslicht, doch ich höre sie in den Abend-
stunden am liebsten, sie klingen nicht wie eine Stimme, sie klingen
wie ein leidenschaftlicher

STIMME DER FRAU: Ich romantische Kuh. Er wird sich noch die
Birne an meinen Dingern stoßen und nicht wagen, danach zu greifen. O diese Hände! Auf meinen Mund, meine Schultern, den Hals!

DIE FRAU: Chor. Ich habe Sie singen hören am vergangenen
Samstag. Sie haben eine wundervolle Stimme. Sie können die Wissenschaft nicht lieben, die Anatomie, Suche nach Wasser in Konti-
nenten, wo nur Wüste ist. Diese-da wissen, daß ihre Sätze vergeblich
sind, Flechtwerk aus Stroh über einem Abgrund ohne Ufer, aber sie
glauben sich nicht. Mein Mann ist Arzt, ich weiß, wovon ich rede.
Sie lieben die Kunst, die Literatur & Musik, das fühle ich

STIMME DER FRAU: auf meinen Brüsten. Seine Hände, sein Mund;
er wird mich mit zitternden, unroutinierten Fingern betasten, die
Kehle zugeschnürt wie in einem Krampf, wird nicht wagen, mich zu
küssen.

DIE FRAU: Fühlen Sie die Zartheit in der Sinnenlust des Ovid. Lieben Sie Italien? Ich war sehr oft in Rom und in Sulmona.

STIMME DES JUNGEN MANNES: Reisen gen Italien. Genitalien.

DIE FRAU: Lesen Sie – ich bitte dich, lies für mich.

STIMME DER FRAU: Ich werde um dich herumgehen, meine Hände
auf deinem Gesicht, und diese Hände werden dich führen & aufste-
hen heißen deine knabenhafte Männlichkeit

DIE FRAU: Ein wundervoller Abend, nicht wahr. Die Luft wie aus
Pastellfarben. Ich werd das Fenster ein wenig öffnen. Lies weiter, ich
hör dir zu, deiner Stimme, riechst du die Abendlu

STIMME DER FRAU: Sag nichts. Ich weiß, du kennst diese Zeilen
auswendig. Wie oft hast du sie heimlich zu dir gesprochen, mit halb-

lauter Stimme in deiner Kammer in der Angst, entdeckt zu werden.
Hab keine Angst. Komm zu mir. Sieh mich an. Ja. Komm näher,
sprich, ich will spüren, wie du die Worte sprichst. Weißt du nicht,
daß man Worte fühlen kann. Sag sie. Ich hör dir zu. Dein Atem die
Luft zur Mittagszeit über den Gassen der Subura.
DIE FRAU: Du mußt zuerst die Bänder lösen da auf dem Nacken,
wenn du mir das Kleid ausziehn willst. Danach die Häkchen öffnen,
dann die Knöpfe. O ihr Jungen & Männer kennt euch besser aus in
der Mathematik & in der Geschichte Roms als in den Geschichten
um eine Frau: Mons *Capito*linus & Mons pubis: Die Capitolinischen
Spiele, in Schwarz das Dreieck für die andere Hälfte der Welt mit
dem Geruch des Hafens. Hier gilt der Bartholinische Wurzelsatz, das
ist die Mathematik des Fleisches. Komm, damit du lernst, wie weich
die Haut einer Frau sein kann. Sie hat viele Gesichter, jede Pore ein
Mund. Laß uns diese Sprache lernen, ich gebe dir Nachhilfe. Deine
Haut ist ungeübt im Sprechen, meine lang entwöhnt.

MAGISTRA ARTIUM

Epigraphe

DIE FRAU: »Ich geniere mich fast, vom Intimsten zu sprechen; doch
Venus spricht voller Güte: ›Was Scham? Grade dies ist mein Beruf.‹«

Stimme der Frau:

»Abendfrauen in der

Nachtstadt« Ich so

gut wie zehn von de-

nen Diese jungen Ker-

le riechen nach Tabak

& Milch schon Bart krat-

zig dieses Kinder-Kinn

Petroleumlicht drüber

Stimme des Schülers:
Alles Pipapo Pimmel

Pammel Poeta Magnus Ro-

manus tolle Sache abes-

sinische Sklavin der Tee

war ausgezeichnet »An den

Haaren ins Cubiculum« möcht

wissen wie lange die schon

spitz drauf ist Tafelschwamm

& feuchte Kreide Seide an ihren

188

ein Seidenschal tiefblau
                    Schulterblättern klebt Stoff auf
gar nicht hinsehn hab mich
                    Haut Die-Statue UND NIMMST DU
geschämt sein Schatten wie
                    AUF DEN SCHOSS MICH WIE EIN ALT
ein Kyklop ein blauer Kyklop
                    GEBORENES KIND WIE KOMM ICH MIT
das Licht zur Beerdigung von
                    MEINER HAND UNTER DEINEN ROCK DIE
Papa Er nackt mit eingeseif-
                    WELTEN DER ZÄRTLICHKEIT SIND NICHT
tem tropfendem wirklich ko-
                    VERTAUSCHBAR OHNE WEITRES Als ich
misch diese Kinder Was-sie-
                    in der Bank saß damals unterm Tisch
wohl-empfinden warme Stunden da-
                    einfach hinlangte tatsächlich sowas
mals er war bißchen schüchtern Som-
                    wie ein Berg Jesus-auf-dem-Öl-Berg
merluft wie Glasmalerei die Farben
                    und diese alberne Trine hat sich nich
verlaufen mußte aufpassen wegen
                    lassen können vor Lachen EIN MÄNNLEIN
Flecke-im-Leintuch war ja selber
                    STEHT IM WALDE ob die in ihrem Alter
noch n halbes Kind damals Ich so
                    alle so ein Parfüm immergrünes Gift
gut wie zehn von denen dreckige gei-
                    Oleander O Offen Offenbarung Oeffnung
le Weibchen fremde Stadt mit kalten
                    Ovid »Daß es dir wohltut, bezeuge dein
Straßen als hätt jemand Türen & Fen-
                    Stöhnen« Ob dem dabei einer gestanden hat
ster offengelassen hab ich jetzt die Gar-
                    bis in mein Zimmer dieses Keuchen genauso
dinen zugezogen immer unheimlich son frem-
                    als wenn Erwachsene weinen direkt eklig hab
der Körper ganz zufällig hinten zwischen den
                    nich lockergelassen Tag für Tag dranbleiben und
Schulterblättern & schon dieses Kitzeln die

ihr fortwährend Zettel geschrieben bis es

Steine damals den Hang runtergerollt Lawinen

mir selber schon zuviel wurde aber sie ist

hat mich ganz fest ich mag das wenns ein biß–

schließlich doch gekommen zu der alten Hauswand

chen wehtut da hab ich schon nicht mehr zurück–

vom Wind geschliffne Ziegel dreckig & rot die Hüf–

gewollt das Licht ganz weiß hab ich gewußt jetzt

te rauf ihr Mund wie n Brandsiegel auf der Hals–

mit ihm machen können was ich will sind eigentlich

schlagader und sie Neinnein & weg um die Ziegelwand

ziemliche Koofmichs auf dem Sparbuch noch die drei–

Ziege wenn man nur wüßte wann O Wie D ie das weiß

tausend und hat mir nen tollen Ring nur für dich hat

wenn se die Bluse strafft auf ihrem POdest feucht

er gesagt verrückt na da kann er lange warten wenn er

untern Achseln Was-sie-wohl-fühlt gestern abend zum

meint ich so eine wie seine Kätzchen so routiniert

letzten Mal richtig gewaschen jede riecht anders hat

war er gar nicht am Ende sind sie alle wie die gros–

der mir erzählt soll einen der Schwindel packen als ich

sen Jungs immer diese Blicke schwer wie Duft von Ho–

noch nicht richtig schwimmen konnte und bin trotzdem

lunder die riechen ja immer ein bißchen danach das

ins große tiefe Becken gegangen als sei das ganz selbst–

riecht nach innen sag ich immer der so gut wie jeder

verständlich nur-nicht-auffallen fragen mich am Ende

andere das Röcheln von Papa damals als er starb in

noch wie oft schon & wie lange und die kleine Eisen–

seinem blauen Licht und mich fortwährend angesehen und

leiter runtergeklettert sone glitschigen Algen das Wasser

keiner durfte aus dem Zimmer raus bis es zuende und hab

gar nicht so kalt wie ich gedacht hatte und dann war die

geheult wie ein und konnt mich hinterher nicht bewegen

Treppe mit einemmal zuende und ich hab mich abgestoßen und

da hat Mama vielleicht nen Schreck gekriegt Geruch von

da hab ich gemerkt Ich kanns schon lange richtig schweben

Thuja überall unten am Meer und hat mit seinen Füßen ein

fliegen in dem Wasser und das hab ich dann jedesmal wieder

hübsch paar Klamotten den Hang runter als er rauf & runter

spüren wolln son wonniges Gleiten hatte immer geglaubt das sei

mir war ganz schwindelig und das Licht immer noch so weiß
ganz anders viel weiter oben und Mundwinkel wie mit Grübchen und
und seine Hand auf meinem Mund krabbelte n kleiner Käfer
hatte gemeint das seis schon der reinste Tinnef diese Zeichnungen
drauf herum und ich hab immer dem seine Beinchen ansehn
was schert mich s Drinnen wenn ich noch nich mals Draußen gehört
müssen und ist direkt auf meinen Mund zugekrabbelt wenn
irgendwie zu ihrem Wesen das Verstecken das Heimliche typisch-
der jetzt in meinen Mund hab ich gedacht aber da hat er schon
Frau geht bis ins Mark hat er gesagt Nilkatarakte abwärts strömen
und nur mich ich ich
strömen

DRITTER AKT

IN FLAGRANTI oder
DRAUSS' VOM WALDE KOMM ICH HER

Matt schleicht ein Tag durchs Fenster. Nebel, blaß zerronnen die
Lust.

Im Zimmer nahe der Decke ein Hochsitz. Der dicke Mann steigt
die Leiter herab. Am Gürtel seiner Jägeruniform erlegtes Wild. Der
dicke Mann tritt stiefelschlagend in den Lampenschein.

DIE FRAU: »Jetzt ist zuende das Spiel! Es ist Zeit, von den Schwä-
nen zu steigen –« Mein Mann der Jäger!

DER MANN: Mein Hochsitz ist die Wissenschaft. Der Eine bin ich
im andern unteilbar: Ich, der Jäger & Ich, der Arzt. Ich bin, also werd
ich gebraucht. Und das gleich zweimal.

(er zieht weißen Arztkittel über die Jägeruniform. Blut vom erleg-
ten Wild färbt rote Inseln in den Stoff) Der Mensch die Beute, Gott
die unvermeidbare Schwäche unsrer Enzyklopädien, die Zahl Pi in
der Mathematik, das – mit Verlaub – Loch in den Wolken unsrer Argumente. Eine reizende Aufführung war euer Spiel, und wieder ein
*Anal*phabet weniger. (zur Frau) Zur Lehrerin hats noch gereicht, das
Wissen ums Wissen im Blut: Keine Pflanze ohne Wurzel, kein Gedanke ohne Fleisch. Gott wird uns ähnlicher in seinen Fehlern. Zieh
dich an, Marlene, dein Tanz ist aus. SOLCH ALTE HIRSCH-
KUH / TAUGT NICHT EINMAL FÜRS RAGOUT Sollt ein
Hexameter werden, man liebt, was man nicht hat. Wozu, Gnädigste,
wurden Sie erfunden. Sie haben sich in der Welt geirrt. Hier herr-
schen die Jäger & Sammler. ›Wirst du der Stimme des HErrn, deines
GOttes, gehorchen & tun, was recht ist vor Ihm, und merken auf

SEine Gebote & halten alle SEine Gesetze, so will Ich dir keine der Krankheiten auferlegen, die Ich den Ägyptern auferlegt habe; denn Ich bin dein HErr, dein Arzt.‹ 2. Mose, 15.26. Ich bin, wie ich sagte, beides in einem. Unsre Spiele sind unsre Macht. Aufgepaßt, Herrschaften, der Striptease, die Seelenanatomie der Frau beginnt!

*

Aufgepaßt, du erzwungener Vater, das da unter dir heißt Frau. Das lebt nicht. Willst du ihre Geschichte hören, ich kenne sie, denn ich bin, was in ihrem Fleisch gedieh.

*

Der dicke Mann zieht Aktenordner unterm Arztkittel hervor & schlägt einen davon auf. Charon erscheint & bleibt im Türschatten stehn.

GESCHICHTE EINER FRAU

DER MANN: »Auf Grund ihrer Erziehung wurde die Heranwachsende SEXUELLEN DINGEN gegenüber sehr befangen. Beispielsweise mußte die mit 11 Jahren eingetretene PERIODE ihren Freundinnen gegenüber ganz GEHEIM gehalten werden. Die Patientin blieb überwiegend allein & fand INNERE ERFÜLLUNG in der Beschäftigung mit Musik. In einer Jugendorganisation erfuhr sie erstmals etwas über SELBSTBEFRIEDIGUNG und, daß dies eine Äußerung menschlicher VERKOMMENHEIT & ENTARTUNG sei. Mit 14 Jahren mußte sie sich wegen Adnexitisverdachts einer GYNÄKOLOGISCHEN UNTERSUCHUNG unterziehen. Sie war dadurch lange sehr bedrückt. Alle sich anbahnenden BEZIEHUNGEN ZU JUNGEN MÄNNERN brach sie vor dem Erreichen von INTIMITÄTEN ab. Als die junge Dame ihr Abitur abgelegt hatte, kam es zu einer INTIMEN BEZIEHUNG zu einem jungen Mann und zu einer UNEHELICHEN SCHWANGERSCHAFT. Eine ABTREIBUNG schloß sich an. Das Verhältnis zerbrach. Die jetzt EROTISCH lebhaft ERREGBARE Patientin übte aus Angst vor erneuter Schwangerschaft nur SELBSTBEFRIEDIGUNG. In Erinnerung an die Art jedoch, wie ihr diese früher dargestellt worden war, empfand sie es als VERKOMMENHEIT & kämpfte mit sich, davon loszukommen. Bei immer erneuten NIEDERLAGEN nahm das junge Mädchen schließlich die abschreckende Vorstellung zu Hilfe: Bei nochmaliger Wiederholung werden DIE ARME ABFAULEN! Nachdem auch dies vergeblich war, begannen aber jetzt beide Arme zu schmerzen & eine lähmungsähnliche Schwäche zu bieten. Die Patientin mußte deshalb ihr Musikstudium als INSTRUMENTALSOLISTIN abbrechen. Sie war dadurch so bedrückt, daß sie SELBSTMORD-GEDANKEN nachhing. Verzweifelt nahm sie nochmals das Verhältnis zu dem unehelichen Vater ihres ABGETRIEBENEN KINDES auf. Es gewann keinen soliden Bestand, vielmehr fühlte sich die Patientin von ›den Männern‹ nur noch tiefer ENT-TÄUSCHT. Unter Fortsetzung der SELBSTBEFRIEDI-GUNG verstärkten sich die BESCHWERDEN in den Armen. Natürlich war weder die Empfehlung eines INTIMEN VER-HÄLTNISSES, noch die ABSCHAFFUNG DES SEXUAL-TRIEBES ein sinnvolles THERAPEUTISCHES ZIEL. Die Beeinflussung der affektiv tief verwurzelten VORURTEILE zog sich mit einigen Rückfällen über längere Zeit hin.« (zur Frau) Die Maske ist zu eng geworden, in die du geflohen bist. Hättest du Pflanzen gezüchtet in deiner Wohnung. Hättest du das Erdenreich deines Zimmers mit Tieren bevölkert, mit Vögeln, wenns unbedingt sein muß. Und hättest du den Tieren & der Pflanzen die Namen gegeben von deinen ungeborenen Kindern; hättst sie gepflegt, umsorgt oder bestraft, eingehen lassen, umgetopft & ausrangiert. Hättest du die Welt noch einmal erschaffen UND SIE SAH DASS ES GUT WAR WAS SIE GEMACHT, und hättest den Keim für den Mann zu pflanzen sorgfältig vermieden. Das wär das Paradies geworden. Gott aber war ein Mann & erschuf die weibliche Note aus Adams Fleisch für SEine Flöte. Du hattest die Chance, diesen Fehler zu korrigieren. Garten Eden auf vierzig Quadratmetern. Du hast die Türen zu lang offenstehn lassen, gefährlich ist der *Pollen*flug. Was das Weib mit den Händen aufbaut, reißt sie mit ihrem respektablen Hinterteil wieder ein. Du hast das Glück-der-Welt verspielt, den Kosmos ohne Männer. Ende des Schauspiels. Vorhang. DIE PATIENTIN WIRD AN EINEM ANDEREN ORT IHREM BERUF NACH-KOMMEN.

(Charon betritt das Zimmer und hüllt die Frau in die verwaschene Kleidung einer psychiatrischen Anstalt)

DIE FRAU: Was für ein anderer Ort. Ich bin eine Frau. Ich bin das an jedem Ort. Die Frau ist mein Beruf. Meine Erfahrungen sind meine Träume. Ich seh die Hand meines ungeborenen Kindes aus dem Boden greifen nach mir. Die Welt ist zu Gespenstern gefroren, aus dem Nichts ihrer Augen mein Urteilsspruch. (zu dem jungen Mann) Geh, Junge, zurück in deine Schule. Der Himmel ist bewölkt, die Erde ein Friedhof. Ich hör die Särge faulen. Meine Träume sind Unkraut, eine Frau gebiert in die Gräber. Du bist ein Mann unter Männern. Was wissen die vom Entsetzen einer Frau.

DER JUNGE MANN: Genug. Ich werde gehn. Du hast mich das Lesen gelehrt, dafür dank ich dir. Und für die Gastfreundschaft in deinem Leib. Ich hab dich nicht gebeten, das Lager deiner Alpträume auszubreiten vor mir. Den Weg in dein Fleisch hast du dir selbst gewiesen, ich war dein Werkzeug nur. Wie du meines. So sind wir einander nichts schuldig. Adieu. Draußen ist Krieg. Die Erde dürstet nach Soldaten, die ersten gibt sie schon zurück. Wenn der Mensch sein Blut speit, soll die Erde nicht nachstehn. (geht hinaus)

Die Türen zum Raum werden geöffnet. Wind fegt Herbstlaub herein. Der Mann sitzt in seinem befleckten Arztkittel am Tisch, vor ihm Stapel beschriebenen Papiers, das, vom Wind erfaßt, sich unters Laub mischt.

DER MANN: Eine Schlacht in einem Krieg. Immer ists derselbe. Gott hinter seinem Schreibtisch ist einsam. SEine Tugend ist unser Sterben. Er gab SEinem Sohn das Holz, wir brauchen schon etwas mehr zur Seligkeit. Meinen Sohn gab ich dem Krieg, es führt kein Weg zurück ins Fleisch, aus dem wir kamen einst. Wer Blut im Leibe hat, der liebe & der töte. Was von uns bleibt, ist Hülle. Müdigkeit ist die Schwäche des Steins. Zweitausend Jahre Siegen haben mich nicht müde gemacht. Das Weib am Boden oder der Feind. Und noch ein Sieg. Kann sein, es war der letzte. Wer wen: die Grammatik der Macht kennt nur den ersten und den vierten Fall.

In die geöffneten Türen treten die Tanzpaare, schwarz gekleidete Frauen & Männer. Der Tango beginnt. Der Mann im Arztanzug erhebt sich hinter seinem Tisch und tritt zu der Frau am Boden. Sie öffnet die Schenkel & wendet das Gesicht ab. Laub fegt in den Raum, eine Bö mischt das Papier vom Schreibtisch dazu. Im Lichtschein der Mann auf der Frau. Die Paare tanzen hinaus in die Nacht. Eine Frau liegt in den Wehen, von Ferne Militärmusik.

VIERTER AKT.

DER UNBEKANNTE SOLDAT. 1918. EINE DEUTSCHE MONDSCHEINBEGEGNUNG.

Soldat auf Wache am Rand einer Lichtung. Nacht. Stille. Mondlicht, durch Bäume hindurchschimmernd & matt glänzend auf dem Stahlhelm. Deutsche Innerlichkeit. Die Waffe ragt vom Körper des Mannes wie ein zusätzliches Körperteil.

SOLDAT: Geschmack des Krieges. Meine erste Nacht unter fremdem Himmel. Und liegt doch mein Land drunter. Rückzug heim ins Totenreich, die Erde das Leichentuch. Oder ein zweiter Himmel, Gras wie grüne Wolken, drunter die Engel verwesen. Tod verwischt die Grenzen. Dieses Land ein Schrecken wie steinerne Löwen mit verwittertem Gebiß. Im Durst nach Blut & Boden hat ein Land sich selbst gesoffen. Bier bleibt Bier. Und Grab ist Grab. Es heißt, Fleisch wird weiß dort unten, später grau & zu Brei. Das frißt die Erde. Hätt ich was zu fressen jetzt, ich gäb das Reich für ein Stück Brot, den Kaiser gratis noch. Hätt ich Mut gehabt zum Desertieren, letztes Vorrecht des Rekruten. Danach nur Tod. So bin ich schon einmal gestorben, als ich freiwillig kroch in Uniform & Hintern eines Vaterlands, blutiger Hurenbock, gespickt mit Opfern.

Wie still ein Krieg sein kann. Weshalb rieche ich deine Haut in dieser Totennacht. Deine Brüste wie Trauben, dein Schoß ein Weinberg. Meine Haut ist aus den Seiten eines selten gelesenen Buches. Sie brennt unter der Last ihrer Buchstaben. Es waren meine Wörter, du hast sie mich lesen gelehrt. Diese Nacht ein Vampir, der säuft das Blut meiner Erinnerung. Ich bin mein eigener Sarg aus Haut & Knochen. Und erwarte meinen zweiten Tod.

Ist ers, den ich im Dunkel kommen hör. Welch eine Ehre: der lange Weg nur für mich. Bis dahin bleibt noch etwas Leben.

Er stellt das Gewehr an einen Baum und beginnt zu masturbieren. Aus dem Dunkel der dicke Mann in Offiziersuniform, Netzstrümpfen & Jockeystiefeln, er ist stark geschminkt. Stellt sich neben den masturbierenden Soldaten. Dessen Helm schlägt scheppernd an einen Baumstamm. Aus der Ferne die Tanzpaare, in schwarzen Kleidern die Männer, in schwarzen Fracks die Fraun.

DER MANN: Heimweh, Kamerad? Bleib noch ein bißchen. (drückt den Kopf des Soldaten an seine Brust) Ich bin es, dein Vater. Wo der Vater ist, da ist Heimat. Liebst du mich, mein Kind. Wirst du sterben für mich. Liebe scheut das Feuer nicht. Ihr schönster Lohn der Tod. Du mußt mich immer lieben. Sieh wie ich meine Kinder liebe. Ich möchte wahrhaftig nicht sein ohne sie.

Ein Schuß aus dem Dunkel. Der Mann zuckt getroffen zusammen. Blut aus einer großen Wunde im Rücken.

DER MANN: Mir scheint, GOtt der HErr hat mich gerufen –!

Nimmt stramme Haltung an, salutiert.

Der Zwerg *Po*kerface erscheint im Nachthemd. In der einen Hand einen Lampion, in der andern einen Bratenspieß.

ZWERG: Sonne, Mensch & Sterne
Freß ich wirklich gerne
Hahn & Mann, der eitle Tropf
Sind erst schön im Bratentopf.
Er zückt den großen Spieß, das Metall funkelt im Mondlicht. Der
Zwerg beleckt die Klinge und stößt sie langsam in die Schußwunde
des Mannes.
DER MANN: Ah, verflixter Spieler! Ist die Zeit ins Fleisch gefahren. Friß dich selbst, wenns schmeckt. Moriturus te salutat.
(bricht heldisch zusammen). Zwerg *Po*kerface schleift den Toten
einige Meter, hockt sich dann auf den Körper, zieht eine Brustflasche
unterm Hemd vor, trinkt, rülpst, und pfeift nach Charon. *Po*kerface
steht auf dem Toten, streckt den rechten Arm aus & kehrt den Daumen nach unten. Mit der andern Hand kramt er unterm Nachthemd
und pinkelt auf die Leiche. Charon schleift den Toten samt *Po*kerface
hinaus.
Rückkehr der Tänzer, Beginn der Demaskierung: die Silhouetten
der Bäume sind Menschen, die sich als Schatten bewegen; der Himmel eine dunkle, tief herabhängende Spiegelfläche; die Wolken sind
Bettler, die müde vorübergehn: virtuelle Welt des Theaters.
Man nimmt dem Soldaten die Uniform & kleidet ihn als Bräuti-
gam – graphitgrauer Anzug, *Po*madenfrisur siehe oben, und
schminkt ihm die Maske des Siegers.
Tänzerinnen & Tänzer verwandeln sich in den Chor der Verwandten, zum Hochzeitsbild auf der Freitreppe vor der Kirche.
STIMME DES BRÄUTIGAMS: Ein andrer war der Schütze für mich,
die Kugel war meine. Besser er als ich. Das Schicksal ist ein guter
Dramaturg: Jedem das Seine & zur rechten Zeit. Ihm das Eisen, mir
die Braut. Meine Tränen kommen vom Lachen, sein Blut ist meine
Schminke. Die Zeit der toten Väter, der Schuß heißt Krieg. So hat
der Clown den Clown geschlachtet.
(seine Stimme geht unter im Dröhnen von Hochzeitsglocken)

FÜNFTER AKT

DIE EXHIBITIONIERTE TAUBE SPRICHT.

–Das eigne F-f-fleisch ist euer K-k-kreuz, ihr ha-habt euch selbst
gerichtet. Der Sch-sch-schächer, dem ich vergeben soll, wer ist
da-da-das. In dieser Infla-la-lation gezeugten F-f-fleisches weshalb
ausgerechnet er. Ich kenne seinen Na-namen nicht, er so gut wie je-

der a-a-andre. Oder k-k-keiner. Dann schon das l-l-letztere, denn
ich bin ein gerechter Go-Go-o-Gott. Ungerechtigkeit ist T-t-teil
eurer Existenz, nicht m-meiner. Ich bin der F-f-f-fels, der die Erde
trägt & der Regen, der den St-t-tein aushöhlt. Ich bin das F-f-f-feuer,
das die Wälder verb-brennt & die V-v-vögel in der Lu-lu-luft wie
Sternschnuppen l-l-leuchten läßt. Ich bin ta-ta-taub wie der Wind &
b-b-b-blind wie das Meer. Mein Blu-blu-blut sind die Flüsse, welche O-ozeane nähren. Nun la-la-laßt mich D-die Schrift erfüllen &
meine Worte sp-sprechen. Soda-da-dann ziehe ich mich in meine
Oh-oh-ohnmacht zurück.

AM ABEND DES ERSTEN TAGES DER WOCHE.

–Ich bin auferstanden aus dem Grab, ein zweites Mal geboren von
einem Schoß aus Stein, Mutter, erkennst du mich nicht, deinen geliebten Sohn-am-Kreuz mit verrutschter Ketzerkrone & nackt mit
gekrümmtem Glied. INRI. Das Schandbild ein König, der Rest
blieb in meiner Andern Welt. Siehst du nicht die Wunden, von Nägeln gerissen an Fuß & Hand, du zweiter Vater vor meinem ersten.
Der war nur Geist, eine Wolke, lächerlich wie Wind & Blitz, ein
Theaterdonner. Der konnte Vorhänge zerreißen & Gräber mit wi-
derlichen Leichnamen schütteln. Was half das mir, als ich nach diesem Elelelelias rief. Als ich am Kreuz die Weiber mit geilen Blicken
nach meinem Schwanz schielen sah. Tränenverklärte Heuchlerin-
nen: Kein Schmerz für den Fremden ohne Mitleid ums eigne
Fleisch. Als ich Fraun am Fuß meines Jahrmarktschafotts stumm zu
mir aufblicken sah, über ihren Gesichtern die Maske des Hungers, in
ihren Leibern die Frucht, wie ich einst in deinem, Mutter, und die
Ungebornen, die ich schaute, als wären die Körper der Frauen aus
Glas, schon gezeichnet als Schlachtvieh: Da hab ich mich geschämt.
Einsamkeit des Mannes, am Kreuz nicht sterben zu können oder in
der Frau, weißt du wie Gräber schmecken. Ich hab Huren keuscher
gemacht, als sies waren vor ihrer Geburt. Ich habe in totgeglaubten
Schößen Wurzel geschlagen, und siehe, dem Fleisch wuchs die
Knospe. Ich hab Frauen Männern Kindern das Lieben gelehrt an der
Börse des Lebens, die Inflation der Liebe kam an einem Freitag. Ich
war ihnen ein zu guter Lehrer. Erweis deinem Nächsten einen
Dienst, wegen der Not, dir danken zu müssen, wird er dich hassen.
Meine Liebe war mein Verderben. Euer Mord an mir war Planung.
Hättet ihrs zu eurem Vergnügen getan, ich wär voller Liebe zu euch
gestorben. Das Unmaß kommt aus der Planmäßigkeit: Das gähnt

noch beim Ficken, wenns vor Pflichten je dazu kommt. Euer Plan war dennoch ein Fehler, ihr habt euch verrechnet. Mein Tod ist euer Tod. Meine Liebe zeugte *Anal*phabeten. Mein Segen ist zum Weihwasser verplempert, wieviel Liter habt ihr gebraucht, die Waffen, die Fahnen & euch in den heiligen Schleim zu ziehn. Was ist mein Tod gegen die Invasion der Leichen aus euern Kriegen. Ihr habt mir den Rang abgelaufen, was mir bleibt, ist das Altenteil im Weihrauchdunst euern Kirchen. Das ist mein Museum, ein Festschmaus für die Würmer. Mir ist niemand bekannt, der nicht im Museum sein Ende fand. So vornehm kühl ists da drinnen; den möcht ich sehn, dem der heilige Schauder erspart bleibt im Labyrinth der Echos.

Ich bin in einem weißen Zug durch Kaskaden von Alpträumen gereist; ich bin Henkern begegnet & der langweiligen Palette von Opfern, blind taub lahm, im einfallslosen Schlachthausgang. Im Schatten meiner Gleichgültigkeit mögt ihr euch töten. Ich hab aus dem Ozean des Himmels Menschen wie fliegende Fische aufsteigen sehn. Sie kamen zur Erde herab. Ich sah sie an Phallschirmen schwebend zerplatzen, lautlos im Gewitter der Kriege. Das Metallgeschoß traf das Geschoß aus Fleisch & Blut: Noch bevor die Füße dieser Engel in Uniform die Erde berührten, fielen sie herab als scharlachfarbener Regen. Und ich sah sie, oder waren es andere, auferstehn in Krematorien der Gefangenenlager, ein flackernder Totentanz. Aus vorsorglich gezogenen Abflußgräben floß in fettigen Strömen, was brauchbar schien. Henker riechen allerorten nach Seife.

Das Kreuz habt ihr zum heiligen Marterholz erklärt, der Kreuzestod bleibt euch Selbstmördern erspart. Mein Erster Vater, du hast sie unvollkommen erschaffen: Jede Hand an ihrem Leib eine Hand zu wenig, und die Seiler haben Hochkonjunktur in diesem Land. Wie schade, daß ihr so *human* geworden seid, ihr brauchtet euch der Erde näher. Deren Preis ist gestiegen & kein Symbol für das Feld: Ährenfeld Ehrenfeld Schlachtfeld im wechselnden Pflanzenwuchs aller Jahres-Zeiten. Reiche Ernte auf dieser letzten Station, dahinter liegt Brachland. Wie neu ist dieses Alte Spiel: Wieviel vom alten Regenwasser ist in diesen Boden geflossen. Wieviel vom Erlöser. Wieviel vom Mythos der Bessern Erde nach dem eigenen Tod. Was vom Kult um Genies Märtyrer Helden. Wieviel vom Tanz ums Goldene Rindvieh. Man pflügt solcherart Felder anders heut, der Himmel den Theologen & *Poeten*. Den Göttern dieser Zeit hat man etwas mehr Fleisch auf den Rippen gelassen, sie sind dennoch Götzen. Mutter Vater: Ihr seid still & bleich. Ist das die Katharsis oder die Syphilis, die euch die Haut so weiß einfärbt. Ich friere hier oben am

Kreuz. Kalt ists geworden im Atem des Universums Mensch, jeder Witz zündet nur einmal, die Wiederholung bleibt ohne Applaus. Der Schatten meines Totenbettes trifft nicht mehr das Parkett. Sieh die Letzten fortziehen durch die Reihen; die Reste der versprengten Herde verlassen ihr dürres Weideland. Hätt ich die Hände frei, ich wär mein eigener Claqueur. Wie langweilig, ein Ende bis zum Ende zu erleben. Wär ich Hauptdarsteller oder Komparse nur in einem Drama, einem Film, mir bliebe Hoffnung auf den Szenenwechsel, auf den ästhetischen Schnitt. Und die Erwartung wärmenden Alkohols in der Kantine. Die Dramaturgie des Lebens ist nicht so einsichtsvoll, jede Szene nimmt sich den Genuß. Wer mag das Röcheln Sterbender über zwanzig Stunden & Tage ertragen, am Kreuz im Krankensaal im Stacheldraht. Wer das Schreien des gefolterten jeweiligen Feindes bis hin zur letzten, erpreßten Silbe. Oder das Keuchen ineinander verknäulter Leiber solang, bis Gähnen Husten Worte zurückkehren. Golgatha hieß mein erstes Grab, Deutschland mein zweites. Seine Schatten hängen an meinem Schritt, schwarz, ohne Gesicht wie die zehntausend überflüssigen Noten, die Brahms, diesen Deutschen, verfolgten. Ich bin auf dieser Bühne allein. Mutter Vater: Erkennt ihr mich noch immer nicht. Aus euerm Ehe-Bett Geruch von Alkohol, Parfüm & Koitus. Seid ihr *wirklich*, Gespenster, Schauspieler für eine Institution, die schwarze Zeichen aufs Papier diktiert im metrischen Garten der Worte. Der letzte Vorhang ein Spiegel: Theater: Welch gigantische Masturbation.

THEATRUM PARENTIS FINALE. DEUS EX MACHINA.

Die Rundtische beginnen zu kreisen, langsam mahlend, als müßten Getriebe & Lager eine fesselnde Rostschicht überwinden. Gläser mit braunem gelbem weißem Inhalt zittern & gleiten an die Ränder der Tische. Die greifen knirschend ineinander, zerkleinern Worte & Stimmen, die herabfallen durch Siebe schwärzlicher Zähne, aus weitgeöffneten Mündern & tabakgelben Gesichtern; Gespräche verschwimmen mit Blicken aus alkohol- & rauchgetrübten Augen. Und Gläser, Licht & Stimmen fallen ins Dunkel eines nicht mehr sichtbaren Bodens. Tische, Räderwerk einer Mechanik, vibrieren, als dröhnten in nächster Nähe Güterzüge vorüber, beladen mit Söldnern Häftlingen Verurteilten Emigranten Verschleppten Schlachtvieh Elefanten & Clowns von einer Küste der Kriege zur andern. Und zurück. Und Kolonnen von Panzern ziehen herauf über platzende Erdschichten & berstenden Stein, und die Räder kreisen wie

Gebetsmühlen aus Metall. Es verzerren sich die Menschen an den Tischen zu Gespenstern & Rauch, verflüchtigend & entschwindend wie Worte eines Priesters im Gebälk des Doms, wie Worte von Präsidenten Führern Cäsaren, entschwunden & verklungen in den Irrgärten Tausender von Ohren.

Da stürzen die Tische, die Stühle, das hölzerne Karussell zerbricht, die Türen zum Saal werden aufgetan. Draußen Wind, Regen & Nacht. Oder beginnender Abend. Oder ein Morgen, eines ebenso gut wie das andre. Beenden Aufhören Schluß Feierabend (kein Geschichtsbild ohne Sonnenaufgang. Der Mensch hat die Gestirne vergewaltigt, in jedem wohnt ein Geozentriker, und Giordano Bruno hat vergebens gebrannt). Herein die Frau mit Eimer & Aufwischhader. Sie gießt eine schäumende Flüssigkeit, ein Meer, über den Boden des Saals. Aphrodite aus Meeresschäumen. Zwischen hölzernen Skeletten der Stühle & Tische gleitet sie in formalinstinkender Strömung auf den Knieen dahin, den Rock hochgerutscht & durchnäßt. Und ich, getreuer Vasall eines leeren Theaters, habe nur den einen Gedanken, wie diesem Fleisch, dieser mit dem Blecheimer scheppernden & nach feuchtem Wischhader riechenden Aphrodite beizukommen sei.

           *   *   *

SOLANG ICH SPIELE BIN ICH NICHT ALLEIN. Ein flüchtiger Satz, schnell dahergeschrieben. Die besten Sätze, wie es heißt. Früher habe ich einige solcher Sätze gewußt. Seit ich hier an diesem Ort bin, verwandelt in ein Warten, ohne Augen Ohren Mund, beginne ich diese Sätze zu vergessen.– Ich habe auch Arme Hände Finger eingebüßt; ich brauche Wörter nicht mehr zu Papier bringen, um sie zu erinnern. Muß ich erwähnen, daß ich ohne Beine & Füße bin? Auch habe ich keine Vorstellung von mir selbst, außer daß ich mich den pflanzlichen Lebewesen zuordnen kann. Ob ich eine Kiefer oder Palme oder ein Wegerich oder irgendein Moos bin, darüber kann ich nichts aussagen. Derlei Identifizieren ist für mich ohne Belang. Zum Glück verstehe ich nichts von Botanik und nichts von Klassifikation. Ich bin eine Pflanze unter Pflanzen. Meinen Lebensunterhalt beziehe ich aus einer mir nicht näher bekannten Umgegend. Offenbar ist diese Versorgung hinreichend, sonst wäre ich zu Erörterungen dergestalt nicht fähig. Ich bin eine Pflanze, etwas aus Licht & Stärke. Kampf ums Licht ist mein letzter Kampf und mein erster, und ich siege unaufhörlich wie die anderen um mich her. Wir sind. Ich bin.

Von Zeit zu Zeit spüre ich von Draußen her eine mehr oder weni-

ger starke Bewegung, auch Temperaturgefälle registriere ich sehr genau, ebenso die Unterschiede bei den Übergängen von Hell zu Dunkel & umgekehrt. In mein Inneres fühle ich aus einem Unten Flüssigkeit aufsteigen, die sich im System meiner Pflanzlichkeit verwandelt
und mit einem angenehmen Wärmeempfinden ebenso komplika-
tionslos wieder entweicht. Ich vergaß zu erwähnen, daß ich weder
Darmausgang noch Geschlechtsteil besitze. Dunkel entsinne ich
mich zwanghafter Entleerungsrituale, damit verbunden angenehme
oder verdrießliche Empfindungen. Ich ahnte dereinst, daß von solcherart Betätigung eine Fülle von Handlungen abhängig sei; Handlungen, moralin-durchtränkt, deren Gehalt & Substanz, vorausgesetzt, sie waren je vorhanden, mir sämtlich entfallen sind. Ich weiß
lediglich, ich war ein Betroffner in einer Welt von Betroffenen. Jetzt
bin ich & allein. Ich verbringe mein Dasein mit einem Spiel, das ich
ersonnen habe, herauszufinden, wer das war: Ich. Und zu erfahren,
wer Ich jetzt ist, der solches Spiel spielt. Ich habe ausgerechnet, daß
im Verlauf dieses Spiels der Moment eintreten muß, wo Ich mir
Selbst begegne. Das erzeugt einen Spannungszustand, der mich
amüsiert; der einzige Grund für die Erfindung jenes W. & für mein
Spiel.

Bis zu diesem Punkt ist es mir mit unterschiedlichem Erfolg gelungen, einen Fundus, ein System von Zeichen & Bildern zusam-
menzutragen; ich werde nun meinen Vertreter, jenen W., in diese
Konstellation einbringen. Zuvor werde ich ihm einen Namen geben. Ich möchte ihm der Einfachheit halber den Namen WALTER
geben.

5. WALTER RAFFAEL SOIK UND JAIK HÜHNER BERLIN

»Wir haben hier vor uns den Schimpansen ›Raffael‹. Diesem ›Raffael‹ sagt man: ›Arbeite!‹, und er setzt sich an einer bestimmten Stelle an eine viereckige ziemlich große Kiste. Oben auf der Kiste ist ein beweglicher Deckel mit verschiedenen Öffnungen: einmal einer runden, einmal einer viereckigen oder einer dreieckigen. Im unteren Teil der Kiste ist eine Tür, durch die Futter hineingelegt wird, das ›Raffael‹ gern haben möchte. Neben der Kiste liegen 15–20 Stöcke von verschiedener Querschnittsform: runde, viereckige, dreieckige. Vor seinen Augen legt man in den unteren Teil der Kiste Futter und verschließt sie dann. Diese Kiste ist so gebaut, daß man in die Öffnung des Deckels den entsprechenden Stock stecken und kräftig nach unten stoßen muß. Dann öffnet sich die Kiste unten, und ›Raffael‹ kann das Futter erreichen. Das nennt man Arbeit. Diese Arbeit zieht sich ziemlich lange hin.«

LAUFEN LAUFEN LAUFEN. Hätt beinah in die Hosen geschissen, als ich den STIEFELABDRUCK-IM-SAND entdeckte. Nur noch FEIND, die alten & die neuen, die EHR', wer den Hintern zukneift, der spürts nich mehr.

LAUFEN LAUFEN LAUFEN. Kalkgrube im Mund, das Herz ein Abraum, brennend Staub ins Eingeweide. Seele ist Luxus. Aschenblüte, Geruch von Blut & Rauch. Fußlappen, Baumwolle auf eitriger Haut. Ehren-Kleid aus Vaterlands Maßschneiderei. Waschen. Zum letzten Mal in der Kaserne. Eigentlich Kasernen-Ersatz: Stadion & Sportplatz, schorfrote Aschenbahn: Arena unterm feldgrauen Morgen, die Ehrentribüne hohl & leer wie eine ausgeräumte Schießbude. AVE CAESAR MORITURI TE SALUTANT. Der Tyrann hat keine Zeit mehr für den Jubel, Krähen imitieren Geier auf einem Galgen-Ersatz mit durchhängendem Holz-Rückgrat: ein übriggebliebenes Fußball-Tor. Kleinbürger-Gerechtigkeit, Gefühlswelt für den Mob: Beim Ballspiel der Inkas wurde die Verlierermannschaft aufm Altar zerlegt; ein Volk mit Kultur, und am Ende einer Spielzeit wäre das Problem gelöst.– An diesem Morgen ist jeder noch in seinem Fleisch. Waschtröge wie Futterraufen, umlungert vom Schlachtvieh mit nacktem Oberkörper. Ratten, auf die man Steine schmeißt: Gesindel verrecke! Nur noch n bißchen bis zum End-Sieg! Hats versprochen der Fü! Ganz

hinten im Kopf die Toten schon als die EIGENEN OPFER bezeichnet, Töter sind automatisch FEINDE.

Nackter Morgen auf einem *Sport*-Platz. Rinnsale aus Wasserhäh-
nen, Seifströme treiben in Blasen vorüber. Kameradenwaschung.
Anschließung Scheißung in Vereinung. Schule für Schwule in Reih
& Glied: Vaterlands Onanier & Verrecke GmbH.

Stillstand- & Richteuch-Wolken, Schleichwind heuchelt übern
Erdbrei auf Nachwinterfeldern. Duckmäuserbüsche & Baum-
schranken *posten*lümmelig mit Zweigen wie rostiges Geschlinge aus
Draht. Ich gehe die Aschen-Bahn entlang unterm lauchfarbenen
Himmel, Wasser zerrinnt auf der Haut. Blut & Wasser vom Kreuz.
Der Lanzenstich des Römers, später die Aufer*steh*ung des *Sport*lers.
Da beginn ich zu laufen, im Kreis rum, im Kreis rum, prachtvoll die
Erfindung des Stadions!: Höchstmaß an Bewegung, wo Bewegen
nicht möglich. Daher die Vorliebe der Staats-Männer für den *Sport*,
der Applaus von den Rängen gilt dem eigenen Irrtum. Aus den *Spo*-
liaria & Kasematten die *zombies* mit Nummern auf den Rücken, die
Staffette in diesem *run* ein Totschläger, und jede Runde eine Wiederkehr.

Die erste Runde. Laufen Laufen Laufen Laufen Laufen.

Im Vorbeirennen Kiepers Gesicht vor den Faustwolken, fröstelnd
& gelb. Hat nur einmal noch mit mir gesprochen, seit er wußte, was
ich weiß von ihr. Margarete. Und hat einmal gehandelt; das hat mir
Das-Leben gerettet. Kieper, mein Lebens-Retter. So:

–Mensch hör schon auf! :ich zu ihm, als wir stahlhelm-schep-
pernd auf dem Transport-Wagen die Anhöhe raufkrebsten. Und er
die ganze Zeit sein Chorknabengesicht vor mich schob und seine
Blicke wie zwei Mauern zu beiden Seiten meines Gesichts, so daß ich
ihm nicht entwischen konnte.

–Nu erzähl schon. Bohrte er mit bleicher Stimme. –Los erzähl
wies war. Wills jetz wissen. –Was soll das, ich –Achnee! Hemmung?
Du? Mach dich nich lächerlich. Los erzähl wies war! –Was soll das.
Hastene Meise –Isse gut-im-Bett? He sag isse gut? Hastes ihr ordntlich besorgt? –Sag mal du spinnst oder –Hatse sich selber ausgezogen
oder hast dus gemacht? Und haste Licht angelassn? Oder wars dunkel? Haste –Mann halt doch dein Maul! –ihrs Kleid vonner Schulter,
schön langsam über die Haut, daß du ihrn Geruch wie den Geruch
vonner Stute warm & grell inner Nase. Und dann gans schnell die
Schlüpferchen runter na? –Spinnst du, sag mal. Wenn dir danach ist,
ich bin nich dein Seelsorger –und rauf aufs Fohlen. Ich wette die
brauchte nich mal mitter Hand nachhelfen. Ging wie ge- –schmier

dir gleich eine wenn du nich still bist! –War sie laut oder hatse n Mund gehalten? Soll ja die Stillen geben, die sanften Stöhner. –Du kriegst gleich n Sanften. –Sag mal, warste der Erste für sie? Von mir *stand nichts* zu befürchten, weißte ja. –Mensch hör schon auf!

Ich erhob mich schwankend von der Sitzbank, beugte mich über die Ladeklappe des Wagens, Staub & Ekel vor dir, Kieper, auszuspucken. Weil du sone Null warst, son Versager & Schwächling wie wir Alle, aber wir sinds eben nich alle zum gleichen Zeitpunkt, das macht Sieger & Verlierer; und in diesem Augenblick hat Kieper, der Schwächling der Versager die Null, mir *Das-Leben* gerettet: Hat ausgeholt mit dem stiefelverzierten Fuß und mir einen Tritt in den Hintern versetzt, daß es mich hochhob und, wenn ich nicht abgesprungen, wär das *membrum delicti niedergekommen* auf die Kante der Lade-Klappe. (So erklärn sich WUNDER, Margarete. Gottes Vorsehung ist manchmal sehr einfach. Muß auch im Himmel eine *Polizei* geben.) Einen Moment später Knall & stürzender Himmel, und das blutige Gespenst von Kieper, Götterbote mit zerrissenem Leib ohne Kinnlade aus eigenem Blut: Schieß bitte schieß.

Die zweite Runde. Laufen Laufen Laufen Laufen.

Meine Stadt eine Dunkelheit. OBSCURED BY THE DEAD. Verdunkelt von denen, die geblieben sind. Elternschatten. Das was war, Das was ist, Das was kommen wird: Wir gehen stündlich über Leichen & ahnens nicht.

Ein Soldat-von-der-Ostfront erzählt. –Seh noch den Bauern drühm in Schlesien. Die SS war nich mehr da, *der-Russe* noch nicht. Geschosse flogn übern Hof & gruben seine Klitsche um hinterm Haus: Da schichteten der Alte & sein Weib Steine übernander schon wieder, bessertens Dach aus & bauten auf, während ihnen unterm Arsch das Haus zusammgeschossen wurde. Die wärn am liebsten mitm Saatsäckl raus und hätten genutzt, was der Krieg ihnen umgräbt.

Kieper darauf: –Völkische Bastler. Machen aus jeder Scheiße ihr Gold. Und drehn mit ihrem Hintern jedem neuen Tyrannen das Nest. Deutsches Blut & Deutscher Boden. Hams nie anders gelernt.

Die dritte Runde. Laufen Laufen Laufen.

Der Alte. Erst Reichsbahner, dann Landsturmmann, dann wieder Reichsbahner, dann wieder Landsturmmann. Soldatissimus in dreifachem Glorienschein, graugeworden in Uniformen. Hab geglaubt, der müsse was WISSEN. Irgendwas BEDEUTSAMES hinter Kümmelatem & Winterstirn. Hab GESCHICHTE hörn wollen damals in der Kneipe am Tisch zwischen gelben Bierpfützen, Refugium in Tabak & warmem Fusel. Historienschwer der Weise grinst ins Kochgeschirr, das Gesicht ein greiser Kinderlampion im Rauchgespinst:

–Ssehn Fennje for een Friestick. Darmals. Unn heutä? ää! War untam Kaisa bessa. (Schrie er). Kenntaja nich wissn, jungsche Kerls ihr. Unts Bier wah ooch bessa. (Spie er Gelbspeichel auf Brachholz-Dielen). Unts Milletär Wie-Ein-Mann hintam Offessier. Daswahnnochkerrlswahndasnoch! Nich wie Heute. Sonntachs die Kutschn mit die Damekens drin. Janz in Seide. Unt een Friestick for ssehn Fennje. Hackepeta, sone Portzjoon! (Zeigtes: bibeldick).

–wice, ein Kaff jenseits der Oder; wir, *die-Soldaten*, die mob-il gemachte Herde, Kleine-Männer-von-der-Straße, die Menschchen, die Männeken im Stalldunst der Gemeinschaft unter Fahnen- & Trompetengeknatter; wir, die Bestien mit der blutigen Hoffnung, hatten aus diesem -wice ein -witz gemacht, und warteten in dieser verschmierten Bahnhofskneipe auf den nächsten Transportzug nach Irgendwo, und stanken nach Fußlappen & Schnaps, draußen vor zerschlagenen Fenstern zogen Nebeltrecks über verhurte Äcker (drüber Wolken, stehengeblieben mit den Uhren). Drinnen Alles besoffen, und die vier Weiber auf den Tischen hatten längst aufgehört, die Schenkel zu schließen vom Einen bis zum Nächsten.

Der Olle hat seinen Soldaten-Traum ausgekaut bis zum letzten Hurra, Rotz & Wasser blieben zurück, und das spie er ins Geschirr, während in der Ecke ein neuer Schwan seine Leda bestieg.

–Watt hattma von sein bisken Leem. Ma riehrt sich unn ackert & schwitzt, ma ssieht inn Kriech uff Befehl unt läßt sich Kopp einhaun uff Befehl, ma kommt wieda uff de Beene – wossu det Allens? Wossu? Wenn allens wattma duht vakehrt is. Wemma sichn Sandberch ruffwiehlt unt ackert unt gloobt nu hattma entlich watt jeschafft: Wupp kommt ne Schippe Sand von ohm unt Wupp rutscht ma runter unt noch tiefa rinn inn Müll alsma vorher drinne wah. Soistdet. Det Leem is einjeteilt in Fiffe Jlockn & Fußtritte. Ne Trillafeife: Antretn Rinn inne Schule. Ne Trillafeife: Pause sse Ende: Wann hat Zehsar den Rubi Cohn – üwaschrittn wirtan Jawoll nich jecohnt ham oda wadet bloß son Pinklbach, Pisse der gallischn Hähne, unnde His Toricker mußtnn uffblasn zum reißnden Stroom bisser IHM wirdich wah – Weshalb hat der Orest seine Mamma abjemurkst – Sswee Ssüje fahrn von A nach B wie alt is der Lokfiehra & wieville Kinda hatta Schaffna – Wat kommt nachm Drittn Reich Det Vierte?? Dir werick Drecksau: fuffzich Kniebeujen det is Jeschichte! Ne Jlocke: Rinn inne Kirche. Bete Hund. Ne Trillafeife: Paß uff

Mensch woll leemsmiede! Der Schupo anner Ecke wemmamal mit seine Jedankens woandas hin macht. Ne Jlocke: Die Elektrische. Ne Jlocke: Der Postbote. Ein Blumenstrauß von meiner Maus? Durch Lotterie in Saus & Braus? (Der Hauptgewinn zu 50 TRM geht an...)? :Nee: GESTELLUNGSBEFEHL. Desterwejen waret so stille. De Ruhe vors Jewitter. Et wah so stille dettma beinah sich jefiehlt hat. Ma wah keen Lilleputana. Ma is jewachsen in sone Stille. Ne Trillafeife: Milletär. Gehorch Hund. Hier bin ick dein Fiehra! Marschmarsch dir machick Luft! Unt Jlocken & Feifen Unt Jlocken & Feifen: Wie Jitterstäbe umnen Käfich. Een Jefängnis aus Trrriiiiill & Palimmpalamm. Peitschenhiebe Stockschläje Spießrutn Der olle Fritz & Preußens Gloria Hurra Hurra Tatü Tatah Unt wenn der janze Schnee vabrennt. Deutsche Dächer stürzen auf Deutsche Dussel. Treu & Redlichkeit. Palimmpalamm. Unt ma wehrt sich doch. Ma biecht an det Jitta rum unt willn Kopp rausstecken umma sse sehn wie de Luft woll uff die andan Seite schmeckt. Aba ma kricht det Jitta nich ausnander. Ma kricht n Kopp eenfach nich derzwischn. Nich ma n kleen Finga kricht ma raus. Da kommt n Fußtritt. Watt, du frachst warum? Gleech noch eener. Durchhalten Aushalten Schnauze halten! Dett holt dir imma wieda in. Det kricht dir, wo de dir ooch vasteckn duhst. Unt allens wah wiedamal umsonst. Hasta wiedamal im Kreis jedreht. Aba morjen, morjen wirdet allens janss anders. Jaaanss anders! Döskopp! Pinsel! Affe du! Kannst froh sinn dette noch am Leem bist. Haste dir allens selwa innjebrockt unt nu biste sse doof s auszeleffeln. Willst imma noch n bisken mehr hamm. Gloobst imma noch du bist watt Bessret als Alle-Andan. Wie? Aba klar doch. Aba jewiß doch. Nur ssu. Da haste noch ne Kelle. Sollmajarnich druff ankomm. Sinn doch alle Menschn oda? Da haste n Nachschlach Scheiße: Een Herbstmorjen. Wech von sse hause. Lausije Kälte *Wolken wie verreckte Riesen. Eine Nacht davor dein Geruch Margarete ein Apfelbaum & Haut wie Mondlicht. Bleib doch. Bleibeinfach. Im kastanienbitteren Morgen* der Hase springt uff ausm tiefm Jras, in detta sich jeduckt hat, so daß n keena mehr hat sehn könn, keen Jäjer, keen Hund. Aba er hältet nich aus, hat ehm keene Nervm. Unt springt justament hoch wenn der Kerl mit seim Jewehr dichte bei is. Schlächt Haken. Kurven. Und lamentiert vor Schiß. Vor Todesangst *Es ist Krieg Margarete! Und die Hand schurrt graues Papier über den Tisch GESTELLUNGSBEFEHL* Bumm jeht de Flinte los, een Knall als wenn der janze Himml een Steinbruch wär und Erde saust durch de Luft unts reechnet Steine & Dreck *Und Arme, Hände, Beine. Blut wie Kupfermünzen auf meiner Haut* Perdauz fliecht der Hase inn Sand.

Unt nu kommt det Scheenste vonne Jeschichte: Isser doht wie et sich jeheert for een anständchen Hase? Iewo! Der lebt! Und torkelt halb taub inn Wald. Jitterstäbe aus *Bäume & Rauch Häslein in der Grube saß und fraß / Und der Hasen-Bruder kam ihm sehr zupaß* Jetz meen Häseken jetz hastet jeschafft. Jetz haste dir befreit vonne Jlockens & vonne Trillafeifm *und von den Nächten mit einer Haut wie Mondlicht. Rund siebenundzwanzig Tage dauert eine Rotationsperiode des Mondes. Tausendmal Neumond ein Leben* Wirst alt & grau wern meen Häseken. Meen Grauchen. Unt morjen, Häseken, haste det allens wieda vajessn. Untet jeht wieda von vorne los unt du mitten drinn *Kasernengedröhn, Männerzoo: Käfige & Gestank. Stiefeldreck auf den Fluren. Gelbe Pfützen auf langen Tischen wie Pisse. Emaillekannen & Lastwagen wie kantige Raubtiere vorm Maschendrahttor, die Ladeflächen schamlos bläkende Zungen aus Holz* Trrrriiiiill. arscharsch. Schieß Hund. Schieß. *Erde & Fichtenzweige. Kieper. SCHIESS BITTE SCHIESS. Siebenundzwanzig Tage.* Ich bin entwischt. Wie lange dauerts, bis die Einen für tot erklären? Die Toten erklären ihre Toten für tot. Inseln aus Stein. 1 Schritt 1 Sprung 1 Wurf. 3 Wurf 20 Pfennig. Versuchen auch Sie Ihr Glück! Hier kann jeder jewinn. Det is wie int Leem, Herrschaften, ma musset nur probiern! Tretn Sie näher, kommse ran. Herrschaften, immer rann!

Was bleibt und nicht ausgeschissen wird, steigt zu Kopp und wird Erinnerung: Geh mir zum Henker!

Die vierte Runde. Laufen Laufen.

–Das willich jetz abamal ganz-genau wissen!

Fauchend ich in Kiepers Mandelgesicht. Wir liegen im Dreck (= Deckung ⟨milit.⟩), ein Straßengraben mit schwarzgrünem Wasserbrei, Binsenhaar, märzherb die Erde unterm Totengras. Hinter Kieferngittern ziehn die Eisen graugrüner Panzer vorüber, der *Rote Stern* das blutgezackte Einaug des Polyphem.

Kieper neben mir, erdundgras spuckend: –Der Schwachsinn der Massen mpft zeigt sich in der Begeisterungsfähigkeit. Oder kannste mir vielleicht sagen, weshalb hier soviele & wir inner Scheiße liegn?! Die Härrän mpfft mpfft Herrscher weiden sich am Haß, den se so fein gelenkt ham.

Und ich (Idiot): –Was gehste nich rüber zu Denen-da! und zieh mit dem Finger den Weg des Eisens nach.

Kieper grinst kalt: –Weil erstens auch bei Denen ein Führer befiehlt, dem man folgt. Und weil zweitens, Pimpfenfreund, ich mir nich sicher sein kann, daß ich nich beschleunigt werd von einer kameradschaftlichen Kugel-in-den-Rücken. Vielleicht sogar von deiner.

–Wollt ihr Blödaffen wohl das Maul halten!! :Mit circa 90 Dezibel der Unteroffizier über unsern Köpfen. Und hätt uns mit seinem Gebrüll *Die Russen* auf den Hals geholt, hätten *Die* nicht Besseres zu tun gehabt, als sich um eine Handvoll Krieg spielender Rotznasen-Indianer mit Pusterohr & einem schwachsinnigen Unteroffizier (was von Hause aus eine Tautologie ist) als Häuptling einen Dreck zu schern. Die fünfte Runde. Laufen.

Der Himmel ein graues Schäumen. *Dies irae.* In den Augen brennend das Blut. Die Aschenbahn eine verendete Riesenschlange, ich halt inne im Lauf, spucke in den roten Sand. Und spüre Gesteinsplitter in den Knien, als ich niederstürze, atemlos, und Himmel kehrt sich rauschend einer Erde zu. Fleckige Wolken-Collage, das gläserne Abbild der See. Der Wald. Ist vermint. STIEFELABDRUCK-IM-SAND! Fressen & Gefressen-Werden. Geruch kalten Fleisches. Eine Tote im Keller. Rauhe Kartoffelbrüste. Ein Kuß voll Erde. Bleiche Tiere im Bleiglanz. Guillotine-Boot: kurz & knapp Rübe app. Bleicher Ehemals-Freund ohne Kinnlade Schieß bitte schieß (höflich bis in den Untergang). Eine Stadt ohne Menschen, ausgeräumt wie ein antiker Sarkophag. Berlin. Der Name häuserlos, ein Rauch über Landkarten schwebend. Flüsse ohne Brücken. Noch einmal Atemholn. Erdschwere Luft. *Dies irae.* Laufen & Laufen. Düsternisse sehnen sich übern See-len-See, Schatten blutdunkeln Bäume wassertief. Nacht schreibt wenige Zeilen in den Wald, läßt anlegen das Insel-Schiff am Abend-Kai. Der Wolfshundschädel des Mondes bellt heulend die Erde an.

WAS SOLL AUS MIR WERDEN.

Gippp

all_{llen}

üüü_{ber}   feln

ist Ruuuuuuuh

Wippp

in ^{all}llen   feln

spüüü_{rest} duuuuuuu

auauauauauaum

einen Hauauauauauauchchchchchch

k

öööö leiiiiiiin

ge   schweiiiiii

gen im

die V   Walllllllde

de

warrrrrrr_{te} nuuuuuuuuuuur

balllll

rrrrrrrruuuuuuuuu

hest

du

auauauauauauauauauchchchchch

»vor den Augen des Affen hat man Futter in die Kiste gelegt, um sein Interesse wachzurufen, und dazu einen Haufen Stöcke: einige runde, viereckige und dreieckige. Heute hat ›Raffael‹ es in seiner Arbeit schon zu großer Vollkommenheit gebracht.«

Aus der Finsternis ein SCHREI.

Laubhände, schwarz behandschuht, morsend Mondlicht grell durch die Nacht. Eine Stimme, windzerschlissen, verweht. Die Stimme eines Menschen!
Frühe Nacht schaukelt entsetzt. Die Mondklinge schneidet meinen Atem entzwei. Stämme & Gesträuch tasten angstvoll nach meinen Händen. Dorngeschlinge klammert sich um jeden Schritt. Dort, wo ich auf eine Bö treffe, zieht Luft sich fröstelnd zusammen und verkriecht sich hinter Wolkensträhnen. Ich stehe, ins Dunkel horchend, mein Atem ein dürrer Zweig.

Stille. Stille.

Dieser plötzliche, so kurz entflammte SCHREI eine Sinnestäuschung? Am Anfang war das Wort! Dieses A, Selbst-Laut, der *erste vernehmliche Ton, welchen die Natur in den neugebohrenen Kindern von sich giebt; ihr erstes Geschrey & ihr erstes Stammeln:* Dieser Laut war der Laut eines Menschen.
Wieder *bei* denen. Wieder bei *denen.* Wen des Krieges Flut erfaßt. Aus einem alten in einen neuen Krieg. *Weil immer Krieg ist!* Sprach der Soldat-am-Holz, ICH WILL MIT DEINEM MUNDE

SEIN, meine Innere Stimme seit der Nacht des Großen Fressens, UND DICH LEHREN WAS DU SAGEN SOLLST. Würdest dus verstehen, Margarete, die Sprache des Waldes aus seinen fünf Lauten. Dann hat sie sich auf dem sonnespiegelnden Sand geräkelt, mittagsfaul, und sperrangelweit gegähnt: –Ooouuuiii ich geh jetz nicht ins Wasser, zuviel zu Mittag gegessen. (:*oui*, Kohlrouladen!). –Ungesund, mit vollem Bauch schwimmen. Und sie hat *par derrière* gehörig in den Sand geblasen, eine Staubwolke wirbelte flimmernd in die Höh. Wir haben gelacht mit der kindlichen Freude am Deftigen, und ich sah den Weltuntergang für Milliarden von Mikroben. Der SCHREI kam aus der Mitte des Sees, wo ich die Insel weiß unter hellgrünen Schnüren von Trauerweiden. Wer hat geschrieen & warum? Das klang nicht wie *heureka!*, schon eher nach *noli turbare...!*, was danach kam, ist bekannt. Feldschandarmerie! Darmerie / Schand-Armie. Die größten Schweinehunde als Ordnungs-Hüter, daher die Ordnung der Schweine & das Hüten der Hunde. Und wenn er, Soldat-am-Holz & avanciert zu meiner Inneren Stimme, gelogen hat oder seine Auskunft eine falsche aus Unwissenheit, weil schon wieder ein neuer Krieg begann? Wenn Die mich finden, werd ich gehängt, unerfülltes Plan-Soll aus dem letzten Krieg. Kann mir sogar den Baum aussuchen in dieser Inflation von Galgen. Der Wald ist kein Exil.

Dieser, aus dem ein Schrei kam, auch ein Entkommener, ein Flüchtling vor Gespenstern, nun selber zum Gespenst geworden für sich & für die Andern. Am Anfang war der Schrei, am Ende wohl auch. Haben meine Verfolger durch diesen fremden Tod meine Spur verloren? *1 Stück Flüchtling (Deserteur),* so ihr Schlacht-Plan, der Fremde starb in meinem Namen. Dann bin ich wieder entkommen & allein. Wer ists nicht gern in solchen Zeiten!

Ich will zurückkehren zu meinen Vorfahren und diese Nacht auf einem Baum verbringen. Haben nicht gewagt aufzuschaun, als Margarete als erste auf den Baum rauf & sich den Teufel-drum geschert, ob wir von-unten vielleicht ... Wir waren still, einer schämte sich vorm andern, und haben errötend aufs Mikado der Tannadeln & Blätter niedergeschaut. Kreuz & quer übereinander, Promiskuität der Hölzer. Und sie von-oben aus den Zweigen: –Wasissdenn. Trauter euch nich? Und wir haben uns alle mit einem Mal getraut, kugeläugig mit Froschmäulern, hochgeschaut in den Himmel vorm Himmel; aus Seidenweiß streckte sichs beinschlank, Rockwolken plusterten *kumulus*dralll, ihr Sonngesicht feixte durchs Haargewölk.

Zuerst auf diesen Ast. (Sieh an!). Sieht morsch aus. Schnell ein Stück höher. So: Auaverfluchtnochmalscheißklettereiaberauch !!! Holz splittert mit greisem Kläffen, Harzgeruch sirupzäh. Ich bleib hängen in verrätseltem Zweiggewirr & windigem Kiefernquiz. Typisch ich: Latsch durch ein Minenfeld ohne mir nur n Haar zu krümmen, brech mir aber den Hals beim Klettern auf nen Baum! Der Lärm schlägt Wellen in die Nacht. Abend verbrennt, Sternfunken glimmen im Himmelsstaub. Ich fädele mich ins Astgewebe, lehn mich zurück an den Stamm. Die nächsten Stunden bleib ich hier, Luftgondel überm Nachtrialto. Wenn ich nur wach bliebe! Und schau hinaus über die Lagune des Waldes, ein dunkles Meer, von Inseln durchsetzt. Und kein Laut, den dieser Wald auf seinem Weg durch die Nacht nicht selbst verursacht hätte; der SCHREI bleibt ohne Wiederholung.

Müdigkeit in Dunkel & Blei: Bleidunkles Wasser füllt bleiern den See, in Blei gegossene Bäume dunkeln bleiern das Dunkel der Nacht, Nachtblei versenkter Anker in bleinächtigen Schlaf.

Die rosenfingrige Eos. AUFWACHEN. Eine Spinne stakt mit Zwirnbeinen den Arm hinauf, ich schnippe sie schaudernd fort. Mein sicher erstes Schuldgefühl hienieden: Ekel vor diesen Viechern. Maria plus Joseph auf der Flucht mit dem Gottes-Kind. Die Herodes-Büttel vor der Höhle hatten zuviel Verstand für ihren Beruf, und gingen vorüber am zugewebten Eingang. Meine erste Gotteslästerung: der Mordversuch an einem Reliquien-Vieh. Inzwischen sind einige Götter & Lästerungen hinzugekommen, der Ekel ist geblieben. (Schuldkomplex & Todessehnsucht des Nazareners aus dem unerträglichen Wissen, daß um seinetwillen Herodes über 200 Säuglinge schlachten ließ? Ein Mann mit Ge-Wissen taugt nicht zur Macht. Deshalb das Fleisch ans Kreuz, das Wissen ab in die Höhle).

Ich bin & allein. Dieser Mülleimer ging vorüber, Die haben mich nicht gefunden!

Halbwüchsiges Morgenlicht pafft Frühnebel ins Pastell der Himmelsleinwand. Über den Bäumen um den See wälzen Sonnarme das Wolkengestein beiseite. Baumkronen-gezüchtigt, mit Schwielen & Zweigstriemen, das Blut stockend vor den Kniekehlen: die übliche Termiten-Invasion durch die Adern, streck ich die Beine in die Seidenpapierlüfte übern Bootsrand meiner Kieferngondel. Ich hab geschlafen am Mastbaum einer Schaukelkiefer, harzverklebt & heillos verflochten mit Hautundhaar in der Baumtakelage: Alptraumblech scheppert über Gedankenhalden, und Alles ist wieder da, was keine Nacht verwischen kann: der STIEFELABDRUCK, der SCHREI aus dem Dunkel. Wie komm ich jemals & mit heiler Haut zurück in *meinen Wald*. O Götter der Schwerkraft, steht mir bei, nur nicht Alle auf einmal!

Und Sisyphos hebt seinen Stein auf, wo er ihn gestern verlor, und das Tun, des Menschen höchste Tugend, nimmt seinen Fortgang wie eh & wie jäh: Dunkle Figuren flimmern in den Sonnenwellen des Wassers, so daß die Erscheinungen seltsam konturenlos & vage wie Schatten über den See gleiten: MENSCHEN steuern dem Festland zu!!!

Ich reiß mich aus der Umklammerung der Zweige und spring dorthin, wo das Geflecht am dichtesten. Fliehen lehrt Vorsicht. Wer sind diese Fremden. Versprengte, Flüchtlinge, Aus-Reißer, vom Tritt des Schicksals ins Über-Leben befördert. Oder Treiber, Jäger, Gefolgs-Männer, die Henker der letzten Nacht. Oder Hilflosere als ich, in den Wald verschlagene Soldaten mit ihren zwei Grundtugenden, Fressen & Töten, aus Mangel an Opfern & Beschäftigung nun – einstudiert ist einstudiert – die eigene Zahl beständig dezimierend. Der SCHREI in der vergangenen Nacht ein Schrei aus dieser Schar?

»Wie oft ereignet es sich im Laufe unseres Lebens, daß« – – den zweiten Teil des Satzes dichtet unser-Leben allein & nach eigenem Bedarf:

»daß gerade jenes Übel, das wir am meisten zu meiden suchen und das uns am allerschrecklichsten scheint, der Schlüssel zur Befreiung wird«

»daß gerade jenes Allerschrecklichste, das wir am meisten suchen und das uns am übelsten scheint, der Schlüssel zur Befreiung wird«

»daß gerade jenes Befreiendste, das wir am meisten zu meiden suchen und das uns am allerschrecklichsten scheint, der Schlüssel zum Übel wird«

»daß gerade jenes Übelste, das wir am meisten zu meiden suchen und das uns am Befreiendsten scheint, der Schlüssel zum Allerschrecklichsten wird«

Mein Ruf zum Erkennen bleibt stumm auf der Zunge. Mag sein, deren Furcht ist größer & ihr Wissen kleiner als meins. Wer außer mir in diesem Wald weiß vom Ende des Krieges? Das Wissen des letzten Zeugen hab ich mir einverleibt mit seinem Fleisch. Wissen ist Macht. Ich steig aus meiner Rolle und spiele euch den Herrscher!

Der Gedanke ergötzt mich & ich steig höher hinauf ins Gerüst. Von gelegentlichem Aufstoßen ermuntert, entsteht eine Rede ans Zukünftige Volk.

GESCHICHTE DES MANNES AUF DEM BAUM

Da ich euch, mein Volk, sehe, gehe ich auf einen Baum & setze mich; und ich tue den Mund auf, lehre euch & spreche: Selig sind, die den Untergang der alten Gesellschaftsordnung erfuhren, denn ein Erdenreich ist ihr. Selig sind, die die Eroberung der *politischen* Macht & die Ablösung der alten durch die neue Gesellschaftsordnung in erbitterten Kämpfen erstreiten, denn sie sollen getröstet werden. Selig sind die unausweichlichen, historischen Notwendigkeiten, denn sie werden das Erdenreich besitzen. Selig sind die Ruinierten, die hunderttausend enteigneten Bauern & Handwerker & die in Lohnarbeiter Verwandelten, denn sie sollen satt werden. Selig sind die zum Totengräber der alten & zum Schöpfer der neuen Gesellschaftsordnung Berufenen, denn sie werden Anteil haben am Arbeiten, Planen, Regieren. Selig sind, die reinen Herzens das Schicksal, das Geschick der Nation, gestalten, denn sie sollen den Hegemond schauen. Selig sind, die da alle Werte schaffen, denn sie werden das Neue-Volk heißen & man wird sie getreu dem Grundsatz: Alles mit dem Volk, alles durch das Volk, alles für das Volk entgelten. Selig sind die größten Söhne-des-Volkes, die in genialer wissenschaftlicher Voraussicht die geschichtliche Notwendigkeit des Unterganges der alten & des Sieges der neuen Gesellschaftsordnung begründeten, denn das Zitatenreich ist ihr. Selig seid ihr, wenn euch die Feinde um MEiner unermüdlichen Tätigkeit als führende Kraft willen schmähen & verfolgen, und reden allerlei Diffamierendes wider euch, so sie daran lügen. Seid fröhlich & getrost; es wird euch jedem nach seinen Fähigkeiten, jedem nach seinen Bedürfnissen wohl belohnt werden. Denn also haben sie verfolgt die, die vor euch gewesen sind. Darum, wer diese meine Rede hört & unzählige gute Taten vollbringt, der gleicht einem klugen Mann, der sein Haus für den Übergang in das Reich wahrer Menschlichkeit, Gleichheit & Brüderlichkeit, des Friedens & der Freiheit baut. Der wird die Nation durch friedliche Arbeit zur Blüte & Größe führen. Und wer meine Rede hört & tut sie nicht, der ist einem Gegner gleich. Deshalb gilt es, die Reihen fest zu schließen, um das große Werk zu vollbringen – – –

– – – während ich aus den hölzernen Wolken fall, erinnere ich den jungen Soldaten auf dem Rückzug, Wann? Wo?, der in die katholische Kapelle eindrang und auf die Orgel schoß – der letzte Choral eine Salve aus Projektilen, das Lied kehrt zum Sänger zurück – und der übern Marktplatz lief und die Tür zur örtlichen Parteizentrale eintrat (Machtgeisterhaus: Fenster & Türen an Brettern gekreuzigt), drinnen erstickte Büros, und dieser Soldat erschoß leere Flure &

Zimmer, Rollschränke schnurrten, Schreibmaschinen wie zerreißende Harfensaiten, Bücher zerfötzten & Gipsbüsten spieen Heroen-
staub. Und man schoß den Soldaten nieder, als er, Jünger Luthers, in
uns die Teufel erkannte & seine Tinten-Patronen auf uns zu schleu-
dern begann. Stürzend griff er ins stickige Luftgezweig, während
seine Brust zerriß. Sein Schrei in einem Totenhaus.

– – – während ich aus den hölzernen Wolken fall, seh ich, was vom
See her auf das Wald-Land kommt: drei Flöße, drauf MENSCH-
LICHE WESEN, schweigend dämmernd starr. Ists ein zerkratztes
Filmband, zweigüberflimmert? Himmelsleinwand & Schwarz-
Film-Sturz: Aufprall & ENDE.

»Sie sehen, ›Raffael‹ irrt sich, aber er irrt sich immer auf dieselbe
Art & Weise.«

In Fangarmen blattloser Pflanzskelette, bereit zur Torfwerdung
oder als verspäteter Pithecanthropus mit (fühl ich) versprengten
Gliedmaßen, welche Anthropologen-Gehilfen mühsam neumodel-
lieren würden, daraus ich vermutlich modifiziert hervorgehen
würde. SEine Schöpfungsmängel korrigiert sehen mittels Plastik &
Gips, Der Inwendige Mensch, aufgestiegen vom 3. in den 1. Aggre-
gatzustand. – Ich wach auf & sehe:
Wesen, schweigend dämmernd starr.
Wesen, schweigend dämmernd starr.
Wesen, schweigend dämmernd starr.

Die Geister, die ich rief in meiner Predigt-vom-Baum, nicht
jedem Wort folgt so rasch die Tat.– Meine Blicke fliehen durchs
Gestrüpp wie Herden galoppierender Pferde. Hürdenreiten übern
Acker der Ungewißheit, schon im Sprung rücken die Ufer auseinander. Drinnen die Wasserleichen von Wolken, ein ersoffner Himmel.
Die Erde das Sprungtuch, das die Gefallnen auffängt, die aus Bäumen, Fenstern, von Dächern & Türmen kopfüber kopfunter kopflos,
wie schwitzende Affen und Geifer vorm Maul ihr göttliches BlaBla.
Pandora, die Allgeberin, macht ihr Faß auf, und alle eingeschlosse-
nen Übel samt der Hoffnung kommen über die Menschen: Ge-
schichtsreiber Politicker Literatten, Weltreiche verhinderter Cäsaren
Napoleons Homers. Und Behinderte aus den Kriegen der Verhinder-
ten. Haben ihre Zeit vertan denkmalsgeil in Amtsstuben mit dem
täglich gleichen Boxkampf gegen den Nachbarschädel & Nachbar-
schreibtisch. Zerstückelt von den Messern der Dienstvorschriften,
hängengeblieben im Stacheldraht von Paragrafen Verordnungen Bestimmungen Zusatzbestimmungen zusätzlichen Zusatzbestimmungen in infinitum. Ewig erkältet von wechselnden Winden, deren

Richtung Man zu erahnen hat früher, schneller & besser als der Lakai im Nebensessel. Einmal Höfling immer Höfling. Daher die Verschlagenheit unterm Flecken Erde, worauf kümmerliche Wörtlein blühn, gedüngt von Leichen im Schreibtisch. Kein Erfolgreicher, der nicht auf den Köpfen von Besiegten steht. Und sie öffnen ihre Koffer-Klappen, und sie reden ihre unschlagbaren Reden und kommen groß raus mit FÖLLICH NOIJEN ARKUMÄNNTÄNN: Die Leute mögen doch FERNUMPFT annehmen! es ginge doch AUFFERTZ! IN SOLCHEN ZEITEN wirds zum BESTIEN, wenn ihr einfach an uns KLAUPT! :Das was war Das was ist Das was kommen wird: Wiederholung Wiederholung Wiederholung.– An den Wänden von Amtstuben der Schlierfilm aus vergeudeten Jahren. Ein arbeitsloser Regierungspleb schlägt die Zeit tot mit Erlassen & Intrigen. Der Geschmack der Macht ist schließlich schal. Und die Räder im Getriebe fressen die Räder im Getriebe, die Austauschbaren fürchten ihre Austauschbarkeit. DER ÄRGSTE FEIND STEHT IN DEN EIGNEN REIHN. Leben ist anonym, Sterben höchst privat. Morgens fällt Atmen schwer, trockener Husten zieht sein Hanfseil enger um die Kehle. Das Herz, Kapuze des Henkers, zernarbt, zerfasert, entfärbt bei unzähligen Exekutionen: Da kommt Schwachheit auf, Gefühle schleichen sich ins Uhrwerk ein. Im Spiegel die Karikatur des Gesichtes von einst. Und die Karikatur verzerrt zur Karikatur undsoweiter. Die Welt, von Greisen & Verrückten regiert, das Empire der Impotenz.

Bis die schrumpelige Elefantenhaut aufplatzt & wie zerreißende Gardinen in Ruinenfenstern schaudernd gähnt in Eitergeschwüren. Atropos: Staatsbegräbnis. Die Präsidenten-Auster. Minister Gallert in der Schale seines Metallsarges. Was bleibt, schlürfen die Ratten. Die Erde speit ihre Toten aus nach jedem Winter. Die Bank des Himmelreichs ist pleite, die Wechsel auf die Zukunft gehen zu Protest. Engel müssen zu Flöhn verkommen im Himmel also auch auf Erden. Und da reute es den jeweils aktuellen Gott, daß er die Menschen gemacht auf Erden & er sprach: Ich will die Menschen vertilgen von der Erde, denn nach mir das Schlachtfeld. Fümfzich Jahre & mehr in Parlermenten Cremien Ausschissen der Inzest mit der Macht: Bruder Barras Schwester Polizei Vater Staat & Mutter Justiz. Der Tyrann von Heute ist vergessen morgen schon, treibt er die Mähre seines Staats nicht unvergeßlich übers Zielband im GRAND PRIX DE LA MORT. Schrecken überdauert die Zeit. Eine Welt hielt den Atem an vor einem Gefreiten & erstickte am Gas; Nero hat Rom in Brand gesteckt & ist in die Geschichte eingegangen; Alexander hat

bis zum Indus geschlachtet; Odysseus ließ ein Holzpferd Soldaten
scheißen ins schlafende Ilion, Troja war gestern. Was bleibt von Uns.
Verdammt zur Namenlosigkeit wolln Wir nicht sein:
Wesen, schweigend dämmernd starr.
Angst besteht zu Recht: Was da heranzieht aus dem See, das sieht
nach Räson aus, nach Ordnung & Vollstreckung. Schon wieder.

Vielleicht zwei Dutzend Männer mit allerlei Gelump & Kleidungs-
resten behängt, Ensemble der Parias, zerren einen fast Nackten aus
ihrer Mitte (wohl einen Gefangenen, Paria unter den Parias) von
einem der Flöße auf den Strand. Gebrüll in dumpfen Lauten, den Gefangenen auf die Knie zwingend, reißen sie Dem die wenigen Kleider vom Leib (:der Gefangene trägt wahrhaftig Frauenkleider,
Schauspieler seiner antiken Tragödie). Er kreischt & jammert, wehrt
sich jedoch nicht, sondern legt sich bereit-willig zu Sand. Was erwartet den Einzelnen von der Mehrheit?: Trübes.
   Beschattet von den Lumpen der *force majeure* das Opfertier im
Dreck, ein Kalchas tritt *hintern* andern, und der Erste nähert sich dem
Liegenden, kniet hinter ihn, zerreißt Jenem den letzten Rest Stoff
und:
   »*Dieser Anblick ließ mich derart erstarren, daß sogar der Gedanke an
meine eigene Gefahr auf einige Zeit verschwand & all meine Angst in dem
Eindruck unterging, den eine solche Ausgeburt höllischer Roheit & Ent-
artung der menschlichen Natur auf mein Gemüt machte. Oft zwar hatte ich
schon davon reden gehört, aber noch nie war ich diesem entsetzlichen Schauspiel so nahe gewesen. Mit Schaudern wandte ich mich ab*« Defoerdern in
der Reihe versetzen sich in genüßliches, rhythmisches Schaukeln, das
schließlich auf die gesamte Schar übergeht, als sie mich in meinem
Versteck kotzen hörn.
   Die Herde stutzt.
   Wütend & überrascht unterbricht man das das das. Über die
Köpfe der Schar kriecht das Fettgesicht der Sonne. Schließlich kom-
men drei Silhouetten aus dem Licht auf mein Versteck zu.
   Zum ersten Mal seit langer Zeit blick ich wieder in menschliche
Gesichter; der Anblick entsetzt mich. Ich bin keen Christ und daher
nich verpflichtet, meine Feinde zu lieben. GOTT SCHÜTZE
MICH VOR MEINEN FREUNDEN UM MEINE FEINDE
KÜMMRE ICH MICH ALLEIN. Mit einem Schrei & der Kraft
des Sehend-Wütigen spring ich aus dem Versteck hervor, windmüh-
lenflügel einen Knüppel hoch überm Kopf, streck den Ersten, den
Zweiten & auch einen Dritten nieder, Don Quixote sucht Merlin &

findet die Menschen, da zerbricht das Holz. Ich kamikadse in die restlichen Speere aus Leibern, Köpfen, Armen, hau mit dem amputierten Knüppel auf die Nächst-Bestien ein, bis ich stolpere über ein fremdes oder das eigene Bein & niederstürze direkt neben den Gefangenen. Staubregen, in den Augen Sand. Der Gefangene rappelt sich hoch und greift zu dem Holzstumpf, den meine Hände im Sturz verloren.– Das letzte, was ich seh: ein hölzerner Blitz aus dem Himmel auf mich niederfahrend, die Sonne verdeckend & ein Gesicht im fettigen Grinsen; der Gefangene, Büttel seiner Büttel, streckt mich, seinen Erretter, nieder mit einem fürchterlichen Hieb – – –

*

Öffentliche Bekanntmachung. 153. Tag des Jahres 12. Neu–Deutschland. Zwischenfall am Vormittag: Ein Unbekannter störte in schamloser Weise den ordnungsgemäßen Ablauf der anberaumten Liebesvollstreckung. Dem umsichtigen und beherzten Eingreifen des Verurteilten ist es zu danken, daß der Provokateur unschädlich und dingfest gemacht werden konnte. Herkunft, Auftrag sowie Auftraggeber o. g. Person werden die folgenden Ermittlungen ergeben. Art des Auftretens, Zustand und Beschaffenheit der Kleidung des Aufgegriffnen geben zu der Vermutung Anlaß, daß es sich um eine erneute Störaktion aus Alt-Deutschland handelt. Der Unbekannte wurde in Staatsgewahrsam genommen.

*

Ich erwache, kalkiger Gestank von Hühnerscheiße nimmt mir den Atem. Erwachen ist Augenöffnen: greinende Hennen, weißgefiedert, schlaffe fleischrote Kämme auf nickpickenden Köpfen, hornhautgelbe Schnäbel, Stelzen mit drahtigem Krallbein, die Augen wie geronnener Eiter: solch Viehzeug ist wirklich erst in der Pfanne schön.

(Augenschließen: dumpfes Pulsen des Kopfmotors. Zer: mühlensetzen-springen-stäuben-platzen. Tod mit seinen Attributen: gnädig, ehrenhaft, sinnvoll, schön, sinnlos; auch der süße is nur ein tOd: das atmende O. Deutsche Sprache, falsche Sprache: *Der* Tod müßte weiblich sein: *la* mort!).– Erwachen & Augenöffnen zum zweiten: Hühnerschädel, übermächtig & riesenhaft, pickwütig zielend nach meinem Aug – – ein Hieb mit dem Arm (dazu langts noch) – – erschrockenes Gackern, Flügelspreiz & Flaflaflatterreißaus.

Arm & Ellbogen in den mehligen Sand gestützt, Muskeln zitternd wie Saiten, der Kopf ein detonierendes Geschoß, probe ich den aufrechten Gang. Meine Finger ertasten verkrustetes Haar: Erinnerung an einen Knüppelmeteor: Wundkrater & erstarrte Lavaaaah!!– Der erste Gehversuch mißlingt. Zurück auf den Sand, moriturus, ins Braunweißgrün aus Hühnerärschen. Die Zunge teigt bittren Staubgeschmack. Luft erfüllt mit Kükenflaum. Hühnerschwül. Der Blick in den Himmel mit Brettern vergittert, rostige Nägel als drohende Krummfinger. Der Nagelhimmel gegen die Hühnerflucht. Würde ein Tritt mitm Fuß genügen, die Bruchbude selber inn Himmel zu schickn. Könnt ich bloß aufstehn! »Die ewigen Gefühle heben mich, hoch & hehr, Aus irdischem Gewühle; Schlafe! Was willst du mehr?« Wo bin ich. WAS IST AUS MIR GEWORDEN!

*

Ministerium für medizinische Observation (MIMOB). An den Zentralrat der Regierung von Neu-Deutschland (ZERNED). Gutachten über das am 153. Tag d. J. aufgegriffene Individuum.

Nach eingehender Untersuchung gelangten wir zu der Feststellung, daß es sich um ein menschenähnliches Individuum männlichen Geschlechts handelt, Alter vermutlich 16 oder 17 Jahre, Körpergröße 1,75 m bei aufrechtem Gang, Stiefelgröße 42, Körpergewicht geschätzt auf 50 kg Lebendgewicht. Der Rezipient befand sich zum Zeitpunkt der Untersuchung im Koma, so daß eine in der üblichen Weise vorzunehmende Körpergewichtsmessung sowie eine detaillierte Anamnese nicht möglich waren.

Die Haupthaarfarbe o.g. Rezipienten konnte ebenfalls nur auf Grund einer Schätzung zu dunkel benannt werden, da im Augenblick der Begutachtung eine erhebliche fossa von 60 mm Länge und 15 mm Tiefe im pirum o.g. Rezipienten vorlag, die vermutlich bei der Habhaftmachung desselben zustande kam, wodurch das hämoglobindurchsetzte Haupthaar die Feststellung seiner ursprünglichen Farbe erschwerte. Von einer sectio radicalis des pirum raten wir jedoch trotz zu erwartender Tetanus zunächst ab und behalten uns diesbezügliche Maßnahmen nach eingehender Observation vor.

Augenfällig ist ein Zustand allgemeiner starker Verwahrlosung des aufgegriffenen Individuums. Auf Grund dieser Allgemeinverfassung sowie der beobachteten Verhaltensweisen (u.a. Straucheln, Stolpern, unkoordinierte Bewegungen der Extremitäten u.v. a.m.) besteht dringender Verdacht auf folgende physische Erkrankungen: morbus comitialis, m. Dithmarsicus, m. italicus, m. pedicularis, malum mortuum, malum malo proximum auf Grund akuten Wassermangels eine weit fortgeschrittene scabies.

Im fundus gastricus konnten einige wenige, bislang noch nicht identifizierte Speisereste sichergestellt werden. Wir messen der Eruierung dieser Fragmente größte Bedeutung bei, woraus wesentliche Einsichten in Herkunft sowie Lebensweise des unbekannten Individuums sich ergeben werden. Da jener Rezipient die Merkmale einer beginnenden consumtio aufweist, haben wir keinerlei Einwände hinsichtlich der Transferierung des Rezipienten ins Staatsgewahrsam, weil eine sparsame Wiederaufnahme der Ernährung ratsam und die gastrical-freundliche sowie quantitativ eingeschränkte Ernährungsweise jener Institutionsinsassen für den Fall o.g. Individuums als sehr vorteilhaft bezeichnet werden können.

*

Regierungsinterne Eintragung. Buchstabe P. G. Streng vertraulich! Das in den Vormittagsstunden des 153. Tages d. J. aufgegriffene männliche Individuum wurde auf Beschluß der Regierung von Neu-Deutschland zum Gefährlichen Gefangenen Neu-Deutschlands erklärt (im folgenden GEGEND genannt). Ziel künftiger Observation des GEGEND ist die Klärung seiner Herkunft sowie die Möglichkeit in Erfahrung zu bringen, auf welchem Weg es dem GEGEND, ohne Schaden zu nehmen, gelungen ist, auf das Hoheitsgebiet von Neu-Deutschland vorzudringen. Die Vermutung liegt nahe, daß der GEGEND über Spezialkenntnisse verfügt, welche ihn den TODESWALD unbeschadet durchqueren ließen. Für die Observierung des GEGEND zeichnet ab sofort das Ministerium für Eruierung dynamischer Prozesse in Natur & Gesellschaft (DYNPRONAG) verantwortlich. Durch täglichen, schriftlichen Rapport ist die weisunggebende Regierungsstelle von den Untersuchungsergebnissen auf streng vertraulichem Dienstwege umgehend zu informieren. Darüber hinaus ist das Observationspersonal unter ständiger Observation zu halten, um eventuell vorhandene Informationskanäle oder Hintermänner, die der Spionageorganisation Alt-Deutschlands Zuarbeit leisten, zu erfassen und zu liquidieren. Für diesen Aufgabenbereich zeichnet das Ministerium für Observation der Observationsministerien (MOBOB) verantwortlich.

*

Gegen Abend, der Mond rollt durch Wolkengassen, treten aus dem Schatten der Baumdächer einige Gestalten hervor und nähern sich zögernd dem Hühnerstall. Die Horde Menschen (Männer in zotteligen Kleiderlumpen. :Wieso hab ich hier noch keine einzige Frau gesehn??) bleibt stehen im nächstgelegenen Schattenbezirk, so daß mir die Gesichter verborgen bleiben, reglos & stumm zueinander gekehrt, als stünde ein schicksalhaftes Ereignis bevor, welches nach dem Los Einen-von-ihnen zum Götteropfer bestimmen würde.

Ein Jemand tritt aus dem Schatten in die Mondbleiche, ich erkenne ein nicht durch Schlaflosigkeit müdes Gesicht; der Mann trägt einen Gegenstand in Händen, den er eilig unter den Brettern des Hühnerstalls hindurch zu mir schiebt. Rasche Hände greifen sogleich nach dem Mann und reihen ihn zurück in die scherenschnittflache Nacht.

Warmer Essengeruch fährt wie Zugluft durch meine Sinne: Das entströmt jenem Gegenstand aus den Händen des Fremden, einer Schüssel, groß wie ein Lavoir, daraus blinken aus einer Suppe Facettenaugen, ölig & schwer, Fleischklöße mit Nudeln! :Ich umfaß das ofenheiße Blech & schurre das Gefäß über den Boden, und stürze offenen Mundes das Gesicht in die schwappende Brühe (Hühnerbrühe sinnigerweise).

Fett- & eigelbtriefend die Lippen, Wangen & Kinn, mein Inneres erwärmt sich wie eine Bauernstube am Weihnachtsabend. Ich fall rücklings zur Erde zurück. Über mir auf einer Stange aneinandergeknäult & krächzend die fahlen Gefieder. In der Himmelsschüssel schwimmt trunken & sattgelb der Mond. Was fürn feines Freßchen! Was fürne feine Zukunft!

*

Erster Bericht des Ministeriums für Eruierung dynamischer Prozesse in Natur & Gesellschaft. Streng vertraulich! Unter Bezugnahme der Weisung der Regierung von Neu-Deutschland an das Ministerium für Eruierung dynamischer Prozesse in Natur & Gesellschaft ergehen die ersten vollständigen Observationsergebnisse an den Zentralrat der Regierung von Neu-Deutschland.

Bericht 1: »Der Mond bildet mit der Erde einen Doppelplaneten. Er hat nahezu Kugelform, mit einem mittleren Halbmesser von $1{,}738 \cdot 10^6$ m. Die Oberflächenformen des Mondes weichen von denen der Erde erheblich ab. Wegen seiner geringen Masse konnten weder Wasser noch Gas für längere Zeit an seiner Oberfläche existieren. Seine Rotation ist an den Umlauf um die Erde gebunden, die Periode beträgt 27,32166 d. Folgende Fragen gilt es zu beantworten:

1.) Wird der Mond stärker von der Sonne als von der Erde angezogen?

2.) Wie groß ist die mittlere Geschwindigkeit des Mondes in seiner Umlaufbahn um die Erde?

3.) Worin bestehen die wesentlichsten Unterschiede der Oberflächenformationen von Erde und Mond?«

Bericht 2: »Der geheimnisvolle M.N.Y., der mir eine interessante Dokumentation über die außerirdischen Wesen von Proxima Zentauri gesandt hat, (der sich aber weigert, seine Identität preiszugeben), behauptet, daß die Geheimdienste der Großmächte von der Existenz linsenförmiger Flugkörper wissen. M.N.Y. schlägt auch eine Erklärung für die kleinen grünen Männchen vor, die von Hunderten Personen beim Ein- oder Aussteigen aus einem Raumschiff beobachtet worden sein sollen.«

Bericht 3: »Der du von dem Himmel bist
Alle Freud und alle Schmerzen stillest,
Den, der doppelt elend ist,
Doppelt mit Erquickung füllest,
Ach, ich bin des Treibens müde!
Was soll all die Qual und Lust?
Süßer Friede,
Komm, ach komm in meine Brust!«

Bericht 4: »Ich durchblätterte im Kaffeehaus eine Nummer der ›Leipziger Illustrierten‹, die ich schräg vor mich halte, und lese als Unterschrift eines sich über die Seite erstreckenden Bildes: Eine Hochzeitsfeier in der Odyssee. Aufmerksam geworden und verwundert rücke ich mir das Blatt zurecht und korrigiere jetzt: Eine Hochzeitsfeier an der Ostsee. Wie komme ich zu diesem unsinnigen Lesefehler? Ich schlage sofort im Texte nach, um herauszufinden, ob er auch um die Zurückführung der Szene, wie Odysseus vor Nausikaa erscheint, auf den gemeinsamen Nacktheitstraum wisse. Mich hatte ein Freund auf die schöne Stelle in G.Kellers ›Grünem Heinrich‹ aufmerksam gemacht, welche diese Episode der Odyssee als Objektivierung der Träume des fern von der Heimat irrenden Schiffers aufklärt, und ich hatte die Beziehung zum Exhibitionstraum der Nacktheit hinzugefügt.«

*

Ein wenig zu Kräften gekommen, beweg ich Arme & Hände, die ekelhaften Lumpen meiner einstigen Uniform vom Leib zu ziehn, desgleichen das zerrissene & wie ein Kadaver aufgeplatzte Schuhwerk. Nur zum Teil behalt ich die Gliedmaßen unter Kontrolle, wiederholt gleiten Arm & Bein aus, und ich stoße scheppernd gegen die Blechschüssel, darin in erkalteter Suppenpfütze ein Restmond schwappt. (Dieser Kerl, der mir vorhin zu ESSEN gab, sah auch nich aus wie Nausikaa: Weshalb gibts hier keine Fraun??) Die Hühner registrieren die Unruhe mit schläfrigem Krächzen.

Schon zu Beginn des ersten ungeschickten Entkleidungsversuches spür ich einen vielnervigen Schmerz, als seien diese Hüllenreste bereits mit Haut & Knochen verwachsen & zu einem Teil meines Körpers geworden, so daß ich befürchten muß, mich zu enthäuten. Erschreckt & verwirrt laß ich ab davon.

Später DURST. Aus der Kopf-Wunde ein Flächenbrand, das weite Grasland in windflüchtige Asche verwandelnd, Rauchgewänder verhüllen klares Licht, glühende Wurzeln versengen die Erde, die zu brandigen Krumen zerbricht. Fliehendes Getier mischt sich in die Wolken, Feuermünder entblößen ihr rotes Gebiß, FIEBER frißt sich prasselnd durchs Eingeweide. Der Mond ein Kohlebrocken im Ofen des Himmels, Wind zerstiebt die Glut. Meine Stadt, denk ich, meine Stadt verbrennt. Wie ich. Wir sind aus einem Feuer.

DIE STADT (Monolog/Traum)

Nacht meine Decke, sie hält mich kühl. Der schwarze Satin. Wie schnell ists das Leichentuch. Der Zeit ist nicht zu traun. Mondlicht phällt durch Wolken, die Schamlippen des Himmels. Ich dehne meine Straßen über kahle Erde. Sand spür ich aus dem Stundenglas, glitzernder Staub, das läufige Nichts. Wie tief muß ich unter mich gehn, um auf mich herabzuschaun. Meine Haut ist mein Lager. Das Fleisch liegt offen in der Nacht, die Adern aus Stein. Fieber läßt sie glühn: Mein Leib ist Fels. Durch mein Unterbewußtsein, Katakomben des Windes, verfolgen einander die U–Bahnzüge, die gelben Gedanken, Ära fremden Willens, Chemismus der Abgründe & Tunnel: Moleküle zu Haufen aneinander gezwungen in vielfacher Berührung, Gerüche durchstandener Nacht Schlaf Traum Krieg en detail. Hundsgesichtige Bettler & Säufer auf Zeitungspapier hockend, die Inseln der Unseligen. Tief unter Hüten verborgene Schattenköpfe. Mord wohnt im trüben Licht fliegenumsummter Lampen. Zeitungsausrufer Losverkäufer Straßenhändler: Glück & Unglück gebündelt zu schwarzen Buchstaben Zettelröllchen Knöpfen Schuhbändern Zahncreme ODOL MIT FRISCHEM ATEM LEBT SICHS LEICHTER, Gedanken unterwandern den Stein fahrplangemäß, Zeiger großer Uhren tasten mit Spinnbeinen übers Ziffernetz. Dampf aus Sirenen flieht mit aufgescheuchten Vogelschwärmen: Frühschicht: Osram-Siemens-Borsig-Strom, zäh kriechender

Arbeitsfluß aus Kellerschächten. Blaubeschilderte U-Bahnstationen. Überall Baustellen: Rißwunden in meinem Fleisch, aus Gruben schimmert hell der märkische Sand, das Knochen-Mark. Stimmen Rasseln Hupen Pferdehufe Trillerpfeifen: Geräusche schlagen in Regenschnüren gegen die Häuser. Beine Beine: Wacholder Holunder Heckenrose Traubenkirsche marschieren Scharen streunender Gerüche: Jasmin & Mülleimer. Kiefer Sommereiche Kastanie Linde marschieren: das ist ein Trippeln & Trappen ein Staksen ein *Poltern* & Schleichen, ein Tappen & Schlurchen & Wieseln & Trampeln: Stiefel wie derbes Geröll, Sandalen wie Kiesel. Helle Schuhe sprenkeln das Pflaster Tick Tick Tick die Schritteuhr. Beine Beine: Der Wald von Birnam zieht gegen Dunsinan Treppauf Treppauf. Sandhelle Mäntel Fraunkleider K*umulu*swolken, Wind zieht auf, Laßt die Glocken klingen & schwingen, tönen & dröhnen. Strümpfe Socken blasse Haut Härchen Haare Filz. Treppauf Treppauf. Was lebt, ist in Bewegung, Flimmerstrom, Amöben-Welt. Im fünften Stock eines Miethauses dreht soeben eine noch junge Frau den Gashahn auf, nachdem sie zwei Röhrchen Schlaftabletten geschluckt hat. BEI STARKEN SCHMERZEN SPALT-TABLETTEN. Das rostige Kreissägeblatt der Sonne frißt sich durch hölzerne Wolken, im Staub ertaubte Zungen. SCHLESISCHER BAHNHOF LEHRTER BAHNHOF STETTINER BAHNHOF Stahlfluß der Schienen über schwarzen Brücken. Stadt-der-Brücken, im dumpfen Herzton der Güterzüge pulsierend. TAGFASSADEN: Ein schwarzer Fluß in Wellensplittern schillernd wie öliges Metall. Schleppdampfer: verirrte Wale, holen den Geruch des Meeres in die Straßen. Zu Kopfsteinpflaster geronnene Wogen schlagen an die Steilufer der Häuser, Zähne im Gebiß eines Raubfisches, Mikroben im schäumenden Sog. Pferdegespanne mit dürren Speichenrädern, spitze Schuhabsätze der Fraun AUS GUTEM GRUND IST JUNO RUND. Aller Tage watt Neuet, die machng noch aus Schiete ihr Jeld: ›Die neuä KLOPA, empfohln von Deutschlands führenden Scheißkerlen!‹. Silbern tönendes Hammerwerk, Automobile wie schwarze Hunde mit glänzendem Fell warten vor Ministerien & Handelsvertretungen wie Doggen auf ihre Flöhe. SPRATT'S HUNDEKU. Ein Morgen schwimmt ins Haus, ich drücke auf den elfenbeinfarbnen Knopf: Licht in Kaskaden durchs greise Treppenhaus, Herzflimmern des Lichtautomaten – *klick* – ein Vorhang aus Dunkelheit. Hinter einer Tür die Straße die Bühne.

NEUER MORGEN. Ich trete in seinen kühlen Wind, die Nacht in den Falten meiner Jacke. Tappe die Häuserwände entlang, mauer-

bedämpft fremdes Leben hinter geschlossnen Rollos, Lichtschein in
schmalen Streifen nach draußen. Gaslaternen glühn schläfrig im
Wasserlicht, Blechkannen füllen Regenpfützen mit Spiegelbildern
aus einem milchfarbenen Himmel. Akkorde Geborgenheit aus dem
winzigen Bäckerladen: Heimat, wo das Brot warm riecht. Ich biege
um die Straßenecke, höre die Straßenbahnen, elektrisches Blut aus
drahtdünnen Venen schöpfend, höre das Orchester dieser Stadt die
Instrumente stimmen. Die 4 im Stakkato übern Alex. Die 68 im weiten Streicherbogen ums Zentrum. Punkt & Kontrapunkt. Hörner-
& Trompetenschall: Der 9er Bus. Die 41. Schritte auf Brettern über
Baugruben spielen Xylophon. Das ist jedesmal neu. Himmel, Wind
&Erde, Schweiß & Regen, gestützt von dünnen Schornsteinsäulen.
Wir wollen BERLIN zueinander sagen.

ABENDFASSADEN: Gelbes Licht umflammt Gitterstäbe aus
Spiegeln, Raubtiergeruch, Tanzpalast Sportpalast Sechs-Tage Heils-
armee Casino SCHULTHEISS WEIL'S DAS ECHTE IST.
Frauenstimmen wie milder Cognac Junge Mädchen mit dem Duft
von Äpfeln Weißgeschminktes Fleisch tränenloser Clowns balancie-
rend auf scharlachfarbenen Rauchseilen Artemis-Lächeln hinter aus-
gespannten Seiden Rascheln Knistern Elektrische Ladung in blauen
& goldenen Funken Duft aus Nachtschatten Blüten Fraun im
Orangelicht verborgen Spelunken geöffnete Münder Flüstern Lachen Gemisch aus Arena & Honig: Naná Kleener mach de Butter
nich so braun!

Zaghaft versuchen Lindenblüten ein Frühjahr über der Linden-Al-
lee, Blätter, Vogelzungen aus Metall Blütenstaub fällt wie Eisen-
späne. Patinaköpfe aufm Dom, kupfern in die Wolken erhoben (sie
tragen Grün, wenn der Nebel tief geht). Schwer, den Fuß aufs Pflaster dieser Stadt zu setzen und nicht zu verbrennen. Oder zu erstarren.

NACHTFASSADEN: Tauben & blitzende Uniformknöpfe,
vergiftete Monde & Mikrobenscharen aus dem letzten Morgen. Ge-
spensterstimmen von Plakaten mit asthmatisch raschelndem Papier-
atem. Fackelzüge & Speichelworte: Qualmgesichte, fleischfarben,
mit der Zunge des Baal. Papst & Gegen-Papst. Gebete & Flüche wie
Maueraufschriften in Kreide: WÄHLT LISTE 3. FREIHEIT FÜR
(dick überstrichen). Graue Kehlen der Kanalisation. Radios lärmen
Schrottplatz: BEFIEHL – FOLGÄÄN – RRAH RRAH: Lust der
Unterwerfung, der Gehorsam ein Massen-Orgasmus. Zirkustrom-
peten, Clowns mit blutigen Messern springen aus der Manege ins
Publikum. Feuerscheinmauern, Pechgestank schwelender Fackeln.

Auf der Danziger Straße brennt im Regen eine Straßenbahn, Kurz-schluß, orangefarbener Flammenkopf, wirres graues Rauchhaar, die Fenster schwarz wie eine Blindenbrille. Und Hände, in der Luft wirbelnd wie Tauben & Krähn – Applaus Applaus – und Hände, sich ballend zu Eisenkugeln: Fäuste gegen Leiber & Gesichter, aus denen sie blutend auftauchen … Hände … über den Straßen an Häuserwänden Mauern. Fingergitter spreizen durch heiße Luft, das schmeckt nach Mord Tollwut Blindheit MENSCH NISCHT WIE WEG HIER! Meine Adern aus Stein. Lautsprecherstimmen zeugen schneelose Winter. Feuerbalken in himmelsheller Nacht. Der Mond eine Geschützmündung, schleudernd Sterngeschosse auf meinen Leib. Aus den Poren meiner Häuser schwitze ich Licht, jedes Fenster eine Perle aus Schweiß. Was zurückbleibt ist Finsternis, schwarz wie der Hund im Himmel. Der beißt dem Raubfisch die Zähne aus. VOM HIMMEL HOCH DA KOMM ICH HER. Jedes Haus, das stürzt, ein Tod. Ich habe viele Leben. Und doch ists eins zu wenig. Der letzte Gladiator gibt sich selbst den Todesstreich. In meinen Adern das Blut erstarrt zu Eis: ein Krüppel, arm- & beinlos, ein Klumpen Blut mein Ich.

UNTERM ALEXANDERPLATZ. EIN DEUTSCHER ABSCHIED.
Im verschütteten U-Bahnschacht.

Von oben in regelmäßigen Abständen dumpfes Dröhnen Marschtritt Güterzüge detonierende Bomben Herzton in der Intensivstation Gelächter wie boshafte Glocken. Im Schacht ein letztes Licht. Trübes Dunkel. Rest Bahngleis. Rationierte Luft. Aus Schutt & Abfällen keimt Ersticken. An den Wänden, vergilbend, Plakate HAMLET FAUST EINS & ZWEI AIDA PARSIFAL. Auf Bahnsteig & Gleisschotter staken Hühner. Phlegmatisches Kopfnikken. Bisweilen Flugversuche. Träges Flügelschlagen. Prallen gegen die Tunnelwände. Jeder Absturz ein blutiger Federregen.

Ein Kind tappt auf den Schwellen durch die Hühnerscharen, goldene Rüstung aus Pappmaché, auf dem Kopf ein Helm mit Hühnerflügeln: Alexander der Makedonier. Trägt einen dicken Quart-Band unterm Arm & bohrt in der Nase.

Auf den Schienen im Dämmerlicht hocken die Kinder/Zwerge Schinkel & Speer. Spielen mit Bauklötzen. Reihen Hühnerställe nebeneinander. Sobald einer eine Stadt aufgebaut hat, wirft sie der andere ein. Schrein & Ohrenziehn.
Schinkel: Germania-Trottel!

Speer: Klassizistischer Bühnenschmücker!
Auftritt Hitler in HJ-Uniform mit schwarzen Kniehosen, darauf weißliche Flecke, die H. ungeschickt zu verbergen sucht. Die Hühner gackern & schlagen laut mit den Flügeln.
Hitler (zu Speer): Albi, mein lieber Freund. Ich habs: Mein Germania. Ein Gemälde. Von mir für dich. Nimm es als Abschiedsgeschenk. In diesen schicksalsschweren Stunden habe ich es fertig mastur– wollte sagen fertig lasiert.
Hebt riesiges Ölgemälde hoch über den Kopf & entblößt dabei die Flecke auf seiner Hose. Die Kinder/Zwerge Speer & Schinkel lachen.
Hitler springt auf zwei schwarzweißrote Stelzen. Über Lautsprecher: »Im Zuge der Gesamtordnung unseres nationalen Lebens wurde nun allerdings diesen Instrumenten jenes Instrument weggenommen, dessen sie sich mangels sonstiger künstlerischer Befähigung immerhin noch am leichtesten zu bedienen vermochten. Die öffentliche Publizistik hörte auf, ein Mittel zur Verwirrung des Volkes zu sein. Statt die Meinungen der Massen zu zerteilen und damit jede geschlossene Ansicht und Haltung auszuschließen, wurde dem nationalsozialistischen Staat auch die Presse, und darüberhinaus die gesamte Publizistik, ein Hilfsmittel der Volksführung, um nicht nur auf politischem, sondern auch auf dem kulturellen Gebiet die einheitliche Ausrichtung zu ermöglichen. Denn dann war nicht mehr die Auffassung dieser wurzellosen Literaten entscheidend, sondern die Meinung des Volkes. Denn je mehr die neue Kunst ihrer Aufgabe entsprechen sollte, um so mehr mußte sie ja zum Volke reden, d.h. dem Volke zugänglich sein. Damit aber hörte die Kunst auf, das mehr oder weniger interne Gesprächsthema schwindsüchtiger Ästheten zu sein, sondern sie begann ein kraftvolles Element unseres kulturellen Lebens zu werden. Ganz gleich, was nun der eine oder andere Verrückte darüber vielleicht auch heute noch zu denken beliebt, auf den neu entstandenen Plätzen entscheidet nunmehr aber schon längst das Volk. Das Gewicht der Zustimmung von Millionen läßt jetzt die Meinung einzelner völlig belanglos sein. Ihre Auffassung ist kulturell genauso unwichtig, wie es die Auffassung von politischen Eigenbrötlern ist. Die politische und kulturelle Emigration hatte für das Volk in dem Augenblick jede Bedeutung verloren, in dem die Taten dem Volk als solche sichtbar wurden. So wie das Reich gewachsen ist, so wächst nun auch seine Kunst. Die Denkmäler der Architektur sind heute gewaltige Zeugen für die Kraft der neuen deutschen Erscheinung auch auf kulturpolitischem Gebiet. Das erste Ziel unseres neuen deutschen Kunstschaffens ist ohne Zweifel schon

heute erreicht. Der ganze Schwindelbetrieb einer dekadenten oder krankhaften, verlogenen Modekunst ist hinweggefegt. Ein anständiges, allgemeines Niveau wurde erreicht. Denn aus ihm erst können sich die wahrhaft schöpferischen Genies erheben«.

Alexander der Große schusselt über den Gleisschotter & blättert in seinem Buch. Jede umgewendete Seite fällt wie ein Flugblatt heraus, Buchstaben rieseln als Sand.

Die Buchstaben: Kas-sand-er Kas-sand-er

Alexander achtet nicht darauf & nicht auf den Weg. Er gerät an die Stelzen des Hitler und wirft ihn um. H. stürzt in die Baukastenstädte von Schinkel & Speer. Die lassen von ihrem Streit und fallen gemeinsam über Hitler her. H. strampelnd & kreischend.

Eva (im Braun-Nachthemd) scheucht die Streitenden auseinander: Wollt ihr wohl! Husch Husch!

Schinkel, danach Speer, rappelt sich auf & läuft durch die Hühner-Massen ins Dunkel des U-Bahnschachts.

Hitler (schluchzend an den riesigen Brüsten der Frau): Miss tehaun. Iss gah niss böse. Die Andan ham antefang (kreischt) Verrat Verrat!!! (entrückt) Und Doch Unbesiegt zu sterben Welch ein Künstler geht mit mir dieser Welt verloren!

Eva knöpft H. derweil die Hose auf, reißt das Genital aus und steckt es H. in den Mund. H. stammelnd & deklamierend.

Eva: Adi!: Mit vollem Mund spricht man nicht tztztz!

H. jammert & stürzt auf einen fetten, räudigen Köter.

Alexander (liest): »›Ich bitte dich, Roxanes, meine Liebe & Allersüßeste, es darf keiner von meinem Ende erfahren‹ Doch Roxanes führte ihn zu seiner Bettstatt zurück, umschlang sein Haupt, küßte ihn, weinte bitterlich & sprach zu ihm: ›Wenn dein Ende naht, so verfüge vorher über uns.‹«

Bomben detonieren, Verwundete brüllen im Reichstag, Feuer auf Häusern & Menschen. Ein Schuß. H. quiekt, zappelt über den Schotter und liegt still. Alexander wirft die Reste des Buches fort & vollführt »einen gekonnten Schlußsprung« ins Dunkel.

Soldaten als schwarze Habichte fallen über die Hühner her. Die U-Bahnstollen unter Gas. In die Schlußklänge des »Parsifal« ein Chorus verreckender Hühner.

DIE STADT flüstert: Die Welt besteht aus Mensch. Und jeder Mensch ein Abgrund, die Häuser stehn mir zuberge, schau ich hinab. So daß die Welt wie eine Schlucht ist neben der andern. Und über der andern. Und unter der andern. Ein Labyrinth aus Tiefen. So daß die Welt wie ein Nichts ist. (DIE STADT erneut im Fieber)

Ich wach auf aus dem Dunkel & gerate ins Vorzimmer des Schlafs (:War mirs, als hört ich Gespräch. Traum aus Wörtern. Es ist nicht gut reden auf diesem Boden, gedüngt von Hühnerärschen; die Würmer gedeihn. So wars nur der Mond, der zu mir sprach–).

Rauchtürme aus dem Wald-Land. Der Himmel ein Schornstein, sein Blau ein Scherz aus Tyndalls Kabinett. Wind läßt Ascheflocken schnein, ein schwarzer Sommer, und Schatten verbrannter Vögel. Die Erde in Glut. Meine Straßen aus Rauch, meine Gedanken aus Asche. Überm Gras der Geruch nach Bittermandel & verkohltem Karamel: Die Jahrmärkte der Kinderzeit sind verkommen zu Scheiterhaufen. Wozu heim, wenn dies Heim mit Gasmasken unterm Himmel schwebt, jeder Schritt treibt Totenstaub zwischen die Zähne. Wozu heim, wenn wir einander so ähnlich sehn. Mein Grasland. Meine Stadt.

Was ich hier bin, weiß ich. Gefangener ohne Ketten, im Freßnapf den Mond. Was ich hier habe, kenn ich. Gefängnis aus Hühnerstall, der ist mir sicher wie der Mond als Gesprächspartner zur Nacht. Mein Heute ist gemacht, was schert mich das Morgen. Ging ich zu *Denen*, ich wäre, was ich hier schon bin: Fremder ohne Heimat. Wozu also den Umweg. Sie haben mich gefangen & geben mir zu fressen, folglich brauchen sie mich. Was weiß ich wozu. Solang sich meine Schüssel füllt, ists mir gleich. Mehr verbindet mich nicht mit *Diesen*. Ich bin kein Hund, der für seine Herren bellt. Wenn *ihr* mir nichts mehr gebt, werd ich mir woanders holen, was ich brauch. SOLANG BLEIB ICH HIER, SOLANG IHR FUNKTIONIERT FÜR MICH.

»Beim ersten Male verwechselt er sie mit der quadratischen Öffnung, d.h. er differenziert die eckigen Figuren noch schlecht. Er nimmt einen rechteckigen Stab, probiert ihn und wirft ihn als ungeeignet fort. Mehr Fehler macht er nicht; wohin man diesen dreieckigen Stock auch legt, er findet ihn doch heraus.«

Ich lieg im Staub aus Sandmehl & Kükenflaum. Mondlicht sprüht Funken (:vor gut einer Sekunde wars noch dort-oben, Schweißperlen auf der bleichen Stirn eines Säufers).

Zurück zu den Hühnern im Unterstand. Die hocken wie Federgespenster auf einer Stange & kacken im Schlaf. Bisweilen ein Krächzlaut (wovon träumt ein Huhn?).

*

Öffentliche Bekanntmachung. Der Vorsitzende des Ministeriums für Eruierung dynamischer Prozesse in Natur & Gesellschaft stellt aus gesundheitlichen Gründen seinen Posten zur Verfügung und tritt ab sofort in den Ruhestand. Die Nachfolge tritt der bisherige Erste Stellvertreter des Vorsitzenden und Leiter des Liebesvollstreckungsbüros an. Der dadurch erfolgende Zusammenschluß beider Instanzen dient der weiteren Intensivierung bei der Umsetzung von Eruierung & Forschung in die Observationspraxis.– Seid wachsam! Die Feinde Neu-Deutschlands ruhen nicht! Schließt die Reihen fester um eure Regierung!

Desweiteren stellen folgende Minister ihre Ämter freiwillig zur Verfügung …

*

Regierungsinterner Beschluß. Streng geheim! Betrifft: Ministerium für Eruierung dynamischer Prozesse in Natur & Gesellschaft (DYNPRONAG). An den Vorsitzenden des Liebesvollstreckungsbüros (LIEVOBÜ).– Wegen bislang in solchem Ausmaß beispielloser Unfähigkeit bzgl. der Observierung des am 153. Tag d. J. 12 aufgegriffenen Individuums ergeht folgende Weisung an den Vorsitzenden des LIEVOBÜs: 1.) Sofortige Suspendierung und Inhaftieren des Vorsitzenden des DYNPRONAG sowie unverzügliche Neubesetzung des Amtes durch den bisherigen Vorsitzenden des LIEVOBÜ. Mit Wirkung o. g. Datums arbeiten beide bislang selbständigen Institutionen bis auf Widerruf zusammen unter einheitlichem Vorsitz. 2.) Die Verfasser der Berichte 1 bis 4 sind unverzüglich ihrer Ämter zu entheben und gehen sämtlicher Neu-Deutscher Würden verlustig. Die entsprechenden Urteile vom Obersten Gerichtshof Neu-Deutschlands (OBGENED) betreffs der Verfasser erwähnter Berichte sind von den entsprechenden Ausschüssen zu bestätigen. 3.) Die Urteile sind unverzüglich zu vollstrecken. An die ausführenden Organe ergeht die Weisung strikter Geheimhaltung bei Handhabung der erforderlichen Maßnahmen. Die Bevölkerung ist anschließend in einer Öffentlichen Bekanntmachung über die Vorgänge in der üblichen Weise zu informieren.

*

In meinem Traum der Alte aus der Bahnhofskneipe in -wice, seine Maske der Kopf eines Hahns: –Nu hastet jeschafft, wie. Du alleene. Du & de Welt. Bist wirklich der Auserwählte: Knüppl ausm Sack & Zack inn Hühnerstall voll Schiet & Federn. *Im Bretterhimmel der Kalkmond.* Pick Pick Pick meen Hühnchen Pick Pick Pick meen Hahn

Darwin macht Koppstand: Vom Mensch zum Rekrut zum Hase zum Huhn. Hastet wiedamal jeschafft!

Meine Stimme aus dem Dreck: –Kuh Eh Deh. Darwinscher Para-Mensch, der Affe im Menschenpelz. Das Tier bin ich & weiß, daß ichs bin. Credo quia absurdum. Über die Art bestimmen die Andern. Wie Du Dich stellst Deinem Nächsten, so wird Dein Nächster Dich sehn. Mein Einstand war grandios: Knüppelschwingen in Tateinheit mit Totschlag. Gewalt verpflichtet, deshalb bin ich hier & fern von *Deren* Arbeit gottlob: Solange Arbeit & Asozial identisch sind, halt ich mich raus. *Denen* werd icks zeijen. Ick führ *sie* anner Neese rum seit meim erstn Tach. 2 × teechlich ne volle Schüssl als Lohn: Saach Oller: Watt willick mehr?!

Der Alte kräht schallend, der Traum ist aus.

*

Ministerium für medizinische Observation (MIMOB). An den Zentralrat der Regierung von Neu-Deutschland (ZERNED). Zusatzbericht zum Gutachten über das am 153. Tag d. J. 12 aufgegriffene Individuum.

Zusammenfassend können wir feststellen, daß es sich auf Grund des identifizierten Mageninhalts bei dem zur Zeit in Staatsgewahrsam befindlichen Individuum zweifelsfrei um einen *Anthropophagen* handelt! Hieraus schlußfolgernd, empfehlen wir folgende Maßnahmen: 1. Strengste Sicherheitsvorkehrungen bei den Fütterungen; 2. sukzessive Änderung der Ernährung von der üblichen, anstaltseigenen Speisung hin zur arttypischen Ernährung eines Anthropophagen; 3. empfiehlt es sich, über Art, Umfang und Beschaffenheit dieser speziellen Nahrungsmittel für die Regierung von Neu-Deutschland besonders opportune Exemplare auszuwählen.

*

Sieht man den Menschenfresser mir schon an den Zähnen an?: Statt des Kerls, der mir allabendlich die Hühnersuppe bringt, taumelt, von Fußtritten getrieben, an diesem Abend zur Fütterungszeit eine Gestalt gegen den Käfig; die Bretter knirschen, der Stall wankt wie ein Kartenhaus. Die Fußtritte schließlich stürzen den Fremden durch die Käfigtür hindurch zwischen hysterisch gackernde Hühner zu mir in den Stall herein.

Da liegt Jemand in Staub & Flaum, das sinkt auf ihn nieder wie Dämmerung. Sollte der Jemand GESELLSCHAFT sein?: Schädel wie ein Taufbecken, der Kerl riecht wie ein Hochaltar oder eine Parteizentrale, seine Miene eine gefälschte Siegesmeldung: Allmächtiger, Das muß ein Volksheld oder Massenmörder sein! Denkmal eines Helden. Klee. Hier & jetzt ein Gefangener wie ich. Zwei Affen in einem Stall: Gott behüt mich vor den *Possen!*

*

Zwei Flugblätter. (Das erste: handgeschriebener Zettel, grobes Papier. Schriftzüge steil & leicht nach links geneigt. Schreibdruck stark, die Bleistiftspitze hat bisweilen das Papier durchstoßen):
Volk von Neu-Deutschland! Die Revolution ist in Gefahr! Unser aller heroischer Kampf wurde schmählich verraten. Erinnert euch des Blutes, das unsere ruhmreichen Helden vergossen haben, um unseren Sieg zu erringen. Dieser Sieg ist unveräußerlich. Erinnert euch der Jahre davor, als wir in Sklaverei schmachteten, dürstend nach der Sonne der Freiheit. Als wir uns auszehrten im täglichen Kampf ums Brot. Als wir schutz- & rechtlos waren gegen die Unbilden der Mächtigen. Unser Sieg war grandios & eine Fackel in der Geschichte unseres Volkes.
Dieser Sieg wurde verraten. Gedenket derer, die ihr Leben für die Wahrheit hingaben! Ehre den Brüsten, die sie gesäugt haben! Ehre sei allen, deren Stirn die Märtyrerkrone schmückt & die mit bleichen, bebenden Lippen in ihrer Todesstunde Kampfesworte stammeln! Ehre den Schatten, die uns umschweben & uns zuflüstern: RÄCHT UNSER BLUT!
Volk von Neu-Deutschland! Kämpft mit uns gegen die Verräter! Kämpft mit uns gegen den Zusammenschluß des Ministeriums für Eruierung dynamischer Prozesse in Natur & Gesellschaft mit den Kollaborateuren des Liebesvollstreckungsbüros! Denn seht, diese sind die Wortbrüchigen & Abtrünnigen in unserem historischen Kampf! Nieder mit den Verrätern! Rettet Neu-Deutschland! Neu-Deutsche, besinnt euch eurer höchsten Tugend, die uns zu dem hat werden lassen, was wir heute sind. Schart euch unter das Banner des Vaterlands! Es lebe das Ministerium für Eruierung dynamischer Prozesse in Natur & Gesellschaft!

*

(Das zweite Flugblatt: Gestaltung & Schrift identisch mit dem ersten):
Volk von Neu-Deutschland! Die Revolution ist in Gefahr! Unser aller heroischer Kampf wurde schmählich verraten. Erinnert euch des Blutes, das unsere ruhmreichen Helden vergossen haben, um un-

seren Sieg zu erringen. Dieser Sieg ist unveräußerlich. Erinnert euch
der Jahre davor, als wir in Sklaverei schmachteten, dürstend nach der
Sonne der Freiheit. Als wir uns auszehrten im täglichen Kampf ums
Brot. Als wir schutz- & rechtlos waren gegen die Unbilden der
Mächtigen. Unser Sieg war grandios & eine Fackel in der Geschichte
unseres Volkes. Dieser Sieg wurde verraten. Gedenket derer, die ihr Leben für die
Wahrheit hingaben! Ehre den Brüsten, die sie gesäugt haben! Ehre
sei allen, deren Stirn die Märtyrerkrone schmückt & die mit bleichen, bebenden Lippen in ihrer Todesstunde Kampfesworte stam-
meln! Ehre den Schatten, die uns umschweben & uns zuflüstern:
RÄCHT UNSER BLUT!
Volk von Neu-Deutschland! Kämpft mit uns gegen die Verräter!
Kämpft mit uns gegen den Zusammenschluß des Liebesvollstrek-
kungsbüros mit den Kollaborateuren des Ministeriums für Eruierung dynamischer Prozesse in Natur & Gesellschaft! Denn seht,
diese sind die Wortbrüchigen & Abtrünnigen in unserem heroischen
Kampf! Nieder mit den Verrätern! Rettet Neu-Deutschland! Neu-
Deutsche, besinnt euch eurer höchsten Tugend, die uns zu dem hat
werden lassen, was wir heute sind. Schart euch unter das Banner des
Vaterlands! Es lebe das Liebesvollstreckungsbüro!

*

»›Raffael‹ hat das analysiert, was an der Kiste getan werden mußte,
und zwar sehr lange und allmählich. Er hat die optischen Abbilder
der Stöcke vor allem dann unterschieden, wenn sie horizontal auf
dem Boden lagen. Er unterschied einen eckigen, dreikantigen Stab
von einem flachen, viereckigen Stab und einem runden Stab. Wenn
er einen Stab nehmen mußte, begann er (…) mit einer chaotischen
Reaktion.«
Neuer Abend: Um die Insel ertrinkendes Licht, eine Wolkenklinge
schneidet ins Wolfsauge des Mondes. Windgerüttelt & rauschend
protestieren belaubte Äste & Zweige gegen die Verstümmlung.
(Stimme-des-Volkes, die immer einen Wind erst braucht, um zu rüt-
teln. Alle Räder stehen still, wenn dein starker Arm …: Und selbst
wenn sie gewollt hätten, sie hättens nicht gekonnt & könnens bis
heute nicht). Ansonsten segnet der Sterne Heer wieda mal die ewijen
Jefiehle …–
Später. Der Andere, Mitgefangener & suspekter als die Büttel
draußen, sitzt zusammengekauert in einer Ecke des Käfigs, vor sich
eine Blechschüssel mit Speiseresten (Hühnerfleisch: Mein Napf

bleibt leer!). Wer ist das. Was sucht der hier bei mir. (Zu ihm hin, ihn fragen ums Woher & ums Fressen): –Sie – ää – Sie – iche –, und mach die Geste des Essens–. :Mitsamt seiner Schüssel voll schwappender Suppe zuckt Der zusammen, als hätt ich Steine auf ihn geworfen. Mit dem Fuß stößt er Sand & Hühnerfladen gegen mich, aus seinem Mund speichelt angstvolles Greinen.

KARIKATUR. Zwei selt*same* Figuren kommen des Wegs: halb Pflanze, halb Mensch. Der Eine knollig, einer Kartoffel ähnlich, der Andre länglich & grün wie eine Gurke. Haare wie Dornen auf beider Gemüse-Körper. So stehn sie sich gegenüber, lange & schweigsam, ein wenig geduckt mit vorgereckten Köpfen. Beider Gedanken-Inhalt in einer Sprechblase mit zwei Anzapfungen:

–Is das n Ekel! Iiigittt!: Der is irre! Dachschaden. Bei Dem regnets durch. So wie Der aussieht. Vor Dem mußte dich in acht nehm! Wer weiß was son Untier zuwege bringt. Frißt einn am Ende noch auf–!

Die zerschmetterte Käfigtür scheint übrigens niemand zu bekümmern. Hier der Käfig. Dort ein Draußen. :Das ist AUFFORDERUNG ZUR FLUCHT!

Draußen noch finster. (Kein Gedanke an ein Wohin). Ich verstehe den Wink eines Fremden, Freundes!, den er mir gab, indem er sein Amt, die Tür zu bewachen, vernachlässigt hat aus Freundschaft zu einem Fremden. Ich habe versagt als Tier in diesem Stall (der Darwinsche Para-Mensch muß noch auf sich warten lassn), ich bin ins Mensch-Sein zurückgefallen. Das Tier dem dort in der Ecke. Ich bleibe Mensch: Ich habe einen Freund, von dem ich nichts weiß. Ich will ihn suchen. Bis ich weiß, wo ich bin. Bis ich weiß, wohin oder bleiben.

Als ich durch die Öffnung in der Brettertür hinaus in die Nacht tappe, nimmt Der in seinem Winkel des Käfigs scheinbar keinerlei Notiz davon. (Ich hatte befürchtet, er werde zu schrein anfangen & die *Posten* alarmieren. Denn der Gefangene ist allemal der beste Büttel seiner Bewacher. Dumpf pulsend die Wunde auf meinem Kopf). Aus dem Dunkel des Bretterstalls hör ich die Hühner im Schlaf träge mit den Flügeln schlagen.

*

Erlaß der Regierung von Neu-Deutschland. An alle Ministerien. Das am 153. Tag d.J. 12 aufgegriffene Individuum ist als STAATS-FEIND ERSTER KLASSE zu betrachten. Dementsprechend sind der Bevölkerung von Neu-Deutschland (BENED) schlagkräftige

Beweise für die außerordentliche Gefährlichkeit o.g. Person zu erbringen.

*

ERSTER AUSBRUCH (NACHT-SPAZIER-GANG 1).
Völlige Dunkelheit. *Vater*wolken, tagsüber klinikweiß über der Erde schattend, müssen jetzt finster werden. Nachts sind alle *Väter* grau. (Wolken, die Panzer des Himmels). Diese Nacht trägt keinen Mond. Die Nacht ein dunkler Korridor, den ich entlangtappe und DIE TÜR nicht finde. Ich weiß DIE TÜR am Ende des Korridors. Sind das Draht*verhaue*, durch die ich stolpere? In der Ferne Hundegebell, die schnappen nach Kiepers Gedärm. (:Mein Fell ist noch in bessrem Zustand, sonst kein Unterschied zwischen Gespenstern: Zwei Tote, du & ich, und können nicht sterben).

Ich fühl mich im Dunkeln von einem Wort verfolgt, das ich, mit jedem Schritt einem Zwang folgend, bald laut, bald leis wiederhole, ähnlich einer Schlagermelodie stumpfsinnig die stets gleichen stumpfsinnigen Passagen wiederholend. DIASPORA.
Völlige Dunkelheit. Ich – DIASPORA – kann mich an die wahre Bedeutung nicht entsinnen (ohne Fremdwörterbuch bin ich erschossen) laß die Gedanken mit meinen Schritten durch Finstres tappen. Ich – DIASPORA – spür wie damals im nächtlichen Korridor den heftigen Drang zum Pinkeln. Was, und ich finde DIE TÜR niemals. Der Gedanke *Einfach inn Flur* läßt mich erschrecken: *Sie* werdens sehen! Morgen, wenns hell ist! Eine Vase runtergefalln?: Wo sindn die Scherm?! Was hastu dir eigentlich *dabei* gedacht, du Verkel! (Hunde jaulen fern, eine Nacht ohne Mond mag wie Schläge sein). Völlige Dunkelheit. Nacht ist endlos wie ein Gang. Keine Stimmen. Summen des Schlafs ringsum. Stille, die Pausen zwischen den Tönen. Manchmal ist Stille sehr laut. Verschollen im Nichts. Morgen werden *sie* sehn, daß ich fort bin. *Sie* werden mich suchen, meine Schritte verfolgen auf dem weichen, atmenden Boden. Diese Erde wie deine Haut. Margarete. Nach dem Schlaf schmeckt die Haut einer Frau nach warmen Gräsern, Erde & Wasser. DIASPORA. Bist du allein, Margarete, jetzt wo auch ich allein bin. Deine Brüste zweimal Mond mit braunem Hof, der Himmel trägt Knospen. Deine Hand zwischen den Schenkeln pressend, was die Hypertrophie zum Mann dir ersparte, die Natur im ein-samen Spiel. DIASPORA. Bist du allein, Margarete, Frauen sind immer allein. Kann mir nie einen Mann unter/über einer Frau vorstelln. Jockey im bunten Dreß. BITTE hör auf. Schieß BITTE schieß. – . Der Schreck

wie ein Schuß: Vor mir aus der Finsternis der Hühnerstall! Wieviele
Schritte bin ich gegangen im Kreis.

Schreck heißt Erwachen. Das hat mein Pi-Problem gelöst, ein
warmer Segen. Morgen werden *sie* es sehen. –Morgen müssen wir
zur Schule, dich anmelden. Sagt Mutter. Frau Direktor rundum grau
verborgenes Fleisch, vorm Gesicht Brillengläser wie Mikroskope.
Damit zielt sie auf mich & hebt mit den Lippen wie mit spitzer Pin-
zette die Frage auf: –Ist er BETTNÄSSER. Ich hab keine Ahnung,
was das ist BETTNÄSSER, und schneller als Mutters Antwort
brüll ich NEIN!; so gings fortan in den Schulen: Hosenpisser! Bettnässer raus! Ein deutscher Junge schifft nicht, wos ihm kommt! Wer
nicht mit uns pißt, pißt gegen uns, einen dritten Weg gibt es nicht! –
Mir schauderte einst vor dem Wort AUSTRETEN wie vor dem
klassenweiten Bekenntnis. DIA*S*PORA. Jetzt ist das vorbei.

Ich bin in dieser Nacht mit den vier Himmelsrichtungen zu den Enden dieser Erde gegangen, und überall traf ich auf Wasser. Die Insel
auf dem See, und der Wald drüben eine schartige Wand, rings das
blutdunkle Wasser umkesselnd, so daß die Insel keine Insel & der See
kein See mehr scheinen, sondern eine fettige Sauce mit Fleischklum-
pen, und Brühaugen glotzen starr & schillernd übern Schüsselrand
in die Wolken, in die Welt irgendwo Draußen, von der Man hier in
dieser angeschlagenen Emaillewanne nichts ahnt, nichts hört, nichts
sieht. Bis auf einmal ein halb verhungertes, dreckverschmiertes Gesicht überm Schüsselrand erscheint – das stinkt ausm Maul wie nur
Hunger stinken kann – und wie ein Meteor wird das Gesicht in die
fette Bouillon stürzen & sie leersaufen bis auf einen jämmerlichen
Rest. *Tat-twam-asi*, gefressen, von Grindlippen angesogen & wie von
einem Malstrom verschlungen: Ich, der die Ausnahmen der Welt in
einer Tombola gezogen hat. Aber die Zettelröllchen mit den schwarzen Zahlen & albernen Kleeblatt-Gerippen verliern ihre Gültigkeit,
wenn der Einarmige abends den Platz vor der Losbude fegt, toten
Staub & Papier zu Haufen kehrt: Feierahmt junger Mann! Versuchn
Sies morng wieder. Wenn einer son Glück hat wie Sie –!, und lande
wieder auf einer Insel inmitten von Hühnerscheiße, Eiland mit dem
Stall & der zerbrochnen Tür. Die Stimme des Alten aus -wice: –Watt
haste erwartet. Meinste s harkt dir jemand n Weech und streut Blum
& Safran uffn Sand, de Fanfarn schmettern & da Jubl der Zehntausnd
kennt keene Jrenze, weil Du du bist & weilde ausm Krieg zerückje-
komm bist (was nich mal so sicher is) & weil du davonjekomm bist
(was ooch nich so sicher is) unn meinst weilde beiner Prüjelei zuje-

kiekt hast unt Irjentwer kam durchn Keefich jeflong unt zufällich
keener Lust hatte, de Türe wieda zuzenajeln, weiltja velleicht soweso
ejal ist, weilsja velleicht keen Zweck hat ze türm wohin ooch: Hunger is üwerall Hunger, aba da haste gloom müssn, det sei n Wink, die
Freundschaftstat eines Unbekannten, ders jut mit dir meent: du ro-
mantischa Affe hast zufille A. Dümmah I. jelesn – unt bist wiedamal
rinnjefalln, Häschen-in-der-Grube –!

Als ich zurückkriech in meinen Käfig, ist dieser Fremde, Volksheld
oder Massenmörder, verschwunden. (Drin kakeln die Hühner).
Dort-drüben hat er gehockt & hat keine Silbe geredet. Der hat
gewußt wohin. Ein Mensch mit Ziel. Hats lieber für sich behalten:
Solidarität unter Gefangenen ist auch nur ne Erfindung der Literatur.

Dort, wo er saß, schimmert durch den Staub etwas in Weiß, ein
abgerissener Hühnerflügel?: Nee: Papiere! Beschriebene & gebün-
delte Zettel (ich blas mehligen Staub runter): ein Buch!

Was will inmitten von Wildnis & Hühnern ein Gefangener mit
einem Buch, Erfindung der Staat's Anwälte. Was kann ein Verschla-
gener mit einem Buch anfangen: Feuer anzünden, Zigaretten drehn,
Löcher in den Schuhen stopfen, Hintern abwischen (:dieser Rest zivilisierten Gehabes spielt allerdings nur bei den Neuen, erst vor kurzem Versprengte eine Rolle) sowie Nachrichten über den eigenen
Verbleib entsenden (daher steht bei Crusoes unbeschriebenes Papier
weitaus höher im Kurs als literarisch genutztes).– Ich versteck die
Schrift in den Resten meiner einstigen Uniform und kriech ins Dunkel zurück zu den schlafenden Hühnern.

»›Raffael‹ hat das analysiert, was an der Kiste getan werden muß,
und zwar sehr lange und allmählich.«

*

Regierungsinternes Schreiben. An das DYNPRONAG & das LIE-
VOBÜ. Hiermit appellieren wir an Pflicht- & Ehrgefühl der benannten Dienststellen und erteilen den Befehl, den Beschlüssen des
ZERNED hinsichtlich Zusammenlegung beider Ministerien sowie
der Arbeit unter einem gemeinsamen Vorsitz unbedingt Folge zu leisten und Insubordinationen sowie damit in Verbindung stehende
Handlungen unverzüglich einzustellen!

*

DYNPRONAG an ZERNED. Auf Grund des beispiellosen Verrats an der Revolution durch das LIEVOBÜ sowie der hieraus resultierenden Desinformation des ZERNED sehen wir uns zu ungewöhnlichen Schritten veranlaßt, die zu widerrufen bereits nicht mehr in unseren Kräften steht. Wir werden die Verräter zur Strecke bringen und sie ihrer gerechten Strafe zuführen. Gleichzeitig versichern wir dem ZERNED unsere treue Ergebenheit. Es lebe Neu-Deutschland! Es lebe die Revolution!

*

(Bleistiftnotiz am Rand der Akten: Das LIEVOBÜ verzichtete auf Beantwortung des Regierungsbefehls und schritt statt dessen unverzüglich zur Tat).

*

Neuer Morgen. Schwarze Fahnen der Nacht wehn noch zwischen den Bäumen. Rascher Wind treibt Vogelstimmen zusammen, der See erschauert zu frösteligen Wellen.

Ich erwach durch die Hühner. Mit ihren Krallbeinen stelzen sie über mich hinweg, eine Schütte Körner zu empfangen, die soeben von draußen hereingeschaufelt wird. Heimlich durch die Bretter beobachte ich den Wächter & versuche, sein Gesicht zu deuten: Merkt der nichts?? Der muß doch sehn, daß Einer fehlt!

Doch der Kerl mit seinem Routine-Gesicht, Augen Mund & Gesichtsmuskulatur in Nullstellung, schippt die Körner fürs Hühner-Volk in den Käfig genau an die Stelle, wo heut nacht der Gefangene saß. Anschließend trottet er davon, scheinbar ohne die geringste Notiz zu nehmen von der Ungeheuerlichkeit des Verschwindens eines Gefangenen!

Das Bündel Papier knistert an meiner Brust. Ich ziehs hervor und blättere darin. Die Seiten sind eng beschrieben, es fehlt der Anfang des Buches.

zu verstehen, daß der *tätige Mensch* einen rigorosen Eingriff in den natürlichen Ent-
wicklungsgang der Dinge und Erscheinungen verkörpert.[1] Dieser ihm aufgezwungenen
Rolle kann sich der Mensch nicht entziehen, es sei denn, er gibt seine ihm aus der Natur ent-
standene Funktion auf, verfällt dem Nichtstun, der Rückentwicklung & dem Untergang.
Ein solcher Schritt mag gewiß nur in den seltensten Fällen, und wenn überhaupt, dann
lediglich Vereinzelte, jedoch niemals die entscheidende Mehrheit einer Rasse betreffen.

Der Mensch ist also von Grund auf & vom ersten Augenblick seines Existierens an dazu
verurteilt, etwas zu tun. D. h., er muß sich den feindlichen & nur in den wenigsten Fällen ihm
zeitweilig günstig geneigten, aus der ihn umgebenden Welt entspringenden Bedingungen
stellen. Er darf mitnichten annehmen, eine bereits einmal gewonnene Bastion sei nun für
alle folgenden Zeiten sicher & fest in seiner Hand; vielmehr wird er täglich, ja stündlich dazu
herausgefordert, das den Naturgewalten abgetrotzte Terrain zu behaupten, und mehr noch:
Der Erhalt zwingt zum Kampf um neue & immer neue Gebiete. Das Ringen des Menschen
um die Unterwerfung seiner Umwelt entspringt also weder seiner Laune noch seinem Über-
mut, sondern ist eine überlebensnotwendige Unabdingbarkeit, und der Ausgang dieses Ge-
fechts, Sieg oder Niederlage, werden zwangsläufig auch über Sein oder Nichtsein der gesamten Gattung Mensch befinden.

Wir werden im folgenden sehen, wie dieser urtümliche, phylogenetische Kampf die Strukturen des Mensch-Seins einerseits geprägt hat & andererseits die lebendige Triebfeder für
Denken & Handeln selbst des modernen Menschen darstellt. Soviel sei vorweggenommen:
Aufbegehren, Revolte & Revolution, all diese zugespitzten Formen des Kampfes, sind letztendlich Ausdruck jenes Ur-Kampfes um den Erhalt der eigenen Art. Wir sehen, die ar-
chaische Prägung findet ihren deutlichen Widerhall im menschlichen Einzel- & Gruppenverhalten, und ist daher für die unterschiedlichsten Verhaltensweisen wegweisend & aus-
schlaggebend.

Erstes Kapitel.

Von der Unmöglichkeit des Gruppenbestandhabens.

Man neigt nach oben Gesagtem dazu, anzunehmen, dieser Kampf um den Erhalt der Art
sei, vom Standpunkt des Menschen aus betrachtet, eine gemeinschaftliche Schlacht in ein-
heitlicher Richtung mit klar umrissenen Fronten. Denn sollte jedem Einzelnen nicht das

---

[1] Wir haben bereits weiter oben ausgeführt, daß einzig der tätige Mensch, d. h. der denkende & arbeitende Mensch
diese Bezeichnung »Mensch« verdient, während alle übrigen Subjekte, die, dem Aussehen & den anthropo-
logischen Merkmalen gemäß, zwar als Menschen erkennbar, jedoch lediglich der Gattung niederer Prä-
Menschen, also minderwertigen Kreaturen zuzurechnen sind.

Schicksal der Gesamtheit (ohne die der Einzelne rettungslos verloren den feindlichen Heer-
scharen der Natur gegenübersteht) gleichermaßen am Herzen liegen, und sollte daher der einheitliche Wille zum Überleben nicht automatisch auch die Eintracht der Gattung Mensch
herbeiführen?

Wir wissen, daß dem nicht so ist. Das gerade Gegenteil scheint nach der Empirik der
Historie an der Tagesordnung. Wie kommt das? Was für eine Kraft ist das & woher rührt
sie, die für die Zersplitterung des Gemeinschaftswillens in differenzierte Willen der Einzel-
subjekte einerseits, und für deren Gegeneinanderkehr andererseits, verantwortlich ist? So daß
auf Grund dieser fortschreitenden Zersplitterung & nicht enden wollenden »Privat-Kriege«
das eine, große, das entscheidende Ziel bereits den Augen zu entschwinden droht: Das Überleben der Gattung Mensch.

Denn halten wir als Erkenntnis fest: Das private Eigentum (das ökonomische gleichwohl wie das libidinöse, also der Sexualpartner) ist sowohl Stachel für die Fortentwicklung
der Menschheit wie auch deren ärgster Feind. Der Doppelcharakter des Privatbesitzes von
Dingen & Menschen durch Menschen bildet die Grundlage & -voraussetzung für einen jeden
Staat, für jedes erlassene Gesetz.

Die Ursachen hierfür sind leicht zu entdecken, wenngleich diese Entdeckung den zivilisierten
Kulturmenschen schrecken & betrüben muß. Nehmen wir das Ergebnis vorweg: Je komplizierter die gesellschaftlichen Strukturen, je höher der Grad zivilisatorischer Entwicklung,
desto unfähiger wird der Einzelmensch zur Gesamtheit. Mit anderen Worten, je häufiger &
je größer die Siege der Menschheit über die Natur, desto näher ist die Gattung Mensch dem
Untergang. Die Kooperative ist lediglich wirksam tauglich in einer sehr niederen Entwick-
lungsstufe des Menschseins. Sämtliche Bestrebungen, die Kooperative auf eine höhere
Stufe der Kultur hinüberzuretten bzw. deren Vervollkommnung als *das* Ziel für die
Menschheitsentwicklung zu betrachten & versuchen zu realisieren, sind von vornherein ent-
weder zum Scheitern oder bei konsequenter Verfechtung dieser niederen Kulturqualität zum
Ausarten in Zwangskollektivismus & blinden Staatsterror verurteilt. Denn der Ruf nach
Glück, Liebe & Gleichheit *für* alle ist in Wahrheit der Ruf nach der Gewalt *gegen* alle. –
Die modernsten Machtapparate haben diese Tatsache wohl erkannt und sich bemüht, zur
Verschleierung ihrer Gewaltmechanismen die einst hehren Zielstellungen in das wesentlich
praktikablere & zudem augenfällig besser darstellbare Ideal der *Zufriedenheit* umzu-
münzen; eine laue Karikatur der ursprünglichen Maximen, was auf den philosophisch-
ethischen Verfall der modernen Staatsgebilde schließen läßt.

Diese Feststellungen mögen nur auf den ersten Blick als Paradoxa erscheinen. Wir werden
ihre Berechtigung sogleich überprüfen. Betrachten wir dazu ein authentisches Beispiel.

Durch Kriegswirren wurde ein Trupp Soldaten in eine ihnen unbekannte, wüste Gegend
ohne ersichtliche Nahrungsquellen verschlagen. Die Sonne brannte unbarmherzig, Durst &
Verzweiflung der Menschen waren groß. Es bestand keinerlei Gelegenheit, mit der Haupt-

armee – sofern diese noch existierte – Funk= oder einen anderen Kontakt aufzunehmen. Man erkannte schnell, daß man abgeschnitten war & folglich ganz auf sich allein gestellt sein würde.

Anfängliche Versuche, einen Ausweg im wahrsten Sinn des Wortes, nämlich das Ende der Wüste oder zumindest eine nahe gelegene Oase aufzuspüren, scheiterten sämtlich. Un= mittelbar sah sich diese Gruppe von Menschen einem langsamen, qualvollen Untergang ge= genüber. Je nach Temperament & Charakter begann der eine oder andere laut zu wehklagen, sein Schicksal zu verfluchen oder tobsüchtig zu werden. Manch einer wählte den Freitod.

In dieser Gruppe körperlich gesunder Menschen war eine Person, die sich nicht geschlagen geben, die den Kampf mit der Natur um den Preis des Überlebens ausfechten wollte. Und wenn schon zum Untergang verdammt, so hätte man sich wenigstens zur Wehr gesetzt. – Dieser Eine, wir nennen ihn Soldat A., war also bereit, die Herausforderung anzunehmen. Im Grunde ebenso hilflos wie all die übrigen, ohne genaue Vorstellung darüber, wie er sein & damit der anderen Leben erretten sollte, zeichnete er sich jedoch in einem Punkt gegenüber seinen Schicksalsgenossen aus: er besaß den *konkreten Willen zur Tat*.

Das erste, was dieser Soldat A. unternahm, war, seinen Kameraden Mut & neue Hoff= nung einzuflößen. Er überschlug die Lebensmittel= & Trinkwasserreserven, rief zu äußerster Sparsamkeit auf, und er, sonst ein stiller, eher schweigsamer Mensch, der kaum Talent zu ergreifenden Ansprachen besaß, redete auf seine Gefährten mit zuversichtlichen Worten ein. Das Unausbleibliche geschah: Man fügte sich. Man hatte in ihm den Strohhalm erkannt, von dem eventuell eine Rettung zu erhoffen stand.

An dieser Stelle gilt es anzumerken, daß es überhaupt nicht entscheidend ist, ob jener Soldat A. bereits einen Plan zur Rettung gefaßt hatte & ob er überhaupt über derlei Fähig= keiten & Kenntnisse verfügte, das Wesentliche in solchem Fall ist die Fähigkeit des So= Scheinens. Denn über eines mußte er sich vollkommen im klaren sein, daß nämlich jeder Einzelne für sich genommen vollkommen verloren ist, selbst wenn es ihm gelänge, all die übrigen Soldaten zu töten & sich der Lebensmittelvorräte zu bemächtigen. Erfolgver= sprechender war der Weg der Kooperative.

Sobald es ihm gelungen war, die Gemüter der übrigen zu beruhigen & ihren Willen zur Tat neu zu beseelen, von den Trümmern des Chaos & der Verzweiflung, die ihn verschüttet hatten, zu befrein, konnten sie mit ihrem Erfindungsreichtum, ihren Ideen & Taten von er= heblichem Nutzen sein, ihrem Anführer wie gleichwohl sich selbst.

Zum einen erkennen wir hieran den Urgrund allen solidaritären Handelns, wobei augen= scheinlich Solidarität die Erscheinungsform einer ausgeprägt hierarchischen Ordnung ist, und zum anderen tritt an diesem Punkt eine phylogenetische Besonderheit des Menschen zu= tage: seine *freiwillige* Unterordnung unter einen (vermeintlich oder tatsächlich, das spielt keine Rolle) Stärkeren; eine Eigenschaft, die auch in unserem konkreten Beispiel noch Fol= gen haben sollte.

Fassen wir den Verlauf der Geschehnisse bis zu diesem Punkt zusammen: Eine Gruppe

Menſchen iſt den Unbilden der Natur ſchutzlos ausgeliefert. Im Augenblick höchſter Not & Verzweiflung löſt ſich aus dieſer Gruppe ein Menſch, der es verſteht, Ruhe & Vernunft wieder einkehren zu laſſen auf Grund ſeiner perſönlichen Erſcheinung, alſo ohne konkrete Leiſtungen, die zu erbringen ihm unter den gegebenen Umſtänden auch nicht möglich geweſen wären. *Normalerweiſe* ſtünde zu erwarten, daß der allgemeine »Geiſt der Vernunft«, in die Gruppe zurückgekehrt, dazu angetan ſei, die urſprüngliche Gleichheit unter den Gruppenmitgliedern zu bewahren; keiner der Betroffenen war dem anderen übergeordnet, es handelte ſich ausnahmslos um Soldaten im Mannſchaftsrang. Statt deſſen, und wir heißen es ein »religiöſes Gefühl«, gibt die Gruppe aus freien Stücken ihre Gleichheit zugunſten jenes Einen auf, deſſen *Autorität* ſie (die Gruppe) ihr Schickſal in die Hände legt. – Wir werden ſehen, daß dieſer ſcheinbar ſo freiwillige Vorgang keineswegs frei=willig iſt.

Fortan wird unſer Soldat A. bei keiner Entſcheidung übergangen werden können, mehr noch, er iſt in der ausgezeichneten Lage, über jeden Vorſchlag aus der Gruppe nach eigenem Gutdünken zu verfügen und, ſo er ſich keiner der Gruppe direkt & nachweisbar ſchädlichen Verfehlung ſchuldig macht, dieſen Vorteil gewaltig zu ſeinen Gunſten auszubauen. – Der weitere Verlauf der Geſchehniſſe wird dieſe Vermutung beſtätigen.

In den weiteren Tagen gelang es dem Soldaten A., ſich zum unumſchränkten (die Gruppe würde formulieren: unentbehrlichen) Führer aufzuſchwingen. – Woher rührt der Trieb zur Unterwerfung, obwohl die fähigſten Köpfe der Gruppe doch klar erkennen mußten und ganz ſicher auch erkannt haben, daß ohne *ihr* Zutun auch jener Führer hilflos & verloren wäre?

Die Antwort liefert wiederum unſere Kenntnis von der phylogenetiſchen Beſonderheit des Menſchen, genauer, ſein Gefolgſchaftstrieb dem einmal erwählten Oberhaupte gegenüber. Zumal in einer Situation, wo es um Sein oder Nichtſein geht, und es mag einem jener archetypiſchen Mythen entſpringen, daß in derartigen Situationen die Meuterei oder nur der paſſive Ungehorſam gegenüber dem irdiſchen Oberhaupt einer Gottesläſterung gleichkäme, welche unweigerlich mit dem Untergang der Frevler beſtraft werden würde. Daher hat vermutlich auch ein Staatsoberhaupt ſeine getreueſten Vaſallen in jenen Augenblicken, wenn ihr Staat unmittelbar vor dem Ruin & Zuſammenbruch ſteht. Ein höchſt bedeutſamer Vorgang!

Grillen im Unterholz schärfen die Degenklingen der Gräser, Stimmen krakeelen wie Kieslawinen, und Vorjahreslaub wirft sich den Windböen entgegen : Da-Draußen geht was vor! (In Großen-Zeiten gehts zuallererst dem Wort & den Büchern ann Kragen : ich verscharre das Buch im Staub). Das Sonnenmonokel fällt blitzend aus einem Wolkenauge, aus dem Sand wirbeln teerige Klumpen, Gestalten, heraus, Fäuste prallen gegen Schädel, Füße treten in Magengruben: Steine & Zähne, Blut & Speichel wie dreckiges Abwasser. Manchmal ein Schrei. Dumpfes Keuchen. *»Nicht nur mit Händen schlugen sie einander, sie stießen sich mit Kopf & Brust & Füßen, zerfleischten sich durch Bisse gegenseitig«.* (:Dante. Auch Prügeln ist Arbeit)! Körper fliegen gegen meinen Bretterstall (das Hühner-Volk stiebt kreischend in die Ecken), ein Gesicht quetscht sich durch Käfiglatten, blutend & zerschlagen. Aus dieser roten Maske starren zwei trübe Augen zu mir, der Kopf eines gefangenen Habichts. Dann wieder Anonymität des Staubes & derber Fäuste. Wer drischt wen bei ner Wirtshausschlägerei : Was gehts mich an, ich bin draußen. Die Welt ist zu Armeen zersplittert, das Geschäft des Landsers ist Prügeln, fürs Publikum kein Grund zum Fahnenschwenken. Macht eure Welt, laßt mir den Hühnerstall. Der Gefangene ist der Glücklichste heutzutag. (Die Schlägerei verliert sich unter den Bäumen). Ich hole das Buch aus dem Staub und will fortfahren mit Lesen: Ein Knüppel fliegt aus dem Wald direkt auf mich zu & prallt gegen das hölzerne Sieb aus Brettern.

»Bei ›Raffael‹ hat sich die Verbindung mit dem Stock als einem Arbeitswerkzeug wahrscheinlich schon vor langer Zeit gebildet. ›Raffael‹ nimmt den Stock. Das ist verständlich, um so mehr, als man diesen Stock vor seinen Augen in die Öffnung gesteckt hat; folglich wirkt ein Nachahmungstrieb.«

Son Knittel, erste Generation der Waffe, ist wie jede Waffe von herrlicher Indifferenz; täglicher Gebrauchsgegenstand, solange wir umzingelt sind von Bullen & von Doggen.

Wie aber erging es unserem Soldaten A. & feinem Volk?

Man gelangte schließlich an eine halbwegs brauchbare Oase und errichtete dort eine kümmerliche Wohnstatt, ursprünglich nur als Notunterkunft für die nächsten Stunden & Tage gedacht, weil mittlerweile innerhalb der Gruppe das Gerücht vom *Suchtrupp*, welcher sie unweigerlich finden & in die *Heimat* zurückführen würde, in Umlauf gesetzt worden war. (Wir sehen den archaischen Berufungsglauben: Moses führte, angeblich auf Gottes Geheiß, die Israeliten, das Auserwählte Volk, durch die Wüste.) Zudem gereichte dem Führer dieses Häufleins Versprengter, unserem Soldaten A., dieses Gerücht von der alsbaldigen Rettung zum weiteren Erhalt seiner, übrigens von ihm selbst lauthals & un= unterbrochen als »nur vorübergehend« bezeichneten Führerposition.

Natürlich erschien niemals irgendein Suchtrupp, vermutlich wurde nicht einmal ein solcher ausgeschickt. Das hatte zur Folge, daß man sich in der Oase für länger einrichten mußte. [1]

Man hatte inzwischen halbwegs feste Unterkünfte errichtet, betrieb Fischfang in einem nahen Gewässer, daneben ein wenig Ackerbau & sogar Kleintierzucht. Jener Soldat A. war inzwischen zum alleinigen Oberhaupt dieser Gruppe geworden, und niemand, der die Recht= mäßigkeit dieses Amtes in Zweifel zog. Günstige Witterungsverhältnisse bewirkten eine der Situation entsprechend gute Ernte; man sah sich gezwungen, die Erträge zu speichern, um wertvolle Früchte nicht verderben zu lassen. Nun war jener Soldat A. ein Mensch von nur durchschnittlichem Intellekt. Demgegenüber aber mit einer immensen Machtfülle aus= gestattet; praktisch rührte sich innerhalb des Clans ohne seine Zustimmung kein Finger. – Angesichts dieser neuen, bislang nicht bekannten Situation des Zwangs zu gesellschaftlicher Organisierung eines konkreten Umstandes (die Speicherung der Ernteerträge) sah er sich gezwungen, seine Macht in gewisser Hinsicht zu teilen. Er benannte nämlich einen Be= auftragten für die Lebensmittelversorgung, d. h., er hob aus dem machtlosen Volksstand einen Jemand in einen vergleichsweise mit hohem Machtpotential ausgestatteten Posten, und schuf damit ungewollt & ungeahnt einen Staatsapparat.

Es kam, was kommen mußte. Die Probleme des Zusammenlebens im Clan wurden komplizierter, neue Institutionen, wie z. B. *Ordnungshüter*, die die reguläre Ver= teilung der Obst= & Gemüseernte überwachten, mußten geschaffen werden. Augenschein= lich vollzog sich eine Spaltung in der Gemeinschaft. Zum ersten Mal seit jenen verhängnis=

---

[1] Es ist nicht vollständig überliefert, auf welche Art & Weise jener einst ersehnte & daher an eine durchaus rea= listische Vorstellung gebundene *Suchtrupp* im Lauf der Zeit seines Ausbleibens anfänglich mittels des Mythus & entsprechender Kult=Ritualien zum Bestandteil der »Volks=Seele« wurde – bekannt sind eine Reihe öffentlicher & heimlicher Exekutionen sogenannter Häretiker & Renegaten, welche sich angeblich beim Entzünden des allabendlichen Signal=Feuers & tagsüber beim viertelstündlichen Abfeuern von Leuchtpatronen störrisch & räsonabel gezeigt haben sollen. Als gesichert gilt, daß schließlich dieser Kult infolge Miß= & Unver= stehens, also infolge Unbrauchbarkeit, *vergessen* wurde.

vollen Stunden in der Einöde wurden sich die Überlebenden des Phänomens der *Macht* bewußt & damit ihrer eigenen Machtlosigkeit. Man sah sich plötzlich dem Problem gegenüber, daß einerseits die mit Feld- & Stallarbeit Betrauten den gleichen Anteil an Nahrungsgütern erhielten wie jene, die in Führungspositionen saßen & demgemäß nur selten oder gar nicht an der allgemeinen Arbeit beteiligt waren, d. h., für diese Form von Arbeit erhielt das Gros des Clans, relativ besehen, also weitaus weniger vom Reichtum als die nichtarbeitende Führungsschicht. Letztere allerdings hielt die *Autorität* in ihrer Hand & weigerte sich daher strikt, ihre *Privilegien* aus freien Stücken abzutreten oder auch nur zu beschränken mit dem Argument, die *allgemeine Ordnung* würde zusammenbrechen, was vom Standpunkt des Soldaten A. & seinem Gefolge her gesehen absolut zutreffend war.

Das Ergebnis dieser Auseinandersetzungen war, daß die übrigen Clan-Mitglieder eben diese Privilegien um so deutlicher erkannten, je heftiger deren Inhaber darauf beharrten. Wochen des allgemeinen Aufruhrs & des Chaos folgten, und eines Morgens wurde der ehemalige Soldat A. erschlagen aufgefunden, noch bevor er seinen ehrgeizigen Plan, die Oase zum Kaiserreich auszurufen, um der murrenden Bevölkerung ein ihr wohlbekanntes Staatsgebilde vorzusetzen, in das sich wohl oder übel alle hätten integrieren müssen, in die Tat umsetzen konnte.

Blutige Machtkämpfe & Raufereien nahmen unaufhörlich zu, bisweilen hatte das Oasendorf binnen vierundzwanzig Stunden zehn Oberhäupter in Folge. Alle fielen sie nach kurzer Zeit dem Gemetzel der Usurpatoren zum Opfer, das immer dann einsetzte, sobald ein Jemand die Spitze des Staates erklommen hatte. Das Ende war die völlige Verwaisung einer einst fruchtbaren, von gut zwei Dutzend Menschen bewohnten Oase.

Der stete Verfall einer blühenden Kulturepoche war & ist immer dann zu beobachten, wenn jene Epoche auf dem Zenit ihrer Entwicklung angelangt ist, was gleichbedeutend ist mit einem zunehmenden Grad der Verkomplizierung des allgemeinen Lebens (der geistige Verfall der Antike ist beispielsweise in der unüberschaubaren Zahl an Göttern & Götzenfiguren erkennbar) sowie, verbunden mit dieser Verkomplizierung, eine Zersplitterung & Polarisierung der Macht- & Herrschaftsstrukturen. Damit entstehen innerhalb der aktuellen Struktur eine Reihe von Substrukturen, die letztendlich die Zersetzung der alten Ordnung herbeiführen. Alle Versuche der Menschheit, die Gebote einer Kulturepoche bis zu ihrer Endkonsequenz zu befolgen, sind gescheitert. Gleichwohl auch alle Versuche, »dem« Menschen Kultur zu geben. Was bleibt, ist das *reine Tun*. Das hat seine Ursache & seinen Endzweck im Umgang des Menschen mit & in dem ihm stets fremden, stets unerfaßbaren *Element Zeit*.

In Rückbesinnung auf oben getroffene Vorwegnahme einer Interpretation dieser authentischen Ereignisse muß hinzugefügt werden, daß oftmals nur eben die Zeit & die Vielzahl der Beteiligten dieses Beispiel gegenüber einer erfahr- & erlebbaren Realität als besonders drastisch erscheinen lassen. Jedoch besteht Grund zu der Annahme, daß die Menschheit Mittel & Wege finden wird, um auch diese Drastik zur Realität zu verwandeln.

Zweites Kapitel.

Das Verschwinden der Bevölkerung.
Der soistische Staat als erste Phase der jaistischen Lebensform.

Verweilen wir einen Augenblick bei dem Terminus *Volk* und betrachten wir dieses Phänomen ein wenig aus der Nähe.

IM HÜHNERSTALL IST WAS LOS!:

Ein Hahn fährt mit vorgerecktem Hals & aufgesperrtem Schnabel auf eine der friedlich körnerpickenden Hennen, krallt sich in deren Gefieder (die Dame gackert schrill & will fliehen), doch lassen der Herr nicht locker, und so kippt das Pärchen gemein-sam unter Fliflaflügelschlagen auf die Seite in den Dreck. (Die nichtbetroffenen Damen & Herren machen respektvoll Platz). Aufm Staubteppich des Hühnerstalls der eilige Hahn auf seiner wackeligen Henne (:Grad wos mah was Orntliches ze fressn giebt! Als opp unsereins das jeen Tag. In diesn Zeiten. Also nee, hattmah scho mal de Schongs was ze ergattern, kommt dem Herrn Gatterich der Friehling ins Haus. Ausgerechent. Als opp wir nich schon genug Bälcher. Na-nu-machschon: komm komm komm) :Geflügelflagel vorm Körnerhauf. –Kenn sex&achtzich Stellung! und goß mir Schnaps ins Blechgeschirr. Der Weise schweigt & räuspert sich (:Jungschet Jemiese!). :Das mußte unter dem liegengebliebenen Himmel & den verreckten Uhren gewesen sein, in -wice & dem Gestank in der überfallnen (=requirierten ⟨lat → neudeutsch⟩) Bahnhofskneipe; Söldner-Fleischerei, Licht aus Ölfunzeln wie Sirup um die runden, belagerten Tische & Fässer. An einer Wand das speckige Papier, deutsch & polnisch, ERLASS DES ORTSKOMMANDANTEN, die untre Hälfte des Papiers abgerissen, vermutlich hatte damit Einer getan, was mit Erlassen Bestimmungen Verfügungen Einberufungen getan werden muß: sich den Hintern gewischt.

Aus einer Ecke kam *Sie* auf mich zu, und roch mittlerweile nach Deutschland Deutschland über alles Stiefeln, Fußlappen & Schweiß. –Na Kleener muß Muttern sich mal um dich kimmern hm?

Der Olle hob seinen versoffenen Hundekopp aus der Bierpfütze: –Secksuntachtzich Stellung! Los S*p*ortsfreund, *hick* Rhodos, *hick* salta!, und schon waren ihre Finger zwischen meinen Beinen, im Nacken spürte ich die Brüste der Frau. Ich sah gefletschte Zahnreihen in rotes Fleisch gespießt (:Lachender Mund), die Naslöcher geweitet, Lustick die Rosse traben, unds machte mir Spaß. Die Frau ohote, der Alte schob die übrigen Gaffer mitsamt der Kochgeschirre vom Tisch & glotzte mit seinen Murmelaugen zu mir & zu der werkenden Frau. –Nukommschon Kläiner. Schnaubte das Roß & strich die senfige Mähne zurück, griff zu, was aus dem Ehrenkleid wuchs und kehrte mit der freien Hand den Schnee vom Gebirg, auf daß der Wandersmann nicht fehltrete. –Wirrt Muttern dir mal an Brust nehm! Und sie oder ich oder wer hatte den Stuhl umgeworfen, wir rollten über die Dielen, Geflügelflagel, Beine, die im Wege standen, knickten wie Gräser. Ich versank in muffigem Stoff, Deutschland Deutschland über A A A A A!, Die war schon wieder auf & ließ nicht locker, meine Finger Ölsardinen in Sirup, und sie schnappte mit dem Mund (Lippen wie roter Samt: Die Schatulle mit der Krönungsperle Ihrer Majestät Königin Vicktoria, die olle Kiesgrube) und biß zu, vor meinem Gesicht ihre Brüste wie Glocken, ein Geruch nach Schierling; ich schmeckte beizend den eigenen Schnapsatem & hätt beinahs Kotzen gekriegt, aber sie bog den Leib und rückte den Bauern auf dem Schachbrett zurecht. –Bist am Zuk Kläiner! und versank in grauem Gefieder. Dreh dich rum der Plummsack geht um, und schmeckte noch einmal Sprit, aber Sprit mit Schierling & schwarzem Schilf: da versank mein Kopf in dicken Finger*pol*stern, in meiner Heeresmähne ihre Hand, Er geht um im Kreis bis jeder es weiß, und Hänsel eilte durch den ge*sam*ten tiefen Märchenwald, seine Gretel zu suchen, und er begegnete gar wunder*samen* Dingen, von denen er in seinen Gymnasiastenträumen nie nichts geschaut, bis Hänsel an die Pforte zum Schlaraffenland kam und sich durchfraß & -soff, doch als er den Grießbrei ausgelöffelt & endlich losm*arsch*ieren wollt, hatte Gretel schon den Fluß aus Milch & Honig leergeschlappt; sie schnalzte mit der Zunge & wischte mit dem Handrücken übern Mund: Undine, in senfgelbem Haar Tauperlen aus dem munteren Bächlein, unds Nixlein schmatzte: –Noch mal in Volle Kläiner. Bist Natturtalent wie?, und sie sorgte sich & zeigte dem jungen Prinzen den Weg in das Land wo blanke Sahne fließt, diesen seinen Pfad, worauf dem jungen Reitersmann mit G Ottes & B Artholinis Hilfe gefahrenlos zu wandeln gelüstet. Aber da mußte der junge Reitersmann ganz rasch absitzen von seinem feurigen Roß & augenblicklich vor die Tür, denn er besaß einen tadellosen Leumund & eine gute Kinderstube & die Ehre-des-Mannes (mag die auch noch so schabenschäbig sein in Stiefel & Dreck einer Uniform): Sehr schön das mit dem Schlaraffenland – doch wer wischt all die Kotze auf? – Drinnen grölte König Artus mitsamt der Tafelrunde.

Und als der junge Prinz den Speichel von den Lippen blies & rückkehren wollte zu seinem dornigen Röschen, stieß er in der Tür zur Bahnhofskneipe mit der Frau zusammen. Aber das war nur die nach feuchtem Wischlappen & Formalin stinkende Aphrodite mit ihrem Blecheimer. Und der junge Prinz gab sich zu erkennen & sprach die Maid an, doch bevor in dem feindbereinigten Dorf der letzte noch nicht geschlachtete Hahn zum dritten Mal gekräht, hatte sie mich dreimal verleugnet & verflucht & eilte, hohnlachend Hodch tij gori padowidsch, von dannen auf ihrer schlammigen, von fremden Fahrzeugen aufgewühlten Straße. Ich sah sie auf die Erde spein. Das war in -wice. Und das letzte Mal, daß mir eine Frau zu Gesicht & Körper kam.

Der Hahn sitzt grad ab, als die Reste der Hühnerstalltür zerbersten, und in den Körnerhaufen schlägt ein Leib, stürzt wie der Habicht aus den Wolken in die Herde & streckt drei der Gefiederten nieder: Das ist Er, der zuvor blutend & verschwollnen Gesichts im Lattensieb hängenblieb. Ein Gefangener nun auch er. Kein Zweifel: DRAUSSEN GEHT WAS VOR. Das riecht nach *Politik*. (:Was hats mit diesem Buch auf sich, das ich zum dritten Mal vorsichtig aus dem Dreck hervorzieh. Wem gilt diese Filosofie. Was ist das: NEUES-DEUTSCHLAND. Und noch ein Atlantis. Ists ein Roman, Dichtung, Gspinnertes. Ists Historie, sorgfältig aufgeschrieben & Dichtung somit auch, doch weitaus gefährlicher (:geschriebene Historie hat irgendwann einmal neben WAHRHEIT gelegen, geblieben davon ist der Geruch, und der benebelt rasch die Sinne). Sollte das hier (meine Gedanken schlagen mit dem Blick einen Kreis) jenes NEU-DEUTSCHLAND sein?).

Bäume nicken heftig & schütteln Wind aus dem Gezweig, die Sonne prallt gegen blauschwarze Wolken, ihr Licht zerbricht zu schillernden Splittern; mehliger Staub wie Löschsand fegt die Seiten des Buchs. Ohne den feindselig-stummen Gefangenen zu beachten, der blutige Hühnerfedern von sich klaubt, die drei Kadaver schleudert er angeekelt zur Tür hinaus (mit gespreizten Flügeln bleiben die toten Hühner liegen), blättere ich in dem klammen Papier. Der Neue verkriecht sich in die von mir am weitesten entfernte Käfigecke & hockt, in sich verkrümmt wie eine gespannte Uhrfeder, lauernd auf meine Reaktion.

Der Ursprung des Volkes ist in der Urhorde zu vermuten, ein mit wechselnden, aus jeweiligen Gegebenheiten wie Gefahren, Beutezügen etc. hervortretenden Anführern versehner Menschenhaufe. Dieser zerstreute sich mehr oder weniger vollkommen nach dem Verschwinden des Ereignisses, für deren Bewältigung man sich gezwungen sah, eine Verbindung (Kooperative) einzugehn. Es ist anzunehmen, daß zu jenen frühen Zeiten das Herden-(Gruppen-)Gefühl nur sehr schwach ausgeprägt war, und der Posten eines Anführers stellte keine besondere Vormachtsstellung dar, d. h., er war noch frei von jeglichen Privilegien. Vielmehr ist zu vermuten, daß Jedermann bestrebt war, von dieser Rolle eines Anführers verschont zu bleiben, weil Erfolg oder Mißerfolg z. B. einer Jagd im wesentlichen von der Erfindungsgabe des Anführers abhingen, wobei im Fall des Mißerfolges der Zorn der Herde sich allein über dem Haupt des Anführers entlud, und es bedarf weniger Phantasie zu ahnen, daß die Stelle des entkommenen Wilds kurzerhand eben jener Häuptling einnehmen mußte. Daher die spätere Schaffung von Tabus & Vormacht des Anführers ihren Ursprung in der Notwendigkeit seiner Lebens-Versicherung gegenüber der gewalttätigen Horde erkennen lassen. Möglich, daß eine der Quellen für Religion in eben diesen Motiven zu finden ist.

Somit erweist sich das menschliche Wesen in dieser frühen Epoche seiner Geschichte als durchaus autoritäts-abgekehrt & individualistisch. Andererseits deuten sich in dieser Ambivalenzphase bereits Merkmale einer späteren voll ausgeprägten Struktur an, nämlich der – wenn auch noch unbeständige – Unterwerfungswille der Horde unter einen Anführer; zum anderen der aus einer Notwendigkeit geborene Wille zum gemeinsamen Handeln, eine Grundvoraussetzung für die spätere Arbeitsteilung.

Über die entscheidende Umgestaltung können wir freilich nur Vermutungen anstellen. Ein wesentlicher Grund für den Übergang von der locker organisierten Horde zum festgefügten Stamm mit ständigem Oberhaupt mögen Opportunitätsgründe gewesen sein. Infolge Promiskuität traten festere Bindungen der ansonsten in freier Wildbahn lebenden Wesen ein, damit entstand u. a. das Ernährungsproblem dieser noch fluktuierenden Mikrostämme. Ein ständig »in seinem Amt« gegenwärtiger Anführer war natürlich für die geplanten Unternehmungen wesentlich effektiver als bei der früheren Verfahrensweise. Darüber hinaus mag durch Herausbildung einer Stammesformation die Frage der Lebensmittelspeicherung & -verteilung entstanden sein, was die Notwendigkeit eines diesbezüglich eingreifenden Oberhauptes geschaffen hat.

Wir sehn, die Wahl eines Anführers entsprach durchaus den Erfordernissen des gesamten Stammes, wodurch die in der Frühphase der Menschwerdung nur undeutlich ausgeprägten Hierarchie-Erwartungen & -Sehnsüchte (Wille, sich schutzsuchend ein- & unterzuordnen) einer Mehrheit unter eine Minderheit (den Anführer) nun mit Schaffung eines festen Stammesgefüges erstmals zur vollen Ausprägung gelangten.

Um die folgenden Entwicklungsphasen vom Stamm bis zu ünserer modernen Gesellschaftsstruktur zu verstehen, müssen wir uns mit einem weiteren Phänomen beschäftigen, das in gewisser Weise sowohl Motor wie auch Bremse für die Entwicklung ist, dem soge= nannten »Volks=Willen«[1].

Der Charakter des Volks=Willens ist rein konservativer Natur. Er ist ausgerichtet auf Erhalt eines Niveaus, das mit »behaglich« attributiert werden kann. Das dieser Kategorie sich einordnende Volks=Wesen zeichnet sich aus durch instinktive Scheu vor dem Risiko, ebenso durch eindeutige Ablehnung sogenannter Extrema (will heißen, Extrema in gei= stiger, kultureller, politischer oder sonstig »auffälliger« & »auffallender« Hinsicht), sofern Extrema nicht zum allgemeinen Massengut geworden sind. Das Volks=Wesen hat das Be= streben, seine Rolle als solches innerhalb der Gruppe, d. h. seine relative Anonymität, zu be= wahren.

Demgegenüber zeigt das Volks=Wesen einen schier unbegrenzten Hang zur Unterwürfig= keit, zum willen=losen, geradezu freudigen Sichfügen unter die einmal erstellte Autorität. Das Volks=Wesen hat unumschränkte Achtung vor administrativen Gewalttaten, demzu= folge fällt die Wahl seiner Idole & Heroen mit schlafwandlerischer Sicherheit auf den Kraft= protz, den Muskel= & Tatmenschen, populär gesprochen auf den »Macher« & »Verge= waltiger«. Derlei Idole verkörpern den ursächlichen Wunsch eines jeden lebenden Individu= ums, sich gegen seine Welt zu behaupten & sich über sie kraft des eigenen Leibes zu erheben. Doch sind das gerade diese Eigenschaften, die dem Volks=Wesen in seiner »freiwilligen« Subalternität verschlossen bleiben.

Auf Grund dieser Tatsachen erweist sich das Volks=Wesen durch eine *Führernatur* als lenk= & absolut beherrschbar. Selbst die offensichtliche Untergangssituation führt nicht zwangsläufig zu Aufstand & Revolte gegen die einmal anerkannte Obrigkeit. Wir sehen also im Volks=Wesen ein vorwiegend triebgesteuertes Element, das im gewohnten Milieu kaum zu nennenswerten intellektuellen Leistungen fähig ist, und es ist hinreichend bekannt, daß die Triebökonomie des Menschen von rein konservativem Charakter ist. – Bedingt durch ihren biologischen Determinismus läßt sich daraus unschwer ableiten, daß das Triebleben der Frau (sie allein ist in der Lage, Nachwuchs zu gebären) den konservativen Volks= Charakter am reinsten widerspiegelt. D. h., die Frau schlechthin ist die Verkörperung des Konservatismus. Wir halten diese Feststellung für entscheidend, und nach den Erkenntnissen

---

[1] Es bleibt an dieser Stelle anzumerken, daß mit Ablösung einer alten Entwicklungsphase durch ihre nachfolgende die Merkmale jener alten nicht völlig verschwinden; sie bleiben vielmehr als Restschichten im Neuen vorhanden & zeitigen entsprechende Wirkungen, die in Form von Atavismen sichtbar werden. So konnten beispielsweise im nördlichen Amerika des 19. Jhdts. für die damalige Zeit modernste Produktionsweisen mit Formen der Sklaverei durchaus harmonieren. – Wir sehen das Wesen einer jeden Kulturstufe in ihrer Vielzahl aus über= einander gelagerten Vergangenheitsschichten, die in bestimmten Krisenzeiten deutlich hervortreten. Unsere gegenwärtige Epoche kann demzufolge als ein Konglomerat aus verfeinertem Menschentum & Barbarei ver= standen werden.

der Soik sehen wir hierin die Hauptursache, daß die Volks-Masse a priori ein *Hindernis* für jedwede politisch-soziale Umgestaltung & Revolution darstellt.

Die Soik kann hierbei auf Erfahrungen aus der Historie zurückgreifen. Selbst die über unermeßliche Machtfülle verfügenden römischen Zäsaren suchten den Weg der Rechtfertigung vor dem (zwar zur Statisterie verkommenen) Senat, der nichtsdestoweniger das Sprachrohr des Volkes war, oder jene allgewaltigen Herrscher mußten sich bei besonders unpopulären Maßnahmen mit »panem et circenses« das Wohlwollen der Bevölkerung zurückgewinnen. Oder gedenken wir der Fülle an taktischen Schachzügen während des russischen Bürgerkrieges, welche einzig deshalb notwendig waren, um die katastrophalen Versorgungsmängel mit Nahrungsgütern für das Volk auszubalancieren.

Das Buhlen um die Gunst & die Gewogenheit der Volks-Masse bzw. der Erhalt jenes oben genannten »behaglichen Niveaus« ist die entscheidende Störquelle & die Hauptvergeudung von politischen Energien. Zu welchen Verzögerungen, Irr- & Abwegen zwingt dieser Prozeß! Welch Verschwenden von Mitteln, Kräften & Zeit, einzig um dem Trieb der Volks-Masse Befriedigung zu verschaffen! All die in derartigem Prozeß zu erstellenden Bedingungen sind in den Augen eines wahren Staats-Mannes & Revolutionärs vollkommen unbedeutend, minderwertig, ja geradezu hinderlich für die Planung & Ausführung des ehrgeizigen Vorhabens, MACHT zu erringen. [1]

Fassen wir zusammen. Das Volk als Kategorie verstanden, ist das Haupthindernis für jeden Staat. Und: Der Kampf *gegen* das Volk allein hieße nur das Bekämpfen der Symptome; Ursache & Hauptkampfrichtung ist & gilt dem Aufkeimen störender Autoritäten neben der einen, der einzigen Autorität des Staates.

Diese soistischen Erkenntnisse führen zu der Konsequenz, das Volk »verschwinden zu lassen«.

---

[1] Um an diesem Punkt Mißverständnissen vorzubeugen, müssen wir uns verdeutlichen, daß der konservative Charakter des Volks-Wesens zwar extremismusfeindlich ist, und selbst ein »murrendes Volk« stellt an sich noch keine ernsthafte Gefahr für den Bestand der Staatsmacht dar, weil sich der Unmut des Volkes zwangsläufig entsprechend den Triebschwankungen als ebenso unbeständig wie summa summarum als richtungslos darstellt; er gleicht einem Haufen ungeordneter Feilspäne. Doch beim Erscheinen eines Magneten richten sich diese ungeordneten Späne plötzlich aus, was dem Auftauchen einer neuen Autorität entspräche, die es versteht, den Unmut des Volkes für ihre eigenen Ziele einzusetzen. Hierin besteht die Hauptgefahr wie gleichwohl die Hauptwaffe für eine jede Staatsmacht. Denn als Werkzeug ist die Volks-Masse nur solang von Nutzen, wie man selbst die stärkste autoritäre Kraft darstellt, was ein jedes Staatsgebilde zur Potenzierung der eigenen Macht provoziert. Hat man jedoch nach außen hin (in Volksrichtung) einmal die Oberhand gewonnen, gibt es keine wirksamere Waffe als das Volk. Solang, bis eine neue Gegen-Autorität sich erhebt, und der Vorgang zwingt zur Wiederholung. Wir sehen, daß der eigentliche Kampf eines Staatsapparates nicht ursächlich gegen das Volk, sondern einzig gegen neuerstehende Autoritäten gerichtet sein muß. Um diesen Prozeß kontrollierbar zu gestalten, gilt es, die Intoxikation durch äußere Stör-Autoritäten auszuschalten. Die hermetische Ab-Schließung des eigenen Machtraumes hat daher die erste Maßnahme eines jeden neuen Staates zu sein. – Daß dieses Entstehen von störenden Autoritäten eine Erscheinungsform einer jeden hierarchisch gegliederten Gesellschaftsstruktur ist, werden wir im Anschluß noch sehen.

Natürlich kann es nicht darum gehen, jede einzelne Person zu liquidieren; die Lösung des Problems liegt in genau entgegengesetzter Richtung.

Wie wir bereits anhand unseres Beispiels aus dem ersten Kapitel ersahen, war eine der Haupturfachen für die blutigen Kämpfe & schließlich für den Untergang des Oasendorfes eine Polarisierung der Macht. Es existierten Machtinhaber & Machtlose, die keine Gelegenheit besaßen, sich in die Privilegien der Machtinhaber zu teilen. Wir erkennen in dieser Struktur eine für den Fortbestand des Staates tödliche Halbherzigkeit. Hätte jener Soldat A., der das ehrgeizige Ziel anstrebte, sich zum Alleinherrscher auszurufen, den Schritt gewagt & einem jeden einzelnen seiner Untergebenen ein staatliches Amt, einen ausgezeichneten Machtposten, verschafft: ihm & allen übrigen wäre ihr blutiges Ende erspart geblieben, ohne daß er auf sein Ziel, die MACHT zu erweitern, hätte verzichten müssen. – Die Soik lehrt daher die Errichtung des ABSOLUTEN STAATES!

Das heißt nichts anderes, als daß jeder, auch der noch so kleinste Teilbereich des gesellschaftlichen Lebens von der staatlichen Struktur erfaßt, von ihr einverleibt & damit zu einem Teil des Staates selbst gemacht wird. Das gesamte Leben erhält somit eine staatliche, d. i. institutionelle Prägung. Ein jeder wird von kleinauf, quasi im Mutterleib, ein Funktionär des existierenden Staates.

Es geht nicht darum, ob die einzelnen Ämter & Instanzen »wichtig« oder »unwichtig«, »zweckvoll« oder »zwecklos« erscheinen, denn die Frage nach wichtig & unwichtig, zweckvoll & zwecklos mag wohl in bezug auf den Bau eines Hauses oder das Löschen eines Feuers zutreffend formuliert sein, im Hinblick auf MACHT sind derlei ökonomistische Vokabeln vollkommen fehl am Platz. MACHT *ist* der Endzweck, und die Frage gilt einzig der Notwendigkeit bezüglich Erringung & Erhalt von MACHT, daher ist ein ökonomistischer Pragmatismus absolut unvereinbar mit der Politik des soistischen Staates.

Somit wäre am Ende dieser Phase der erste Schritt für die Verwirklichung einer jaistischen Lebensformation getan.

Da brechen Wolkenpferde durchs Gehege: der Himmelszaun birst unter Hufen, Sturm schnaubt, die Luft verwandelt sich in Platten aus dunklem Metall; scharfer Grat blitzt grell & guillotiniert im Glissando einen eichenlaub-dekorierten Baumriesen, der sich heldisch am Seeufer erhebt, eine Feuersäule schnellt draus empor: Vor den Eichen sollst du weichen; die Erde flieht in Wirbeln, Blechareale trommeln hart & kantig gegen den Wald, den See & meine Insel, Orchesterpauken, in eine Felsenschlucht stürzend. Martellato. Sturm dreht Baumkronen zu Sirenen & kreischt im Geäst den Gewitteralarm: Ich seh Gestalten in wehenden Kleiderlumpen durchs zuckende Drahtverhau der Blitze springen, hör den orgelnden Wald, und sich überschlagende, speichelspritzende Chöre vom See. Baumdirigenten erflügeln mit zottigen Mähnen aus dem Wolkenorchester ein finale furioso: Die Statisterie tobt osmanisch aus den Kulissen hervor & überstürmt die spitzen Lanzen der Bläser; Seewellen schlagen die Schenkel, johlend vor Vergnügen, während ein Regenvorhang aus dem Dunkel vor die Szene niedersinkt.– Ich riech Erde, Wind & See; sie scheinen soeben erst zu entstehn aus schwarzer Regenluft. Und spring durch die zerbrochne Käfigtür hinaus nach Draußen, atme tief. Das Gewitter verkriecht sich fluchend hinterm Horizont, der gespaltene Baum lehnt sich in den Wald zurück & pafft brandigen Qualm. Sich entfernend huschen Blitze wie Nattern durchs Himmelsgehölz, und Wolken, getragen von Regensäulen.

ZWEITER AUSBRUCH (NACHT-SPAZIER-GANG 2).

I. Diesmal energischer als beim ersten Versuch: Entschlossen trete ich gegen Dornhecken & Schlingpflanzen (und spür schaudernd riesige Spinnweben an Händen & im Gesicht). Spitze Zweige stechen wie Speere nach meinen Augen. Hell schimmernd aus dem Dunkel des Korridors, wonach ich solange gesucht: *die Tür.*

II. Eine geräumige, leerstehende Wohnung im Parterre eines mir unbekannten Miethauses. In den Fenstern fehlen die Scheiben, die Türrahmen sind ohne Tür. Ölfarbreste & Tapetenstreifen haben sich von den Wänden gelöst & entfalten sich wie Blätter einer großen, exotischen Pflanze. Schimmlige Dielen als schwankende Stege durchziehen den Raum. Licht von draußen wirft lange Schatten.

Obwohl dieser Raum, an dessen Tür ich noch immer warte, niedrig scheint, gelingts mir nicht, die Zimmerdecke zu erkennen.

Meine Mutter kniet inmitten des Zimmers auf den Dielen & blickt zu mir auf, als ich eintrete. –Wir können diese Wohnung beziehen. Sagt sie. –Aber wir müssen zuvor die beiden Männer, die noch hier wohnen, töten.

Wie auf Bahren ausgestreckt, liegen auf den Dielen die Körper zweier offenbar schlafender Männer, wahrscheinlich sind sie betrunken. Ihre Gesichter im Schatten, ich kann sie nicht entziffern.

Noch während meine Mutter spricht, erhebt sie sich von den Dielenbrettern, tritt an einen der Männer heran & zerstampft mit einem schweren hölzernen Wagenrad dessen Schädel. Ich meinerseits stoße einen Dolch in die Brust des zweiten Mannes.

Als die beiden Männer tot sind, frag ich meine Mutter, was wir mit den Leichen tun sollten. Sie antwortet, sie werde den Körper des Einen soweit zerstampfen, daß sie die Reste in einen Mülleimer werfen könne. Ich schlage vor, den Anderen unter den Zimmerdielen zu verscharren.

Kurzentschlossen reiße ich einige Bretter heraus & bedecke den Leichnam des Mannes mit fahlem, kühlem Staub.

III. Später. Dieselbe Wohnung, das Zimmer jetzt hell & freundlich. Durch blanke Fensterscheiben phällt Sonnenlicht auf *po*lierte Möbel & die Ornamentik eines großen Perserteppichs. In einer Zimmerecke entfalten exotische Pflanzen große, dunkelgrüne Blätter. – Ich bin allein in dem Raum &, weiß ich, in der ge*sam*ten Wohnung der Einzige; ich rieche sonndurchwärmten Staub.

Plötzlich unter dem Teppich schwache Klopfzeichen, kurz darauf leises Wimmern, alsbald lauter werdend. Zum Schluß ein lang anhaltender, gellender Schrei – –.

*

Anfrage des ZERNED an das MIMOB. Betrifft das am 153. Tag d. J. 12 aufgegriffene & von adressierter Dienststelle als Anthropophagen identifizierte Individuum. – Wir ersuchen das MIMOB, die Gründe für die zweimalige Nahrungsverweigerung o. g. Anthropophagen aufzuklären. Die Regierung von Neu-Deutschland zeigt äußerste Besorgnis um die Aufrechterhaltung der allgemeinen Sicherheit & Ordnung, wenn binnen kurzem jener Arrestant nicht die ihm zur Verfügung gestellten Exemplare akzeptiert & der ihnen gebührenden Verwendung zuführt. Der ZERNED erwartet umgehend Klärung dieses Sachverhalts sowie einen sofortigen Lagebericht.

*

MIMOB an ZERNED. Auf Grund der aktuellen Umstände sehen wir uns leider außerstande, den vom ZERNED geforderten Bericht beizubringen. Da es sich bei den staatsinternen Auseinandersetzungen um einander entgegengerichtete Strömungen handelt, somit die zur Eruierung o. g. Anthropophagen ausgesuchten Exemplare in Art & Beschaffenheit stark divergieren, ist derzeit eine konkrete Ermittlung unmöglich. Wir erkennen jedoch die prekäre Lage der Staatsführung & versichern dem ZERNED allseits unsere treue Ergebenheit. Es lebe Neu–Deutschland! Es lebe die Revolution!

*

Lange Zeit lieg ich ausgestreckt am Ufer des Sees & schau die Regenflüsse in der Stille. Ich, sechzehnjähriger, heimatloser Rekrut, Deserteur & Soldatenfresser, nun ein Gefangener in einem Hühnerstall inmitten eines unwirklich erscheinenden Landes auf einer Insel, in einem Tümpel, der Schauspieler meines Verlöschens; ich horche in meinen Leib. Und neben dem beständigen, allgegenwärtigen Hungergefühl, das, wer davon einmal befallen, wie ein in ungeheuren Mengen sich mehrender Bazillus für immer in dessen Eingeweiden verbleibt, spür ich ein anderes, nicht minder schweres Hungergefühl: den Hunger nach dem Klang einer menschlichen Stimme, nach deiner, Margarete, und nach dem Spüren & Spürenkönnen des eigenen Körpers an deinem, Margarete, nach diesen winzigen Härchen auf deiner Haut, Bruchteil einer Sekunde kurz vor dem Berühren der Leiber, wo bereits die Körperwärme des andern fühlbar wie ein Magnetfeld, jede *Po*re der Haut ein atmender Mund; deine Haut ein narkotisierendes Aroma, und ich würde dich ficken, Margarete, mit der Wut & Verzweiflung aus höhnischen Kriegstagen, mit der Begierde dessen, der WARTEN mußte, DURCHHALTEN mußte, der sich erniedrigen mußte in dieser Zwangsgemeinschaft der Hure Vaterland; ich würde dich ficken, wie ichs getan hab in diesem fernen Herbst zwischen Nacht & Nacht, weil nichts zu tun geblieben war & weil wirs gewollt haben, du & ich, und beide nicht wußten, ob & wann je wieder.– Das als Ersatz fürs fleischliche Fotoalbum, nein: nicht Ersatz: das *ist* ja das Echte, war & ist ja das Eigentliche!, dennoch Zwang auch das, Freßgier, ein teuflischer Hunger.

Ich habe nicht mit all den anderen zurückgewinkt aus dem fahrenden Zug, habe, Fahrtwind am Hinterkopf, die zurückgleitende Bahnhofshalle mit den heulenden Müttern & dem schäbigen, mit Brettern vernagelten Kiosk beobachtet, habe mit pedantischer Eindringlichkeit diesen Anblick mir zu bewahren gesucht, wie ich dein Gesicht, Margarete, gesucht habe zwischen affigen Elternvisagen & zerknirschten HJ-Fratzen (die ihr *Schicksal* verfluchten, noch zu jung

zu sein fürn *Endsieg*), und ich sah das einzige nicht durch Rotz ent-
stellte Gesicht, das mir nachblickte mit deinen hellgrauen Augen
(:Augen aus dem Himmel an einem Regentag; Hellgrau, wenn du
dich entferntest mit deinen Gedanken, hell-wach & scheinbar schlafend). Oder blicktest du nur zufällig in meine Richtung, als der Zug
langsam aus dem Bahnhof fuhr, hast in diesem Moment überhaupt
NICHTS gesehen & lediglich aus der bequemen Kopfhaltung oder
aus Höflichkeit diese Fluchtlinie gewählt, um mir in diesen wie jeder
ahnte & erwartete LETZTEN AUGENBLICKEN die Illusion
eines Abschiednehmens zu vermitteln, weils eben *dazugehörte,* und
diese letzte Gefälligkeit, wie man sie kindisch gewordenen Alten
oder bereits Sterbenden gewährt, mochte indes für diese wenigen
Augen-Blicke ihrer Dauer keine große Mühe & Anstrengung bereiten. Und deine Arme haben nicht ein einziges Mal gezuckt, um sich
in den Sog des allgemeinen Winkens hinaufschwemmen zu lassen,
haben schlaff neben dem Körper herabgehangen, als müßten sie
schwere Gepäckstücke tragen oder sich eben von dieser übermäßi-
gen Last entspannen: Ich habe dich deswegen geliebt, Margarete,
wegen dieses einen Augenblicks, als der Zug mit den in graue Felle
des *Ehrenkleids* genähten Opfer, Die Christen vor die Löwen!, aus
dem *Spoliarium* dieses Bahnhofs gezerrt wurde; ich habe das zumindest für *Liebe* gehalten oder für ein ähnliches Mißverständnis, denn
von diesem Moment sind in mich die Wörter zurückgekehrt; ich
hätte wieder zu dir sprechen können, Margarete, und in den gräßlich
zähen Stunden während endloser Märsche, zermürbender, durchwachter Nächte in der eigenartigen Finsternis eines fremden Landes,
in Straßengräben aus Regen & Frost, als eine Kruste wie eine zweite
Haut um mich wuchs, und während dieser erstaunlich kurzen *Feind-
berührungen* (wie dieser schwachsinnige Unteroffizier sich aus-
drückte, über die Tautologie siehe oben), wobei ich niemals wußte,
wann sie begannen & wirklich zuende waren – ich habe übrigens
während der gesamten Zeit meines *Fronteinsatzes* keinen einzigen
Schuß abgegeben, vielleicht – nichts freilich rechtfertigt meinen
Aberglauben – bin ich deshalb bis zum heutigen Tag am Leben – damals habe ich begonnen, dir, Margarete, Briefe zu schreiben. Habe
manchmal halbe Wörter & Sätze in die Erde geschrieben (vielleicht
sind diese Epigraphe noch heute auf irgendeinem schlesischen Acker
erhalten); hast du jemals versucht, einen Brief in die Erde zu schreiben? Das ist ein zehrendes Spiel, ähnlich dem Beobachten der Flammen, die, in seltsamen Zeichen & Figuren aufflackernd, Gedanken
fressen. Das sind sehr lange Briefe gewesen, die ich mit meinen Hän-

den auf diese verschiedenfarbigen Briefbögen geschrieben habe, ihre Färbungen reichten von Ziegelrot über Torfbraun bis zum bläulichen Schwarz eines Sturzackers im Frühjahr. Diese Briefe hatten keinen *Sinn*, kein *Ziel* & keinen *Zweck*; solange ich schreiben kann, werde ich nicht sterben.

Und, Margarete, ich schreibe dir jetzt, was ich in dieser Nacht am Ufer des Sees beim theatralischen Feuerwerk eines Frühsommergewitters gesehen hab:

Abgestorbene Baumstämme, wie Säulen einer Tempelruine in die Finsternis aufragend, an amputierten Ästen seltsame Gebilde in den Sturmböen schaukelnd: Lumpenbündel, Vogelscheuchen, Schrekkens-Male: gehenkte Menschen! Während Blitze aufflammen, wird der Eine oder Andere für diesen winzigen Moment sichtbar wie eine überbelichtete Fotografie. Manch einer mag vor langer Zeit schon in diesem toten Wald sein Leben gelassen haben; der Wechsel von Kälte & Hitze, die Angriffe von Regen & Frost & Wind haben das Fleisch verwesen lassen, durch die verbliebnen Reste treten die Skelettspeere hindurch; die ehemaligen Gesichter verlöschen & knochige Schädel treten hervor, so daß in jenen Gesichtern dieser drohend-lächerlich-grauenhafte Anblick von Mumien geschrieben steht, deren Sterben niemals abgeschlossen scheint, die auch nach Jahrtausenden noch ihren ekelerregenden Todeskampf mit der unverminderten Heftigkeit & Verbissenheit rigider Feldherren & Staatsmänner ausfechten, Schachspieler mit dem Tod, die noch während des Verfaulens an die Möglichkeit ihres Sieges glauben.

Manch einer der gehenkten Leiber ist nur unvollständig noch, Teile des Rumpfes oder manchmal Schulter nur & Kopf schaukeln am Strick, alles übrige ist bereits vom Schafott herabgefallen oder der Strick selbst ist zerrissen, so daß die Leichname in grotesken Verrenkungen in den Erdboden hineinwittern; ein Versinken, Auflösen, Verschwinden in unendlicher Langsamkeit. Und, Margarete, eine neue Serie von Blitzen erhellt dies Golgatha, und ich seh Schminke in den toten Gesichtern: dicke Schichten Farbe wie auf alten Ölgemälden, deren Farben wie ausgedörrte Erde zu Schollen sich aufwerfen: schmutzigweiße Inseln auf Wangen & Stirnen, die leeren Augenhöhlen der Gehenkten starren in schwarzer Bemalung riesenhaft aus leblosen Masken (tagsüber mögen Vögel durch die Augenlöcher ein- & ausfliegen, in den Köpfen ihre junge Brut). Dies, Margarete, ist ein Wald der gehenkten Clowns, die auf Pappschildern, von der Witterung vergilbt & ausgeblichen, zum Teil noch lesbar, die Vergehen dieser Opfer zur Schau stelln: weder FAHNENFLÜCHTIGER noch FEIGLING; diese Getöteten, diese gehenkten Clowns tragen den Grund für ihren Tod in sich selber: Jede Zeit kennt für Narren den gleichen Lohn.

Diese Wesen in dem Teil dieses Waldes, wohin es mich verschlagen hat, die ihre Zeit in Abgeschiedenheit verbringen & in Finsternis, und denen ich ausgeliefert bin, sind also auch Schlächter; die Entfernung vom Draußen hat sie nicht anders werden lassen.

*

Regierungsinternes Schreiben an alle Ministerien. Präsidium des ZERNED. Unter Bezugnahme auf das Gesetz vom 304. Tag des Jahres 02 werden folgende Ergänzungen vorgenommen.

1. Die Untersuchungsbehörden werden angewiesen, die Fälle von Personen, die der Vorbereitung oder Ausführung von Terrorakten angeklagt sind, beschleunigt zu behandeln.

2. Die Organe des Ministeriums für Hegemonie positiven Gedankenguts (MIHPOG) sowie die Organe des LIEVOBÜ werden angewiesen, die Vollziehung von Liebesvollstreckungen, welche für Delikte dieser Kategorie gefällt wurden, nicht im Hinblick auf eine allfällige Begnadigung hinauszuschieben, da das Präsidium des ZERNED die Möglichkeit, derartige Gnadengesuche entgegenzunehmen, nicht in Betracht zieht.

3. Die Organe des LIEVOBÜ werden angewiesen, Liebesurteile, betreffend Delinquenten obengenannter Kategorie, unverzüglich nach ihrer Erlassung zu vollziehen.

*

Ich habs geahnt!: Er ist fort. Genau wie sein Vorgänger: Hat die Zeit meiner Abwesenheit genutzt. (:Geb den Anlaß *ich*? Ists so, und der Wächter, dem man sich unterwirft, bin *ich*? oder der Henker, von jeher unrein & abscheulich, bin *ich*? Aus dem Staub ziehe ich die Broschüre und setze die Lektüre fort.

Wir dürfen jedoch eine Tatsache nicht aus den Augen verlieren. Wir haben durch den Absoluten Staat zwar erreicht, daß »das Volk« als solches aufgehört hat zu existieren (mithin das Problem des Hemmschuhs für die Staatsmacht gelöst ist), allerdings stehen wir noch immer vor einer differenzierten Macht. Sie ergibt sich aus dem notwendigen Prozeß der Arbeitsteilung, für den – wir haben bereits darauf hingewiesen – die Frage einer Wichtung entscheidend ist. Somit haben wir es mit zweierlei, zueinander in Widerspruch tretenden Denkweisen zu tun: mit dem Nonpragmatismus im Sinne der MACHT – mit dem Pragmatismus im Sinne der ARBEIT. Diese für den soistischen Staat typischen Widersprüche finden ihre Lösung in der jaistischen Endphase.

Was ist zu tun?

Halten wir uns noch einmal den unflexiblen, auf starren Hierarchiestrukturen gebildeten Staat vor Augen, der uns aus der Historie bekannt ist. Die wesentlichsten Ungerechtigkeiten (und damit gleichzeitig die wichtigsten Gründe für das Entstehen störender Autoritäten) ergaben sich aus der Ungleichheit der Arbeit, sowohl was den Charakter des Arbeitsprozesses selbst betrifft (schwere körperliche Arbeit wie schwere geistige Arbeit & deren scharfe Trennung voneinander), wie, daraus folgend, die unterschiedliche Qualität in den Privilegien & ein entsprechend unterschiedliches gesellschaftliches *renommée* & Machtpotential.

Die Jaik löst dieses Mißverhältnis durch LIQUATION DES ARBEITSPROZESSES. Wir verstehen darunter den permanenten Berufswechsel bzw. -tausch. Ein jedes Mitglied des Staatsgebildes übt während eines bestimmten, einheitlich gültigen Zeitraums jeden Beruf aus, und wird somit im Laufe seines Lebens im Idealfall sämtlicher Berufe, ergo sämtlicher Machtpotentiale inne. Dieses Verfahren, was man als »Durchlauf« bezeichnen könnte, bezieht gleichermaßen den Straßenfeger wie den höchsten Ministerposten ein.

Die wichtigste jaistische Erkenntnis ist, nicht die Privilegien auf ein einheitliches Niveau zu stellen (ein Vorhaben, das, wie die Geschichte zeigt, ohnehin & von vornherein zum Scheitern verurteilt ist, und sämtliche Staaten & Regierungen, welche derlei Unsinn einst auf ihre Fahnen geschrieben hatten, sind alsbald davon abgewichen und auf die alten, erprobten Muster zurückgefallen), sondern die unterschiedlichen Privilegien-Niveaus durch einen ständigen Abtausch zu beseitigen.

Statistische Berechnungen (und wir fügen das für eventuelle Skeptiker ein) haben ergeben, daß die Wahrscheinlichkeit für Fehlentscheidungen & Pannen in zwingenden Situationen bei einem vorausgesetzten Berufs-Liquations-Takt von 10 Stunden ungleich geringer ist, als unter bekannten Verhältnissen, wo beispielsweise ein untauglicher Monarch zeitlebens, oder ein Regierungschef in sogenannten Demokratien mindestens vier Jahre sein Amt innehat; der falsche Mann, festgebissen am falschen Platz.

Wir können mithin resümieren, daß mit erfolgreichem Abschluß der soistischen Entwicklungsphase (totale Institutionalisierung des Lebens) die jaistische Endphase (Einführung des liquiden Arbeitsprozesses & damit Verschwinden der Termini Gleichheit – Ungleichheit) den Garant für dauerhafte Stabilität der höchstmöglichen Form der Staatsmacht darstellt. Denn die »Abschaffung des Staates« kann, wie wir gesehen haben, auf zweierlei Arten vonstatten gehen. Einmal durch seine tatsächliche »Zerschlagung«[1] (ein freiwilliger Abbau von Staatsmacht gleich welcher Qualität ist eine haltlose Illusion, denn niemand gibt seine einmal errungene Machtposition freiwillig auf!), zum anderen kann *der Staat* ebenso durch eine allumfassende Ausdehnung im wahrsten Sinn des Wortes *abgeschafft* werden. Denn sobald »alles Staat *ist*«, wird eine Unterscheidung in Staat & Nicht-Staat überflüssig, mithin auch der Begriff & das Denken in diesen Kategorien.

Im Anschluß werden wir uns mit einigen speziellen Fragen

---

[1] Es ist fast kurios, diesem Bemühen zuzuschauen, sobald die aktuelle Geschichte uns dies mitzuerleben gestattet: Offenbar sind jene »Zerschläger« zutiefst davon überzeugt, Ich & Wille eines Führers nebst der von ihm beseelten Masse sei die Voraussetzung, der alten Staats-Struktur ein neues, und vor allem ein anderes Leben einzuhauchen, und sie übersehen dabei den einfachen Umstand, daß nicht der Mensch die Struktur, sondern allemal die Struktur den Menschen prägt! So daß wir von einer wahren Zerschlagung infolge dieser »Zerschlagungen« wahrlich nicht sprechen können.

Hier brechen die merkwürdigen Aufzeichnungen plötzlich ab.
Statt einer Fortsetzung ist übergangslos auf dem unbeschriebenen
Rest des Papierbogens, in gleicher Handschrift wie der gesamte
Text, zu lesen: ½ Pfund Butter

1 Brot

1 × Petersilie

1 × Schuhcreme

1 × Schnürsenkel (braun)

500 gr Sauerkraut

und, von dieser Tabelle deutlich abgesetzt:

15 Rollen Klopapier !!!

Vermutlich waren dem Schreiber die Papiervorräte ausgegangen
oder einzig auf diesem langen, umständlichen Weg seiner persönlichen Mnemotechnik konnte er die dringend benötigten Waren vollständig erinnern, wobei am Ende dieser vielseitigen Erörterungen
schließlich der ursprüngliche Zweck erreicht war, nämlich das Aufstellen eines schlichten Einkaufzettels. (Möglich, der Autor litt an
Diarrhoe, so daß er jene zwar unbedingt nötige, doch peinlich hohe
Menge Klopapier aus seinem Bewußtsein verdrängt hatte). Denkbar
auch, der unbekannte Autor (nirgends entdecke ich ein Signum) er-
langte just an diesem Punkt seiner Erörterungen durch ein unerwar-
tetes Ereignis (Diarrhoe?) seinen bislang durch Theorie verstellten
Blick für *Wirklichkeit* zurück, so daß als Quintessenz seiner Träume-
rein & im Hinblick auf die Misere der ihn umgebenden Gegenwart
er einen privaten Wunschzettel niederschrieb, ähnlich dem Tun klei-
nerer Kinder zur Weihnachtszeit, um einem sehnlichen Begehren
Ausdruck & Gestalt zu verleihn.

Alle drei Varianten erklären gleichermaßen wahr-scheinlich den
letzten, enormen *Po*sten des Einkaufzettels; drei Gründe mehr für
berechtigten Zweifel an dieser Erklärung, denn was wahr scheint,
macht Wahr-heit zum Schein.

Eine Fliege, ein prachtvoll schillernd–smaragdenes Insekt, meinen
Kopf in wirre Fluggespinste hüllend, läßt sich für einen Moment nieder auf meinem Arm: – flapp – :Könnten wir die Todesschreie der Insekten hörn, das wär ein Gebrüll in unseren Ohrn! (Der Himmlische
Tonmeister hat uns dies Entsetzen erspart). Unter hakenförmig zerbrochnen Fliegenbeinen quillt ein Tropfen Gelbes aus dem Kadaver;
die Sonne verbirgt sich hinter einer Bernsteinwolke.– Plötzlich fällt
mir die Bedeutung des Terminus DIA*S*PORA ein, wonach ich
einst eine Nacht lang vergeblich den Keller meines Erinnerns durch-
kramt: Ich sehe vor mir im Staub die beschriebenen Zettel, diesen

Hühnerstall auf seiner Insel mit sprachlosen Männern in Lumpen (nirgends eine Frau) & den menschenfressenden Wald, voll mit deren Opfern, AND STAND AS COMMA 'TWEEN THEIR AMI-TIES. NEU-DEUTSCHLAND: diesem Atlantis ist das Fleisch gewachsen!

»Ich muß hinzufügen, daß ›Raffael‹ weit häufiger die Stöcke verwechselte, wenn diese Versuche in großer Zahl nacheinander angestellt wurden. Er geriet in Verzweiflung und griff auf gut Glück zu (...) Das ist ein klarer Einfluß der Ermüdung. (...) Es ist gang und gäbe, daß ›Raffael‹, wenn die Aufgabe für ihn verwirrend wird, in der Tat die Augen abwendet, irgendwohin blickt, sich dann wieder an die Arbeit macht und sie nun schafft. Auch das ist ganz einfach. Wenn er sich bewegt, dann huschen die realen Abbilder dieser Stöcke an ihm vorbei, wenn er sich aber von diesen realen Eindrücken zurückzieht, dann hat er vor sich nur ein beständiges Abbild der Spuren dieser einzelnen Stöcke; dann läuft die Assoziation ungehindert ab.«

E-LEN-DES-VIECHCHCH-ZEUCH WEKK FORT FORT !!!

Wie Nadeln verrückt gewordener Nähmaschinen hacken die Schnäbel der Hühner plötzlich auf mich ein. Ich spring auf, schlag zwei der schrillen Federbälge aus meinem Genick, einen dritten trifft ein Faustschlag beim Anflug auf mein Gesicht; die Hühner verbeißen sich in die Fetzen meiner Hose, ich schüttele entsetzt die Beine, sie krallen sich ins Haar, ich ergreif den Knüppel, den man dereinst gegen mich geschleudert hatte & schlag blindlings draufzu (:Wie am ersten Tag: Geschichte wiederholt sich), das Hühnergekreisch schrillt durch meinen Kopf – ich stürze durch die zerbrochne Tür hinaus, an mir wie fedrige Kletten zwei dieser Ja-waren-das-noch-Hühner?: Wolln die nur das erschlagene Insekt auf meinem Arm oder beides, die Fliege & mich, fressen. Davon also träumt ein Huhn!

Ich schlag hart auf den Boden, die Hühner bleiben gackernd im Käfig, die restlichen zwei lassen ab von mir & stelzen zu Ihresgleichen: Die wollten ihre Toten rächen, die dieser Kerl gestern in seinem Sturz erschlagen hat. –Der Andre wars, nicht ich! (rechtfertige ich mich vorm Hühnergerichtshof). –Mensch = Mensch! (kräht der Freislerhahn, Ankläger der Weißgefiederten. In deren Augen & mit Hühnerlogik alles über *einen* Hahnenkamm: vielleicht stimmts).

Ich rappele mich auf.– Vielleicht sind die beiden Kerle deshalb mir nichts–dir nichts raus aus diesem Käfig. Weil sie wußten. Was ihnen. Früher oder später. Nicht von mir. Von den Hühnern. Bevorsteht!

Unweit die Toten: Nichts, was sie unterscheidet von anderen

Hühnern. Das will nichts heißen: Sieht man mir etwa den Menschenfresser an!

Schaudernd blick ich zum Wrack des Hühnerstalls mit seinem auffallend stillen Geflügel; hinter den Brettern seh ich sie traulich im Sande scharren & Körner picknicken. Dorthin zurück nich mal fürs Ewige Leben! (:Was vielleicht nicht viel wert ist: Da bläst einer auf ner rostigen *Po*saune den Himmlischen Zipfelzapfenstreich, und aus Grüften Löchern Massengräbern Mülleimern aller Länder & Zeiten auferstehen faulende Leichname. Denen was fehlt, holen sichs kurzerhand vom Nachbarn: Köpfe Arme Beine Rippen Fleisch & Häute, Vollständigkeit ist Alles & Feldwebel sterben nie aus! Allen voran der Neandertaler, der hats arg nötig! :Gibt ne Mords-Prügelei vorm Jüngsten Gericht wie inner Bauernkaschemme, und schließlich fängt Alles wieder von vorne an! :Nee danke, einmal ist mehr als genug).

Böen keifen & hetzen Wellen gegen den Strand. Die Allongeperücken der Wolken türmen sich überm aufgedunsenen Sonnenschädel, die Luft schmeckt salzig & blau. –Das Meer, Margarete! Sag ich & berühr ihren Arm. Zerrinnender Sand, für drei Tage. –Ja! Sagt sie neben mir. Sie läßt alles Gepäck aus der Hand fallen und springt die Steilküste hinab. Und die Zeit dreht Looping rückwärts zum Quartär zum Neogen zum Paläogen in die Kreide, wo Ammoniten & Saurier pleite gingen, und mit zwei letzten Sprüngen zu Jura & Trias, Muschelkalk & Kies schütten hinterdrein. –Komm doch! Ihre Stimme fällt dünn durchs Windsieb, ich spring in die Fußstapfen ihrer Schritte und versinke jedesmal bis an die Knie. Rie-sen-sät-ze.– Als ich ankomm bei ihr, wirft sie Steine gegen das Wasser. –Nich so. Sag ich. –Soo! :Manchmal springt ein Stein bis zu achtmal über die flachen Wellen. Und abends in der kleinen Kemenate mit den schrägen Wänden direkt unterm Dach, in den Schindeln knistert noch Tageshitze, ein großer brauner Schrank atmet behäbig Naphtalin & die einzige Lampe, klein & grauenvoll der Schirm aus Glas mit handbemalten Rosengirlanden, brennt ein cremefarbenes Licht, ein warmer Kokon, und du, Margarete, am Waschtisch mit gesprungner Marmorplatte vor dem Spiegel, hast aus einem hohen Porzellankrug Wasser in die Schüssel gegossen, als ich ins Zimmer komm & dieses Licht deine Haut aus tiefen Schatten hebt, und seh dich an & du siehst zu mir herüber, und ich Na, und du Na: –*La demoiselle d'Avignon*, denke/sage ich, als du grad den Krug abstellst & die Schatten wie dunkle Wellen über deinen Körper fließen. Und du lachst ein bißchen drüber, aber das ist schon wie erstes Berühren; –Du: machslichtaus!, und ich mache das Licht aus (unten in der Küche geschirrt & schubladet ahnungslos die Wirtin), überm Dach eilt Laub aus einem Apfelbaum dem flüchtigen Wind hinterdrein.

Nachmittag, weindunkles Licht, stille Wolken, und ich tappe ratlos über die Insel, gerate ans Ufer & sehe tintfarbnen Wald versinken im See. WO SOLL ICH HIN.

Ge-Triebener durchs Labyrinth meines Schreckens & verjagt zuletzt von menschenfressendem Geflügel, einmal Flüchtling immer Flüchtling. Das Buch jenes Unbekannten im Mund, wate ich hinein in den See, die Schlauheit zwischen den Zähnen wie der Hund seinen Knochen. *Wer wird mich aus dem Wasser vertreiben?*

Ich schwimm vorsichtig & möglichst ohne lautes Geräusch aufs Waldufer zu. Wo soll ich hin: Dorthin, woher ich kam. Der Weg zurück ist weit, die Kräfte verbrauchen sich rasch.

Bisweilen gerate ich in Strömungen, oder Schlingpflanzen recken ihre Fangarme, mich festzuhalten & in grünen Reusen zu verstricken. Ab & an taste ich mit den Füßen nach Grund, aber bis da-hin ists noch weit, und das einzige, was ich spüre, ist modriger, faulender Schlamm, in dem ich langsam versinken würde, versuchte ich dort Halt zu finden oder auch nur kurze Zeit zu rasten. Mein Schwimmen wirft trübe Wellen voraus. Das Wasser im See ist kühl & trägt den Bittergeschmack der Jahre aus Algen & Tod.

*

»Im Lauf der Nacht und am Vormittag des 5. März 1953 verschlechterte sich der Zustand von Joseph Wissarionowitsch Stalin. Neben der früher festgestellten Hirnblutung war jetzt eine schwere Störung der Herztätigkeit zu beobachten. Am Morgen des 5. März kam es zu einem akuten Versagen der Atmung, das drei Stunden anhielt, und nur sehr mühsam durch die entsprechenden therapeutischen Maßnahmen beeinflußt werden konnte.

Um acht Uhr morgens drohte die Herztätigkeit zu versagen. Der Blutdruck sank, der Puls war stärker beschleunigt, der Patient erblaßte. Durch intensive medizinische Maßnahmen ließen sich diese Symptome beheben. Ein um elf Uhr vormittags aufgenommenes Elektrokardiogramm wies auf schwere Funktionsstörungen in den Herzkranzgefäßen und auf Veränderungen im Gebiet der hinteren Herzwand hin. Ein am 2. März aufgenommenes Elektrokardiogramm hatte noch nichts von diesen Veränderungen gezeigt.

Um elf Uhr dreißig vormittags erfolgte ein zweiter schwerer Kollaps, der nur mit größter Schwierigkeit durch geeignete medizinische Behandlung überwunden wurde. Später kam es zu einer leichten Besserung der kardiovaskulären Störungen, obwohl der Allgemeinzustand des Patienten nach wie vor ernst ist.

Um vier Uhr nachmittags betrug der Blutdruck 160/100, Puls 120 pro Minute, arhythmische Atmung 36 pro Minute, Temperatur 37,6, Leukozytose 21 000. Gegenwärtig richtet sich die Behandlung hauptsächlich auf die Bekämpfung der Unregelmäßigkeiten der Atmung und des Blutkreislaufs, vor allem in der Koronarzone.«

*

»Gilgamesh aber wusch sich und kleidete sich in ein prächtiges Gewand. Als Ishtar ihn so sah, entbrannte sie in heftiger Liebe zu ihm, aber Gilgamesh schmähte sie und verachtete ihre Liebe, obwohl sie ihm alle Herrlichkeit auf Erden versprach. Er zählte alle Liebhaber auf, die sie verführt und dann in das Elend gestürzt hatte. Als Ishtar das aber hörte, ergrimmte sie und geriet in große Wut, und sie stürmte hin zum Vater Anu und beschwor ihn, einen Himmelsstier nach Uruk zu schicken, damit er Gilgamesh verdürbe. Aber Anu ward darüber sehr traurig, denn er wußte, was das bedeutete. Und so mußte Ishtar ihm erst versichern, daß dem Lande und der Stadt kein Unheil drohe, wenn er den Stier in die Stadt schickte. So ließ Anu sich erweichen und schickte den Stier. Wie ein Orkan stürmte er gegen die Stadt. Aber Enkidu und Gilgamesh stellten sich ihm entgegen und erschlugen ihn. Als Ishtar sah, wie ihre Rache mißglückt war trat sie auf die Mauern der Stadt und fluchte dem Gilgamesh. Aber Enkidu riß dem Stier eine Keule ab und schleuderte sie nach der Göttin auf der Mauer. Da hielt Ishtar mit ihren Mädchen vor der Keule des Stiers die Totenklage um ihn. Die Leute von Uruk aber lobten Gilgamesh, als er mit Enkidu von dem Schlachtfeld heimkam in die Stadt.«

*

»Das war ein Pflaumenjahr damals mein Gott was hab ich da Pflaumen gegessen die Bäume voll & voll und jede sauber« – »Kuck mal wie die Blumen da draußen im Wind« – »ein Jahr lang war ich auf der Bauerei dann bin ich nach Magdeburg Sechsundvierzig und die Bahnhöfe die Wartehalln voll von Menschen da mußt man über die Menschn drüber wegsteigen so voll war das da & die Luft drin stikkich wie zum Schneiden damals wurden die Fahrkarten noch geknipst & ich hab den mit der rotn Mütze gefragt ob ich mich nich draußen auf den Bahnsteig hinsetzn kann denn die Luft da drin aber der hat gesagt Bleim Sie man lieber drin junge Frau Naja draußn

warn die Russen« – »Ja die Russn & die Fraun« – »Und im Zug alle
Fensterscheim raus warn zerbrochn und dann bei der Oma Güsse-
feld in Magdeburg die hatte uns ein Zimmer da war kein Ofen drin
mitten im Winter vors Zimmerfenster so kleine Latten genagelt &
zwischen den dünnen Brettchen kam der ganze Schnee ins Zimmer
geweht da mußtn wir schlafm Mitte Jänner nein das war nicht schön
nein das möcht ich nicht noch einmal.«

*

»Ich war in der Menschenmasse auf dem Trubnaja-Platz eingekeilt.
Der Atem der vielen zehntausend eng aneinander gedrängten Menschen stieg in die kalte Märzluft auf und ballte sich zu einer weißen
Wolke zusammen. Diese Wolke war so kompakt, daß man darauf die
windbewegten Schatten der kahlen Bäume erkennen konnte – ein
fantastischer und erschreckender Anblick.

Immer neue Ströme ergossen sich in die Menschenflut und erhöh-
ten ihren Druck, bis sich ein gewaltiger Strudel bildete. Ich merkte,
daß ich hilflos gegen den Pfosten einer Verkehrsampel getrieben
wurde, ich sah ihn unerbittlich näher und näher rücken. Plötzlich
wurde dicht vor mir ein junges Mädchen an den Pfosten gepreßt. Ihr
Gesicht war vom Schreien verzerrt, doch in dem allgemeinen Brüllen und Stöhnen hörte man sie nicht. Eine jähe Bewegung der
Menge drückte mich eng an das Mädchen. Hören konnte ich nichts,
doch ich spürte mit meinem ganzen Körper, wie ihre zarten Knochen an dem Pfosten zersplitterten. Ich schloß schaudernd die Augen. Der Anblick ihrer wahnsinnig hervorquellenden blauen Kin-
deraugen ging über meine Kraft. Die Menge schob mich weiter, und
als ich wieder hinschaute, war nichts mehr von dem Mädchen zu
sehen. Sie war von der Menschenmenge eingesogen worden, und
jetzt stand ein anderer Mensch mit grotesk verrenktem Körper, die
Arme wie am Kreuz ausgestreckt, gegen den Pfosten gepreßt. In diesem Augenblick trat ich auf etwas Weiches – einen menschlichen
Körper. Ich zog die Beine an den Leib und ließ mich von der Menge
weitertragen. Die längste Zeit wagte ich es nicht, die Füße wieder auf
den Boden zu setzen. Das Gedränge wurde immer noch dichter.
Mich rettete meine Länge. Kleine Menschen wurden bei lebendigem
Leib erdrückt, fielen zu Boden und wurden niedergetrampelt. Wir
waren zwischen den Häuserfassaden auf der einen Seite und einer
Mauer aus Militärlastwagen auf der anderen Seite eingekeilt.«

*

Und, Margarete, als ich endlich lockeren Sand unter den Füßen spüre, ist mir, als lägen zwischen dem Augenblick, da ich, die Papiere, jene zusammengerollte Weisheit zwischen den Zähnen & von mordlustigem Geflügel vertrieben (ein geradezu vernunftwidriger & lächerlicher Umstand, doch, Margarete, scheinen mir Vernunft & Lächerlichkeit in den vergangenen Ereignissen, an denen ich in verschiedenster Weise teilhatte, untrennbar miteinander verschmolzen & gewissermaßen Kennzeichen eines jeden Dinges & einer jeden Erscheinung, so daß ich nicht mehr fähig bin, eine deutliche Grenzlinie zu ziehen, was der Vernunft & was der Lächerlichkeit zuzurechnen sei), in den See gewatet bin und ebendiesem Augenblick eine stattliche Reihe von Jahren, aber ich weiß, daß dem nicht so sein kann, denn wie alle nicht nachvollziehbaren Zeitabstände, insbesondere dann, wenn an deren Beginn wie an deren Endpunkt eine Ungewißheit die andere ablöst, mag sich alles Dazwischenliegende in unseren Sinnen in Ewigkeit strecken, von welcher uns mangels besseren Erkennens lediglich Ereignisse, Zustände & Bilder als ein matter Abglanz berühren. Als ich, Margarete, endlich dem grünbraunen See entsteige (Wasser perlt in hellen Schnüren von meinem Körper in den Ufersand), finde ich allerlei Algenreste, Schilf & Gras an mir haften, auch Laub von den Uferbäumen, und kleine Zweige & Rindenstückchen, die das Wasser bereits zu zersetzen begonnen hat, so daß vom ersten Augenblick Scharen winziger Insekten um meine Gestalt schwirren, und ich entsinne mich der Fliege, die ich dereinst auf der Insel erschlagen hatte, und ich begutachte sogleich die entsprechende Stelle auf meinem Ärmel, aber die Wellen des Sees haben das tote Insekt fortgespült, so daß jene Augenblickseingebung, dieser Insektenansturm möge eine Art der Vergeltung sein für die Tötung eines ihrer Artgenossen, und nicht nur dieses einen allein, sondern eine Vergeltung für all die mittels Zeitungen, Schals, Hausschuhen, Tüchern an Fenstern & Mauern erschlagenen oder in kindlichem Sadismus auf Nadeln gespießten und über Kerzen- oder Streichholzflammen zu übelriechenden Knoten zusammengeschmurgelten Fliegen, so wie mich vor nicht mehr genau feststellbaren Zeiten jene Hühner angegriffen, die in mir ein willkommenes Stellvertreter-Opfer gefunden zu haben glaubten für die mutwillige oder zumindest fahrlässige Tötung zweier ihrer Angehörigen, sich letztendlich als ein nicht länger haltbarer Verdacht zerstreut, sehe ich doch jene Insektenscharen in der an mir haftenden Pflanzenwirrnis lediglich Schutz, Obdach & Nahrung suchen; ich, ein wandelndes Refugium für Fliegen & Mücken, umschwebt von gierigen Schwalben, wie Odysseus einst von des Hades Schatten – und kehrte er nicht letztenendes glücklich heim?; diese Überlegung, Margarete, stärkt mein Selbstvertrauen & flößt mir neuen Mut ein, mit dessen Hilfe ich einen forschen Schritt auf diesem fremden Gestade anschlag, ein Umstand, der mich sowohl die zugegeben etwas lästigen Fliegenscharen mit Gleichgültigkeit ertragen läßt, als auch einem eventuell zu begegnenden Fremden diese meine Erscheinung im Verbund mit einem sicheren Auftreten ein beträchtlich Maß Achtung & Respekt abverlangen muß; wobei die Möglichkeit eines Zusammentreffens mit wie auch immer gearteten Bewohnern dieser Wildnis nach meinem bisherigen Wissen durchaus im Bereich des Wahrscheinlichen liegt, und eine alte Weisheit aller Inbesitznehmer unbekannter Landesteile mitsamt der angestammten Ureinwohnerschaft besagt, daß ein festen Schrittes sich bewegender Fremder auf die Ortsansässigen einen redlichen, aller Tücken ledigen Eindruck erwecken muß, eine Maßnahme, die ich keinesfalls verfrüht oder gar überflüssigerweise getroffen habe, als ich, Margarete, meine Schritte vom lichten Ufer dem Waldesinnern zuwende, eine weitere vorsorgende Entscheidung, die mich des Umstandes, ein allzu leicht sichtbares wie verwundbares Ziel darzustellen, entheben soll, wobei ich während des mühsamen Vortastens durch allerlei Gestrüpp inmitten der Weglosigkeit eines Gehölzes plötzlich an eine große, in ovalem Areal angelegte Lichtung gelange, und, Margarete, das Geschehen, dessen ich dort ansichtig werden muß, verschlägt mir auf Grund seiner widernatürlichen Laszivität den Atem; ich meine zu träumen & füge mir absichtlich einen empfindlichen Schmerz bei, der mich jedoch in der ohnehin sicheren Annahme bestätigt, mithin alles, was mein Auge dort erblickt, der puren Wirklichkeit zuschreiben zu müssen, so gern ich das Gesehene einem Alp entwachsen wünschte, wiewohl ich beim Gedanken, dir, Margarete, diese meine Erlebnisse zu schildern, vor Scham erröte & die Worte hiefür nur zögernd den Weg vom Gedanken zur – cum venia – ausführenden Hand beschreiten wollen. Aus beingrauer Erde erheben sich eine Vielzahl dunkler Steinmonumente, in Größe & Umfang an Kirchtürme erinnernd, so daß die abgebildeten, ausschließlich männlichen Heroen gigantische Ausmaße beanspruchen, doch handelt es sich dabei sämtlich um unvollständige Skulpturen, wobei es einem des Kopfes, dem anderen des Rumpfes, einem dritten der Arme & anderen anderer körperlicher Details ermangelt, ja bisweilen scheint das gesamte Monument von oben nach unten durch einen mörderischen Blitzstrahl gespalten, so daß der granitene Sockel, auf welchem eine jede der Figuren placiert,

in die Fragmenthaftigkeit miteinbezogen ist, was eine Verstümme-
lung der einst in den Stein gemeißelten Namen jener denkwürdigen
Gestalten einherbringt, so daß ich aus meinem Versteck heraus oftmals nur Bruchstücke der ehedem vollständigen Namenszüge zu
entziffern vermag, als da sind HE RX TZSCH LIN LER EUD
NIN RTRE SUS; auch herrscht auf dem steinernen Bildwerk an
reichlich Pflanzenbewuchs kein Man*gel, m*anch Unkraut wallt wie
eine grüngelockte Perücke von den massigen Schädeln hinab bis zu
den Füßen aus Stein, *nie*mals zu Lebzeiten mochte einer der Abgebildeten mit derartiger Pracht seine Gestalt geschmückt haben – und
die Weisheit eines alten Sprichwortes erblüht in einem völlig neuen
Lichte – wonach das Leben selbst die Starrheit des Todes überwind*e*;
*sta*tt jedoch länger untätig den Sinngehalt weiser Sprüche vor dem
Geistesauge defilieren zu lassen, *Hitze* hauchend einzig in die Gemüter dekadenter Schwindelästheten, *f*rag ich angesichts der gigantischen Torsi besorgt nach dem Grad der Befähigung & künstleri-
schen Meisterschaft der unbekannten Schöpfer jener an männliche
Genitale erinnernden Monumente sowie nach deren Kenntnis jener
grundlegenden Voraussetzung eines jeden tätigen Menschen: *L*ernen
Lernen nochmals lernen; *sa*gen dagegen jene Monumente in ihrer
Verstümmlung einzig etwas vom Ekel ihrer Schöpfer gegenüber der
Schöpfung aus (*je*ne Standbilder also haben sich zu keinem auch in
noch so fernen Zeiten liegenden Tag eines vollständigen Abbildes
ihrer Selbst erfreuen können). Doch, Margarete, obschon diese Tatsache verdammenswert & abscheulich genug, und allein für sich großen Anlaß zu moralischer Entrüstung bietet, so rührt mein eigentli-
cher Abscheu aus einem in aller Öffentlichkeit ritualisierten Kult, den
einige Dutzend der von mir als Bewohner dieses Wäldlertums identifizierten Subjekte um eben jene steinernen Torsi veranstalten, wobei
ihnen letztere als Vorlagen beziehungsweise kultischer Mittelpunkt
dienen, was im einzelnen bedeutet, daß jene um die steinernen
Kolosse gescharten Männer samt & sonders ihre zu Lumpen zerstörten Beinkleider ablegen, wonach sie augenblicks im Angesicht der
Denkmäler in gemeinschaftliche Ausübung der Manustupration
verphallen, an deren verschiedenen Höhepunkten sich der jeweils –
cum bona venia – Betroffene zu ekstatischen Ausrufen steigert:
KIOS DNU KIAJ EIS NEBEL CHOH CHOH CHOH oder
RED GEIS RED KIAJ TSI RESNU CHOH CHOH CHOH,
sowie deren weitere, die jedoch meinem Gedächtnis entfallen sind,
gleichgültig, was auch immer sie besagen oder bedeuten mögen (es
ist ja hinlänglich bekannt, daß die Ausübenden gewisser besonders

alter wiewohl einzig durch Überlieferung erhaltener Riten in den meisten Fällen den ursprünglichen Sinn der einen oder anderen Handlung selbst nicht mehr zu erfassen vermögen, so daß ein solches Tun dem Uneingeweihten wie dem Zelebranten gleichermaßen unverständlich bleiben). Jener Fest-Akt streckt sich, wie dies bei solcherlei Anlässen stets der Phall zu sein pflegt, in gehörige Länge, so daß ich, die Zeit nutzend, Abscheu & Scham niederkämpfend (denn bisweilen werden wir als Abseitsstehende einer durch andere Artgenossen verursachten Situation ansichtig, deren Peinlichkeit in uns trotz Nichtbeteiligung die allergrößte Betroffenheit & Schamhaftigkeit auslöst), die selt*same* Kultstätte im Schutz des Gehölzes umgehe, wobei ich die wesentliche Beobachtung treffe, daß sämtliche am Ritus beteiligten Personen offensichtlich nur vortäuschen, allein durch den Anblick der kirchturmhohen Steinmonumente in Verzückung zu geraten, während sie bei genauerem Hinsehen aus den Falten ihrer zerlumpten Kleider verschiedentlich Bilder oder Photographien hervorholen & diese mit geilen Blicken besehen; Bilder, die ich aus meinem Versteck unschwer als Darstellungen des unbekleideten weiblichen Körpers zu identifizieren vermag, jene als *pin-ups* bezeichneten & in ihren schamlosen & betont aufreizenden *Po*sen photographierten Mädchen- & Frauenkörper, die auch die allerintimsten & stets der sozusagen naturgegebenen Schamhaftigkeit unterstehenden weiblichen Körperzonen unverhüllt belassen, daneben etliche Abbildungen von Paaren in koitu, hetero- wie auch homogen beschaffenen, was auch vor der besonders verwerflichen Darstellung des Betreibens von Sodomie nicht haltmacht, wie ich aus der Distanz meines Verstecks heraus zu erkennen genötigt bin, und nicht genug damit, jene Photomodelle verstehen sich auf das Raffinierteste der lasziven Verrenkungen & koketten Akzentuierung jener die Fleischeslust erregenden Körperzonen; manch einer der Zelebranten unterwirft sein Tun bereits nicht mehr der Heimlichkeit, sondern stellt jene unzüchtigen Abbildungen offen am Sockel des Denkmals zur Schau, ja es trägt den Anschein, als benutzen sie jene Denkmäler einzig der Halterung ihrer obszönen Bilder wegen (eine Vermutung, die sich sehr rasch bestätigt, als ich, die Rückseiten der Steinmonumente begutachtend, dort wie auch an den der Lichtung nahgelegenen Baumstämmen eine Unmenge im Wind raschelnder Bilderfetzen ausmachen kann; man stelle sich einen ganzen Wald aus lose angehefteten Akt-Bildnissen vor, und man erhält den ungefähren Eindruck der Szene, welcher ich gegenüber *stehe*), und würden beispielsweise mit einem Scheuereimer ebenso vorliebnehmen, solang der nur dem nämlichen Zweck diente, um so mehr, als zu erwarten *steht*, daß eines Tages diese steinernen Kolosse unweigerlich dem Zerbröckeln anheimphallen und stürzen würden. Da ich, Margarete, gewärtig sein muß, im Kreis meiner Leser Personen anzutreffen, auf die eine Schilderung der Sitten & Gebräuche barbarischer Völker eine beunruhigende, ja geradezu abstoßende Wirkung hervorrufen mag, und ich nicht im entferntesten die Absicht hege, die reinen & gesunden Empfindungen dieser Personen einer über alles Maß gehenden Belastung auszusetzen wiewohl in Anbetracht der unschuldigen Gemüter unserer heranwachsenden jungen Burschen der für diesen Bericht unabdingbaren Detailtreue moralische Schranken gesetzt sind, so verzichte ich an dieser Stelle auf nähere Einzelheiten, wie beispielsweise die Beschreibung des kollektiven Reinigungszeremoniells, nachdem die erste, gemeinschaftliche Klimax überschritten oder jene ganz erstaunliche Vielfalt betreffs der Manustuprations-*Positionen* (während der kurzen Zeit meiner Observation zähle ich elf unterschiedliche Verfahrensweisen!), eine Beobachtung, die allein schon wegen ihrer philologischen Bedeut*sam*keit einer näheren Erörterung bedarf, dieweil angesichts dieser Variationsbreite (und ich bin sicher, daß meine aus dem Zuphall entstandenen Beobachtungen längst nicht den ge*sam*ten *Fundus* dieser *k*ultischen Phantasie ausschöpfen) die noch heute ge*läufige* Bezeichnung hiefür, welche sich auf den Wortstamm »manu«, also »Hand-« bezieht, meines Erachtens einer grundlegenden Revidierung bedarf; so weiß ich andererseits um die mir aus Sitte & Anstand auferlegten Beschränkungen, womit ich hinsichtlich dieses Gegenstandes auf die einschlägige Fachliteratur verweise, worin diese Problematik gewiß in allernächster Zeit einer profunden Diskussion unterzogen werden kann. Ich ziehe es vor, das Ende dieser orgiastischen Feier nicht abzuwarten & suche im Schutz von Sträuchern & Bäumen das Weite, das heißt, ich setze trotz unerbittlichen Hungers, der mein ständiger Begleiter während dieser Stunden, Tage & Nächte ist, alles daran, die Siedlungen dieser eigentümlichen Bewohner aufzufinden, wodurch ich mir weitere Aufklärung über Art & Lebens-Weise erhoffe, denn bislang bin ich nur auf zufällige, zum Erstellen einer bündigen Theorie nicht ausreichenden Beobachtungen angewiesen, die allerdings eine wesentliche Unterstützung durch jene einstmals unter so merkwürdigen Bedingungen in meinen Besitz gelangten Aufzeichnungen erhalten, und ich neige mehr & mehr zu der Ansicht, das darin verarbeitete Gedankengut auf eben jene Waldbevölkerung zu beziehen, was gewissermaßen das theoretische Fundament dieses Volkes darstellen

oder vielmehr dereinst zu deren Gründungszeiten dargestellt haben
mag, wenngleich ich auf Grund aller bisherigen Observation & meiner hieraus gezogenen Schlußfolgerungen schon jetzt ganz erhebliche Verschleifungen & Abweichungen innerhalb der realen Lebens-
form von den einstmals erstellten Geboten ausmachen kann, und ein
nochmaliges, flüchtiges Überlesen einiger Textstellen macht mich
auf einen besonderen Punkt innerhalb der Abhandlung aufmerksam,
denn einst habe ich beim Lesen dieses Textes keinerlei Hinweis oder
gar eine Aufforderung zu einem wie auch immer gearteten Kult oder
Ritus entdecken können, doch lassen die vor wenigen Minuten getroffenen Beobachtungen folgende Zeilen in einem völlig neuen
Licht erscheinen (ich zitiere): »es ist hinreichend bekannt, daß die
Triebökonomie des Menschen von rein konservativem Charakter
ist. Bedingt durch ihren biologischen Determinismus läßt sich daraus unschwer ableiten, daß das Triebleben der Frau (sie allein ist in
der Lage, Nachwuchs zu gebären) den konservativen Volks-Charak-
ter am reinsten widerspiegelt. D. h., *die Frau schlechthin ist die Verkörperung des Konservatismus*«, eine Feststellung, die dem Autor eher bei-
läufig aus der Feder geflossen sein mag (möglicherweise handelte es
sich um einen misogyn veranlagten Menschen), doch wird mir angesichts jenes Rituals wie gleichwohl im Hinblick auf die Tatsache,
während der *gesamten* Zeit meines Aufenthaltes bei dieser selt*samen*
Bevölkerung keinem einzigen weiblichen Wesen begegnet zu sein,
schlagartig die erschütternde Konsequenz jenes Nebensatzes vor Augen geführt: Es existiert innerhalb dieser Konfiguration von Menschen keine einzige Frau, und wenn es jemals welche gegeben haben
sollte, dann hat man sich ihrer auf sehr radikale Weise entledigt, eine
– will mir scheinen – grauenhafte Entstellung & ein entsetzliches Miß-
Verständnis jener lediglich als intellektuelle Kritik gedachten Darle-
gung; ein Umstand, der mir reichlich Anlaß bietet zum Nachdenken
über »umfassende« oder wie man solcherart Lehren auch immer zu
benennen & zu begrüßen pflegt, die mittels einer einzigen Theorie
bestrebt sind, wie unter einer gigantischen Käseglocke die gesamte
bestehende Welt abzudecken, wobei, ich bleibe im einmal gewählten
Bilde, das entscheidende Manko darin besteht, mit derlei Theorien allenfalls den eigenen Käs, so groß dieser auch geraten sein mag,
umfassen zu können, und der Nachweis – ich verweile noch immer
in diesem Bild – für die Existenz einer Alles umfassenden menschlichen Käseglocke ist bis auf den heutigen Tag noch nicht erbracht
worden, es sei denn, man geriete auf die theologische *rue frommage de
la guerre*, wonach die Existenz eines Gottes diese Universal-Käse-

glocke verkörpere, doch ermangelt es hierbei selbst den spitzfindig-
sten Denkern in diesen Gefilden bislang des Beweises eines solchen
Über-Dinges, womit ich an dieser Stelle a priori & a *posteriori* die
Nicht-Existenz nicht allein nur »des« Gottes, sondern darüber hinaus die Nicht-Existenz jedes beliebigen anderen Gottes erkläre, eine
Tatsache, die mir nicht allein die natürliche Feindschaft eines jeden
Theisten, sondern daneben Unmut & Argwohn eines jeden wacke-
ren Atheisten einhandeln muß, denn ganz abgesehen von der Tatsache, daß jene zuletzt genannten Spartenmitglieder den Namen des
ihnen bekämpfenswert erscheinenden Gottes weit häufiger im
Munde führen, als dessen Bekenner, so erstellen eben jene erklärter-
maßen gottesfeindlichen Gemeinschaften im Verlauf ihrer Existenz
recht merkwürdige Ersatz-Kulte & Rituale, die eine beträchtliche
Ähnlichkeit mit jenen des feindlichen Lagers besitzen, ja desöfteren
diese an Frequenz, Penetranz, Stumpfsinn & tödlicher Langeweile
noch um ein beträchtliches Maß übertrumpfen, wie jenes soeben er-
lebte & aufgezeichnete Beispiel eindeutig belegen mag, daher es mir
zu einem echten Bedürfnis gereicht, weitere Textstellen dieses omi-
nösen Pamphlets an der bestehenden Wirklichkeit, die, das kann ich
nun ohne weiteres feststellen, in welcher Weise auch immer aus dem
Boden einer solchen Theorie gesprossen ist, zu ermessen & zu überprüfen, und, nachdem ich, planlos einem winzigen Trampelpfad
durch das Dickicht folgend, ganz unvermittelt auf die Behausungen
jener Waldbewohner *stoße* (noch immer geht mir der Begriff
»Staatsbürger« für diese selt*samen* Wesen nur mit äußerster Beklem-
mung von der Hand, und ich werde ihn auch im folgenden höchst
selten verwenden, weil ich mich zwangsläufig genötigt sähe, angesichts des deutlichen Qualitätsgefälles zwischen Uns & Jenen einen
Begriff zu finden, der diesem Umstand gerecht zu werden ver-
spricht), eine Entdeckung, die mich trotz oder gerade der physischen
Erschwernisse wegen in einen echten Freuden-Taumel versetzt, sehe
ich doch meine sehnlichsten Forscherwünsche binnen kurzer Zeit in
Erfüllung gehen; und, Margarete, so bin ich gewissermaßen ins
Herz dieses Wäldlertums eingedrungen, was mich von einem Gutteil Furcht befreit, eine Furcht, die aus dem Unbekannten & Geheimnisvollen rührt, sah ich doch jene Wesen bislang einzig aus dem Dunkel auftauchen & im Nichts wieder verschwinden, was im Innersten
meiner Seele einen unbewußten Impuls aus tief verborgenen Kind-
heits-Tagen hervorrief; genauso, Margarete, ergeht es mir mit jenen
selt*samen* Waldbewohnern, die ich nie habe miteinander sprechen
oder, was in größeren menschlichen Gemeinschaften häufig gesche-

hen soll, miteinander habe lachen hören, nichts dergleichen, und nun, da ich ihrer Behausungen ansichtig werde, löst auch dieser Alpdruck sich in ein Nichts auf, denn, Margarete, diese Behausungen gleichen vielmehr einem Sammelsurium eines wunderlichen Schrottplatzes, und was jenen Fremden als Unterkünfte dienen mag, sind nichts als ausgediente Brauereifässer, Wellblech- & Dachpappen-Gebilde, auch begegne ich ausgedienten Telefonzellen, Autowracks, zerstörten Kesselwaggons & einigen morschen Kabeltrommeln (natürlich ohne Kabel) sowie einer Unmenge rostiger Müllkästen, dazwischen & wahllos verstreut einer Unzahl alten Hausrats, wie Teekessel, angeschlagne Emaillewaschbecken, Blechteller, Regenschirme mit dürren Skelettspeichen, geöffnete Konservendosen, Benzinkanister, durch die Witterung aufgeweichte Pappkoffer (Kissen *samt* Bettfedern erbrechend), daneben unbrauchbares verrottetes Schuhwerk, Stiefel, Schnürschuhe, Männer- wie auch Frauensandalen (wer wohl trägt die in einer Gemeinschaft ohne eine einzige Frau?); Dinge, nur scheinbar auf den Abfall geworfen; vielmehr hege ich den Verdacht, daß all diese Gegenstände noch im Gebrauch sind, und jeder, der das eine oder andere benötigt, klaubt es aus dem verworrenen Fundus heraus und, sobald er dieses Utensils nicht mehr bedarf, wirft man es kurzerhand zurück auf die Halde, wo es vom Nächsten aufgelesen wird, um damit in der nämlichen Weise zu verfahren und so weiter, was mich an eine Textstelle aus dem Werk über die Soik & Jaik erinnert, die ich auch sogleich nachschlage (denn ich weiß die Waldbewohner noch immer auf der in ihren Augen feierlichen Massenveranstaltung), und jene Zeilen lauten: »Die wesentlichsten Ungerechtigkeiten (und damit gleichzeitig die wichtigsten Gründe für das Entstehen störender Autoritäten) ergaben sich aus der Ungleichheit der Arbeit (…) wie daraus folgend die unterschiedliche Qualität in den Privilegien & ein entsprechend unterschiedliches gesellschaftliches *renommée* & Machtpotential«, eine Erkenntnis, die, bezogen auf den materiellen Lebensstandard, den jene Konfiguration repräsentiert, die einleuchtende & logische Konsequenz des Abbaus dieses Begriffes bis hin zu seiner völligen Demontage zeitigt, eine Überlegung, die mich in den Zustand tiefster Betroffenheit versetzt angesichts der Tatsache, daß jene selt*samen* Waldbewohner, obschon sie seit einigen Jahren unter derartigen Bedingungen vegetieren mochten, doch einem vermutlich wesentlich höheren Kulturniveau entstammen, und, Margarete, ich halte mir unwillkürlich den Aufbau unserer Zivilisation vor Augen, wobei ich hier der Tatsache ins Antlitz blicken muß, daß offenbar wenig Jahre ausreichend sind, das Werk aus Jahrhunderten wie eine altersschwache Fassade im Handumdrehen abbröckeln zu lassen, wonach ein Zustand von *décadence* wie eben jener hier geschaute die Oberhand gewinnt.[1] Da ich bei genauerem Betrachten dieser abscheulichen, in den Zustand tiefster Verwahrlosung & Schmierigkeit herabgesunkenen Behausungen, an deren Pforten oder wie auch immer man die zumeist unförmigen Schlupflöcher bezeichnen will, jeweils verschieden große, mit Aufschriften versehene Schilder entdecken kann, sehe ich mich gezwungen, mit Aufwallung höchsten Ekels kämpfend, näherzutreten & jene Wörter zu entziffern, in denen ich anfangs die Namen der Personen vermute, die innerhalb dieser Biwaks vegetieren, doch sehe ich mich darin alsbald im Irrtum, handelt es sich doch vielmehr um die Adressierung bürokratischer Einrichtungen mit recht wunderlichen Ressorts, und der Reihe nach entziffere ich (die meisten Inschriften sind allerdings durch die Witterung bereits stark in Mitleidenschaft gezogen): LIEVOBÜ, darunter in Klammern die vollständige, möglicherweise veraltete, sprachliche Bezeichnung »Liebesvollstreckungsbüro«, gleich in dessen Nachbarschaft ein DYNPRONAG (die Übersetzung ist leider nicht mehr leserlich) sowie in loser Abfolge ein MIMOB, ein MOBOB (Ministerium für Observation der Observationsministerien), ein MISTERGEGEW (Ministerium für Sterilisation des gesprochenen & geschriebenen Worts), ein MINHPOG (Ministerium für Hegemonie positiven Gedankenguts), ein MINERLA (Ministerium für Erweiterung der Landesgrenzen), ein MINRATAT (Ministerium für Rationierung des Atemraums), ein MINFOVEB (Ministerium zur Formung & Verwaltung der Bedürfnisse) sowie ein ERHOPTIR (Amt zur Erhaltung des optischen Reichtums), selbst innerhalb der Kuriositätenkabinette eine merkwürdige Institution, deren Aufgabengebiet nicht ohne weiteres einsichtig wird, doch mag deren Hauptarbeit mit den innerhalb der Siedlung geradezu malerisch verteilten Apfelsinen- &

---

[1] Ich sehe mich an dieser Stelle erneut genötigt, der Gewissenhaftigkeit des Forschers mit Rücksicht auf den guten Geschmack meiner Leser Gewalt antun zu müssen & verzichte daher auf eine detaillierte Ortsbeschreibung, doch möchte ich meiner Pflicht zur Wahrhaftigkeit insofern genüge tun, indem ich die an jedem nur denkbaren Ort dieser Behausungen sowie auf dem Trampelpfad verstreuten Exkremente & anderen, durch Vomation erzeugten Ausscheidungen, desgleichen die an Wänden & Bäumen deutlich sichtbaren Spuren von Ejakulat sowie das zuhauf strömende & in diesem Bereich des Waldes allgegenwärtige Ungeziefer erwähne, doch überlasse ich es der Bereitschaft des geneigten Lesers, diese Notate zu einem seiner eigenen Phantasie entsprechenden Abbild zusammenzufügen.

Bananenschalen zu tun haben, und ich kann es mir durchaus vorstellen, wie des nachts die Beamten in Ausübung ihres Dienstes mit einer Kiepe voll exotischer Abfälle, die aus rätselhaften Quellen stammen dürften, durch die Siedlung schleichen, um diese & noch weitere Südfruchtreste an markanten, für jedermann sichtbaren Orten zu verteilen, höchstwahrscheinlich nur zu dem Zweck, einem zufällig erscheinenden Fremden oder der eigenen Bevölkerung das Trugbild des allgemeinen Wohlstandes vorzugaukeln[1]; zum weiteren entdecke ich noch ein DUGENALEV, d.i. ein Ministerium zur Durchsetzung einer gesunden nationalen Lebens- & Verhaltensweise, und ich, inzwischen vertraut mit der prätentiösen Stilistik hiesiger Ministerien, deren rohe Aufgabenbereiche keineswegs mit ihrer einschmeichelnden Betitelung harmonieren, dechiffriere unschwer diese zuletzt getroffene Institution als die nämliche, welche unter anderem Sportwettkämpfe & Olympiaden, diese Ersatz-Weltkriege *par excellence*, zu organisieren & durchzuführen hat, wobei es keine auch noch so sehr an den Haaren herbeigezogene Gelegenheit auszulassen gilt, den Schmelztiegel nationalistischer Gefühle wie Treue, Stolz & Überlegenheit-gegenüber-jedwedem-Kontrahenten am Kochen zu halten, und jene faulige Brühe alsbald unter *Pomp* & Fahnenschwenken & dem jeweiligen National-Hymnus in die begehrte Gußform für Medaillen umzuschütten, und diese Grobschmiede des Chauvinismus hätten am liebsten nicht nur die Auswahl der eigenen Mannschaften, sondern die der jeweils gegnerischen gleich mit übernommen, wobei sich die Konkurrenz für den Wettlauf aus Einbeinigen & Lahmen, die des Schwimmwettkampfes aus Einarmigen & Wasserscheuen oder die des Fußballturniers aus Blinden & Taubstummen zusammensetzt, um auch das letzte Quentchen Zufall auszuschalten, welches dem ansonsten glänzend inszenierten Dauer-Triumph eventuell noch hätte widerfahren können, womit dem ununterbrochenen Abdudeln der eigenen Hymne & dem pausenlosen Hissen der eigenen Flagge absolut nichts im Wege stünde & dem anberaumten Massen-Orgasmus die Hirne derer geöffnet wären, welche, verblendet & einfältig ohnehin, an der-

---

[1] Die Benennung dieser Institution als Amt zur *Erhaltung* des optischen Reichtums bietet durch Wahl ebendieses Begriffes einen höchst aufschlußreichen Einblick in die wirtschaftlichen Zustände dieser Wäldlerkonfiguration, denn angesichts der Reihe euphemistischer Vokabeln kommt die als Erfolg angesehene Bewahrung eines bestimmten Zustandes bzw. Standards dem Eingeständnis von Depression & Misere gleich.

artigen Festivitäten Gefallen finden & freudig auf diesen Volks-Leim
kriechen; sodann begegne ich einem MINILIAR, einem Ministerium für Liquidation der Arbeit – und an diesem besonders verwahr-
losten Ort, es handelt sich um einen der schäbigsten Müllkästen, der
mir jemals vor Augen kam, angelangt, stutze ich erneut und, obwohl
meine Gedanken durch die Abfolge dieser obskuren Ämter auf das
höchste verwirrt, gemahnt mich jenes zuletzt angetroffene Schild an
einige ganz wesentliche Stellen der theoretischen Abhandlung, die
ich zum wiederholten Mal sogleich zu Rate zieh, und richtig, ich
treffe auf diesen Abschnitt: »ein entsprechend unterschiedliches gesellschaftliches *renommée* & Machtpotential. Die Jaik löst dieses Mißverhältnis durch LIQUATION DES ARBEITSPROZESSES«,
und ich lese noch einmal, um sicher zu gehen, daß ich nicht irre:
LIQUATION, was jene unverständigen, kindsköpfigen & vor-
schnellen Wäldler sofort in LiquIDation verdrehten, ein geradezu
exemplarischer Fall von Unverständnis einer Theorie mitsamt den katastrophalen Folgen für jedwede Praxis & darüberhinaus für den Fortbestand des Lebens – eine im übrigen sehr bezeichnende Fehlleistung,
gerade mit Hilfe dieser beiden Lettern den Irrtum zementiert zu
haben: I D, woraus sich beim Buchstabieren das Substantiv »Idee«
formulieren läßt, denn, so will mir scheinen, ist es gerade der grund-
sätzliche Mangel an Ideen, welcher diese Gemeinschaft inmitten des
Waldes an den Rand ihres Abgrunds manövriert!, denn ich bin
nunmehr überzeugt davon, daß innerhalb dieses Wäldlertums jene
Grundvoraussetzung des Mensch-Seins, was die Broschüre in der
Einleitung als »die Arbeit« bezeichnete, überhaupt abgeschafft oder
durch eine schier endlose Reihe von Ministerien & andere bürokrati-
sche Einrichtungen unmöglich gemacht wurde, was auch nicht weiter verwundern darf, Margarete, da sich jene von mir identifizierten
Ministerien in der überwiegenden Zahl mit Observation begnügen,
denn, Margarete, selbst die nützlichsten & trefflichsten Beobach-
tungsergebnisse tragen keine Früchte, sofern sie dazu verurteilt sind,
aus dem Boden eines versteinerten Beamtentums eine lebensspen-
dende Pflanze ziehen zu wollen; ein Abgrund öffnet sich vor meinem
geistigen Auge, denn aus welchen Quellen mag eine in nämlicher
Art mißgestaltete Gesellschaft vitalen Ansporn & Kräfte zur Erneue-
rung schöpfen, wenn alle & jede Energie, sofern eine solche überhaupt noch in Erscheinung tritt, gezwungen ist, sich in einen trägen
& amorphen Beamtenapparat aufzulösen; woher sollen Wille &
Lust, Margarete, woher auch soll Erotik ihre Kräfte schöpfen, wenn
das einzige Liebesobjekt eine Ansammlung halb verkrüppelter

Denkmäler mit Aktphotographien darstellt, und woraus, Margarete, soll der Lohn für jedwede Anstrengung bestehen innerhalb dieser Ansammlung ekelerregender, zu schaurigen Blechhaufen geschaufelter Hausratsgegenstände & Katen, deren Zustand namentlich ein Symbol für Verachtung des Menschen & seiner edelsten Charaktereigenschaften darstellt, woraus lediglich eine einzige Wesensart wie ein übles Unkraut wuchern mag, nämlich Ressentiments & Haß & Terror gegen Alles & Jeden, einschließlich & insbesondere gegen sich selbst; und angesichts dieses erschütternden Kretinismus stellt sich die Frage nach dem Ursprung ein: War am Anfang der Müll und später der Mensch oder umgekehrt, handelt es sich um einen Müllplatz in einem Staat oder um einen Staat auf einem Müllplatz; wobei ich nicht sagen kann, ob es nur diese Tatsachen allein sind, die mich auf das äußerste bedrücken oder ob dazu noch ein Gutteil das *factum* beiträgt, daß der Mensch, als Kategorie verstanden, in jeden noch so beliebigen Zustand von *décadence* sinken kann bis in vollkommene Lethargie & Starre, unter deren Wirkung er bereit scheint, jede nur denkbare Grausamkeit & Entwürdigung mit Gleichmut zu ertragen, sofern ein Terrorsystem seinen Unterdrückungsmechanismus unverschleiert zu Schau & Anwendung bringt, so daß selbst die Ur-Instinkte des Menschen, der Wille, die eigene Existenz zu erhalten, getilgt & annulliert sind, was ihn, den Menschen, auf der Stufenleiter der Lebewesen weit unter die niedrigsten Einzeller ins Aus des Lebens zurückwirft, und dahin mögen in der Tat jene Wesen gehören, die bereit sind, aus grenzenlosem Masochismus oder ebensolcher Feig- & Faulheit die Demontage ihres eigenen Seins zu bewerkstelligen, anstatt jenes sich übermächtig gebende Instrument ihrer Unterdrückung einfach zum Teufel zu jagen. Doch müßte ich mir den Vorwurf der Unkorrektheit gefallen lassen, würde ich in diesem Zusammenhang nicht eine Ausnahmeerscheinung erwähnen, die, wie man sehr leicht einsehen wird, lediglich im Rahmen der bislang getroffenen Beobachtungen diese Bezeichnung verdient, denn in der Tat wäre es ein äußerst absonderliches Ereignis, würde ein *zivilisierter Kulturstaat* für die Unterbringung seiner Regierung keinen besseren Ort als eine fahrbare Bedürfnisanstalt finden, wie sie anläßlich von Jahrmärkten & Pressefesten allenthalben herangezogen werden; genau aber das ist hier der Fall, sofern man der Aufschrift des an dieser Örtlichkeit angebrachten Schildes Glauben schenken kann: ZERNED (Zentralrat der Regierung von Neu-Deutschland), eine Folge von Lauten, die ich Buchstabe für Buchstabe skandiere, so daß sie jenen gleichermaßen mystischen wie obszönen Klang erhält, der etwa einem Wort wie MONSTRANZ anhaftet: nackte Preisgabe eines zu Teig abstrahierten Leibes, der auf den Zungen sündgereinigter Katholyklopen in ein schmackloses Nix zergeht, so der HERR ZERAVO (Zentralratsvorsitzende), eine fade Hostie, im Schrein selbstersonnener Privilegien kokoniert, von Alpträumen umschwärmt wie eine Ölfunzel von Insekten, von Blähungen vergast (nicht umsonst der Abortwagen) & von einem Narziß–Spiegel–Kabinett in blödsinniger Einfalt belassen, was mir, Margarete, Raum zu dem Eindruck gibt, daß *Politik* an sich eine interessante Angelegenheit sein könnte, so sie nicht fortwährend durch langweilige & vollkommen uninteressante *Politiker* verdorben würde; ein Gedanke freilich, der mir im folgenden keinen allzu großen Beistand leisten kann, ein Ereignis, das mich zutiefst erschüttert & verwirrt: auf den wackligen, halb verrotteten Stufen zur Tür des Abortwagens, will sagen des Regierungsgebäudes, begegne ich einem *Menschen*, einem Mann (natürlich), der mich auch sogleich anspricht, während er mit einer Hand genüßlich zwischen seinen Beinen kratzt & den Zeigefinger der anderen Hand tief in eines seiner Nasenlöcher versenkt, und dieses Tun verändert er nicht für einen Moment, während er zu mir zu sprechen beginnt, das heißt, diese Formulierung läßt eine allzu große Höflichkeit vermuten, in facto fällt er in die heillosesten & wüstesten Beschimpfungen gegen meine Person, die gröbsten & ordinärsten Worte, die ich jemals aus eines anderen Menschen Mund vernommen habe, die wiederzugeben ich aus den bereits desöftern erwähnten Gründen unterlasse, wobei es mir einzig gestattet sei, anzumerken, daß das gesamte Vokabular dieser Schmähungen die unteren Körperregionen & -teile des Menschen betrifft sowie jeglichen nur denkbaren Ge- & Mißbrauch derselben, doch unternimmt der Fremde dies in einem Tonfall, der weder auf sonderlichen Groll noch irgendeine nennenswerte Abscheu gegen meine Erscheinung schließen läßt, eher verleiht er seinem Ton jene Leidenschaftslosigkeit einer oftmalen hergebeteten Lithurgie, so daß es mich nicht verwundern sollte, wenn diese von mir als Schmähung & tiefste Kränkung verstandene Ansprache einer in diesem sogenannten Neu–Deutschland üblichen Art & Weise der Begegnung mit einem Fremden entspräche, daher möchte ich in meinem Bericht mich vielmehr auf den Teil unseres Dialogs beschränken, der mir zum einen höchst aufschlußreich erscheint, zum anderen eine für meine Person geradezu schicksalhafte Wende nach sich zieht, weshalb ich sogleich zur Aufzeichnung unseres Wortwechsels übergehe (ich denke, in Anbetracht der allgemeinen Unterschiede zwischen meiner & der Person dieses Fremden erübrigt sich eine nähere personelle Bezeichnung der einzelnen Gesprächsteile, dennoch erwähne ich, daß jener Fremde es war, der sich übrigens im gleichen Zustand rettungsloser Verkommenheit wie all die übrigen Wesen, auf die ich bislang traf, befindet, welcher den ersten Satz spricht): –stn hie? –Da rinn. –Wirdsch nich machne. –rum nich. –Gähd nich. –rum nich. –Sisma wiedr soweid. –Wasisma wieda soweit. –Naaaa (er vollführt eine obszöne Geste in unmittelbarer Nähe seines Genitals, wobei er sein verschmutztes Gesicht zu einem Grinsen verzieht, das mir in gewisser Weise bekannt vorkommt, wie mir überhaupt diese Erscheinung bei näherem Betrachten den Eindruck eines Bekannten vermittelt, doch errate ich nicht die näheren Zusammenhänge). –Was Naaaa?! –Naaa: Sisehma wiedr soweid: Dr Führer wichst! Da mir die ungehobelte Redeweise dieses Wäldlers wie gleichwohl die Ahnung, diesem Wesen bereits einmal begegnet zu sein, einen erheblichen Kopfschmerz verursachen, läßt meine Konzentrationsfähigkeit für einen Moment nach, so daß ich einen Teil seiner Rede nicht wahrnehme & erst durch die Tatsache, daß ich, rückwärtsschreitend, über eine ekelhaft stinkende Tonne stürze, wieder in den Besitz meiner Geistesgegenwart gelange, und dieser Fremde sich mit einem fetten Grinsen über mich beugt, fällt mir schlag-artig der Augenblick ein, wann & wo ich diesem Subjekt begegnet bin, nämlich als eben dieser, in meinen Augen das bedauernswerte Opfer einer Horde, zu dessen Errettung ich mich seinerzeit, mit nur einem hölzernen Knüppel bewaffnet, entgegenwarf, sich dafür gegen mich, seinen, wie ich meinte, Verbündeten wandte & mich durch einen tückischen Schlag auf mein Haupt (daraus mein voriger, sozusagen assoziativer Kopfschmerz erklärbar ist) der Sinne beraubte, wofür er nun, wie ich beschließe, büßen soll, weshalb ich ihm augenblicklich an die Kehle springe, er aber zu meiner Verwunderung keinerlei Anstalten zu einer Gegenwehr trifft, vielmehr sein unverschämtes Grinsen noch verstärkt, was mich schließlich bewegt, den Würgegriff zu lockern, um ihn zur Rede zu stellen (auch, muß ich anmerken, bereitet mir die körperliche Berührung mit diesem teigigen, vor Schmutz starrenden & abscheulich stinkenden Wesen einen tiefen Ekel, so daß ich allein aus diesem Grund zu weiteren Tätlichkeiten gegen seine Person nicht in der Lage bin); er aber entgegnet mir & zu meiner neuerlichen Verwunderung, ich solle nur fortfahren, ihn, eine Amtsperson, wie er behauptet, tätlich anzugreifen, da ohnehin »De Annern« alsbald zurückkehren würden, die, so sie mich *in flagranti* stellen, sogleich verhaften & ohne viel Federlesens die Liebesstrafe über mich

verhängen würden, was ihm, wie er beifügt, sehr zupaß käme, weil
sodann endlich einmal ein Anderer »seinn Aasch hinhaltne« muß,
wie er das mittels seiner zotigen Sprache veranschaulicht; ein Bekenntnis, das mich zu eindringlichem Befragen nötigt, was ich, während ich ihn wieder auf die Beine stelle, auch beginne, worauf er mir
des langen & breiten auseinandersetzt, daß in diesem ihrem Neu-
Deutschland eine jede lebende Person eine Amtsperson sei (ich erinnere sogleich die soistische Hauptaufgabe, den Absoluten Staat zu
errichten), welche zu beleidigen unter schwere Strafe gestellt sei,
worauf ich erwidere, daß es doch nicht nötig sei, Amtspersonen zu
verunglimpfen, was ihn zum Lachen und zu folgender Aussage bewegt: –Gloobstn du war das was ich vorhin z dir gsahcht hob hä. (er
spielt offenbar auf die bereits erwähnten Beschimpfungen wider
meine Person an) –Warkeen Schimpfm (was meine Vermutung auf
das trefflichste bestätigt) –Sis Vorschrift hier. Und gilt gleichzeitch
als Beleidigung. Nuschdelldama vor du bist gezwung mit irchend-
eem z redn weilde was willst oda was brauchst oda eenfach nur-so,
mußtn aba laut Vorschrift erschtemal beschimpfm und da s keen
giebt der nich Amtsperson wär haste also ne Amtsperson be-
schimpft & scho wirschte gedidscht weechng ›Beleidigung einer
Amtsperson von Neu-Deutschland‹. So eenfach isses! – Auf meine
Feststellung hin, daß es demnach unglaublich viele Verhaftungen &
Urteilssprüche geben müsse, und seiner Antwort, das könne schon
sein, ich flugs das Weite suchen will, erwischt der Fremde einen
Fetzen meiner Bekleidung & hält mich daran gefangen, worauf er in
seiner behäbigen Art erneut zu sprechen beginnt: –Wirdsch nich
langgehn. –rum nich. –Todeswald! Bumm!– Mein anfängliches Be-
fremden wandelt sich sehr rasch, als mir mein eigenes, derzeitiges Vor-
tasten durch diesen verminten Wald in Erinnerung gerufen wird, was
mich den Fremden sogleich zu befragen nötigt: –Minen? –Minen.
(antwortet der seelenruhig). –Minen Todeswald Bumm. Nur Wen-
che wissn wo. Saangs keem. Bleim desterwechen Alle hier. – Diese
Aussicht bestürzt mich zutiefst, und mit schwacher Stimme (ich bin
einer Ohnmacht nahe) frag ich mein Gegenüber, ob im Verlauf des
Arbeitsflusses, also des fortwährenden Berufetausches, wie ich das
aus dem Leitfaden für die Jaik weiß, jede Person nicht auch eines dieser privilegierten Ämter bekleiden & dadurch automatisch in den
Besitz des Wissens über Ort & Zahl der Minen innerhalb des Wald-
gebietes gelangen müsse, reizt das mein Gegenüber zu neuerlichem
Gelächter, und, nachdem dies verebbt, erklärt er, daß dieser ursprünglich bestehende Berufeabtausch längst aufgehört habe & auf

dem gerade aktuellen Stand des damaligen Zeitpunkts eingefroren
worden sei, eine Tatsache, die mich angesichts der bereits in Erfahrung gebrachten Verdrehungen & Mißgestaltungen dieser Theorie
durch eine krause Praxis nicht weiter verwundert, als mir plötzlich
ein Gedanke durch den Kopf schießt, der so folgerichtig wie erleich-
ternd für mich ist: Weshalb sollte in Anbetracht der bislang festgestellten, Punkt für Punkt eingetretenen Verirrungen vom Pfad der
einstmals basisgebenden Theorie ausgerechnet vor diesem Faktum
des sogenannten »Todeswaldes« haltgemacht worden sein?? Demnach ist die Existenz dieses Schreckenshindernisses der pure Schwindel, eine Annahme, die ich sogleich durch Rekapitulation eines Satzes aus dem maßgebenden Werk zu untermauern weiß, welcher lau-
tet: »das wesentliche in solchem Fall ist die Fähigkeit des So-Scheinens«, ein Satz, auf diese Situation bezogen, der nichts weiter besagt,
als daß die einzigen jemals in diesen Wald gelegten Minen jene gewesen sind, durch welche die von mir in einer jener Nächte beobachtete
Tierherde auf der Lichtung vernichtet worden ist; vermutlich hatte
der Trupp Soldaten, der mit dem Minenlegen betraut war, vom tiefe-
ren Eindringen in den Wald Abstand genommen, möglicherweise
aus Furcht vor Minen; eine Erkenntnis, wie ein Fanal der Errettung
vor meinem geistigen Auge schwebend, was mich zu einem brüllenden Gelächter hätte hinreißen mögen, denn angesichts der Summation des Schwindels gibt es keinen Grund für mich zum Zweifeln,
daß das Gebot des So-Scheinens, jener Grundstein für das Gebäude
des allgemeinen Betrugs, nicht übergangen & von der Theorie in die
Praxis umgesetzt worden ist! Ein Geräusch aus dem Innern des
Abortwagens, will sagen des Regierungsgebäudes sowie begleitend
dazu aus dem Wald die Serie eines bekannten Vogel-Rufs, nehmen
für Momente die Aufmerksamkeit meines Gegenübers, der mich
ganz offenbar als seinen Gefangenen zu betrachten scheint, in Anspruch; mit dem Ausruf großer Bewunderung entfährt ihm –Ei
gugge da ä Guggugg!, wobei er seinen Griff lockert – die Gelegenheit, mich loszumachen von dieser Person & diesem Wald-Land mitsamt seinen verworfenen Beamten, rachsüchtigen Hühnern & mörderischen Riten ein–für–alle–Mal den Rücken zu kehren!
  Ich eile den Tiefen–des–Waldes zu, mit den größten Schritten &
Sprüngen, die mein Zustand der Auszehrung erlaubt, und während
ich durch das prasselnde Gehölz dahinjage, schallen hinter mir die
Verwünschungen aus dem Munde dieses *cretin*, die im Unterschied
zu den ersten eine tiefe innere Beteiligung erkennen lassen wie eine
vergleichsweise akzentuierte Redeweise, woraus ich schließe, daß es

sich dabei nicht um die offiziell üblichen Abschiedsworte, sondern um die ehrlichen Bekenntnisse eines Neu-Deutschen handelt, die, laut & weithin hörbar, allein schon für sich genommen eine außerordentliche Rarität darstellen mögen, wenngleich die Worte sich zu großen Teilen im Bereich des Unverständlichen & Befremdlichen bewegen: –Hau ab fahr zur Hölle oder wo sonst s fürnen Weichling wie dich nen Kochtopp giebt Pißtoppschwenker Haben wir dich dafür ernährt tagein tagaus mit dem Fleisch vom Teuersten wasses gibt bei uns daß du dich undankbar zeichst & nich mal diese kleine Rolle spielst wie man sie von jedem x-beliebigen tripperkranken Maulesel besser geliefert bekommen könnt Sind dir die Äppel im Paradies zu sauer oda ist der Baum der klug macht schon faul wie deine Birne dann isses schlecht bestellt um Gottes Schrebergärtchen!, und so weiter & so fort, alles in allem für mich höchst unverständliche Ausführungen, in denen wiederholt der Vorwurf des Versagens erscheint, was mir vollkommen unbegreiflich bleibt, da während der gesamten Zeit meines Aufenthalts in diesem seltsamen Wäldlertum weder Aufgaben noch Funktionen an mich herangetragen worden sind, die ich hätte erfüllen sollen, so daß mich der Vorwurf des Versagens in all seiner Ungerechtigkeit tiefer beleidigt, als jene offenbar unvermeidlichen Beschimpfungen & obszönen Schmähworte, mit denen die Rede einer Amtsperson von Neu-Deutschland wie mit einer kottriefenden Girlande umwunden ist; ein ungeklärtes Rätsel mithin, doch beileibe nicht das einzige, das dieser merkwürdige Wald in seinen dunklen Gefilden vor dem Entdecktwerden hat bewahren können, wie beispielsweise die Ernährungsfrage dieser Menschen in meinen Augen völlig ungeklärt bleibt, da nach eigener Aussage des Einheimischen der liquide Arbeitsprozeß zum Erliegen gekommen ist und, wie ich sicher richtig vermute, nicht allein diese Sonderform, sondern darüberhinaus jegliche Form der Arbeit unmöglich sein mag, was die Frage nach der Nahrungsmittelproduktion für ein ganzes Volk in den Mittelpunkt des Interesses rückt; es mögen derlei Quellen existieren, doch gelang es mir nicht, diese aufzuspüren, wie gleichermaßen eine weitere, eminent wichtige Frage unbeantwortet bleibt, nämlich wie der Fortbestand eines Volkes zu sichern sei, deren Mitglieder sich ausschließlich aus männlichen Wesen zusammensetzen, und mag eine Theorie auch ganz richtig den Konservatismus-des-Weibes der Kritik unterziehen & demzufolge diesen Charakterzug als Hindernis für eine der Theorie entsprechende Revolution erachten, so muß doch selbst die bestbegründete Theorie angesichts der biologischen Strukturierung des Menschen

die Segel streichen & sich dieser naturgegebenen Relevanz beugen;
da jedoch Ernährung wie Fortbestand dieser Wäldler-Konfiguration
augenscheinlich funktionieren, wiegen angesichts der Tatsache,
diese Rätsel dem unerbittlichen Wald nicht entrissen zu haben, jene
Vorwürfe des Fremden, die er wie Steine meiner Flucht nachschleu-
dert, doppelt schwer & versetzen mich in einen Zustand tiefer Be-
trübnis; doch möchte ich einen Umstand zu erwähnen nicht verab-
säumen, als ich nämlich vorhin rücklings über eine Mülltonne
stürzte, griffen meine Hände, einen Halt suchend, auf den Erdboden
& gerieten so in den verschütteten Unrat, wodurch ich in den Besitz
einiger offensichtlich zum Abfall bestimmter Papiere geriet, deren
älteste, wie ich jetzt erkenne, auf ein ominöses Jahr 12 datieren (die
jüngsten, weil am besten erhaltenen, dieser Aufzeichnungen tragen
die Jahreszahl 20, was mich in der Tat sehr verwundert, hätte ich diesem ungehobelten Volk weder die althergebrachte, geschweige denn
eine eigene Kalenderrechnung zugetraut), wobei einige dieser Doku-
mente sich mit einer rätselhaften Person befassen, die man in eben jenem Jahre 12, und zwar genau an dem so benannten Tag 153 aufge-
griffen haben will, eine merkwürdige Behauptung, da ich während
der gesamten Zeit meines Aufenthalts keinem erkennbar Fremden,
der sich sowohl in seiner äußeren Erscheinung wie auch in Sitten &
Gebräuchen deutlich von diesen Vagabunden hätte unterscheiden
müssen, begegnet bin, bis mir schließlich die Erleuchtung kommt,
daß mit diesem an einem 153. Tag des Jahres 12 aufgegriffenen Unbekannten niemand anderes als ich selbst gemeint sein kann.

✳ ✳ ✳

ICH SCHAFFS NICH – –!
Der Wald reißt den Schlund auf in Atemnot, Schlingpflanzen im
grünen Gesicht, den Brustkorb bebend, so daß das Skelett der
Bäume zu bersten droht & der Boden im fiebrigen Pulsschlag
dröhnt: ICH SCHAFFS NICH – –!
Dorniges Gestrüpp, wie Stacheldraht gegen den Flüchtling peit-
schend; er spürt keinen Schmerz, nur einen dumpfen, schweren
Druck, der wie eine Steinplatte auf ihm lastet. Und Zweige & kleine,
widerborstige Büsche, streitsüchtig auf ihrem Ort & ihrer Stelle be-
harrend, greifen nach seinen Füßen, wollen ihn zwingen, gefälligst
Respekt zu zeigen & aus dem Weg zu gehn. Aber das will nun wiederum er nicht, das heißt, er hätte schon gewollt, er übersieht ganz
einfach diese kleinen, drahtigen Büsche. Jedoch nicht aus Bosheit
oder gar Überheblichkeit; sein Blick ist ihm entglitten. Das müßte

man etwas näher erklären, wäre nicht allerorten bekannt, daß ein Lebewesen von Zeit zu Zeit etwas Nahrung zu sich nehmen muß. Bleibt die für länger aus, treten *Lethargie & Schwächeanfälle* auf, *Fieber* alsbald, *Leibeskrämpfe*, und schließlich erreicht dieses Wesen einen als *Atrophie* verdolmetschten Zustand, dem endlich, nach wochenlangem *Siechtum* (denn siehe, des Menschen Leben ist zäh) der *exitus letalis*, wie wir Mediziner das nennen, folgt. Darin, verehrter Sambucus nigra, Padus avium & Crataegus monogyna, begründen sich die vorübergehenden Sehstörungen sowie eine Nichtbeachtung Ihrer geschätzten Anwesenheiten.

Doch wider besseres Wissen verharren die Angesprochenen im Zustand der Rigidität, wie das bei mancherlei, einer sich vorübergehender Bedeutsamkeit erfreuenden Person, desöfteren einzutreten pflegt.

Der Wald röchelt dumpfen Atem, verzerrt sein belaubtes Gesicht, als zwänge ein starrer Wind seine Züge in diesen Krampf ICH SCHAFFS NICH als in filzigem Buschwerk sich die Füße verwirren und, erdsauren Atem ausstoßend, stürzt der Wald herab, Bäume & Sträucher fahren wirr durcheinander & werfen sich in die Lüfte wie verschreckte, grüne Vögel, und der Blick, unbehindert von Baumkaskaden, flieht weiter über flache Wiesen, an schmalen Wasserläufen entlang, überspringt niedrige Weidenzäune und begibt sich unter eine der Trauerweiden, die über den Wiesen wie stille, grüne Wolken liegen.

Daß DIESER WALD nun hinter DEM FLIEHENDEN liegt, daß er ihn durchquert hat & ihm entkam, bleibt vor seinen Gedanken wie ein fremder Reisender stehn.

Eine sumpfige Wiese (entfernt lagern schwarzweiße Kühe wie behäbige Kolosse inkarnierter Präsidenten), dahinter sieht er die dunkelbraune Metrik der Weidenzäune, den Feldweg, der in einiger Entfernung auf eine Böschung trifft; er spürt seinen fahrigen Puls, riecht die Luft, schmeckt ein laues, wässeriges Frühjahr mit Wolken wie graubelaubte Baumkronen, den Himmel überschattend.

Als er merkt, daß jene Böschung, auf die der Feldweg trifft, ein Bahndamm ist (ein Güterzug scheppert soeben drauf entlang mit verschlossnen, schmutzigroten Bretterwagen, so daß er sofort das bitter in den Gedanken brennende Wort TRUPPENTRANS-PORT assoziiert), versucht er sich vom schweren Boden zu erheben & diesen Bahndamm zu erreichen. Ich sage, er versucht aufzustehen, denn was er wirklich tut, geht an seinem Bewußtsein vorbei, weil Arme & Beine & fast sein gesamter Leib vom Hirn getrennt scheinen, denn sie schicken dorthin keinerlei Signal mehr über Schmerz oder Wohlbefinden, lediglich ein Rauschen, dumpfes Dröhnen hat sich wie ein Gas in seinem Körper ausgebreitet, daher findet sein motorisches Zentrum nichts weiter zu tun, als aufs Geratewohl die Befehle zum Sichbewegen auszuschicken in der Hoffnung, sie mögen gehört werden.

Und siehe, der Mensch erhebt sich in die Aufrechte, noch schwankend & scheinbar zaudernd, doch hält er die Balance, und setzt sodann einen Fuß vor den anderen, was ihn sich bewegen läßt. So tut der Mensch seine ersten Schritte über Erde & Gras, wirres, zerdrücktes Gras wie Haar auf dem Rükken eines ungestriegelten Fohlens.

Und er kriecht die Anhöhe hinauf und legt sein Ohr an die kalten Schienen, und so harrt er aus Stunde um Stunde, bis das Metall ganz leis zu summen beginnt, und heftiger & heftiger vibrierend, so daß der Mensch Ohr & Kopf schon nicht mehr drauflegen mag; die Schiene gleicht einer angeschlagenen Saite, so daß die Luft ringsum gleichfalls zu tönen beginnt, und Grasland & Bäume & Flüsse, Zäune mit rostigen Drähten & DER WALD, der nun so ferne Wald, stimmen ein in dies dröhnende Summen, und die Schottersteine zwischen den Holzschwellen rasseln im Takt wie Kastagnetten, und da ist ihm als stürze ein Dom mit all den Glocken & mit all seinen nach Tönen & Registern geordneten Orgelpfeifen in einen felsigen Abgrund, und die Glocken & die Orgelpfeifen schlagen an die spitzen Felsvorsprünge, ein blutiges Klirren, und daraufhin fallen die Glocken über die Orgelpfeifen her, die ihnen schon seit Jahrhunderten zuwider sind, und die Orgelpfeifen stechen gegen die erzenen Glocken, deren Gedröhn ihrem feinen Sinn stets ein Greuel ist, so daß mit einemmal eine Schlacht der Glocken gegen die Orgelpfeifen & der Orgelpfeifen gegen die Glocken entbrennt, während die Einen wie die Anderen in den Abgrund stürzen. Doch sie lassen nicht voneinander, schrammen schlagen & stechen, und das graue, unansehnliche Metall schreit auf.– Aber dieser Kampf zweier Giganten ist ihm, jenem auf einem Bahndamm sich aufrappelnden Menschen neben einem vorüberrasenden Güterzug, vollkommen gleichgültig; sein einziger Gedanke gilt dem Aufspringen auf diesen scheppernden Wagen, und seine einzige Furcht, er möge nicht schnell genug zugreifen können, bis der letzte Wagen heran sei & er diese vielleicht einmalige Chance folglich verpassen würde.

Füße poltern über den Schotter, schwere schwere Klumpen ringen mit der Erde, die Arme hält er weit voraus gereckt, da greift eine eiserne Haltestange zu, packt Hand & Arm, die Schultergelenke krachen, Hand & Arm sind das einzig Bewegliche noch an diesem Menschen, der übrige Körper ein schlaffes Gewicht. Doch läßt die Metallstange nicht locker, sie zieht & schleift hoppoppoppelnd den schlenkerigen Marionettenleib über die Schwellen, die Waggonräder stanzen krachend über Schienenstöße – da prallt das eine leblose Bein gegen einen Stein oder wer-weiß-was & wird hochgeschleudert – das Bein bleibt hängen am Trittbrett des nachfolgenden Wagens; das zweite Bein läßt seinen ständigen Nachbarn nicht im Stich, und während vorn die Metallstange zerrt & zerrt, schwebt zwischen diesem & dem nachfolgenden Waggon ein Bündel Fleisch & Lumpen, ein Leib ein Mensch, dem schließlich die tauben Beine entgleiten (oder vielmehr zerreißt der Stoff, an dem sie hängenblieben), und er zieht die Beine über aneinanderkrachende Wagenpuffer zu dem restlichen Körper heran, zu dem sie seit wievielen Jahren? schon gehören, und dieser Körper ist noch nicht so recht eins mit sich, ob er diese Beine . nun fahrenlassen soll oder nicht, Was ich hab das hab ich, sagt er sich jedoch & will sie noch einmal behalten, Wegschmeißen kann ich das immer noch.– Und so liegen sie wieder alle beisammen: Kopf & Hals & Rumpf & Arme & Beine, und was es an Details noch weitere gibt, von einem über Schienen rasenden Waggon alle gemeinsam gerüttelt & geschüttelt, auf dem Trittbrett eines schmutziggrauen Kesselwaggons, um genau zu sein; und die kleine Tür zum Bremserhäuschen schlägt gegen das dumpf hallende Kesselblech, ganz nach Lust & Laune, und das hat für diesen wieder neu zusammengefundenen Leib sogar etwas Einladendes, eine freundliche Aufforderung einzutreten in diese lauschige, nach Schmieröl riechende Gute Stube. Und der solcherart Angesprochene tut ihr den Gefallen & kriecht hinein und schließt die Tür hinter sich, wie man ihm das einst zu Haus, in der Schule & beim Militär beigebracht hat.

Und da liegt oder besser kauert in sich verkrochen ein halbverhungerter Deserteur & Menschenfresser per accidenz & beobachtet, vom Stumpfsinn des Eisenbahnreisenden befallen, durch die Bodenbretter das graugetigerte Fell des vorüberflimmernden Gleisschotters & die Puffer, die sich wie große Katzen aus Metall aneinander reiben, und dann kommt so eine Art Schlaf über ihn. Eigentlich ist das kein Schlaf, das ist eher ein kleiner, ein ganz kleiner Tod.

Draußen singt der Zug, singen die Räder auf den Gleisen mit dem Wind ihre eintönige Lithurgie; der Zug singt die ersten Zeilen & der Chor des Fahrtwinds heult dazu den immer gleichen Refrain.

Opera burlesca
Ora pro nobis
Opera misericordiae
Ora pro nobis
Opera omnia
Ora pro nobis
Opera posthuma
Ora pro nobis
Opera selecta
Ora pro nobis
Opera seria
Ora et labora!

Das Gelbauge des Mondes schielt durchs schwarze Scheibenglas des Nachthimmels, der wildstille Blick eines alten, streunenden Hundes mit seinem fahlen, zerzausten Wolkenfell. Weißstarres Scheinwerferlicht, wie genagelte Stiefelsohlen das Dunkel niedertretend: Ich schleich zwischen düstren Schatten abgestellter Güterwagen übers Flechtwerk der Gleise (fern rumoren Waggons, sägt ein Lokomotivpfiff), überall Signalmaste, hochmütige Diener mit Rotgrünaugen, Weichenhebel lauern wie fette Köter – – und Schritte aufm Schotter ganz in der Nähe, Stimmen, zwei Männer (ich fahr zurück in einen der tintigen Schatten): –Schto snatschit djewoschka? –Frroj Lain. –Ja lubju tebja Frroj Lain! (Gelächter) Männer trampfen vorüber, zwei scharfumrissne Silhouetten, eine blasse Wolke mefistofelt um ihre Gestalten & ich atme scharfen Tabakgeruch. Im Nachthimmel summt eine große Stadt. BERLIN OSTBAHNHOF.
Draußen auf der Straße ein Spruchband, im leichten Wind gegen eine Mauer schwappend:
8 JAHRE BEFREIUNG VOM FASCHISMUS – DANK EUCH IHR SOWJETSOLDATEN!
Die Fetzen meiner einstigen Uniform sträuben sich wie zottlige Strähnen: An meiner linken Brustseite die Reste des *Feldabzeichens*: halber Adler mit per- & invertierter german. Sonnenrune: Der Deutsche & seine Nacht.
Acht Jahre?!?: Ich les die Schrift, bis mir die Buchstaben als Echo in den geschlossnen Augen brennen. Acht – Jahre – Acht – – Schritte vom andern Ende der Straße, ein spitzes Ticken. Über mir das Fettgesicht einer Bahnhofsuhr: *Polizeistunde längst!* (wie ich mich besinn). Ich streune gebückt davon. – Jahre – Acht – Jahre – .

Es riecht manchmal nach Stein in den Straßen: Geruch zusammengestürzter Häuser, kaltgewordner Feuer oder ists eine Täuschung. (Das lebt fort in den Mikroben der Geruchs-Erinnerung). Ruinen: Das zerstörte Gebiß eines Köters. Unkraut im fahlen Nachtlicht, Gefangenenbärte. Zahnlose Mäuler. Heller Sand: das Knochen-Mark. Manch Straße ist amputiert, manch andere vermißt. Meine finde ich, das Haus auch: weiße Pfeile LSR, die Schmisse im Gesicht des stud. mort., überheblich sich gebärdend gegen die wenigen Neuen: dieses alte Grau mit den Narben aus Einschüssen, Insel selten gestörter *Einsam*keit fünf Stockwerk hoch in die Zeit gepflanzt. – Acht – Jahre – Acht – Jahre –
Ich bin: Wieder Daheim.

* * *

BERLIN. AN EINEM SPÄTEN ABEND. 1955.
Walters elterliche Wohnung: Domäne für Dämone. Langer, dunkler Flur, am Ende ein weißes Portal. Walters Zimmer: altes Plüschsofa, dunkles Gemälde darüber, ein Moll-Akkord erklingt von Zeit zu Zeit durch die Wand. Der Bücherschrank mit Feldsteinen & Erdbrocken im Regal; Kachelofen; Rundtisch mit spiegelnder Metallschale.
Enklave der Mutter. Alle Wände sind durchsichtig: Es gibt kein Zuhause. Im Kronleuchter die Stromsperre.
Walter 1 (weiblich) unbeweglich am Fenster & sehnt hinaus ins Winterdunkel; windbewegter Baum vorm Fenster.
Walter 2 (männlich) liegt auf dem Sofa, das Gesicht im Kissen, die Beine an den Körper gezogen, Arme vor der Brust verschränkt. Er trägt noch immer die Uniformreste.
Margarete 1 (männlich) & *Margarete 2* (weiblich) treten gemeinsam durch die Wohnungstür. Kommen langsam ins Zimmer. *Margarete 1* schaltet ein zusätzliches Licht an, *Margarete 2* langsam zu *Walter 1* ans Fenster. Stellt sich neben ihn.
Margarete 1: Du bist so allein, Walter. Und grübelst soviel. Das ist nicht gut. Warst du heut ein bißchen draußen?
Walter 1 (kehrt sich zu ihr): Du fragst?
Margarete 1 (ihre Hand über sein Gesicht): Deine Haut ist noch ganz kalt – –
Margarete 2 (vorm Ofen knieend):
– – Hier drin isses scheißkalt! Könntst wenichstens mal heizn, wennde schonn ganzn Tag hier rumlungerst. Die Kohln gehn auch zuende.

Walter 2 (grunzt & vergräbt Gesicht tiefer im Kissen)

Margarete 2: Oder haste dir vielleicht Arbeit gesucht. Den ganzn Tag nischt wie im Bett!

Walter 2 (aus dem Kissen): Acht Jahre war der Wald mein Bett, dreckiges Moos & Hühnerscheiße. Als ich zurückkam – die Sehnsucht nach Feder & Matraze hat mich getriem – wars die Pritsche inner Zelle. Die ham mich verhört. Vierzehn Tage & fümfzehn Nächte. Die willich wieder ham. Erst der Russe, dann die Deutschn. Danach wieder der Russe & wieder die Deutschn. Und wassis rausgekomm dabei? Hab ich PAPIERE, die Seele des Neuen Menschn?: Soviel! (zeigt leere Hände)

Margarete 1: Walter, lieber Walter: Das war vor zwei Jahren! (streicht über seinen Kopf)

Margarete 2: Walter! Ich muß mal mit dir redn. Wie lange willste uns noch aufer Tasche liegn. So geht das nich weiter! Bist nich der Einzche, der ausm Kriech heimgekomm is. Und alle suchn sich Arbeit, und alle findn auch Arbeit – –

Die Gemeindeschwester Frl. Mende schusselt mit derben Schuhn quer durchs Zimmer, in Händen den Blechtopf mit Lavendeltee.

Frl. Mende: Genau das sag ich ihm auch immer. Und wissen Sie, was er mir antwortet? (schlägt mit der flachen Hand auf den Blechtopf & verschüttet dabei den Tee. Sie errötet & brüllt):

Ich habe Schweinerei gemacht! (schlägt sich *mea culpa, mea maxima culpa* an die magere Brust, zieht ein großes Tuch aus dem Kragenausschnitt und wischt betulich an der Pfütze auf dem Fußboden. Sie läßt sich viel Zeit & lauscht)

Margarete 2 (vor Walters Sofa): Du hast immer nur das Eine im Kopp.

Walter 2 (rappelt sich hoch & greift nach Margaretes Brüsten. Legt seinen Kopf in ihren Schoß. Margarete 2 seufzt)

Walter 1 (legt Arme um Nacken von Margarete 1): Ich will hier nicht bleiben, Margarete. In dieser verstümmelten Stadt. Ich bin ein Rabe, der Abend für Abend mit seinen schwarzen Federn gegen die spitzen Schnäbel anderer Raubvögel schlägt. Deren Gefieder ist rot vom Feuerschein aus der Stadt & schwer wie Blut. Ich riech Leichen, Margarete.

Margarete 1 (streicht Haar aus Walter 1 Stirn)

Margarete 2: Biste vielleicht krank, he? Wer so den ganzn liebmlangen Tag hier rumliegt. Nich mal Einkaufm kann man dich schickn: Verliert der die Butterkarte!

Das Weiße Portal am Ende des Flurs öffnet sich, auf einem Servierwagen wird ein großes Aquarium hereingefahren. Im Wasser unbeweglich wie ein Reptil ein Mann.

Stimme von Walters Mutter: »Dein Vater, Junge, ist schon viele Tode gestorben: Er ist aus dem Leben verschwunden, im uferlosen Ozean des Krieges versunken.«

Als der Wagen neben dem Zimmertisch hält, richtet der Mann im Aquarium sich auf. Am Kopf eine große, kerbartige Wunde, aus der das Hirn quillt. Der Mann versucht unablässig, doch vergebens, die geleeartige Masse in den Schädel zurückzustopfen.

Walters Vater: Habich nich immer gesagt, aus dem wird nie ein Richtiger Mann!

Ein Feldwebel tritt auf, Mistforke in der Hand.

Feldwebel: Hat sichn schönes Ding erlaubt, das Früchtchen! Wir warn der Schweine-Zug. Solltn die Schweine-Transporte am Bahnhof in andre Waggongs verladn. Sollt alles nach vorn. Nachschub. Nach Ostn. Na, fiel ja immern bisken was ab für uns. Warum-auch-nich, wärn ja schön-dumm jewesn. Aber was macht dieser Pflaumheini? Öffnets Gatter & läßt die Schweine frei! Weiß der Kuckuck warum. Hatte Glück, daß Oberst n Mensch war. Sonst krks am nächstn Baum. So hießes: Der-janze-Zuch-nach-vorn! Frontbewährung! Konnt jetz selwer s Schwein spieln, der Dämlack! Und die Andern mit ihm. Was ham die den verprügelt! Warn ja nich vorgesehn für Fronteinsatz, die Grünschnäbl. Hamwa alles dem da zu verdankn! (weist mit Mistforke auf Walter 1)

Schuldirektorin (graues Kostüm, großer grauer Haardutt, zwei vorstehende gelbe Schneidezähne, starke Brillengläser): sehe ich mich genötigt, Ihnen mitzuteilen, daß Ihr mnöö Sohn Walter in jeder Unterrichtsstunde sich die Hosen näßt. Abgesehen von hygienischen Bedenken, die sich aus dieser ämm Situation ergeben, übt das Beispiel Ihres Sohnes auf die Klassengemeinschaft einen äääh äußerst negativen wie emmm störenden Einfluß aus. Sollte binnen kurzer Zeit keine entscheidende mää Änderung eintreten, sehe ich mich als Direktor dieser mnö namhaften Bildungseinrichtung gezwungen – –

Walters Vater: – – Das is einzich die Schuld von diesm Weibsbild! (zeigt auf Zimmer von Walters Mutter) Den hat ganz alleine Die aufm Gewissn mit ihre Sprüche. Hat ihn total verboong. Aus dem wird nie n Richtiger Mann. Am Ende wird mir der Junge noch schwul! Die Zeitung!

Man reicht dem Mann im Aquarium eine Zeitung, worauf er befriedigt untertaucht.

Walters Mutter (das Portrait von Walter an die Zimmerdecke zeichnend): Der Krieg, Junge, der Krieg verdirbt die Bilder! Denk immer dran. Die Richtigen Männer, Junge, sind meist nicht ganz richtig im Kopf.

Der Richtige Mann, in Soldatenuniform, erscheint im Zimmer: keilförmiger Oberkörper, Titanenarme & -Schenkel, mindestens ein Meter neunzig Körpergröße bei aufrechtem Gang; blondes, gewelltes Haar, die Augen – blau – in die Zukunft gerichtet (also seitwärts voraus); seine über der Brust gestraffte Uniformbluse ist weit geöffnet, im dreiecksförmigen Ausschnitt sonngebräunte Haut. Die Ärmel bis zu den starken Ellbogen hochgekrempelt; den Kolben seiner Maschinenpistole stößt er fordernd einige Male auf den Boden.

Margarete 2: Schorsch! Ach mein Schorschilein! Wie schön er ist & wie stark! O ich glaub, ich werde schwach. Ja Schorschilein, deine Stärke ist meine Schwäche! (schmiegt sich an die Brust des Richtigen Mannes & greift automatisch in seine Hosentasche) Und die Butterkarte hat er sogar! Meine Butterkarte! Du bist ein Held, Schorschilein. Dafür bekommst du Küßchen (sie stellt sich auf die Zehenspitzen des einen Fußes, reckt den Unterschenkel des andern Beins zierlich hoch & schraubt sich zum Gesicht des Richtigen Mannes em*por*) – mpfffftt –!

Walter 2 (erhebt sich vom Sofa. Zu Margarete 2): Hastn eigentlich diesn Fummel her?

Margarete 2 (als Mannequin auf dem Tisch & schwingt ihr blumiges Kleid verwehegen): Schick wa? Hab ich von meim kleinen Schorschi! (kuschelt sich an den Richtigen Mann)

Der Richtige Mann (zieht Brieftasche heraus & präsentiert Fotografien): That's my Mum and my Dad. And this is Anne, my sister.

Sightseeing-Bus fährt ins Zimmer. Mum & Dad & Anne entsteigen als amerikanische Touristen, Sonderangebot des Hauses Woolworth, abwaschbar & pflegeleicht. Sie fotografieren hemmungslos.

Anne (blonder, fünfzehnjähriger Schellfisch in Karohosen): – wonderful wonderful o wonderful – (in infinitum)

Mum & Dad kaufen Walters Vater samt Aquarium als Souvenir. Dollar-Noten flattern als Grünfinken durch den Raum & setzen sich auf Margarete 2.

Dollarnoten: Peep Peep hab mich liep!

Margarete 2: Bist du aber spendabel, mein großes großes Schorschilein! (pflückt die grünen Scheine) Liepst du denn dein Magilein so sehr? Ach Schorschi, mein kleiner großer Schorschi!

Walter 2 (ist vom Sofa aufgestanden & fummelt dem Richtigen Mann zwischen den Beinen): Ach Schorschilein, mein tleiner tleiner

Schorschi, hat so ein tleines tleines Näschen.– Gutn Heimweg, Kamrad! (versetzt ihm Fußtritt ins *Oviduct*) Jetz spielste Sackhüpfm, wie!

Der Richtige Mann (jammernd): Fuck ya Goddam bitch alone Goddam Nazi Goddam motherfucking Krauts! (spuckt Kaugummi auf den Tisch & trifft die Metallschale)

Metallschale: »Ein tiefer, lange Zeit nachklingender Ton erfüllte den Raum«.

Walters Mutter (tritt aus ihrer Enklave): Ists soweit. Laßt mich für euch den Herbst vollenden, das Kalte Feuer. (nimmt Pappkarton & Streichhölzer)

Walter 2: Hör endlich auf mit dem Quatsch, Mutter, und schmeiß diesen Alchimistenkram weg!

Walters Mutter (beleidigt ab in ihr Zimmer. Betrachtet das Portrait ihres Sohnes an der Zimmerdecke): Kinder können so grausam sein zu einem Mutterherz. (verwandelt sich in *mater dolorosa*) Ich war ihm nie eine gute Mutter! (reißt das Bild von der Wand und beginnt auf dem leeren Fleck von neuem, Walters Portrait zu zeichnen)

Der Richtige Mann humpelt zum Bus. Mum & Dad & Anne fotografieren den hüpfenden Sohn. Im Bus die übrigen George-Segal-Figuren als gaffende Touristen. Bus fährt aus dem Zimmer.

Margarete 2: Schorsch! Schorschii!! Lauf nich weg! Wart auf mich! Wir wolltn doch heiratn – – (zu Walter 2) Verdammt! Das ist alles nur deine Schuld. Was könnt ich für Männer haben ohne dich! Wovon soll ich jetz lebm? Vielleicht von dir faulem Sack?? Du halber Mann.

Walter 2 packt Margarete 2 und zerreißt ihr das Kleid über der Brust. Margarete 2 kreischt. Sie stürzen zu Boden & ringen miteinander. Der Kampf ist echt. Margarete 2 unterliegt.

Walter 1: Diese Welt ist zerstückelt in kleine Quadrate aus Papier. Und von den Quadraten werden kleine Quadrate abgeschnitten. Das heißt Leben. Bis Nichts mehr übrig ist. Ich habe die Karte verloren. Jetzt haben wir also Nichts mehr von Dieser Welt. Ich liebe dich, Margarete, meine liebe Margarete!

Margarete 1: Ich liebe dich auch, Walter. Müssen wir uns ein wenig einschränken. Es-wird-schon-irgendwie-gehn. Ich will doch nur, daß wir uns lieben. Wir müssen immer zusammen bleiben.

Walter 1: Wieviele Tage sind acht Jahre, wieviele Nächte! Ich habe an dich geschrieben, Margarete, in den Sand, in den Wind & in die Wolken hab ich meine Briefe geschrieben. Da wußt ich, du bist bei mir. Ein Mann ist allein ohne den Gedanken an eine Frau.

Margarete 1: Auch ich habe an dich denken müssen. O Walter, immerfort in meinen ein-samen Stunden.

Im Baumgeäst vorm Fenster turnt Der Nachbar, klopft an die Scheiben & schneidet Grimassen. Schließlich drückt er die Fensterflügel von draußen auf und hüpft ins Zimmer.

Der Nachbar (fettleibiger Beamter, Mitte Vierzig, mit Ärmelschonern, langen Unterhosen & grauem Flanellunterhemd, auf das er in regelmäßigen Abständen Gummihosenträger schnellen läßt. Zu Margarete 1): Goldschmied lieber Goldschmied na wie gehts denn deiner Tochter.– Alles wohlauf, wie ich seh. Freut mich. Freut mich ganz außerordentlich. Ah, eh ichs vergeß: Deine – padong – Ihre Mutter (knöpft Hosenstall zu) läßt fraang, ob sie heut noch mit Ihnen rechnen darf? (singsangt) Es ist noch Sup-pe da! (vertraulich) Wär schade drum. Hm?! (kratzt zwischen seinen Beinen)

Walter 1 (wendet sich voller Ekel & Schmerz ab)

Margarete 1 (verzweifelt nach seinem Arm, Walter 1 schüttelt sie ab): Das – das hat doch nichts-weiter zu bedeuten. Walter! Hör doch! Ich – ich liebe doch nur dich! Walter!! Wal –

Walter 1 (in tragischer *Pose*): Schweig! Wenn du lügen mußt, so lüge nicht mit dem Wort Liebe. Warum mußt du mich so demütigen? (heult)

Der Nachbar (stolziert pfeifend durchs Zimmer zur Wohnungstür): Ich weiß nicht, was soll es bedeuten daß ich so fihickrich bin (zieht aus Hosentasche eine Lebensmittelkarte hervor und läßt sie wie bei*läufig* neben Margarete 1 phallen)

Margarete 1 (mit einer Hand verzweifelt um Walter 1 bemüht, mit der anderen nach der Karte tastend)

Walter 2 (auf Margarete 2): Ja Ja Ja Ja Ja Ja Ja Hälst du mich – immer noch – für halb – Jetzt – Jetzt kann ich – mit dir – machen was – ich – will (spuckt der Frau ins Gesicht)

Margarete 2 (im Rhythmus): O O O A A A A Ich bin ja so glükklich! Die Gemeindeschwester Frl. Mende wischt emsig an dem Fleck.

Walter 2 & *Margarete 2* nebeneinander auf dem Fußboden. *Margarete 2* sucht auf der Tischplatte tastend nach Zigaretten.

Margarete 2: Scheiße, leer. (zerknüllt Packung »CAMEL«, seufzt & schmollt) Mußtu mirs Kleid zerreißn. So Einer!

Walter 2: Wo haste diesn Affm bloß aufgegabelt?

Margarete 2: War mit Hilde drühm inner Ami-Zone. Da gibts herrliche Tschäß-Lokale! Hilde geht jeden Samstag hin. Ich nie.

Hilde (= Schulfreundin Margaretes; Marlene-Dietrich-Double, weißes Handtäschchen schwenkend): Nie? Daß ich nicht –! (mit Palmolive-Stimme) Ach komm, Margarete, dhu bisth immer allhein. Jedhen Ahbendh. Und am Tagh nichts als dhie schreckhliche

Arbheit im Bhühroh. Dhu wirfst dhein Lheben fort, mein Khind. –
Der Krieg hat die Männer geschlachtet, die Ochsen. Zeit für uns, das
Rindfleisch zu braten, das übrigblieb. Die Frau isn schöner Beruf,
viertausend Semester & kein Ende. – Dhir thut Gesellschaft not.
Margarete 2: Ich weiß nich –
Hilde: Ihch wherde dhich einführen. Was sinnnt das für distinguiierte Herren! Khind, dhu machst dhir ja keine Vooorstellung. Dhas
ist dhoch etwas andheres als dhieser Pöbel vom Alex & vom *Potsdamer* (zieht Spitzentüchlein aus dem Handtäschlein: Eaudecologne-
Nebel, eine Varieté-Kugel flimmert unter der Decke, Bonbon-Licht,
Zigarettenparfume; Big Band befindet sich IN THE MOOD; Alliierrenuniformen, Zivilisten & eine Schütte Fraun. Hilde tänzelt sfinxisch-cul durch den Saal, Margarete tappt hinterdrein).
Später. Nebenzimmer. Kleine, nierenförmige Bar, einige Tische.
Fetter Mann mit Mopsgesicht, Nadelfilz & Halbglatze füttert Margarete ununterbrochen mit Pralinen, Schinken & Sekt. Er quiekt,
wenn ihr Mund nach einem Happen schnuty schnalzy schnappy
macht. – Hilde lehnt geziert an der Bar, ein Lieutenant gregorypeckt
an sie heran & flüstert durchs Platinblond in das Ohrmuschimuschi.
Hilde lacht & nickt. Der Offizier schnippt mit den Fingern, ein Bursche im Rang eines Sergeant erscheint: Der Richtige Mann.
Lieutenant: Hey Georgie. (visper visper in his ear there's a little
pussy here)
Georgie gehorsam ab zum Tisch, an dem der Mops im Nadelfilz
grad versucht, Margarete Perlonstrümpfe anzuziehen.
Margarete 2: Haach sint die schick! Was willstn dafür ham?
Big Georgie (zu Little Fatty): Hey man get ya hands off that chikken. She's mine! (schiebt den Mops beiseite, die Stuhlbeine vercunten, der Dicke fällt zu Boden und knurrt ab ins Aus).
Georgie (bestellt Sekt & zieht Brieftasche): That's my Mum and
my Dad. And this is Anne, my sister.
Im Nebensaal spielt die Band. Georgie tanzt mit Margarete *in den
Himmel hinein, in den Siebenten Himmel der Liebäh.*

DER SIEBENTE HIMMEL. SIE BETRETEN DEN WEIBLICHEN SEKTOR!

Garten. Eingangspforte mit gehäkeltem Spitzentuch & Wolkenstores umwunden. Palmbäume wie Fontänen aus bunten Pfauen- &
Straußenfedern. Wege zwischen Beeten mit Lotosblüten aus weichem, flauschigem Stoff; Margaretes Füße versinken bis an die Knöchel. Sanfte Hügel aus weichem Samt, auf ihren Spitzen säulenge-

schmückte Pavillons, darin nackte Jünglinge & Flöten-Spiel. Weiche Palmwedel umspielen Margaretes bloße Haut, als sie, die Wege unter den Bäumen entlangwandelnd, an ein Bassin gelangt, das die Form einer großen goldenen Muschel besitzt. Im Innern wallt duftendes Rosenwasser. Ein brünetter Jüngling – es ist Nick de Saint-Phalle, der berühmte Ver-Führer durch den Siebenten Himmel – tritt an Margarete heran, lächelt, reicht ihr die Hand & ein Sektglas. Nick haucht: Isch liebän disch mon amour. In anmutiger Bewegung bedeutet er Margarete, mit ihm das goldene Bassin zu besteigen. – Margarete setzt die Füße hinein, ein wohliger Schauer durchströmt ihren Körper; sie versenkt sich im duftigen Gewässer & schmiegt sich an Nicks breite Brust.

Währenddessen zählt Georgie am Eingang zum Siebenten Himmel ununterbrochen Geldscheine in die Hand eines Kassierers; hinter dem *Portier* ein als antike Säule gefertigtes Taxameter, das die Preise anzeigt; die Skala rotiert wie an einer Benzinzapfsäule, und Georgie zahlt & zahlt.

Als Margarete an Nicks Seite in das duftende Bad steigt, treten hinter einem Gebüsch noch weitere Jünglinge hervor. Ihre Körper sind hinter weichen Rosenblüten verborgen, in Händen große, herzförmige Blätter, mit denen sie Margaretes Haupt umfächeln. – Schwäne gleiten über stille Teiche, Pfaue defilieren auf Promenaden, und in goldfarbenen Lüften schwingt eine süße Melodie. – Zarte Hände betten Margarete auf eine der Sammetwiesen. Die Hände der Rosenjünglinge stecken in flauschigen Handschuhen, mit denen sie Margaretes nackte Haut umspielen, zärtlich streicheln & behutsam vom Rosenwasser trocknen.

Margarete 2 (schließt die Augen & seufzt): Aach is det scheen –!

Walter 1: Ich habe es gespürt schon in der ersten Minute. Die erste Minute ist ein ganzes Leben. Ich habe deine Kälte gespürt, deine Fremdheit. Unsere Liebe von einst hat mich genarrt. Es hat dir nichts bedeutet. Wäre ich tot! (schluchzt: Stummfilm-Tragik)

Margarete 1: Mein lieber Walter. Du bist im ganzen dreimal mit mir ins Bett gegangen. Beim ersten Mal in den Ruinen. Glaubst du, das reicht für den Rest meiner Zeit. Weshalb bist du fort, ich hatte dich gebeten zu bleiben. Aber dein Führer hat gefohlt, da mußtest du Fohlen folgen. Jedem sein Pläsierchen, dir den Gehorsam & das Kriegspieln, mir die fleischlose Zeit.

Walter 1: Weshalb bist du wieder zu mir gekommen. Hättest du mich im Frieden meiner Erinnerung gelassen. Weshalb hast du dich mir gegeben, wenn ich in deinen Augen so minderwertig bin.

Margarete 1: Dich-mir-gegeben! Du liebe Zeit. Mann is Mann, und wo Einer ißt, hat auch noch ein Zweiter Platz.

Walter 2: Meine Schuld isses nich, daß ich gehorchen mußte. Die Feiglinge schufm den Menschen nach ihrem Bild. Ich hab die gesehn, die nich gehorchn wollten. Mit nem Schild umn Hals ham sie zwei Meter hoch überm Boden ihre letzte Nummer gemacht am Strick.

Margarete 2: Hast was Schlimmes geträumt. Is ja Alles wieder gut. (legt seinen Kopf in ihren Schoß)

Walter 2 (als Goya): Aber ich hab sie gesehen. Also *sind* sie! Jede Gaslaterne & jede Linde ein Galgen von gestern & morgen, in Jedem steckt ein Opfer & ein Schlächter. Und ich unter ihnen seit zwei Jahren. Wenn ich durch die Straßen geh, sehn sie mich an wie ein Gespenst. Hab keine Papiere. Bin kein Mensch. Grabstein oder Blechmarke: Jeder Tote ist mehr als ich. Die wolln mich nich, Margarete: Ich bin der Geist aus der Vergangenheit, und der is nirgendwo beliebt.

Das Weiße Portal wird geöffnet & Margaretes Mutter erscheint. Sie zerrt einen großen Schrankkoffer durch den Flur. Im Zimmer öffnet sie den Koffer. Margaretes Vater im Innern, in Armen ein imaginäres Gewehr, damit zielt er auf den Himmel, d.h. auf die Zimmerdecke. Um ihn herum leere Cognac-Flaschen & zersägte Schaufensterpuppen. Kirschmarmelade.

Margarete 2 (sobald sie des Vaters ansichtig wird, läßt sie Walters Kopf los, der Kopf schlägt hart zu Boden): Pappa! Pappa! (kniend vor dem eingeschreinten Vater) Armer armer Pappa. Wie bist du da nur hineingeraten. Komm, laß uns spazierengehn zu dem kleinen Fluß mit der kleinen Brücke. Und wir werden ins Wasser spucken wie früher, Pappa.

Margaretes Vater:

> Piff Paff Piff Paff Jeder Schuß ein Pfaff
> Erst die Roten, dann die Gelben & zum Schluß
> Heidideldum drehn wir den Schwarzen
> die Hälse um!

Margarete 2 (heult Rotzblasen & Dreierschnecken): Pappa Pappa, armer Pappa! Ach die Welt ist so schlecht & macht dem ärmsten Pappa das Leben schwer. Ich will immer bei dir bleiben, mein armer armer Pappa, und dich trösten. Heile heile Gänschen – – (Pause) Du Pappa: Es ist aus!

Margaretes Mutter (wirft Schrankkoffer zu): Jawohl, Schluß der

Vorstellung! (von drinnen Schreie. Bombeneinschläge. Aus dem Koffer rieseln Schutt & Staub)

Margarete 1 wendet sich ab & schaut ostentativ aus dem Fenster, als die Mutter zu ihr tritt.

Walter 1 (ebenfalls dazu & will die Frau grüßen): H–herzlich willkkommen, ich meine, G–guten Tag, g–gnädige Frau… (Margaretes Mutter beachtet ihn nicht)

Margaretes Mutter (zu Margarete 1): Die Männer sind von Übel, Kind. Glaube deiner Mutter. Wenn sie nicht zu Mördern werden, bleiben sie verheulte Kinder (Seitenblick auf Walter 1), Taubstumme & *Anal*phabeten in jedem Phall. Die Haut einer Frau ist hungrig. Wären die Fraun in der Lage, das Verlangen ihres Körpers zu artikulieren, es stünde besser um die Zyniker. Die Haut des Mannes ist taub wie Stein. Mit dieser Lawine kommen sie über uns. Sie haben keine Ohren, keine Hände. Jeder Mann ein Krüppel von Natur, gezeugt von einem Krüppel undsoweiter zurück bis in die Stein-Zeit. Die wahren Ahnen des Mannes: bemooste Felsen & Affen. (lacht) Und jede Geburt ein Verkehrsunphall.

Walter 1 (stampft mit den Füßen): Ich bekomme ein Kind! Das Kind ist auch deines, Margarete.

Margaretes Mutter (ringt die Hände, seufzt & eilends hinaus)

Margarete 1: Ich hab dich nicht gebeten, dich mit meiner Hilfe zu verdoppeln. Ein Kind!

Walter 1: Ich will etwas Lebendiges haben. Ob von dir oder einem andern. Mein Kind!: Für jeden Toten ein Leben.

Walter 2 (als Johannes Heesters im schwarzen Frack, Modell »Chevalier« mit weißer Nelke im Knopfloch & im Kragen den Leihschein Kostümverleih Böttcherstraße Mo–Fr 8–13 & 15–18 Uhr; hebt die kniende Margarete 2 auf): Willst du bei mir bleiben, Margarete? Ich weiß, die Welt kann ich dir nicht bieten. Ich bin aus dem Kriege zurückgekehrt nach fast zehn Jahren, und hab nichts gelernt außer Fliehen. Mein Beruf ist das Weglaufen. Ich weiß nichts von dieser Welt mit ihren Lebensmittelkarten & ihren rationierten Freuden. Das Wort ARBEIT schreckt mich. Das haben schon zuviele Münder gefordert, und wer weiß, was sich hinter Bärten verbirgt. Und wer weiß, was als Futter im Kasten liegt. AUFBAUEN hat einmal ein Ende. Was dann. Ein neuer Krieg? Um danach wieder was zum ARBEITEN & AUFBAUN zu haben? (zerreißt die Nelke)

Walter 1: Ich will das Kind!

Walter 2 (in den Resten seiner Uniform): Noch eins mehr in diesem Kessel, Fleisch in der Suppe für den nächsten Krieg. Meine Erinnerung sind meine Steine, die hab ich mitgebracht aus dem letzten (zeigt graue Feldsteine im Bücherschrank). Sie warn mir Inseln in einem Wald, als ich glaubte, jeder Schritt sei der Tod. Auch das nur eine Täuschung, der Tod ist nirgends, wo wir ihn erwarten. So vorsichtig möcht ich immer sein, wos mit jedem neuen Schritt tatsächlich um die Birne geht. Aber dem Neuen ist alles Neu. Drauf spieln Tyrannen Orgel, von Tamerlan bis – –

Pockennarbiger 1,60-m-Mann in weißer Generalissimus-Uniform erscheint im Zimmer, in angemessenem Abstand sein Gefolge. Der *Pockennarbige* schwenkt einen dampfenden Weihrauchkessel, den Schädel von Trotzki.

Pockennarbiger: »Unser Bauer ist ein einfältiger Mensch, aber klug. Wenn er einen Wolf sieht, erschießt er ihn. Er hält dem Wolf keine Moralpredigt – er erschießt ihn!«

Mit Blaustift zeichnet er Rudel Wölfe auf die *Po*rtraitskizze von Walters Mutter.– *Pockennarbiger* samt Gefolge ab.

Margaretes Mutter kommt zurück, an der Hand den Schimpansen »Raffael« im weißen Arztkittel mit Ledertasche. Sie deckt über den Tisch ein kariertes Handtuch. Raffael wartet im Lichtkegel.

Walter 1 (zurückweichend): Was – soll das ??

Margaretes Mutter: Das ist zu deinem Besten, Kind. Glaube deiner Mutter. Walter: Sone Null, son Nichts. Und mein Kind ein Kind von dem! Hör auf mich, bevor du dein Leben verdirbst! (sie packt Walter 1 und zerrt ihn auf den Tisch. Walter 1 schreit & wehrt sich. Der Schimpanse wartet unbeweglich. Walter 1 liegt mit dem Rücken auf dem Tisch, Margaretes Mutter drückt ihn nieder)

Walter 1: Ich will das Kind!!!

Raffael zieht aus seiner Tasche eine Zange heraus, Walter 1 schreit, Margaretes Mutter preßt ihn nieder. Raffael reißt Walter 1 die Hosen herunter und biegt die Schenkel auseinander.

Margarete 1 (zu Walter 1): Ich pfeif auf dich wandelnden Uterus wenn Man euch besamt wird als erstes das Hirn schwanger und dein Bauch der Mittelpunkt der Welt was schert mich der Klumpen Eiweiß der in dir keimt dein Loch oder der Rinnstein Der Himmlische Schrebergärtner hat versagt im Paradies hätt er SEine Eva erschlagen statt vertrieben so kamen die Mütter in die Welt Erinnerst du dich an Kieper mein Herzlieb mein Miauchen der komische Bettler versuch es mit dem wenn er Urlaub hat aus dem Hades ich schenk ihn dir Der legt dir nicht allein sein Herz zu Füßen die Eingeweide gleich dazu Herz & Darm mehr Innerlichkeit zum gleichen Preis Wer sich auf Andre verläßt mein Schnucki ist angeschissen des-

halb bin ich der Erste der scheißt nämlich auf die Andern (Margarete
1 hinaus)
Walter 2 (zu Walter 1): Was dort wächst ist meine Angst. Und diese
Sorte kenn ich noch nicht. Machs weg!
Margaretes Mutter (zu Walter 1): Eine Frau trägt ihr Schicksal zwischen den Beinen. Machs weg!
Walter 2 & Margaretes Mutter strecken Walter 1 Geldbündel entgegen. Raffael springt plötzlich vor & frißt die Geldscheine, rülpst
und hüpft zur Tür hinaus.
Walter 1 (zu Margaretes Mutter): Ich werde das Kind von – diesem
Walter, wie du ihn nanntest, bekommen. Jetzt gerade.
Margarete 2 (zu Walter 2, der ihr den Rest des angebissenen Geldbündels entgegenstreckt): Du grinst, Walter. Du hast Angst. Nicht
nur vor deinem Kind. Du grinst vor Angst. (rennt hinaus)
Walter 1 & *Walter 2* allein.
Vom Fußboden erhebt sich die Gemeindeschwester
Frl. Mende: Gott-schütze-Sie-&-Ihre-arme-Mutter! (Geht, das Tedeum pfeifend, derben Schritts hinaus. Den leeren Kochtopf stößt
sie wie einen Fußball vor sich her).

SPÄTER. IN DEN STRASSEN. NACHT.
Walter: Wie still die Nächte sind. Ein Fahrzeug. Schritte. Noch
nicht still genug. Licht in den Fenstern. In dreien. In zweien. Die
Augen der Häuser. Eine leerstehende Wohnung dunkel. So beginnt
ein Haus zu sterben. Lampen auf der Toreinfahrt. Grelles Blau vor
dunkler Stadt. KVP. Auferstanden aus Ruinen. Die Tschakos auch.
Noch nicht still genug. Ende der Straße. Der Bahnhof. In den Adern
der Schienen summt Leben. Züge vom Dunkel ins Dunkel.
Signallichter feiern ihr stilles Fest. Noch nicht still genug. Gleise wie
eine Leiter, die Schwellen die Sprossen zur Nacht. Himmelfahrt. Das
muß ein beschwerlicher Weg gewesen sein. Mit jedem Schritt wirds
stiller. Schotter knirscht. Das gehört schon zum Nichts. Noch wirft
meine Gestalt ihren Schatten. Summt Großstadt in den Wolken.
Noch nicht still genug. Stille, wie ein dunkler Fluß. Wo keine Schatten mehr sind. Nichts. Nichts als Rauschen.

Alles ist fast unverändert.
Noch immer ziehen Wolkenbilder durchs Öhr des Sees in ihre
zweite Welt, die aufzufinden immerhin denkbar scheint. Noch immer die Insel das metamorphosierte Schiff inmitten der Bilderspiegel, und der dunkle, zinnenbesetzte Wall aus Bäumen. Unmerklich

höher geworden & vielleicht auch dichter, ich war zwei Jahre fort. Am ehesten seh ichs den Büschen & Sträuchern an, über die ich damals hatte stolpern können, sie sind mannshoch, sie haben Karriere gemacht.

Den Wald-der-gehenkten-Clowns find ich alsbald; die Verwesung der Toten ist vorangeschritten, manch einer ist von seinem Baum herabgefallen, die Nekroonthogenese ihr letzter Witz. Neue scheinen nicht hinzugekommen, mit diesen Letzten scheint der Humor ausgestorben wie die Saurier des Jura. Oder die Henker haben den Ort verlassen, um ihr Tun woanders fortzusetzen; dieser Boden hier ist zu karg geworden für ihr Geschäft.

Auch jene eigenartig beschnittnen Monumente treff ich an; die Schlingpflanzen, wie grünes Haar von den Köpfen wallend, reichen heute bis zur Erde herab. Bisweilen noch eine der Aktphotographien, wie gilbende Hautfetzen an den Steinsockeln klebend, Sonnenlicht hat die Farben verwischt, was blieb ist bräunliches Papier.

Die Siedlung scheint zerstörter noch, sofern die Steigerung dieses Adjektivs sinnvoll ist, ausgestorben & eingesunken in fahles Verwesen wie Gräber aufgegebener Friedhöfe. Ich weiß, daß niemand von einer obskuren Feier zurückkehren & niemand mehr anzutreffen ist, ich weiß, daß sie, diese sprachlosen Wesen, fortgezogen waren & sicher niemals zurückkehren würden. Der Ort in seinem stillen Zerfall erinnert an ein verlassenes Trainingslager, die Athleten sind längst abgereist, ihr geschultes Können & ihre Fähigkeiten in die Welt zu tragen.

Als leichter Wind in die Fangarme der Bäume gerät, raschelt ein Papier an einem Baumstamm. Ich löse den Zettel von der Rinde und stecke ihn ungelesen in die Reste von den Resten meiner einstigen Uniform.

Gegen Abend (dunkle Wolkenherden ziehen im ruhigen Wind, die Insel blickt stumm herüber & das Kindsgesicht des Flüchtlingsmondes lugt in die frühe Dämmerung) schwimm ich durch das bitter nach Algen schmeckende Wasser; kühl & schwer, der Sommer ist fast vorüber.

Der Hühnerstall hinterm Gestrüpp. Wie damals. Noch immer ist die Tür zerbrochen. Aber die Hühner sind verschwunden mit den Bewohnern der Siedlung. Reste weißen Flaums & kalkigen Staubes haben sie überdauert.

Abend brennt sein trübes Licht, als ich zu dem kleinen Sandstreifen am Inselufer geh, wo ich dereinst einen Brief in den weichen Boden schrieb. Dunkelgelber Kies auch heute, von dem See fest & glatt-gestrichen. Ich finde kein Wort des Schreibens wert, Erinnern bleibt ohne Bedeutung.

Anderntags lese ich zum letzten Mal. Ich lese den bereits zum Großteil verblaßten Text jenes Zettels, den ich gestern von einem Baum genommen hab:

AN ALLE MINISTERIEN, AN ALLE ARMEEN, AN ALLE, ALLE, ALLE

Vor wenigen Stunden   schurkisches Attentat auf das Leben

UNSERES ZENTRALRATSVORSITZ

Bedeutung für die Neudeutsche Bewegung   revolutionäre Bewegung der ganzen wohlbekannt. Der wahre Führer

UNSER ZENTRALRATSVORSITZENDER,

verwundet.   zwei Personen,   Schüsse

Spur der Mietlinge Alt-Deutschlands

äußerste Ruhe zu bewahren und   Kampf gegen konterrevolutionäre Elemente zu Die Führende Kraft größere Konsolidierung ERBARMUNGSLOSEN MASSENTERROR gegen alle Feinde

Schließt die Reihen fester und fester entscheidenden tödlichen Schlag. Sieg

BESTE GEWÄHR FÜR DIE SICHERHEIT DER FÜHRER! Ruhe und Organisation!   standhaft auf seinem Posten bleiben! Schließt die Reihen!

Wind verstreut erstes Laub; Worte aus einer anderen Zeit: Das riecht nach Uniform, klirrt wie Fahnen & Trommeln, bellt wie Exekutionen. Ich falte dieses Papier & deinen Brief, Margarete (jetzt habe ich deinen Namen doch noch einmal genannt), ich fand deinen Brief in den Resten der Reste meiner einstigen Uniform; beides Papier setz ich zu Wasser. Bald schon kippen die Schiffchen auf die Seite, die Falten lösen sich matt und geraten in eine Strömung. Ich sehe die beiden Zettel versinken im grünbraunen, bitter schmeckenden Wasser.

Nicht im Krieg habe ich die meisten Leichen gesehn. Deshalb bin ich hierher zurückgekommen. WÄR ICH EINE PFLANZE / EMPFINDUNGSLOS / UNBEWEGLICH / BLIND / STUMM VON FRÜHJAHR ZU FRÜHJAHR / IN MEINEN ADERN DAS BLUT DER JAHRESZEITEN / EIN GLÜCK AUS ERDE / UND KEIN GRUND ZUR FLUCHT.

»Ich sage jetzt auf Grund des Studiums dieser Affen, daß ihr ziemlich kompliziertes Verhalten nur Assoziation und Analyse ist, die ich auf eine höhere Nerventätigkeit zurückführte, und daß wir hier nichts anderes sehen. So ist auch unser Denken beschaffen. Auch in ihm ist nichts außer Assoziation.«

* * *

Er kommt mir näher, dieser W., Schau-Spieler meines Ichs & Hanswurst für fremde Bestien. (Bin ich inzwischen schon in Vergessenheit geraten?). Gleich werde ich wissen, wer Ich bin. Näher. Das werde sicher Ich sein. Näher & näher. Jetzt kann ich Ich sehen: eine Pflanze, Holunder, blühend. In mir sind fremde Räusche. Das Spiel hat sein Ende. Wie stets. Woher sonst Wald, unermeßliche Häufung aus Da-Sein. Jeder Baum ein beendetes Spiel & Beginn einer *Utopie*.

In mich kommt Bewegung erst, wenn ein neuer Orfeus zu singen beginnt. Oder wenns gilt, einem Erben Macbeth' den Tod zu weisen. Dann fängt ein Wald zu gehen an. Ein öder Weg. Und schweigt ansonsten. Ende der Zeit Ende des Todes Stille Schlaf Nacht Stille Paradies Stille Lust Schlaf Nacht Paradies Schlaf Lust Schlaf Stille Nacht Paradies Lust Nacht Stille Nacht Schlaf Paradies Lust Stille Paradies Schlaf Paradies Nacht Lust Stille Schlaf Lust Schlaf Lust Paradies

MITTELEUROPA. A = B = C.
DREI WINTERMÄRCHEN

Es war einmal ein armer Waisenknabe, der mußte sich bei fremden Leuten verdingen, um sein Leben fristen zu können. Lange ging er von Haus zu Haus und von Dorf zu Dorf, doch nirgends wurde er in Dienst genommen. Eines Tages kam er zu einem Gehöft, das ganz allein am Waldrand stand. Auf der Schwelle saß ein alter Mann, der anstelle der Augen nur dunkle Höhlen im Gesicht hatte.

»Wie soll ich leben? Wo soll ich wohnen, schlafen, von was soll ich leben? Kein Mensch hat damit gerechnet, daß mich mein Alter einfach an die frische Luft setzt. Er hat es schon tausend Mal angedroht und nicht getan. Jetzt steh' ich da. Wie, so frage ich dich, soll es jetzt weitergehen?« Das Mädchen zitterte am ganzen Körper. Es stand mitten im Zimmer und starrte bebend den jungen Mann an, der sich gelassen eine Zigarette anzündete. Der feuchte Schimmer ihrer Augen vertiefte sich.

»Warum fragst du ausgerechnet mich?« knurrte der Mann unfreundlich. »Kann ich was für?«

»Im Grunde auch«, sagte die Kleine. »Du hast mich genauso gevögelt wie die anderen. Deshalb bin ich 'rausgeflogen!«

»Wie die anderen, das ist es! Wie die anderen! Ich war nicht der einzige, du hast es noch nie geleugnet. Aber zu mir kommst du, wo es dir dreckig geht. Warum ausgerechnet zu mir?«

Schluchzend wandte sich das Mädchen ab und ließ sich erschlagen auf die Couch fallen. »Weil ich doch niemanden habe außer dir!«

Jetzt heulte sie tatsächlich. Ihr schlanker, zarter Körper wurde von einem Weinkrampf geschüttelt und die Tränen rannen ihr über das Gesicht. Mehrfach schnappte sie nach Luft und wollte etwas sagen. Er verstand es kaum.

»Natürlich kannst du ... kannst du mich ficken, wenn du willst. Das ist doch ganz klar. Du kannst mit mir machen, was du willst. Aber das weißt du doch. Ich ... bitte! Schick' mich nicht weg! Ich weiß wirklich nicht, wohin ich soll!«

Abermals betrachtete er sie nachdenklich, doch diesmal keimte ein böser Gedanke in ihm auf. Er war sonst nicht der Mensch, der andere ausnutzte. Er hatte es gar nicht nötig. Doch jetzt, wenn sich jemand so anbot ...

Im Stall meckerten die Ziegen kläglich, und der alte Mann sagte:

»Ihr armen Tiere, ich würde euch ja gern auf die Weide treiben, aber das ist nicht möglich, denn ich kann nichts sehen, und ich habe niemanden, den ich mitschicken könnte.«

»Ach, Großvater, schickt mich!« sagte da der Junge. »Ich werde die Ziegen hüten und Euch gern dienen.«

»Wer bist du denn, und wie heißt du?«

Der Junge erzählte ihm alles und sagte, er heiße Hans.

»Gut, Hans, ich nehme dich. Zuerst mußt du einmal die Ziegen auf die Weide treiben. Aber auf den Hügel dort im Wald darfst du nicht gehen, da würden die Hexen kommen, dich einschläfern und dir die Augen ausstechen, wie sie es bei mir gemacht haben.«

»Seid unbesorgt, Großvater«, antwortete Hans, »mir sollen die Hexen die Augen nicht ausstechen!« Dann ließ er die Ziegen aus dem Stall und trieb sie auf die Weide.

Am ersten und am zweiten Tag hütete er die Ziegen unterhalb des Waldes, aber am dritten Tag sagte er zu sich: »Warum sollte ich mich vor den Hexen fürchten? Ich treibe die Ziegen dorthin, wo sie die bessere Weide haben.« Er schnitt von einem Brombeerstrauch drei grüne Ruten ab und steckte sie an seinen Hut, dann trieb er die Ziegen geradewegs durch den Wald auf den Hügel.

»Wenn«, sagte er gedehnt, und jetzt hatte er sich entschlossen. »Wenn ich dich tatsächlich aufnehme, dann darfst du auf keinen Fall der Klotz an meinem Bein sein. Ich werde mein Leben wegen dir bestimmt nicht ändern. Ich werde nach wie vor meine Parties geben und ficken, wen ich will.«

»Natürlich!« sagte das Mädchen mit einer ersten, armseligen Hoffnung. Mit brennenden Augen schaute es zu dem jungen Mann auf. »Das ist doch deine Sache. Ich rede dir bestimmt nicht hinein.«

»Du wirst auch nicht stören«, fuhr er fort. »Du bist gar nicht da. Du bist weniger als ein Hund.«

»Ja«, sagte sie wieder. »Ja. Alles, was du willst.«

»Na gut«, murmelte er herablassend. »Dann wollen wir mal einen Test machen, bevor ich mich endgültig entscheide. Die Katze im Sack kaufe ich bestimmt nicht.– Zieh' dich aus!«

Moennikes und ich gingen direkt zu den Gruben. Wir wurden nicht behindert. Jetzt hörte ich kurz nacheinander Gewehrschüsse hinter einem Erdhügel. Die von den Lastwagen abgestiegenen Menschen, Männer, Frauen und Kinder jeden Alters, mußten sich auf Aufforderung eines SS-Mannes, der in der Hand eine Reit- oder Hundepeitsche hielt, ausziehen und ihre Kleidung nach Schuhen, Ober- und Unterkleidern getrennt an bestimmten Stellen ablegen.

Ich sah einen Schuhhaufen von schätzungsweise 800 bis 1000 Paar Schuhen, große Stapel von Wäsche und Kleidern. Ohne Geschrei oder Weinen zogen sich diese Menschen aus, standen in Familiengruppen beisammen, küßten und verabschiedeten sich und warteten auf den Wink eines anderen SS-Mannes, der an der Grube stand und ebenfalls eine Peitsche in der Hand hielt. Ich habe während einer Viertelstunde, als ich bei den Gruben stand, keine Klagen oder Bitten um Schonung gehört.

Gehorsam erhob sich das Mädchen von der Couch, ohne jede Widerrede, und streifte sich den Pulli über den Kopf. Damit hatte es gerechnet. Was sonst sollte ein junger Mann wie Jürgen Teucke mit ihr anfangen. Er würde sie nehmen, früh, mittags und abends. Er würde sie von vorn ficken, von hinten, in den Mund … Das alles kannte sie und es war ihr gleich. Wenn er es gut machte, hatte sie sogar Spaß daran. Aber das war unwichtig. Wenn er sie nur behielt. Wenn er sie nur nicht wegschickte!

Die Hose fiel, auch der Slip, und nackt stand sie vor ihm.

»Komm her!«

Er saß noch nicht lange, da stand plötzlich ein schönes Mädchen vor ihm, ganz in Weiß gekleidet, das rabenschwarze Haar nach hinten gekämmt, mit Augen wie Schlehen.

Er starrte sie an. Er sah den kleinen, festen Busen, den flachen Bauch, das niedliche, fast noch kindliche Schamdreieck, und spürte urplötzlich eine ungeheure Geilheit in sich aufsteigen. Das alles gehört mir! dachte er. Mir ganz allein. Ich kann damit machen, was ich will! Ich kann mit ihr alles machen, wie mit einer Puppe. Was sie denkt und fühlt, ist ganz unwichtig. Und plötzlich hatte er Spaß an dem Gedanken, eine kleine Sexsklavin um sich zu haben.

»Zeig' mir deinen Kitzler!« keuchte er.

Sie spreizte wortlos die Schamlippen und tat es.

»Sei gegrüßt, junger Hirt«, sagte sie, »schau doch, was für schöne Äpfel in unserem Garten wachsen! Da hast du, einen will ich dir geben, damit du siehst, wie gut sie sind.« Und sie reichte ihm einen schönen roten Apfel.

Aber Hans wußte: Wenn er den Apfel nähme und davon äße, würde er einschlafen, und die Hexen würden ihm die Augen ausstechen. Deshalb sagte er: »Vielen Dank, schönes Mädchen! Mein Bauer hat in seinem Garten einen Apfelbaum, der trägt noch schönere Äpfel. Davon habe ich schon genug gegessen.«

»Nun, wenn du nicht willst, zwingen werde ich dich nicht«, entgegnete das Mädchen und verschwand.

Nach einer Weile kam ein anderes, noch schöneres Mädchen, das trug eine prächtige Rose in der Hand und sagte: »Sei gegrüßt, junger Hirt! Schau nur, was für eine schöne Rose ich für dich gepflückt habe! Und wie köstlich sie duftet! Riech doch auch einmal daran!«

»Vielen Dank, schönes Mädchen! Mein Bauer hat in seinem Garten noch schönere Rosen. An denen habe ich zur Genüge gerochen!«

»Nun, wenn du nicht willst, dann läßt du es eben sein!« sagte das Mädchen, drehte ihm den Rücken zu und ging fort.

Nach einiger Zeit kam ein drittes Mädchen. Das war die jüngste und allerschönste. »Sei gegrüßt, junger Hirt!« sagte sie.

»Vielen Dank, schönes Mädchen!«

»Fürwahr, du bist ein hübscher Junge«, sagte das Mädchen, »aber du wärst noch viel hübscher, wenn du das Haar schön gekämmt hättest. Komm, ich werde dich kämmen!«

Hans antwortete nichts, aber als das Mädchen an ihn herantrat, um ihn zu kämmen, nahm er den Hut ab, zog eine Brombeerrute heraus und – schwupp – schlug er damit das Mädchen auf die Hand.

Da hob die Hexe an zu schreien: »Zu Hilfe! Helft mir, helft!« Und sie weinte, denn sie konnte sich nicht mehr vom Fleck rühren. Hans gab aber nichts darauf, sondern band ihr mit der Rute die Hände.

Er hätte sich auf sie werfen wollen, sie ficken, daß ihr Hören und Sehen verging, und nur sein perverser Verstand hielt ihn davon zurück. Nein, ganz normal ficken würde er sie nicht. Jedenfalls nicht in diesem Moment. Aber er hatte etwas anderes vor. Er würde sie noch mehr erniedrigen, und dann gehörte sie ihm ganz.

Mit bebenden Händen strich sich Jürgen Teucke über die monströse Beule in seiner Hose und malte sich aus, was er heute und die nächsten Tage alles mit diesem Mädchen anfangen würde. Dann öffnete er den Reißverschluß und befreite seinen pochenden Schwanz aus dem dunklen Gefängnis.

»Mach weiter!« keuchte Jürgen. Dann umfaßte er den Schaft und begann ihn zu wichsen.

»Willst du nicht…«, stammelte sie. »Willst du mich nicht lieber ficken?« »Nein!« entgegnete er heftig. »Das würde dir so passen. Ich ficke dich, wann ich will, und nicht anders. Das wäre ja noch schöner! Mach' endlich weiter und hol' dir einen runter, wie ich gesagt habe!«

Erneut begann sich das Mädchen selbst zu bearbeiten und beobachtete dabei den wichsenden Mann vor sich. Jetzt endlich hatte sie richtig begriffen, worauf sie sich da eingelassen hatte. Und sie resignierte. Er würde sie nie akzeptieren, sondern immer nur als Spielzeug benutzen. Und er würde sie aus seinen perversen Launen heraus soweit erniedrigen, daß sie zum Schluß selbst glaubte, nur noch ein Tier zu sein.

Ich beobachtete eine Familie von etwa 8 Personen, einen Mann und eine Frau, beide ungefähr von 50 Jahren, mit deren Kindern, so ungefähr 1-, 8- und 10jährig, sowie zwei erwachsene Töchter von 20 bis 24 Jahren. Eine alte Frau mit schneeweißem Haar hielt das einjährige Kind auf dem Arm und sang ihm etwas vor und kitzelte es. Das Kind quietschte vor Vergnügen. Das Ehepaar schaute mit Tränen in den Augen zu. Der Vater hielt an der Hand einen Jungen von etwa 10 Jahren, sprach leise auf ihn ein. Der Junge kämpfte mit den Tränen. Der Vater zeigte mit dem Finger zum Himmel, streichelte ihn über den Kopf und schien ihm etwas zu erklären. Da rief schon der SS-Mann an der Grube seinem Kameraden etwas zu. Dieser teilte ungefähr 20 Personen ab und wies sie an, hinter den Erdhügel zu gehen. Die Familie, von der ich sprach, war dabei ...

Es ging endlos. Der Mann schien sich zurückzuhalten und die Situation zu genießen, während er keuchend wichste und die schamlos dargebotene Fotze des Mädchens anstarrte. Längst keuchte und stöhnte er zum Erbarmen, und das Mädchen meinte schon, er wolle überhaupt kein Ende machen, als er sich urplötzlich aufbäumte und stocksteif verhielt.

Mit großen Augen starrte das Mädchen auf den zuckenden Schwanz.

Jetzt! dachte es. Jetzt! – Und dann schoß es mit ungeheurer Gewalt aus ihm heraus.

Da kamen die beiden anderen Mädchen herbeigelaufen, und als sie sahen, daß ihre Schwester gefangen war, verlegten sie sich aufs Bitten, Hans möge sie doch wieder lösen und freilassen.

»Bindet sie doch selber los!« entgegnete er lachend.

»Ach, das können wir nicht, unsere Hände sind zu zart, wir würden sie uns zerstechen.« Aber als sie sahen, daß es der Junge nicht anders tat, gingen sie zu ihrer Schwester und wollten die Rute lösen.

In diesem Augenblick sprang Hans hinzu, schlug auch sie mit einer Rute und band dann beiden ebenfalls die Hände. »Seht ihr, nun habe ich euch gefangen, ihr bösen Hexen, die ihr meinem Bauern die Augen ausgestochen habt!«

Dann lief er nach Hause und sagte zu dem Bauern: »Großvater, kommt rasch, ich habe jemanden gefunden, der Euch Eure Augen wiedergibt.«

»Hast du einen Orgasmus gehabt? Richtig?« fragte er rauh.

Das Mädchen zu seinen Füßen nickte, während es ihn anstarrte.

»Und mein Saft? Hat es dich aufgegeilt, als ich dich angespritzt habe?«

Wieder nickte sie, verständnislos, mit großen Augen, als erwartete sie Schläge.

Er genoß die Situation. Er genoß die Erniedrigung dieses blutjungen, hilflosen Geschöpfes in tiefen Zügen. »Dann lecke ihn auf!« keuchte er.

Als sie auf den Hügel kamen, sagte er zu der ersten Hexe: »Nun sag mir, wo die Augen des Großvaters sind! Wenn du es mir nicht sagst, werfe ich dich hier ins Wasser.« Die Hexe machte Ausflüchte und sagte, sie wisse es nicht, aber als Hans sie in den Fluß werfen wollte, der unterhalb des Hügels floß, bat sie: »Laß mich, Hans, laß mich! Ich will dir die Augen des Großvaters geben.« Und sie führte ihn in eine Höhle, in der ein ganzer Berg von Augen lag: große und kleine, schwarze, rötliche, blaue und grüne. Und sie wählte aus diesem Haufen zwei Augen aus.

Doch als Hans sie dem Großvater einsetzte, begann der Arme zu jammern: »Ach, wehe, wehe, das sind nicht meine Augen! Ich sehe ja lauter Eulen!«

Da wurde Hans böse, er packte die Hexe und warf sie in den Fluß.

Dann wandte er sich der zweiten zu: »Sag du mir, wo die Augen des Großvaters sind!«

Auch sie begann, sich herauszureden, und beteuerte, sie wisse es nicht. Aber als der Junge drohte, auch sie ins Wasser zu werfen, führte sie ihn in die Höhle und suchte zwei andere Augen heraus.

Doch wieder jammerte der Großvater: »Ach, das sind nicht meine Augen! Ich sehe lauter Wölfe!«

So erging es denn der zweiten Hexe wie der ersten – gleich schloß sich über ihr das Wasser.

»Sag du mir, wo die Augen des Großvaters sind!« sagte Hans zu der dritten, der jüngsten Hexe.

Da führte auch sie ihn zu dem Haufen in der Höhle und wählte zwei Augen aus.

Als sie eingesetzt waren, jammerte der Großvater wieder, es seien nicht seine Augen, und sagte: »Ich sehe lauter Hechte!«

Als Hans sah, daß auch sie ihn betrogen hatte, wollte er sie ebenfalls ins Wasser werfen, aber sie bat ihn unter Tränen: »Laß mich, Hans, laß mich, ich will dir auch die rechten Augen des Großvaters geben.« Und sie holte sie ganz unten aus dem Haufen heraus.

Ich ging um den Erdhügel herum und stand vor dem riesigen

Grab. Dicht aneinandergepreßt lagen die Menschen so aufeinander, daß nur die Köpfe zu sehen waren. Von fast allen Köpfen rann Blut über die Schultern. Ein Teil der Erschossenen bewegte sich noch. Einige hoben ihre Arme und drehten den Kopf um, um zu zeigen, daß sie noch lebten. Die Grube war bereits dreiviertel voll. Nach meiner Schätzung lagen darin bereits ungefähr 1000 Menschen. Ich schaute mich nach dem Schützen um. Dieser, ein SS-Mann, saß am Rand der Schmalseite der Grube auf dem Erdboden, ließ die Beine in die Grube herabhängen, hatte auf seinen Knien eine Maschinenpistole liegen und rauchte eine Zigarette. Die vollständig nackten Menschen gingen eine Treppe, die in die Lehmwand der Grube gegraben war, hinab, rutschten über die Köpfe der Liegenden hinweg bis zu der Stelle, die der SS-Mann anwies. Sie legten sich vor die toten oder angeschossenen Menschen, einige streichelten die noch Lebenden und sprachen leise auf sie ein. Dann hörte ich eine Reihe Schüsse. Ich schaute in die Grube und sah, wie die Körper zuckten oder die Köpfe schon still auf den vor ihnen liegenden Körpern lagen. Von den Nacken rann Blut.

»Gut. Es bleibt also dabei. Ich behalte dich eine Weile bei mir, sorge für dich, und nehme dich überall mit hin. Du mußt nur wirklich alles tun, was ich von dir verlange, und wenn es noch so verrückt und schweinisch ist. Du hast ja nichts mehr zu verlieren.«

»Ich habe es dir versprochen«, sagte sie fest. »Du kannst mit mir machen, was du willst. Und ich ... ich danke dir!«

Nun lebten Hans und der Großvater glücklich und zufrieden miteinander. Hans trieb die Ziegen auf die Weide, und der Großvater bereitete zu Hause Ziegenkäse, den sie hernach gemeinsam verspeisten.

Die Hexe aber ließ sich nie wieder auf dem Hügel sehen.

A: »Die drei Hexen«, in »Prinzessin Goldhaar und andere Tschechische Märchen«, von K. J. Erben, Albatros Verlag Praha 1981

B: »Schlucken, Baby!«, in »Happy Weekend«, Nr. 247, Essen, von A. Bless

C: »Eine Massenexekution«, Eidliche Erklärung des Bauingenieurs Gräbe in Wiesbaden über die Ermordung der Dubnoer Juden am 5. Oktober 1942 (Auszug), in »Deutsche Chronik 1933–1945«, Verlag der Nation 1982, S. 418

6. INTRO MÜTTER
EIN KRIMINAL / TRAUM / SPIEL

INTRO.

»Seit dem 3. Jahrhundert vor unserer Zeitrechnung drangen Wandervölker in die Länder der Hochkulturen ein und gründeten neue Staaten. Im 4. Jahrhundert unserer Zeitrechnung begann der Hauptstrom auf das von inneren Krisen erschütterte römische Imperium. 375 zerschlugen die Hunnen das Gotenreich am Schwarzen Meer. 378 schlugen die Westgoten die Römer bei Adrianopel, drangen bis Süditalien vor und gründeten in Südgallien und Nordspanien ein Reich. Die Ostgoten setzten sich in Italien fest. Die Wandalen eroberten Nordafrika 429. Seit Beginn des 5. Jahrhunderts brachen auch die Westgermanen (Alemannen, Franken) in Gallien ein. Angeln, Sachsen und Jüten eroberten Britannien.

Im 6. Jahrhundert gerieten die slawischen Völker nach Westen und Süden in Bewegung und teilten sich auf diesen Zügen in drei große Gruppen, Ost-, West- und Südslawen. Letzte Welle der germanischen Völkerwanderung waren die Wikinger (Normannen), von deren Einfällen im 9. Jahrhundert vor allem das Frankenreich und die Angelsachsen betroffen wurden. Zur gleichen Zeit brachen die Ungarn, ein finnougrisches Reitervolk, in die Donau-Theiß-Ebene ein.

Seit dem 8. Jahrhundert stießen Turkstämme aus Zentralasien in den Vorderen Orient vor. Die erneuten Wellen der nomadischen Expansion erreichten mit den Mongolen im 13./14. Jahrhundert einen letzten Höhepunkt.«

(Meyers Lexikon, 1980)

*

Immerhin, die Züge fahren wieder.

Überfüllte Bahnhofshalle, voll mit unbeweglichem Mief eingestürzter & verbrannter Häuser. Gas, ausgeatmet von Schlesiern Bayern Sachsen Preußen Rheinländern Mecklenburgern Schwaben Sudeten Friesen *Po*mmern Thüringern, herangefahren in überquellenden Zügen, auf Wagendächern zu Klumpen & Trauben, auf Trittbrettern & *Puf*fern geballt und dezimiert von Frost Hunger Tunneleinfahrten Kontroll*po*sten & Brückengerüsten (Absturz von den Waggons = ein Tod aus Schlaf & Suff). »Als der Russe auf dem Wagendach direkt über mir von der Tunneleinfahrt runtergefegt wurde und der Zug mußte halten und wir Alle raus und am Grabenrand

Aufstellung nehmen Hände überm Kopf von überall Maschinenpistolen auf uns gerichtet da hab ich gedacht *jetz isses aus!* aber s ging dann weiter. Der Russe is später aufm Transport gestorm«. Das muß das Ziel sein, hier endet das Gleis. Was wird, steht in den AKTEN. WARTEN. Die Fliesen der Bahnhofshalle mit Körpern übervölkert. Geborstne Koffer Taschen Körbe, atmend HEIMAT, Flüchtlingsgeruch. Aufrecht sitzende Greise, Kindergreinen: Schmiede menschlicher Blasebalge, die, vergeblich um Feuer bemüht, Atem durch wunde Kehlen jagen. Vielfach gesplittertes Glasdach siebt aus den Wolken verschlissenes Graulicht. Gestank verstopfter Latrinen & Männerpisse. Hier in dieser Wartehalle hat Warten keine Zeit. Allenthalben Rot-Kreuz-Helfer in graublauen Arbeitskitteln, einen Körper hinausschleifend :Hier in dieser Wartehalle stirbt man. Das muß das Ziel sein, hier endet das Gleis. Liegengelassenes & Abgestelltes: aufgebrochne Gipsverbände, Augenklappen, Ohrenschützer Marke »Winterhilfswerk« (Der selbstgestrickte Fromms aus der Heimat), bleiche Beinprothesen mit baumelnden speckigen Lederriemen.

Und ein Körpergips wie eine Rüstung in der Hallenecke. Der Träger ist aus seinem in Paßform gewickelten Sarkophag ausgebrochen wie das Insekt aus dem Gefängnis der Larve. Oder der Betreffende ist gestorben & verwest bereits. Und jemand, der, aus dem Bannkreis eigenen Dahindämmerns erwachend, dieses Requisit eines Blickes & Gedankens würdigt, nimmt zur eigenen Beruhigung an, daß dieser Fremde bereits gestorben & verwest wäre, ähnlich wie Verschüttete in Bergwerken & Luftschutzbunkern nach gewisser Zeit *aufgegeben* werden, wobei man dem Leben & Über-Leben eine amtlich definierte Zeitspanne einräumt, Das Menschliche Ermessen, und mit gottesähnlicher Autorität verkündet, der Verschüttete Begrabene Vermißte sei zu Staub zerbröselt in seiner angepaßten Urne, die – wer weiß – in solch abfalloser Zeit ihrerseits auf einen Verwender wartet, und sei das einzig der Sammelleidenschaft von Reliquien halber, Wiedererwachen von Mittelalter, das hervorkriecht aus den Kellern: Laßt uns die Reste unserer Toten verhökern, Fleisch werde zu Fleisch, zu Brot, zu Schokolade, zu Morphium, zu Zigaretten & nochmals zu Fleisch; lebendiges Fleisch – die wahre Auferstehung – Fleisch einer Frau, eines Mannes, Seid dankbar für den Brocken & spar*sam* mit dem Rest, das Ganze ist nicht vonnöten, nur ein Organ, ein Werkzeug. Wir sind teilbar bis in unser letztes Atom, was ist Liebe; Stadt & Leib sind schon einmal verbrannt, wozu sie ein zweites Mal zerstörn. Es leben die Farben, die Kneipen im Schutt, Musik Tanz Schnaps, die Freier, Bräute, Tunten, Schwuchteln, Lesben, Päd-

erasten, Sodomiten. Und würde die TITANIC auferstehen von den
Fischen, Wasserströme aus ihren Wunden im Blech, die Kapelle im
Salon begänne aufs neue zu spielen; aufgedunsene, blaugesichtige
Musiker, Tang aus Mündern & Haar, erhöben ihre bemoosten Instrumente und ließen glitzernde Fische tanzen übers Parkett, man
nimmt, was da ist. ES LEBE DER KRIEG DEN KENNEN
WIR WER WEISS WIE DER FRIEDEN WIRD. Es lebe der
Tisch, drauf in Pfützen Bier & Schnaps & Wein & Sekt gemischt mit
geklautem Brot. Es lebe die Uhr ohne Zeiger, nieder mit der Sperr-
stunde, nieder mit den Büchern & Bullen. Es leben die Hüte; eine
Stadt ein Land eine Welt aus Filzhüten. Die passen auf jeden Schädel,
die verbergen jeden Schädel. Die tanzen wippen hüpfen kriechen
schleichen stolzieren durch sämtliche Straßen, darin die Abwässer
des Krieges in nur ahnbarer Strömung treiben. Wer zuerst ahnt,
frißt zuerst. ZUERST is immer jut beim Schlangestehn Handeln
Schieben Prellen Schmieren Organisieren Denunzieren Erpressen
Schmuggeln Regieren. Liebe Deinen Nächsten, der hat einen Magen, einen Schwanz, ein Loch und ein zweites, die Mäuler ein Abgrund ohne Boden.

»Down by the Bahnhof american Soldat / Die haben Zigaretten
und Packen Schokolad / Das ist prima Das ist gut / Of one's Geschmack for fumf Minut / Wieviel Lily Marleen Wieviel Lily Marleen«.

Was bietest du?: Verlassene Gipsfigur, Denkmal für die Unbekannte Prothese, im Halbdunkel einer Bahnhofshalle.

*

Welche Möglichkeiten der Herkunft & des einstigen Inhalts sowie
über den Verwendungszweck dieser Gipsform kommen in Betracht?

Die Herkunft ein Kriegslazarett? Wo & wann hätte sich Zeit gefunden für einen Arzt, einen Feldscher, eine Krankenschwester, eine
Hilfskraft zum kunstvollen Eingipsen irgendeines Unbekannten
Soldaten? Woher Gips nehmen?: Der ist draufgegangen für Denkmäler.– Kein Unbekannter aus keinem Lazarett? Ein reguläres Kran-
kenhaus in einer Stadt? Wo gabs reguläre Krankenhäuser, wo reguläre Städte?

Wie geriet eine Person, solch tadelloser medizinischer Betreuung
würdig, in eine derart katastrofale Verfassung, welche eben-jene ärzt-
liche Behandlung notwendig gemacht hatte? Eine Person, höher gestellt als der höchstchargierte, an den Fronten eingesetzte General?

Der Reichsfeldmarschall persönlich? Besteht dazu die Möglichkeit? War doch bekannt geworden, daß eben-jener Reichsmarschall das Gift dem Strick vorgezogen hatte. Doch selbst wenn diese Meldung falsch sein sollte, wie wäre der Reichsmarschall in seinem – zugegeben – geräumigen Gips in diese Halle eines mit Flüchtlingen überfüllten Bahnhofs geraten? Wer hätte ihn bis hierher transportieren solln & warum? Und warum nur bis-hierher-&-nicht-weiter? Untreue? Fahnenflucht? Die Vier-Sektoren-Grenzen?: Des Deutschen Treue kennt keine Grenzen.

Somit kommen weder ein Namenloser noch ein Prominenter in Frage, diese Prothese auszufüllen.

Bietet sich die Möglichkeit, den Gips nicht als Gips im medizinischen Sinn zu betrachten, sondern unter einem, sagen wir, kaufmännischen Aspekt. Man stelle sich die Möglichkeiten des Warentransports in einem solchen Container vor (wobei es sich natürlich um sogenannte *illegale Güter* handelt, deren Erwerb wie Vertrieb die Dunkelheit vorziehn).

Zur Person. Selbst wenn ein zumindest für den Gesichtsausschnitt benötigter menschlicher Körper einen Teil des Laderaums beanspruchen würde – woraus die Forderung nach einem besonders klein- & schmalwüchsigen Menschen entsteht, da nur selten ein vom Rumpf getrenntes Haupt (dies wäre im vorliegenden Fall der Optimalzustand) mitsamt seines fortwährend präsenten Gesichtsausdrucks über längere Zeit die Illusion eines *vollständigen*, noch lebenden Menschen aufrechterhalten könnte – bliebe genügend verfügbarer Laderaum für bislang noch unbekannte Güter.

Zudem, als modifizierte Variante eben beschriebener Nutzbarkeit, könnte jener Klein- & Schmalwüchsige eine Person sein mit dem Interesse am eigenen, zumindest zeitweiligen Verschwinden oder Sichunkenntlichmachen, wobei, keineswegs zufällig, sondern mit Vorbedacht dieser Bahnhof als Zielort auserwählt worden ist. Ein interessanter Abschluß & gleichzeitig der Beginn eines dramatischen Geschehens. (Für die Auswahl der fraglichen Person ziehen wir die in Betracht kommenden, mannigfach anonymen wie bekannt gewordenen Ilse-Kochs aus später einsehbaren Gründen nicht in die engere Auswahl und besetzen diese Rolle mit einer männlichen Person).

Jener Unbekannte, unter Vortäuschung der vollkommenen Gebrechlichkeit unbehelligt bis zu dieser Bahnhofshalle gelangt, hat seinen Trojanischen Gips im Schutz des Gewühls & der Teilnahmslosigkeit der Flüchtlingsströme verlassen und durchstreift mit neuer

Identität die Stadt Berlin. Er hätte solch umständliche Verkleidung nicht ausgewählt, wenn erstens seine eigene Vergangenheit & zweitens sein künftiges Vorhaben in dieser Stadt, das mit gewisser Wahrscheinlichkeit in Verbindung zueinander steht, ein bequemeres, das heißt ein *normales* Reisen ohne Verhüllung gestattet haben würde.

Fassen wir zusammen. Ein Mann reist in Tarnung eines Körpergipses & erfreut sich bester Gesundheit. Der Unbekannte verbindet diese Reiseform mit Nebengeschäften, um erstens seinen Lebensunterhalt zu bestreiten & zweitens seine Waren als Köder zu benutzen. Diese Geschäfte stellen jedoch nicht den Haupt-Zweck seines beschwerlichen Inkognitos dar. Für letzteres mögen gewichtige Gründe vorliegen, die in der Vergangenheit des Unbekannten (wie in der Vergangenheit dieses Landes) zu suchen sind.

Noch ein Wort zu der außerordentlich auffälligen Verkleidung, die in geradem Gegensatz zur Mission des Unbekannten steht.

Mag solch gipserne Maskierung malerisch & daher blickfällig wirken, so erweist sie sich für die Zwecke heimischer *Schwarzhändler* als relativ wertlos & läuft somit kaum Gefahr, gestohlen & anderweitig benutzt zu werden. Außerdem ist sie nützlich für den speziellen Verwendungszweck jenes Unbekannten, der, sobald nötig, schnell & problemlos in dieser gipsernen Larve *untertauchen* kann. Denn nichts ist bessere Tarnung vor jeder Art Verfolgung als das eigene, Hilflosigkeit & Starre imaginierende Schneckenhaus, in welches Rückkehr, Verbleib & Überdauern jederzeit möglich, bis zu dem Augenblick, wo aus Verfolgten Verfolger werden und so weiter.

Charakter- & Personenbeschreibung des Unbekannten. Seine Erscheinung mag, wenn nicht prominent, so immerhin als bekannt genug vorausgesetzt werden, wodurch eine *mutatio vestis* unumgänglich erscheint. Daß er sie an seinem Ziel-Ort ablegen, sein Inkognito somit aufheben darf, läßt auf eine nur regional bekannte & auf eine in dieser Stadt weder gesuchte noch suchenswerte Person schließen.

Die unbekannte Person männlichen Geschlechts muß, wie erwähnt, von kleinem Wuchs, zudem von widerstandsfähiger Natur sein. Zu empfehlen sind schmale Schultern, sehnige Arme, desgleichen die Beine; eine trainierte Statur, etwa die eines Langstreckenläufers, Radsportlers oder Jockeys. Derlei Berufe zeitigen Entsprechungen in der Physiognomie: kantiges Gesicht, dünne, wie gestrafft wirkende Lippen, spitzes Kinn, schmale Nase & ledrige, von der Disziplin des sporttreibenden Asketen gezeichneten Haut: Profil eines Jagdhundes & Augen eines Jägers.

Vermutung betreffs Auftrag des Unbekannten. Die Tatsache, daß für dieses noch im Dunkel liegende Vorhaben nicht eine beliebige, sondern die Person mit exakt passenden Eigenschaften ausgewählt & eingesetzt werden kann, schließt die Aktion eines Einzelnen aus & weist auf die geplante Maßnahme einer Gruppe oder Organisation hin, der eine entsprechend große Auswahl an Mitarbeitern zur Verfügung stehen muß, so es ihr möglich ist, das für die jeweilige Unternehmung optimale Personal einzusetzen.

*

Die fragliche Person mit ihrem an gelbgefärbtes Holz erinnernden Gesicht durchstreift die Stadtviertel Berlins.

Als der Mann an diesem Abend, noch bevor er seinen unbekannten Auftrag erledigt·hat, in die von düstrem Licht bedeckte Bahnhofshalle zurückkehrt, ist sein Versteck aus Gips verschwunden. Der Unbekannte mit seinem an gelbgefärbtes Holz erinnernden Gesicht flucht, verläßt aber beherrschten Schritts den Bahnhof, um bei den gemächlich streifenden Militär-Patrouillen kein Aufsehen zu erregen. Ohne ausreichende Tarnung sieht sich der Unbekannte mit seinem an gelbgefärbtes Holz erinnernden Gesicht gezwungen, seinen Auftrag rasch zu erledigen.

Während er im frostigen Abend ausschreitet, die Hände in den Manteltaschen vergraben, das Gesicht verborgen im Schatten eines breitkrempigen Filzhutes, flucht er noch immer vor sich hin: Derlei übereiltes Handeln liebt er nicht. Abwarten, Beobachten, den günstigsten Augenblick abpassen & sofort reagieren ist seine bewährte Methode. Nun würde er gegen seinen Willen heute abend schon mit seiner Arbeit beginnen müssen.

Der Unbekannte mit seinem an gelbgefärbtes Holz erinnernden Gesicht verschwindet im Dunkel eines Ruinenviertels.

*

MÜTTER
, EIN KRIMINAL / TRAUM / SPIEL

Ein Abend. Ein Haus. Eine Wohnung. Margaretes Mutter.

—Was ist dabei: Jemand verläßt einen Raum, schließt die Tür hinter
sich & geht davon. Ein anderer Jemand bleibt zurück. Kommen und
Gehen, kein Grund für einen Roman. *Margarete!* Die Tür schließt sich
wie eine Wand, Eingang zur Gruft. Die Gräber das Draußen. Ich hör
auf ihre Schritte wie ich auf seine Schreie gehört habe damals in dieser feuerhellen Nacht. Sprachlos. Ihre Schritte wie seine Schläge. Das
tickt, als wärs eine Uhr, deren Werk abläuft. Die letzten Schläge nur
ein mattes Zucken. Hab ich dich jemals geschlagen. Margarete. Ich
erinnre mich nicht. Woher Angst. Margarete. Als du zum ersten Mal
von mir gingst im Kreißsaal, und ich an mir hinabblickte zwischen
Schmerz und Schmerz, und zwischen gespreizten Schenkeln die
Arme der werkenden Fraun, begriff ich nicht, daß es mein Leib war,
zu dem die speichelglänzenden Lippen des Arztes Pressen–Pressen
brüllten, worauf ich irgendeinen einsilbigen Laut brüllte, weil ich das
ganz einfach so wollte & weil ich wußte, daß ichs nur hier ungestraft
durfte (:Im größten Schmerz bin ich stumm), kurz darauf ein schlei-
miges Entschlüpfen, als würden Eingeweide aus meinem Leib gezogen. Aus den Händen einer Frau hing ein blutiges Stück Fleisch,
menschenähnlich, und wollte nicht schrein. Ein Schlag. Und schrie.
Es hieß, nun sei Alles in Ordnung. Minuten später von Tüchern verhüllt die »Überreichung des Kindes«, Krankenschwestern im dummen Grinsen, wie man ein Werkstück dem Meister zur Prüfung
reicht. Im Hintergrund an der Wand das All-Vater-Bild im Wechselrahmen. :Das scheint ein *wicht*iger Vorgang. Und ich sah auf das, was
von meinem Blut gewachsen ist. Aber das schlief nicht wie mans auf
Bildern sieht friedlich im Arm der MUTTER, das blickte mit geöffneten Augen auf mich, dunkle Augen; ich habe in meinen Abgrund
geschaut. —*Sis ein Mädchen*. Die Krankenschwester nahm mir das ab.
Ich hab Das nicht gewollt. Nicht ich. Ich hätt weiterleben können
ohne die blutige Selbstbestätigung meines Körpers. Was schert sich
ein Mann um seinen Samen, den er verspritzt im *Kult um* sein Genital.
Die Schritte entfernen sich. Das Wasser in der Zinkschüssel wird
kalt. Dorthin stoß ich aus, was ich empfang vom Grauen Flanell, der
Mann, der mir geblieben ist für den Sonntagnachmittag. Dazwischen

ist Wüste. Das Theater der Lust. Jedes Stöhnen eine Lüge aus meinem Mund wie das Brülln des abgestochnen Schauspielers auf seiner Bühne. Immerhin falsch genug, die männliche Hauptrolle zu täuschen. Der glaubt sich meine Seufzer, jeder Mann ein Narr aus Eitelkeit. Was ich empfang, ist Vergeudung. Die Frau am Ende der Vierzig ist der Ausguß, kein Zeus, der seinen Goldregen beansprucht für diesen Konkurs in Fleisch. Was bleibt, ist Erinnerung an ein Spiel mit dem Spiel um die Gefahr. Das Feuer ist niedergebrannt, die Frau am Rande zur Frau. Ich such nicht mehr die Flucht vorm Herrn von Seriphos. Polydektes frißt Danaës Kuchen am Sonntag. Was nicht geschlachtet wurde vom Krieg, schlachtet sich in den Betten. Jeder Mann ein heimlicher Mörder ohne ein Opfer außer sich selbst. Was heißt Liebe. Diesen Tod wollt ich dir ersparn. Margarete. Die Prinzen sind zu Beamten verkommen oder umgekehrt. Meine Jahre sind ein Alibi für die Papiere. Meine Gedanken das Ungeziefer aus dem letzten Krieg. Der ist an jedem siebten Tag. Seither hab ich Zeit. Und Bücher, die mir geblieben sind von einem Schlächter, der ein Mann war vordem. Er hattes nicht über sich gebracht, Papier zu töten wie die Fraun-aus-dem-Lager. Hat sich krankgemeldet aus seiner Uniform am Zehnten Mai Dreiunddreißig, als die Scheiterhaufen Auferstehung feierten im derzeit jüngsten Mittelalter. So haben sie überlebt: Hegel Lessing Büchner Heine – und Aristoteles, 1500 Jahre vor dieser Zukunft: »Wenn Einer sein Haupt zu hoch erhebt, muß der TYRANN es abhaun. Er muß Alle-Männer-von-Geist vernichten und gemeinsame Gastmähler, Vereine, Ausbildungsstätten & dergleichen verbieten. ER muß sich vor allem hüten, was seinen Untertanen Mut & Vertrauen einflößt. So muß ER literarische Versammlungen & andere Gelegenheiten zu Diskussionen untersagen und muß mit allen Mitteln verhindern, daß die Menschen einander kennenlernen, denn enge Bekanntschaft erzeugt gegenseitiges Vertraun. ER muß alle Bewohner der Stadt dazu zwingen, in der Öffentlichkeit zu erscheinen & sozusagen auf seiner Türschwelle zu leben, denn nur dann wird ER wissen, was sie tun. Wenn ER sie immer zu SEINEN Füßen hat, werden sie Demut lernen. Ein TYRANN sollte wissen, was alle SEINE Untertanen sagen & tun, und sollte dafür Spione verwenden wie die weiblichen Späher in Syrakus & die heimlichen Lauscher, die Hiero zu allen öffentlichen Belustigungen & Versammlungen entsandte, denn die Angst vor INFORMANTEN bewahrt die Menschen davor, ihre Gedanken offen auszusprechen, und wenn sie es tun, sind sie leichter zu entdecken. Eine andere Kunst des TYRANNEN besteht darin, unter SEINEN Untertanen Streit zu säen; ER muß den Freund gegen den Freund aufhetzen, das Volk gegen die Aristokraten, die Reichen gegeneinander. Auch muß der TYRANN dafür sorgen, daß SEINE Untertanen in Armut leben. Auf diese Weise schützt ER sich dagegen, daß die Bürger eine Wache aufstellen & erhalten, während das Volk durch ständige schwere Arbeit davon abgehalten wird, sich gegen IHN zu verschwören. Die ägyptischen Pyramiden liefern ein Beispiel für diese Politik« – Ich hab mein Haupt in die Bücher erhoben: Ich bin eine Frei-Frau v. Geist & hab daher meinen Kopf behalten dürfen. Solcherart Körperteil einer Frau steht nicht hoch im Kurs an der Börse des Patriarchats, mein Glück. Und die Chance für die Frau aus ihren Kindern zu gehn. Athene, die sich den Umweg der Medea ersparte: die Kalte, die Einsame; die Frau, den Uterus verbergend hinterm Panzer mit dem Gorgonen-Haupt. Glück such ich nicht aus fremdem Leib. Ein Arzt hat mich abgenabelt von der Frucht, die mein Fleisch gebar. Ich bin nicht mehr du, Margarete. Hast dich mit dir ins Bett gelegt in der hastigen Neugier aufs eigene Fleisch. Was ließ mich damals in dein Zimmer gehn, ein Grund mehr für dich, mich zu verachten. Dich berührn wär mir ein Greuel. Wär mirs, als faßt ich mich selber an. Vielleicht hab ich deshalb niemals geschlagen. Die Kindheit ein Brachfeld. Warst dus, die ich spielen sah mit ernstem Kindsgesicht oder war ich das selber. Wie lang ist ein Leben. Was uns trennt, ist Zeit. Und was uns gleichmacht. Die Gezeiten des Mondes. Wir wissen zuviel voneinander. Nähe läßt hassen. Margarete. Wir waren einander zu ähnlich, das Kind hatte ein Kind geborn. Sprachlos. Das war ich. Schlechte Zeiten für Mütter, der Riß geht durchs eigne Fleisch. Was soll ich anfangen mit mir vorm Spiegel deines Gesichts.

Gehen & Kommen: Schritte im Treppenhaus. Ist die Lust am Triumph dir so rasch verflogen, deine Siege werden kürzer. Margarete. Der Abend draußen macht der Nacht den Hof. Was kommt, ist derber als du & leichter als das Graue Flanell. Das hält vor meiner Tür. Das klopft wie Fremdes gegen das Holz. Die Wohnung ist ein Verräter, so leer klingt kein leeres Haus. Keine Chance mich zu verleugnen.

Vor der Tür ein Mann im schäbigen Paletot, das Gesicht erinnert an gelbgefärbtes Holz. Sein Mund lächelnd in dünner Spur.
– Sie sind Frau …
Die Frau bejaht zögernd, befremdet durch das Wissen des Unbekannten. Seine Frage eine Feststellung, läßt umfangreiche Kenntnisse ahnen über sie. Sie selbst weiß nichts über diesen Fremden mit dem drahtigen Körper; die Karten sind ungleich verteilt.

Im Rücken des Mannes kurzlebiger Lichtschein von draußen. Der Mann nähert sich der Frau.

Der Mann: Nachrichten von IHREM MANN.

Die Frau (erstarrt): Irrtum oder Verwechslung. Ich hab keinen Mann. Nicht mehr. Was übrig war von ihm, hat ein Haus begraben.

Der Mann: Dann sind meine Nachrichten Nachrichten von einem Toten. Kein Grund zum Erschrecken. Auferstehung, die Hoffnung der Christen.

Die Frau: Ich bin keine Christin. Angst – eine Frage der Nationalität. Ein Deutscher ohne Angst ist ein toter Deutscher heutzutage.

Der Mann: Von Solchem komm ich. Der Tote sprach von Mord.

Die Frau: Er hat die Wahrheit gesprochen. Fünfundfünfzig Millionen Tote. Fünfunddreißig Millionen Krüppel. Zwanzig Millionen Verwaiste. Und das Nürnberger Sieb hatte Löcher. Die Zahlen hab ich aus der Zeitung, die nivellierte Wahrheit. Was für eine Zellenwand, auf die soviele Striche passen?

Der Mann: Diese Toten bleiben stumm. Millionen haben keine Sprache. Der Einzelne schreit lauter. Aus einem Keller zum Beispiel.

Die Frau: Ich war in vielen Kellern, von welchem reden Sie. Zahlen Sie mir diese Nächte zurück?

Der Mann: Meine Bank ist pleite. Der Mann war vor dem Krieg. Und ist versoffen in Blut. Ohne Blut nichts mehr. Für jede Frau bin ich der letzte Mann. Sind Sie Jungfrau. Sie haben eine Tochter. Dann müßten Sie die Heilige Jungfrau sein. Dies Geschlecht kenne ich nicht, daher mein Respekt vor Heiligen. Wollen Sie die Nachricht hören von Ihrem Mann?

Die Frau: Nein. Lassen Sie Tote ruhn. Eine Verwechslung.

Der Mann: Diesen Vorzug hat der Krieg gelöscht. Nicht viele unversehrte Häuser in diesem Land und in dieser Straße. Zum Verwechseln zu wenig.

Die Frau: Dafür Frauen umso mehr. Auch eine Verwechslung.

Der Mann: Wahr. Mögen Sie Kaffee? (stellt Büchse mit Kaffeebohnen auf den Tisch).

Die Frau: Ist das die Nachricht Ihres Toten? Im Hades das Wirtschaftswunder. Welcher Schatten, dem soviel Irdisches verblieb.

Der Mann: Den Namen kennen Sie. Er heißt –

Die Frau: NEIN! Nicht sagen. Der Mann ist fort, ich habe mich zurückgelassen. Namen, Schall & Rauch. Wie bei den Lebendigen, also bei den Toten.

Der Mann: Ich bin Charon, Postillion de la mort, für Sie & diesen

Mann, den Sie nicht kennen wolln. Ich werde wiederkommen. Dank
einstweilen für die warme Küche.
(Der Mann geht hinaus).

–Eine Kaffeebüchse als Gruß aus dem Jenseits. Die Gespenster spu-
ken in der aktuellen Währung, kein Grund zur Panik. *Karl!* Jeder
Buchstabe schmeckt nach Keller Mörtel Tod. Alberne Komödie!
Der ein Bulle oder ich kenn den Geruch nicht mehr. Kennen Sie sich
aus, Genosse Charon, in den Stromschnellen nach einem Krieg?
Fühlen Sie sich sicher, das Rückgrat aus Paragraphen. Das überdauert
von jedem Deutschland, ich red von den Paragraphen, die geharkte
Vernunft. Geben Sie acht, daß Sie nicht auf den Grund der Gesetze
laufen mit Ihrem Elbekahn aus Justitias Flotte! Hast dir neue Freunde
gesucht nach der Steilkurve, mein-lieber-Karl, was hast du zahlen
müssen dafür. Der Preis für Freunde ist gestiegen an der Börse dieser
Zeit. Was willst du. Sind die Nächte im Hades zu kalt & die Weiber
kälter als ich. Oder hat man dir dein braunes Fell über die Ohren gezogen, frierender Deutscher Mann, Mörder aus Angst vor anderen
Mördern, und drunter dein Fleisch in Schwarzrotgold. Geburt eines
Demokraten. Willst du mich wiederhaben. Eigentum ist fraglich
nach Tausendundeiner Reichsnacht, und Handelsware dazu. Der
Mensch ist keine Pflanze, seine Wurzeln seine Schritte. Dein Lock-
mittel Kaffee, wir werden älter. Das für *Polydektes* im Grauen Flanell, Herz-Bube zum Sonntagnachmittag. Deine Karte, mein-lieber-
Karl, war Kreuz-As. Werd ich niemals Ruhe haben vor deiner Vergangenheit. Wieviele Bomben braucht eine Frau gegen den Mann.
Die Schatten Hiroshima, soviel zur ersten Lektion der Neuen-Zeit.
  Kälte einer Stromsperre läßt Nacht durch den Stein, in der Küche
der Geruch dieses Fremden. Draußen gähnt ein Wochenanfang. Ich
bin leer wie ein Flüchtling, den Lagerzaun im Genick, unentdeckt
bislang von Hunden & Bütteln, im lang erträumten Draußen. Dunkelheit, voll mit Stille. Jedes Gefängnis hat eigene Zeit. Die Uhren
schlagen anderen Rhythmus hier, Kerker eine Frage von Definition:
Wieviele Zäune kann ein Mensch überspringen, und was ist hinter
dem letzten Zaun. Ein Schrei aus einem Luftschutzkeller. Ein Brief
wie ein Brachfeld. Margarete. In der Zinkschüssel Taubengrau, das
ersoff in meinem Fleisch zuvor. Die Frau am Rand zur Auferstehung. Und steigt ins alte Fell, die Wundmale der Reisepaß in den
Potsdamer Frieden. Frau bleibt Frau. Früh, auf dem Weg zur Arbeit,
im verspäteten Nachtdunkel noch immer Fraun mit Kopftüchern
Steine aus den Steinen klaubend, die sie einander zureichen, mit

Hämmern alten Mörtel abschlagen und die Ziegel übereinander stapeln. Die Häuser für den nächsten Krieg. Hab kotzen müssen in meiner kurzen Rolle als Trümmerfrau. Als ich den Mauerrest bewegte, der einen Kellerschacht verschlossen hielt, im Tageslicht Weiß gegen Schwarz ein deutsches *Po*mpeji: Skelette ineinander verhakt, Knochen wie Speere ins Andere gespießt, Karikatur vielfachen Beischlafs. Mord oder Die Liebe der Toten. Dazwischen Ratten. Die andern Frauen haben mich beiseite getragen, ich sah ihre teilnahmsvollen Gesichter. Hätten sie geahnt, weshalb ich das rationierte Fressen in die Trümmer spie, sie hätten die Steine, die sie aus den Ruinen schlugen für die Ruinen der Zukunft, gegen mich geworfen. Gattenmörderin! Hexe! Die Frau, die aus ihrem Fleisch gestiegen ist! Mitleid & Solidarität sind Mißverständnisse. Was bleibt, ist Ein*sam*keit. Und Angst vor der Berührung der Andern. Das gilt nicht für den Mann, solange er Mann ist. Jeder Mann ein *Anal*phabet. Ich fürchte die Schriftgelehrten, die Frauen, die lesen, was auf meiner Haut geschrieben steht. Irene, die Frau aus dem Nachbarhaus, hats gekonnt & ist im Feuer gestorben in den letzten Stunden des jüngsten Krieges. Ihr Tod gegen mein Leben. Der Mann der toten Frau sucht die lebendige. Frau ist Frau, meine Brüste sind noch Köder. Die Begegnung mit dem Grauen Flanell war Planung. Beamter er aus zweimal Reich & auf ein neues jetzt. Ich bin ihm zu Diensten aus meiner Lust zweimal, aus meiner Pflicht auch zweimal. Ich hatte dich, Margarete, aus einem Krieg durch den Hunger zu bringen und mich, den ewigen Heimkehrer. Verteilung-der-Nahrungsgüter das Tangram des Okzidents, das Graue Flanell der beste Spieler lange vor Gladow & nachher. Ich für ihn die Rote Korsarin zwischen dem *Po*tsdamer & dem Alexanderplatz. Das Meer ist dunkel dort, wo Notstand wächst. Korallen- oder Pleite-Bank, daran zerschellt die schönste Barke, unsre Ver-Teilung ist Gerechtigkeit aus dem Hunger. Im übrigen ist Piratenromantik vorbei, aus den Segelschiffen sind Schreibtische geworden. Das macht unempfindlich gegen widrige Winde & schützt vor Amputation. Unsere Karibik heißt Konsumverband. Hast du, Margarete, den Diebstahl aus meinem Gesicht gelesen. Deine Frage ohne Worte in all den Jahren. Woher Butter Schinken Wurst. Mit vollem Mund ist schlecht fragen. Oder schreibt Mord deutlichere Zeichen in die Haut als Unterschlagung. Ich hab dir, Margarete, den Vater & Mörder genommen, ich war eine gute Mutter. Margarete. Geflohen letzte Nacht vor der Frau, die aus der Frau ging: Wie ähnlich mir! Du & die anderen Fraun sind meine Furcht. Soll ich mein eigenes Kind ermorden. Medea hat geschlachtet, was sie dem Jason gebar. Jeder Mord ein Selbstmord. Und Warten auf neuen Abend.

Vor der Tür ein Mann im schäbigen Paletot, das Gesicht erinnert an gelbgefärbtes Holz. Sein Mund lächelnd in dünner Spur. Die Frau weiß nichts über diesen Fremden mit dem drahtigen Körper; die Karten sind ungleich verteilt.

Der Mann: Schmeckt der Kaffee, Gruß eines Toten, den Sie nicht kennen wolln.

Die Frau: Wären alle Grüße so, mehr Dankbare gäbs auf dieser Welt.

Der Mann: Hier ein neuer Gruß. (stellt Cognacflasche auf den Tisch). Und neue Nachricht.

Die Frau: Wer zahlt das? Ein Toter? Seine Währung?

Der Mann: Ein Gruß. Und er will Sie sehen.

Die Frau: Genug Tote in meinem Leben. Freunde & Bekannte. Sagen Sie ihm, ich bin an neuen Freunden & Bekannten nicht interessiert.

Der Mann: Die Zeiten sind roh, und kein Respekt vor dem Wunsch eines Toten.

Die Frau: Tote mit Wünschen sind lebendig Tote. Deren Sache, meine nicht. (gibt Cognacflasche zurück).

Der Mann: Eine kluge & eine stolze Frau in einer, kaufbar nicht mit Schnaps & mit Kaffee. Selten das. Hut ab vor Ihnen & Ihrem Verstand. Ich werde dem Toten, den Sie nicht kennen wolln, sagen, daß er, wenn er die Frau, die er liebt, sehen will, herkommen muß.

Die Frau: NEIN!!!

Der Mann: Schrecken, schon wieder. Keine Begegnung mit mir ohne Furcht. Wovor haben Sie Angst?

Die Frau: Ich hab keine Angst. Doch, ich habe Angst. Wer sind Sie?

Der Mann: Namen, Schall & Rauch. Wie bei den Lebendigen, also bei den Toten. Ihre Worte.

Die Frau: Ein gutes Gedächtnis. Und haben Ihren Namen vergessen?

Der Mann: Lassen wirs beim *Postillion*. Und vor Ihrer nächsten Frage meine Antwort: Mein Intresse an dieser Aufgabe ist privat. Ich habe Ihren Mann, den Toten, den Sie nicht kennen wolln, kennengelernt. Zufall. Sein Schicksal war die andere Hälfte von meinem Schicksal. Der Rest ist Klatsch, wir sind nicht im Theater.

Die Frau: Das Schicksal meines Mannes hieß Alkohol. (betrachtet Cognacflasche) Dann ist Ihr Name – Napoléon.

Der Mann: Guter Name für guten Schlächter, der Getrenntes zusammenfügt, ich rede von Napoleon, Bonaparte der Segen gegen Deutsche Kleinstaaterei.

Die Frau: Napoleon war groß im Zerstückeln auch & klein bei den Fraun.

Der Mann: Passend zu mir. Keine Angst. Was ich Ihnen antun könnte, wär Langeweile. Die haben Sie ohne mich & besser, lesen Sie Zeitung. Pardon, ich vergaß den Sonntagnachmittag.

Die Frau: Sie wissen gut Bescheid über mich & meinen siebten Tag. Sie sind Gott, die Allwissende Filzlaus, oder einer von Dzierzynskis Enkeln.

Der Mann: Frau mit Humor. Ich sehe, was der Tote, den Sie nicht kennen wolln, verloren hat an Ihnen, und verstehe seinen Wunsch. Also muß ich auf meiner Aufgabe bestehn.

Die Frau: Weshalb.

Der Mann: Weil ich ein zuverlässiges Schicksal bin. Was ausrichten ihm, diesem Toten, Ihrem unbekannten Mann?

Die Frau: Was gewinnen Sie mit dieser Aufgabe?

Der Mann: Befriedigung. Meine einzige ohne fremdes Blut.

Die Frau: Ihre Sache. Meine nicht.

Der Mann: Irrtum. Sie haben mir Tür & Ohr geöffnet. Gespräche verpflichten.

Die Frau: Was tun?

Der Mann: Nichts.

Die Frau: Soviele Worte und Geschenke für Nichts?!

Der Mann: Für Ihr Einverständnis.

Die Frau: Wofür?

Der Mann: Ein Wiedersehen, Sie & der Tote, Ihr Mann, den Sie nicht kennen wolln.

Die Frau: »Rendezvous mit einem Toten«, Edgar Wallace hat einen Ableger. Sie verlieren an Stil, Napoleon.

Der Mann: Teil meiner Tragik. Ich, ein Nachkriegs-Deutscher. Humor gab ich für Eisen. Und keine Witze. Ich werde Sie dazu bringen, Ihren Mann, den Sie nicht kennen wolln, aufzusuchen auch ohne Ihr Einverständnis. Ich komme wieder. Morgen. Übermorgen. Nächste Woche. In einem Jahr. In zehn Jahren. Eines Tags werde ich nicht allein kommen. Haben Sie Stil gesagt. Der Krieg, hoffe ich, hat Ihnen ein Cognac-Glas gelassen.

(Der Mann geht hinaus).

– Was für einen Preis müssen wir zahlen, um nicht zu erfrieren in uns. War ich eine gute Schauspielerin. Jeder Satz ein Graben, eine Schanze für mich. Weshalb hab ich diesen Kerl mit seiner hölzernen Fresse nicht rausgeworfen. Der oder ein Anderer, dazwischen Höflichkeit. Damit halt ich mir die Andern vom Hals. Das klappt nicht immer. Ein Toter hat sein Konto am Tod erschöpft. Was weiß ich, was er weiß von der Nacht im Keller. Möglich, die Toten haben das Reden nicht aufgegeben mit ihrem Geist. Solang spiel ich die Närrin, mein Sieg das Verbergen im eigenen Labyrinth. Auf dem Wege zum Mensch gleich nach dem Affen der Schauspieler, Weitergehn unmöglich wie Rückkehr, die Darwinsche Sackgasse. So werd ich dir ähnlich, mein-lieber-Karl. Die Gräber nach außen gekehrt, die Toten haben die Lebenden überholt, Zeit ein Sturzflug.

Die Frau (an der Tür): Kommen Sie zurück. Sie brauchen nicht zu warten auf das nächste Jahrzehnt. Schluß mit der Komödie. Legen wir die Masken ab.

Der Mann: Sie verlangen den Selbstmord. Und der noch Maske, die letzte. Was bleibt, ist Staub. Sollen wir die Luft verpesten.

Die Frau: Humor aus dem Fundbüro, Na*p*oleon, im Geruch von Langeweile & Schwarzmarkt. Jeder Satz ein Grund zur Razzia. Ende des Spiels. Was wolln Sie von mir & von meinem Mann!

Der Mann: Sie reden von Toten wie von Lebenden, die sich zusammenducken in Loyalität der Gemeinschaft. Man schützt, was man haßt, der Fremde der Wolf, die Herde bedrohend. Das Schlimmste an den Lebendigen, sie sind angewiesen aufeinander. Tod das Vorzimmer zur Freiheit. Vom Rest nur Gestank & Auferstehung. Mein Fachgebiet. Recht, so von diesem Mann zu reden, der Mann, den Sie jetzt kennen wolln. Ich weiß vom Keller und von den heimlichen Morden einer Frau. Sie haben ihn hundertmal getötet, Routine macht müde & nachlässig. Beim hundertersten Mal haben Sie nicht achtgegeben und sind zu früh aus dem Feuer gegangen. Mitleid mit Ihrem Opfer? Gewissen, seit zweitausend Jahren Ableger der Schuld, mit der die Kirchen aller Konfessionen den Genuß bestrafen bis über Morgen. Die Nachricht trage ich bei mir. Das muß etwas Ungeheures sein, wenn ein Toter das Diesseits bemüht. Die *Post* reicht nicht über den Styx, daher sind meine Dienste vonnöten. Die Nachricht ist auf Papier; Schrift, die Sprache der Toten, Beweis ihrer Echtheit. Ich bin ins Reden gekommen. Verzeihn Sie. Hier der Brief.

(Der Mann geht hinaus).

Die Frau: Und noch ein Brachfeld. Konjunktur der Schreiber, und

Wände rücken enger. Papier in den Faltungen früher Jahre. Altes ist wichtig. Auch ein Gesetz in gesetzloser Zeit.

Die Frau entfaltet das vergilbte Papier und rückt es ins Licht der Dekkenlampe. Als sie die Schrift erkennt, schreit sie auf.

Dann läßt die Frau das Papier fallen und stürzt aus dem Raum. Auf dem Boden im Halbdunkel der Zettel. Die Schriftzüge, unstet & vermutlich im Dunkel geschrieben, entgleiten der Zeile:

ICH LEBE NOCH ICH KOMME ZURÜCK DEIN KARL

Vom übrigen Text hatte die Frau nichts gelesen. Er mag verschiedene Erklärungen über den Grund dieser eigenartigen Kontaktaufnahme sowie über deren Dringlichkeit enthalten; sentimentale Bekenntnisse eines *alleinstehenden Mannes*, der einen Brief verfaßt an eine Frau.

Sie rennt durch Berlins Nacht-Straßen, atmend Dunkelheit gegen die Frau, in ihrem Traum einem Bezirk zustrebend, wo Aufräumarbeiten kaum begonnen haben. Und, während sie unter verlassnen Termitenbauten dahineilt, vergebens hoffend auf das Erwachen aus diesem Alp. Währenddessen ziehen sie ihre Schritte auf einen bestimmten Ort, zu einer Stelle, wo die Frau den Keller weiß, der sie anzieht wie der Malstrom das Treibholz. Schwer, einen Ort zu finden, den man jede Nacht träumt. Nach einigem Suchen findet die Frau einen verschütteten Zugang zu einem Keller. Teile herabgestürzter Mauern haben sich wie Felsbrocken vor den Eingang geschoben. Die Frau hebt einen Stein auf und wirft ihn gegen die Barrikade. Die Fingernägel brechen, Haut zerschürft am rauhen Stein, unter den Achseln reißen die Nähte an ihrem alten Mantel. Davon merkt die Frau nichts. Sie greift nach neuen Gesteinsbrocken, Mörtel & Steinsplitter stieben auf unter den Schlägen, Ruinen fangen das Echo auf. Bisweilen andere Geräusche, Steine kollern über Schutthalden, manchmal Schatten eines Wesens, das geheime Nachtleben einer zerstörten Stadt.

Der Mauerrest bricht entzwei, die Frau steht vor einem Berg aus Ziegeln, Mörtel & zersplittertem Holz, lehmiger Staubgeruch erstickt ihren Atem, die Kräfte schwinden. Sie taumelt gegen eine stehngebliebene Wand und bemerkt hinter dem Gipfelpunkt der Halde ein dunkles Rechteck, Einstieg zum Keller.

Als sie auf die Gesteinshalde klettert, bricht ein Absatz von ihrem Schuh, kurz darauf der zweite. Die Frau wirft die Schuhe fort und beginnt barfuß über scharfkantige Steine & Verputz die Halde zu erklimmen. Die Arbeit ist schwer, der Frau versagen die Kräfte erneut.– Schließlich erreicht sie den Einstieg, sie zwängt sich hindurch, ins Innere dieses Kellers.

Drinnen Stille, schwerer süßer Gestank. Die Frau preßt ihre blutenden Hände vors Gesicht, um nicht ohnmächtig zu werden. Kälte läßt sie erwachen. Es ist nicht Erwachen, das alles Vorhergehende als Traumbild erfahren läßt; dies Erwachen ist Müdigkeit.

Die Frau erinnert sich, einen Toten in seinem Tod zu suchen jenseits von Auferstehung. Sie will den Leichnam sehen, der die vergangenen Tage & Nächte zum Trugbild macht. Das Trugbild der Mann mit einem Gesicht wie gelbgefärbtes Holz.

Zeit in Gräbern ist ohne Maß.

Die Frau bemerkt ihren Fehler: Auf ihrer Reise in die Unterwelt hat sie das Licht vergessen. Als sie die Schutthalde wieder hinaufklettern, dem Keller entkommen will, zieht eine Geröllawine die Frau in den Schacht zurück. Auch der zweite und dritte Versuch mißlingt. Als sie einen weiteren Versuch zum Entkommen nimmt, hört die Frau den Klang von Schritten aus einer Ferne, die sie dem unterirdischen Gewölbe nicht zugetraut hätte. Lichtschein, unstet & schwankend, läßt einen Gang erkennen, der in diese Gruft einmündet. Das Licht fährt über geborstene Wände, Kabel wie dürres Astwerk, geplatzte Rohrleitungen, und aus der Ferne Schritte und der Schatten einer sich nahenden Gestalt, vom fahlen Schimmer gegen die Wände geworfen — jetzt grelles Licht aus einer Taschenlampe trifft die Frau ins Gesicht wie ein Schlag.

Der Mann: Ich wußte, Sie würden kommen. Eine Frage der Zeit.

Die Frau: Wollen Sie mich umbringen. Das hätten Sie einfacher haben können & früher. Wozu dieser Spuk.

Der Mann: Jedem seine Romantik. Mir die Sentiments der Toten. Die fühlen sich wohl unter der Erde und ich. Sie haben sich längst getötet, in einer Nacht in diesem Keller. Jeder Mord ein Selbstmord, Sie erinnern sich. Treppenwitze der Weltgeschichte. Und jedem Witz Opfer & Lacher. Erstres meine Frau, Ihr Mann der Lacher. Das später. Ich habe ihn gekannt, sanften Bibliothekar & Vater, der mit der Tochter spazierengeht. Das vordem. Die braune Sonne danach. Weiße Haut ist kein Freibrief für bleibende Unschuld. Sonne brennt ein schwarzes Fell dem, der nicht achtgibt auf die Sonne. Daher meine Vorliebe für Unterirdisches.

Die Frau: Was soll ich mit Ihrer Angst.

Der Mann: Ich möchte Ihnen die Geschichte einer Rache erzählen, letzter Nachgeschmack vom Paradies, den der Liebegott dem Menschen gestattet nach dem Sünden-Phall. Ich habe Ihren Mann wiedergetroffen in der LAGERFABRIK. Zufall. Er ein Wachtposten, einer von vielen. Transportarbeiter ich, letzter Beruf für Farbenblinde in Zeiten aus buntem Farbenrausch. Und ich ein Privilegierter: Ich besaß Erlaubnis, die SPERRZONEN in der Fabrik zu betreten; der Nicht-Arier ist immun gegen den Bazillus der Nicht-Arier, Pest zu Pest. Ich hatte die von Häftlingen montierten Teile zu holen, Metallwinkel auf schweren Eisenschienen. Unerkennbar für mich deren Zweck und gleichgültig mir. Ich belud ein ums andre Mal meinen Karren und passierte das Tor. Der Lastwagen draußen, dorthin der Befehl zum Befördern der Last. Am Tor Ihr Mann. Vielemal täglich mein Weg an ihm vorbei. Ihr Mann stand bei den Gefangenen in keinem üblen Ruf. Ich hörte, er sei Einer, der Gar-nich-so-sei. Das sind die Schlimmsten! Wir mochten uns nicht. Das heißt, Ihr Mann ließ sich jedesmal die Papiere zeigen, obwohl er mich wiedererkannte schon beim zweiten Mal. Auch mußte ich Taschen ausleeren & mich abtasten lassen von ihm & seinen Helfern. Einmal ließ er mich grundlos eine Stunde vorm Eingang STRAMMSTEHEN. Es war Februar. Wie gesagt, er war kein besonders Scharfer Hund, Schandfleck des Büttels unter Bütteln, die Frontbewährung im Genick. Eines Tags war Ihr Mann verschwunden, ein Andrer auf seinem Platz am Tor. Das war die Zeit, als meine Frau GEHOLT wurde. Morgens um halb vier, Stiefelsohlen prügelten uns aus der Nacht in die Nacht. Meine Frau JÜDIN, Rasseschänder ich. Zu spät der Einfall, den Stammbaum zu fälschen, den Über-Lebensbaum für Gestern & Irgendwann. Sie wollte den STERN nicht tragen, ein Nachbar hatte seiner Bürgerpflicht Genüge getan & sie angezeigt. Ich spreche von ihr in der Vergangenheit, kein Bild mir neben meinem Geld oder Messer. Meine Frau verloren, den Beruf noch nicht. Ich am Tor, als eines Morgens ein neuer Transport Häftlinge in die Fabrik fuhr, so habe ich meine Frau wiedergesehn. Unter den Wachtposten Ihr Mann. Der zweite Zufall. Ich meldete mich krank für diesen Tag und schlich durchs Werksgelände. Was tun. Spähte durch dreckige Fabrikfenster ins Innere der Montagehallen. Man sagt, der eigene Blick biete Beistand & Schutz. Er hat meine Frau nicht schützen können. Nicht vor Ohnmacht in der Fabrik & nicht vor Ihrem Mann. Übrigens sehen Sie meiner Frau ähnlich. Der dritte Zufall. Vier andere Fraun mußten die Ohnmächtige, meine Frau, hinaustragen, bewacht von SS. Ihr Mann befehligte den Kordon. Sie trieben die Fraun in einen entfernten Winkel des Fabrikgeländes, hohes Unkraut

dort um verrostete Loren. Meine Frau kam wieder zu Bewußtsein an
der kalten Fabruarluft. Die anderen Fraun sah ich sich aufstelln zur
Reihe. Aus meinem Versteck hörte ich Stimmen nicht, doch sah ich
Atem-Stakkati aus dem Mund Ihres Mannes, die übrigen SS-Leute
rissen ihre Fressen zum Dreieck, Geometrie des Gelächters. Aus welchem Buch, Bauplan für Killer, hatte Ihr Mann, der sanfte Bibliothe-
kar, solch Spiel gestohlen? Der Mensch in anonymer Horde das
mordlustige Tier, die Furcht*samen* die ersten Schlächter. Soviel zur
Historie der Seele, Steinzeit unser täglich Brot. Die Hände der vier
Fraun griffen nach meiner Frau, und zogen ihr die Kleider vom Leib.
Vier Leben gegen eins, ein Spiel, so das Angebot der Schlächter. Die
SS-Männer stellten sich gehor*sam* in die Reihe, Disziplin eine Deutsche Tugend. Dann zerrte er, sanfter Bibliothekar & Vater, die
Nackte, der Sie ähnlich sehn, in einen Geräteschuppen. Am Ende ein
Schuß. Selten, seinen Mörder zu überleben. Mein Gewinn. Mein Le-
ben mein Tod. Am Abend trieb man die Häftlinge aus der Fabrik.
Meine Frau war nicht unter ihnen, und niemals später. Ich wagte eine
nachtlang nicht, mein Versteck zu verlassen. Am Morgen fand mich
ein Pförtner. Beinahe erfrorn, Sie erinnern meine Haut.

Die Frau: Die Tote bin ich und mehr Angst vor mir als vor Ihnen.
Was wolln Sie von einer Toten außer Wiederholung, Sie kennen
meine Nächte. Suff, der Verräter des Mannes. Seither Haß für ihn &
Ekel für mich, Derivate des Schreckens. Sie haben recht, mein Haß
für diesen Mann ein Mitleid schon. Zeit macht aus Schlachten Märchen. Vorbei. Ich will ihn sehn. Den Mann, der mein Mann war &
nicht mein Mann. Mein Körper für ihn, jede Pore meiner Haut trank
Schweiß & Samen des Mörders. Die Schlächter von Staates Gnaden
töten aus Furcht vor eigenem Tod. Glücklich, wer Angst auflöst in
Staat. Zeigen Sie mir den Glücklichen. Deshalb bin ich gekommen.

Der Mann: Warten Sie. Noch nicht zuende erzählt die Geschichte
einer Rache. Ich bin Vergil, dem Dante das Innere der Erde weisend.
Unschwer für Schatten, ihren Beruf zu tun. Ich bin ihm gefolgt, dem
sanften Bibliothekar & Vater, er wird mich nicht bemerkt haben. Ich
sah ihn oft betrunken. Störfaktor Gedächtnis. Erinnerung an Taten,
das Gewicht zum Ersticken, und Schreie in der Nacht am Tag im
Traum – – insgeheim, das wär ein Gebrüll sonst in der Welt! Möglich, Ihr Mann –

Die Frau: Nicht diesen Namen & nicht mein. Ich bitte Sie –

Der Mann: Möglich, IHR MANN bereute, was er getan. Ein
Mord ist schon der nächste Mord, das unterschreibt jeder Chef. Und
jeder Beruf zwingt zur *Quali*fizierung. Ende dieser Kette nur eigener

Tod. Noch ein Kalauer der Weltgeschichte. Bombenangriffe später
& kollektive Nächte LSR: Ende jeder Volks*gemein*schaft. Durch die
Keller pfeifend der Wind Vergeltung. Ich war jede Nacht bei Ihnen
& Ihrem Mann. Was tun. Ich hab ihn beobachtet, länger als ratsam,
er hätt mich wiedererkennen können. ANGST in seinem altge-
wordnen Jungengesicht. Und fuhr aus seinen Augen wie kalter
Luftstrom aus einem Tunnel, die Bomben draußen, drunter Stadt,
eingeatmet von gefräßigem Meer oder von gefräßiger Erde, jedem
sein Venedig, und kein Unterschied für einen Toten.

Die Frau: Dann war Ihre Nacht auch die Letzte Nacht –

Der Mann: – Als die Bombe das Haus zerschlug, die Kellertür auf-
sprang und Wände aufeinander zumarschierten : ich war enttäuscht.
Solch Tod eines Töters war zu einfach. Ich sah die Menschen aus dem
Keller fliehn und fürchtete, Ihr Mann könnte das gleiche tun. Aber
Schicksal oder ein anderer Regisseur meintes gut mit mir. Ihr Mann
blieb im Keller, kindische Reden gegen den Himmel lallend. Ich
blieb. Meinen Tod fürchtete ich nicht, nicht mehr, belanglos, wenn
man ihn schon gesehen hat. Meine letzte Angst, Ihr Mann bekäme
Vernunft & das Deckenlicht könnte verlöschen. So hätt ich ihn ver-
loren. Beides geschah nicht, in diesem Theater hatte man Sinn für
Humor.

Die Frau: Weshalb hassen Sie mich.

Der Mann: Die Antwort wäre Enttäuschung. Sie kennen sie. Ihr
Körper & sein Samen, Sie haben ihn getötet nach Ihrer Lust. Wäre
nicht Verrat im Suff, Sie wären die trauernde Witwe heut, und Blumen auf seinem Grab zum Jahrestag. Was wissen die Lebenden von
ihren Toten.

Die Frau: Unwissenheit schützt vor Mitschuld nicht. Sie verlieren
sich im Sprichwort. Hätt ich mit ihm draufgehen solln, die Grabbei-
gabe des Pharaos. Das stand nicht im Vertrag, und niemandem ein
Nutzen draus. Ihre Frau wäre nicht lebendig geworden danach. Ich
glaubte ihn getötet von fremder Hand aus den Wolken. Was ist
Mord. Wie konnte er entkommen?

Der Mann: Durch meine Hilfe. Ich packte ihn und zog ihn in den
Gang, hierher, wo ich jetzt steh. Ein Teil der Decke stürzte & traf ihn
an den Beinen. Er fiel & Gestein über ihn. Sein Schrei war Ihr Name
noch im Schmerz. Ohnmacht dann, er lag im Schutt, die Beine zerschlagen. Ich weidete mich an seiner Hilflosigkeit. Kein Genuß größer als Rache an einem Wehrlosen. Die Bombenflut draußen ver-
ebbte. Stille & schaukelnder Lichtschein in diesem Verlies, über uns
die Geologie einer Stadt. Ihr Mann kam zu sich. Aus seinem bluten-

den Gesicht starrend die Augen auf mich, er erkannte mich, nannte meinen Namen, den hatte er oft gelesen auf dem Passierschein. Er begriff nicht, wähnte sich im Himmel oder an einem andern der verheißenen Orte. Ich klärte ihn auf, ich schlug ihm die Faust ins Gesicht. Schrecken um sein blutiges Maul, sicher wollte er fragen Warum? oder ähnlichen Unsinn. Der zweite Schlag machte sein Gesicht zur roten Maske. Er begann zu schreien, denn er hatte begriffen. Mit dem Ärmel wischte er Blut vom Gesicht, drunter bleiweiß die Haut. Neues Blut aus seinem Mund, stammelnd Unverständliches. Vielleicht eine logische Argumentation, weshalb er ein Mörder, besser er, der sich einsetzte in größter Not für die Opfer, als die Anderen, die weitaus schlimmer. Meine Frau ein Bauernopfer, andere Opfer zu schonen. Ein Leben für Vier & Viele Leben. Ich habe keinen Sinn für Logik, Mathematik der Vergewaltiger. Das Gesicht dieses Mörders in Rot, in Weiß die Haut & Schwarz die Höhle des Mundes. Rot Weiß Schwarz: ein Gesicht wie eine Fahne. Im Namen der Fahne. Der Fahnen-Eid. Haben Sie mal im Schlachthof zugesehn. Da trottet ein Artgenosse voran, ein würdiges altes Vieh oder welche Vokabel bei den Tieren Vertraun eingibt. Das verbreitet Ruhe in der Herde. Keine Schererein bis zum Metzgertisch. So die Aufgabe des Fremdenführers, dafür darf er überleben im eigenen Fell. Die Bilder sind identisch. Mittelalter aus den Gullis die Jauche, letzter Aggregatzustand fürs Schlachtvieh Mensch. Ich zog aus der Tasche ein Rasiermesser – Gott verzeih mir den Diebstahl – und schnitt aus dem Fahnen-Gesicht das Emblem.

Die Frau: Hörn Sie auf!

Der Mann: Ich begann den ersten Schnitt waagerecht bei den Mundwinkeln hin zu den Ohren, den zweiten senkrecht von der Stirn bis zum Kinn. Den ersten Haken von Auge zu Auge, den zweiten vom rechten Ohr aufwärts zu den Brauen. Der dritte Haken öffnete die Halsschlagader, der vierte die Kehle Ihres Mannes. Haben Sie gewußt, wie geeignet unsere Gesichter sind für das Hakenkreuz.

(Die Frau erbricht).

Der Mann: Ihr Magen so reich für Almosen an den Schutt? Mitleid. Sitz der Seele eine Verdauungsinstanz, das Zwerchfell früher. Daher ist selten Gelächter, Fortschritt vom Menschen zum Tier.

Die Frau: Alles Fälschung. Der Brief, Ihre Nachricht & Ihr Vorschlag zum Wiedersehn. Alles Fälschung. Was wollen Sie wirklich von mir.

Der Mann: Nichts.

Die Frau: Mörder. Ihre Angst, ein Mörder von Staates Gnaden

könne überleben, hat Sie zum Mörder gemacht. Gleichheit ist die Gleichheit von Verfolgern und Verfolgten.

Der Mann: Meine Rache ist legitimierte Rache DIE ORGANI-SATION mehr werden Sie darüber nie erfahrn. Niemanden scherts, was ich denke & tu, solange ich nicht denke & tu. So bis heute. Sie sind Gott privat, Ihr Pech, man duldet nur den amtlich registrierten. Schicksal, eine juristische Kategorie. Ihr Erscheinen hier das Eingeständnis Ihrer Schuld. Den Mörder ziehts an den Tatort zurück. Das weiß man seit dem ersten Mord. Ein Vorteil für den Jäger. ICH VERHAFTE SIE WEGEN MORDES AN IHREM MANN!

Die Frau: Ich habe Ihren Humor unterschätzt. Ihr Auftritt ein Zirkus. Genug von diesem Spiel.

Der Mann: Bleiben Sie. Wo wollen Sie hin, es gibt kein Entkommen. Sie sind im Keller, im Schach. Wohin Sie gehen, gehen Sie in die Phalle. Die Organisation ist Ihnen voraus: Macht ist Macht über die vier Elemente auch. Vergessen Sie die Lüfte nicht. Vom Himmel hoch. Früher Engel, Hubschrauber heute. Matt in zwei Zügen, gehen Sie hinaus. Wissen Sie, wie ein Mensch aussieht, der unter einen Engel kam. Und Dank für die Empfehlung zum Zirkus, man braucht Clowns nötiger dort, woher ich komm. Mein Humor geht auf Spesen wie der Kaffee & Napoléon. Zwecklos, legen Sie den Knüppel fort, wolln Sie mich erschlagen? Unser Auftritt ist bühnenreif. Schade, daß ich Sie ans Messer liefern muß, wir wären die Glanznummer des Abends.

Die Frau: Das Tribunal im Ruinenkeller. Weshalb solch Aufgebot mir. Kanonen gegen einen Spatz.

Der Mann: Recht & Ordnung sind keine Handelsware und Gericht ist in der kleinsten Hütte. Der hohle Zahn der Zeit geht da nicht ran. Besser den Spatz in der Hand erwürgen, könnt sein, er wird die Taube auf dem Dach. So oft Sie auch gewinnen, Sie werden Verlierer sein. Sie gehören nicht zur ORGANISATION.

Die Frau: Ich werde jetzt fortgehen von hier und niemand, der mich dran hindert. Nicht Sie, nicht Ihre Organisation. Ich schlag zu, kommen Sie einen Schritt näher. Ich habe Kraft genug für Ihren Totschlag. Mach ichs nicht, machts ein andrer. Wollen Sie die ganze Welt umbringen? Frieden aus Rache, jeder Schatten eine Gefahr. Zum Schluß der eigene. Man sperrt die Selbstmörder in die Geschlossne. Kein Hahn kräht nach den Irren.

Der Mann: Sie waren eine ausgezeichnete Schülerin, Sie haben wirklich nichts begriffen. Die Schule, der erste Arm der Organisation und der letzte. Die Lehre geht nie übers kleine Einmaleins. Was wissen Sie von der Zweiten Welt: Kein Atlas zeigt die Topografie der Macht. Woher Kriege: Vom Klapperstorch? Aus dem Bauch der Frau? Aus der Seele? Aus der Ökonomie? Sie haben das Gedicht gut aufgesagt, Applaus, meinen Glückwunsch zur Blindheit. Sie haben gefragt, wer ich bin: ein Name, ein Wort, eine Folge aus Buchstaben. Wie das Gesetz. Das Gesetz kann man nicht töten. Ihr Versuch ist lächerlich wie Ihr Holz. Und Befreiung nicht nachdem, ich komme wieder oder ein anderer Ich oder Sie selbst. Kein Unterschied. Aber Sie müssen mich töten, sonst töte ich Sie. Das Gebot der Vernunft, Sie wissen zuviel von mir & von DER ORGANISATION. Und Sie werden den Mund nicht halten im Zwang der Überzeugung. Den möcht ich sehen, der Ihnen diese Nacht & Die Organisation abkauft. Wollen Sie für den Rest Ihrer Tage ins Irrenhaus?

Die Frau: Eine Frage der Definition. Wo hört Anstalt auf, wo beginnt Draußen. Gibts den Unterschied?

Der Mann: Finale im Kino: Das Opfer erfährt »Die Wahrheit« im Angesicht der Waffe. Das ist Aufklärung. Danach wird gestorben. Oder gerettet, je nach Gut & Schlecht. Soviel zur Gerechtigkeit auf der Leinwand. Dieser Keller ist echt, das Opfer Sie. Ich der Richter, Organisation und Vollstrecker in einem, das vermeidet Schwierigkeiten zwischen den Ämtern und spart Worte. Überleben ist einfach. »TÖTE MICH SONST TÖT ICH DICH!« Bewegung im Schach, die letzte, die Ihnen bleibt. Schlagen Sie zu. Keine Angst vor Zeugen, unter der Erde ist jeder blind und die Toten haben Zeit bis zum Jüngsten Gericht.

(Die Frau erschlägt den Mann).

Die Frau: Schach paradox: Die Dame hat den König geschlachtet. Zu ihrer Maske die Maske seines Purpurs. Die Partie ist gerettet: Die Dame der König, die in Wahrheit Läufer ist und läufig immer, kein Bauer vorn hat was bemerkt. Was scherts die, was im Aus geschieht, Bauer bleibt Bauer, Einsamkeit der Pachtzins für Mächtige auch im Ende, und wie der Herr sos Gescherr: Tod eines Clowns, sein Grab der Keller in einer Ruine. Weniger als ein Müllplatz. Ein Jahr und aus dieser Gruft wächst ein neues Haus, kein Auge für pensionierte Gespenster. Jeder Zeit ihren besondren Geist. Der Zeuge ein überalter Saurier aus dem Trias, museumsreif bis in die Knochen. Was fehlt oder stört, wird neu gebastelt, das ist Geschichtsschreibung. Ich bin mein eigener Zeuge. Ich kann schweigen bis auf meine Träume in der Nacht. Und die ist einsam, kein Grund zur Furcht vor fremden Ohren & fremdem Licht.

Denkt die Frau, als sie über den Erschlagenen hinwegsteigt, sein Gesicht im Schein der Taschenlampe ein winterbleiches Holz, sein Körper noch im Tod den einzigen Ausgang aus dem Keller versperrend. Dieser Weg führt nach Draußen. In-die-Freiheit, hätte die Frau beinahe gedacht. Ihre eigene *Freiheit*, von der die Reste dieser Stadt nichts erkennen & nichts profitieren.

Als sie aus dem Keller heraustritt zwischen Ruinentürmen & Schutt, am frischen Luftzug & am kühlen Licht das Draußen erkennend, scheinen ihr diese Gedanken wie der erste Augenblick des Schülers im Prüfungsraum. Was bleibt, ist mühvolles Stottern.

Sie stolpert über Geröllhalden, barfuß, die Haut zerschürft von Mörtelscherben. In sich Erwachen aus peinigendem Traum, der zu wirklich, zu beherrschend & zwingend, als daß die ersten Augenblicke des Erwachens ausreichen, den neuen Zustand als *Wirklichkeit* zu begreifen. Wachsein mit Spuren flüchtigen Erinnerns. Wachsein als verschobener Traum. Wach-Sein aus den Bruchstücken anderer -Seins. Eine Geschichte, bestehend einzig aus Überschriften & kein Echo aus den Tiefen der mitgeführten, ungeschriebenen Texte.

*

VERBRECHERIN. (Die weibliche Form scheint weniger amoralisch belastet, ein fast humorvoller Begriff? Nicht mal fremdes Blut an Weibshänden glaubt der Mann ohne Gelächter?). Zweifache Verdammnis für weibliche Verbrecher: Die Tat, sichtbares Zeugnis der Vergewaltigung, das Privileg des Mannes. Die Frau der See mit unergründlicher Wasserfärbung, still ruhend in Erstarrung. Der Vergewaltiger das Idealbild jeder sozialen Gruppierung, die vergewaltigende Frau das Verbrechen im Verbrechen. Ewiger Kreislauf des Tötens, Zyklus aus Schuld Angst Scham Mord. Undsoweiter. Das zu verbergen wie die Menstruation. In sich selbst die Idee von sich selbst, verkrüppelt in den Bandagen zur Kindsgestalt ohne Chance auf Wachstum. Heraustreten aus dem Stadium des Kindseins, Verlust des Schutzes & des Anspruchs auf Schutz. Selbst Beschützen müssen. Erfrieren im eigenen Spiegel. Graues Seifwasser in der Zinkschüssel. Ich hätte auch eine *normale Frau* sein können. Ich wäre dann auch eine *normale Mutter* geworden. Die Energie ist dieselbe. Die Mörderin aus dem zufälligen Ergebnis von ZEICHEN. Gewalt an sich selbst nicht ertragen können und Abwehr oder nur Geste der Abwehr zeigt die Begabung zum Verbrecher. Erwachen. Erwachsen. Töten. Erfrieren. Ich könnte mir vorstellen, zu einer beliebigen Stunde des Tags endgültig *aufzuwachen* & zu erfahren, eine vielfache Mörderin zu sein. Diese Information trüge grundsätzlich keinen anderen Wert als beispielsweise die Nachricht über die aktuelle Wetterlage; ich stelle mich darauf ein. Das eine wie das andere & die Gesamtheit aller aus- & vertauschbaren Nachrichten erscheinen mir gleich wertvoll wie wertfrei. Woher *Schuld*, die niemand erträgt. Am wenigsten der Verbrecher. Das Moralempfinden des Verbrechers ist ungleich subtiler als das der übrigen Noch-nicht-Menschen. Der Verbrecher trägt in seiner Schuld die Geschichte der Schuld. Er wird zum Opfer, das seine Hinrichtung sucht. (Christus war ein Verbrecher, die Legende seiner Auferstehung die Metapher der mißglückten Katharsis). Aus der Undurchführbarkeit des Selbst-Mordes, der Unmöglichkeit des Erwachens, um zu verlieren, entsteht Zwang zu neuem Töten. Das Los des Verbrechers, nicht sterben zu können wie das Opfer. Grab & Erde eine hämische Konfrontation. *Entwürdigung.* Der sichtbare Beweis persönlichen Versagens, aufgezwungenes Eingeständnis der Unfähigkeit angesichts der Moralität der Toten. Der größte Haß des Verbrechers gilt nicht der Norm, die ihn zum Verbrecher stempelt, sondern dem Verbrecher. Der Verbrecher hat nicht Seinesgleichen. Der Verbrecher ist ein*sam*. Daher sein Bewußtsein vom unablässigen Sterben. Die Apparatur von Justiz & Strafvollzug stellen keine wirkliche Abschreckung dar. Die schwerste Peinigung für den Verbrecher ist das Alleinsein mit sich in den Grauzonen zwischen Tat & Ersticken. Das unwiderrufliche Ereignis. Angst vor dem Frost der Katharsis. Unvermeidbare Tragik des Seins: Die Oberfläche der Verbindlichkeiten (Moral) verlassen zu müssen & einzudringen ins Labyrinth der Triebe Wollüste Geilheit Süchte, die Ge*sam*theit aller Elemente der Amoral, die, keinem System einer Logik angehörend, in beständiger Verwendbarkeit anwesend, deren letztmögliche Konsequenz *die Verbrechen* sind. Der Zwang zur Ordnung schafft in unerbittlicher Logik den kriminellen Akt – die Zerstörung. Ordnung als Vernichter von Ordnung. Das Verbrechen ist nicht die zufällige Erscheinung eines amoralischen Subjekts, es ist umgekehrt die unumgängliche Notwendigkeit der Moral, die sich hierin eines jeden beliebigen Objekts bedient. Demgemäß die Handlungsweise in der Logik des Verbrechens – die Gestaltung. Sich selbst zu stellen, sich der im Grund überflüssigen Mechanik administrativer Verfolgung *freiwillig* auszuliefern, diese größtmögliche Denunziation der eigenen Existenz herbeizuführen – eine Frage des Selbsterhaltungstriebes, Suche nach Schutz vor dem Ausgeliefertsein gegenüber Freiraum & Beweglichkeit, ein leerer Spiegelsaal, gefüllt mit den Leichnamen von sich selbst, Wunsch nach Rückkehr ins Stadium des Embryos. Daher die Verzweiflung des Verbrechers im Augenblick der Selbstauslieferung. *Panik.* Krampf. Erstarrung. Vereisen. Der Erfolg der *Polizei* nichts mehr als der Zufallsfund des Archäologen. Erstarren – fühlbarer Verlust lebendiger Zellen. Oder Absterben neben dem Lineal Zeit. Ohne Ende.

Sonne in den Wolken. Rauher Wind schürft über kapitulierten Stein. Eine Stadt hat sich ergeben. Der Tageszeit & dem Unkraut. Zwischen toten Häusern, sterbenden Häusern, lebendigen Häusern, gebärenden Häusern. Bahngleisen. Pflastersteinen. Müllkästen. Im Zwielicht in ihren Tälern vereinzeltes Schlurfen von Schritten, Haustüren fallen ins Schloß, Absätze steppen ihre unlesbaren Muster auf Wege & Straßen. BERLIN, bleich übermüdet fröstelnd, im Moment des Aufwachens nach einer langen Reise. Ein Morgen, dessen Stunden nicht vergehn, erstickt im eigenen Licht oder sich verlaufen in der Landschaft aus Dächern & Schornsteinen, wartend in der Irre enger Straßen. Fußgänger, zitterige Strichfiguren in wehenden Mänteln, mit Taschen & Koffern beschwert, damit die Leiber auf dem Pflaster bleiben (sie würden fliegen, die Beine wolkenwärts. Würden sie ihren Wegen begegnen ohne Halt, die Erdrotation triebe sie ins Aus. Oder die Hände der Menschen sind mit Trödel besetzt, um nicht Werkzeug gegenseitigen Totschlags zu sein); Fußgänger, das Frei-Wild trüber Limousinen, die Straßen ein Urwald. Brücken Aquaedukte S-Bahnzüge : Wildwechsel von Ghetto zu Ghetto, hinter Fensterscheiben, grau beatmeten, brennend übernächtig Gesichter, die Augen suchen Kühlung im schwarzen Wasser Spree, der Grund aus Schlamm & Leichen. Straßenbahnen klirren & tragen Nummernschilder, ihren Auftritt anzukündigen im Striptease vor Fettaugen & Speckkragen. Häuser unterm Geheul von Sirenen, metallische Wölfe, noch im Gehörgang ein Bündel aus Schrecken; Geräusche des Mechanismus dieser Stadt aus ihrem jüngsten Tod.

Immerhin, der Stein bewegt sich.

Verändert, die Haut voller Narben – Erkennen erst nach dem zweiten Blick – als hätte das ein fremdes Fleisch bekommen. Geblieben ist der Name. Dazwischen die Frau aus der Nacht ihres Kellers. Ahnt die Stadt, wer das ist, Staub der Anpassung im Gesicht, die Stadt müßte ihre Steine aus Jahrhunderten auf diese Frau werfen.

Indes: Mit dem Licht tasten *schwarze Vögel* durch die Wolken. Ihre Fluggeräusche schneiden in kühlen Wind und dringen hinab ins Geäst der Straßen & Hinterhöfe. Die Frau bleibt einen Augenblick stehn & schaut auf, getroffen von den Schatten der *Vögel.*

Im Näherkommen haben die *schwarzen Vögel* sich geformt zu einer Flotte aus Hubschraubern, die, im Anflug auf den verzweigten Wuchs dieser Stadt, sich anschicken, dort niederzugehn. Ihre Silhouetten verdichten sich zur Insel, in ihrem Dunkel unentrinnbar die Frau. Der Himmel schreit mit schwarzer Stimme aus Motoren.

(Die Hubschrauber töten die Frau).

DANACH steigen die Hubschrauber wieder unter die Wolken. Und lassen ihre Schatten, die niemand mehr mit Schatten großer Vögel verwechseln kann, im aufleuchtenden Tag über die sperrigen Hürden dieser Stadt geloppieren, lautlose Schar schwarzer Pferde. Sieh da, jetzt sind es Pferde. Weitgespanntes Netz aus Motorenlärm nahe den Wolken, die zerreißen unter den Messern der Propeller wie Goldpapier. Und die Schatten ziehen weiter, der Richtung eines Bahngleises folgend, das sie wie Sprossen einer Leiter erklimmen & das sie hinausführt in lichtes Flachland. Von oben die Landschaften einer topografischen Karte, dem farbigen Katalog abstrakter Zeichen ähnlicher als einer Wirklichkeit aus Erde, werfen die Abbilder der Hubschrauber ihren Fliegern sich entgegen. Baumkronen als gedunkelte Inseln im einfältigen Grün. Gras, aus den Toten wachsend, die unsichtbaren Vinetas. Dies erstarrte Meer in den Farben der Felder & des Steins, als hätte die Erde zu Tiefen sich gewölbt. Ein Fest-Land schließlich, ein Erd-Teil in grünbrauner Dunkelheit des Waldes, in seinen Schatten versinkend ein Horizont.

Irgendwann später tatsächlich Gewässer. Ein See, aus dem Dunkel starrend wie ein Auge, weitaufgerissen in beständigem Schrecken. Die Iris hell, der nackte Blick des Gejagten, Insel, der Mensch die Störung, das Sandkorn, das in dieses Auge geriet noch vor den Schatten der Hubschrauber. Walters Mutter.

*

Die Frau auf der Insel bemerkt zunächst eigenartige Kühle, die über die Haut fährt, sobald die Sonne sich verdüstert an einem warmen Tag. Die Frau schaut & sieht Wolken aus Metall. Sieh da, jetzt sind es Wolken. Die nicht mehr weiterziehen und langsam tiefer sinken, bis Wirbelsturm mit vielfachen Zentren die Insel erfaßt. Dröhnen erstickt übriges Geräusch, kleinere Bäume stürzen gebrochen zur Erde. Die Frau spürt diesen rohen Chor & meint, die Knochen reißen aus dem Fleisch. Die Frau begreift, daß der Mann mit seinem Gesicht, das an gelbgefärbtes Holz erinnert, nicht gelogen hat.

*

—Was ist Wahrheit an diesen Bildern, Grenzen meiner Welt. Oder die Wände zu diesem Zimmer, an die ich Tag & Abend male. Draußen der blutige Schädel Sonne, ich mische die Farben im Glas. Später meine Hände rotschwarz, Blut eines geschlachteten Sterns, die Wolken färbend, Arme aus Rauch. Wer zeichnet wen. Ließ ichs bleiben auch nur ein Mal, kann sein der Tag hat keinen Untergang. Der endlose Tag, Traum für Kinder. Oder keinen Aufgang, irre Hoffnung der zum Tod Verurteilten vor ihrer Zeit. Die meisten Morde geschehn im frühen Licht. Dieses Zimmer ein Mittelpunkt, Zentrum für einen Kosmos. Seine Türen verschlossen seit Ich-habs-vergessen. Die Welt lag erstarrt in ihren Farben, die zogen in den Krieg, Braun gegen Rot gegen Schwarz gegen Gelb & jeder für sich gegeneinander, noch ihre Schatten schlachteten sich nieder. Ich war geflohn vor den Farben, mehr weiß die Frau des Hausbesitzers, eines Roten, der diesen Mann neben mir, den ich vergessen hab seit ich ihn zum ersten Mal sah & der Braun war wie die Unschuld, haßte, wohl dieser Farbe wegen. Und umgekehrt. Braun schlachtete Rot. Soviel weiß ich. Was blieb, wollte zusammenfließen, Instinkt der Unterdrückten. Ich, farbenlos wie Kinder vor ihrer Geburt, war *die Unterdrückte* oder ich-weiß-nicht-was in den Augen des Roten Hausbesitzers. Er ließ mir das Zimmer, den Schlüssel bei sich. —*Mann rinn mann rinn inne jute Stuwe unt rasch unt stieke Wo ville heiße Keppe ssesammhäng jiebtet keen kiehlet Bia Aba det hält sich nich kannstma gloom Meechen wennick da sahre: Det hält sich nich hab schon ville jesehn seit Achtzn Secksnsiepzich Hier bei mia biste sicha Det wollmajama sehn obwa ooch noch unsan Kopp hamm Kannst hier bleim solangde willst Wennet kalt is draußn bleibt ma ehm inne Stuwe det weeß jedet Kind Brauchsta nich sse firchtn dettick meen Maul ufftu ick bin immuhn jejen jroße Worte Wie det lermt da draußn Schwertgeklirr unn Wogenprall zum Rhein zum Rhein zum deutschen Rhein wir alle wollen Hüter sein* (»Der echte Fromms-Act von S. Hennig, Dresden, seit 1899«) *Ooch wenna dir jeschlaang hat dein Oller unt anzeijen jehn will: Wie hatta dia jennant: Sau unt Hundsjemeinet Schtick unts Kleid hatta dia ssarissn — det jiebt sich lassma meene Kleene der is doch imma wieda anjekrochng komm der olle Wieterich der Det macht der dia nich wieda unt rinn inne Stuwe kommt der dia ooch nich ick habm Schlissl bissa sich beruhicht hat biste sicha hier Et is allens een Uffruhr inne Welt awalassma sowatt kommt unt sowatt jeht — Da stell deinn Koffa hin dein Zeichenzeuch unt wennde keen Pappia mehr hast: De vier Wände sinn jroß jenuch.* (Hätt er geahnt, daß er einen Kosmos verschenkte!). Draußen an der Tür Fäuste & Tritte des Mannes, den ich vergessen hab. Bis die Fäuste & Tritte ausblieben irgendwann. Dafür Schläge gegen die Mauern, stärker als Menschen schlagen können. Schreie statt Worte, Messer durch die Wände, Blitze : Das muß ein gewaltiges Raubtier sein. Sieh da, ein Raubtier. Das mit solchem Gebiß Häuser verschlingen kann. Sonst Stille draußen. Und Regen, den ich Stunden zuvor mit meinen Farben an Decke & Fußboden gezeichnet hab. Oder Schnee, niedersinkend wie matte Vögel (ich hab ihn aus dem Stuck der Wände gemacht). Wind, bisweilen Sturm, der sich mit derben Schultern gegen das Haus wirft & den Schlaf nimmt, das Glas in den Rahmen ein dünnes Eis. Sommernächte auch, unter den Brücken das Tier, im Wasser sich spiegelnd. Seine Zeit die Tropfen. Sieh da, die Tropfen. Mir alle paar Zeiten ein mageres Weib im Geruch von Lavendeltee & Nudelsuppe. Froilain Mende. Plappernd im Tandara*dei* der Krankenschwestern & Gouvernanten, die Alten die Kinder die Irren, die verspielt haben & ausgeliefert dem Schuldgefängnis & den Hungertürmen satter Geschwätzigkeit. Auf dem Boden die Wanne mit dampfendem Wasser. Meine Nacktheit zu verbergen, wirft mir die Frau einen verschlissnen Mantel über die Schulter, bis das graue Leinenkleid, das einzige, das ich trag, getrocknet ist, und die Haut drunter. Weil die Frau, die Fremde, mich wäscht ohne den Stoff mir vom Leib zu nehmen, *Da nahmen Sem & Japhet ein Kleid und legten es auf ihrer beider Schultern und gingen rückwärts hinzu und deckten ihres Vaters Blöße zu & ihr Angesicht war abgewandt, damit sie ihres Vaters Blöße nicht sähen,* und dieser fremde Mantel mit dem Gestank der Wohlfahrt ist wie ein anderer Körper, der sich um mich schließt & mich zurückläßt nackter als nackt. Hexenprozeß. Die Suche nach dem Teufelsmal. *Es ist nun Sach, daß er sich bei einem Weibe verstellet und Mannen beywohnet, so blaset er sich auf, als sei er ein schwanger Frauw, und zur Zeit der Geburt legt er ein gestohlen Kind neben sich, als sey es von jm geboren.* Du warst meines & von mir geboren. Walter. Wärst du in mir geblieben. Hättst du geahnt, was du in Bildern sehen kannst, keine Farben hätten dirs Gehirn verdorben. Auch kein Mann, Lehrer *S*portler Krüppel. Die Wände bin ich & meine Bilder. Kennst, Walter, du die Schönheit einer Wand, an der die Zeit vorüberging. Die Lüge der Maske durch die Lüge der Echtheit. Die greift mit krummen Fingern nach meinem Leinen und zerrt mir über die Schulter die rauhe Hand, Froilain Mende, und aus dieser Hand, als würd sie sie gebären, kleine schwarze Perlen & aus ihrem Mund Raunen von Beschwörungen. Diese Finger haben niemals einen Mann berührt. Dieser Mund, toter Brunnen, hat nie den Samen eines Manns getrunken. Ihre Augen Kalk, den man auf Leichen wirft, und niemals Lust der eigenen Haut im Spiegel eines fremden Leibes ertränkt. Kein Verlangen außer Denunziation im öden Atem des Beichtstuhls. Mein Gelächter ist meine Rache an der professionellen Barmherzigkeit, Vergeltung fürs Leben jenseits vom eigenen Fleisch. Armes Weib: Lavendeltee & Nudelsuppe. Der Rest den Gebeten, Leib & Knie geschwolln von gestorbenem Verlangen. Aus meinem Blut, Blut einer Irren, die Jahreszeiten! Herbst, weil ein Jahr so rasch nicht sterben kann. *–Was reden Sie von Tod und haben einen Sohn!* Sagt der Fremde mit seiner gelben Maske, den ich einen Abend zuvor an die Wand gemalt hab im Versuch, den Mann zu erinnern, den ich einst vergessen mußte unter den Schlägen des Mannes, den ich vergessen hab. *Oh du kannst mich nicht treffen damit Nenn mich wie du willst aber ich will dich nicht mehr sehen Du mieses Weibchen Morgen Morgen verschwindest du Diesmal mein ich es ernst Du wirst es erleben Das Kind Das Kind Auf einmal denkst du an das Kind.* Der Fremde aus dem Bild, das ich ihm gab, der Eindringling: *–Solange das Bild des Menschen lebt, solange lebt der Mensch, wie. Haben Sie viele Kinder, die Welt voll Zukunft. Wertlos ohne Erfahrung. Wissen, das aus dem Fleisch kommt. Das hat sich zur Organisation gereichert, die Zellteilung der modernen Welt. Mich interessiert, was gibt die Zeit an Wissen zurück ans Blut. Die Zukunft steht in den Formularen, was stört, bleibt sitzen. Das ist Vorsehung seit Gott die Lehrer erfand. Ihr Sohn ist von dort zurückgekommen, Zukunft ist Erinnerung. Was hat er erzählt? Natur ist stumm, wie. Sie könnte lachen wie Demokrit über den Theaterdonner der Götter. Wolken auf Ihren Bildern, Natur wie sie schon immer ist. Sie haben Natur, die aus dem Menschen kommt, vergessen. Wozu die Bastler. Wolken sind aus Metall, auch eine Folge der Zellteilung. Das nennt sich Hubschrauber. Der Flieger von heute ist im Schatten morgen, vergißt er wie er im Wind bleibt. Das kann man lernen, Macht ist kein Geheimnis, die Bombe auch nicht. Die Erfindung, die sich gegen den Erfinder kehrt, denken Sie an Frankenstein & Otto Hahn. Letzterer hat das Atom besiegt und wird ans Kreuz geschlagen seit Hiroshima. Krieg ist Krieg, wenn er von Den Andern ist. Auferstehung die Politik aus Chemie. Er hatte sie beschworen, sein Fluch. Was hat er Ihnen erzählt, Ihr Sohn, von den Alpträumen der Macht, Brandspur in seiner Netzhaut? Sie schweigen, das Vorrecht der Pflanzen. Ich werde zurückkommen morgen.* Ein Herbst damals, die Bäume im Feuer aus glashellen Lüften, ein Rauch des vergehenden Sommers. Und ich habe den Herbst, mein erstes Gemälde, verkauft, manchmal fängt ein Berg zu gehen an. Erstmals Glühen auf meiner Haut, orangefarbenes Leuchten. Leben in Flammen – mein erster Herbst! Sein Käufer ein Mann, fremd in dieser Stadt, in diesem Land. Händler mit Bildern *–So wie dieses, Madame.* Um die Mundwinkel ein Abglanz Lachen. *–Sie müssen mich begleiten nach Paris. Sagen Sie Ja. Ich sage Ja.*

Und sage Ja in einer anderen Münze, als die Wände eines stickigen Zimmers nach außen sich kehren, dem Wind die Ausdünstung durchschwitzter Kleider & weißen, käsigen Fleisches, das keinen Samen hat für Kinder nach wieviel Jahren Ehe; das zweite Ja nach dem ersten Ja –*Ja Vater. –Du verstehst mein Kind wir müssen uns arrangieren. Schlechte Zeiten für die Gute-Alte-Zeit. Die ist vorbei, wem nützt der Glanz aus Gestern. Der brennt in den Augen heute wie Kalkstaub & ist nicht kreditwürdig an den Börsen der Zeit seit Braun-ist-Trumpf. Das letzte Geschäft für die Erfinder des Kapitals ist der Kuhhandel mit den eigenen Töchtern. Die gehegte Zucht für den Pöbel, der ist aus unserm Gestüt. Zeit der Fleischhauer & Totengräber. Die ich rief, die Geister, werd ich nun nicht los. Das Zimmer haben sie mir gelassen, meinen Tübinger Turm, zu hoch über den Straßen um zusehn zu müssen. Ich bin kurzsichtig, mein Kind, die Gnade des Alters. Soll sich das in den Straßen schlagen & in den Stadien im Turnhallenschweiß die Ohren taubbrülln mit Neuer Zeit. Nimm du den Mann aus dem Aufwind, Mädchen, ein größres Übel wärs du bliebst allein in dieser Neuen Zeit. Kann sein, es gibt Schlechtere unter den Schlächtern.* –*Ja Vater,* und ein Ballsaal voll neuerkaufter Verwandtschaft, ein Akkordeon quetscht Luft zu schmierigem Brei, und schwitzende Hintern auf Stühlen & Bänken, Bierschaum in Vierkantgesichtern. Die riechen nach Schweiß wie ihre Ärsche, Einigkeit macht stark. Fest steht & treu die Wacht am Rhein schwappender Schnaps zwischen geröteten Fäusten und treu die Wacht am Rhein das tanzt hinein ins andere Fleisch und Finger an geblümten Hinternwölbungen daß die Kleider hochrutschen bis Strumpfhalter auf weißen Schenkeln Hemdsärmel Oh-de-Kollonch & Socken La-Paloma-ohee, das heult vor Geilheit & Sentimentalität, das greift überm/unterm Tisch nach verwandtem Fleisch, in Dunkel Badezimmer Rascheln von Stoffen & Knistern von Fingernägeln auf Schamhaar –*Ja ich werde kommen nach Paris. Ich werde meinen Herbst verkaufen,* Sisyphos ist zur Frau geworden & läßt den Stein fallen, Fels aus dreckiger Wäsche & Kartoffeldunst samstags Kamerad*schaft*sabend die Reihen fest geschlossen ein Mann im Gestank von Bier & Pisse und Blut ums Kinn von den Schlägerein mit den anderen oder den eigenen Farben einmal Rammeln danach –*Du meinst wohl du bist was bessres Hätt ich dich nich geheiratet könntste deinem Alten die Pantoffel wärmen sonntags Nudeln wenns hoch kommt die übrige Woche Kohldampf Den runtergekommnen Bonzen steht die Würde von Gestern noch in den Visagen ansonsten ist der Stoff recht dünn überm Arsch wo wärst du ohne mich Die feine Dame schmier dir ausm Gesicht auf deine Leinwand Firlefanz der verzogenen Püppchen Was gibst du mir keinen Sohn Den Balg den du mitgeschleppt hast als Mitgift zähl ich*

nicht Um den muß ich mich kümmern & die Armee kann sein und der Bengel
wird schwul dein Erbteil ein Krüppel Eine Frau ohne Kinder ist keine Frau
Jede Nummer mit dir ist Vergeudung was könnt ich für Weiber haben ohne
dich Komm Liebling ich werde dich in den Arsch ficken, Ja ich werde kommen in den Park, wo Herbst in den Bäumen glüht, wo die Luft wie
dein Atem schmeckt und Gras weich ist noch vom Sommer & von
unserer letzten Liebe. Ja ich werde dich wiedersehn morgen und ich
werde dich umarmen und dein Gesicht an meine Brüste ziehn, daß
du meine Haut riechen kannst und du wirst mich noch einmal fragen
in deiner Sprache, die aus unsrer düstern Sprache einen Klang holt
wie zum Ende eines Liedes, und noch einmal sage ich Ja und werde
die Augen offen lassen, damit ich dich sehen kann, und Erde spüren
und Gras, ich werde mich wie ein Tier unter den Bäumen rekeln, das
Feuer auf meinem Leib, Ja, ich werde brennen & diese Flamme wird
mich härten zur Rückkehr (dein Geschmack noch in meinem Mund)
hin zu Einem, der aus den Nebenstraßen kam, aus der Siedlung jenseits vom Bahnhof, und der zum Vieh wurde mit einem Irrtum von
tausend Jahren Herrschersein im Schädel, der wird mir ansehn woher ich komme, Liebe ist eine schlechte Maske, und er wird mit seinen Fäusten über mich herphallen, was weiß ein Vieh von Herbst,
und er wird mir das Kleid zerreißen über den Brüsten, die haben zuvor gesäugt, was nicht vom Fleisch dieses Mannes ist, der mich
schlägt mit der Wut des Versagers, ein Wort von mir macht den zum
heulenden Bengel, das Leben meines Kindes ist Vergeltung genug –
ich werde das Wort nicht sagen – weil ich diesen Mann vergessen hab
schon am ersten Tag & weil ich deine Stimme noch in den Ohren
hab, der kann meine Brüste schänden meine Ohren nicht, *Ja ich werde*
zurückkommen morgen, und die Tür hinter mir fällt ins Schloß, sperrt
den Mann aus, den ich vergessen hab, seine Fäuste & sein Gebrüll,
und ich warte in der Stille meines Zimmers auf Morgen. Der
Fremde aus dem Bild, der Eindringling mit dem gelben Gesicht,
spricht vom Kind, Walter, das aus dem Herbst kam: *–Er ist tot, dieser*
Sohn, den Sie geboren haben nicht vom braunen Samen, nachdem er ein
zweites Mal fortging. Das ist die Kalenderrechnung eines Mannes, für die
Frau kommt noch ein Mal hinzu. Was hat er Ihnen erzählt & den anderen
von den Toten in einem Wald & von denen, die lebendig tot sind aus Notwen-
digkeit, und zu denen er zurückging, um zu ihnen zu gehörn. Unser Schick-
sal. Ich sprach von der Notwendigkeit des Tötens. Empörung über Mord ist
das Privileg fürs Volk, schon das Wort führt in die Irre. Hätten Sie die Solda-
ten an der Front gehört im Fegefeuer unserer Zeit. Worüber haben die gespro-
chen: Kein Wort vom Tod, ein Handwerker spricht nicht über sein Hand-

werk. Das ist Pietät. Die Macht ist eine sensible Braut. Wir kennen Schonung nicht für uns, weshalb Schonung für die Köpfe, auf denen wir stehn. Unsre Last ist unser Spiel, die schwere Aufgabe unser Vorrecht. Die Starken leben von dem, was die Schwächeren umbringt. Wir herrschen nicht aus unserm Wollen. Wir herrschen, weil wir sind, Töten ist Erfahrung, daraus wächst Leben. Alles andere ist Naturschändung. Barmherzigkeit der Beruf der Pfaffen, seit die aus dem Spiel sind. Darüber haben auch Sie gelacht. Wir sind die Chirurgen in der Politik. Das störende Geschwür muß fort. Romantik aus der Schule vergißt sich rasch am Fließband, täglich gefüllt mit Fleisch & mit Geschrei. Was ist Blut. Das wächst nach oder wird Schnee. Durch uns zur zweiten Geburt, das Neue Leben. Falls Sie dieses Bild besser verstehn, Sie sind eine Frau. Was starren Sie mich an, das Warum zwischen den Zähnen. Haben Sie, was gewachsen ist in Ihnen, gefragt obs geboren werden will. Der Liebe-Gott hat ein Mal den Menschen erschaffen aus Langeweile & aus Dreck, das Weib erschafft den Menschen hundertfach, fragen Sie sich warum. Wir von der Organisation korrigieren SEine Fehler & eure. Das geht nicht ohne Amputation. Was war, bleibt in der Zeit, was wird, bestimmen wir. Im Mittelpunkt von Politik steht der Mensch & im Weg. Macht ist unpopulär, daher ist sie Naturgesetz, sein Amtshelfer ich & unzählige Ich. Den Naturgesetzen beugt sich auch der Anarchist, fragen Sie Spartacus. Der, furchtlos vor Crassus & Rom, hat um Beistand gefleht bei den Göttern als es donnerte aus dem Himmel über Apulien. Manchmal führt der Umweg grade ins Ziel. Wir haben die Berge etwas geebnet, das macht Aufsteigen leichter. Der Witz mit Erklärung hört auf Witz zu sein; der Berg mit breiter Auffahrt & Sessellift nach Oben ist kein Abenteuer mehr. Das bewahrt vor Gipfelstürmern, es wird keinen neuen Everest geben. In jedem Gehirn ein Polizist, das spart die Uniform. Das Ende des Aufruhrs der Sklave, der, wenns ihn juckt, nachdenkt bevor er sich kratzt. Danach Loyalität, Glaube & Liebe zum Schluß. Das Volk regiert durch das Volk. Ich fange an, mich zu rechtfertigen vor Ihnen, verzeihn Sie die Entgleisung. Zu lange ich auf Außenposten. Sie sind mein letzter Fall. Danach werd ich zurück nach Walhalla ziehn, die Hohe Schule des Schweigens. Auch Götter führen Krieg untereinander, was dachten Sie. Gott schuf den Mensch nach seinem Bilde. Der Unterschied liegt in der Verbreitung, über diesen Krieg berichtet kein Journal. Mein Gehalt ist größer dort Oben, mein Schreibtisch auch & ferner vom Blutgeruch. Die Toten, zur Zahl geronnen, stinken nicht nach Gewissen. So heißt der Hund, der zurückfindet in seine Hütte aus jedem Exil. Was wollen Sie. Soll ich verzichten. Machs ich nicht, machts ein andrer, kein Unterschied für Sie. Oder sind Sie für Abwechslung. Das anspruchsvolle Opfer: Jeden Tag ein neuer Henker. Und kommen Sie mir nicht mit Wennnun-keiner. Ich sehs Ihnen an, daß Sie Moralist sind wie alle Verrückten.

Solange Fleisch, solange gibts die Würmer. Wen hätte Hitler gefressen, wär der letzte Jude durch den Schlund. Ein weites Feld. Sie sind meine letzte Mahlzeit, wie gesagt. Ihr Fall ist mein Dienst, mein Zweites Gesicht. Das erste hab ich mir abgewöhnt. Zeit zu reden jetzt für Sie. Wollen Sie stumm bleiben noch immer im Angesicht von Natur. Behalten Sie den Bericht Ihres Sohnes, der zu den Toten gehört vor Ihnen, länger nicht für sich & für die Wände. Denken Sie an die Nachwelt. Die hat ein Recht auf Behaglichkeit.
–Aber du bist nicht zurückgekommen morgen und an keinem Morgen nach morgen. Farben, die ich zum Tag mische auf den Farben der Nacht, wollen Tag nicht sein. Was nach dem Herbst kommt in Weiß trägt noch Feuer, und Bäume & Gräser im Park wie der Leib von kleinen Fischen, durchsichtig, und ich kann das Blut in den Adern & das winzige Herz, kaum größer als die Wunde von einem Nadelstich, pulsieren sehn, als wären diese Leiber unvollendet oder vergessen worden, und ich kann den Herbst nicht vollenden mit den Feuern, die übergreifen jetzt auf mich. In heller Flamme ich, und kein Schmerz. Pflanzen verbrennen zum Winter und der Winter ist Glas, ich schaue durch matten Flügelschlag des Schnees. Dahinter Grün, wasserhell nach einem Frühjahrsregen, und eine Glocke schlägt zum zweiten Mal in der Nähe. Das erste Mal, als die Faustschläge gegen das Holz verstummten & nicht wiederkamen einen Tag lang, dann zwei Tage und überhaupt nicht wiederkamen. Ich wußte, der Mann, den ich nicht berührt habe auf der Treppe zur Kirche am Hochzeitstag & den ich vergessen hab schon beim ersten Mal, er würde fort sein wie seine Schläge für immer & Zeit meinem Kind die Bilder zu zeigen. Walter. Und kommt durch die Tür & dieses Mädchen mit hellgrauen Augen, das sind Augen für Herbste, ich spüre das Glühen auf meiner Haut und ich weiß, nun werde ich den Herbst vollenden können. Aber das Mädchen & Walter laufen hinaus, als die Bäume in hellroten Flammen stehn, und Holz ist wieder stumm nachher. Später Tage & Nächte, nicht meine, ein Mund, in dem Schreie auf & nieder fahren, blitzend wie Zähne in einem mörderischen Gebiß. Die Bäume im Park stürzen in die langen Gräser, die Farben zerspringen zu Inseln & aus dem Glas wie Scherben, ich fühle Tod, nicht meinen, Walter, dein Gesicht in meinem Kosmos für jeden Tag & für jede Nacht, bis die letzte Tapetenwand fällt, dein letztes Gesicht, Walter, will auf dem Mörtel nicht trocknen, dein Gesicht aus dem Gesicht des Mannes, der nicht zurückgekommen ist morgen und an keinem Morgen nach morgen, du hättst das wissen solln, Walter, bevor du mir erzählt hast in dürr gewordner Sprache aus dem Wald, deinem Tod. Ich hab dir gesagt: *–Geh zurück woher du gekommen bist, Walter,*

die Welt ist geviertelt bis zum Jüngsten Gericht & kein Friede danach. Der Friedlichste ist der Tote, geh wieder zu ihnen, bevor in die Welt der Friede fährt. Was will dieser dürre Zwerg mit der gelben Visage, Gesandter aus den Amtsstuben Gottes oder eines anderen Diktators. Was der Geheimnis nennt für Auserwählte, lernt jeder Bengel mit Vierzehn, dem das Glied in den Himmel wächst. Wille zur Macht ist aus dem Samen, der nicht ins Weib kann. So die Scharaden & Riten dort, wos nichts zu erraten & nichts zu *feiern* gibt. Vom Nord*pol* bis zum Süd*pol* das Weltreich der Masturbanten. *Ich hab keine Angst vor diesen Engeln & ihren Trieben unterm dreckigen Hemd. Selten ein Fleck drauf wie dieser : Der Mann mit der gelben Maske,* ihn töten wär sinnlos, Verdopplung des Schreckens. Sein Bild ausradieren : Wir leben mit unsern Gespenstern zwischen Goethe und Rauschenberg.– Das kann nur wissen, wer aus den Atomen meiner Farben ist, von dir, Walter, –*Der hat zuviel gesehn durch einen Zufall im Übungslager der Macht. Wofür hat ers gehalten? Eine Diaspora von Schrebergärtnern? eine mißlungne Geflügelfarm? ein Club versprengter Herrentagsfahrer? Wer glaubt an Tod dort, wo er ihn sieht. Vielleicht konnt er deshalb nicht hierbleiben : Wer will Vergangenheit noch einmal erleben, wenn er aus der Zukunft kommt. Bleibt Sehnsucht nach den Toten. Erde, unsere Zukunft, der wachsen wir entgegen mit jedem Tag. Hat er darüber gesprochen? Worte verfälschen, was Augen sehn. Wie hat er den Ort benannt, sein Grab im Heute? Wissen ist Macht & Macht ist Tod. Das gilt, seit der erste Sohn seinen Vater erschlug. Übrigens auch in den Wäldern. Ich muß ihn finden durch Sie.*

Die Frau: Ich brauche mein Kind noch sehr lange.

Der Mann: Ich brauch es schnell. Für die Späten Menschen ist zu früh Heute & immer.

Die Frau: Ich hätte kein Kind haben solln. Kann sein & auf dieser *Polonaise* ist noch Zeit mein Kind zu überholen in den Tod.

DIE MÜTTER ENTLASSEN IHRE KINDER IN DEN TOD.

Schreit die Frau gegen Wände aus Schichten alter Farben. Die Fenster verdüstert durch Staub & Regen. Über Dielen verstreut Papiertüten & Pulverreste aus einem Karton »Das Kalte Feuer«, darunter die Fotografie, brüchig & erblindet wie alte Spiegel: ein üppiger Park, ein Mann, eine Frau.– Die Wände des Zimmers bedeckt mit dilettantischen Zeichnungen & Gemälden voll von kindhaftem Traum & Entsetzen. Märchenbuch einer Frau, die Seiten aufgeschlagen & erstarrt zu Mauern. Stofftiere, rahmenlose Bilder, Briefe, Tücher, Glasflaschen, ein Strohhut – Erinnerungströdel, von Farbresten verklebt und zum Scheiterhaufen gekehrt, wartend auf Exekution : Kosmos im Geruch von Wasserfarben, verkommen zur schäbigen Zelle in einem Gefängnis.

Mit dem Schrei bricht die Frau aus. Und läuft, als Nacht wie eine Steinplatte über den Straßen liegt, einen Weg entlang, den sie wiedererkennt aus der Erzählung ihres Kindes, Walter, und an seinem Ende sie den Wald weiß, einen See, eine Insel.

✳

Als die Schatten der Hubschrauber niedersinken & ein Wirbelsturm mit vielfachen Zentren die Insel erfaßt & kleine Bäume zerbrechen, bricht auch dieser Holunder, wurzelnd in einem Stapel Bretter inmitten von Hühnerscheiße & Abfall. Der eigenartig dürre Wuchs dieser Pflanze ist der Frau aufgefallen, bereits als sie aus dem See-Wasser kommend die Insel betrat. Die Blütezeit ist fast vorüber, die Pflanze im süßlichen Geruch beginnenden Verwesens. Stamm & Äste in ihrer Beschaffenheit erinnern an Zeichnungen Leonardo da Vincis über die Muskulatur des menschlichen Körpers, ein verhungerter Körper. Denkt die Frau.

Die Stelle im Holz, die den Bruch des Baums anzeigt, schimmert hell aus dem Beingrau der Rinde, und die Schatten der Hubschrauber mischen sich ins Blut aus der Pflanze.

(Die Hubschrauber töten die Frau).

WALTERS TOD.
MÖGLICHE VARIANTEN

Prolog. Großer Raum über/unter der Erde/dem Wasser. Sonnenuntergang Sonnenaufgang Keine Sonne. An Wänden, Decke & Boden Plakate Fahnen Bücher Denkmäler Bidets Fotografien von Fabriken & Kathedralen & Mickey Mouse & Schauspielern & Politikern Zeitungen Flugblätter Klopapier dazwischen Mullbinden Klistiere Filmstreifen Automobilteile Neonröhren Gewehrkolben Videomonitore Whiskyflaschen Babyflaschen Gasflaschen ...
   Musik PINK FLOYD – THE GREAT GIG IN THE SKY
   Walters Tod.
   EIN namenloser Söldner in Troja ...
   EIN Schizophrener in einer Irrenanstalt (Ort & Zeit beliebig) ...
   EIN Plebejer in den Gassen Roms beim Brand 64 nach Christus ...
   EIN verarmter Bürger einer Kleinstadt während einer Pestepidemie im Dreißigjährigen Krieg ...
   EIN Prolet in einer Industriefabrik des Neunzehnten Jahrhunderts ...
   EIN Junkie im Central Park in New York City ...
   EIN Prolet in einer Industriefabrik des Zwanzigsten Jahrhunderts ...
   EIN namenloser Söldner in Stalingrad (Uniform beliebig) ...
   EIN zufällig Anwesender während eines Pogroms/Kneipenhändels/Polizeieinsatzes ...
   EIN Säufer am Rand der Allee der Kosmonauten in Marzahn ...
   EIN Fußgänger beim Überqueren einer Nebenstraße ...
   EIN namenloser Söldner im Dritten Weltkrieg ...

   Ein Kurzschluß beendet das Spiel.

7. MARGARETE

Eine, die schrumpfen & schwinden muß, elternlos,
ohne den Mann, der mein Nächster ist, beistandslos,
leb ich dahin wie das schlechteste fremde Weib,
Magd in den Stuben des Vaters & angetan mit Lumpen,
Tischgast nur im Stehen, wenn die Esser fort sind.

Sophokles, Elektra, 187–192

Birkheim hat sich zusammengedrängt, kauert häusereng in der Niederung, einen Fußmarsch, kaum zwei Stunden, groß. Und zieht
fröstelnd rissigen Stadtwall enger, grünumflort, blütenbesetzt.
Totengelb des Birkheimer Frühlings: Erinnern Erinnern. Eine
Turmglocke schlägt sich einige Brocken Zeit aus dem Ziegelgeweb:
magischer Würfel, hinterhof-durchsetzt & gassenschraffiert, kasta-
nien-, buchen-, linden-, eich-bemustert, stäubend Vögel in reisigen
Luftzug; winziger Turmjockey auf kolossalem Spitzdach, Bitterrot
vorm Himmels-Ziel; Ad *Majoran* Dei Gloriam :Küchenwind aus geöffneten Fenstern; auf Gehsteigen pendelnd Schritte unter Mänteln;
Tüten & Brotlaibe, verstrickt in Einkaufsnetzen; und Vieleleute auf
Straßenschnüre gefädelt, blaß & verwaschen scheinbar jugendlos;
Der Krieg Der Krieg wissn Sie –; Hüte & Mäntel : aus einer Familie,
Gesichter als trügen alle die gleiche blindmachende Brille; Lastwagen
schaffen Radfahrer beiseit & Lieferung vors Ladentürl: Schlauraffen-
land umschlingernd Tischklippen bekanntschafftliches Handwasch-
du-mir-ich-dir; Lautsprecherblech Nachrichten- & Parolenjodl;
hohes Bürgerhaus einst, Jugendstilfassade mit zerbrochner Ornamentik, Amt für Saatgut jetzt, und wo einst überm Eingang Segens-
spruch das Spruchband heute JEDE RÜBE EIN SCHLAG GE-
GEN ADENAUER; Schlag Wort Schlag Wort straßenweitund-
breit, also: wiedermal: ohrenklappzu hutfest & mantelkragenhoch:
Kalt is wieder geworn was –. Bäckereien rauchen Teigwärme ins Tief
mit Kern über den britischen Inseln, Tütevoll Kuchenreste für nur
1 Groschen!: Aluminiumfarbenes DEUTSCHLAND 10 PFEN-
NIG : Mehrses ooch nich mehr wert!; Kneipp's Malzgesicht im heißen Kaffeeschwarz, tassenrund; Häuser an faserigen Rauchschnüren
hängen naßrot & tief herab vom Himmel aus Schornsteinen: Siss
wirklich kalt geworn übernacht!

Margarete in der Stadt, geht unterm Neuen Tor hindurch, betritt eine Nebenstraße. Früher Abend, die Kleinstadt flieht in Grau.

Margarete, stehenbleibend, beatmet die Ladenscheibe von KRU-SE'S COLONIALWAREN (der jetzt nur noch mit HO-Lebensmitteln Handel treibt) – auf dem Glas eine graue Luftinsel, und Margaretes Atem verdeckt für einen Augenblick das Spiegelbild einer Kinderschar auf der Straße. Margarete möchte ein Kind. Ein hübsches Kind, schwarzhaarig mit blauen oder grauen Augen. So ein Kind brächte dieser alte häßliche Beamtenschmerbauch, der allsonntäglich Die Mutter rammelt & mittwochs die Tochter, niemals zustande. Deshalb hat Margarete kleine Essigschwämmchen zwischen ihre Beine geschoben, bevor der Beamte, das Graue Flanell, *sein Ding* zwischen ihre Beine schob. Margarete haßt diesen Fettkloß mit seinem Schweinepimmel. Margarete haßt den Geruch von Essig. Margarete haßt Schweinesülze mit Remouladensoße; Margarete denkt vor KRUSE'S COLONIALWAREN an Walter. Dabei beobachtet sie die Straße, deren Abbild über die Ladenscheibe wie über eine Kinoleinwand rollt. Im Glas ein dunkler Abend. Die Kinderschar ist auf der Straßenmitte zum Pulk zusammengestrudelt. Vom Straßenende nähert sich ein Möbelwagen. Margarete denkt an die Hutfabrik am Stadtrand vor Birkheim. Dort würde Margarete arbeiten. Sekretärin in einem Büro. Das hat Man ihr angeboten, als sie auf die Frage nach ihren Interessen *Bücher* erwähnte. Von der Literatur zur Kanzlei, das ist Humor, Bücher sind Bücher. Denkt Margarete. Margarete denkt auch an die Filzluft, die als großer Schwamm die Atemluft einsaugt. Filz gegen Atem. Sie erinnert sich an einen Besuch in der Hutfabrik während der Schulzeit. Der Fußboden ist filzig. Die Fensterscheiben bedecken filzige Schichten. Das Licht in der großen Hutfabrikhalle ist filzig. Die Kleider sind filzig. Einzig der Maschinenlärm ist nicht filzig. Der Lärm ist 8stündig auf 6 Tage & zu Millionen Nähmaschinensalven zerstückelt : Leben ist Arbeit. Obwohl Margarete noch GLÜCK hat, denn sie muß nicht in der Fabrikhalle, sondern in einem abgesonderten Büro arbeiten. Sie wird keine Arbeitskleidung wie die anderen Frauen tragen müssen (:Kopftücher: schrecklich!); sie darf im Büro ihre Straßenkleider anbehalten & manchmal eine kleine Pause außer der Reihe machen. (Zumal in ihrem *Zustand* wichtig). Margaretes Arbeitsplatz ist, sozusagen, die 1. Ableitung der Fabrikarbeit. Das Graue Flanell hat Das für sie vermittelt, aus Dankbarkeit für die Mittwochs. Margarete haßt das Graue Flanell, weil sie ihm dankbar sein muß. Leben besteht aus Arbeits-Jahren. Die Jahreszeiten sind daher frühhell & spätdunkel oder späthell & frühdunkel, außerdem kalt warm lau fröstelig windig windlos feucht trocken eisig heiß. Margarete empfindet JUGEND. Margarete empfindet ZEIT. Margarete empfindet BESCHIS-SEN. Margarete wollte ein Kind von Walter, weil Margarete nicht *allein* sein will. Walter, denkt Margarete, ist keine Schönheit. Er hat schmale, herabhängende Schultern, von denen er hoffte, sie würden ihn vor *Militärdienst* bewahren, weil, wie er sagte, Tornister samt Knarre unweigerlich abrutschen müßten – sozusagen anatomischer Pazifismus. Außerdem ist Walters Gesicht schief & die Nase zu groß. Margarete lächelt jetzt bei der Erinnerung an Hildes, ihrer Freundin Da-Heim, Bemerkung über die Nasengröße der Männer. Margarete wollte ein Kind mit dunklen Haaren & grauen Augen – ob ein Junge oder ein Mädchen, das ist M. einerlei – und Margarete beharrte auf Walter so hartnäckig, weil er der einzige Mann war, den Margarete kannte, der dunkle Haare & graue Augen hatte. Weil Margarete eine Frau ist & weil Margarete eine Mutter hat, die sie haßt, und eine Freundin, die sie haßt, und einen mittwöchigen Bespringer, den sie haßt & von dessen Neben-Sprüngen Die Mutter nichts weiß, und weil Margarete eine Arbeit haben, die sie hassen wird, schon, weil sie mit den Mittwochs, die sie haßt, in Verbindung steht, und weil Margarete Schweinesülze haßt & fast täglich aß, weil das billig war, hat Margarete ein Gefühl: HUNGER. Margarete sucht ein anderes Gefühl. Margarete sucht, in diesem Augenblick vor dem Fensterglas von KRUSE'S COLONIALWAREN, LIEBE. Liebe geht um die Welt. So heißts in einem Schlager. Liebe braucht keine Sprache. Liebe überwindet alle Sprachen. Krönung der Liebe ist DAS KIND für die Liebenden. Das heißt, zunächst einmal für Margarete. *Fraun bekommen die Kinder*, so nehmen Fraun Anteil am *Internationalismus*. Margarete ist eine Frau. Margarete verspürt ein internationalistisches Gefühl. Das ist wichtig in dieser *Zeit nach dem Krieg*. Das hat Margarete auf einer Schulung für Stenotypistinnen gelernt. Aus Krieg wird Frieden. Kindesfrieden. Margarete hegt ihr internat. Gefühl, weil sie weiß, daß sie sich darauf verlassen kann. Wenn man sich auf etwas verlassen will, sagt sich M. schlau, muß man zunächst VER-TRAUEN. Und sonst gibts wenig, worauf M. vertrauen könnte. Ihrer Arbeit will Margarete vertraun, obwohl M. weiß, was ihr bevorsteht. Filziges Abtöten auf Raten vor einer Schreibmaschine auf Filzunterlage. Zeitlupenverrecken. Zum Ausgleich wird Margarete den *Menschen ihrer neuen Umgebung* VERTRAUEN. Das wird eine große Umstellung erfordern, auf die M. sich vorbereitet. Margarete sieht den Kinderpulk auf der Straßenmitte. Margarete sieht den Möbelwagen auf die Straßenmitte zufahren. Margaretes Schrei vor der Fensterscheibe geht unter im Schrei der Autohupe & der Bremsen. Der Kinderhaufe zerstiebt. Bis auf Eines. Das Kleinste. Die Autoreifen. Das Kopfsteinpflaster. Kindfinger. Kindsknochen. Kindsknöchel. Kindshaar wie dürres Gras, zerdrückt in ölroter Kindspfütze. Aus den Fenstern Schreie. Als wär mit einemmal die Stadt ein Schrei, die Luft ein Schrei, die Wolken. Und die Wachspuppe des Fahrers, der nicht schreit & nicht aussteigen kann. Der aufs Lenkrad starrt & nichts andres mehr will. Aus den Häusern Frauen, Mütter laufend zu den *Ihrigen*, und nehmen sie in die Arme & pressen sie an sich, sich an sie. –Gottseidank nich meiner! N Andrer Ihrer!, hört Margarete. Nur Eine, die Eine Frau, schreit noch als längst niemand anderes mehr schreit. –Haltet sie doch! Die dreht ja glatt durch! IS JA ENTSETZLICH! Die Armefrau. Die an der Hauswand raufklettern will, grad neben KRUSE'S COLONIALWAREN, in dessen Fenster Margarete hineinstarrt wie in ein Feuer. Margarete hört die Fingernägel der Frau brechen am rauhen Fassadenputz. Dann packen fremde Hände zu und schaffen die Schreiende fort. Auf Blechschaufeln werden später Kindsfinger & Kindszehen zusammengekehrt, Jemand streut Sand über die ölrote Pfütze. Ruhe kehrt zurück in die Straße, schallende Stille. Margarete preßt noch immer die Hand vor den Mund, ihre Zähne beißen weißblaue Muster hinein, die andere Hand krallt im Unterleib, als könne dort Etwas verloren gehn. Margarete sieht im Fensterglas Menschen stehen hinter sich und sie spürt eine Hand auf der Schulter, hört eine freundliche Stimme. Die Stimme eines Mannes. Margarete haßt Fremder Hände auf ihrer Schulter und Stimmen von Männern, die so zu ihr sprechen. Margarete schüttelt die Hand & Stimme ab und läuft eine Straße hinauf. *Mein 1. Tag in Birkheim!* Denkt M., und die Atemluft wird ihr knapp vom Laufen. Margarete haßt die Mütter, die nicht achtgeben auf ihre Kinder. Margarete möchte Mutter werden. Margarete möchte achtgeben auf ihr Kind. Sie weiß jetzt, sie wird achtgeben müssen in einer Stadt, wo Möbelwagen nach dem Leben von Kindern trachten. Die Mutter-Margarete würde Alles anders machen als die anderen Mütter. Die Mutter-Margarete würde Alles besser machen als die anderen Mütter.

Ich werde morgen meinen Geburtstag haben & niemand wird davon etwas wissen. Das ist schön, Vorzug des Neubeginns in der Fremde. Anteilnahme an meiner Person hab ich stets als Belastung empfunden. Doch ich werde nicht im Nichts an diesem Ort beginnen müssen. Ich werde erwartet von den Verwandten meines Vaters, von meines toten Vaters Schwester & ihrem Mann, um genau zu sein. Die Schwester meines Vaters mochte dessen Frau, meine Mutter, nie besonders leiden. Früher, heißt es, seien beide Frauen *unzertrennliche Freundinnen* gewesen. Ihren Mann habe ich als wortkargen, behäbigen Menschen in Erinnerung, der sich den Luxus expressiver Gefühlsäußerung in keiner Situation leisten mochte; ich glaube, sein Beruf ist *Polizist.* Meines Vaters Schwester ist Verkäuferin. Trotz augenfälliger Gutmütigkeit & Verträglichkeit dieser Verwandten endete deren letzter Besuch bei meinen Eltern in Berlin mit einem Streit, in dessen Verlauf die Schwester meines Vaters dessen Frau, meiner Mutter, das *großkotzige Getu* vorwarf, und meinte damit die Bildungsbeflissenheit meiner Mutter, die aus diesem, wie sie gewiß meinte, Vorzug keinen Hehl machte. Im Weggehen sagte diese Frau zu mir −*Wenn du uns mal brauchst Kind wir sind immer für dich da* oder ähnliches, das, wie ich weiß, die geläufige Formel für trauernde oder nichttrauernde, jedenfalls Hinterbliebene nach einer Beerdigung ist. Vor Wochen habe ich diesen Ausspruch erinnert, ernst genommen & einen Brief an ihre Adresse, hierher nach Birkheim, geschrieben. Und sie, meines toten Vaters Schwester & ihr Mann, obwohl dessen Meinung, sofern er neben der Meinung seiner Frau noch eine andere Meinung besitzt, mir unbekannt ist, hatten sich ebenfalls erinnert & per Retourbrief ihr Einverständnis erklärt, mich in ihrem Haus aufzunehmen, *solange wie das dir gefällt,* hatte die Frau dazugesetzt. Erstaunlich, wieviele Dinge sich durch das Briefeschreiben erledigen lassen. Genau besehn, kann ich mir nichts, das ist keine über*triebe*ne Bezeichnung, nichts vorstellen, was mittels Brief nicht zu bewerkstelligen wäre. Eine Erfindung des Krieges. Gleichgültig, welches Motiv diese Menschen zu ihrer Hilfeleistung auch bewegt, ich werde diesen beiden, meines toten Vaters Schwester & ihrem Mann, *dankbar* sein. Aus dem Schatten der Abendstraße zwei Gestalten, die sich zubewegen auf mich. Ein Mann aus dem Schatten, in seinem Schatten zweifach im Dunkel, eine Frau. Düstres Laternenlicht auf der Schulter dieser Frau, ein blasser Arm pendelt im Schrittetakt. Der Blick des Mannes träge die Hausfassaden betatzend, sein Atem pumpt Bierdunst, das dürr gesträhnte Haar der Frau faßt ein Band im Nacken, einzelne Strähnen teilen das Weiß ihrer Wange in strenge Bezirke. Ihre Augen auf schattengeflecktem Boden zählen die Schritte des Mannes vor ihr, als seien sie numeriert wie Plätze in einem Theater. Die Frau ist sorgfältig bemüht, Distanz zwischen sich & diesem Mann zu bewahren. Im Vorübergehen von der Frau ein großer, eiliger Blick her zu mir. Oder zu meinem Koffer, so genau kann ichs nicht ausmachen. Möglich, die Fremde nimmt den Koffer zum Vorwand, damit sie zu mir herüberschaun & mich begutachten kann, aus dem Trieb, derentwegen eine Frau eine Frau taxiert. Ihr Vorteil, sie kann mich & Koffer zugleich in Augenschein nehmen. *Sag mir welchen Koffer du trägst und ich sage dir wer du bist.* Oder hat die Frau zuerst den Koffer und danach mich oder umgekehrt begutachtet? Höchstwahrscheinlich galt ihr Blick ausschließlich dem Koffer. Denn ein Koffer zur Abendzeit auf dem Gehsteig in einer Kleinstadt ist ein weitaus größeres Ereignis als eine ebendort befindliche Frau.– Der Mann & die Frau sind vorüber. Und ein Lieferauto, eines dieser dreirädrigen Fahrzeuge, blecht langsam hinter mir das Kopfsteinpflaster herauf und entrollt mit seinem *Polyphem*-Scheinwerfer die restliche Straße wie einen unterbelichteten Schwarzweiß-Film. Die Häuser der Jahrhundertwende, ihre geschwungenen Tür- & Fensterbögen, Balkone, Türmchen, Stukkaturen, die Linden am Straßensaum &· die Buchen hinter eisenumschmiedeten Vorgärten, alles schwankend im Blaßlicht zu grotesken Schattenmauern, Schattenhöhlen, riesigen Uhrzeigern gleich, Geometrieen aus Finsternis. Als das Gefährt auf meiner Höhe ankommt, kann ich den Fahrer in seiner niedrigen Kabine ausmachen; er schaut gleichfalls zu mir herüber, vermindert die ohnehin langsame Fahrt & scheint zu überlegen, ob er mich ansprechen soll. Er läßt es, kehrt den Blick wieder nach vorn & töst an mir vorüber die restliche Straße hinauf, im Benzinwrasen die Rücklichter verglimmend wie Aschenglut. Für einige Augenblicke hab ich die Fracht gesehn: *kantige*, in *Sack*leinen geschnürte Gegenstände, menschengroß & dicht nebeneinander, keine Form einer anderen gleichend. Der Anblick, ohne zu wissen warum, macht mich beklommen. *Mein Gepäck ist da!* hab ich unwillkürlich gedacht.

Ich hatte es wohl erwartet; über den Anblick bin ich nicht erstaunt : Vor dem Haus im östlichen Stadtteil, Ziel meiner Reise, der *Polyphem*-Scheinwerfer zu mattem Glimmen ermüdet, steht ohne Fahrer verlassen der dreirädrige Lieferwagen. Die rätselhaften, menschengroßen Gegenstände sind von der Ladefläche verschwunden. Ringsumher aneinandergerücktes Fachwerk, brav & gerad zu beiden Straßenseiten, keine Bäume, von Irgendwoher der warme Geruch einer Bäckerei; Straßenlicht wie Pingpongbälle prallt sein Weißlicht gegen müde Fenster, das Pflaster auf den Gehsteigen ornamentiert zu Kreisen und zu Rauten, stumme, meist niedrige Haustüren, *Hoffentlich die Neue nich zu mir!*, :zu der Tür mit Aluminiumklinke & mit

einst sicher weißem, nun von zahllosen Fingern horngelb verriebenem Klingelknopf. Türschild EHLERS.
Ich habe mich vorbereitet.
Ich bin angekommen.

✻

BIRKHEIM. AN EINEM SPÄTEN ABEND. 1955.

VOLKS STÜCK IN 1 AKT.

Fast im gleichen Augenblick nach meinem Läuten Schritte von drinnen, die Tür öffnet sich weit & ich prall mit einer Gestalt zusammen. Im offnen Haustor ein hochgewachsener Mann, ich erkenn sofort den Fahrer des Lieferwagens.

Frauenstimme aus dem Dunkel: Otto, du reißtuns nochmals Haus ein!

Otto: Padong F-Frollein! (ins Haus) He-Heda Hilde! S-Siesses wirklich. Ha-Habch also recht gehabt.

Jemand schaltet das Treppenlicht an. Eine Frau aus dem Haus.

Hilde: Margarete! Tatsächlich. Ich wollts nich glaum. Um diese Zeit noch!

Otto: Da w-wollt ich gehn, jetz, wo-wos erst intressant wird. Hilde, is mein Platz noch warm? (zu Margarete & dem Koffer) Da-Darfich?

Hilde: Otto: der schönste Mann von Birkheim. Vor dem mußtu dich in acht nehm!– Wir ham wirklich mit dir nich mehr gerechnet heute. Wasis passiert, daßdu erst jetz …

Und so weiter. Wir gehen ins Haus, ich erzähle in knappen Zügen, wir steigen enge Treppen hinan. Das Flurlicht verlöscht. Im ersten Stock eine geöffnete Wohnungstür; Licht, verfinstert durch rausdrängende Gestalten – Jemand schaltet das Flurlicht wieder an – :Halbe Treppe höher im Türrahmen eine Gesellschaft aus Männern & Fraun, stumm, skeptisch mich, die Neue, musternd.– Von drinnen aus der Stube Schlagermusik und eine sonore Radiostimme, die letzten Sätze aus den Nachrichten lesend. –Unter Tiefdruckeinfluß bleibt die von den britischen Inseln eingeflossene Kaltluft weiterhin wetterbestimmend. Stark bewölkt, gebietsweise schauerartiger Regen. Höchsttemperatur bei 6, im Harz um 0 Grad Celsius. Nachts meist starke Bewölkung und gelegentlich Regen, Temperaturen um …

Hilde: Versperrt nich die Türe. Otto hat recht gehabt, alser vorhin was vonner jung Frau mit Koffer erzählte: Da ist sie! Das is Margarete!

Älterer Mann drängt schließlich durch die Barriere, mit betont fröhlicher Stimme: –Und genau aufs Stichwort, nich. Grad ehm ham wir noch von Ihnen –

Aus irgendeiner Wohnung im Erdgeschoß eine Frauenstimme: Friiiitz –!!– Friiiiiiiitz –!!! Hoffntlich amüsierstu dich gut (asthmati-

sches Gehust) ich kann hier–untn ja verreckn (dito Husten) aber das könntir so passn. Sis zeen Uhr: Meine Mediziien!! (Klopfen eines Stocks auf Dielenholz)
  Der ältere Mann eilig an mir vorbei die Treppe hinab ins Erdgeschoß und schlüsselt eine Tür auf. Gedämpfte Stimmen von drin & nochmaliges Husten.
  1. Nachbarin (zu Margarete): Hach der arme Fritz wissn Sie Frollein die Frau krank bettlägerich schonn zwei Jahre lang die Ärzte wissens nich sagens nich sagt sie wolln mitter Wahrheit nich heraus sagt sie is natürlich Krebs Gottdiearmefrau s hängt ja jeder anseim bissel Leem wenns halt auch sauer is ein Kreuz das na und was sagn Sie der Unfall heut ahmd ham Sie schonn gehört wir kommen nämlich alle vom Unfall deshalb sinn wir auch noch n bißchen zusammgebliem bei der Hilde hach ich könnt jetzt sowieso nich einschlafm Dasarmekind & Diearmefrau & überall das vieleviele Blut furchbar ist-dasnicht-wirk-lich-ent-setz-lich–
  Hilde: Komm, Margarete. Kommerstmarein. Otto stell den Koffer hierhin. Wirst Hunger ham, Margarete, nich wah. Is noch was da, ich machs dir schnell zurecht. Iwo, s macht überhaupt keine Mühe, is ja noch alles aufm Tisch, du siehstja (:Tellerstapel Flaschentürme Schüsseln Bestecke, *sämtlich* durch Speisenreste amalgamiert) Wir ham auch grade Alle nen kleinn Bissn gegessn. Nasetzdicherstmal –
  –Kurt: rückmannstück–so–da aufm Sofa is genühngnd Platz-für-Zweie in einer Person, gell! und macht euch inzwischn mitnander bekannt. (Hilde ab)
  Radiostimme: nun eine Sendepause bis Vier Uhr Fünfzehn. Allen unseren Hörern wünschen wir eine Gute Nacht.
  Etliche Mal das Pausenzeichen des betreffenden Senders:
——— . ——— . ——— . (Stille) ——— . ——— . ——— (Stille) ——— . ——— . ——
(Stille) .....
(Rauschen) ———————————————————————————————
  Ich könnte erzählen über die Bahnfahrt, über die beiden senffarbenen Kerle zum Beispiel. Diese komische Familientragödie. Könnte mich auf diese Art ihnen vorstellen. Wär immerhin besser als Gestatten mein Name ist Margarete ich werde nun hier wohnen– :Bescheuert. Diese Mostrichengel, Senf-Männer, Hans-Blut-Würste, die sich zum puren Zeitvertreib gegenseitig & mehrfach den Tod anboten für die Dauer einer Bahnfahrt, um, an ihrem Reiseziel angelangt, das ewig wiederkehrende Ritual einer Aussöhnung zu *feiern*. Und das mit demselben Ernst & derselben Gründlichkeit, mit der sie zuvor & mit gesteigertem Eifer, sobald ein Publikum sich zeigte, die dreckig-

sten Gemetzel schlugen. Letzthin Gelächter, Schulterklopfen, Einkehr in eine Wirtschaft, gemein*sam* Bier & Furzen. Und ich würde dazu sagen: Tut mir leid, ich kann diese Gestalten nur einer Irrenkonstruktion zuschreiben, das ist lebensunfähig, das verdient den Tod oder die Klapsmühle. Diese Schöpfung (würd ich sagen) ein perfides Speichelgeschäum. Halt!: Lieber: arglistiges Speichelgeschäum. Wie aber, sie hätten sich während meiner Erzählung längst sympathisiert mit dem jungen Senf oder dem alten Senf? Oder sie empfänden meine Art, derlei zu erzählen, überhaupt als befremdend? Was erzählen sich Leute all die langen Abende ihres Beisammenseins? Ich weiß nichts drüber –.

Hilde (kommt mit Essen zurück): Wasn hier los? Seid ihr versteinert? Musik is auch keine mehr. Kurt. Kurt! Heda schlaf nich. Suchmaln Sender oder leg ne Schallplatte auf. Und du, Margarete, iß erstma ordntlich. Nach soner langen Fahrt. Und dann erzählste uns maln bißchen was von Berlin. Bistja für uns hier die Große Weite Welt!

Die Frau stellt Tabletts vor mich auf den Tisch, beladen mit Speisen & Getränken, ein Gruß aus El Dorado; ein Menü aus einem irdischen Paradies:

A – wie Ananas	M – wie Mandelkuchen
B – wie Burgunder	N – wie Nockerln
C – wie Champagner	O – wie Oliven
D – wie Datteln	P – wie Prager Schinken
E – wie Emmentaler	Q – wie Quarkspeise
F – wie Fricadellen	R – wie Rindfleisch
G – wie Gansbraten	S – wie Sardinen (in Öl)
H – wie Honig	T – wie Thunfisch
I – wie Irish Coffee	U – wie Ungarische Salami
J – wie Jamaicarum	V – wie Vodka
K – wie Kaviar (schwarz)	W – wie Whisky
L – wie Lammbraten	XY – wie gemischte Salate
Z – wie Zunge vom Rind in Rotweinsauce	

Hilde: Greif zu, Margarete.
ICH GREIFE ZU !!!
Friedrich (kommt zurück, erblickt Margarete, sein Gesicht hellt sich auf): Na Frollein, nu futternse erstma. Ißjawohl in Berlin auch nich so dolle mitte Atzung, wie. Jaha: Ausn Städtn komm die Kriege übers Land. Und wenns dann schlechtsteht damit, komm die Menschen nach.

Er will mir aus einer Flasche Schnaps in ein Gläschen schenken; eine Frau mit sandgrauen Haarsträhnen, die bislang schweigend & fast unbeweglich am Tisch saß, mich unablässig musternd, bedeutet dem Mann stumm-energisch, die Schnapsflasche stehnzulassen. Friedrich: O. Naklar. Padong. (schenkt sich ein Wasserglas ein und trinkt in raschen Zügen. Schweiß auf den Schläfen, die Augen schwimmen fett & trunken hinter zwei Augenwülsten) Gut daßwa unsre Lene Koch ham. Unsre Kinder Gärtnerin. Saachma Lenchen, giebts für unartche Kinder wennse zu schnell wachsn tun auch sowas wiene Hecknschere? Sone Sichl, womanse ritschratsch mit zurecht-stutzn kann, he. –. Washabtadenn, wehr dochma fraang dürfm. Len-chen hatz doch schon immer mitte Kinder gehabt! Lenchen isja sozu-saang Mamma von Beruf –

Hilde: Fritz! Jetz bist du aber taktlos. Tschuldige Lenchen, du-weißtja, unser Fritz isn Elefant.

Friedrich: Abern sensibler. Prost Lenchen!

Die Frau mit Namen Helene Koch kippt genußlos den dargebote-nen Schnaps und bleibt stumm auf ihrem Platz am Tisch. Ihr Gesicht scheint schmaler & noch eine Spur bleicher geworden. Daraus sehen Augen klein & feindselig zu mir herüber; ich ducke mich übers Es-sen, meine Kaugeräusche überlaut & wie unbeholfene Schritte eines Fremden in einer fremden Stadt. Diese Frau hat eine Demütigung er-fahren, ich weiß nicht, worin die besteht, es muß eine alte, nicht ver-narbende Wunde sein. Weshalb erträgt das diese Frau widerspruchs-los? Weshalb ihr Schweigen, ihre stumme Feindseligkeit gegen mich?

Friedrich (zu Margarete): Du siehst – o padong! Aber wissn Sie, wir duzn uns nämlich Alle hier & da is so ein *Sie* wien fremder Brockn aufer Zunge. Wenn Sie also nix dageeng haam: Ich heiße Friedrich. Friedrich Ziehlmann & bin der Hausgemeinschaftsleiter in unserm Hexenhaus. Neenee Lottchen, du warst nich gemeint (ha-haha) Und, Frollein: Ein Du in Ehren kann Niemand verwehren. Na: Denn Prost: Margarete!

Das fette Knödelgesicht des Mannes namens Friedrich Ziehlmann schiebt sich auf mich zu in eine Nähe, daß meine Augenlinsen den Anblick dieses Schädels verzerren wie das Spiegelbild in einer Weih-nachtskugel. Sein roter Mund ein Klaff, Atemgemisch aus Zigarren Schnaps Kartoffelsalat, ein schwammiger Kuß. – – . Mit einem Mal ist die Luft erfüllt von Gesichtern mit gespitzten Mündern; es phal-len Namen wie –Rudolf Schubert sag Rudi zu mir; –Lotte von Heute an; –ich bin die Trude Trudchen saang Alle;

Hilde: Sei herzlich willkomm, Margarete. Du sollstes gut haam bei mir, mein Kind. Ich weiß, es wird alles gut.

Die Frau küßt sanft meinen Mund und streicht mit den Fingern langsam durch mein Haar zur Schulter hinab. Dort ruht die Hand einen Moment lang. Ein fremder Schauder unter meiner Haut; ich rieche Gras & Kamillblüten.

Rudolf Schubert (zu seinem Sohn): Nanukommschonn Boris! Wer küßt, schlägt nich. Nulos, nur nich so schüchtern, Junge!

Das weiße, bebrillte Pickelgesicht eines Siebzehnjährigen fügt sich – und flieht erleichtert gleich mir nach stattgehabter Verbrüderung. Gläserscheppern danach.– Nur zwei der Fremden & Kurt Ehlers, der dösend in der Sofaecke hockt, haben sich nicht beteiligt: Otto, der Kraftfahrer & diese stille, herbe Frau, die mich vom ersten Moment fixiert.

Friedrich: Was nämmlich unser Blauhemd, der Boris, is, was der nich Alles weiß! Siss als wärer schonn um die halbe Welt gefahrn.

Otto: Ja. Und mitter Ha-Hand ummen Tandaradei auch. Die Haare ann F–Fingern sprießn davon!

Boris schaut prompt auf seine Hände. Seine Schwester Ilse & die Fraun kreischen. Boris wütendrot & pickelig ab, sein Vater hinterdrein.

Margarete (zu Otto): Sie hätten ihn nicht kränken dürfen. Sehen Sie, jetzt rennt er weg.

Otto: Der k–kommt wieder. So Einer is wien Gas: F–Füllt jedn Raum.

Ilse Schubert: Sie hättän ihn nichtt krränkän dürrfän! Ich versteh manche Fraun nich: Hammen Kind & keinn Mann. Solls Kind velleicht ohn Vatter aufwaxen?

Friedrich: Haltumann dein Grünschnabl, du Zeisig, und sieh zu, daßde nich aussiehst wie Tischlers Tochter: Wie mitter Fräse drrrr!

Ilse Schubert beleidigt & still am Tisch. Mit einemmal laut & kantig Helene Koch: Das is nich richtich von dir, Fritz, daß du diese Sache so ins Lächerliche ziehst. Die Ilse hat gah nich so unrecht.

Das Stubenlicht verschwimmt zu DOTTRIGEM GELB.

Die Frau mit dem blassen Gesicht allein in einem leeren Raum. Männer in Arbeitsmontur tragen eisernes Doppelbett, einen Tisch & Hocker herein, stellen die Gegenstände ab und gehen hinaus. Andere Arbeiter breiten ein Laken über die Matrazen, Jemand gießt rote Farbe darüber. Anschließend wird ein Gynäkologischer Stuhl ins Zimmer gefahren und abgestellt. Ein dicker, älterer Mann im Bademantel, drunter einen gestreiften Pyjama, betritt den Raum, gähnt, kratzt übers unrasierte Kinn & zwischen den Beinen, trinkt aus der Schnapsflasche, rülpst und legt sich ins Bett. Er beginnt pfeifend zu schnarchen.

Von der entgegengesetzten Seite tritt ein schlanker, jüngerer Mann in Schlossermontur auf, geht zum Tisch, an dem Helene Koch inzwischen Platz genommen hat. Zur gleichen Zeit kriechen hinter dem gyn. Stuhl ein Mann & eine Frau hervor, beide mit weißen Kitteln bekleidet, die Hände des Mannes in Gummihandschuhn. Der Mann tändelt um die Frau-in-Weiß, Ringelreih & Tanz um den gyn. Stuhl, auf dem die Frau schenkelspreizend Platz nimmt. Der Mann im weißen Kittel beginnt das Zeremoniell.

Eine Wand des Raumes wird transparent, dottergelber Lichtschein dahinter, und eine Schrift, die für einen Nebenraum gedacht sein mag, wird sichtbar:

LE CHARME INDISCRET DE LA PETITE BOURGEOISIE

Die Wand öffnet sich wie ein Theatervorhang, Scheinwerferlicht trifft das Zimmer/die Bühne. Im Zuschauerraum Männer & Fraun in Alltagskleidung, Helene Koch in der Bühnenmitte. Vor die erste, noch unbesetzte Parkettreihe schiebt eine Frau einen Kinderwagen und nimmt selber Platz. Der Säugling im Kinderwagen schreit. Dieser Frau folgen weitere schwangere Fraun, und nehmen Platz in der ersten Reihe. Eine Souffleuse beginnt zu flüstern.

Souffleuse: Hab Das wegmachen lassen damals Der Mann sollte nichts –

Helene Koch: Hab Das wegmachen lassen damals Der Mann sollte nichts merken weil ich ihn halten wollte (Mann im Bett schnarcht Koloratur) trotzdem Trotz dem (zeigt auf jüngeren Mann) der nur um eins besser war als Der Mann daheim Er war jung & scharf auf mich (Mann am gyn. Stuhl bespringt die draufgeschnallte Frau) Tagtäglich am selben Tisch nebeneinander in der Fabrik von früh bis in die halbe Nacht wie die Viecher im Stall wen wunderts daß sie auch mal wolln Arbeit macht leer und Der Mann daheim (Schnarcher wälzt sich im Bett) war auch leer hat keine Kinder machen könn war natürlich ich schuld wer sonst und Er hats auch nich gemerkt als ich schwanger war was merken die schon Vonner Kurpfuscherin abends nach Fabrikschluß (auf die Bühne werden Blecheimer, Emailleschüssel & ein dreckiges Handtuch geworfen, man hört Wasser ausgießen & die Klospülung) für werweiß wieviel Mark War Herbst damals & die Straßen voll mit blutigem Laub wie das Laken in der ersten Nacht danach (von der Decke fallen dunkelrote

Federn aufs Bett) und auch in der zweiten Nacht das hörte gar nicht mehr auf und ich hatt nicht den Mut zum Arzt zu gehn (gyn. Stuhl scheppert) und Der Mann im Bett nebenan (grunzt mürrische Konsonanten) hat sich die Störung verbeten was hätt er machn könn weils ja auch mal aufhörte (der blutige Federregen hört auf) und ich dachte nus Alles wieder gut. (im Zuschauerraum, außer in der ersten Reihe, unterhält man sich laut, erzählt Witze, lacht, raucht, trinkt Bier, manch einer liest in der Zeitung, vereinzelt stehen Leute auf und gehen hinaus) Nur von Zeitzuzeit solche Schmerzen im Unterleib und da hat sich Der Mann schon öfter beschwert (Mann im Bett wirft leere Schnapsflaschen nach der Frau) weil ihn mein Gejammer ausm Schlaf geweckt oder gar nich erst hat einschlafn lassn Bis ich dann eines Tages hingegangen bin zum Arzt: OPERATION! hat der sofort gesagt Hör das noch heute dieses Wort & wußte gleich was gemeint war nur Der Mann daheim hats erst kapiert als Alles vorbei war was kapieren die schon und kurze Zeit später: Mann im Bademantel gähnt, erhebt sich aus dem Bett und latscht zu der Frau am Tisch.

Souffleuse: Ich will ja schließlich keine –

Mann im Bademantel: Ich will ja schließlich keine leere Gießkanne vögeln! (nimmt Koffer und geht hinaus)

Helene Koch: Nu steh ich da: ohne Kind & ohne Mann.

Im Parkett verläßt der letzte Zuschauer den Saal. Außer den Schauspielern auf der Bühne & den Fraun in der ersten Reihe ist niemand mehr anwesend. Der Säugling im Kinderwagen schreit. Die Fraun liegen in den Wehen. Das DOTTERGELBE LICHT zerfließt.

Margarete (zu sich): Was hab ich mit dieser Geschichte zu tun. Wär diese Frau weniger unglücklich, wenns meine vaterlose Schwangerschaft nicht gäbe. Was hat sie von meinem Mitgefühl, sofern ich dergleichen aufbringen könnte für sie. Weshalb ihre Feindseligkeit gegen mich. Gegen wen ihr Haß, wär ich nicht in meinem Zustand & nicht hier?

Friedrich: Nu heulnse allesamt. Jetz is die Ganzestimmung im Eimer. Und alles nur weeng dem Blauhemd. Wo steckter eingtlich. Will wohl doch seinn Haarwuchs aufbessern. (er lacht allein)

Das peinliche Schweigen zu brechen:

Margarete: Ist das sein Spitzname?: Boris.

Otto: I-I-Iwo! Sein Alter ha-hat ihm den Nam gegehn. Aus Da-Da-Dankbarkeit, weiler damals F-Fümunnvierzich zusamm m-mit seiner F-Frau & seim Jung vonnem Rotarmisten ausm verschütten Keller r-rausgeholt worn is. Und da ha-ham sie ihrn siemjährigen Sohn

u–umbenannt. War ja in M–Mode damals, s Umbenenn. So hatter den
Nam seines Retters gekriegt. Der hieß numal Boris. Stellnsichmavor,
das wärn Ki–Ki–Kirgise gewesn: Tschingis Schubert m–möglicherweise. Heutzetage kriecht der gute B–Boris nachts über die Dächer
& d–dreht die Antenn in die RI–RI–RICHTIGE RICHTUNG.
Nennt das A–A–Auf–F–Friednswacht–Stehn. Hat son kleines Heft-
chen, w–wo die Nam a–aller Verdächtign drinstehn. Die kla–kla-
klapperter immer der Reihe nach ab. Tagsüber pennter n–natürlich
ein inner Schule. Aber der Herr Papah/Ist Schuldirektah/Und dah –
    Rudolf Schubert (mit Sohn zurück): Mußt du wieder deine dum-
men Sprüche abstottern. Das wird mir einestages zu bunt, das sag
ich dir in aller Freundschaft!
    Otto: R–Rudi, was haste gegen *Po-Po*esie. Ich bin Prolet & kalaub
mir die Ja–Jamben vonner Straß'. Vom Bi–Bi–Bitterfelder Weg, halten zu Gnaden.
    Rudolf Schubert: Dann paß auf & fall nicht einestages in die Schlag-
löcher, du Tra–Tra–Trans*port*poet!
    Margarete: Was ich Sie fragen wollte, Otto: Was ist das für eine
selt*same* Ladung gewesen, die Sie auf Ihrem Wagen hatten, als wir
uns vorhin trafen?
    Otto (singt): Nie sollst du mich befragen –
    Hilde (rasch): Schmecktir der Schinkn, Margarete? Nurzu, sis ge-
nug da!
    Otto grinst & schweigt, Kurt Ehlers in seiner Sofaecke horcht auf.
    Von Draußen durch die Fenster BLAUES SCHEINWERFER-
LICHT.
    Schwere, eilige Schritte das Treppenhaus herauf, Schläge gegen
die Tür, Stimmen: Öffnen! Im Namen des Gesetzes! Aufmachen! *Po*-
lizei!– Die verschlossne Tür sesamt eigenmächtig auf & mit ihr all die
übrigen Türen der Wohnung. Die Runde sitzt wie versteinert &
starrt den eintretenden *Po*lizisten entgegen.
    Kommissar: Wer von den Anwesenden ist der Bürger Ehlers
Kurt?, vom *Po*lizeidienst suspendiert aus gesundheitlichen Gründen
& jetziger Reichsbahnobersekretär.
    Kurt (zum Kommissar): Aber Ewald, wir kennuns doch!
    Kommissar: Imnamendesgesetzes: Ehlers Kurt, Sie sind verhaftet!
    Kurt: a–e – i–ich–ä–hh –!: Ewald Herr Kommissar ich bin unschul-
dich ein Mißverständnis meine Frau –
    Kommissar: Dazu komm ich gleich. (zu einem *Po*lizisten) Wacht-
meister, verhaften Sie Frau Hildegard Ehlers als die Rädelsführerin.
Und nehm Sie gleich die übrigen Figurn mit. Ich wette, da ham wir

die ganze Blase beisamm. 10 auf 1 Streich. Und heben Sie die Zimmer gründlich aus, jedes einzelne isne Räuberhöhle.

Hilde: Ich hab jeden Tag Staub gewischt, meine Herrn!

Kommissar (lacht): Und darüber den Dreck am eigenen Stecken vergessen.– Los, abführn! Allemiteinander!

Tumult, Beteuerungen, Gemenge.

Die Verhafteten werden auf die Straße geführt. Großer Andrang von Schaulustigen. Lichter & Johlen. Kurt Ehlers im vollen Blaulicht. Der Polizeipräsident & der Minister für Verkehrswesen treten an ihn heran.

Polizeipräsident (leise): Ehlers Kurt, ich bin zutiefst enttäuscht von Ihnen. Sie als ehemaliger Kollege & soetwas! Haben Sie keine Ehre im Leib!

Kurt Ehlers: Hunger.

Polizeipräsident (schreit): Noch vor zwei Jahren haben Sie in vorbildlichem Einsatz Ihren Kopf hingehalten. Ich hatte dir mein Wort gegeben, daß ich mich einsetzen werde für dich & für deinen kaputten Kopf. Und mein Wort hab ich gehalten. Nur du brichst schmählich das deine. Sie sind nicht länger einer-von-uns! (reißt ihm die Epauletten von der Schulter)

Minister (leise): Ist das der Dank, Ehlers Kurt, daß Sie durch meine Fürsorge bei der Reichsbahn einen Schonposten erhielten, bei vollem Gehalt wohlgemerkt! Ich habe für Sie gebürgt, Ehlers Kurt, Sie haben mein Vertrauen mißbraucht. (schreit) Sie sind nicht länger einer-von-uns! (reißt ihm Uniformjacke & -hose runter, die Menge kreischt)

Kurt Ehlers, nackt, will sich aus Staub & Licht machen, aber Derbe-Fäuste packen zu, schleifen den Widerstrebenden zu einem riesigen Henkelkorb auf die Straßenmitte und werfen ihn oben in den Korb hinein. Inzwischen tragen Freiwillige Polizeihelfer unter Aufsicht des Kommissars aus der Ehlerschen Wohnung Schinken Speckseiten Würste Konserven sackweis Mehl & Zucker und rollen Käse wie Wagenräder heraus. Jedes neue Stück wird von den Schaulustigen auf der Straße mit Geschrei & Applaus begrüßt.

Stimmen: Wie-in-Altenzeiten! – Daß ich soon Anblick noch erlehm darf!

Die Helfer tragen die beschlagnahmten Waren zum Henkelkorb, worin Kurt Ehlers sitzt, und häufen sie über ihn. Der Mann droht zu ersticken & von den Konserven erschlagen zu werden. Jammernd wühlt er sich heraus und späht über den Korbrand. Vor sich ein fahnengeschmücktes Rednerpodest, eine Musikkapelle nimmt Aufstellung. Zu seinem Schrecken erblickt er zu Füßen des Korbes seine Frau an der Spitze der übrigen Verhafteten, allsamt mit Schnüren aus Wienerwürstchen aneinander gekettet. Aus ihren Mündern ragen jeweils eine Zitronenscheibe, hinter den Ohren stecken Petersiliensträuße & im Kopf bunte Spießer. Kurt Ehlers schluckt Speichel wie ein Pawlowscher Hund.– Der *Polizeipräsident* erklimmt das Redner*podium*.

Polizeipräsident: Liebegenossenkollegenundfreunde! Aus Anlaß unseres heutigen Feiertages habe ich die Ehre, unseren bekannten & beliebten Kommissar Ewald Keller auf Grund seiner vorbildlichen Arbeit – wovon auch sein jüngster, erfolgreicher Einsatz gegen die langgesuchte Ehlers-Bande beredtes Zeugnis ablegt; eine Bande, die, in heimtückischer Weise die eigene Wohnung als Schlupfwinkel wählte, jedoch von unserem Ewald Keller auf frischer Tat gestellt wurde – zum verdienten (Trompetenstoß) auszuzeichnen!

(Applaus Applaus Tusch von der Kapelle)

Mein lieber Ewald!: Nimm als Zeichen unserer Würdigung deiner Verdienste diesen Präsentkorb! (weist auf den Korb mit Kurt Ehlers & den Eßwaren)

(Applaus Applaus Tusch von der Kapelle)

Kurt (aus dem Freßkorb): Bombn & Ordn falln immer auf Unschuldige. Diese Pfeife! Hätt uns nich Einer denunziert, nie wär uns diese Null draufgekommen. Maulwurf! Hat mir zweimal die Beförderung vermasslt.

Polizeihelfer: Maulhalten & untergetaucht! (hiebt Kurt Salami über den Kopf, Kurt Ehlers verstummt)

Polizeipräsident: Liebebürgerinnenundbürger, ich wünsche unser aller Feiertag ein gutes Gelingen! Fürs leibliche Wohl ist gesorgt: Gutn Appetitt!

Musikkapelle beginnt zu spielen, die Menge fällt über die Verhafteten her. Kurt Ehlers schreit.

Friedrich: Sn los mitir, Kurt. Erst pennste ein bei Tisch unn denn brüllstes ganze Haus zusamm. Fehlt nur noch –

Frauenstimme aus dem Erdgeschoß: Friiiitz –!!– Friiiiiiiitz – !!! Biste schonn wieder am Saufm (asthmatisches Gehust) ich kann hieruntn ja verreckn (dito Husten) aber das könntir so passn. Sis gleich elf: Meine Mediziien!! (Klopfen eines Stocks auf Dielenholz)

Friedrich: Nabitte. Dahastus. (auf & hinaus)

Steigt die Treppen hinab ins Erdgeschoß und schlüsselt eine Tür auf.

Gedämpfte Stimmen von drin & nochmaliges Husten.

Kurt: Habdawas Komisches geträumt. War alles voller Blaulicht & die *Polizei* is gekomm und hat in alln Zimmern –

2. Nachbarin (rasch): Kurtißnochnhappnja! Greifzu! (reicht ihm eilig eine Salami)

Kurt erschrickt bei deren Anblick & befühlt seinen Kopf.

1. Nachbarin: Mannsolljanix Schlechtes über Andre redn aba wennir mich fragt was der Fritz is der hätt wahrlich was Bessres verdient als immer nurne kranke Frau und –

2. Nachbarin: Du denkst wohl an dich dabei, wie. Immer diese Blicke, dieses Schöntun, Fritz hintn & Fritz vorn, jeen Ahmd sitzter nehmeinander, unn dann dieser Walzergang: Lottchen Lottchen!

Otto: Lo-Lo-Lotterchen Lotterchen!

1. Nachbarin: Du haltein Maul, Stotterkopp! Was weißtn duschon. Welche Frau willn sich mit dir abgehm! Bei deiner Stotterei renntse vor Lachn gleich inner erstn Minute aufunddavonn.

Otto: B-Besser vor Lachn als vor La-Langeweile.

1. Nachbarin: Geht das auf mich?? Du gemeiner Kerl, du weißt genau, warumm der Erich damals freiwillich zur Wehrm-

Hilde: Kinder. Kinder! Seid friedlich ja. Komm Lottchen, trink nochn Gläschen. Und du, Otto, haltma für fümf Minutn deinn großn Schnabl!

Otto: A-Abgemacht, Hilde. D-Dreihundert Sekundn lang.

Rudolf Schubert: Aber zähl laut bis dreihundert. Da haben wir nämlich um etliches länger Ruhe vor dir.

Otto greift eine Schnapsflasche, hält sie über den Kopf von Rudolf Schubert, schüttet tropfenweise das Getränk dem Mann aufs Haar & zählt laut: –A-ains … Zw-wai … D-D-Drai … V-Vier … W-Wenn dir jetz einer flambiert, Rudi, bistene richtige L-Leuchte!

Rudolf Schubert wehrt mürrisch Mann & Flasche ab und wendet sich an Margarete: Ja: Was ich Sie, ach daran muß auch ich mich erst gewöhnen!, also: Was ich dich fragen wollte, ob eine Stenotypistin-Anstellung, noch dazu in der Hutfabrik, einem intelligenten Mädel wie dir ausreichend entspricht.

Margarete: Sei es wie es sei, ich werd zufrieden sein. Und vielen Dank für die Blumen, aber ich hab nur den Abschluß der zehnten Klasse. Meine Schule wurde zur Kaserne und kurz darauf zur Ruine. Es ist meine Schuld, daß ich nach dem Krieg die restlichen Schuljahre nicht nachgeholt habe. Gelegenheit hätt ich gehabt.

Rudolf Schubert: Aber woher all dein Wissen? Hilde hat uns viel & oft von dir erzählt.

Margarete: Mein Pa-, mein Vater hat eine Menge Bücher besessen, daraus konnte ich eine Menge lernen. Ich war mein eigener Lehrer. Aber dafür kann ich mir nichts kaufen.

Rudolf Schubert: Also deinen Vater –hmprrh– den lassen wir am besten aus dem Spiel. Was das übrige betrifft, da kann ich dir vielleicht helfen. Ich werde es arrangieren, daß du dein Abitur nachholst. Du kannst dann sogar an der ABF studieren.

Margarete (lacht): Das ist wirklich sehr nett von Ihnen, von dir – Rudi – . Aber stell dir vor: eine Vierundzwanzigjährige inmitten von Sechzehnjährigen & noch dazu eine Schwangere!

Rudolf Schubert: Nun, ich denke nicht so sehr daran, dich in eine Klasse zu stecken. Vielmehr & fucktisch effektiver könnte ich dir Privatstunden geben & zu den entsprechenden Prüfungen würde ich dich extern anmelden. Sowas läßt sich organisieren.

Otto pfeift durch die Zähne, Friedrich Ziehlmann grinst fett & breit, die Fraun rücken betreten auf ihren Stühlen.

Ilse Schubert: Die kommt uns nich ins Haus, Pappa!

Rudolf Schubert: Wirstu dein vorlautes Maul haltn, dummes Gör! Wen ich unterrichte & prüfe bestimme immer noch ich. Merk dir das!

DÜSTERES STUBENLICHT.

Die junge Frau spricht mit nach Sicherheit tastender Stimme inmitten des Trichters eines Hörsaals, im Brennpunkt ihr Mund, langgeübte Sätze wie Paragraphen eines ungeschriebenen Gesetzes deklamierend; die Arme der Frau ebenmäßig dem Körper entwachsend, der vom Kleidersamt eng umgeben – und im Scheinwerferlicht mehrerer Dutzend Männeraugen durchfeuchtet ihre Wäsche, machen Perlen aus Schweiß das Haar in den Achseln schimmern, verworrene Muster & Zeichen auf weißer Haut, Duft ihres herben Parfüms, durchsetzt vom Geruch erhitzten Fleisches – als Rudolf Schubert hinabsieht auf die geraden Konturen ihrer Waden, bemerkt er über dem feinmaschigen Perlon eine dünne, hellrote Spur, ein Rinnsal hinab zu den Schuhen. Die junge Frau zeigt keine Betroffenheit (sie muß doch spüren diese feuchte, flüssige Wärme), keine Nuance der Stimme, keine Geste, nichts in ihrem Blick verrät Anteilnahme an der eigenen Preisgabe. Sie hat nicht einmal mit der Wimper gezuckt: Was für eine Frau!: BESTANDEN! – Genußvoll schließt Rudolf Schubert die Augen.

Margarete: Na ich weiß nich –

Rudolf Schubert: Und denk an die viele Zeit, die du haben wirst, nachdem du entbunden hast. Willst du die nicht nutzen?! Nakomm, sag Ja!

Margarete: Das klingt, als würdest du um meine Hand anhalten.

Rudolf Schubert (errötend): Ich habe rein geistiges Interesse an dir. Schließlich bin ich verheiratet. Glücklich, möchte ich hinzufügen!

Otto (singt): Glücklich ist / Wer vergißt / Was auch nicht zu entern ist.

Rudolf Schubert: Wenn man meine ehrlichen Bemühungen allerdings so auslegt –

Margarete: Nimm den Spaß nicht krumm, Rudi. Ich habs ja nicht bös gemeint & der Otto auch nicht. Natürlich freu ich mich über dein Angebot und nehme es an!

Friedrich (zur Tür herein): Darauf trinkn wir einn. Prost!

Otto: Und m-mit den g-g-geistigen Intressen hatter auch recht. D-Denkt doch an den vieln Schnaps, d-denich ihm vorhin auf die Bi-Birne getroppt hab, jetz is das innen a-angekomm! 40% Geist macht ihn r-reif zum P-Prof*esser*.

Kollektive Harmonie: Auch Rudolf Schubert lacht. Es wird getrunken. Eine Turmuhr schlägt langezeit, gewiß zwölfmal. Hilde kommt aus der Küche, in Händen eine große Geburtstagstorte mit 24 brennenden Kerzen. Applaus. Und wie Allejahre bei diesem Ereignis habe ich wieder das beklemmende Gefühl, ertappt worden zu sein bei etwas Anrüchigem. Nichts geworden aus erhoffter Teilnahmslosigkeit. Es gibt keine Fremdnis. Es gibt kein Entkommen.– Ich werde nun lächeln und Freude zeigen.

Margarete: Woher wußtet ihr –

Hilde: Kind, wir wern doch deinn Geburtstag nich vergessn! Schau: Jeder hat zwei Kerzen gegehm, von mir sind die restlichn vier. Freustu dich ein bißchen?

Vor mir das Gesicht von Hilde Ehlers, atemnah, die Lippen streng & allein, Grauaugen im schmalen Taubengesicht sehen unbeweglich zu mir. Wir stehen uns gegenüber in einer Küche mit ROSAFARBENEM LICHT.

Margarete: Was war mit Vater. Sags mir, Hilde. Weshalb waren Alle betreten vorhin und der Schubert ist so schnell wie möglich über dieses Thema weg?

Hilde: Hat dir deine Mutter nix erzählt. Niemals? Nie ??

Margarete: Weshalb sollt ich dir was vorspielen? Ausgerechnet dir, meiner einzigen Freundin?

Die Frau lächelt in dünner Spur. Wieder die Hand auf meiner Schulter, der fremde Schauder.

Margarete: Erzähl mir alles, was du drüber weißt. Ich bitte dich!

Die Frau nimmt die Hand von meiner Schulter.

Hilde: Nein. Ich werds nich tun.

Margarete: Ich hab ein Recht darauf, es ist mein Vater!

Hilde: Du hast gar kein Recht darauf. Was gehtich dein Erzeuger an? Vielleicht war er der Bibliotheker, wie du ihn erlebt hast? Vielleicht warer auch sowas wie Scheck se ripper in seiner schwarzen Uniform? Oder vielleicht warer beides? Weshalb, glaubstu, seid ihr fort von hier und nach Berlin: Damals hieß sowas Karrjääre, heute haun sie denen die Rübe ab dafür. Mehr weiß ich nich.

Margarete: Hilde! Du weißt mehr. Sags mir!

Hilde: Nein!

Margarete: Warum nicht, Hilde, warum nicht? (weint)

Hilde: Weilich nich will, daßdu noch heute zurückfährst nach Berlin und deine Mutter um Verzeihung bittest. Den Kniefall willich dir ersparn. Du sollst dein Kind zur Welt bring. Hier. Bei mir. Dein Kind wird lebm & du, und was dich gemacht hat is tot. So geht der Laufderwelt.– Margarete, ich will dich nich heute schonn wieder verliern.

Margarete (hört auf zu weinen): Deshalb brauchst du keine Angst zu haben. Ich und wieder zurück? Niemals!– Ich werd herausbekommen, was mit Vater gewesen ist, früher oder später. Und sollt ich mich dafür mein Lebenlang schämen. Aber zurück nach Berlin niemals! Nicht das noch einmal, was ich dort erlebt hab.

Hilde: Was du dort erlebt hast, liebe Margarete, is unser Alltag.

Margarete: Du weißt, dieser Bekannte deines Mannes, dieses Graue Flanell, sollte achtgeben auf mich. Er hat achtgegeben jeden Mittwoch. Und jeden Sonntag auf meine Mutter, phalls es dich interessiert.

Hilde: Ich dacht mirs. Seine Briefe an Kurt warn so überschwenglich. Wennen Beamter *po*etisch wird, is was faul. Auch so ein verarmtes Schwein.

Margarete: Von ihm hab ich die Furcht, von meiner Mutter den Ekel. Der Rest ist Kälte. Weshalb er?

Hilde: Der oder ein Andrer, spielt dasne Rolle?

Margarete: Für mich schon. Weshalb er? Erzähl.

Hilde: Wir warn zu dritt: Deine Mutter, Irene & ich, drei Freundinnen am Birkheimer Gymnasjum. Und wir ham auch alle drei unser privates Ende gefundn. Ich inner Ehe mitnem Schupo, der so dumm war, seinn Kopp hinzuhaltn vor zwei Jahrn, alses zum letztnmal losging, weils nich mehr weiterging. Ich hab ihn, den *Po*lizistn, gebraucht als Schutz-Heiligen des-Geschäftes-wegen. Und seit das mit seim Kopp passiert is, isser tatsächlich Tag & Nacht wien Heiliger, mein Glück. Mein Bruder hat sich meine beste Freundin geangelt, deine Mutter, oder sie ihn, wer kann das sagn. Er hätt was Bessres verdient als dieses Ende. Irenes Ende kam beim Bombenangriff auf den Zug, mit dem sie von Birkheim nach Berlin fuhr, auch des-Ge-schäftes-wegen.

Margarete: Was ist das für ein Geschäft?

Hilde: Wartz ab. Drauf gekomm is Irene, als sie den »Reichs-inspektor für Nahrungsmittelverteilung an die Deutsche Bevölke-rung« kennlernte aufm Tanzvergnüng hier in Birkheim Neunzehn Vierunnzwanzich. Ahnste wer das war?: Ganz recht: das Graue Fla-nell. War grad wiedermal unterwegs, um zu inspiziern, das heißt: wos was umzuverteiln gab für die eigne Kammer. Irene hatn drauf gebracht, daßn Geschäft draus wern kann. Unds klappte vorzüglich. N paar Monatte später hamse geheiratet, der Reichsinspecktor & Irene. Sies mit ihm nach Berlin gezong, so hat sichs Geschäft ausge-dehnt.

Margarete: Und inzwischen hat Mutter den Bibliothekar geheira-tet. Und. Dann – (weint)

Hilde: Nochmal Tränen ummen Vater: Wie mußtu dich lieben! Ich wollt, ich könnz wie du. (– –) Das Übel war nich Berlin. Deine Mutter hat sich rangemacht ans Graue Flanell als Irene noch lebte & dein Vater schonn töten durfte. Das war gut berechnet. Und sie hat Glück gehabt danach: Der Graue war nich PeGe & durfte bleim was-ser war auch nachm Krieg. Nannte sich jetz »Kommissar«, der Rest vom Tittl war derselbe. Und die Kiste hatte Traditzjon & lief glatt wie am Schnürchen. Was schneidest dun Gesicht wie ein Borisschu-bert, wennerne verdrehte Antenne sieht. Wir sinn besser als die Schrebergärtner, die fressen von ihrer Klitsche & nehm dem Land das Land, bald is Deutschland wieder parzelliert. Was die Verwal-tung brachlieng läßt, frag mich warum, das is unser Feld. Das be-ackern wir und siehe, s treibt Früchte. (lacht) Wennich mir den Schubert mit seinn Senkern anschau: Die malmen schafseelich & ahnungslos. :Könnt mich totlachn!

Margarete: Du meinst, die haben nicht die geringste Ahnung?

Hilde: Manch Einer weiß schon Bescheid. Ohne Mitwisser klappts halt nich. Und vom Mitwisser zum Mitesser. Glaubste die komm vor lauter Freundschaft Ahmd für Ahmd hierher. Aber der Schubert mit seiner Bagasch weiß garantiert nichts. Der würd noch heutnacht los & aufm Marktplatz Kritikundselbstkritik übm. Wozu ihm n Appetit verderm, zu viel Wissn stört die Verdauung. Und was die Andern betrifft: Genuß macht vergeßlich. Meinste ich häng Zettl an den Schinken, den Honich, die Wurst: Achtung Handgestohlen! Hilde Ehlers & Co. ?!

Margarete: Aber was erzählst du ihnen?: Die müssen doch fragen woher?

Hilde: In den Zwanzigern wars der Dank der Republiek für Kurts Verdienste um die neue Reichswehr. Innen Dreißigern seine lange Treue zu ehmdiesem Verein. Und jetz habich mich schon zum viertnmal ausgezeichnet in meiner Verkaufsstelle. Muß mir langsam was Neues einfalln lassn, sonst kommich noch inne Zeitung. Keine Sorge. Ich hab zwar nur ein Buch im Schrank, aber dadraus schöpf ich meine Fantasie: ORDEN & VERDIENSTMEDAILLEN. Das is ausm Leben fürs Lebn, Tittl ham Autorität. Und Autorität öffnet Türn besser als jeder Dietrich. Von weeng brotlose Kunst: Man muß nur die richtchen Bücher schreim!

Margarete: Du meinst, ihr habt nie auch nur einen dieser Orden & Auszeichnungen verliehen bekommen?!

Hilde: Hab nie einen einzigen Ordn auch nur so nah vors Gesicht bekomm, wie jetz deines. Margarete! Nu wisch dirn Leitartikl ausn Augen, Mädel, und überleg mal: Wozu aufhörn damit? Nur weilne Neue-Zeit ausgetrommlt worn is? die wievielte isses inzwischn? Hunger aber is Hunger gebliem über die Reiche.

Margarete: Tja. Wo Notstand blüht, dreht sich die Welt um einen vollen Marmeladentopf.

Hilde: Deine Mutter aber sah sich am Ziel: Den Scheff im Bett an jeem Sonntach. Oft genuch um nich vergessn zu wern & seltn genuch, um nichts zu zerstörn durch Gewöhnung. Aber zum Gewöhnen isser wohl nich der Mann, wie.

Margarete: Hör auf. Ich riech ihn schon wieder.

Hilde: Was solls. N voller Teller jedn Tag hat ehm seinn Preis.– Aber mich hättse am liebstn draußn gesehen, deine feine Frau Mamah!

Margarete: Jetzt versteh ich!: Deshalb hast du mich dem Grauen zum Fraß vorgeworfen!! Um dich wieder einzukratzen bei ihm & ihn abhängig zu machen von dir. Ich war dein Werkzeug, du hast gewußt, daß Mutter & ich einander nicht ausstehen können & hattest leichtes Spiel. »Wenn du uns mal brauchst Kind wir sind immer für dich da« –: Das hast du dir wirklich fein ausgedacht, du!

Hilde: Überleg dir, wasde jetz tust. Du möchtest mir am liebstn eine runterhaun, Augn auskratzn, Haare ausreißn, Titten abschraum und was Fraun sonst noch draufham an Zärtlichkeit füreinander.

Aber der Graue is geil wie Pumascheiße & ein Riesenkloß, du wärst schwerlich vorbeigekomm an dem. Oder schlimmer: Du hättst einer Andern gelassn, was für dich gedeckt stand aufm Tisch. Bist du schlechter als irgendne Andere? Was machts, geht der Weg zum Tisch vorher durchs Bett. Weiberschicksal. S kleinste, nehmich an, wozu giebts Wasser & Seife.

Aus dem Zimmer Lärm: Stimmen Singen Gelächter.

Margarete: Woher all die Delikatessen, der Kaviar, der Thunfisch, die Ananas –?

Hilde (lacht): Unterschlagung, Diebstahl, Hehlerei. Und: Wir hamne Dipplohmaten-Peiplein angezapft, da fließt sowas täglich!

Unser Gelächter mischt sich ins Lachen aus der Stube. Das ROSAFARBENE LICHT zerrinnt.

Margarete: Kommstu mit? Ich geh wieder zu ihnen.

Hilde: Gehnur. Ich bleib. Geh ruhich, gehörst ja jetz dazu.

Das Licht in der Stube GRELLROT.

Erstickende Luft, Hitze von nackten Körpern. Friedrich Ziehlmann als Noah mit seinem Stuhl auf dem Tisch. Ringsum verstreut Speisen, Getränke, Konfekt, vermischt mit Kleidungsstücken & Schuhen; Pudding auf entblößten Leibern, die über Tisch & Teppich kriechen. Boris hat eine Tür ausgehängt, steht dahinter & späht masturbierend durchs Schlüsselloch. Seine Schwester nimmt eine Salami vom Tisch, lagert sich kätzisch auf dem Boden, schaut um sich & wiederholt stereotyp: –Spielstu mit mir bin noch gans eng spielstu mit mir bin noch gans eng – Kurt Ehlers in Uniform mit roter Mütze & Trillerpfeife schrillt den Takt-ylus: ～～～～～～～, und gießt Vanillesoße über die kriechenden Körper. Und sie brüsten glieden haaren schamen lippen sacken dreizweieinander: Die Sardinen in Öl mit dem Irish Coffee, Burgunder mit Quarkspeise, Ananas mit Oliven, Champagner mit Nockerln, Datteln mit Whisky, der Mandelkuchen mit dem Vodka, der Thunfisch mit der Rinderzunge, der Emmentaler mit dem Lammbraten, und Fricadellen mit Jamaicarum mit Gansbraten mit Kaviar mit Ungarischer Salami mit Honig– : –*Du schwanzgeile Besamungskuh du bist eine Sau komm versau mich die ganze Welt ist wie verhext Veronika der Spargel wext mein Mullimäuschen mein Schleckilecki mein Matschispatzi mein Spritzifritzi komm & peitsch mich tret mich ich bin ein Drexkerl Stinkbock ein Auswurf nicht den Mist aus deiner Kloake wert*– Im Speisenbrei bunt & zäh wie ein Misch aus Gallert & Blut die Leiber, Einzeller in Meeres Buchten; aus einem Autoreifen mit derbem Profil ziehen sich Gestalten heraus, anfangs auf allen Vieren kriechend, dann lang*sam*, die Arme weit von sich gestreckt unter Mühn Balance haltend, versuchen den aufrechten Gang – das Stubenlicht ein BEISSENDES GRÜN – hin zur gedeckten Tafel, stemmen sich dran em*po*r, verhüllt von Gewändern aus vergossenen Speisen, und scharen & ordnen sich um den Tisch zum ABENDMAHL. Ich sehe, was aufgetragen für sie bereitsteht zum Verzehr: Das Kind, von einem Möbelwagen überfahren grad als ich Birkheims Straßen betrat. In dem niedrigen, grün erleuchteten Raum das Freßgeräusch.

Margarete (flüsternd beim Betreten der Stube): sie lieben sich weil sie sich nicht töten können das gemein*same* Fressen ihre letzte Erinnerung ein Unfall bringt sie zusammen oder ein anderer Schrecken sonst ist Neandertal du hattest recht Hilde ich gehöre zu ihnen sie sind nicht besser dran als ich.

Gelächter. Lauter werdend. Lauter & lauter: Am Ende ein Schrei.

1. Nachbarin: Aberaber Ilse das kanndoch jeemmal passiern dassem schlecht wird. Hatt aba auch was geschlung das Kind! Und nu alles aufm Teppich –.– Abermachdoch um Gotzwilln nich son Geschrei!: Sis schonn nach Mitternacht & die Nachbarn! (verständnisinnig zu Friedrich Z.) Denk doch an Frau Ziehlmann –!

Rudolf Schubert führt seine Tochter, blaß & mit Tränen in den Augen auf ihr Erbrochnes starrend, hinaus.

Rudolf Schubert: Ich-machs-wieder-gut, Hildchen. Morgen. Den Teppich bezahl ich dir, kannst dich drauf verlassen. Will mich nur rasch um die Ilse kümmern. Bis morgen dann, wir sehn uns ja Alle wieder. Gleiche-Zeit-wie-immer. Schlaftgut! (ab)

Aufbruch: man erhebt sich, Abschiedshinundher, man geht.

Otto (zu Margarete): Das ha-ham ganz allein Sie gem-macht, sonzt gehts hier nich so l-l-lustich zu.

Margarete: Ich?? Wie das. Ich hab doch nichts getan.

Otto: A-Aber Sie sinnumal Die N-Neue u-und Eine ausser Stadt derzu. Da-Das langt.

Margarete: Sie reden nicht sehr gut von Ihren Freunden.

Otto: Meine F-F-Freunde?: Sitzn nur Alle in derselm Arche. Aber f-fragense mich nich w-weiter, ich m-müßt Sie nur anlüng.

Margarete: Ist auch nicht nötig, ich habe schon verstanden. Sie sind übrigens der Einzige, der mich nicht duzt. Das gefällt mir.

Otto: Ha-Hab mir abgewöhnt, L-Leute zu duzn. Sa-Sag lieber »Sie Arsch« als »du Arsch«, geht m-mir leichter vonner Zunge. (Margarete lacht und streicht dem Mann über den Kopf) So-So-Solltense a-aber nich zu o-oft mit mir m-machn, Frolln Ma-Ma-Margarete. Is nich gut für mein Sto-tottern. Sehnse. Schlafense gut,

wünsch Ihnn nen sch-schönn Traum. Was man t-träumt inner Ge-
burtstagsnacht, g-geht in Erf-füllung. Heißts. A-Ach bevorichs vergeß: Ha-Hab für Sie die T-T-Torte in Sicherheit geb-bracht. B-Bitte-
schön. Und Gutnacht inner Höhle des L-Löwn! (rasch hinaus)
   In der Stube wischt Hilde Ehlers das Erbrochene eines Abends ins
Eimerblech. Hinter dem Fenster, draußen, hör ich Regen in der
Nacht.

*

SPÄTER.
   Die erste Nacht. *Bettallein. Stille ein klammes Laken. Die Nacht-
tischlampe duckt nieder-trächtig den Bakelitschirm, stellt sich dunkel. Die
Tapeten von der Mansardenwand mustern, was sich ins Kissen gräbt. Das
Spiegel-Auge im Finstern, hochmütiges, quecksilbriges Spiegel-Auge, gibt
dem Fenster gegenüber Zeichen, der Wasserhahn poppt den ewigen Tropfen
& der Schrank ächzt Altweiberlaute.* Ich möchte aufstehn, ans Fenster
gehn & in die Stadt hinausschaun. In welchem Haus & in welcher
Wohnung brennt noch Licht, ähnliches Licht wie hier, um diese Zeit.
Aber ich werde nicht erfahren, ob das unabhängige Lichter sein würden; immerhin wärs möglich, ein Jemand, ein Ähnlicher wie ich,
schaltet zur gleichen Zeit in seinem Zimmer Licht an, ein ähnliches
Licht in einem ähnlichen Zimmer, um zu sehn, wer außer ihm um
diese Zeit Licht anbrennt. Meine Beobachtung wäre daher fehler-
haft. Außerdem würde ich von diesem Zimmerfenster nur einen
sehr kleinen Teil der Stadt mit ihren ähnlichen Häusern beobachten
können. Beiweitem nicht einmal die Hälfte. *Ein halbes Ergebnis ist
kein Ergebnis.* Ich bin nicht sicher, ich sag das der Einfachheit halber.
Ich werde also liegenbleiben & zur Mansardenwand über mir hinauf-
schauen. Geburtstag. Geburt's Tag. Da hab ich mich schön verstrickt! Wie soll ich aus diesem Wirrwarr herausfinden? Das beste
wär, so bald als möglich einschlafen. Dann wäre zumindest für
Heute viel gewonnen. Das waren sehr alberne Spiele heut abend, für
die ich eigentlich etwas zu alt bin: Weder hab ich eine Ahnung, was
anfangen mit diesen dottergelben, blauen, rosafarbenen, grellroten
& grünen Visionen, mit denen ich mich während eines Abends langweilen mußte, noch weiß ich, was sie bedeuten mögen. Halt: Einmal
hab ich einen Schmerz gespürt. Ob das ein Schwangerensymptom
ist? Gelegentlich werde ich darüber nachdenken, ob Schmerzemp-
finden & Langeweile einander grundsätzlich ausschließen. Vielleicht
könnte ich von dieser Seite her das Problem bewältigen. Doch
höchstwahrscheinlich existiert überhaupt kein Problem. Während
eines endlosen Freßgelages sind mir lediglich ebendiese Spiele einge-

fallen. Mehr nicht. Ich bin mir vollauf darüber bewußt, daß ich auch in diesem Augenblick spiele. Ich verweise eine Reihe von Namen & Ereignissen in den Bereich des Irrealen zugunsten eines Ereignisses, von dem ich hartnäckig behaupte, es sei wahr. *Ich bin schwanger. Ich bekomme ein Kind.* Davon habe ich wohl inzwischen einen-jeden überzeugen können. Ebensogut hätte ich etwas anderes, zum Beispiel das Gegenteil, behaupten können. Allgemein gilt es als ungemütlich, in einem großen leeren Raum zu existieren. Daher stellt man einige Gegenstände hinein, um nicht allein mit sich zu sein. Nehmen wir an, ich behaupte von nun an, ich sei niemals schwanger gewesen. Auf der Stelle könnte ich zum Beweis dieser Behauptung die Menstruation einsetzen lassen. Freilich müßte ich mir in diesem Fall einige Begründungen hinsichtlich des Ausbleibens der Menstruation über zwei Monate hinweg einfallen lassen, zum anderen betreffs meiner Flucht aus Berlin. Das sollte mir nicht schwerfallen. Es wäre der Beginn von mindestens zwei neuen Geschichten. In deren Erzählverlauf müßte ich lediglich vergessen machen, daß es sich nicht um Begründungen, sondern lediglich um neue Behauptungen & pure Willkürlichkeiten handelt. Derlei miteinander zu verwechseln ist eine Stütze der *Erziehung.* Auf diese zufällig herbeigeschafften Dinge werden *Gefühle* verteilt, ohne einen Momentlang danach zu fragen, ob man den Dingen damit nicht *unrecht* tut oder woher diese *Gefühle* kommen. Man scheint froh, überhaupt zu *empfinden.* Ich weiß, woher diese *Gefühle* kommen, aber ich werde mich hüten & diese Worte noch einmal aussprechen. Wenn allerdings die von mir ausgewählten Ereignisse so einfach miteinander vertauschbar sind, muß ich annehmen, daß einselbes auch für mich zutrifft. Möglich, allein die Dinge sind *wirklich* & ich bin deren *Erfindung.* Gedächtnis- & Erinnerungslücken, Schlaf, Ohnmacht, Tod wären ein Zeichen für einen soeben stattfindenden Tausch eines Ichs mit etwas beliebig Andrem. Auch *Schmerz* ist kein sicherer Beweis meiner Existenz; Schmerz: das Lösen eines Ichs von seinem angestammten Platz. Wer oder Was bewirkt mein Vertauschen & wozu? Möglicherweise ein Jemand oder Etwas, was gleichermaßen von einem Dritten als Tauschobjekt benutzt wird. Und so weiter: Letztenendes Entsprungene aus verschiedenen Geschichten, alle gleich unwirklich, undeutlich, beliebig. *Ich* habe alles erfunden, Figuren, Orte, Gespräche, einzig um über *mich* sprechen zu können. Um herauszufinden, wer das ist. *Ich* nannte diesen Schutthaufen aus Wörtern & Bildern *Erinnern,* aber das ist nicht wahr gewesen. *Ich* habe niemals irgendetwas erlebt, daher mußte *ich* Alles erfinden. Das habe *ich* nun überwunden.

Welch ein Glück. *Ich* werde zusehens müder. *Ich* behaupte auf Grund dieser Wahrnehmung, *ich* sei ich. Daher werde ich mir Gedanken machen über den *Traum*, den ich nach einem solchen Tag imstande bin zu träumen.

GEBURTS TAGS TRAUM. IN DER ERSTEN NACHT. ES BEWEGT SICH ICH SPÜRS O ICH SPÜRS GANZ DEUTLICH ES STRAMPELT ES IST ALLES IN ORDNUNG ES BEWEGT SICH GANZ DEUTLICH SPÜR ICHS O JA JA ICH SPÜRS WIE ES STRAMPELT UND SICH BEWEGT ES LEBT MEIN KIND ALLES WIRD GUT ES LEBT ES LEBT!!! *In Blut ich. Gewölbe aus Fleisch, das pulsiert nach fremdem Rhythmus gegen mich. Jeder Atemzug verengt den Raum, seine Wände treffen meinen Leib. Die Schläge eine weiche Brutalität; ein Boxer oder ein Polizist, ders gut mit mir meint. Oder mich taxiert als keine ernstzunehmende Gefahr für sein Spiel, von dem ich nichts versteh. Angst vorm Ersticken im Sekundenschlag eines fremden Herzens: Das ist mit jeder Sekunde neu. Ich streck die Arme zu beiden Seiten gegen die Wände, das hilft, der Raum wird größer um soviel. Aber: Dieser rohrförmige Mechanismus (oder was sonst) treibt mich mit jedem Pulsschlag in unbekannte Richtung (ich empfinde Abwärts), das Seil um meinen Leib kein Halt mehr, das folgt, wohin man mich treibt. Hinter den atmenden Wänden ein Dickicht, helle Stämme wie Knochen, weißes Geweb, Geschlinge aus Eingeweide, das Fleisch der Festsaal, ein poriger Dschungel. Wellen gehn durch diese Natur in roter Verkleidung, die Wände schlagen heftiger gegen meinen Kopf. Wiederholung. Wiederholung. Am Ende eine Mündung, eine schartige Pforte, ein Maul im Fleisch. Dorthin drängt das Atmen mich, Auswurf, für übel befundener Inhalt eines fremden Organismus, zwingt aus dem Schatten im warmen Rot dieses Leibes (oder was sonst) in eine Arktis aus Licht. Der Dschungel speit den Fremdling aus. Ein Schrei (nicht meiner) fährt mit Messern durch den Winter. − − . Abgrund, ich schwebe über der Nacht, in die ich zurückschau, blutiger Abgrund, aus dem ich aufstieg soeben. Schamlippen oder After, was mich auslieẞ oder einen Andern in meiner Gestalt, da hat es begonnen, Angeschwemmtes inter faeces et urinas, die Geburt ein Geschenk.*

Ich sehe daran, daß ich mir noch nicht alle Geschichten erzählt habe. Also weiter. Außerdem haben mir die Dinge so, wie sie bislang waren, recht gut gefallen; ich rücke alles wieder an den alten Platz, die staubfreien Quadratflecken auf den Dielen sind deutliche Markierungen der alten Ordnung. Das heißt: Ich bin anfang des dritten Monats schwanger & aus Berlin geflohen, weil meine Mutter mein zukünftiges Kind nicht akzeptieren & ich den Vater meines zukünftigen Kindes samt meiner Mutter nicht akzeptieren wollte. Soweit wären die alten Verhältnisse wieder hergestellt. Wenn es mir gelänge, der Vielzahl der Bildfasern, die während eines Tages durch meinen Kopf treiben (ich behaupte, es handele sich um *meinen* Kopf), etwas Wichtiges, Großes, Bedeutsames zu entnehmen. Eine Lehre beispielsweise. Das wäre ein glatter Erfolg. Natürlich unter der Voraussetzung, derlei sei überhaupt vorhanden. Eine kühne Prämisse. Also weiter. Es mag, für eine Weile gewiß, amüsant sein, sich den einfachen praktischen Tätigkeiten zu widmen. Ich bin eine Frau & in *anderen Umständen*, daher kommen Beschäftigungen wie Maurerarbeiten, Straßen planieren, Traktorfahren, Fußballspielen & ähnlich beglückend Gleichberechtigtes nicht in Frage. Ich werde mich auf eine geschlechtradierte Tätigkeit besinnen, wie beispielsweise auf das *Kuchenbacken*. Die Idee gefällt mir & hält mich eine Weile noch dem Einschlafen fern. Bei genauerem Betrachten ist das Kuchenbacken eine derjenigen Beschäftigungen, wo, unabhängig von Wille & Launen eines Fremden, ich allein auf mich angewiesen bin. Ich werde nicht gezwungen sein, Erklärungen abzugeben, Rücksichten zu nehmen oder Kompromisse einzugehen; all die lästigen Pflichten gegenüber einer Gemeinschaft aus willens- & launengesteuerten Menschen. Das macht diese Tätigkeit mit dem Onanieren gemeinsam. Oder mit der Schwangerschaft. Ganz recht.

GEBURTS TAGS KUCHEN.

»In Ihre Hände, verehrte Leserin, legen wir heute ein neues Heft mit Backrezepten. Sie haben sich vom Titel her verlocken lassen, auch dieser Ausgabe unseres Verlages Interesse entgegenzubringen. Und darüber freuen wir uns sehr.

Nicht wahr, wir tippen richtig, wenn wir in Ihnen eine Frau vermuten, die das Backen nicht als unvermeidliche Küchenarbeit, sondern als eine äußerst vergnügliche Beschäftigung ansieht? Gerade weil wir Frauen so oft nur über wenig Zeit verfügen, ist diese positive Einstellung zum Backen ganz besonders wichtig; denn sie ist schon fast eine Garantie dafür, daß alles gut gelingen wird, auch wenn Sie noch wenig Erfahrung haben sollten. Vieles hat sich für uns Frauen verändert, wenn wir an die Zeit unserer Mütter und Großmütter zurückdenken. Für sie wäre es unvorstellbar gewesen, tagsüber im Werkanzug oder im Laborkittel zu schaffen und doch eine echte Frau zu bleiben. Eine Frau, die verständnisvoll lächelt, wenn die Kinder ihre dicken Fingerchen verstohlen in die Teigschüssel schieben, wenn der liebe Mann unbedingt als Erster ein Stück vom frisch gebackenen Kuchen haben möchte oder wenn ein Gast voller Bewunderung das Tortenstück genießt. Das sind doch Freuden, die ein gekauftes Kuchenpäckchen einfach nicht erwecken kann.

Unsere Rezept-Zusammenstellung haben wir absichtlich etwas bunt durcheinander gewürfelt, weil wir Sie zugleich bei der Backerei für die verschiedensten Festtage beraten möchten. Ganz unverbindlich natürlich, denn nicht wir, sondern Sie laden ein zu Kaffee oder Tee! Wie schade, daß wir nicht dabei sein können, aber vielleicht schreiben Sie einmal, ob Ihnen alles geglückt ist.«

»WELCHER TEIG SOLL ES SEIN?«

1 Kreißbett mit schwenkbarem Behältnis; 1 Laken; 1 Gummiunterlage; 1 Kopfkissen; 1 Decke; 1 Nachthemd (hinten offen); 1 Hörrohr (Holz); 1 Sauerstoffgerät; 1 Schere; 2 Nabelklemmen; 1 Bandmaß; 1 Babywaage; div. Windeln, Tupfer, sterile Lagen, Zellstoff; 1 Tablett für Placenta; 1 Stethoskop; 1 Säuglingsbadewanne; 1 Babybett; div. Babykleidung; 1 Pipette mit Silbernitratlösung (Lues-Prophylaxe); div. chirurgisches Zubehör

»Das Mehl in eine Schüssel sieben, die zerkrümelte Hefe in der kalten Milch verrühren, mit den übrigen Zutaten zum Mehl geben, und alles zu einem geschmeidigen Teig verarbeiten. Die Teigkugel in eine bemehlte Schüssel legen und, nicht warm gestellt, über Nacht oder während der beruflichen Arbeitszeit am Tage gehen lassen.

Das ist heute die beliebteste und unkomplizierteste Art, einen Hefeteig zu bereiten. Sind für einen solchen Teig Rosinen vorgesehen, so kommen sie erst dazu, nachdem der gegangene Teig wieder zusammengestoßen worden ist. Soll aber, einem plötzlichen Einfall folgend, ein Hefeteig rascher fertig sein, dann die Hefe in lauwarmer Milch anrühren und den Teig an einen warmen Platz stellen, bis er schön aufgegangen ist. Oder ein Hefestück ansetzen: Die in einem Teil der lauwarmen Milch mit 1 Prise Zucker verrührte Hefe in die Mitte des Mehles gießen und von da aus mit soviel Milch verarbeiten, daß ein kleiner Teig entsteht. Leicht mit Mehl bestäuben, die Schüssel mit einem Tuch zudecken und an einen warmen Platz stellen. Dann alle übrigen, schon auf dem Mehlrand verteilten Zutaten darunterkneten und nochmals 1 Stunde gehen lassen.«

Das Bild rundet sich. Ellipsoidisch, wie mein Leib später. $V = 4\,\pi\,a\,b\,c\,/\,3$. ICH WERDE MICH DARAN GEWÖHNEN, mich auf mein Selbst zu besinnen. Mein Selbst ist meine Zukunft. Meine Zukunft ist mein Kind. Bis dahin ist Nichts & Keine Zeit. Das ist es! Das hat vorhin ganz gut funktioniert. Das bringt mich einen Schritt vorwärts. Es ist natürlich Unsinn, jetzt von

Schritten & Vorwärts zu sprechen, wo ich auf dem Rücken liegend
die Decke anstarre. Einem auf dem Rücken liegenden Menschen ist
jede Bewegung zwangsläufig ein Vorwärts. So weit, so zufrieden.
Das führt mich zu einem neuen Thema. Ich wäres vollauf zufrieden,
ließe *man* mir dieses Zimmer. Zudem sollte *man* mir die Benutzung
der Toilette nebenan gestatten. In Zeiten, wo ich krank oder in absehbarer Zeit, wo ich in den *Wehen* oder später im *Wochenbett* werde niederliegen müssen, täte man der Anteilnahme an meiner Person &
meiner Lage vollkommen genüge, schöbe früh & abends eine nicht
über die Maßen sorgende Hand ein Tablett mit Speisen & Getränken
durch die Tür in diesen Raum – auf den Anblick einer zur Hand gehörenden Person möchte ich gern verzichten, denn die Welt ist voller
Männer, die verlangen nach dem Fressen Herz & Körper zur Verdauung, und Fraun sind nur ein Spezial-Phall, sie haben in ihren Gelüsten
die Männer rechts überholt – sowas sagt keine Frau, ich bin eine Frau
& schwanger, Superlativ von Frau, und *dum praegnans* zufrieden mit
der *helfenden Hand* – und würde dieselbe oder eine beliebige andere
Hand das benutzte Geschirr abholen, um es zum gegebenen Zeitpunkt durch neues zu ersetzen, undsoweiter, so würde ich das als
VORSTUFE ZU MEINEM GLÜCK bezeichnen. Dann erst
werde Ich beginnen. Davor allerdings wird die Zeit kommen, wo ich
in meinen Brüsten ein seltsames Ziehen spürn werde, das Rückgrat
wird zu schmerzen beginnen, ich werde Röcke & Kleider ändern
müssen, Nähte & Säume auftrennen, mich erweitern, und ich werde
deine Bewegungen mit bloßer Hand auf meinem Leib erspüren können. Diese Zeit werde ich geduldig ausharren. Wir sind nun allein:
Ich & Ich.

Auf dem Tisch unterm Fenster der Geburtstagskuchen, aromatischen Süßgeruch verströmend, mit 24 bleichen Kerzen wie die Konditorimitation einer antiken Tempelruine. Jetzt werden *wir* sicher
bald einschlafen. Mir fällt auf, daß ich von mir im Plural gesprochen
habe. Das gefällt mir. Das ist neu. Ich werde daran festhalten. Und
danach wird eine Zeit kommen, wo *wir* keine Träume mehr haben
werden. Weil *wir* keine Ängste & keine Wünsche mehr haben werden. Jetzt haben *wir* diese beiden Wörter doch noch einmal ausgesprochen. Das wird nichts mehr ändern an dieser Geschichte voll der
Ungereimtheit & Wiederholung. Denn *wir* haben das nun überwunden. Stille Abende ewigen Spätsommers. Einzelheiten, dieselben an
immer denselben Tagen, in orangefarbenem Licht, das die Haut eindunkelt & die Menschen, immer dieselben Menschen, die letzten,
übrigen selben Menschen, aufschließt für die Nacht. *Unsere* Stunden

werden nicht mehr vergehen, *wir* werden existiern im lauen Behagen eines fortwährenden Sonnenuntergangs. Jetzt werden *wir* sicher gleich einschlafen. Höchste Zeit aufzuhörn. So umfassend wird dereinst *unser* Glück sein.

Quellenverzeichnis der verwendeten Zitate

1. Kapitel
Heinrich Heine, »Werke und Briefe in zehn Bänden«, Berlin 1980.

2. Kapitel
Die Bibel, Offenbarung 15.19, Altenburg 1979.
Margarete unterwegs
Die Bibel, Markus 16.5, a. a. O.

3. Kapitel
Walther von der Vogelweide, »Lieder und Sprüche«, Leipzig 1982.
Heinrich Heine, »Werke und Briefe in zehn Bänden«, a. a. O.
Andreas Ritner, »Altmårckisches Geschicht-Buch«, Tangermûnde 1721.
Christoph Entzelt, »Altmårckische Chronik«, Saltzwedel 1736.
Caspar Sagitari, »Geschichte der Marggraffschafft Saltzwedel in welcher besonders Albrechts des Båren Leben und Thaten«, ohne weitere Angaben.
J. H. D. Temme, »Die Volkssagen der Altmark«, Berlin 1839.
Andreas Kotte, »Wie von der Tarantel gestochen, Volkstanz und mittelalterliche Tanzwut«, in »Sonntag« Nr. 49, 1982.
Friedrich Nietzsche, »Der Antichrist«, Leipzig o. J.
Thomas Müntzer, »An den Allstedter Bund«, in »Deutsches Lesebuch«, Leipzig 1978.
Boris Zesarewitsch Urlanis, »Bilanz der Kriege«, Berlin 1965.
Meyers Lexikon in einem Band, Leipzig 1980.
Wenn ich Großes mit Kleinem …, zitiert in Robert Payne, »The Rise And Fall Of Stalin«, München o. J.
Die Feinde der Revolution …, zitiert in P. A. Kropotkin, »Die Große Französische Revolution 1789–1793«, Leipzig 1982.
Harald Müller, Günter Westphal, »Der nationale Befreiungskampf des deutschen Volkes gegen die napoleonische Fremdherrschaft«, Berlin 1954.
Segui il tuo …, Dante Alighieri, »Göttliche Komödie«, variiert von Karl Marx im Vorwort zu »Das Kapital«, Berlin 1972.
Die Bibel, Das Hohelied Salomos, a. a. O.
Ein Einsiedel und ein Bär …, zitiert in Robert Payne, a. a. O.
Friedrich Hebbe., »Sätmliche Werke in zwei Bänden«, Wiesbaden o. J.

Mittelpunkt
Gerhard und Danuta Weber, »Du und ich«, Berlin 1969.
Hermann Nitsch, (Quelle unbekannt).

4. Kapitel
Georg Büchner, »Dichtungen«, Leipzig 1979.
Walter Beltz, »Gott und die Götter«, Berlin 1982.
Die Bibel, Jesaja 42.1, a. a. O.
Johann Wolfgang von Goethe, »Gedichte«, Berlin/Leipzig 1949.
Homer, »Odyssee«, Berlin 1971.
Ovid, »Die Liebeskunst«, Berlin 1982.
Gerhard Klumbies, Gerhard Schaeffer, Berthold Bauer, »Patienten-
zeichnungen als Ausdruck psychischer Fehlhaltungen«, Jena 1971.

5. Kapitel
Iwan Petrowitsch Pawlow, »Ausgewählte Werke«, Berlin 1955.
Johann Wolfgang von Goethe, a. a. O.
Daniel Defoe, »Robinson Crusoe«, Berlin 1957.
Die Bibel, 5. Buch Mose 5 und Matthäus 5–7, a. a. O.
Programm der Sozialistischen Einheitspartei Deutschlands, Berlin
1971.
Robert Payne, a. a. O.
Lehrbuch für die Oberschule, Klasse 10, »Astronomie«, Berlin 1966.
Robert Charroux, »Die Meister der Welt«, München/Zürich o. J.
Sigmund Freud, »Zur Psychopathologie des Alltagslebens«, Frank-
furt am Main o. J.
Berthold Hinz, »Die Malerei im Deutschen Faschismus«, Frankfurt
am Main o. J.
Wolfgang Kirsch, »Historie von Alexander dem Großen«, Leipzig
1981.
Dante Alighieri, »Göttliche Komödie«, Leipzig o. J.
Walter Beltz, »Das Tor der Götter«, Berlin 1982.
Herbert Marcuse, »Triebstruktur und Gesellschaft«, ohne weitere
Angaben.

6. Kapitel
Meyers Lexikon in einem Band, a. a. O.
Robert Payne, a. a. O.
Die Bibel, 1. Buch Mose 9, a. a. O.
Paul Frischauer, »Sittengeschichte der Welt«, München/Zürich 1968.

7. Kapitel
Sophokles, »Elektra«, Berlin 1982.
E. A. Poe, »Das gesamte Werk in zehn Bänden«, Herrsching 1979.
Feines Gebäck zu Kaffee und Tee, über 100 ausprobierte Rezepte, Leipzig o. J.

INHALT

ISBN 3-351-01311-6

1. Auflage 1990
© Aufbau-Verlag Berlin und Weimar 1990
Typographie Heinz Hellmis
Offizin Andersen Nexö, Graphischer Großbetrieb, Leipzig III/18/38
Printed in the German Democratic Republic
Lizenznummer 301. 120
Bestellnummer 613 819 5
01050

19,20